Kirschbuch Verlag

W0239346

Zum Buch:

»Du vertraust mir nicht? Ich kann dir versprechen: Das beruht auf Gegenseitigkeit.«

Die junge Smilla ist auf der Flucht, als ihre kleine Schwester Jera verschwindet. Und es kommt noch schlimmer: Die Sekte, die seit dem Zusammenbruch der Zivilisation für Angst und Schrecken sorgt, soll in Jeras Verschwinden verwickelt sein …

Auf ihrem verzweifelten Weg durch die Eifel erhält Smilla Unterstützung ausgerechnet von denjenigen, denen sie am wenigsten vertraut – und sie ahnt, dass dies ein Spiel mit dem Feuer ist. Ein Feuer, das alles zu verschlingen droht, was Smilla am meisten liebt …

»Dieser Roman ist wie eine ganze Welt aus Mut, Angst und Menschlichkeit. Und unbedingter Liebe. Eine grandiose Fortführung von ›Wir Verlorenen‹.«

Zur Autorin:

Jana Taysen wurde 1992 in Hagen geboren und lebt mit Freund und Hund im abenteuerlichen Köln. Dort arbeitet sie in einem Marktforschungsinstitut. Zuvor studierte sie English Studies und Medienwissenschaften im Bachelor und Markt- und Medienforschung im Master. Das Schreiben war schon von klein auf ein wichtiger Teil von Janas Leben und eine ihrer liebsten Freizeitbeschäftigungen. Sie liebt es, neue Welten und Charaktere zu erschaffen und selbst ganz und gar in die Geschichten abzutauchen.

Jana Taysen

Wir Verstoßenen

Roman

Kirschbuch Verlag

FSC
www.fsc.org
FSC® C020637

The mark of
responsible forestry

Erstauflage
veröffentlicht im Kirschbuch Verlag,
ein Imprint der QualiFiction GmbH
Neß 1, 20457 Hamburg
Januar 2022
Copyright © 2022
by QualiFiction GmbH, Hamburg
Umschlaggestaltung: QualiFiction GmbH
Satz: QualiFiction GmbH
ISBN 9783948736187
Herstellung: Bookpress, Olsztyn (PL)

PROLOG

Jeras Magen gab ein klägliches Knurren von sich. Sie duckte sich tiefer in ihr Versteck, ballte eine Hand zur Faust und presste sie in ihren Bauch, um ein weiteres verräterisches Knurren zu verhindern. Etwa fünfzehn Minuten kauerte sie schon dort im Dornengestrüpp und beobachtete das scheinbar verlassene Haus und den windschiefen Holzschuppen daneben. Sie musste sichergehen, dass sich dort niemand aufhielt. Erst dann wollte sie sich in den Schuppen schleichen, um darin zu übernachten.

Als sie noch mit ihrer Gruppe gereist war, hatten sie abends Feuer gemacht und sich zum Schlafen aneinandergedrängt. Aber jetzt, ganz allein, fror Jera nachts so sehr, dass sie kaum ein Auge zutat. Wenigstens diese Nacht wollte sie vor Wind und Regen geschützt verbringen.

Nach einer guten halben Stunde hatte sich auf dem Hof immer noch nichts geregt, und die Dämmerung erschwerte es zunehmend, Genaueres zu erkennen. Da richtete Jera sich auf und machte ein, zwei vorsichtige Schritte aus ihrem Versteck heraus. Die Augen für jede noch so kleine Bewegung geschärft, trat sie auf den Pfad, der zum Hof führte. Dann sprintete sie los, auf den Schuppen zu. Mit einer hektischen Bewegung drückte sie die Klinke hinunter, riss die Tür auf und huschte ins dunkle Innere. Mit etwas mehr Umsicht drückte sie die Tür wieder ins Schloss und spähte durch einen Spalt zwischen den Holzlatten nach draußen.

Jeras Atem ging hastig, und ihr Magen knurrte schon wieder, sodass sie nicht hören konnte, ob sich vor dem Haus etwas tat. Aber sehen konnte sie nichts und niemanden.

Als sich ihr Atem beruhigt hatte, trat Jera einen Schritt von der Tür zurück. Ein erleichtertes Seufzen bahnte sich den Weg durch ihre Kehle. Sie nahm den Rucksack von den Schultern und drehte sich um.

»Na, wen haben wir denn da?«

Vor Schreck fiel Jera der Rucksack aus der Hand. Dort hinten, auf einem Strohballen vor der gegenüberliegenden Wand des Schuppens, saß eine hochgewachsene Gestalt. Die Kapuze eines dunklen Regenmantels hüllte ihr Gesicht in Schatten, sodass nur ein Mund mit einem halben Lächeln zu erkennen war.

»Da draußen ist niemand. Und hier drinnen … bin nur ich. Also, kein Grund zur Sorge.« Die Stimme der Gestalt war kratzig, rau und tief. Sie erinnerte Jera an das Schnurren einer Katze, die sie bei einem Besuch auf dem Monschauer Markt gestreichelt hatte. Bis Smilla es ihr verboten hatte, weil Katzen voller Flöhe und Flöhe voller Krankheiten waren.

Ohne die Augen von der Gestalt zu nehmen, bückte Jera sich nach ihrem Rucksack und hob ihn wieder auf. Sollte sie die Tür aufreißen und hinausrennen? Würde sie schneller sein und besser Verstecke suchen können als die Gestalt? Oder war es klüger, hierzubleiben und sich mit ihr gutzustellen?

»Bist du allein?«, fragte die Gestalt und nahm einen geräuschvollen Schluck aus der Tasse, die sie in ihren Händen hielt.

»Geht dich nichts an«, sagte Jera und erschrak, als sie vernahm, wie dünn und piepsig ihre Stimme klang.

Über so etwas redete man nicht. Auch das hatte Smilla ihr eingebläut. Und obwohl ihre große Schwester immer Angst hatte, selbst wenn es gar keinen Grund zum Angsthaben gab, verstand Jera, warum es in diesem Fall wichtig war, ihren Rat zu beherzigen. Denn seit der großen Plage gab es von allem zu wenig. Zu wenig Vorräte, zu wenig Kleidung, zu wenig Medikamente, zu wenig Tauschwaren. Es gab niemanden, der dafür sorgte, dass alles gerecht verteilt wurde, und es gab auch niemanden, der aufpasste, dass die letzten Überlebenden gut zueinander waren. Deshalb musste man achtgeben, wenn man Fremden begegnete. Man durfte es ihnen nicht zeigen, wenn man krank oder verletzt war, man durfte nicht verraten, ob man wertvolle Gegenstände besaß, und erst recht durfte man es nicht zugeben, wenn man ganz allein war.

Das halbe Lächeln kehrte auf die Lippen der Gestalt zurück. »Da hast du recht, sehr unhöflich von mir. Ich hätte auch nicht gefragt, wenn ich nicht selbst allein wäre. Ich muss auf mich aufpassen. Das verstehst du doch, oder?«

Die Worte rollten gemächlich und ruhig durch den düsteren Schuppen bis zu Jera. Auf ähnliche Weise hatte Smilla ihr abends vor dem Einschlafen manchmal vorgelesen. Smilla fehlte ihr so.

»Du bist auch allein?«, fragte Jera. Im nächsten Moment biss sie sich erschrocken auf die Zunge. Sie hatte soeben eine ihrer Schwächen verraten. Und dabei hatte sie doch gewusst, dass sie vorsichtig sein musste!

»Ja, ich bin auch allein«, antwortete die Gestalt im selben, ruhig rollenden Ton. »Aber nur jetzt gerade. Zu Hause wartet meine Familie auf mich.«

Jera schloss die Hände enger um den Träger ihres Rucksacks. »Du hast eine Familie?« Fast niemand hatte mehr eine richtige Familie, weil so viele Menschen an der Plage gestorben, verhungert oder von anderen Überlebenden getötet worden waren. Über vier Jahre lag der Ausbruch der Plage nun schon zurück. Jera erinnerte sich kaum noch daran, wie es *vorher* gewesen war.

»Ja, eine sehr große sogar. Und viele Kinder. Ein paar müssten etwa in deinem Alter sein. Wie alt bist du?«

»Neun.«

»Wo ist denn deine Familie?«

»Weiß ich nicht so genau.« Dass sie allein war, hatte Jera ja eh schon verraten. Wozu also noch lügen?

Die Gestalt lehnte sich etwas vor. Die Bewegung brachte Jera dazu, einen gehetzten Blick zur Türklinke zu werfen.

»Wenn du wieder gehen willst, geh jetzt, bevor es anfängt zu regnen. Dann findest du vielleicht noch rechtzeitig einen anderen Unterschlupf.«

»Es wird heute Nacht regnen?« Wenn man nass wurde, fror man, und sie fror jetzt schon so bitterlich. Wie sehr sie erst frieren würde, wenn sie pitschnass wäre!

Die Gestalt nickte langsam. »Mit großer Wahrscheinlichkeit. Du solltest also besser hier drinnen bleiben.«

Jera saugte an ihrer Unterlippe. Wenn die Gestalt etwas von ihr klauen oder ihr wehtun wollte, dann hätte sie es doch sicherlich schon versucht. Und außerdem hatte sie Kinder. Jera hatte noch keine Leute mit Kindern kennengelernt, die Böses taten.

»Du traust mir nicht, hm?«

Jera antwortete nicht.

»Das ist gut. Ich würde meinen Kindern die Löffel lang ziehen, wenn sie einfach so einer Wildfremden vertrauen würden.«

Die Gestalt lehnte sich noch weiter vor, und Jera wich einen Schritt zurück. »Soll ich dir meine Machete geben? Dann bist du bewaffnet, ich nicht.«

Jera wusste zwar nicht, was eine Machete war. Aber eine Waffe klang gut. Der Speer, den sie mit Sarahs Taschenmesser angespitzt hatte, als sie noch mit ihrer Gruppe gereist war, war vor zwei Tagen bei dem Versuch, einen Fisch aus einem Bach zu fangen, zerbrochen.

Jera nickte.

Die Gestalt stellte ihre Tasse ab, griff hinter sich und zog etwas Breites und Langes hervor. »Hier«, sagte sie und legte die Machete auf den Boden vor sich. Dann stand sie auf, machte einen Schritt in Jeras Richtung und kickte die Waffe mit der Stiefelspitze zu ihr hinüber.

Als die Gestalt wieder saß, sprang Jera vor und hob die Waffe auf. »Boah«, entfuhr es ihr, als sie sah, womit sie es zu tun hatte. Ein Messer mit einer Klinge, länger als ihr Unterarm und mindestens so breit wie ihre Wade.

»Bist du schon lange allein unterwegs?«, wollte die Gestalt wissen.

Jera wog die Machete einen Moment fasziniert in der Hand, bevor sie antwortete. »Erst ein paar Tage. Wir waren eigentlich alle auf dem Weg nach Brüssel, aber dann bin ich umgedreht, weil ich meine Schwester suchen muss.«

»Wer ist *alle?*«

»Die Schmieders, Giorgio und ich.«

»Die Schmieders?«

»Das ist die Familie, die Giorgio, mich und meine Schwester nach der Plage aufgenommen hat.«

»Ah. Und wo ist deine Schwester? Warum war sie nicht bei euch?«

Testweise holte Jera aus und ließ die Machete von links nach rechts gleiten. Mit einem gefährlichen *Wusch!* schnitt sie die Luft entzwei. Ein aufgeregtes Kribbeln lief durch Jeras Arm bis in ihren Bauch.

»Meine Schwester ist abgebrannt«, sagte Jera dann und holte zu einem zweiten Schlag gegen die Luft aus. Wenn sie es erst einmal bis zum Monschauer Markt geschafft hatte, würde sie sich auch eine Machete zulegen. Damit konnte man einem Bösewicht bestimmt mit einem Schlag die Hand abhacken.

»Abgebrannt?«, fragte die Gestalt nach.

»Ja, mit einem Jungen. Falk«, ließ sie den verhassten Namen über ihre Zunge wandern.

»*Durch*gebrannt, meinst du?«

Jera nahm die Machete in die andere Hand und testete auch auf dieser Seite ihre Kampfkünste. »Ja, genau, durchgebrannt.«

»Das heißt, deine Schwester hat dich einfach zurückgelassen?«

»Ja, aber das liegt nur daran, dass sie in einem naiven Alter ist.«

Die Gestalt gab ein belustigtes Schnauben von sich. »Wie alt ist sie denn?«

Jera ging in die Knie und suchte auf dem Boden nach etwas, das sie mit der Machete zerschneiden konnte. »Einundzwanzig. Karen, unsere Anführerin, hat gesagt, in dem Alter kreist man noch um sich selbst.«

»Hm. Warum suchst du dann nach ihr? Manche Menschen kreisen ihr Leben lang um sich selbst. Von solchen Menschen sollte man sich lieber früher als später lösen.«

»Smilla – also, meine Schwester – ist aber nicht wirklich so. Das ist nur wegen diesem Falk. Und Karen sagt, das geht schneller vorbei, als man gucken kann.«

»Und warum habt ihr euch dann ohne sie auf den Weg nach Brüssel gemacht, anstatt auf sie zu warten?«

Jera fand einen dünnen Zweig auf dem Boden, legte ihn vor sich und drückte dann die Machete darauf. Mühelos glitt die Klinge durch das Holz. »Zack!«, kommentierte Jera zufrieden. Dann warf sie der Gestalt einen kurzen Blick zu. Sie hatte sich auf dem Strohballen zusammengerollt wie eine große, düstere Katze.

»Ich wollte ja warten. Aber Falk gehört zu den *Verlorenen Jungs.* Und die sind gefährlich. Karen hatte Angst, dass Smilla ihnen vielleicht verrät, wo unser Versteck ist, und dass sie dann kommen und uns alles wegnehmen und uns verkaufen.«

»Euch verkaufen?«

»Ja, die handeln mit Menschen.«

»Mit Menschen?«, fragte die Gestalt, und ihre Stimme wurde noch tiefer und rauer.

Jera legte die beiden Hälften des Stöckchens nebeneinander und ließ die Machete darauf niederfahren. Aus zwei Stöckchen wurden vier.

»Kennst du den Monschauer Markt? Da tauscht man ja mit Sachen, wenn man etwas von den Händlern haben will. Aber die *Verlorenen Jungs* tauschen nicht mit Sachen, sondern mit Menschen. Und manchmal ermorden sie sogar Leute. Anna haben sie ermordet und beinahe auch Giorgio, obwohl er mal einer von ihnen war.«

»Ah, ich verstehe.«

»Ja. Und Karen wollte nicht, dass sie uns ermorden oder zum Tauschen benutzen. Deshalb mussten wir so schnell wie möglich weg aus Wollseifen und konnten nicht darauf warten, dass Smilla die Nase voll hat von Falk.«

»Ihr seid aus Wollseifen?«, hakte die Gestalt nach. »Das ist nur ein paar Stunden von meinem Zuhause entfernt. Diese *Verlorenen Jungs* … Weißt du, wo die sich genau aufhalten?«

»In der Ordensburg Vogelsang. Die haben daraus eine uneinnehmbare Festung gemacht.«

Einen Moment lang stellte die Gestalt keine weiteren Fragen, und Jera machte sich daran, ein spannenderes Versuchsobjekt für die Machete zu finden als ein trockenes Stöckchen.

»Hier«, sagte die Gestalt auf einmal, und Jera fuhr zusammen, als sie schemenhaft eine Hand vor sich wahrnahm. »Den kannst du zerteilen, wenn du mir die Hälfte davon abgibst.«

Jera kniff die Augen zusammen und erkannte etwas Rundes in der ausgestreckten Hand. Einen Apfel. Sofort lief ihr das Wasser im Mund zusammen, und ihr Bauch ließ ein sehnsüchtiges Grummeln vernehmen.

Zaghaft streckte Jera die Hand nach dem Apfel aus, ohne die Gestalt aus den Augen zu lassen. Die andere Hand klammerte sie fest um den Griff der Machete, bereit, zuzuschlagen. Aber als sie gerade die Finger um den Apfel gelegt hatte, zog die Gestalt sich auch schon in die Dunkelheit am anderen Ende des Schuppens zurück.

»Danke«, murmelte Jera und fuhr mit den Fingern über die straffe, glatte Schale des Apfels. Es war ein ganz frischer, makellos und ohne Runzeln, und es hatte noch kein anderes Lebewesen vor ihr daran genagt.

»Ich bin auch auf dem Weg in die Eifel. Was hältst du davon, wenn du mit mir kommst?«

Behutsam setzte Jera den Apfel auf den Boden vor sich und legte die Klinge genau über die Stelle, an der der Stiel aus der Frucht ragte.

»Ich muss aber zu den *Verlorenen Jungs*«, warnte Jera.

Die Klinge glitt mit einem satten Ratsch durch den Apfel, und Jera konnte ein begeistertes Quietschen nicht unterdrücken. Warum hatten nicht alle Menschen Macheten? Macheten waren mit Abstand die besten Messer der Welt.

»Das klingt nach einem sehr gefährlichen Vorhaben. Willst du nicht lieber bei mir bleiben? Du könntest eines meiner Kinder werden.«

»Das geht nicht. Ich kann Smilla nicht im Stich lassen.«

»Hm«, schnurrte die Gestalt. »Dann wirst du aber eine gute Waffe brauchen, oder? Wenn du mit mir zu meiner Familie kommst, kannst du dir eine von unseren aussuchen.«

Jera ließ von dem Apfel ab und sah zu der Gestalt auf. »Du würdest mir so etwas Wertvolles schenken? Einfach so? Und ich muss nichts dafür machen?«

»Nein, gar nichts«, erwiderte die Gestalt, und Jera war sich sicher, dass sie wieder lächelte, obwohl sie es in der Dunkelheit nicht erkennen konnte.

Sie schloss die Finger um ihre Apfelhälfte und biss hinein. Himmlisch süßer Saft benetzte ihre Zunge.

Smilla hatte einmal gesagt, dass es kaum noch jemanden auf der Welt gebe, der einfach so etwas Gutes für andere tat, erinnerte Jera sich. Heute musste wirklich ihr Glückstag sein.

KAPITEL

1

DIE SCHLAFLOSE

Spitzkegeliger Kahlkopf.«

»Was?«

»Spitzkegeliger Kahlkopf. Hier auf der Wiese.«

Smilla stand auf. Jeder einzelne ihrer Muskeln schmerzte, als sie zu Nadja hinüberlief, die im Gras nach Pilzen und Wildkräutern fürs Abendessen suchte. Mit einem unterdrückten Stöhnen kniete sie sich neben Nadja. Sie teilte das nasse Gras mit ihren Händen, und ein kleines Grüppchen blassbrauner Pilze kam zum Vorschein.

»Kann man die essen?«, fragte Smilla und streckte schon die Finger nach den unscheinbaren Gewächsen aus.

Gestern hatten sie den letzten Rest ihrer Vorräte aufgebraucht. Heute waren sie mit leeren Mägen losgewandert, und Smilla spürte die Anstrengungen der Reise in jeder Faser. Der Marsch nach Brüssel erschien ihr schon längst nicht mehr wie der Beginn eines neuen Kapitels, sondern vielmehr wie die Fortsetzung eines nie enden wollenden Tiefpunkts in ihrem Leben.

Nadja schlug nach ihren Fingern. »Kann man, ja. Aber in deiner Verfassung solltest du das lassen.«

»Wieso?«, fragte Smilla und rieb sich den schmerzhaft leeren Bauch.

»Schon mal was von *Magic Mushrooms* gehört?«

»Du meinst die Pilze, von denen man Halluzinationen bekommt?«

Nadja nickte, den Blick unentwegt ins Gras vor ihnen gerichtet. »Das sind sie. Oder zumindest eine Sorte davon«, sagte sie. Dann zückte sie ihr Jagdmesser und fing an, die elegant geschwungenen Stängel der Pilze zu durchtrennen. »Du kannst sie entweder frisch essen oder trocknen und aufbewahren. Aber wie gesagt – empfehlen würde ich es dir nicht«, erklärte sie. »Mit einem Magic-Mushroom-Horrortrip ist nicht zu spaßen. Man hat mehr davon, sie einfach zu verkaufen.« Sie wog die Pilze kurz in der Hand und ließ sie schließlich in ihrer Jackentasche verschwinden. Dann stand sie auf und stapfte, den Blick suchend auf den Boden gerichtet, weiter auf die Wiese hinaus.

Smilla löste den Blick von der Stelle, an der eben noch das niedliche Grüppchen Pilze gestanden hatte, und richtete sich auf. »Bleib vielleicht lieber am Waldrand. Dort auf der Wiese kann dich jeder sofort entdecken«, gab sie zu bedenken.

Aber Nadja bewegte sich weiter, ohne sie eines Blickes zu würdigen. »Du glaubst also immer noch, dass der Club uns verfolgt?«

»Es ist nicht ausgeschlossen, oder?«

Einen Moment lang erwiderte Nadja nichts. Dann sagte sie betont geduldig: »Smilla. Wenn der Club uns finden will, findet er uns auch. Ob wir nun hier im Gebüsch kauern oder auf der Wiese herumspazieren.«

Nadjas fatalistische Haltung drückte unangenehm auf Smillas Eingeweide. Aber für größere Diskussionen hatte sie keine Energie mehr.

»Was hast du da?«, wechselte sie das Thema und deutete auf das dunkelgrüne Kraut, das Nadja in diesem Moment aus dem feuchten Boden rupfte.

»Sauerampfer. Hier ist jede Menge. Pflückst du uns welchen? Dann sammle ich noch ein paar Shrooms.«

Smilla ließ sich von Nadja zeigen, wie sie Sauerampfer von den restlichen Wiesengewächsen unterscheiden konnte. Mit ihr als Lehrerin fiel es Smilla um einiges leichter, sich die essbaren Pflanzen und ihre Merkmale einzuprägen, als mit dem Pflanzenbestimmungsbuch, das sie in der Buchhandlung am Monschauer Markt erstanden hatte.

Falk, wie er zwischen den Bücherregalen stand und sie aufmerksam ansah. Unwillkürlich schüttelte Smilla den Kopf. Erinnerungen wie diese besudelten jeden ihrer Gedanken wie ein Fleck auf der Kameralinse eine Fotoreihe.

Sie sah zu Nadja hinüber, die sich vornübergebeugt durch die Wiese bewegte. Ob sie auch so oft an ihn dachte? Falk und Nadja waren ein Paar gewesen, und doch hatte sie, seit sie zusammen geflohen waren, freiwillig kein Wort mehr über ihn verloren. Als hätte es ihn nie gegeben. Als wäre das alles nicht passiert.

Bisher hatte Smilla dem Bedürfnis, Nadja über Falk auszufragen, nur wenige Male nachgegeben. Denn ein Teil von ihr wünschte, Falk einfach vergessen zu können. Als Anführer der *Verlorenen Jungs* war er der Inbegriff all dessen, was Smilla an der Plage und dem, was sie aus der Menschheit gemacht hatte, verabscheute.

»Wir sollten bald Feuer machen«, rief Nadja ihr nach einer Weile zu, den Blick in den Himmel gerichtet. Das

Tageslicht verblasste bereits, und die Regenwolken über ihnen färbten sich zusehends dunkler.

Smilla klemmte das Bündel Sauerampfer, das sie gepflückt hatte, unter ihren Arm und begab sich zurück zum Waldrand. In den sechs Tagen mit Nadja hatte sie mehr über das Überleben in freier Wildbahn gelernt als in den gesamten vier Jahren seit dem Ausbruch der Plage. Sie wusste nun, wie man ohne Streichhölzer und Feuerzeug Feuer machte, wie man aus Birkenrinde so etwas Ähnliches wie Spaghetti herstellte und wie man mit nicht mehr als ein paar Stöcken und einer Schnur eine Kleintierfalle baute. Viel war es trotzdem nicht, was sie am Ende des Tages zur Stärkung verzehren konnten. Aber Smilla wollte sich gar nicht erst vorstellen, wie es ohne Nadjas Hilfe um sie gestanden hätte.

Sie legte das Bündel Sauerampfer neben Nadjas Hündin Piggy ab, die artig am Waldrand gewartet hatte. Die Reise zehrte auch an Piggys Kräften. Sie hatte innerhalb der kurzen Zeit sichtbar Gewicht verloren. War sie anfangs noch wählerisch gewesen mit den Dingen, die Nadja ihr zum Fressen angeboten hatte, so biss sie nun hoffnungsvoll in alles, was in die Nähe ihrer Raubtierschnauze geriet.

Mit müden, kraftlosen Bewegungen machte Smilla sich daran, Steine zu suchen, mit denen sie eine Feuerstelle eingrenzen konnten. Danach sammelte sie im Dickicht halbwegs trockene Äste und schichtete sie im Innern des Steinkreises zu einem kleinen Scheiterhaufen auf. Mit Nadjas Feuerbogen und dem getrockneten Baumpilz, den sie als Zunder benutzte, entfachten sie ein Lagerfeuer. Immerhin würden sie beim Einschlafen nicht frieren müssen. Die Kälte war fast noch schwerer zu ertragen als der Hunger.

Sie kauten auf den Fasern des Sauerampfers herum, während die spitzkegeligen Kahlköpfe am Feuer trockneten, und schwiegen sich an. Was hätten sie einander auch sagen sollen? Jede Frage, jedes Wort barg die Gefahr, sie daran zu erinnern, dass sie beide alles verloren hatten.

»Steh mal auf, dann zeig ich dir, wie man jemandem den Arm auskugelt.«

Smilla sah von den Pilzen auf, die sie gedankenverloren angestarrt hatte. Das Feuer warf flackernde Schatten in Nadjas Gesicht. Mit ihren dunklen Haaren, den braunen Rehaugen und ihrer olivfarbenen Haut war sie äußerst hübsch.

Nadja, wie sie die Arme um Falk schloss, kurz bevor sie aufbrach, um nach einer Frau für die Sekte zu suchen. Mit fest aufeinandergepressten Lippen richtete Smilla ihren Blick ins Feuer. »Kein Bedarf.«

»*Ich* habe aber Bedarf.«

»Mir den Arm auszukugeln?«

Nadja lachte trocken. »Nein, dir ein paar Kampftechniken beizubringen. Wenn wir angegriffen werden, solltest du dich verteidigen können. Sonst nützt du mir herzlich wenig. Du nützt mir sowieso schon nicht so viel, wie ich gehofft habe.«

Smilla verdrehte die Augen, rappelte sich jedoch auf und umrundete das Feuer. Nadja schob sich ein letztes Blatt Sauerampfer in den Mund und stellte sich vor sie.

Dann griff sie ohne Vorwarnung nach Smillas Handgelenk, zog sie zu sich, verwickelte sie in einen kurzen Ringkampf und war mit einem Mal hinter ihr. Mit der einen Hand fixierte sie Smillas Schulter, mit der anderen bog sie ihren Arm nach hinten.

Smilla jaulte auf, als ihre Gelenke überdehnt wurden. Da ließ Nadja sie los.

»Aua«, beschwerte Smilla sich und rieb sich die rechte Schulter. »Wenn du mich verletzt, verletz ich dich auch!«, schimpfte sie und wurde sich im selben Moment bewusst, wie trotzig sie klang.

Nadja lachte erneut auf. »*Du* und mich verletzen?«, fragte sie, machte einen Satz auf sie zu und brachte sie erneut in einen Hebelgriff, nur diesmal an Smillas linker Seite. Nadjas Finger gruben sich in die Bisswunde in ihrer Schulter, und diesmal schrie Smilla vor Schmerz. Augenblicklich ließ Nadja sie los.

»Sorry«, murmelte sie und rieb sich die Hände an der Hose, als hätte sie etwas an den Fingern, das anderen gefährlich werden konnte. »Hab nicht dran gedacht.«

Smilla zog ihr Hemd etwas nach unten und begutachtete ihre Wunde, die Falks Hund ihr vor wenigen Wochen zugefügt hatte. Sie war schwer entzündet gewesen. Aber dank des Penicillins, das Nadja ihr geschenkt hatte, war die Entzündung inzwischen abgeklungen.

»Ist die Wunde wieder aufgegangen?«, fragte Nadja und klang beinahe schuldbewusst.

Smilla schüttelte den Kopf. »Halb so wild.« Sie rückte das zu große Hemd zurecht. »Aber für heute reicht es mir erst mal mit der Gewalt«, sagte sie dann und ging zurück zu ihrem Platz auf der anderen Seite der Feuerstelle.

»Du solltest aber wirklich lernen, dich selbst zu verteidigen«, meinte Nadja.

Die Schere in Smillas Hand, die sich in das Fleisch ihres Angreifers bohrte. »Ich kann mich schon selbst verteidigen.«

»Früher oder später wirst du auf jemanden treffen, dem du körperlich nicht gewachsen bist. Dann musst du wissen, wie man jemanden gezielt und schnell verletzt.«

Fremdes Blut, das sich auf ihrer Haut verteilte. »Ich will nicht lernen, wie ich jemanden verletze, okay?«, entgegnete Smilla energisch.

»Okay«, lenkte Nadja ein und hob die Hände, als würde Smilla eine Waffe auf sie richten. »Sag Bescheid, wenn du es dir anders überlegst. Wenn wir nicht beide draufgehen wollen, ist das idealerweise bald.«

Smilla antwortete nicht, und so versanken sie wieder in Schweigen.

Der Anblick der Flammen ließ Smillas Müdigkeit dichter werden. Feuer bedeutete Wärme. Wärme bedeutete Schlaf. Und von beidem hatte sie in den letzten Tagen viel zu wenig bekommen. Als die Müdigkeit so schwer wurde, dass Smilla kaum noch die Lider heben konnte, holte sie ihre Wolldecke aus ihrem Rucksack. Mit Blick aufs Feuer legte sie sich auf die Seite und zog die Decke bis unters Kinn. Einmal atmete sie noch tief ein und aus, um sich gegen die Albträume zu wappnen, die in der bevorstehenden Nacht auf sie lauerten. Dann schloss sie die Augen.

> Sie rannte durch dichten Nebel. Immer wieder warf Smilla panische Blicke zurück. An der Art, wie der Nebel sich hinter ihr kräuselte, erkannte sie, dass sich etwas in seinem Schutz auf sie zubewegte. Etwas mit Zähnen und Krallen, mit vielen Armen und Händen. Sie wandte ihren Blick nach vorn, suchte nach einer Möglichkeit, dem Nebel zu entkommen. Aber da war nichts. Vor ihr

lag eine nie enden wollende Ebene aus weißem Dunst.

Und dann fiel ihr Blick auf Jera. Sie rannte neben ihr, nur eine Armlänge entfernt. Sie schrie Smillas Namen. Um sie herum begann der Nebel regelrecht zu kochen. Im nächsten Moment stießen dunkle Hände nach oben, packten ihre kleine Schwester und rissen sie fort.

Nach Atem ringend fuhr Smilla hoch. Ihr Blick sprang suchend umher. Über ihr ragten die schwarzen Silhouetten von Nadelbäumen in den Nachthimmel. Das Feuer prasselte friedlich vor sich hin und tauchte alles im Umkreis von wenigen Metern in Kupferlicht.

Kein Nebel.

Keine Jera.

Kein jagendes Ungeheuer.

Nur Nadja, die sie ernst musterte.

Smilla wischte sich den Angstschweiß von der Stirn und setzte sich aufrecht hin. »Wie spät ist es?«

»Zwei, drei Uhr nachts.«

Manchmal fragte Smilla sich, ob Nadja überhaupt irgendwann einmal schlief. Sie war immer auf, wenn Smilla erwachte. Egal, ob es mitten in der Nacht oder früh am Morgen war. Wovon *sie* wohl träumte, wenn sie doch einmal die Augen schloss?

»Wer ist Jera?«

»Habe ich im Schlaf gesprochen?«, antwortete Smilla mit einer Gegenfrage.

Nadja nickte.

Smilla wurde unwohl bei der Vorstellung, dass sie, ohne

es zu wollen, Dinge von sich preisgab. Was hatte sie außer Jeras Namen noch gesagt? Etwas über Falk?

»Jera ist deine kleine Schwester, oder? Das Mädchen, mit dem du unterwegs warst, als Falk und ich euch zum ersten Mal begegnet sind«, hakte Nadja nach.

Einen Moment lang starrten sie sich über das Feuer hinweg an. *Begegnet* traf es nicht ganz. *Angegriffen* wäre der passendere Ausdruck gewesen. »Ja«, sagte Smilla dann bloß.

»Warum hat sie eigentlich nicht in eurem Bunker auf dich gewartet, als du aus unserer Festung geflohen bist? Weißt du, wo sie jetzt ist?«

Smilla presste die Zähne aufeinander. Nadja war eine der letzten Personen, mit der sie über ihre Schwester oder ihre Gruppe oder sonst irgendetwas reden wollte. Und doch musste sie die vielen Gedanken und Sorgen, die sich in ihrem Kopf stauten, irgendwie hinauslassen.

Smilla griff nach einem Zweig, der zwischen ihren Füßen lag, und fing an, damit in der Glut zu stochern. »Ich weiß nicht, wo sie ist. Während ich bei euch gefangen gehalten wurde, hat meine Gruppe beschlossen, den Bunker zu verlassen, weil sie sich dort nicht mehr sicher gefühlt haben. Jera ist mit ihnen gegangen.«

»Deine Familie hat dich zurückgelassen?«, fragte Nadja. Sie klang weniger schockiert als vielmehr neugierig.

»Sie waren nicht meine Familie. Sie haben Jera und mir nur Unterschlupf gewährt. Und ich bin froh, dass sie Jera mitgenommen haben. Sie konnten ja nicht wissen, ob ich überhaupt jemals zurückkommen würde.«

»Willst du deshalb nach Brüssel? Glaubst du, dass sie dort hingehen werden?«

Es war das erste Mal, dass sie fragte, warum Smilla ausgerechnet nach Brüssel wollte. Ein Gespräch nur um des Gesprächs Willen hatten sie beide bisher vermieden. Und es war auch besser, wenn das so blieb. Sie waren nur an der Oberfläche Gefährtinnen. Tief in ihrem Inneren waren sie Gegensätze, die sich voneinander abstoßen würden, wenn sie zu nah aneinander herankamen.

»Ja«, sagte Smilla knapp und legte sich wieder hin. Nadja schien die Botschaft zu verstehen und hörte auf, Fragen zu stellen.

KAPITEL

2

DIE SUCHENDEN

Im Morgengrauen brachen sie auf. Smillas Füße schmerzten bei jedem Schritt, und der Träger ihres Rucksacks drückte unangenehm auf ihre verheilende Schulter. Immer wieder glitt ihr Blick durch die Umgebung, auf der Suche nach einer Spur von Jera, Giorgio und den Schmieders. Sie wusste nicht, wann genau ihre Gruppe nach Brüssel aufgebrochen war, und ebenso wenig wusste sie, auf welcher Route sie reisten. Es war unwahrscheinlich, dass sie genau hier entlanggekommen waren, doch das hielt Smilla nicht davon ab, unentwegt nach ihnen Ausschau zu halten. Jera war das Einzige, das ihr die Plage nicht genommen hatte, und Smilla war für sie verantwortlich. Sie musste sie wiederfinden. Sie *musste* einfach.

»Was ist überhaupt in Brüssel? Warum glaubst du, dass deine Gruppe dort hingeht?«, riss Nadja Smilla aus ihren Gedanken.

»Dort bauen sie eine zivilisierte Gesellschaft auf«, sagte

sie und versuchte, die Sorge um Jera mit einer Vision von Brüssel zu mildern.

»Zivilisiert? Heißt das, sie haben Elektrizität?«, wollte Nadja wissen und warf Smilla einen Seitenblick zu.

»Das weiß ich nicht«, gab Smilla zu. »Aber man kann ja auch ohne Elektrizität zivilisiert sein, oder?«

Nadja zuckte die Schultern. »Schon, aber die Vorteile von Elektrizität würden es einem auf jeden Fall einfacher machen.«

Smilla war erleichtert, dass es nicht Nadjas erster Impuls war, die Geschichte über Brüssel skeptisch zu hinterfragen, so wie es die meisten anderen Überlebenden getan hatten, mit denen sie über Brüssel gesprochen hatte.

»Was wäre das erste elektrische Gerät, das du nutzen würdest, wenn du wieder Strom hättest?«, fragte Nadja.

Nachdenklich neigte Smilla den Kopf. »Schwierige Frage. Ein Herd?«

Nadja lachte. Es war nicht ihr überhebliches Lachen. Es war ein gluckerndes, fröhliches, das Smilla zuvor noch nicht von ihr gehört hatte. »Och, du bist ja eine richtig bescheidene Hausfrau.«

»Das hat doch nichts mit Hausfrausein zu tun«, erwiderte Smilla, konnte sich ein Grinsen aber nicht verkneifen. »Ich hätte nur mal gern wieder eine richtige Mahlzeit mit mindestens drei unterschiedlichen Komponenten und nicht irgendeinen Eintopf oder auf schmuddeligen Steinen gebratene Ratten und Pilze.«

»Ach, komm schon. So schlecht sind meine Ratten-Kochkünste nun auch wieder nicht.«

Smilla warf Nadja ein schiefes Lächeln zu. »Und du? Was würdest du als erstes tun, wenn wir wieder Strom hätten?«

»Ich würde mir ›Der Nussknacker‹ anhören und dazu tanzen«, antwortete Nadja prompt. »Ich habe Ballett getanzt, vor der Plage. Als ich noch klein war, war es mein großer Traum, irgendwann einmal die Rolle der Clara zu bekommen.«

Diesmal war es Smilla, die Nadja einen prüfenden Seitenblick zuwarf. Sie war sich nicht sicher, ob diese neue Information Nadja für sie zugänglicher oder noch unnahbarer machte.

»Wo kommst du denn eigentlich genau her?«, fragte Smilla. Sie fragte es leise, halb in der Hoffnung, Nadja würde es überhören. Ein Teil von ihr wollte nichts über diese Frau wissen. Schließlich hatte sie zu der Gruppe der *Verlorenen Jungs* gehört und mit ihnen geraubt und gemordet. Aber dann hatte Nadja Smilla nach ihrer Flucht aus dem Quartier der *Verlorenen Jungs* aufgespürt. Nicht, um sie wieder einzufangen, wie Smilla zunächst befürchtet hatte. Sondern um aus ihrer eigenen Gruppe zu entkommen und sich ihr anzuschließen. Spätestens da hatte Smilla realisiert, dass Nadja eine Person war, die mehr ausmachte als das, was man von außen erkannte: eine Person mit Ängsten und Hoffnungen, mit einer Vergangenheit und einer Zukunft. Genau wie Smilla selbst.

»Aus Stadtkyll«, antwortete Nadja bereitwillig. »Und du?«

»Köln.«

»Köln, natürlich. Daher kennst du ja Falk. Ich war nicht oft dort, aber ich habe immer gedacht: Wenn ich mal in eine Großstadt ziehe, dann wird es Köln sein.«

Die Beiläufigkeit, mit der Nadja Falk erwähnte, bohrte sich direkt in Smillas Herz. »Ja, Köln hatte schon was«, murmelte sie.

»Wie eng wart ihr eigentlich? Falk und du, meine ich. Er hat mir mal erzählt, dass du ihm Nachhilfe gegeben hast und er damals für dich geschwärmt hat, aber mehr auch nicht. Nur, Falk und die Ehrlichkeit ...« Nadja lächelte schief und zuckte die Schultern.

Smillas Magen krampfte sich zusammen. Ob Nadja ahnte, dass zwischen Falk und ihr mehr gewesen war? Wie würde sie darauf reagieren, die Wahrheit zu erfahren?

»Wir haben uns ein paar Mal getroffen, in den letzten Wochen«, entschied Smilla sich für die Wahrheit, schaffte es aber nicht, Nadja dabei anzusehen.

»Ja, das dachte ich mir schon.« Nadja seufzte. »Plötzlich wollte er mich nicht mehr dabeihaben bei seinen Ausflügen, obwohl wir vorher unzertrennlich gewesen waren.«

Smilla schluckte, und ihr wurde unangenehm heiß unter ihren vielen Kleidungsschichten. Aus den Augenwinkeln sah sie, wie Nadja die Arme hob und wieder sinken ließ. »Na ja, was soll's. So spielt das Leben. Er dachte immer, er sei allen anderen einen Schritt voraus. Am Ende hat's ihm das Genick gebrochen«, murmelte sie vor sich hin.

Abrupt blieb Smilla stehen. Das Gefühl der Scham, das sie bis eben empfunden hatte, verwandelte sich unvermittelt in Ärger. »*So spielt das Leben?*«, wiederholte sie. »Wie kann dich das so kalt lassen?«

Nadja sah sie an, als hätte Smilla ihr eine Ohrfeige verpasst. »Nein, also, ich meine –«

Aber Smilla unterbrach sie. »Falk ist möglicherweise tot. Umgebracht von seinen eigenen Leuten. Und nur, weil er nicht ehrlich war, ist dein Fazit dazu: *So spielt das Leben?*« Das Blut pulsierte in ihren Ohren. Ein stechender Schmerz in ihrer Brust machte ihr das Atmen schwer.

Nadjas Wangen färbten sich rot, ihre großen, runden Augen wurden glasig. »Das habe ich überhaupt nicht so gemeint«, presste sie hervor.

Einen Moment lang starrten sie einander bloß an, erschrocken darüber, wie schnell das erste halbwegs gewöhnliche Gespräch zwischen ihnen entgleist war.

»Ich muss mal«, murmelte Smilla dann. Mit fahrigen Bewegungen legte sie den Rucksack ab. Ohne Nadja noch einmal anzusehen, hastete sie zwischen die toten, braun verfärbten Farne, die den Trampelpfad säumten. Ihr Herz wummerte so kraftvoll, dass Smilla glaubte, es müsse ihren Brustkorb sprengen. Ihr Atem ging so schnell, dass sie Sterne sah.

Sie kämpfte sich vierzig, fünfzig Meter durch das Gestrüpp, bis Nadja sie nicht mehr sehen konnte. Dann sank sie zu Boden und schlang die Arme eng um den Körper. Was war das? Eine Panikattacke? Eine posttraumatische Belastungsstörung? Oder doch bloß ein gebrochenes Herz?

Es dauerte einige Minuten, aber schließlich fühlte Smilla sich bereit, wieder zurück zu Nadja zu gehen. Sie stand auf, wischte sich das nasse Laub von der Kleidung und lief in die Richtung, aus der sie gekommen war.

Als sie Nadja erreichte und ihren Rucksack schulterte, war das Gesicht ihrer Gefährtin wieder hart und verschlossen wie das einer Marmorstatue. Für den Rest des Marsches sprachen sie kein Wort mehr.

In der Abenddämmerung schlugen sie in einem verlassenen belgischen Örtchen ihr Nachtlager auf. Zum Abendessen gab es Girsch, Sauerklee und eine unglückselige Krähe, die in Nadjas Falle getappt war.

Kurz nachdem sie den letzten Bissen verspeist hatten, begannen eisige Regentropfen zu fallen. Sie zogen sich unter die Plane zurück, die Nadja in solchen Nächten über ihr Lager spannte, und rollten sich eng beieinander zusammen. Es lag nichts Vertrautes darin. Die Nähe war notwendig, um nicht allzu schlimm zu frieren. Ob Jera fror? Hoffentlich durfte sie sich nachts zwischen die Schmieder-Schwestern oder an Giorgio kuscheln.

Smilla verfing sich bereits in einem unruhigen Halbschlaf, als Nadja doch noch einmal die Stimme hob. »Es lässt mich nicht kalt, was passiert ist.«

Sie lag mit dem Rücken zu Smilla, und so konnte sie ihr nicht ins Gesicht sehen, doch sie klang entkräftet.

»Aber wer seine Gefühle nicht im Griff hat, schwächt sich selbst und macht sich für andere angreifbar«, fuhr Nadja fort.

Smilla schürzte die Lippen. Sie verstand Nadjas Gedankengang. Doch wenn die letzten Tage und Wochen sie eines gelehrt hatten, dann, dass man mit seinen Gefühlen verbunden bleiben musste, um seine Menschlichkeit nicht zu verlieren. »Das sehe ich anders«, erwiderte sie also.

»Ich weiß. Und was hat es dir gebracht?«, hielt Nadja dagegen und hob den Kopf an, sodass Smilla die Linien ihrer Wange und ihre Nasenspitze ausmachen konnte. »Denn so, wie ich das sehe, befinden wir uns beide in exakt der gleichen Situation. Nur, dass mein Kopf klar genug ist, um nach vorn blicken zu können. Du hingegen brütest die ganze Zeit vor dich hin und würdest einen Angreifer wahrscheinlich erst dann bemerken, wenn er dir eine Klinge in den Bauch rammt.«

Sie verfielen in Schweigen, und Nadja ließ den Kopf wieder sinken.

»Es tut mir leid, dass ich so aus der Haut gefahren bin«, sagte Smilla nach einer Weile. »Es ist nur … ich fühle mich schuldig für das, was passiert ist. Und ich frage mich die ganze Zeit, ob alles gut hätte ausgehen können, wenn ich mich anders verhalten hätte.«

»Mhm«, machte Nadja und drehte sich auf den Rücken, sodass sie Smilla ins Gesicht sehen konnte. »Und genau aus diesem Grund solltest du lernen, deine Gefühle in den Griff zu bekommen. Deine Was-wäre-wenn-Gedanken vergeuden nur wertvolle Kalorien.«

Sie sahen sich einen Augenblick lang an. Als Smilla nichts erwiderte, drehte Nadja sich wieder um und zog die Wolldecke enger um ihren Körper. Smilla schloss die Augen.

> Der Nebel reichte ihr bis zum Bauchnabel. Sie sah nicht, wo sie hintrat. Sie sah nicht, was vor und was hinter ihr lag. Irgendwo unter dem Nebel war Jera. Smilla schrie ihren Namen, schrie ihn noch einmal und noch einmal. Mit jedem Schrei veränderte sich ihre Stimme. Sie wurde tiefer, rückte weiter weg, bis es klang, als würde irgendwo in der Ferne ein Mann nach ihrer Schwester rufen.

Smilla schlug die Augen auf. Finsternis hüllte sie ein. Der Regen hatte das Feuer ausgelöscht und prasselte auf die Plane über ihnen. Wie jede Nacht hatten die Albträume Smilla den Schweiß auf die Stirn und ihren Herzschlag auf eine ungesunde Frequenz getrieben. Noch benommen von den Gefühlen, die der Traum heraufbeschworen hatte, brauchte sie einen Moment, um zu realisieren, dass Nadjas Hand auf ihrer Schulter lag.

»Smilla, wach auf«, flüsterte sie und rüttelte an ihr.

Neben ihnen in der Dunkelheit knurrte Piggy.

Smilla hob den Kopf. »Was ist?«

»Da ist jemand im Wald.«

Kaum war Nadjas Wispern verklungen, drang die Stimme aus Smillas Traum durch den Regen zu ihr. Eine Männerstimme, die nach Jera rief. Eine Stimme, die sie unter tausenden wiedererkannt hätte.

»Giorgio.«

Mit einem Satz war Smilla auf den Beinen. Sie rannte los, in die Richtung, aus der die Stimme gekommen war, und hinein in die dichte Finsternis des Waldes. Genau wie in ihrem Traum hatte sie keinen Schimmer, wo sie ihre Füße hinsetzte. Nur schemenhaft konnte sie die Umrisse der Baumstämme ausmachen.

»Giorgio!«

Was tat er hier? Warum war er noch nicht in Brüssel? Und viel wichtiger: Warum brüllte er mitten in der Nacht Jeras Namen durch den Wald? Angst keimte zwischen ihren Gedanken auf.

»Gior–« Ihre Füße stießen gegen eine harte Erhebung, und Smilla schlug der Länge nach auf den Waldboden. Kurz raubte es ihr den Atem, doch sie rappelte sich wieder auf und rannte weiter.

»Giorgio!«

»Smilla?«

Seine Stimme klang schon so nah, dass Smilla ihn hätte sehen müssen. Sie hielt inne und drehte sich einmal um sich selbst.

»Smilla!« Eine Hand legte sich auf ihre Schulter, und

sie fuhr herum. Sie erkannte durch den Regen und die Nacht weder Giorgios Züge noch den Ausdruck darauf, aber sie wusste, dass er es war.

Mit einem erstickten Aufschrei warf sie sich ihm entgegen und schlang ihre Arme um seinen Nacken. Er erwiderte die Umarmung ebenso ungestüm, sodass Smilla die Luft wegblieb. Wenige Sekunden verharrten sie so. In diesem Moment war die Erleichterung darüber, Giorgio – ihre Gruppe – gefunden zu haben, das mächtigste all der Gefühle in ihr.

»Du lebst«, wisperte Giorgio in ihr Haar. Er drückte sie sanft von sich, nahm ihr Gesicht in beide Hände und legte seine Stirn gegen ihre. »Geht es dir gut? Was ist passiert?«

»Wo ist Jera?«, fragte Smilla, anstatt seine Fragen zu beantworten. Wie es ihr ging, war nebensächlich.

Giorgio ließ Smilla los und bewegte sich etwas von ihr weg. »Sie ist weggelaufen«, sagte er dann dumpf.

Verständnislos schüttelte Smilla den Kopf. »Was?«

»Letzte Nacht, als wir anderen geschlafen haben, hat sie ihre Sachen gepackt und ist abgehauen.« Seine Stimme klang bitter. »Nur ihren Schal, den sie mir gegeben hat, weil ich gefroren habe, hat sie zurückgelassen.«

»Was soll das heißen?« Doch Smilla wusste genau, was das hieß. Sie war nur noch nicht bereit, es zu akzeptieren.

»Es tut mir so leid, Smilla. Ich wusste nicht, was sie vorhat, sonst hätte ich sie keine Sekunde aus den Augen gelassen.«

Ihre neunjährige Schwester allein im Wald – in der gnadenlosen und gleichermaßen gesetzlosen Welt, die die Plage heraufbeschworen hatte. Alles Blut wich aus Smillas Kopf, und ihr wurde schummrig.

»Was hat sie sich bloß dabei gedacht?«, hauchte sie und schloss ihre Finger fest um Giorgios Jacke, um nicht das Gleichgewicht zu verlieren.

»Ich sag's dir nur ungern, aber ich denke, sie hat sich auf die Suche nach dir gemacht.«

»Dann will sie zurück in die Eifel?«

»Davon gehe ich aus.«

Erst da wurde Smilla bewusst, dass Giorgio allein zu sein schien. »Wo sind die anderen?«, fragte sie und suchte die Dunkelheit hinter ihm nach Anzeichen ihrer übrigen Gruppenmitglieder ab.

Giorgio nahm ihre Hände und löste sie von seiner Jacke. »Sei ihnen nicht böse, okay?«, sagte er.

Der Regen prasselte auf sie ein und wusch auch das letzte bisschen Freude über dieses unverhoffte Wiedersehen fort.

»Sie sind ohne Jera und dich weitergezogen?« Smillas Stimme klang vor Ungläubigkeit schrill.

Giorgio gab einen tonlosen Seufzer von sich. »Nicht sofort. Am ersten Tag nach Jeras Verschwinden sind wir in unserem Lager geblieben. Wir haben die Umgebung abgesucht und gehofft, dass sie wiederkommt. Aber das hat sie nicht getan. Also sind die anderen am Morgen darauf weitergezogen.«

»Sie haben Jera einfach sich selbst überlassen?« Smilla verspürte das dringende Bedürfnis, gegen irgendetwas oder jemanden zu treten. Um zu vermeiden, dass Giorgio diesem Bedürfnis zum Opfer fiel, wandte sie sich von ihm ab und vergrub die Finger in ihren Haaren. »Karen, diese blöde F–«

»Es war die einzig vernünftige Entscheidung«, verhinderte Giorgio eine Tirade von Schimpfwörtern. »Jera ist aus freien Stücken abgehauen. Und zwar in die genau entgegengesetzte Richtung von Brüssel.«

Smilla ließ von ihren Haaren ab und fuhr zu Giorgio herum. »Sie ist erst neun, Giorgio!«

Er machte einen Schritt auf sie zu und nahm erneut ihre Hände, als wäre sie verwirrt und vom Weg abgekommen. »Ich weiß. Deshalb bin ich ja auch auf der Suche nach ihr.«

Angestrengt atmete Smilla aus. Ohne zu wissen, wonach sie suchte, ließ sie ihren Blick abermals durch den nächtlichen Wald gleiten. Fast hoffte sie, Jeras schmale Silhouette zwischen den Bäumen zu entdecken. Bei dem Gedanken daran, wie ihre kleine Schwester sich auf den Weg machte, um sie zu suchen, zog sich ihr Herz zusammen. Ob sie nachts allein im Wald Angst hatte? Trug sie genug Proviant bei sich, um es bis zur nächsten Siedlung zu schaffen? Wie stellte sie sich das denn überhaupt vor? Wie sollte ein kleines Kind Smilla aus irgendeiner Notlage befreien können?

»Smilla, es wird alles gut«, sagte Giorgio, der ihre wachsende Verzweiflung wahrzunehmen schien, und drückte ihre Hände. »Jera ist nicht blöd. Wenn es hart auf hart kommt, überlebt sie ein paar Wochen auf sich allein gestellt. Aber so weit wird es gar nicht erst kommen, denn vorher finden wir sie. Versprochen.«

Bebend holte Smilla Luft. Dann machte sie sich von Giorgio los. »Das ist alles meine Schuld«, sagte sie mit erstickter Stimme. »Ich hätte nie …« Ihre Stimme versiegte, und mit einem Mal wollten ihre Beine ihr Gewicht nicht mehr tragen. Mit dem Rücken zu einer Tanne ließ sie sich auf den Waldboden sinken und legte die Stirn auf ihre Knie. *Sie* war doch diejenige, die für ihre kleine Schwester sorgen musste. Nicht umgekehrt.

»Tränenreiches Wiedersehen?«, erklang Nadjas Stimme.

Giorgio fuhr herum, und Smilla hob den Kopf. Eine schemenhafte Bewegung verriet ihr, dass Nadja sich Giorgio von hinten genähert hatte.

»Sitz«, zischte sie Piggy zu, die witternd auf Giorgio zuschritt. Sie gab ein Winseln von sich, gehorchte aber.

»Keine Sorge«, murmelte Smilla an Giorgio gerichtet. »Das ist bloß Nadja. Wir reisen zusammen nach Brüssel.«

»Bloß Nadja«, wiederholte ihre Weggefährtin und schnalzte mit der Zunge. »Ein bisschen mehr Wertschätzung, bitte. Ohne mich wärst du vermutlich an deiner infizierten Wunde gestorben oder bei der Sekte gelandet. Oder beides.«

Giorgio sog scharf die Luft ein. »Bei der Sekte? Das meint sie doch nicht ernst, oder, Smilla?«

Smilla vergrub den Kopf entkräftet in den Händen. Lange Zeit hatte auch sie die Sekte, um die sich so viele Schauergeschichten und Gerüchte rankten, nur für einen postapokalyptischen Mythos gehalten.

»Doch, wie es scheint, gibt es die Sekte tatsächlich«, sagte sie bitter. »Die *Verlorenen Jungs* sind in einen Konflikt mit ihnen geraten und sollten ihnen als Wiedergutmachung eine Frau beschaffen. Und als ich dann einem von ihnen – Leon – im Wald begegnet bin, hat er die Chance ergriffen und mich entführt, um mich der Sekte zu übergeben.«

»Entführt?!«, unterbrach Giorgio sie verständnislos. »Ich dachte, du hättest dich Falk und dem Club freiwillig angeschlossen.« Trotz allem, was geschehen war, nannte er seine ehemalige Gruppe immer noch *den Club.* Als wären sie immer noch bloß der Fußballverein aus Köln, der zum Trainingslager in der Eifel gewesen war, als die Plage ausgebrochen war.

»Du hast wirklich geglaubt, dass ich einfach so zu denen überlaufe und Jera und dich wortlos sitzen lasse?«, fragte Smilla ungläubig.

Einen Moment lang schwieg Giorgio. »Ehrlich gesagt, ich wusste nicht mehr, was ich denken sollte, nachdem du dich trotz meiner Warnung weiter mit Falk getroffen hast.«

Smilla presste verärgert die Lippen aufeinander, erwiderte aber nichts. Sie hatten keine Zeit für Diskussionen.

»Wie auch immer, ich habe es auf jeden Fall geschafft, zu entkommen, bevor die Sekte aufgekreuzt ist. Und weil die *Verlorenen Jungs* dann an meiner Stelle Nadja ausliefern wollten, ist sie auch abgehauen, und wir haben uns zusammengetan«, erklärte Smilla hastig. Sie verstand, dass Giorgio vermutlich genauso viele Fragen an sie hatte wie sie an ihn. Aber alles, woran sie denken konnte, war Jera. Allein. Irgendwo im Wald.

»Warte – *die* Nadja? Die aus dem Club?«, fragte Giorgio, und Smilla hörte, wie er ein paar Schritte von Nadja wegmachte, als könnte sie jede Sekunde explodieren.

Seine Bewegung löste etwas in Piggy aus. Die bullige Hündin erhob sich und trottete auf Giorgio zu.

»Piggy?«, fragte dieser irritiert, nachdem er den Hund kurz in Augenschein genommen hatte. Piggy fing an, mit dem Schwanz zu wedeln, und drückte ihren breiten Schädel gegen Giorgios Beine.

»Moment mal«, sagte Nadja, bevor Smilla auf Giorgios Frage antworten konnte. »Du kennst Piggy? Wer bist du?« Die gewohnte Süffisanz, mit der sie scheinbar selbstbewusst durch angespannte Situationen wie diese navigierte, war mit einem Mal aus ihrer Stimme verschwunden.

»Das ist Giorgio. Er war auch mal bei den *Verlorenen Jungs* – also, im Club, meine ich«, erklärte Smilla.

»*Der* Giorgio? Aus Falks ehemaliger Fußballmannschaft? Der Verräter?«

»Ja«, antwortete Smilla für Giorgio, bevor dieser anfangen konnte, über Begrifflichkeiten zu diskutieren. »Er war mit meiner Gruppe auf dem Weg nach Brüssel, bis meine kleine Schwester beschlossen hat, abzuhauen, um mich zu suchen.«

»Oh«, machte Nadja.

Ein paar Sekunden lang wurde es still zwischen ihnen, als hätte ein gelangweilter Gott auf Pause gedrückt, um sich mit etwas anderem zu befassen. Aber Lebensgeschichten austauschen konnten sie ein anderes Mal. Und zwar, wenn sie Jera gefunden hatte. Smilla rappelte sich auf und atmete tief durch.

»Ich werde mich von hier aus auf die Suche nach Jera machen. Ihr beiden könnt zusammen weiter nach Brüssel reisen. Ich komme dann mit Jera nach.«

Auf seltsame Weise stimmten ihre eigenen Worte sie zuversichtlich. In so kurze, klare Sätze gefasst, klang es, als wäre das alles ein Kinderspiel.

»Nein, ich komme mit dir«, sagte Giorgio.

»Ich auch.«

Verwundert blickte Smilla in Nadjas Richtung.

»Ich habe in den letzten Tagen mehrmals darüber nachgedacht, umzukehren. Ich muss wissen, was mit Falk passiert ist, nachdem herausgekommen ist, dass er dir zur Flucht verholfen hat. Wenn der Club ihn am Leben gelassen hat, dann wird er mich jetzt brauchen. Und wenn er tot ist, dann weiß ich, dass es nichts mehr gibt, was mich noch an die Eifel bindet«, sagte sie mit einer Klarheit, als hätte sie den Satz schon einige Male im Geiste geübt. Vielleicht hatte sie das auch.

»Falk ist tot?«, fragte Giorgio.

»Möglicherweise«, antwortete Nadja beherrscht.

Smilla schluckte schwer. »Wir sollten uns direkt auf den Weg machen«, sagte sie, bevor Giorgio noch etwas fragen konnte.

»Du willst im Dunkeln und im Regen nach deiner Schwester suchen?« Nadjas Tonfall gab Smilla zu verstehen, dass sie das für keine kluge Idee hielt.

Der Gedanke, nun auch noch wertvolle Zeit in einer Diskussion mit Nadja zu verlieren, versetzte Smilla in Abwehrhaltung. »Was glaubst du denn? Soll ich mich hinsetzen und Däumchen drehen?«, gab sie energisch zurück.

»Jein«, antwortete Nadja. »Wir sollten wenigstens den Regen abwarten, damit wir nicht bis auf die Knochen durchnässt werden. Erkältet und mit Fieber sind wir deiner Schwester auch keine große Hilfe.«

Smilla setzte sich in Bewegung und schlug den Weg zurück zum Lager ein. »Giorgio, hast du Jeras Schal bei dir?«, fragte sie über die Schulter, Nadjas Einwand ignorierend.

»Ja, habe ich. Warum?«, wollte Giorgio, der ihr in geringem Abstand folgte, wissen.

»Piggy kann Jeras Fährte aufnehmen.«

»Theoretisch, ja«, schaltete Nadja sich ein, die ihrer Stimme nach zu urteilen etwas weiter abgeschlagen war als Giorgio. Smilla drosselte ihr Tempo, auch wenn es ihren Geist Überwindung kostete.

»Theoretisch? Was soll das heißen?«

»Na ja, das funktioniert nur mit frischen Fährten. Die Spur darf nicht mehr als einen halben, maximal einen Tag alt sein. Und da es jetzt auch noch regnet und wir die Spur ja noch nicht einmal ausfindig gemacht haben …«

Nadja brauchte nicht weiterzusprechen, Smilla hatte

verstanden. Piggys Spürhundfähigkeiten konnten ihnen nicht weiterhelfen.

Sie blieb stehen. Sie spürte ihr Herz mit aller Kraft schlagen. Es schlug für Jera. Doch ihre Knie fühlten sich weich und nachgiebig an. Warum hatte Jera das getan? Warum hatte sie den Schutz der Gruppe verlassen und Brüssels Versprechen von Sicherheit den Rücken gekehrt? Glaubte sie wirklich, dass sie es allein zurück in die Eifel schaffen konnte?

»Und was jetzt?«, fragte Smilla in den strömenden Regen.

Nadja ging mit entschlossenen Schritten weiter Richtung Lager. »Jetzt versuchen wir, im Schutz der Plane ein Feuer zu machen, trocknen uns und brechen dann im Morgengrauen Richtung Eifel auf.«

So sehr Smilla sich auch danach verzehrte, jetzt sofort tätig zu werden – wenn sie sich nicht allein auf die Suche nach Jera machen wollte, musste sie allem Anschein nach auf Nadja hören.

KAPITEL

3

DIE SPUR

Als das erste Tageslicht über den Horizont kroch, fingen sie eilig an, das Lager abzubauen. Smilla hatte in dieser Nacht kein Auge zugetan und war sich sicher, dass auch Giorgio und Nadja nicht geschlafen hatten. Immerhin hatte Nadja es fertiggebracht, im Schutz der Plastikplane ein Lagerfeuer zu entfachen, dank dem ihre Kleidung nun wieder halbwegs trocken war.

Während sie ihr weniges Hab und Gut in ihren Taschen verstauten, besprachen sie, wie sie vorgehen sollten, um Jera zu finden. Sie waren sich einig, dass Jera vermutlich auf dem gleichen Weg zurückging, auf dem sie auch Richtung Brüssel gereist war. Nur gab Giorgio zwischen zusammengebissenen Zähnen zu, dass er in der Dunkelheit von diesem Weg abgekommen sei und nun nicht genau wisse, wie weit sie sich von der ursprünglichen Reiseroute entfernt befänden.

Nadja meinte, das Sinnvollste sei, auf diesen Weg zurückzukehren, denn sonst bestehe die Gefahr, dass sie parallel zu Jera liefen, oder sie sogar überholten, ohne es je zu merken. Im schlimmsten Fall würde Jera etwas zustoßen, oder sie würde krank werden und es nie zurück in die Eifel schaffen, während Smilla, Giorgio und Nadja schon den Bunker und die Gassen Monschaus nach ihr absuchten.

Smilla versuchte, das Bild, das sich angesichts Nadjas abgeklärter Worte vor ihren Augen formte, zu vertreiben. Eine bleiche Kinderhand im Schlamm. Ein Tausendfüßler, der sich über Jeras geschlossenes Augenlid schob.

Sie würden noch mehr Zeit verlieren, wenn sie erst nach der richtigen Reiseroute suchten, anstatt auf direktem Wege Richtung Eifel loszugehen. Aber vermutlich hatte Nadja auch diesmal recht. Sie dachte klarer als Giorgio und Smilla, denn für sie bestand kein Grund, in Panik zu verfallen. Also schulterten sie ihre Taschen und folgten Giorgio in die Richtung, in der er die ursprüngliche Reiseroute vermutete.

»Ich glaube, hier war ich schon mal«, sagte Giorgio. Aus verengten Augen musterte er ein Stoppschild, das mit dem Stamm einer Buche verschmolzen war.

Hätte er diesen Satz in den letzten zwei Tagen nicht schon vier Mal von sich gegeben und wäre es nicht jedes Mal ein falscher Alarm gewesen, der sie wertvolle Stunden kostete, hätte Smilla vielleicht so etwas wie Enthusiasmus verspürt.

»Bist du dir sicher?«, fragte Nadja in einem einzigen gedehnten Seufzer. Da es nicht das Leben *ihrer* Schwester war, das auf dem Spiel stand, war sie weniger wütend auf Giorgio, sondern vielmehr genervt.

Unruhig verlagerte Giorgio sein Gewicht vom einen auf den anderen Fuß, während er das Stoppschild inspizierte. »Na ja, so viele mit einem Baum verwachsene Stoppschilder wird es in dieser Gegend wohl nicht geben, oder?«

Nadja und Smilla warfen sich einen kurzen Blick zu. War es zu früh, um sich der Hoffnung hinzugeben, dass Giorgio vielleicht diesmal richtig lag?

»Doch, ich bin mir sicher«, sagte er dann. »Glaube ich …«

Mit einem entnervten Stöhnen wandte Nadja sich ab und ließ sich auf einem umgestürzten Baum in einigen Metern Entfernung nieder. »Kannst du vielleicht ein bisschen schneller in dich gehen?«, rief sie ihm von dort aus zu. »Ich habe Hunger, ich bin durstig, mein Rücken tut weh, und wir laufen seit zwei Tagen im Kreis, weil du den Orientierungssinn einer Schnecke hast!«

»Das hat überhaupt nichts mit meinem Orientierungssinn zu tun«, entgegnete Giorgio mit einem finsteren Schulterblick.

Nadja stieß ein verächtliches und gleichermaßen freudloses Lachen aus und murmelte etwas, das die Worte »Kurzzeitgedächtnis« und »Stubenfliege« beinhaltete.

Zu Smillas Erleichterung ging Giorgio nicht weiter darauf ein. Die Stimmung zwischen den beiden war ohnehin schon düster genug.

»Also da entlang?«, fragte Smilla und deutete auf die breite Schneise zwischen zwei zugewucherten Feldern, die einst eine Straße gewesen sein musste.

Giorgio sah ihr in die Augen und bat stumm darum, dass sie ihr Vertrauen in ihn noch nicht verlieren möge. Dann nickte er.

Diesmal machte Giorgio nicht nach ein paar Minuten

oder Stunden irritiert halt, um sich um die eigene Achse zu drehen und festzustellen, dass er dieses Stück Land noch nie zu Gesicht bekommen hatte. Er lief immer weiter voran, durch verwilderte Felder und lichte Waldstücke. Ab und zu streckte er den Arm nach einem Ast oder einem Busch am Wegesrand aus und ließ seine Finger darüber gleiten, als flüsterte ihm der Wald Zuversicht zu. Smilla hoffte, dass dies ein Zeichen dafür wäre, dass Giorgio es geschafft hatte. Dass er sie zurück auf die Reiseroute geführt hatte, auf der vermutlich auch Jera Richtung Eifel wanderte. Und falls er im Stillen abermals realisierte, dass er sich geirrt hatte, dann ließ er es sich nicht anmerken. Sie waren endlich auf dem Rückweg, und noch einmal würden sie nicht anhalten und umkehren.

Die Reise zehrte zusehends an Smillas Kräften. Die ständige Sorge um Jera laugte sie aus, und Giorgio bedrängte sie, ihm haarklein zu erzählen, wie sie in die Fänge der *Verlorenen Jungs* geraten war. Was die Reise jedoch noch schwerer erträglich machte, war, dass Giorgio und Nadja sich ungefähr so gut vertrugen wie Mentos und Cola. Nadjas bloße Anwesenheit versetzte Giorgio in einen Zustand permanenter Anspannung. Smilla war sich nicht sicher, was genau der Grund dafür war. Hatte er Angst, dass Nadja ihn, den Verräter, im Andenken an die *Verlorenen Jungs* töten würde, wenn er ihr länger als drei Sekunden den Rücken zuwandte? Oder beschwor Nadjas Anwesenheit Erinnerungen daran herauf, was Giorgio anderen Überlebenden angetan hatte, als er selbst noch bei den *Verlorenen Jungs* gelebt hatte?

Giorgio gab sich zwar Mühe, seine Abneigung Nadja gegenüber zu verbergen. Doch Nadja strengte sich ihrerseits kaum an, mit Giorgio zurechtzukommen. Die Anspannung, die sich zwischen den beiden aufbaute, setzte auch Smilla unter Strom, sodass sie schon zusammenfuhr und sich auf Konfrontation gefasst machte, wenn Nadja oder Giorgio nur Luft holten.

Aber am schlimmsten von allem war der Hunger. Mit jedem Schritt nahm er zu. Er krallte sich tiefer in ihre Eingeweide und machte jede Bewegung zu einer Herausforderung. An etwas anderes als an Essen zu denken, wurde unmöglich. Die Albträume, die Smilla seit ihrer Flucht aus der Eifel plagten, wichen Visionen von schmackhaften Speisen und überquellenden Buffets. So qualvoll lebensecht schillerten diese Bilder, dass Smilla sich ihre Albträume zurückwünschte.

Der Hunger verlangsamte ihr Vorankommen Stunde um Stunde. Immer öfter mussten sie Halt machen, um sich auszuruhen oder essbare Pflanzen zu pflücken, die sie am Wegesrand fanden. Am Nachmittag des vierten Tages ihrer Suche verbrachten sie eine gute Stunde auf einer Fläche, auf der Sauerklee wuchs.

»Wir sollten einfach Giorgio essen«, wisperte Nadja Smilla zu. Sie knieten nebeneinander und stopften sich Hände voller zarter grüner Blätter in den Mund. Nur wenige Minuten zuvor hatten Giorgio und Nadja sich noch wütende Worte an den Kopf geworfen, weil Nadja den letzten Schluck sauberen Wassers getrunken hatte, ohne Smilla und Giorgio zu fragen, ob sie auch durstig seien.

Smilla spürte, wie sie bei Nadjas Worten eine Gänsehaut überkam. Sie schluckte einen Mund voll Sauerklee hinunter und warf Nadja einen Seitenblick zu. »Das ist nicht witzig. Es gibt Leute, die genau das tun würden«, sagte sie, und Nadja erwiderte nichts.

Bald würde der Winter Einzug halten, und es würde noch schwieriger werden, Essbares zu finden. Die Pflanzen, Würmer und Baumrinden, von denen sie sich in den letzten Tagen ernährt hatten, konnten den Hunger immer nur kurz besänftigen, aber nie stillen. Irgendwann einmal – unter welchen Umständen auch immer – Menschenfleisch zu verspeisen, schien auch Smilla plötzlich nicht mehr undenkbar.

»Kannibalismus ist eigentlich gar nicht so verkehrt, wenn man mal drüber nachdenkt«, sagte Nadja, als sie wenige Minuten später dem Waldweg weiter Richtung Nordeifel folgten. »Es gibt Naturvölker, die ihre Toten verspeisen. Ich würde lieber meiner Familie eine Mahlzeit bescheren, als unter der Erde von Würmern gefressen zu werden.«

Weder Giorgio noch Smilla erwiderten etwas. Hungrig und auf einer immer aussichtsloser scheinenden Mission gab es angenehmeren Gesprächsstoff als Tod, Verwesung und Kannibalismus.

»In den Siebzigern oder so ist mal ein Flugzeug mit einer Rugbymannschaft in den Anden abgestürzt. Die saßen wochenlang im Schnee fest und haben irgendwann angefangen, ihre Toten zu essen. So haben sie lange genug überleben können, bis der Teamkapitän Hilfe geholt hatte. Total verrückte Geschichte, die wurden –«

»Wenn du schon unbedingt quatschen musst, kannst du dann nicht wenigstens etwas Ermutigendes erzählen?«, unterbrach Giorgio Nadja.

Augenblicklich verkrampfte Smilla sich. Sie lief zwischen den beiden, und wenn sie nun anfingen, sich zu zanken, würde sie ihre Worte abbekommen wie Streifschüsse.

»Was Ermutigendes, ja?«, fragte Nadja, und Smilla konnte nicht sagen, ob sie spöttelte oder tatsächlich in ihren Hirnwindungen nach einer angenehmeren Anekdote kramte.

»Wie wäre es denn mit der Geschichte eines tapferen Mannes, der seine Freunde verrät, um bei einem Mädel zu landen?«, erwiderte Nadja gehässig. Also keine angenehme Anekdote.

Smilla richtete den Blick geradeaus und verschloss sich gegen das, was Nadja gesagt hatte. Sie wollte ihre spärlichen Kräfte nicht mit Streit verschwenden.

»Mit *Freunde* meinst du wohl den Club, und mit dem tapferen Mann mich, was?«, fragte Giorgio tonlos.

Nadja zuckte die Schultern. »Die Botschaft wird beim Empfänger gemacht.«

»Du bist doch selbst von dort abgehauen. Bevor du mich Verräter nennst, frag dich mal, was die wohl von *dir* halten.«

Nadja schnaubte. »Ich bin abgehauen, um mein Leben zu retten. Du bist abgehauen, weil du eine der Gefangenen flachlegen wolltest. Und wenn du das nicht getan hättest, dann wäre das alles nicht passiert. Falk wäre als Anführer nicht in die Kritik geraten. Es hätten sich nicht zwei Lager im Club gebildet, und wir hätten die Sekte platt gemacht, anstatt auf ihren beschissenen Deal einzugehen.«

Giorgio atmete hörbar ein.

»Es ist nicht Giorgios Schuld, dass der Club einen Konflikt mit der Sekte hatte«, sagte Smilla, bevor Giorgio etwas Gepfeffertes erwidern konnte. »Und jetzt hört auf mit dem Mist. Als hätten wir gerade keine größeren Sorgen.«

Keiner von beiden erwiderte etwas.

Eine Weile liefen sie schweigend weiter. Der Wald war still. So still, wie er nur kurz vor dem Wintereinbruch wurde, wenn immer mehr Lebewesen sich in ihre Löcher und Nester zurückzogen und sich in Angst vor der langen Kälte kleinmachten.

»Manche Typen sind echt so erbärmlich«, murmelte Nadja irgendwann. »Jahrelang habt ihr kein Problem damit, andere wie Dreck zu behandeln. Und dann verguckt ihr euch eines Tages in irgendein dahergelaufenes Prinzesschen und bekommt plötzlich einen Heldenkomplex.« Sie starrte geradeaus. Ihre Stimme klang nicht mehr hämisch, sondern bitter. Ob sie immer noch über Giorgio sprach? Oder waren es zwei andere Personen, an die sie in diesem Moment dachte?

»Ihr Name war Anna«, sagte Giorgio daraufhin. »Und sie war kein dahergelaufenes Prinzesschen.«

»Sie war übrigens auch meine Freundin«, schob Smilla hinterher, bevor Nadja zur nächsten Gemeinheit ansetzen konnte.

Einen Moment lang entgegnete Nadja nichts, und Smilla war kurz davor, sich der Illusion hinzugeben, es täte ihr leid, was sie da gesagt hatte.

Aber dann murmelte sie: »Mir doch egal, wie die Alte hieß.«

Smilla warf Giorgio einen Seitenblick zu. Innerlich beschwor sie ihn, nicht auf Nadjas Provokationen einzugehen. Sie konnte die Spannung, die durch seinen Körper lief, in der Luft zwischen ihnen fühlen, spürte, wie sie auf ihre eigenen Muskeln übersprang und sie in Alarmbereitschaft versetzte.

Doch Giorgio ging weiter. Beharrlich setzte er einen

Fuß vor den anderen und ließ den Schmerz, den Annas so unsanft heraufbeschworene Erinnerung in ihm auslösen musste, nicht nach außen dringen. Er war noch immer Giorgio, der Gutmütige. Giorgio, der sich im Griff hatte. Giorgio, von dem Smilla sich beim besten Willen nicht vorstellen konnte, dass er die Gräueltaten der *Verlorenen Jungs* geduldet, geschweige denn daran mitgewirkt haben sollte.

Hätte sie das Gleiche nur über Falk sagen können. Dann wäre es leichter gewesen, sich nicht dafür zu verachten, dass sie noch immer zärtliche Empfindungen heimsuchten, wenn ihre Gedanken zurück zu ihm wanderten.

Als sich die Sonne hinter der grauen Schicht aus Wolken dem Horizont näherte, kamen sie an einen schmalen Bachlauf. Giorgio schlug vor, hier das Nachtlager zu errichten. Sie waren nicht weit gekommen in den vier Tagen, die sie nun schon nach Jera suchten, und am liebsten wäre Smilla noch bis in die Nacht hinein weitergelaufen. Aber sie brauchten die Rast, um ihre Körper vor Krankheit zu schützen. Also widersprach Smilla nicht.

Nadja spannte gerade die Plane zwischen zwei Bäumen auf, und Smilla war damit beschäftigt, nach essbaren Wurzeln zu graben, als Giorgio von weiter oben am Bachlauf nach ihnen rief.

Nadja und Smilla hielten in ihrer Arbeit inne und tauschten Blicke. Dann joggten sie in wortlosem Einverständnis den Bach hinauf, bis sie auf Giorgio trafen.

Er stand am Rande von etwas, das in Smillas Ermessen eine große, matschige Pfütze war, die streng roch. Der Geruch erinnerte Smilla an den Kölner Zoo.

»Hmmm«, machte Nadja und sah sich um. »Wenn wir Glück haben, könnte uns das für mehrere Tage satt machen.« Verständnislos sah Smilla zu Nadja. Was sollte wen satt machen?

Nachdenklich kratzte Giorgio sich an der Schläfe. »Aber es würde uns auch mindestens einen Tag kosten, ein ganzes Wildschwein zu verwerten.«

Ein Wildschwein? Smilla wandte sich zu Giorgio, der ihren verwirrten Blick mit einem zarten Schmunzeln auffing. »Das ist eine Wildschweinsuhle«, erklärte er dann. »Hier kommen die Schweine hin, um sich, wie der Name schon sagt, im Schlamm zu suhlen.«

Nadja umrundete die morastige Senke und stellte sich, die Arme in die Hüften gestemmt, neben Giorgio. »Wir könnten eine Speerfalle anbringen. Der Baum dort eignet sich gut«, meinte sie und deutete auf eine Buche, die für Smilla so aussah wie alle anderen Buchen.

»Gute Idee«, pflichtete Giorgio ihr bei.

Es waren die ersten Worte, die die beiden seit dem Beinahe-Streit miteinander wechselten. Die Aussicht auf eine Mahlzeit schien sie daran zu erinnern, dass sie Verbündete waren und keine Feinde. Zumindest im Moment.

»Was sagst du, Smilla? Bist du bereit, einen Tag für die Verwertung zu opfern, falls wir ein Wildschwein fangen?«

Smilla biss sich auf die Unterlippe. Ein Tag mehr, an dem sich Jeras Vorsprung vergrößern würde. Ein Tag mehr, an dem ihr etwas zustoßen konnte. Doch sie brauchten Nahrung. Sie benötigten mehr als die welken Blätter, zähen Wurzeln und mageren Nagetiere, die ihnen der Herbst übriggelassen hatte.

»Okay«, rang Smilla sich zu einer Entscheidung durch.

»Ein Tag. Aber wenn wir heute Nacht keines fangen, ziehen wir weiter.«

Giorgio und Nadja schauten sich an und nickten sich knapp zu.

Nadja zückte das Jagdmesser, das einst Giorgio gehört hatte, und fing an, einen langen, geraden Ast spitz zuzuschnitzen. Während Giorgio einen Apparat aus Ästen und Seilen an dem Baum aufspannte, den Nadja für die Falle ausgewählt hatte, huschte sein Blick immer wieder zu ihr. Zu dem Messer in ihrer Hand. Vermutlich wusste sie nicht einmal, dass es eigentlich ihm gehört hatte, bevor sie es Smilla vor einigen Wochen am Ufer der Urft entwendet hatte. Dennoch wirkte es wie ein Affront, dass sie es vor Giorgios Augen benutzte, nachdem sie ihn vor wenigen Stunden noch mit abfälligen Worten über Anna getriezt hatte.

In der Hoffnung, dass sich der fadenscheinige Frieden zwischen den beiden in den nächsten Minuten nicht auflösen würde, begab Smilla sich zurück zu ihrem Nachtlager und fing an, die Feuerstelle vorzubereiten. Mit etwas Mühe und Geduld schaffte sie es sogar, das Feuer in Gang zu bringen. Piggy lag unter der aufgespannten Plane, den Kopf auf ihre Pfoten gebettet, und beobachtete Smilla.

»Wir fangen ein Wildschwein«, erklärte Smilla dem Hund. »Ein Wildschwein, Piggy! Dann kriegst du was zu fressen.«

Piggys Ohren zuckten beim Klang ihres Namens, und ihre Bernsteinaugen wurden größer.

Als Smilla sicher war, dass das Feuer nicht wieder erlöschen würde, stand sie auf, nahm ihre Wasserflasche und lief zum Bach. An einer der tieferen Stellen ging sie in die Hocke und drückte die Flasche unter Wasser. Als sie sich wieder aufrichtete, fiel ihr Blick auf einen ungewöhnlichen Abdruck im weichen Erdreich. Der Regen der vergangenen Nacht hatte ihn teilweise ausgespült, aber er war immer noch deutlich als Abdruck eines Schuhs erkennbar.

Smilla hielt die Luft an. Sie hob einen Fuß und setzte ihn neben dem Abdruck wieder ab. Der Fuß, der die Spur hinterlassen hatte, konnte nicht größer als Schuhgröße vierunddreißig gewesen sein und gehörte damit mit großer Wahrscheinlichkeit zu einem Kind.

Wie ein Stromschlag durchzuckte es ihren Körper. Smilla hob den Blick und scannte die Umgebung. Wie lange war es wohl her, dass dieser Fußabdruck entstanden war? War es möglich, dass er von Jera stammte? Von neuer Zuversicht gepackt, machte Smilla auf dem Absatz kehrt und rannte los.

»Giorgio!«, rief sie, sobald sie ihn und Nadja zwischen den Baumstämmen ausmachen konnte.

Er hielt in seiner Arbeit inne und sah auf.

»Ich glaube, Jera ist hier gewesen«, sagte sie aufgeregt, als sie bei ihm ankam.

Giorgio legte die Stirn in Falten. »Wie kommst du darauf?«

»Fußabdrücke, unten am Bach. Komm, sieh sie dir an!« Giorgio ließ das Seil fallen, das er gerade um den auserwählten Baum hatte binden wollen, und folgte Smilla zurück zu der Stelle, wo sie ihre Entdeckung gemacht hatte.

Er kniete sich in die nasse Erde am Bachufer und inspizierte den Fußabdruck mit zusammengezogenen Brauen. »Sie hatte ihre gefütterten Winterschuhe an, als wir das Quartier verlassen haben«, meinte er. »Nach dem zu urteilen, was hier noch vom Profil erkennbar ist, könnte das hinkommen.«

Smillas Herz, das ohnehin schon raste, legte noch einen Zahn zu. Wenn das tatsächlich Jeras Fußabdruck war, dann hieß das nicht nur, dass sie sich auf der richtigen Reiseroute befanden. Es bedeutete auch, dass es Jera vor nicht allzu langer Zeit noch gut gegangen war. Gut genug zumindest, um in aufrechtem Gang dem Bachlauf in Richtung Eifel zu folgen.

»Wie alt sind die Abdrücke wohl?«, fragte Smilla, die vor Aufregung leicht außer Atem war.

Giorgio wiegte den Kopf hin und her. »Das ist bei diesem Wetter schwer festzustellen. Hätte es in den letzten Tagen nicht so oft geregnet, könnte ich anhand der Trocknung Genaueres sagen, aber so …« Er schüttelte den Kopf und erhob sich. »Irgendetwas zwischen zwölf Stunden und zwei Tagen.«

Smillas Mut sank. Das war wirklich kein präzises Zeitfenster. Zumindest nicht in ihrer Situation, in der manchmal Sekunden über Leben und Tod entschieden. Kurz hatte sie geglaubt, Jera schon in wenigen Stunden in die Arme schließen zu können. Nun schien sie wieder unendlich weit entfernt.

Giorgio sprang über den Bachlauf und nahm den Schlamm auf der anderen Seite in Augenschein.

»Sieht aus, als wäre sie in diese Richtung weitergelaufen«, sagte er und deutete den Hang hinauf, ohne den Blick von den Spuren zu nehmen. »Und…«

»Und was?«, fragte Smilla ungeduldig, als Giorgio den Satz nicht vervollständigte, sondern nur weiter auf den matschigen Untergrund starrte.

»Warst du auf dieser Seite des Baches?«, fragte er dann.

Smilla schüttelte den Kopf.

»Und Nadja?«

»Nein, nicht, dass ich wüsste. Warum? Was ist denn da?« Sie machte ebenfalls einen Satz über den Bach, worüber sich ihre ausgezehrten Muskeln mit einem unangenehmen Ziehen beschwerten.

Giorgio löste seinen Blick von den Spuren und sah zu Smilla auf. Sein Gesicht wirkte seltsam langgezogen, als hätte ihn soeben jemand schwer enttäuscht.

»Hier sind noch andere Abdrücke«, sagte er dann und wies in den Schlamm vor ihnen.

Smilla beugte sich nach vorn und folgte mit den Augen seinem ausgestreckten Zeigefinger. Er hatte recht. Da waren noch weitere Abdrücke. So große, dass sie unmöglich zu Jera gehören konnten.

Es brauchte einige Sekunden, bis Smilla begriff, was das bedeutete. »Jera ist nicht allein?«, fragte sie. Ihre Stimme war mit einem Mal kaum mehr als ein Lufthauch.

Giorgio nickte knapp. Bedauern spiegelte sich in seinen Augen. »Entweder das, oder jemand verfolgt sie.«

KAPITEL

4

DIE FALLE

Vielleicht ist es ja gar nicht so schlecht, dass Jera nicht allein ist«, sagte Nadja und spießte eine Wurzel auf einen angespitzten Ast.

Smilla sah durch die Flammen des Lagerfeuers zu ihr hinüber. Wenn sie jetzt einen ihrer zynischen Sprüche vom Stapel ließ, konnte sie nicht dafür garantieren, dass sie nicht doch einmal aus der Haut fahren würde. So sehr sie auch von Nadjas und Piggys Anwesenheit profitierten.

»Wenn man in dieser Welt mit irgendjemandem oder irgendetwas Mitleid hat, dann ja wohl mit einem Kind.«

Smilla brauchte einen Moment, um zu verstehen, dass an Nadjas Aussage nichts Bösartiges haftete. »Du meinst, es könnte sich jemand ihrer angenommen haben?«, hakte sie nach.

Nadja zuckte die Schultern. »Denkbar wäre es, oder nicht?«

Smillas Augen richteten sich wieder in die Flammen.

An diese Möglichkeit hatte sie noch gar nicht gedacht. Automatisch hatte sie das Schlimmste angenommen.

»Dir hat sie nicht leidgetan«, wandte Smilla leise ein.

Nadja bohrte den Ast in den Boden, sodass das Ende mit der Wurzel daran dicht über dem Feuer schwebte. »Wie meinst du das?«

»Damals, an der Urfttalsperre, als wir uns zum ersten Mal begegnet sind und Falk mir seinen Hund auf den Hals gehetzt hat. Da hast du Jera verfolgt, als sie geflohen ist.«

Wenn Nadja kein Mitleid mit Jera gehabt hatte, dann gab es sicherlich unzählige andere, die ebenfalls keines haben würden. Eine Garantie für Erbarmen gab es nicht. Auch nicht für Kinder.

Nadja seufzte. »Ja. Aber bloß, um sie auszurauben, nicht um ihr weh zu tun.«

Die restliche Zeit, bis die Wurzeln gar waren, verbrachten sie schweigend. Nach ihrem kargen Abendessen begaben Smilla und Giorgio sich zurück zur Wildschweinsuhle, um eine der Wurzeln als Köder auszulegen. Das Prinzip der Falle war simpel. Man schnürte den Speer an einen Baum, überdehnte ihn und sicherte ihn mit einem kurzen, ypsilon-förmigen Stock, sodass er nicht von selbst zurückschnellte. Dieser Stock wiederum wurde mit der Schnur verbunden, an welcher der Köder baumelte. Zog ein Tier daran, löste sich der ypsilon-förmige Stock, und der überdehnte Speer schnellte zurück. Seine Spitze bohrte sich dann in die Flanke der Beute. Das Tier würde wahrscheinlich nicht sofort sterben, aber mit Piggys Hilfe würden sie es aufspüren und zur Strecke bringen können.

Das letzte Mal, als Smilla eine so große Beute gejagt hatte, war sie ebenfalls in Giorgios Begleitung gewesen.

Gemeinsam hatten sie einen ausgewachsenen Rehbock erlegt. Das war gewesen, bevor Giorgio sich mit Sarah, einer der Schmiedertöchter, eingelassen hatte und Smilla sich so sehr als Außenseiterin in ihrer Gruppe gefühlt hatte, dass sie abgehauen war. Unglücklicherweise direkt in die Arme der *Verlorenen Jungs.* »Was ist eigentlich mit Sarah?«, fragte Smilla, nachdem Giorgio ihr die Funktionsweise der Falle erläutert hatte. Aufgrund von Jeras Verschwinden hatte sie kaum einen Gedanken an die Schmieders verschwendet.

»Sie ist mit den anderen weiter Richtung Brüssel gegangen. Dort treffen wir uns wieder«, sagte er. Er klang gelassen, als wäre es beschlossene Sache, dass sie früher oder später in Brüssel ankommen würden.

Was Smilla wohl an Sarahs Stelle getan hätte? Wäre sie mit ihrer Familie weiter Richtung Brüssel gezogen, oder hätte sie ihren Freund zurück in die Ungewissheit begleitet?

»Wie geht es dir damit?«, fragte sie zaghaft.

Giorgio brauchte einige Sekunden, bevor er antwortete. Er fummelte fahrig an dem Köder herum, und kurz hatte Smilla Sorge, er würde die Falle auslösen und sich auch noch den linken Arm ruinieren. Den rechten hatten die *Verlorenen Jungs* schwer verletzt, nachdem er damals Anna befreit und versucht hatte, mit ihr zu fliehen.

»Klar wäre ich froh gewesen, wenn ich mich nicht allein auf die Suche nach Jera hätte machen müssen. Aber ich verstehe Sarahs Entscheidung. Die eigene Familie ist das Wichtigste.« Er ließ den Köder los. »Und jetzt bin ich ja auch nicht mehr allein«, fügte er dann mit einem traurigen Lächeln hinzu.

Giorgio stand auf und begutachtete ein letztes Mal die

Falle, die er und Nadja gebaut hatten. Dann wandten sie sich um und gingen zurück, auf den Schein ihres Lagerfeuers zu.

Mit einem flüchtigen Seitenblick musterte Smilla ihren Freund. »Es tut mir leid, dass ich uns allen solche Schwierigkeiten eingebrockt habe.«

Lustlos trat Giorgio gegen einen vermoderten Ast, der in seinem Weg lag. Mit einem schweren, nassen Geräusch landete er in einigen Metern Entfernung im Laub. »Es ist nicht dein Fehler, dass der Club ein Haufen skrupelloser, lügender Arschlöcher ist.«

»Nein, ist es nicht, aber ich habe euch angelogen und deine Warnungen ignoriert. All das hat mit dazu beigetragen, dass wir nun an diesem Punkt stehen.«

Sie waren nun fast wieder beim Nachtlager angekommen. Durch die Bäume konnte Smilla Nadjas Silhouette vor dem Feuer ausmachen, den Schein der Flammen wie eine Krone auf dem zerzausten Haar.

»Was passiert ist, ist passiert. Dass du dir jetzt Vorwürfe machst, ändert auch nichts mehr daran«, sagte Giorgio mit einem Schulterzucken.

Smilla schüttelte den Kopf. »Es ist aber nicht nur das. Wäre ich nicht gewesen, dann wäre Falk jetzt vielleicht noch … vielleicht wäre ihm nichts passiert«, sagte sie leise. Sie gab es nicht gern zu, nicht vor sich, und auch nicht vor Giorgio. Und doch kostete es sie zu viel Kraft, es zu leugnen: Trotz allem, was sie über Falk erfahren hatte, tat er ihr leid. Trotz allem, was er anderen Menschen angetan hatte, wünschte sie ihm nicht den Tod. Diese Erkenntnis ließ sie sich weich fühlen. Wie ein knochenloses, durchscheinendes Meereswesen, das von jeder Welle und jeder Strömung in eine neue Richtung gedreht wurde.

Giorgio gab ein Schnauben von sich. »Falk ist der Letzte, der dein Mitgefühl verdient.«

Smilla schluckte. »Das ist leicht gesagt«, murmelte sie. Im Grunde stimmte sie Giorgio zu. Nur dass sie sich nicht dazu bringen konnte, es auch zu fühlen. Genauso wenig, wie sie sich dazu bringen konnte, zu akzeptieren, dass Falk vermutlich tot war. Als sie ihn zuletzt gesehen hatte, hinter den Toren seiner Festung, war er noch am Leben gewesen. Voller Kraft und Angst. Es war Smilla unmöglich, sich von diesem Bild zu lösen. Wer so voller Leben gewesen war, konnte so kurze Zeit später nicht gestorben sein. Das war nicht vorstellbar.

»Ich verstehe schon«, sagte Giorgio leise. »Du warst dabei, dich in ihn zu verlieben. Natürlich fühlst du gerade tausend Dinge auf einmal.«

»Ich bin nicht in ihn …«, setzte Smilla zum Protest an, aber das letzte Wort wollte ihr nicht über die Lippen. »Es war bloß – ich konnte mit ihm über früher sprechen. Ich war glücklich, wenn ich bei ihm war, auch wenn wir dauernd gestritten haben. Und obwohl ich wusste, dass er kein Unschuldsengel ist, habe ich mich in seiner Nähe sicher gefühlt. Und dann stellt sich plötzlich heraus, dass er ein Mörder, ein Dieb und ein Lügner und zu allem Überfluss mit Nadja zusammen ist.« Sie hob die Arme und ließ sie dann ergeben wieder sinken. »Ich meine – so was Beschissenes!«

Im Schein des Feuers, der schwach bis zu ihnen durch den Wald drang, sah sie, wie Giorgio erneut sein trauriges Lächeln lächelte. »Beschissen, ja, das fasst es ganz gut zusammen.«

Smilla atmete tief ein und wieder aus.

»Gib dir Zeit«, sagte Giorgio. »Was du … was *wir* in

den letzten Tagen erlebt haben, steckt man nicht einfach so weg. Es gehört dazu, sich beschissen zu fühlen und sich zu fragen, ob man all das hätte verhindern können. Irgendwann wird es auch wieder anders sein.« Smilla brauchte nicht nachzufragen, woher er das wusste. Sie beide hatten genug Menschen verloren, um zu wissen, dass er recht hatte.

Zurück im Lager kippte Giorgio Bachwasser ins Feuer, bis auch der letzte Funken Glut erloschen war. Ohne Feuer stand ihnen eine beißend kalte Nacht bevor. Aber die Flammen und der Geruch von Rauch würden sonst das Wild davon abhalten, sich bis zur Suhle vorzuwagen.

Im dürftigen Schutz von Nadjas Plane rückten sie enger aneinander als in den vorigen Nächten, um sich gegenseitig vor dem Auskühlen zu bewahren. Obwohl die Wärme, die von Giorgio und Nadja auf Smilla abstrahlte, ihre Muskeln entspannte, beschwor sie auch ein anderes, weniger wohliges Gefühl in ihr herauf. Wie ein Geruch, der einen in eine ferne Erinnerung mitreißt, versetzte die ungewohnte Nähe Smilla in Alarmbereitschaft. Wieso, konnte sie nicht sagen.

Piggy hingegen war von diesem Arrangement begeistert. Sie krabbelte über sie hinweg, schleckte ihre Gesichter ab und quetschte sich schließlich zwischen Smilla und Giorgio. Mit dem Hund als Puffer fiel es Smilla etwas leichter, das diffuse Gefühl der Bedrohung wegzuatmen. Dennoch dauerte es viele Stunden, bis ihr Herz endlich aufhörte, unruhig zu pochen, und sie es wagte, ihre Augen für mehr als ein paar Sekunden zu schließen.

Smilla erwachte im Morgengrauen, zeitgleich mit den anderen beiden.

Nadja gähnte und streckte sich. »Ich habe erstaunlich gut geschlafen«, krächzte sie und setzte sich auf. »Vielleicht sollten wir immer ein bisschen kuscheln vor dem Einschlafen«, sagte sie an Smilla gewandt und wackelte mit den Augenbrauen.

Nur einen Wimpernschlag später jedoch erlosch der schelmische Ausdruck auf ihrem Gesicht. »Wenn wir gut geschlafen haben, heißt das, dass vermutlich nichts in unsere Falle gelaufen ist. Das hätte Krach gemacht, oder?«

Giorgio rieb sich schlaftrunken die Augen und schob Piggy behutsam von sich. Dann wandte er sich in die Richtung, in der sich die Suhle befand. »Ich denke auch. Mehr als zweihundert Meter sind es ja nicht, von hier bis zur Falle.«

Bei diesen Worten fühlte Smilla das bisschen Energie, das der Schlaf ihr geschenkt hatte, aus sich weichen wie Luft aus einem Luftballon. Denn das hieß, wieder nur Grünzeug, Wurzeln und Baumrinde zum Frühstück. Und zum Mittagessen und zum Abendessen. Wenn sie Glück hatten, vielleicht noch eine Ratte oder eine Krähe, die sie sich zu dritt teilen würden.

Sie standen auf, unterzogen sich einer Katzenwäsche im Bach und machten sich dann gemeinsam auf den Weg zur Suhle. Keiner von ihnen hatte große Hoffnung, dort ein Tier oder auch nur Spuren einer verletzten Beute zu finden. Piggy folgte ihnen mit gesenktem Kopf, als wollte sie in ihren Missmut einstimmen.

Bei der Suhle angekommen, bestätigte sich ihre Befürchtung. Die Falle war noch gespannt, der Köder hing unberührt am Seil.

»So wie es aussieht, war heute Nacht überhaupt kein Wild hier«, sagte Giorgio. Er hatte sich hingekniet und betrachtete den matschigen Erdboden.

»Vielleicht wegen des Dauerregens. Da brauchen sie sich nicht zu suhlen«, meinte Nadja, die neben Giorgio stand und ihm zusah, als hoffte sie, sich etwas bei ihm abschauen zu können.

Giorgio schürzte die Lippen. »Für Wildschweine gehört das eigentlich zum täglichen Ritual.«

»Dann hatten wir wohl mal wieder Pech«, brummte Smilla.

In diesem Moment ertönte ein Surren, wie ein Pfeil, der durch die Luft zischte, gefolgt von einem dumpfen Schlag und einem schrillen Quieken.

Sie fuhren herum. Piggy krümmte sich im Schlamm und schrie, wie Smilla es von einem Hund noch nicht gehört hatte.

Nadja fiel mit in Piggys Schreie ein. Mit zwei großen Sätzen war sie bei ihrem Hund und ließ sich neben ihm auf den nassen Boden fallen.

Piggy war in die Falle getappt. Hungrig, wie sie war, musste die gegarte Wurzel ihr Interesse geweckt haben.

»Nein«, jammerte Nadja. »Nein, nein, nein!«

Smillas Brustkorb wurde eng, als sie Nadja aus der Entfernung dabei zusah, wie sie den Speer aus Piggys Flanke zog. Ein Schwall dunklen Blutes sprudelte aus der Wunde hervor, und Nadja entfuhr ein weiterer, spitzer Schrei. Sie ließ den Speer fallen und presste die Hände auf die blutende Öffnung.

Giorgio schaffte es vor Smilla, sich aus seiner Schockstarre zu lösen. Er eilte zu Nadja und ging neben ihr in die Knie. »Lass mich mal sehen«, raunte er.

Nadja rückte auf dem Hintern von Piggy weg, um Giorgio Platz zu machen. Mit dem Handrücken wischte sie sich die Tränen von der Wange, wobei sie eine glänzende, rote Blutspur auf ihrer Haut hinterließ.

Zögerlich trat Smilla neben die anderen. Ihr Verstand hatte nicht vollends verarbeitet, was passiert war.

Piggy. Verwundet.

Sie wusste, dass das ganz und gar nicht gut war, aber ihr Körper reagierte auf diese Realität noch nicht.

Giorgio betastete die Ränder der Einstichwunde. Piggy lag mittlerweile auf der Seite, ihre Beine ruderten vor und zurück, als glaubte sie, vor ihrer Verletzung davonrennen zu können. Mit jedem Atemzug gab sie kurze, röhrende Laute von sich. Es brauchte keinen Tierarzt, um zu erkennen, dass Piggy das hier ohne eine Operation, Medikamente und viele Tage Ruhe nicht überleben würde.

Auch Nadja schien das begriffen zu haben. Sie hielt den Kopf in den Händen und wiegte sich vor und zurück. Das Haar fiel ihr ins Gesicht, doch Smilla wusste, auch ohne ihre Augen sehen zu können, dass sie weinte.

»Wir sollten es kurz und schmerzlos für sie machen«, sagte Giorgio und klang plötzlich heiser.

Nadja wimmerte, sah aber nicht auf.

Mit zittrigen Fingern zog Giorgio das Jagdmesser aus Nadjas Stiefel.

»Es tut mir so leid, Piggy«, flüsterte er und wog seine Waffe in der Hand. Die, mit der er noch halbwegs gut greifen konnte. »Du hast etwas Besseres verdient.« Seine Stimme brach, und nun fing auch er an zu weinen. Vermutlich hatte er sie bei den *Verlorenen Jungs* aufwachsen sehen, und jetzt sollte er ihr das Leben nehmen.

Endlich schaltete Smillas Körper. Kurzentschlossen

kniete sie sich neben Giorgio. »Lass mich das machen«, sagte sie und nahm ihm das Messer ab. Er widersprach nicht.

Geräuschvoll zog er die Nase hoch und legte einen bebenden Zeigefinger auf eine Stelle zwischen Piggys Rippen.

»W-wenn du hier mit aller Kraft reinstichst, geht d-die Klinge direkt ins Herz«, schluchzte er.

Bei diesen Worten jaulte Nadja auf.

Smillas Hände wurden schwitzig, und ein Kloß in ihrem Hals erschwerte ihr das Atmen, als sie das Messer dort ansetzte, wo Giorgio hingedeutet hatte.

Piggys Beine zappelten noch immer, aber bereits weniger koordiniert. Ihre kleinen Bernsteinaugen rollten zurück, und schwer atmend sah sie Smilla an. Sie schien um Hilfe zu bitten. Doch die einzige Hilfe, die sie ihr bieten konnte, war ein schneller Tod.

Smilla biss sich auf die Zunge. Der Schmerz half ihr, sich auf das zu konzentrieren, was sie nun tun musste. Sie hatte mit eigenen Händen einen Rehbock getötet. Sie hatte sich mit einer Schere gegen einen der *Verlorenen Jungs* zur Wehr gesetzt. Sie konnte es wieder tun.

Ihr Herz wummerte. Der Gedanke, den Tod eines Lebewesens herbeizuführen, erfüllte sie immer noch mit Grauen. Doch anders als bei dem Rehbock wurde ihr jetzt nicht mehr übel davon. *Man wächst mit seinen Aufgaben*, erklang die Stimme ihrer Mutter aus den hintersten Winkeln ihres Geistes. Das hier hatte sie damit sicher nicht gemeint.

Smilla holte mit dem Oberkörper Schwung. Dann trieb sie die Klinge zwischen die Rippen des Hundes. Piggy erschauderte. Ihre Pfoten holten zu einem letzten, imaginären Sprung aus. Dann erschlaffte ihr Körper. Das Fell der Hündin verlor augenblicklich seinen Glanz. Ihre Augen blickten vom einen auf den anderen Moment stumpf ins Nichts. Innerhalb weniger Sekunden war Piggy von einem Lebewesen zu einem Apparat aus Knochen, Muskeln und Fell geworden.

Es war dieser Moment, in dem Smilla bewusst wurde, dass ihr Leben ewig so weitergehen würde. Ein Schlag nach dem anderen würde sie treffen, jeder anbrechende Tag würde mehr Schmerz und Verlust in ihren Alltag lassen, bis sie nichts mehr hätte. Bis sie selbst an der Reihe wäre, ihren letzten Atemzug zu tun. Ein träger Nebel aus Resignation kroch in Smilla hoch. Es schien sinnlos, jemals wieder aufzustehen und weiterzumachen.

Eine Weile saßen sie bloß neben Piggy auf dem Waldboden und sprachen kein Wort. Sie hatten nicht nur ein nützliches Werkzeug im Kampf ums Überleben verloren, sondern eine Freundin, eine Weggefährtin.

»Wollt ihr sie begraben?«, fragte Smilla irgendwann und rappelte sich auf.

Giorgio holte tief Luft und erhob sich ebenfalls. »Ja«, sagte er dann.

Im gleichen Moment sagte Nadja: »Nein.«

Smilla und Giorgio sahen sie an. Fragend hob Giorgio die Augenbrauen.

»Wir sollten sie essen.«

Sie entfachten ein Feuer, und Nadja machte sich daran, Piggy auszunehmen und zu häuten. Ihre Augen waren vom Weinen gerötet, ihre Nase verstopft. Doch ihr schwacher Moment war vorbei, und sie war wieder zu der Frau geworden, die ohne mit der Wimper zu zucken tat, was sie glaubte, tun zu müssen. Insgeheim bewunderte Smilla sie für diese Qualität. Sie selbst hätte niemals vorgeschlagen, Piggy – ein Mitglied ihrer Gruppe – zu verspeisen. Sie hatte nicht einmal daran gedacht. Aber Nadja hatte in Piggys Tod eine Chance gesehen und sie genutzt.

Sie würden den Hundekadaver nicht vollständig verwerten können, dafür hatten sie nicht die Mittel und auch nicht die Zeit. Aber sie würden das Fleisch als Proviant auf ihre Reise mitnehmen können.

Giorgio rammte Piggys Kadaver, der nun überhaupt nicht mehr nach Piggy aussah, auf einen behelfsmäßigen Spieß. Mit vereinten Kräften hievten sie den Spieß in eine simple Vorrichtung aus Stöcken über den Flammen.

Bei den ersten Tropfen Fett, die von dem toten Hund ins Feuer tropften und zischend verdampften, lief Smilla das Wasser im Mund zusammen. Der Geruch von Fleisch benebelte sie wie eine Droge, und sie musste sich zusammenreißen, nicht aufzuspringen und mit bloßen Zähnen in den brutzelnden Braten zu beißen.

Sobald die ersten Partien gar waren, schnitt Giorgio sie mit seinem Jagdmesser heraus und verteilte sie unter ihnen. Sie standen nebeneinander am Feuer, jeder ein Stück Fleisch in den Händen, und sahen sich an.

»Auf Piggy«, sagte Giorgio.

»Auf Piggy«, wiederholten Nadja und Smilla. Dann aßen sie.

Das Sättigungsgefühl war himmlisch. Smilla wurde von innen heraus warm, und sie fühlte sich mit einem Mal sehr zufrieden. Nach der Zufriedenheit kam tiefe Dankbarkeit.

Für Piggy, die sich unwillentlich für sie geopfert hatte. Für Nadja, die ihr dabei half, zu überleben, obwohl sie ohne sie wohl besser dran gewesen wäre. Für Giorgio, der mit ihnen nach Jera suchte, obwohl er seine Freundin nach Brüssel hätte begleiten können.

Smilla ließ sich auf den Rücken ins Laub sinken und blinzelte in den Himmel. Vielleicht konnten sie es ja doch schaffen. Vielleicht würden sie mit der Kraft, die sie durch Piggy in sich aufgenommen hatten, Jera aufspüren können, bevor ihr etwas zustieß.

KAPITEL

5

DER GASTHOF

Am nächsten Morgen brachen sie in die Richtung auf, in die Jera, ihren Fußspuren nach zu urteilen – wenn es denn ihre waren –, gegangen sein musste. Es hatte nicht wieder angefangen zu regnen, sodass sie den Spuren noch ein Stück den Hang hinauf folgen konnten. Dann wurde der Boden zunehmend von Laub bedeckt, und die Fußabdrücke verloren sich.

»In dieser Himmelsrichtung müsste Monschau liegen«, meinte Giorgio.

»Warum sollte Jera nach Monschau gehen, wenn sie nach Smilla sucht?«, entgegnete Nadja leicht außer Atem. Ihr Rucksack war nun mit Abstand der schwerste von allen. Sie hatte darauf bestanden, den größten Teil von Piggys Fleisch zu schleppen, als wollte sie ihr damit eine letzte Ehre erweisen. Geweint hatte sie nicht mehr.

»Sie weiß ja nicht mit Sicherheit, wo ich bin. Da ist Monschau der beste Ort, um mit einer Suche anzufangen«, sagte Smilla.

Nadja runzelte die Stirn. »Würde sie dann nicht eher zum Bunker gehen und hoffen, dass du dorthin zurückkehrst?«

Das war ein berechtigter Einwand.

»Sie wird vermutlich genauso wenig Proviant gehabt haben wie wir. Vielleicht geht sie nach Monschau, um dort zu betteln oder zu arbeiten, bis sie genug zusammen hat, um weiter zu suchen«, überlegte Giorgio.

Nadja schnaubte. »Das ist doch Unsinn. Wie alt ist die Kleine? Neun? Die denkt doch nicht strategisch genug, um erst mal in Ruhe nach Monschau zu gehen, um sich zu versorgen. Wahrscheinlich rennt sie flennend durch den Wald und macht jeden Dieb und jedes Raubtier im Umkreis von fünf Kilometern auf sich aufmerksam.«

»Nein, Jera ist klug. Wenn sie eines nicht tut, dann ziellos durch den Wald tapern und dabei laut sein«, gab Giorgio zurück.

Nadja wandte sich Smilla zu. »Was denkt die große Schwester? Richtung Monschau oder Richtung Wollseifen, zum Bunker?«

Smilla biss sich auf die Unterlippe. Die beiden Orte trennte nur ein etwa vierstündiger Marsch. Aber wenn sie nun die falsche Entscheidung traf, liefen sie Gefahr, Jera zu verfehlen. Am klügsten war es wohl, an einem Ort, an dem Jera auf jeden Fall suchen würde, auf sie zu warten oder zumindest einen Hinweis für sie zu hinterlassen. Und dieser Ort konnte nur der Bunker sein, in dem sie bis vor Kurzem gehaust hatten.

Bei dem Gedanken an den Bunker kroch eine Gänsehaut über Smillas Arme. Drei Jahre war sie dort wie lebendig begraben gewesen. Alles in ihr sträubte sich dagegen, dorthin zurückzugehen. Nie wieder wollte sie unter der

Erde sein. Doch sie musste. Wenn sie Jera finden wollte, führte kein Weg daran vorbei. Aber dann dachte sie an die Fußspuren. Die, die nicht zu Jera gehörten.

»Ich weiß nicht«, murmelte Smilla. »Wenn sie nicht allein ist, wird sie diese andere Person vielleicht nicht direkt zum Bunker führen wollen.«

»Aber falls es wirklich eine andere Person gibt und Jera freiwillig mit ihr zusammen reist, dann heißt das doch, dass sie der Person vertraut«, gab Nadja zu bedenken.

»Wir wissen ja nicht, ob sie freiwillig mit ihr reist«, sprach Giorgio das aus, woran Smilla die ganze Zeit über zu denken vermied.

»Lasst uns trotzdem zum Bunker gehen«, entschied sie, bevor Giorgio oder Nadja noch etwas sagten, was sie nicht hören wollte, oder erneut aneinandergerieten. »Wenn sie dort nicht ist, hinterlassen wir eine Nachricht für sie und gehen weiter nach Monschau.«

Sie marschierten drei, vielleicht auch vier Stunden, bis sie erneut auf einen schmalen Bachlauf trafen. Dort füllten sie ihre Flaschen auf, aßen von dem Hundefleisch und kühlten ihre geschundenen Füße im Wasser. Danach gingen sie weiter. Trotz ihrer neugefundenen Kraft kamen sie nicht schneller voran als am Vortag, denn ihr Weg führte sie nun über verwilderte Wiesen und Felder, die von Brombeerranken und jungen Bäumen eingenommen wurden. Schmale, von Wildtieren ausgetretene Pfade führten kreuz und quer durch das Dickicht. Immer wieder endeten diese Pfade im Nichts, und sie mussten sich mühsam einen Weg bis zum nächsten gangbaren Streckenabschnitt schlagen.

Körperlich ertrug Smilla die Reise besser als noch am Tag zuvor. Dass sie endlich satt war, schien ihre Muskeln davon abzuhalten, auf Sparflamme zu funktionieren. Auch klar denken konnte sie nun wieder. Doch fast wäre es Smilla lieber gewesen, weiterhin duselig vor Hunger einen Fuß vor den anderen zu setzen. Denn jetzt war jeder Schritt eine Ohrfeige, die sie daran erinnerte, dass sie keine Ahnung hatten, wo Jera hinwollte, wer bei ihr war und wieviel Zeit ihnen blieb, bis ihr etwas passierte.

Das Tageslicht schwächelte schon, als sie auf einen breiteren, stärker ausgetretenen Pfad gelangten.

»Wo sind wir hier?«, fragte Nadja, die diesen Weg ebenso auffällig zu finden schien wie Smilla.

Giorgio setzte seinen Rucksack ab und kramte eine zerfledderte Wanderkarte hervor. »Wir haben Lüttich umgangen und sind jetzt etwas nördlich davon, ungefähr hier.« Er tippte auf die Karte. »Bald müssten wir auf ein paar Siedlungen treffen und dann zur Maas gelangen. Das ist wahrscheinlich der Grund, warum der Weg hier breiter wird. Vermutlich laufen wir auf eine Stelle in der Maas zu, die flach genug zum Queren ist oder wo es eine Brücke gibt.«

»*Vermutlich?* Sind wir etwa schon wieder von eurer ursprünglichen Reiseroute abgekommen?«, fragte Nadja in scharfem Tonfall.

Giorgio sah schuldbewusst von der Karte auf. »Nur ein bisschen. Zumindest vor dieser Wiesenlandschaft hier waren wir noch richtig.«

Nadja stöhnte, aber Smilla bereitete etwas ganz anderes Sorgen. »Auf diesem Weg scheinen öfter Leute entlangzukommen. Dann könnten wir hier irgendwo auf andere Menschen treffen, oder?« Vor allem ohne die stets kampfbereite Piggy wollte Smilla eine Begegnung mit anderen Überlebenden lieber vermeiden.

»Ich denke nicht«, antwortete Giorgio und faltete die Karte wieder zusammen. »Wir sind auch auf dem Weg nach Brüssel ungefähr hier entlanggekommen. Wahrscheinlich hätten wir sogar Lüttich durchqueren können, ohne auf Fremde zu treffen. Hier ist echt tote Hose.«

Trotzdem konnte Smilla nicht anders, als sich mit zusammengekniffenen Augen umzusehen. Aber das Dickicht um sie herum blieb stumm und unbewegt. Nur ein Specht war zu hören, der in der Ferne gegen einen toten Baum klopfte.

Sie setzten sich in Bewegung, und wie Giorgio vorhergesagt hatte, trafen sie wenige Minuten später auf die ersten Straßen und verlassenen Gebäude einer Ortschaft. Der Asphalt lag unter Schlamm und Laub begraben, hie und da kämpften sich junge Bäume durch den Schmutz. Die Gebäude starrten sie aus schwarzen, leeren Fenstern an.

Abgesehen von den breitgetretenen Wegen entdeckte Smilla keine Anzeichen dafür, dass sich noch andere Menschen hier aufhielten. Sie sah weder Rauch, noch hörte sie entfernte Stimmen oder bellende Hunde. Trotzdem schwiegen sie, während sie durch die verlassenen Straßen in Richtung Fluss voranschritten. Sie wechselten ohnehin kaum mehr als die nötigsten Sätze, doch nun hatte ihr Schweigen eine andere Qualität als sonst. Es bestand nicht bloß aus der Abwesenheit von Worten, sondern mischte sich mit ihrer steigenden Anspannung.

Manche Leute behaupteten, dass sie es spüren würden, wenn jemand sie beobachtete. Doch Smilla fühlte sich permanent beobachtet, wenn sie auf Straßen und zwischen Gebäuden entlanglief. Früher, vor der Plage, war es umgekehrt gewesen. Im Wald hatte sie sich nach potenziellen Verfolgern umgedreht, und sobald sie bebaute Gegenden erreicht hatte, erleichtert aufgeatmet. Doch jetzt schienen ihr Siedlungen das weitaus gefährlichere Terrain zu sein als Wälder und Wiesen. Die Haare in Smillas Nacken stellten sich auf. Es war, als beobachteten tausend Augen sie durch die verstaubten Fenster und die Spalten in verbarrikadierten Türen.

Doch ihre Durchquerung des einst besiedelten Gebiets blieb ereignislos. Einmal wäre Smilla vor Schreck fast hintenübergefallen, als sie um eine Ecke bog und von dem eingestürzten Dach einer Tankstelle ein Schwarm Krähen aufflog. Ein anderes Mal zog Nadja reflexartig Giorgios Jagdmesser, als ein Windhauch eine verblichene Plastiktüte hinter einem Autowrack hervortrieb. Aber schließlich gelangten sie unbeschadet in den schmalen Waldstreifen, der die Maas säumte.

Nadja ging voran, das Messer immer noch in der Hand. An der Uferböschung hielten sie an. Der Fluss war an dieser Stelle keine fünfzehn Meter breit. Das Wasser floss klar und sanft über das steinige Flussbett.

»Keine Brücke«, stellte Nadja fest.

»Aber das Wasser sieht relativ ruhig aus. Vielleicht können wir einfach hindurchwaten«, schlug Smilla vor.

Giorgio schüttelte den Kopf. »Es ist tiefer, als es aussieht, und über die Strömungen wissen wir auch nichts. Wir können es uns nicht leisten, von oben bis unten nass zu werden und am Ende noch einen Teil unserer Ausrüstung zu verlieren, wenn einer von uns hinfällt.«

»Deutsche?«

Sie fuhren herum.

Wenige Meter von ihnen entfernt stand eine Frau zwischen den Bäumen. Ihr nussbraunes Haar fiel ihr wild ums Gesicht, und ihre Augen waren so grau wie der Himmel über ihnen. Sie konnte nicht älter als vierzig sein und wirkte kräftig und gesund. Doch was Smilla am auffälligsten fand, war, dass die Frau in jeder Hand einen Eimer hielt. Keine Waffen. Obwohl sie so nah beieinander standen, dass Nadja sie mit einem gezielten Wurf des Messers tödlich hätte verletzen können.

»Nederlanders?«, fragte sie zögerlich, als ihr niemand antwortete.

Smilla schluckte. Warum hatte diese Frau keine Angst vor drei Fremden? Hieß das, dass *sie* sich Sorgen um ihre Sicherheit machen mussten?

»Deutsche«, antwortete sie und versuchte, gelassen zu klingen.

Ein Lächeln breitete sich auf dem Gesicht der Frau aus. »Schön«, sagte sie freudestrahlend. »Ich spreche so gerne deutsch!« Sie hatte einen Akzent, der verriet, dass sie selbst nicht aus Deutschland stammte. Aber Smilla konnte nicht mit Gewissheit sagen, was wohl die zu diesem Akzent gehörige Muttersprache war.

Als auch jetzt keiner von ihnen etwas sagte, stellte die Frau die Eimer ab und kam entschlossenen Schrittes zu ihnen herüber. Aus dem Augenwinkel nahm Smilla wahr, wie Nadja sich anspannte.

»Henrike«, sagte die Frau und streckte ihnen eine Hand entgegen.

Smilla musterte die schwieligen Finger, dann das erwartungsvolle Gesicht der Frau, das so gar nicht verschlagen oder angsteinflößend wirkte. Zögerlich ergriff Smilla die Hand der Fremden und schüttelte sie. »Smilla«, sagte sie.

Henrikes Lächeln wurde noch breiter. »Schöner Name.

Und ihr? Wie heißt ihr?« Sie machte einen Schritt zur Seite und schüttelte auch Giorgios Hand, dann Nadjas.

Die anderen beiden stellten sich ebenfalls vor, klangen dabei jedoch mindestens so skeptisch, wie Smilla sich fühlte.

»Wollt ihr da rüber?«, fragte Henrike und krempelte sich die Ärmel ihres knallgelben Regenmantels hoch. Knallgelb war keine gute Farbe, um unentdeckt zu bleiben, daran änderte auch der tarnfarbene Fischerhut auf Henrikes Kopf nichts. Wollte diese Frau gerne ausgeraubt, verschleppt oder umgebracht werden?

Giorgio oder Nadja mussten genickt haben, denn Henrike reckte das Kinn und ihre Augen glitzerten wissend. »Etwa zweihundert Meter in die Richtung gibt es eine Brücke. Das ist vielleicht einfacher, was?« Sie deutete mit dem Daumen über die Schulter, den Fluss hinauf.

Smilla warf erst Nadja, dann Giorgio einen kurzen Blick zu. An ihren Gesichtern konnte sie ablesen, dass sie alle das Gleiche dachten: Eine Frau, die allein und unbewaffnet durch die Gegend lief und Fremde anquatschte – so etwas gab es in der Welt nach der Plage nur in zwei vorstellbaren Szenarien: Entweder, diese Frau war nicht ganz bei Trost, oder das hier war eine Falle.

Smilla erwiderte das Lächeln, das der Frau noch immer auf den Lippen lag. »Danke für den Tipp«, sagte sie. »Aber wir suchen uns lieber selbst eine gute Stelle zum Überqueren.«

Die Frau hob die Schultern. »Na gut, aber schaut, dass ihr nicht allzu nass werdet. Sonst holt ihr euch noch eine Erkältung.«

Giorgio machte sich gerade daran, umzudrehen und flussabwärts weiterzugehen, weg von der Stelle, an die

die Frau sie offensichtlich hatte locken wollen, da holte sie hörbar Luft.

»Ach, einen Moment, bitte«, sagte sie, und Smilla spürte, wie ihr vor Unwohlsein heiß wurde.

»Könnt ihr mir nur noch kurz mit einer Sache helfen? Ich muss Wasser holen, aber mit den vollen Eimern komme ich so schwer die Böschung wieder hoch. Wäre einer von euch so nett, mir die Hand zu reichen, damit ich schneller wieder hinaufkomme?«

Wieder wechselten sie unbehagliche Blicke. Ob das ebenfalls Teil eines Plans sein konnte? Möglichst unauffällig ließ Smilla den Blick schweifen, entdeckte aber nichts Verdächtiges in ihrer unmittelbaren Umgebung.

Sie war drauf und dran, dennoch Nein zu sagen, da fiel ihr die alte Smilla ein, die anderen geholfen und sich um Schwache gekümmert hatte. Hatte die neue Smilla sich nicht geschworen, an dieser Eigenschaft festzuhalten, komme was wolle?

»Na gut«, sagte sie schließlich und setzte ihren Rucksack ab.

»Prima! Dankeschön!«

Die Frau namens Henrike drehte sich um und stiefelte zurück zu den Eimern. Smilla folgte ihr, einen kurzen Blick zu den anderen werfend. Nadja schüttelte den Kopf, Giorgio hob ergeben die Schultern. Sie wandte sich wieder nach vorn und versuchte, das ungute Nagen in ihren Eingeweiden zu ignorieren.

»Wir haben heute Nacht zehn Gäste«, sagte Henrike vor ihr. »Zehn! Du kannst dir nicht vorstellen, wie viel Aufwand es ist, für zehn Leute eine Suppe zu kochen. Oder vielleicht kannst du es doch. Ich weiß es nicht. Es ist auf jeden Fall eine Heidenarbeit, wenn es kein fließendes

Wasser und keinen Strom gibt. Aber ich sage immer: Sind sie satt, machen sie dich nicht platt!« Henrike lachte. Also war ihr anscheinend sehr wohl bewusst, in was für einer gefährlichen Welt sie lebten.

»Zehn Gäste?«, fragte Smilla. »Was für Gäste?«

»Reisende. Mein Mann, mein Sohn und ich haben einen kleinen Gasthof an der Hauptreiseroute nach Brüssel. Hier kommen mehrmals die Woche Leute aus Monschau, Köln, Frankfurt und ganz vielen anderen Orten, die noch bewohnt sind, vorbei. Bei uns können sie etwas essen und im Trockenen übernachten, das hat sich herumgesprochen. Aber zehn auf einmal hatten wir noch nie!«

Sie griff nach den Eimern und rutschte seitlich die Böschung hinunter. Von da aus watete sie ins Wasser und hielt den ersten Eimer in den Fluss. Als er voll war, hievte sie ihn zurück zur Böschung. »Deine Hand?«, fragte Henrike und streckte ihre freie Hand nach Smilla aus.

Smilla warf einen letzten unsicheren Blick zu Nadja und Giorgio hinüber, die aus wenigen Metern Entfernung gebannt zusahen. Wenn das hier Teil eines diabolischen Plans war, dann war er zu gut, als dass Smilla ihn hätte durchschauen können. Also griff sie mit der einen Hand nach einem verlässlich wirkenden Ast. Die andere streckte sie nach Henrike aus. Diese erfasste Smillas Hand und zog sich daran die Böschung hinauf. Mit einem Seufzer stellte sie den vollen Eimer zwischen ihnen ab und war im nächsten Moment schon wieder am Fluss.

Smilla fühlte eine Unruhe in sich aufsteigen, die anders war als die Angst davor, in eine Falle zu laufen. Wenn es stimmte und diese Frau tatsächlich Reisende beherbergte – vielleicht hatte sie auch Jera Unterschlupf gewährt oder sie zumindest gesehen, kurz mit ihr gesprochen, ihr Proviant angeboten?

Smillas Herz begann aufdringlich in ihrer Brust zu pochen. »Henrike«, sagte sie, und die Frau hielt auf ihrem Weg ins Wasser inne und wandte sich zu ihr um. »Hast du vielleicht in den letzten Tagen ein kleines Mädchen gesehen? Neun Jahre alt, etwa so groß«, sie hielt sich die Hand ans Kinn, »die gleiche Haar- und Augenfarbe wie ich?«

Henrike zog eine Schnute und sah nachdenklich in den Himmel. »Vor drei Tagen hatten wir einen Vater mit seiner Tochter zu Gast«, sagte sie dann, und Smillas Herz machte einen schmerzhaften Satz. Ob das Jera und ihr Begleiter, Verfolger oder Entführer gewesen waren?

»Französin, ja?«, fragte Henrike weiter, und augenblicklich machte sich Enttäuschung in Smilla breit. Sie schüttelte den Kopf. »Nein, Deutsche, wie ich.«

»Nein, tut mir leid«, sagte Henrike und hob entschuldigend die Schultern. Dann beugte sie sich vor, befüllte auch den zweiten Eimer und ließ sich von Smilla abermals die steile Böschung hinaufhelfen.

»Wer ist dieses Mädchen?«, fragte Henrike und stellte den Eimer auf dem Laubboden ab.

»Meine Schwester«, murmelte Smilla und warf einen prüfenden Blick zu Giorgio und Nadja hinüber, die sie keine Sekunde lang aus den Augen ließen.

»Oh, tut mir leid, dass du sie verloren hast«, sagte Henrike und strich sich das Haar hinter die Ohren. »Aber vielleicht hat ja einer von meinen Gästen sie gesehen? Ihr könnt gerne mitkommen und sie befragen. Ach, wenn ihr wollt, könnt ihr sogar über Nacht bleiben. Ob ich nun für zehn Suppe koche oder für dreizehn, macht auch keinen Unterschied mehr. Das heißt, sofern ihr mir etwas im Gegenzug anbieten könnt. Ich bin nicht wählerisch, aber ganz umsonst kann ich auch nicht arbeiten.« Sie lächelte erneut, allerdings etwas weniger strahlend als zuvor und mit einer Spur Traurigkeit in den hellen Augen.

Smilla leckte sich über die Lippen. Vertrauen oder nicht vertrauen? »Ich sprech das kurz mit den anderen ab, ja?«, sagte Smilla.

Henrike nickte.

Schnellen Schrittes lief Smilla zu Giorgio und Nadja hinüber.

»Sie beherbergt zehn Reisende, die auf dem Weg nach Brüssel sind«, wisperte sie, kaum dass sie bei ihnen angekommen war. »Vielleicht hat einer von denen Jera gesehen?«

Nadja runzelte die Stirn. »Soll das heißen, du willst mit ihr gehen und zehn Fremde befragen? Vorausgesetzt, diese Story stimmt überhaupt?«

Smilla nickte. Und bevor einer von beiden sie zurechtweisen konnte, sagte sie: »Ich glaube nicht, dass sie mich anlügt. Ich habe das im Gefühl. Das ist vielleicht die erste und einzige Chance, zu erfahren, ob Jera es auch wirklich bis hierhin geschafft hat und ob da jemand bei ihr ist.«

Giorgio seufzte. »Also, sei mir nicht böse, aber ausgerechnet auf dein Gefühl möchte ich mich nicht unbedingt verlassen.«

Smilla holte empört Luft, aber Nadja ließ ihr keine Zeit, etwas zu entgegnen. »Die Wahrscheinlichkeit, dass jemand von denen Jera gesehen hat, ist gering. Wenn sie so klug ist, wie ihr sagt, wird sie vermutlich sowieso jede direkte Begegnung mit anderen Überlebenden vermeiden. Ich glaube nicht, dass wir irgendetwas herausfinden würden, was wir dank der Fußspuren nicht ohnehin schon wissen.«

Smilla warf einen Blick über ihre Schulter. Henrike stand noch dort, zwischen ihren Wassereimern, und sah abwartend zu ihnen herüber.

»Ja, wir wissen vielleicht grob, in welche Richtung sie will. Aber was wir nicht wissen, ist, ob tatsächlich jemand bei ihr ist, in welchem Verhältnis sie zu dieser Person steht und ob es überhaupt bloß eine Person ist, oder sogar mehrere. Sollten wir nicht so gut es geht vorbereitet sein auf das, was uns erwartet, wenn wir Jera finden?«

Nadja zuckte ungeduldig die Schultern. »Ich brauch keine Vorbereitung. Wenn ich kämpfen muss, kämpfe ich. Wenn nicht, dann nicht.«

»Und ich will überhaupt nicht kämpfen«, brachte Giorgio sich wieder ein. »Deshalb gehe ich auch ganz sicher nicht mit dieser Frau mit, egal was für Versprechungen sie dir gemacht hat.«

»Sie hat überhaupt keine Versprechungen gemacht«, verteidigte Smilla ihr Vorhaben. »Sie hat lediglich gesagt, wir könnten mit ihr gehen, um ihre Gäste zu befragen. Und wenn wir was zum Tauschen dabei haben, könnten wir auch etwas bei ihnen essen.«

Doch Nadja schüttelte entschieden den Kopf. »Wenn du unbedingt mit der da mitwillst, bitte. Aber ich und Giorgio bleiben hier.«

Smilla sah abwechselnd von Giorgio zu Nadja, aber tatsächlich schienen die beiden sich einmal einig zu sein.

Sie schluckte. Verübeln konnte sie es den beiden nicht. Aber Smilla wollte nichts unversucht lassen. Das schuldete sie Jera.

»Gut, dann wartet hier. Wenn ich bis zur Dämmerung nicht zurück bin, geht ohne mich weiter.«

Nadja zuckte die Schultern. »Na gut«, sagte sie und ließ sich auf ihrem Rucksack nieder. Aber Giorgio verlagerte sein Gewicht sichtlich unbehaglich vom einen aufs andere Bein.

»Mann, Smilla. Du weißt ganz genau, dass ich dich nicht allein mit dieser Frau gehen lasse«, sagte er und machte eine vage Bewegung in Henrikes Richtung. »Wenn du unbedingt mit ihr gehen willst, komme ich auch mit. Aber fürs Protokoll: Ich halte das für eine Schnapsidee.«

Smilla konnte nicht verhindern, dass sich ein Lächeln in ihren Mundwinkeln zeigte. »Danke, Giorgio.«

Giorgio grummelte etwas Unverständliches, während er seinen Rucksack von den Schultern nahm und ihn neben Smillas legte.

»Moment mal«, sagte Nadja und sprang auf. »Ihr wollt mich doch hier nicht alleinlassen?«

»Wenn wir bis zur Dämmerung nicht wieder da sind –«, setzte Smilla an, aber Nadja fuhr ihr über den Mund. »Dann bratet ihr vermutlich auf irgendeinem Barbeque-Grill, und ich kann schauen, wo ich bleibe, ja, ja.« In einem Wirbel aus dunklem Haar drehte sie ab und stapfte Richtung Flussufer davon. Smilla und Giorgio sahen sich an, und Giorgio verdrehte die Augen.

Smilla kontrollierte, ob das kurze, stumpfe Küchenmesser noch in der Gürtelschlaufe unter ihrem Mantel hing, wo sie es am Morgen hingesteckt hatte. Dann gingen sie zurück zu Henrike.

»Kommt ihr mit mir?«, fragte sie mit hochgezogenen Brauen.

»Ja«, antwortete Smilla.

»Und euer Gepäck?«

»Wir bleiben nicht lange«, sagte Giorgio.

»Wie ihr meint. Aber wenn ihr nichts zum Tauschen mitbringt, kann ich euch auch keine Suppe geben.«

»Verstanden«, antwortete Smilla.

Henrike zuckte die Schultern. Dann hob sie die Eimer hoch und lief voran. Giorgio und Smilla folgten ihr mit etwas Abstand und ohne die Umgebung aus dem Blick zu lassen.

Henrike führte sie von der Maas weg und zurück auf die breiten Wege, die einmal Asphaltstraßen gewesen waren.

»Es ist nicht weit. Drei, vier Minuten in *die* Richtung«, sagte sie.

Unweigerlich fragte Smilla sich, warum Henrike so unbefangen war. Es wäre ein Leichtes gewesen, sie von hinten mit dem Messer niederzustrecken. Giorgio könnte sie festhalten, wenn sie sich dann noch wehrte, und Smilla könnte ihr die Kleidung entwenden und sonstige nützliche Gegenstände, die sie bei sich trug.

»Heute gibt es Brennnessel-Kartoffelsuppe«, sagte Henrike da und riss Smilla aus ihrer finsteren Vision.

Sie drehte sich kurz zu Giorgio, um zu ergründen, ob er sich gerade mit ähnlichen Gedanken getragen hatte wie sie. Aber sein Blick schweifte wachsam über die Fassaden der Häuser, die sie passierten.

»Wohin seid ihr noch gleich unterwegs?«

Smilla schüttelte den Kopf, um die letzten Überbleibsel ihrer Gewaltfantasien loszuwerden. »Nordeifel«, sagte sie. »Wir glauben, dass meine Schwester dorthin unterwegs ist.«

»Warum ist sie weggelaufen, deine Schwester?«, wollte Henrike wissen. Sie blieb stehen, setzte die Eimer ab, massierte sich die Hände und sah Smilla fragend an.

»Ich wurde von unserer Gruppe getrennt«, erklärte Smilla. »Sie ist los, um mich zu suchen, und wusste nicht, dass ich schon längst auf dem Weg zu ihr war.«

Henrike gab ein Geräusch von sich, das wohl Bedauern ausdrücken sollte. »Wie tragisch«, sagte sie. »Früher hätte eine SMS dieses Problem gelöst.«

»Stimmt«, pflichtete Smilla ihr bei. In Momenten wie diesen wurde der Wunsch danach, dass alles wieder wie früher werden möge, schier unerträglich. »Und du?«, fragte sie, bevor die Sorgen um Jera zu stechend werden konnten. »Ist dir denn noch nie etwas passiert, wenn du hier draußen herumläufst und Fremde zu dir einlädst?«

Henrike lachte. »Mir ist jede Menge passiert. Wir wurden so oft ausgeraubt, das kann ich gar nicht zählen! Vorgestern hat mein Sohn sich noch mit einem Gast geprügelt, der nicht zahlen wollte. Und meinem Mann haben sie vor ein paar Wochen die Schneidezähne ausgeschlagen und ihn an einen Baum gefesselt, nachdem er eine Gruppe zu uns in den Gasthof eingeladen hat. Die haben wohl gedacht, wir wollen sie reinlegen.« Sie lachte noch immer, leicht außer Atem.

Giorgio und Smilla warfen sich besorgte Blicke zu. Zum Lachen war das nicht eben. War Henrike am Ende doch verrückt?

»Aber insgesamt überwiegt das Gute. Sonst würden wir unseren Gasthof ja nicht mehr betreiben«, schloss Henrike. Sie bog in eine von Unkraut und Laub befreite Einfahrt ab und führte sie zwischen zwei eng beieinanderstehenden Einfamilienhäusern entlang.

Hinter den Häusern öffnete sich ein Hof, dessen Boden

mit grauem Schotter und Kastanienblättern bedeckt war. Henrike führte sie quer über den Hinterhof, und Smilla nahm ihre Umgebung in Augenschein. Sie waren eingekesselt von Wänden und dunklen Fenstern. Dumpfe Stimmen drangen zu ihnen, doch sie wurden von den umgebenden Häuserwänden zurückgeworfen, und so konnte Smilla nicht genau ausmachen, woher sie rührten. Wie leicht man sie hier würde angreifen können, ohne dass sie eine Chance hätten, sich zur Wehr zu setzen. Wenn man dann auch noch die Einfahrt blockierte …

»Hier wären wir! Mein kleiner, feiner Gasthof! Haltet ihr mir bitte die Tür auf?«, fragte Henrike, als sie vor einem zweistöckigen Gebäude anhielten, das einmal in einem warmen Gelbton geleuchtet haben musste. Nun blätterte die Farbe ab, und Moos kroch die Wände hinauf. Neben der Eingangstür, deren Glasfenster zerschlagen waren, lehnte eine verblichene Werbetafel von Coca-Cola, auf der in Englisch mit Kreide geschrieben stand: »Tauschen Abendessen und Unterkunft gegen was immer ihr entbehren könnt.« Darunter zeigte ein Pfeil nach rechts. Vermutlich stand dieses Schild sonst am Wegesrand, und Henrike hatte es weggestellt, da sie schon so viele Gäste hatte.

Giorgio zog die Tür aus dunklem Holz auf, und Henrike verschwand mit den Wassereimern durch einen engen, düsteren Flur in den hinteren Teil des Gebäudes. Giorgio und Smilla blieben draußen stehen, unter dem von grünem Schlick überzogenen, gläsernen Vordach, und sahen sich an.

»Sie wirkt in Ordnung«, flüsterte Smilla, in der Hoffnung, dass Giorgio ihren Eindruck bestätigen würde. Aber er antwortete nur mit einem unsicheren Zucken seines Mundwinkels.

Smilla lauschte auf das Stimmengewirr, das aus dem Inneren des Hauses zu ihnen drang. Eine Frau lachte. Ein Mann sagte etwas, woraufhin mehrere Leute in das Lachen einstimmten. Das Plärren eines Babys durchschnitt das Gelächter. Ein Baby, hier?

»Dann versuchen wir mal unser Glück«, sagte Smilla. Sie trat über die Schwelle und schlich den Flur entlang in die Richtung, in die Henrike mit ihren Wassereimern verschwunden war. Hinter ihr knarzten die abgewetzten Dielen, als Giorgio ihr ins Innere des Gasthofs folgte.

KAPITEL

6

DIE HEXE

Während Smilla Schritt für Schritt tiefer ins Haus vordrang, fühlte sie sich auf bizarre Weise an das Geisterhaus im Phantasialand erinnert, das sie wenige Wochen vor Ausbruch der Plage noch mit ihren Schulfreundinnen besucht hatte. Dunkle, enge Gänge, in denen jedes noch so kleine Geräusch zu einer potenziellen Bedrohung wurde. Ständig begleitet von der Angst, im nächsten Moment erschreckt zu werden; und doch ebenso von dem Gedanken daran, dass ihnen nicht wirklich etwas zustoßen konnte. In diesem letzten Punkt unterschieden sich das Geisterhaus und der Gasthof. Dennoch lief Smilla immer weiter den Flur entlang.

Konzentriert lauschte sie auf die Stimmen, die durch verschlossene Türen auf sie zuschwebten wie Gespenster. Vielleicht würde sich ein verdächtiges Schweigen breitmachen oder sie würde Henrike etwas Zwielichtiges sagen hören. Dann konnten sie noch fliehen, bevor es zu spät wäre. Aber weder das eine noch das andere trat ein, und schließlich gelangten Smilla und Giorgio ans Ende des Flures. Zu ihrer Rechten befand sich eine Schwingtür mit einem ovalen Metallschild in Augenhöhe, auf dem »Küche« stand. Zu ihrer Linken führte eine Tür in den Gastraum, der hinter gelben Butzenscheiben nur schemenhaft zu erkennen war.

Smilla gab sich einen Moment, ihren Mut zu sammeln. Dann stieß sie die Tür auf und trat hindurch.

Im Gastraum saßen Menschen an rustikalen Holztischen und auf Deckenlagern am Boden. Auf den ersten Blick wirkte es, als wäre der Raum rappelvoll, aber der Eindruck täuschte. Tatsächlich waren es, wie Henrike angekündigt hatte, höchstens zehn Personen, die sich mit ihnen im Gastraum befanden. Doch die Berge aus Taschen und Rucksäcken, die Lager aus Wolldecken und Kissen vermittelten das Bild eines überbuchten Hostels.

Die Stimmung war erstaunlich gelöst. Obwohl Smilla vom Eingang her das Lachen der Gäste vernommen hatte, hatte sie dennoch das Bild grimmiger, erschöpfter Reisender vor Augen gehabt. Nun sah sie zufriedene Menschen, die sich in der Sicherheit, die ihnen der Gasthof bot, entspannten. Bei diesem Anblick fühlte Smilla, wie sich auch ein Teil ihrer Anspannung löste.

Eine Frau, die mit einem kleinen Mädchen auf dem Schoß auf einer grün-rot karierten Wolldecke saß, bemerkte Smilla und Giorgio als Erste. Sie wandte sich von einem Mann mit geflochtenem Bart ab und sah zu ihnen auf. »Ah, noch zwei!«, rief sie und lenkte so auch die Aufmerksamkeit aller anderen auf sie. Im Gastraum wurde es still, und die Anspannung, die eben noch von Smilla abgefallen war, kehrte in ihre Glieder zurück.

»Ha–«

Ein Kloß hatte sich in Smillas Hals gebildet, und sie musste husten. »Hallo. Ich bin Smilla«, sagte sie dann und wurde unter den Blicken der anderen Reisenden zunehmend nervöser.

»Hallo, Smilla«, sagten die anderen im Chor.

»Und ich bin Giorgio.«

»Hallo, Giorgio!« Die Frau mit dem Kind auf dem Schoß musste lachen und steckte die anderen damit an.

»Übernachtet ihr auch hier?«, fragte ein Mann von der anderen Seite des Raumes her. Sein mausbraunes Haar fiel ihm in fettigen Strähnen bis auf die Schultern, und seine hohen Wangenknochen verliehen seinem Gesicht Ähnlichkeit mit einem Totenkopf.

»Nein«, sagte Giorgio.

»Dann seid ihr nur für die Suppenverkostung da?«, fragte die Frau mit dem Kind. Ihre blauen Augen glitzerten schelmisch. »Ich kann euch gleich sagen, die schmeckt furchtbar! Haut lieber wieder ab, solange Henrike euch noch lässt.«

Smilla sah die Frau irritiert an. Waren diese Worte eine versteckte Warnung?

»Hört nicht auf Erika, die hat bloß Angst, dass sie nicht satt wird.« Der Mann mit dem geflochtenen Bart stand auf und kam zu ihnen herüber. »Till«, sagte er und schüttelte ihnen die Hände. »Wusstet ihr, dass Händeschütteln angeblich erfunden wurde, um dem anderen zu beweisen, dass man unbewaffnet ist?«

Giorgio lächelte gewinnend. »Es sei denn, die Waffe ist ein tödlicher Virus. Dann ist ein Handschlag fast so etwas wie versuchter Mord.«

Till und die anderen lachten erneut, und Smilla wunderte sich, dass Giorgio in der Stimmung für Witze war. Sehr düstere Witze obendrein.

»Da ihr mehr als vier Jahre nach dem Virus noch lebt, gehe ich einfach mal davon aus, dass ihr keine Virenschleudern seid«, konterte Till. »Setzt euch doch zu uns. Wenn ihr noch einen Platz findet.« Er drehte sich um und umfasste den Raum mit einer ausladenden Bewegung.

»Danke, aber wir bleiben nicht lang«, sagte Smilla. Ihr Blick wanderte aus dem Fenster. Hinter den grauen Wolken war es noch hell, aber die Intensität des Tageslichts schwand. Wenn sie zurück bei Nadja sein wollten, bevor diese beschloss, allein weiterzuziehen, durften sie keine Minute verschwenden. »Wir suchen jemanden«, fügte Smilla hinzu.

Bei diesen Worten veränderte sich die Dynamik im Raum. Die freundlichen Gesichter verschlossen sich merklich, und eine spürbare Spannung erhob sich in die Luft.

»Meine kleine Schwester, Jera«, erklärte Smilla weiter.

»Deine kleine Schwester?«, fragte die Frau namens Erika und streichelte dem Mädchen auf ihrem Schoß geistesabwesend übers Haar.

»Ja. Wir wurden getrennt, und jetzt finde ich sie nicht mehr.«

Schweigen füllte den Raum. Hatte sie etwas Falsches gesagt?

»Wie wurdet ihr getrennt?«, fragte ein Mann, dessen Gesicht jungenhaft wirkte, aber von aschgrauen Haaren eingerahmt wurde. Er hielt etwas an seinen Oberkörper gedrückt, das sich hin- und herwand wie ein Wurm in einer Pfütze. Ein Baby.

Einen Moment lang war Smilla abgelenkt von dem Anblick dieses Menschenwesens. Sie hatte vergessen, wie winzig Babys waren. Irgendwann waren alle in diesem Raum einmal so winzig gewesen. Ebenso Falk und die *Verlorenen Jungs*. Und die Mitglieder der Sekte. Ob zu diesem Zeitpunkt die Fähigkeit, anderen Menschen Schaden zuzufügen, schon in ihnen gesteckt hatte? Oder war das etwas, das Menschen erst erlernen mussten, wie Sprechen und Laufen und Schwimmen?

Smillas Zögern kühlte die Stimmung im Gasthof weiter ab. Mit schneidender Stimme wiederholte der Mann mit dem Baby seine Frage: »Wie wurdet ihr getrennt?«

Smilla löste ihren Blick von dem sich windenden Säugling und sah den Mann an. »Es ist eine lange Geschichte, warum –«

»Wer sagt uns, dass das Mädchen, das du suchst, wirklich deine Schwester ist?«

»Ich … was?«

»Ich werde dir nicht sagen, ob und wo ich jemanden gesehen habe, nur weil du danach fragst. Und ich wette, die anderen hier denken genauso.«

Ein zustimmendes Raunen ging durch den Raum.

»Was soll das heißen?«, fragte Smilla perplex.

»Du könntest zu diesem Menschenhändlerring aus der Eifel gehören. Oder zu einer Gruppe Kannibalen«, sagte der Mann mit dem fettigen, langen Haar mit unüberhörbarer Abscheu in der Stimme.

Die plötzliche Feindseligkeit der Gasthofbesucher warf Smilla aus der Bahn. Sie war diesen Menschen noch nie begegnet, und bis vor einer Minute waren sie ihr doch wohlgesonnen gewesen. Warum behandelte man sie plötzlich mit derartiger Abneigung? Smilla spürte Ärger in sich aufsteigen. »Sehe ich etwa aus wie eine Menschenhändlerin?«, fragte sie und blickte an sich herab.

»Sag du's mir«, meinte der Mann mit dem Baby, das er unentwegt auf seinem Arm auf und ab wiegte.

Bevor Smilla Kontra geben konnte, trat Giorgio einen Schritt nach vorn, sodass er zwischen ihr und den anderen Reisenden stand.

»Das Mädchen, das wir suchen, heißt Jera. Sie ist neun Jahre alt und vermutlich in Richtung Monschau und Umgebung unterwegs, weil sie dort fälschlicherweise Smilla vermutet.« Er machte eine Pause und sah jedem der Anwesenden kurz in die Augen. »Wir suchen Jera nun schon seit einigen Tagen. Sie ist besser an diese Welt angepasst als irgendwer, den ich kenne. Es würde mich nicht wundern, wenn sie Wochen, wenn nicht sogar Monate, allein dort draußen überlebt. Vorausgesetzt, sie trifft auf niemanden, der ihr etwas Böses will. Und leider glauben wir, dass genau das passiert ist. Wenn wir sie nicht rechtzeitig finden …« Er ließ den Satz unbeendet. Sie alle wussten, wie er geendet hätte.

»Wie sieht sie aus?«, fragte die Frau mit dem kleinen Mädchen auf dem Schoß, und Smilla konnte nicht sagen, ob ihre Stimme skeptisch oder eher besorgt klang.

»Wie eine kleine Ausgabe von Smilla«, antwortete Giorgio und wandte sich zu ihr um. Ein kurzes, trauriges Lächeln erschien auf seinen Lippen, und Smilla begriff, dass auch er es nicht verkraften würde, wenn sie Jera nicht rechtzeitig aufspürten.

Sie schluckte ihren Ärger über die Anfeindung hinunter und nickte. »Genau«, brachte sie hervor. »Braune, lange Haare, grüne Augen, ein spitzes Kinn und ein paar Sommersprossen, wenn man genau hinschaut.«

Wieder wurde es still im Raum. Doch diesmal meinte Smilla, eine andere Stimmung in dieser Stille wahrzunehmen. Die Feindseligkeit wurde von Unsicherheit zersetzt.

»Ich bin seit gut einer Woche hier und war in dieser Zeit kaum draußen«, sagte der Mann mit dem Baby schließlich. »Ich habe niemanden gesehen.«

Er schaute weder Smilla noch Giorgio in die Augen. Smilla verstand. Selbst wenn er etwas wusste, würde er es ihnen nicht verraten.

Das letzte bisschen Zuversicht entwich aus Smilla, und es war ihr, als würde ihre Umgebung mit einem Mal farbloser. Was sollte sie tun? Betteln, flehen? Wann hatte ihr das in dieser Welt schon einmal geholfen? Doch sie musste es wenigstens versuchen.

»Bitte, wenn ihr irgendetwas wisst …«, sagte Smilla mit all der Dringlichkeit, die sie in sich trug. »Ich muss sie finden. Sie ist erst neun Jahre alt! Unsere Eltern sind vermutlich beide tot, sie hat niemanden sonst, der nach ihr suchen wird oder der sich um sie sorgt.« Sie sah jeden Einzelnen von ihnen an, wie Giorgio es eben getan hatte, doch ihr Blick wurde von niemandem erwidert.

»Wenn sie wirklich deine Schwester wäre, dann hättest du besser auf sie aufgepasst«, sagte der Mann mit dem Baby auf dem Arm, die Augen fest auf sein Kind gerichtet, als wäre es der Beweis für seine Worte.

Der Stoß, den ihr diese Worte versetzten, zertrümmerte jegliche Widerrede. Das Gefühl der Schuld, das sie seit ihrer Flucht aus der Eifel immer wieder heimsuchte, schwoll gefährlich an.

Giorgio machte einen Schritt rückwärts und stand nun wieder neben Smilla. Sie fühlte seine Hand an ihrem Oberarm. »Ich glaube, wir gehen jetzt besser«, sagte er leise.

Seine Finger schlossen sich um ihren Arm und zogen sie sanft Richtung Flur.

Smilla gehorchte. Sie ließ die Augen ein letztes Mal über Henrikes Gäste gleiten, doch niemand schenkte ihr irgendeine Reaktion. Alles in Smilla wurde schwer. Erst jetzt begriff sie, wie sehr sie darauf gehofft hatte, von jemandem aus dem Gasthof einen nützlichen Hinweis zu erhalten.

»Warte«, sagte Smilla, als sie zurück im Flur waren und die Tür zum Gastraum hinter ihnen zugeschwungen war. »Ich möchte mich noch bei Henrike bedanken.«

Giorgio nickte.

Smilla drückte die Tür zur Küche auf, in der sie Henrike vermutete. Die Frau, die ihnen Vertrauen geschenkt hatte, obwohl sie genauso wenig Grund dazu gehabt hatte wie die Reisenden in ihrem Gasthof.

In der weißgefliesten Küche war es wärmer als im Rest des Hauses. Dampf stieg aus zwei riesigen silbernen Töpfen auf und füllte den Raum mit Feuchtigkeit und dem Geruch von Wildkräutern. Kellen, Pfannen und Messer baumelten von einer metallenen Halterung in der Decke oberhalb einer Kochinsel, sodass Smilla Henrike erst bei näherem Hinsehen auf der anderen Seite des Raumes entdeckte.

»Henrike?«, kündigte sie sich an und umrundete die Kochinsel.

Neben der Gastwirtin stand noch jemand: ein hagerer Mann mit zerzaustem, weißem Haupthaar und ebenso weißem Vollbart, der mit einem Fleischerbeil ein Büschel Brennnesseln hackte. Er erinnerte Smilla an einen Weihnachtsmann auf Diät.

»Hi«, sagte der Mann und lächelte breit, wobei er Sicht

auf zwei fehlende Schneidezähne freigab. Er musste Henrikes Mann sein.

Henrike sah von der Kartoffel auf, die sie gerade schrubbte. »Und? Konnten sie dir weiterhelfen?«, fragte sie und wischte ihre Hände an ihrer fleckigen Schürze ab.

»Nein«, antwortete Smilla schlicht.

Henrike schürzte die Lippen. »Das tut mir leid. Ich hoffe, du findest deine Schwester. Familie ist das Einzige, auf das wir in dieser Zeit noch zählen können.«

»So ist es«, pflichtete ihr der Mann bei und wandte sich dann wieder den Brennnesseln zu.

Smilla nickte langsam. Von den Anschuldigungen der anderen Gäste fühlte sie sich noch ganz taub. »Wir machen uns jetzt auf den Weg. Ich wollte mich nur noch bedanken, dass du versucht hast, uns zu helfen.« Kurz musste sie daran denken, wie sie sich vorgestellt hatte, Henrike auszurauben. Sie schämte sich, dass ihr dieser Gedanke überhaupt gekommen war, auch wenn sie nie vorgehabt hatte, es tatsächlich zu tun. Vielleicht war das ein Teil der Begründung dafür, warum ihr Henrikes Gäste nicht trauten – dass sie diese Gedanken in sich trug. Vielleicht konnte man ihr das ansehen, an der Art, wie sie sich bewegte, wie sie sprach, wie sie sich umblickte. So wie man einem Raubtier ansah, ob es bloß spielen oder töten wollte.

»Nicht der Rede wert«, sagte Henrike. Sie zögerte, dann streckte sie eine Hand nach dem Berg Kartoffeln aus, den sie noch putzen musste. Sie pickte sich drei der größeren Knollen heraus und hielt sie Smilla hin. »Hier«, sagte sie. »Ihr seht aus, als könntet ihr ein paar Kohlenhydrate vertragen.«

Ohne falsche Bescheidenheit nahm Smilla die Kartoffeln entgegen, denn niemand machte mehr Angebote, die er nicht wirklich ernst meinte. »Vielen Dank«, sagte sie und ließ die Kartoffeln in ihren Jackentaschen verschwinden.

»Gern. Alles Gute, euch.«

»Ja, euch auch.«

Henrike wandte sich ab und widmete sich wieder der Zubereitung der Suppe.

Als Smilla zurück in den dunklen Flur trat, war Giorgio fort. Sie wandte sich Richtung Eingang, um zu sehen, ob er dort auf sie wartete, aber das tat er nicht. Vermutlich war er schon nach draußen gegangen.

Smilla ging los. Sie zog die Eingangstür auf und trat in den Hof, der inzwischen vollständig im Schatten der Dämmerung lag. Im schwindenden Licht wirkte der Kessel aus heruntergekommenen Gebäuden noch bedrohlicher als bei ihrer Ankunft.

»Giorgio?«, fragte sie leise.

Keine Antwort.

Mit behutsamen Schritten lief sie auf die Einfahrt zu. Der Kies knirschte unangenehm laut unter ihren Füßen. Smilla drehte sich einmal um die eigene Achse, aber Giorgio war nirgends zu entdecken. Vielleicht war er schon vorgegangen, um Nadja daran zu hindern, ohne sie weiterzureisen. Aber hätte er ihr vorher nicht Bescheid gesagt?

»Giorgio?«

»Hier.«

Beim Klang seiner Stimme breitete sich Erleichterung in Smillas Brustkorb aus. Er war nicht verschwunden. Sie sah sich um und erblickte ihn am Rande der Einfahrt, durch die sie in den Hinterhof gelangt waren. Er stand mit dem Rücken zur Wand und lugte um die Ecke zu ihr. Fast erweckte er den Eindruck, sich dort versteckt zu haben.

»Was ist los?«, fragte Smilla. Sie warf einen unbehaglichen Blick über die Schulter, während sie den Hof überquerte, um zu Giorgio zu gelangen.

Als sie fast bei ihm angelangt war, sah sie, dass Giorgio nicht allein war. Neben ihm stand Erika, die Frau, die im Gastraum ein kleines Mädchen auf dem Schoß gehabt hatte.

»Erika glaubt, dass sie Jera begegnet ist«, flüsterte Giorgio, bevor Smilla ihrer Verwirrung Ausdruck verleihen konnte.

Die Wärme, die Smilla eben vor Erleichterung darüber verspürt hatte, Giorgio gefunden zu haben, wurde augenblicklich zu Hitze, die sich bis in ihre Finger- und Zehenspitzen ausbreitete. »Was? Wo?« Sie drängte sich zu den beiden an die Hausecke.

»Am Fluss. Ich und ein paar andere von Henrikes Gästen haben uns dort gewaschen, als eine ältere Frau mit einem Mädchen ans Flussufer gekommen ist. Sie haben eine geeignete Stelle gesucht, um die Maas zu überqueren, und wir haben sie in die Richtung der Brücke geschickt.«

»Wann ist das gewesen?«, fragte Smilla atemlos.

Erika warf einen hastigen Blick in den Hinterhof. »Vorgestern früh«, wisperte sie dann.

Die Hitze pulsierte durch ihren Körper und machte es Smilla zunehmend schwerer, klare Gedanken zu fassen und sich auf das Hier und Jetzt zu konzentrieren. Wenn Jera mit einer alten Frau unterwegs war, dann konnten sie sich ziemlich sicher sein, dass sie zumindest nicht in akuter Gefahr schwebte. Vermutlich hatte diese Frau Mitleid mit Jera gehabt und sich ihrer angenommen. Oder war das ein Trugschluss? Vielleicht verspeisten alte Frauen auch mit Vorliebe kleine Kinder oder verkauften sie an Menschenhändler?

»Warum glaubst du, dass das meine Schwester gewesen sein könnte? Hat sie etwas zu euch gesagt?«

Erika trat auf der Stelle. »Nein, das hat sie nicht. Es war eher …« Sie blinzelte erneut in Richtung Hof.

Smilla folgte ihrem Blick, konnte aber nichts Ungewöhnliches entdecken.

»Erika, richtig?«, fragte sie dann, als sie sich der Frau wieder zuwandte, der es so wenig zu behagen schien, hier mit ihnen zu sprechen.

Die Frau nickte und schaute aus ihren blauen Augen zu Smilla auf. Sie sah nicht mehr verschmitzt drein wie noch vor wenigen Minuten im Gastraum, sondern schlichtweg geplagt.

»Ich muss wissen, was mit meiner Schwester passiert ist. Wenn du mir nicht sagen willst, wo sie hinwollte oder … oder in welche Richtung sie weitergezogen ist, dann werde ich das wohl oder übel hinnehmen müssen, aber bitte sag mir, ob es ihr gut ging. Ich muss wissen, dass es ihr gut geht!« Vor ihrem inneren Auge sah Smilla in unbarmherziger Klarheit, was Jera alles zustoßen konnte, solange sie ohne den Schutz einer Gruppe dort draußen war. Mit oder ohne alter Frau an ihrer Seite.

»Sie sah in Ordnung aus, soweit ich das sehen konnte«, sagte Erika. »Es hat geregnet, sie hatte eine Kapuze auf, deshalb kann ich dir auch nicht sagen, ob sie auf deine Beschreibung passt und tatsächlich deine Schwester war, aber …«

»Aber was?«, fragte Smilla ungeduldig in Erikas Zögern hinein.

»Etwas hat nicht gestimmt. Irgendetwas zwischen den beiden hat mich irritiert.«

Unwillkürlich ballte Smilla die Hände zu Fäusten. »Was war es? Was hat dich irritiert?«

Erika wiegte den Kopf hin und her, ihre Augen waren auf einen Punkt in der Ferne gerichtet, während sie sich an die Begegnung mit der alten Frau und dem Mädchen, das möglicherweise Jera war, erinnerte.

»Wir haben uns kurz mit der alten Frau unterhalten. Wie die Reise laufe, welche Reiserouten sicher seien, und so weiter. Das Mädchen hat die ganze Zeit über nichts gesagt und auch sonst kaum reagiert, als hätte sie Angst vor uns – was jetzt nicht so ungewöhnlich wäre, alle haben erst einmal Angst vor allen, außer Henrike. Die kann ja nichts und niemand aus der Ruhe bringen.« Jetzt, wo sie beschlossen hatte, mit Smilla zu reden, kamen die Worte geradezu ungefiltert. »Aber dann hat die alte Frau das Mädchen irgendwann ihre *Enkelin* genannt, und da hat das Mädchen sie so seltsam angeschaut, als wäre sie … erstaunt. Ja, *erstaunt* beschreibt es ganz gut, glaube ich.«

»Also glaubst du, das war eine Lüge?«, schlussfolgerte Smilla.

Erika nickte.

»Aber warum sollte jemand über so etwas lügen?«

»Um nicht aufzufallen«, meinte Erika prompt. Sie schien eingehend über diese Begegnung nachgedacht zu haben. »Jemand, der mit einem Familienmitglied reist, ist nichts Ungewöhnliches. Dabei denkt man sich nichts und vergisst es schnell wieder.«

Giorgio seufzte schwer. »Aber nicht zu viel Aufmerksamkeit erregen zu wollen, ist auch nicht unbedingt ungewöhnlich.«

Erika schüttelte den Kopf. »Nein. Ungewöhnlich nicht. Aber wenn es eine Lüge war, dass das Mädchen ihre Enkelin ist, dann wird die Wahrheit wohl eine Geschichte sein, zu der wir Fragen gestellt hätten.«

Smilla dachte darüber nach, was Erika ihnen soeben geschildert hatte. »Eine Neunjährige allein auf der Suche nach ihrer Schwester. Das wäre zum Beispiel so eine Geschichte.«

»Ganz genau«, meinte Erika.

»Wie sah diese Frau aus?«, wollte Smilla als Nächstes wissen.

Erikas Augen weiteten sich leicht. »Wie eine Hexe«, flüsterte sie dann.

»Wie eine Hexe?«, hakte Giorgio ungläubig nach.

»Ja. Sie hatte schneeweißes, glattes Haar, war auffällig groß, und ihr eines Auge war ganz milchig, sodass es aus der Ferne aussah, als fehlte die Pupille.«

»Und hat sie gesagt, wohin genau sie unterwegs sind?«, fragte Smilla weiter.

»Nein. Aber ich muss jetzt wieder reingehen. Wenn die anderen rauskriegen, dass ich mit euch gesprochen habe, werden sie sauer sein.«

Erika machte ein paar Schritte Richtung Innenhof, und Smilla wich zur Seite, um ihr Platz zu machen.

»Kannst du uns noch sagen, in welche Richtung sie gegangen sind?«

Erika beugte sich nach vorn und schaute prüfend um die Ecke. Sie zog den Kopf wieder ein und wandte sich zu Smilla um. »Sie wollten von dieser Seite der Maas auf die andere. Aber mehr weiß ich leider nicht.«

Smilla nickte knapp und tauschte einen Blick mit Giorgio. Das war zumindest grob die Richtung, in der sie Jera vermuteten.

»Ich wünsche euch viel Glück bei der Suche.«

»Danke. Und schön, dass wenigstens du uns nicht für Menschenhändler oder Kannibalen hältst«, murmelte Smilla.

Erika lächelte flüchtig. »Ich hatte so ein Gefühl, dass du ehrlich bist. Genau wie ich bei dieser Hexe das Gefühl hatte, dass sie es nicht ist.«

Damit drehte sie sich um und eilte, die Arme um ihren Oberkörper geschlungen, zurück zum Eingang des Gasthofs.

KAPITEL

7

DER SCHATTEN

Als Giorgio und Smilla zurück ans Ufer der Maas gelangten, saß Nadja auf ihrem Rucksack, in der einen Hand ein faseriges Stück Fleisch und in der anderen Giorgios Jagdmesser, mit dem sie etwas in die Rinde einer Buche ritzte. »Da seid ihr ja«, sagte sie, ohne aufzusehen, und wischte einmal mit der Hand über ihr Meisterwerk. Es war ein Herz, in dem ›Piggy‹ geschrieben stand.

Nadja steckte sich das letzte bisschen Fleisch in den Mund und stand auf. »Zehn Minuten länger, und ich wäre ohne euch weitergezogen.«

»Mist, Smilla, wir sind zehn Minuten zu früh«, sagte Giorgio trocken.

Nadja lachte und hievte ihren Rucksack auf ihre Schultern. Smilla konnte nicht mit Sicherheit sagen, ob sie Giorgios Spruch wirklich witzig fand, oder nur zur Schau stellen wollte, wie wenig ihr seine Abneigung ausmachte.

»Jetzt erzählt mal«, forderte Nadja sie auf und half Smilla dabei, ihren Rucksack hochzuwuchten. »Habt ihr was Nützliches herausfinden können?«

»Möglicherweise«, antwortete Smilla, während sie den Riemen des Rucksacks behutsam auf ihrer abheilenden Schulter platzierte. Sie berichtete, was Erika über die Begegnung mit der Hexe und dem kleinen Mädchen erzählt hatte. Nadja stimmten diese vagen Informationen um einiges zuversichtlicher als Giorgio und Smilla.

»Überlegt doch mal«, sagte sie mit gesenkter Stimme, während sie das Flussufer Richtung Brücke entlangliefen. »Wie viele Mädchen in Jeras Alter laufen wohl gerade allein – beziehungsweise fast allein – hier durch die Gegend? Diese Region ist so gut wie gar nicht besiedelt, und viel zu essen oder zu plündern gibt es auch nicht.«

»Es scheint eine der Hauptreiserouten durch dieses Gebiet zu sein«, widersprach Giorgio.

Energisch schüttelte Nadja den Kopf. »Aber der Winter naht. Es wird kälter, es wird ungemütlicher und immer schwieriger, Essbares zu finden. Da suchen sich auch Reisende und Nomaden einen Platz zum Ausharren. Wenn hier noch jemand entlangreist, dann nur, weil er oder sie keine andere Wahl hat. Wenn ihr mich fragt, ist die Wahrscheinlichkeit, dass das Mädchen wirklich Jera war, also ziemlich hoch.«

»Stimmt auch wieder«, meinte Giorgio.

»Und wisst ihr, was auch gut ist?«, meinte Nadja und blickte zwischen Giorgio und Smilla hin und her.

»Wenn wir noch mal jemandem begegnen, den wir fragen wollen, ob er oder sie Jera gesehen hat, können wir auch noch die Beschreibung der alten Frau nutzen. Das wird es leichter machen, zu erkennen, ob ein Hinweis sich wirklich auf Jera oder auf irgendein kleines Mädchen bezieht.«

Smilla schürzte die Lippen und richtete den Blick auf den Boden. »Ja, wenn es denn tatsächlich Jera war, die Erika bei dieser alten Frau gesehen hat«, brummte sie. Sie wollte nichts lieber, als zu glauben, dass die Informationen, die Erika ihnen gegeben hatte, ihnen weiterhelfen konnten. Doch die Wahrscheinlichkeit, dass sich Dinge auch mal zum Guten entwickelten, schien Smilla mit jedem Tag geringer zu werden.

»Soll das etwa die Brücke sein?«, fragte Nadja wenige Minuten später, als sie an einen Trümmerhaufen im Fluss gelangten. Metallstreben und Stahlseile ragten daraus hervor wie Gräten aus einem verwesenden Fisch.

Giorgio seufzte. »Besser darüberklettern, als klitschnass zu werden.«

Das schien auch Nadja so zu sehen, denn sie betrat als erste die von Moos und nassen Blättern überzogenen Brocken, die einst eine Brücke gewesen waren. Leichtfüßiger, als es ihr mit dem riesigen Reiserucksack auf den Schultern hätte möglich sein sollen, hüpfte sie von Stein zu Stein. Giorgio und Smilla folgten ihr behäbiger.

Nach etwa einer Stunde kamen sie an eine geeignete Stelle für ein Nachtlager. Ein Kreis aus jungen Fichten bildete mit seinen Ästen natürliche Wände, die sie vor der herabsteigenden Kälte der Nacht schützen würden. Während Nadja und Giorgio die Plane zwischen den Fichten spannten, entfachte Smilla ein Lagerfeuer. Dann setzten sie sich nebeneinander in die warme Aura der Flammen, buken die Kartoffeln, die Henrike ihnen geschenkt hatte, und verspeisten sie zusammen mit Piggys Fleisch. Es war ihre erste Nacht ohne die Hündin, und nun, wo die Aufregungen des Tages überstanden waren, schienen sie alle wieder deutlicher zu spüren, dass sie fehlte.

Es war seltsam, wie ein Verlust die Welt in eine andere verwandelte, ohne sie tatsächlich zu verändern. Smilla erinnerte sich noch zu gut daran, wie es mit ihrer Mutter gewesen war. Nachdem die Plage sie geholt hatte, waren alle Dinge, die für Smilla alltäglich gewesen waren, zu furchteinflößenden ersten Malen mutiert. Das erste Mal schlafen gehen ohne ihre Mutter in dieser Welt. Das erste Mal aufstehen ohne ihre Mutter. Das erste Mal frühstücken ohne ihre Mutter. Das erste Mal ihre weinende Schwester trösten. Sich das erste Mal vor die Tür wagen. Unendlich viele farblose erste Male, die sie daran hinderten, auch nur eine Sekunde an etwas anderes zu denken als den reglosen Körper der Frau, die ihr das Leben geschenkt hatte. Und die nun in einem flachen Grab ein paar Gärten weiter lag und verweste. Jera, die damals erst fünf gewesen war, hatte einerseits genau verstanden, dass ihre Mutter nun tot war. Sie hatte ihre Leiche gesehen, hatte Smillas Verzweiflung miterlebt und ihr am Abend mit ungeschickten Handgriffen dabei geholfen, sich die Erde vom Leib zu schrubben. Andererseits hatte sie – genau wie Smilla – immer wieder aufs Neue entdeckt, dass ohne ihre Mutter alles anders war. Dass ihr Tod tausende kleine und große Lücken in ihrem Leben hinterlassen hatte, durch die sie hindurchrutschen konnten, wenn sie nicht aufpassten.

»Sagt mal, wer fehlt euch am meisten?«, fragte Smilla. Es war eine gefährliche Frage. Eine, die man eigentlich nicht stellte. Mit Falk hatte sie über so etwas sprechen können. Als ihr ehemaliger Nachhilfeschüler und Nachbar hatte er sich gut an ihre Familie und die Nachbarschaft erinnert. Mit ihm zusammen im *Davor* zu schwelgen, war etwas Wertvolles gewesen. Kleine glänzende Erinnerungen an eine andere Ära, wie goldene Harztropfen, die urzeitliche Insekten umschlossen. Die meisten anderen Überlebenden dachten nicht gern an das zurück, was die Plage ihnen genommen hatte. Doch Smilla wollte nicht vergessen.

Als weder Nadja noch Giorgio sich zu einer Antwort durchrangen, sagte Smilla: »Ich vermisse meine Mutter am meisten. Wir haben uns nicht besonders gut vertragen in den letzten Monaten vor der Plage und erst recht nicht, nachdem die Plage ausgebrochen war.« Sie hielt inne und versuchte, sich an das Gesicht ihrer Mutter zu erinnern. Aber es wurde bereits unscharf und verblasste immer weiter, je angestrengter sie versuchte, es heraufzubeschwören. »Ich würde ihr gern noch so vieles sagen. So vieles, was ich mittlerweile besser verstehe als früher.«

»Wo ist deine Mutter? Ist sie tot?«, wollte Nadja wissen.

Smilla nickte.

»Ja, später meint man immer, zu wissen, was man anders hätte machen sollen. Aber sich darüber den Kopf zu zerbrechen, bringt auch nichts«, sagte Nadja und zuckte die Schultern.

Giorgio nahm einen Ast vom Boden auf und stocherte damit in der Glut herum. »Ich hatte eine Freundin, vor der Plage«, sagte er dann. »Laura. Wir kannten uns schon seit dem Kindergarten. Ich war lieber bei ihr und ihrer Familie als sonst irgendwo – abgesehen vom Bolzplatz vielleicht. Und in der siebten Klasse sind wir dann offiziell zusammengekommen. Von allen, die mir fehlen, fehlt sie mir am meisten.«

»Ich wusste gar nicht, dass du eine Freundin hattest«,

sagte Smilla. Doch tatsächlich war das nicht verwunderlich, denn mit Giorgio hatte sie so gut wie nie über das Leben vor der Plage gesprochen. Nicht, weil sie sich nicht dafür interessiert hätte. Sondern eher, um zu vermeiden, dass sie auf das zu sprechen kamen, was danach passiert war. Wie Giorgio zu einem *Verlorenen Jungen* geworden war.

»Wie war sie so, deine Freundin?«, fragte Nadja zwischen zwei Bissen Fleisch. Sie wirkte ehrlich interessiert.

Giorgio lächelte leicht. »Unglaublich. Sie hatte so viel Power. Alles, was sie gemacht hat, hat sie mit Leidenschaft gemacht, und nichts konnte sie aus der Ruhe bringen. Mit Ausnahme ihres Bruders. Die beiden haben regelrecht Krieg gegeneinander geführt.« Das Lächeln auf seinem Gesicht wurde breiter. »Als wir kleiner waren, haben wir gemeinsam Pläne gegen ihn geschmiedet. Die Rache für seinen neuesten Streich, und für den Streich danach und den danach.« Er lachte und schüttelte den Kopf. »Falls sie immun gegen die Plage war, dann ist sie jetzt bestimmt die Anführerin irgendeiner Gruppe und tritt jedem, der ihr etwas anhaben will, ordentlich in den Arsch.«

»Hast du mal darüber nachgedacht, nach ihr zu suchen?«, wollte Smilla wissen. Sie selbst war schließlich irgendwann so verzweifelt gewesen, dass sie sich eingeredet hatte, sie und Jera könnten es gemeinsam von Köln bis nach Calais schaffen. Dort hatte sich ihr Vater aufgehalten, als die Plage ausgebrochen war. Sie erinnerte sich, als wäre es gestern gewesen, wie sie Jera geholfen hatte, ihren mit Glitzersteinchen und gestickten Blumen verzierten Rucksack zu packen. Sie hatten in der Mitte von Jeras Zimmer gekniet, zwischen Kleidungsstücken, Bilderbüchern und Spielzeugen. Jera hatte jedes ihrer Besitztümer mit fragendem Blick hochgehalten, und Smilla hatte entweder den Kopf geschüttelt oder genickt. Am Ende war der abgenickte Stapel im Vergleich zum Kopfschüttel-Stapel so klein gewesen, dass Jera die Tränen in die Augen geschossen waren. Noch nie hatte jemand von ihr verlangt, sich auf unbestimmte Zeit von etwas zu trennen. Erst recht nicht von so vielen Dingen auf einmal. Das Plüschäffchen Kroki, ihr Lieblingskleid mit den Gänseblümchen oder das heißgeliebte Vier-Gewinnt-Spiel – all das hatte wie selbstverständlich zu Jeras Leben gehört, und nun sollte sie diese Schätze einfach zurücklassen. »Wenn wir Papa aus Calais abgeholt haben und die Plage vorbei ist, werden all deine Sachen noch hier sein, und du kannst wieder jeden Tag damit spielen, okay?«, hatte Smilla gesagt und Jera auf ihren Schoß gezogen. Ihr Atem war von den haltlosen Kinderschluchzern unregelmäßig gegangen, und Haarsträhnen hatten in den Tränen auf ihrer Wange geklebt. Aber sie hatte genickt und sich entschlossen die Nässe von den Wangen gewischt.

»Ich habe natürlich darüber nachgedacht, Laura zu suchen. Eigentlich habe ich in der ersten Zeit an nichts anderes denken können.« Giorgio strich sich die dunklen Haare aus der Stirn, die mittlerweile lang genug waren, um sich zu widerspenstigen Locken aufzudrehen. Hätten sie noch im Bunker gelebt, wäre es nur eine Frage von Tagen gewesen, bis Giorgio sein Haar wieder auf wenige Millimeter zurückgestutzt hätte. »Aber ich hatte Angst, dass ich zu spät kommen würde, dass Laura oder meiner Mutter oder meinen Geschwistern schon längst etwas Furchtbares zugestoßen wäre. Also habe ich mich nie aufgemacht, es herauszufinden.«

Einige Minuten lang blickten sie schweigend ins Feuer, und Smilla dachte über all die Menschen nach, die einmal zu ihrem Leben gehört hatten. So viele Schicksale, von denen sie niemals erfahren würde.

Nadja winkelte die Beine an und schlang die Arme um die Knie. »Ich glaube, mir wird Falk am meisten fehlen«, sagte sie und klang mit einem Mal ungewöhnlich verzagt.

Als Falks Name fiel, verkrampfte Smilla sich. Die Erinnerung an ihn weckte für gewöhnlich mehr negative als positive Assoziationen.

»Wenn es drauf ankam, konnte ich mich zu hundert Prozent auf ihn verlassen. So was hatte ich vorher nicht. Und er hat sich nicht über mich erhoben oder mich verachtet für das, was ich –«

Weder Giorgio noch Smilla forderten sie auf, weiterzusprechen. Dass Nadja drauf und dran war, etwas Persönliches von sich preiszugeben, war erstaunlich genug.

»Mein Vater –«, setzte sie dann zu einem zweiten Versuch an, brachte aber auch diesen Satz nicht über die Lippen.

Smilla hatte bis eben ins Feuer gestarrt, aber etwas an der Art, wie Nadja sprach, brachte sie dazu, sich zu ihr zu drehen. Die melancholische Stimmung schlug um und schien mit jedem von Nadjas hörbaren Atemzügen bedrohlicher zu werden.

»Wir waren so hungrig«, sagte sie dann, ihre Stimme kaum mehr als ein Rascheln im Laub. Ihre Hände krallten sich in ihre abgewetzten Jeans, und in ihren Augen tanzte unterdrückte Panik mit der Spiegelung der Flammen. »Mama war den ganzen Winter über krank, und es ging ihr von Tag zu Tag schlechter.« Sie zögerte noch ein letztes Mal, bevor sie die Worte sagte, vor denen sie sich zu grausen schien: »Mein Vater wollte sie töten, damit wir wieder was zu essen haben.«

Augenblicklich wurde Smilla übel. Schuld waren weniger die Bilder, die Nadjas Worte heraufbeschworen, als vielmehr der Schock darüber, dass jemand die Person, der man in guten wie in schlechten Zeiten hatte beistehen wollen, schlachten wollte wie ein Tier. Ihre Gedanken katapultierten sie in den Geschichtsunterricht, zu den ersten Siedlern in Amerika. Sie hatten das Gleiche getan, aber das war vor Hunderten von Jahren gewesen, in einer anderen Zeit. Die Menschen von damals hatte Smilla fein säuberlich in eine andere Schublade einsortieren können als die Menschen von heute.

»Und ich … ich habe ihn nicht aufgehalten. Ich hab's nicht mal versucht«, sagte Nadja.

Smilla wusste nicht, was sie sagen sollte. Aber sie musste etwas sagen. Irgendetwas. Immerhin hatte sie Nadja erst dazu gebracht, diese Geschichte mit ihnen zu teilen.

»Wo ist dein Vater jetzt?«, flüsterte sie.

Nadja hob die Schultern. »Unser Nachbar hat ihn erwürgt, weil mein Vater ihm nicht geholfen hat, seinen kranken Sohn zu verarzten.« Die Züge um ihren Mund verhärteten sich, als schmeckte diese Erinnerung sauer. »Dieser Streit war überhaupt der Grund, warum es uns so schlecht ging. Nachdem mein Vater unserem Nachbarn die Hilfe verweigert hatte, weil er ihn nicht direkt bezahlen konnte, hatte die ganze Gemeinde es auf uns abgesehen. Keiner hat mehr unsere Medikamente gekauft oder uns für medizinische Ratschläge bezahlt. Stattdessen sind sie alle zu der Ärztin im nächsten Dorf gegangen. Der Sohn ist dann nach einer Weile trotz der Hilfe dieser Ärztin gestorben. An einer Lungenentzündung, glaube ich. Und da war mein Vater der geeignete Sündenbock.«

Nadjas Blick war noch immer in die Flammen gerichtet, leicht entrückt, als würde sich dort alles, was sie in wenigen Sätzen mit ihnen geteilt hatte, noch einmal abspielen.

»Warst du wegen dieses Streits auf dich allein gestellt, als du auf den Club gestoßen bist?«

Beinahe erschrocken sah Nadja sie an, und in diesem Moment wurde Smilla bewusst, dass sie soeben preisgegeben hatte, dass Falk und sie sich auch über Nadja unterhalten hatten. Doch dann wanderten ihre Augen wieder in die Flammen. »Ja, genau«, sagte sie und klang erschöpft. »Nachdem meine Mutter und mein Vater gestorben waren, konnte ich einfach nicht in Stadtkyll bleiben. Und aufnehmen wollte mich dort auch niemand. Dann bin ich Falk und dem Club begegnet.«

Giorgio zog die Schuhe aus und streckte seine Füße mit den durchlöcherten Socken Richtung Feuer. »Wie kam es eigentlich, dass sie dich aufgenommen haben, anstatt dich zu töten oder gefangen zu nehmen?«

»Ich bin ihnen draußen im Wald begegnet, als ich gerade nach was Essbarem gesucht habe. Sie hatten einen Verwundeten bei sich, und ich habe ihnen angeboten, ihn zu verarzten, im Tausch gegen etwas zu essen. Sie haben zu diesem Zeitpunkt schon keine Gefangenen mehr gemacht und waren dabei, ehrliche Handelsbeziehungen aufzubauen. Und Arzneien und Heilmittel sind begehrte Tauschware. Deshalb hat Falk mich gefragt, ob ich Interesse hätte, mich ihnen anzuschließen und für sie Medikamente herzustellen.«

»Die erste Frau im Club«, sagte Giorgio, den Blick nachdenklich ins Feuer gerichtet.

Nadja rollte mit den Augen. »Ja, das hat einigen von ihnen nicht so gut gefallen. Richtig verstanden habe ich das ehrlich gesagt nie. Ich meine, die haben schließlich von meinem Wissen profitiert. Aber Falk … Falk war Feuer und Flamme.« Sie lächelte versonnen. »Für meine Arzneien, meine ich. Er wollte alles darüber wissen. Er hat mir die Ausrüstung besorgt, die ich brauchte, und hat mir ganz genau zugeschaut bei allem, was ich für sie zusammengemischt habe. ›Fang nicht ohne mich an!‹, hat er immer gesagt, wenn ich in mein Labor, wie er es genannt hat, gegangen bin.«

Smilla spürte einen Stich hinter ihrem Brustbein, als sie sich Falks Begeisterung angesichts von Nadjas Fähigkeiten vorstellte. Sie selbst hatte manchmal das Gefühl gehabt, er schaue auf sie herab, auf ihre Weltsicht, auf ihre Sorgen und Hoffnungen und auf all die Dinge, die sie nicht wusste oder beherrschte.

Langsam schüttelte Nadja den Kopf. »Als es immer schlimmer wurde mit dem Konflikt innerhalb des Clubs, habe ich ihn gebeten, mit mir abzuhauen. Aber das wollte er nicht.« Ihre Augen glitzerten.

Wieder schwiegen sie. Das Feuer knisterte und knackte. Piggys Schnarchen fehlte.

»Vielleicht ist Falk ja gar nicht tot«, sagte Smilla nach einer Weile. Sie wollte sich weder das eine noch das andere vorstellen. Am liebsten wäre es ihr gewesen, wenn Falk einfach aus ihrem Gedächtnis verschwunden wäre. Wenn sie ihm nie begegnet wäre. Dann säße sie in diesem Moment vielleicht mit Jera auf ihrem Bett im Bunker und würde mit ihr Lesen oder Schreiben üben. Sie würde sich danach sehnen, dass ihr Leben mehr wäre als Abwarten und Hoffen, als von Mahlzeit zu Mahlzeit zu leben, als fremd und entwurzelt zu sein. Aber immerhin wären sie, Jera, Giorgio und die Schmieders in Sicherheit. Und Nadja hätte noch diesen einen Menschen, bei dem sie sich sicher fühlte.

»Vielleicht«, murmelte Nadja. »Aber wir wissen alle, was wahrscheinlicher ist.«

Stumm sahen sie dem Feuer dabei zu, wie es niederbrannte, bis nur noch ein Glimmen zwischen verkohlten Holzstücken übrig war.

Am nächsten Tag war der Himmel voller schwerer, grauer Wolken, aber der Regen hatte sie die ganze Nacht über verschont. Die zugewucherten Felder und verlassenen Ortschaften, die das Landschaftsbild in Belgien bestimmt hatten, wichen lichten Laubwäldern und ausgelaufenen Wildpfaden. Sie waren zurück in der Eifel.

Sie befanden sich in einer Region, die Smilla weitestgehend fremd war. Und doch fühlte es sich an, als hafteten Erinnerungen an den herbstfarbenen Blättern, den rauen Baumstämmen und den moosigen Felsen um sie herum. Ständig glaubte Smilla, den modrigen Geruch des Bunkers wahrzunehmen oder den feinen Nebel auf ihrer Haut zu spüren, der im Morgengrauen über der Hochfläche hing. Manchmal meinte sie sogar, bekannte Stimmen zu vernehmen. Doch wenn sie genau hinhörte, war da nur das ferne Gluckern eines Baches oder ein Windstoß in den Baumwipfeln.

Mit jedem Schritt, den sie weiter Richtung Wollseifen liefen, wuchs Smillas Unbehagen. Sie hatte niemals hierher zurückkehren wollen. Und nun musste sie es doch tun, weniger als zwei Wochen, nachdem die *Verlorenen*

Jungs sie beinahe an die Sekte übergeben hätten, über die jeder redete und über die doch niemand etwas zu wissen schien.

Nach einem schweigsamen, feucht-kalten Marsch erreichten sie am späten Nachmittag den Ort Roetgen. Von hier aus war es nur noch ein halber Tagesmarsch bis nach Monschau, bis zum Bunker ein ganzer. Ihre Heimat der letzten Jahre, die nie eine wirkliche Heimat gewesen war, befand sich nur wenige Kilometer von ihnen entfernt.

Hinter Roetgen hielten sie an, um ihr Nachtlager aufzuschlagen. Das seltsame Gefühl, das die Rückkehr in die Eifel in Smilla heraufbeschwor, hatte sich im Laufe des Tages verstärkt. Gefährlich fühlte es sich an, und irgendwie falsch, als dürften sie nicht hier sein. Auch die anderen beiden schwiegen beharrlich, bewegten sich leise und vorsichtig. Selbst beim Aufbau ihres Lagers wurden die Worte, die ihnen sonst halfen, ihre Arbeit aufzuteilen und zu organisieren, durch knappe Gesten und Blicke ersetzt. Auf ein Lagerfeuer verzichteten sie. Stattdessen rückten sie unter der Plane eng zusammen und deckten sich mit Smillas Wolldecke und Giorgios Reiseschlafsack zu. Erst als die Dunkelheit sie umschloss und vor den Blicken potenzieller Feinde schützte, wagten sie es, einzuschlafen.

Ein metallenes Klimpern weckte Smilla. Nicht, weil es laut war, sondern weil es hier nicht hingehörte, in die Nacht, in ihren Schlaf. Um sie herum raschelte es, als schlichen Tiere um ihre Lager.

Doch was für Tiere? Während ihrer gesamten Reise in Richtung Brüssel und wieder zurück hatten Wildtiere sie gemieden. Manchmal hatten die gegarten Reste von Fleisch und Wurzeln nachts Ratten und Mäuse angelockt. Aber etwas Größeres hatte sich nie in ihre Nähe gewagt.

Nach dem Ausbruch der Plage hatten sich herrenlose Tiere zu Rudeln zusammengeschlossen und die Straßen und offen stehende Wohnungen nach Essbarem abgesucht. Smilla hatte von Hunden und Katzen gehört, die sich über Leichen hergemacht hatten. Jemand hatte ihr von Hausschweinen erzählt, die einen Überlebenden in die Enge getrieben und gefressen haben sollen. All diese Geschichten quollen an die Oberfläche ihres Bewusstseins, während sie dalag und dem Rascheln um sie herum lauschte. Angst wuchs in ihr heran.

Vielleicht waren es ja keine Tiere, und es gab eine völlig harmlose Erklärung für die Geräusche, versuchte Smilla sich zu beruhigen. Sie blinzelte und drehte den Kopf leicht. Giorgio lag reglos neben ihr. Sie spürte seine Wärme unter der Decke auf sie abstrahlen. Er war es also nicht, der dieses Geräusch verursacht hatte. Aber vielleicht war es Nadja, die von Albträumen geplagt beschlossen hatte, aufzustehen. Wie in Zeitlupe hob Smilla den Kopf, um an Giorgio vorbei zu Nadjas Schlafplatz schauen zu können. In dem wenigen nächtlichen Licht, das bis auf den Waldboden vordrang, erkannte sie bloß Nadjas Umrisse. Sie lag ebenfalls noch unter der Decke und bewegte sich nicht.

Ganz langsam und darauf bedacht, nicht das winzigste Geräusch zu erzeugen, wandte Smilla sich um. Und tatsächlich bewegte sich am Rande ihres Lagers etwas, das deutlich größer war als eine Maus oder eine Ratte. Vielleicht sogar größer als ein Hund oder ein Hausschwein. Was auch immer es war, es machte sich an einem ihrer Rucksäcke zu schaffen.

Smilla dachte an ihren Proviant. An Piggys Fleisch. Sie durften es nicht verlieren, nicht jetzt, wo sie so knapp davor waren, Jera ausfindig zu machen.

»Hey!«, rief sie, so laut sie konnte. Im nächsten Moment war sie auf den Beinen und ging mit großen, entschlossenen Schritten auf die plündernden Tiere zu, die über dem Rucksack kauerten. Noch immer erkannte sie bloß dunkle Umrisse. Doch als einer der Schatten sich umwandte und plötzlich in die Höhe wuchs, wusste sie, dass sie einen Fehler gemacht hatte.

Vor ihr stand kein Wildtier, sondern ein Mensch. Ein verdammt großer Mensch. Aber zu mehr als dieser Erkenntnis war Smilla nicht mehr fähig, denn da stürzte sich die Schattengestalt schon auf sie.

KAPITEL

8

DIE TRENNUNG

Der Schatten schlang seine Arme um Smillas Taille, hob sie mit einem kraftvollen Ruck in die Höhe und schmetterte sie auf den Boden. Alle Luft wurde aus ihren Lungen gepresst, und für einige Augenblicke geriet die Welt vor ihren Augen ins Trudeln. Die Stille der Nacht wurde zersetzt von Rufen, von Rascheln, von Flüchen und dumpfen Schlägen. Als Smilla wieder Luft bekam und sich aufstützen konnte, sah sie gerade noch, wie eine Gruppe Schatten in den Wald davonhuschte und mit seiner Schwärze verschmolz.

»Fuck!«, hörte sie Giorgio irgendwo hinter sich. »So eine verdammte Scheiße!«

Smilla hatte noch immer nicht ganz verarbeitet, was sich gerade zugetragen hatte, und doch wusste sie, was es bedeutete. Sie waren überfallen worden. Ausgeraubt.

»Giorgio?«, fragte Smilla, und ihre Stimme klang gedämpft, als wäre sie in Watte eingehüllt. »Geht es dir gut?«

Sie kam auf beide Beine und wankte zu Giorgio, der auf dem Boden kauerte und sich das Gesicht hielt.

»Ich glaube, die haben mir die Nase gebrochen«, ächzte er und nahm die Hände vom Gesicht, um Smilla das Ausmaß der Zerstörung zu präsentieren. Smilla erkannte, dass seine untere Gesichtshälfte von Blut benetzt war. Woher das Blut kam und wie stark die Schatten ihn verletzt hatten, konnte sie nicht sagen, denn dafür reichte das nächtliche Zwielicht nicht aus.

»Bist du noch woanders verwundet?«, fragte Smilla dringlich. Der Angreifer hatte sie nur auf den Boden geschmettert und sie weder geschlagen, noch anderweitig verletzt. Abgesehen von einem Schreck und Rückenschmerzen würde sie keine Schäden davontragen. Doch das hieß nicht, dass Giorgio ähnlich glimpflich davongekommen war.

Aber zu Smillas großer Erleichterung schüttelte er den Kopf. »Die wollten uns nicht ernsthaft verletzen«, presste er hervor. »Die wollten nur unsere Sachen, sonst hätten sie uns erst im Schlaf kaltgemacht und dann unser Zeug genommen.«

»Toll!«, schnitt Nadjas Stimme in diesem Moment durch die Nacht. »Wirklich, Smilla, grandios!«

Smilla wandte sich um und sah Nadja aus der Richtung, in die die Schatten verschwunden waren, auf sie zustürmen. Instinktiv erhob sie sich. »Was?«, fragte sie perplex.

»Wenn du abgewartet hättest, hätten sie nur das genommen, was sie wirklich brauchen, und wären wieder abgehauen!«, fauchte Nadja. Anstatt vor ihr innezuhalten, stieß sie mit den Händen gegen Smillas Schultern. Sie taumelte ein paar Schritte rückwärts, ehe sie sich wieder fing.

»Mein kompletter Rucksack mit Piggy, den Seilen, meinen Medikamenten und dem Feuerbogen ist weg. Und noch dazu all unsere Decken. Wärst du einfach liegen geblieben, hätten sie sich vielleicht nur ein paar Dinge zusammengeklaubt und wären wieder verschwunden. Aber da du ja unbedingt die Heldin spielen musstest, haben sie uns kurzentschlossen so viel weggenommen, wie sie tragen konnten!«

»Das kannst du nicht wissen, Nadja«, kam Giorgio Smilla zur Hilfe. Er war aufgestanden und hatte sich neben ihr aufgebaut.

»Ich dachte, es seien bloß Waschbären oder –«, stammelte Smilla zu ihrer Verteidigung.

»Waschbären?«, stieß Nadja ungläubig aus. »Wie dämlich kann man denn sein?«

Smilla spürte Nadjas verächtliche Worte wie Nadelstiche auf ihrer Haut. Doch als sie gerade zu einer Entschuldigung ansetzte, ergriff Giorgio abermals das Wort. »Wir haben ja noch Smillas und meinen Rucksack. Vielleicht hätten sie die auch noch genommen, wenn Smilla sie nicht unterbrochen hätte. Also reg dich ab und hör auf, so herumzuschreien, sonst hören uns noch alle anderen Diebesbanden in der Eifel.«

Nadja wandte sich von Smilla ab und richtete ihre gesamte vernichtende Aufmerksamkeit auf Giorgio. »Sei du lieber ganz still. Du hast anscheinend vergessen, wie man kämpft!«, fuhr sie ihn an.

»Hätten deine Freunde mir nicht die Sehnen in meinem Arm zermetzelt, hätte ich mehr ausrichten können«, entgegnete Giorgio gepresst. Demonstrativ hob er seinen kaputten Arm, auch wenn man die Narben in der Dunkelheit nicht erkennen konnte.

»Und wenn du den Club nicht wie der letzte schwanzgesteuerte Idiot für irgendeine Gefangene verraten hättest, dann hätten sie dich auch nicht auf diese Weise bestrafen müssen!« Nadja trat noch näher an Giorgio heran, sodass zwischen ihnen nur noch wenige Zentimeter blieben.

»Leute –«, setzte Smilla an. Das Letzte, was sie jetzt gebrauchen konnten, war ein ausufernder Streit. Aber weder Nadja noch Giorgio schenkten ihr Beachtung.

»Für mich war sie nicht bloß irgendeine Gefangene! Und niemand hätte irgendwen bestrafen müssen, diese Regeln waren doch nur ausgedacht«, erwiderte Giorgio erbost.

»Das würde ich auch sagen, wenn ich so eine jämmerliche Proviantverschwendung wäre wie du!«

Das war zu viel für Giorgio. Seine gesunde Hand schnellte nach vorne und packte Nadja an den Haaren. Sie schrie auf.

»Giorgio!«, keuchte Smilla. Doch er hörte sie gar nicht. Oder er wollte sie nicht hören. Mit einem gezielten Tritt gegen Nadjas Knie brachte er sie zu Fall. Sie landete vor ihm im Schlamm, die Augen vor Erstaunen weit geöffnet. Ihr Gesicht verzerrte sich zu einer Grimasse aus Schmerz, und ihre Hände zuckten zu ihrem Kniegelenk.

»Noch ein beschissener Spruch, Nadja, und ich schneid dir die Zunge raus.«

Erst dachte Smilla, Giorgio würde es dabei belassen, aber als Nadja sich aufstützte, trat er ihr in den Bauch, sodass sie zurück in den Dreck fiel. Sie schnappte nach Luft. Ihre Hände tasteten fahrig über ihre Magengegend. Giorgio beugte sich über sie und zog ihr sein Jagdmesser aus dem Stiefel. Sie ließ es geschehen.

Noch ein paar Sekunden lang sah Giorgio schwer atmend auf Nadja herab und schien abzuwarten, ob sie es wagen würde, etwas zu entgegnen. Aber das tat sie nicht. Sie starrte bloß zurück und rang um Atem.

»Ich habe viel länger zum Club gehört als du«, knurrte Giorgio dann, steckte das Messer in seinen Gürtel und machte einen Schritt rückwärts. »Vergiss das nicht.« Damit wandte er sich ab und lief zurück zu der Stelle, an der sich ihr Deckenlager befunden hatte. Dort ließ er sich auf den Boden sinken und begann, in seinem Rucksack herumzuwühlen.

Smillas Knie zitterten. Es kostete sie einiges an Überwindung, sich aus ihrer Schockstarre zu lösen und auf Nadja zuzugehen, die sich mittlerweile in eine aufrecht sitzende Position gebracht hatte.

Smilla streckte ihr eine bebende Hand entgegen, um ihr aufzuhelfen. Doch Nadja schlug bloß danach. Im nächsten Moment war sie auf den Beinen und funkelte Smilla an. »Und du bist mal wieder fein raus, war ja klar!«, herrschte Nadja sie an. Sie drehte ihr für einen Augenblick den Rücken zu, als wollte sie davon stürmen, nur um dann doch wieder herumzufahren. Ihre Wut umhüllte sie wie giftiger Atem.

»Ich weiß langsam nicht mehr, warum ich dir überhaupt noch helfe! Du kannst und willst nicht kämpfen, du hast keine Ahnung, wie man sich etwas Vernünftiges zu essen besorgt, du gehst einfach mit einer völlig Fremden mit, und du bist praktisch blind! Du kannst ja nicht einmal einen Mensch von einem Waschbären unterscheiden!«

Smilla war, als hätte Nadjas Wut auch den letzten klaren Gedanken aus ihrem Kopf gefegt. Ihr Gesicht brannte. Wahrscheinlich lief sie unter Nadjas Hasstirade rot an. Gut, dass man das in der Dunkelheit nicht sah, denn in diesem Moment fühlte sie sich genauso erbärmlich, wie Nadja sie mit ihren Worten zeichnete.

»Ich bin nicht blind, ich hab minus zwei Diop–«, setzte sie murmelnd zu ihrer Verteidigung an, aber Nadja ließ sie nicht zu Wort kommen.

»Ach, halt doch den Mund!«, keifte sie.

Einen Moment lang pendelte ihr Blick zwischen Giorgio und Smilla hin und her. »Wisst ihr was? Macht euren Scheiß doch allein«, sagte sie dann. Sie wandte sich ab und humpelte, eine Hand auf ihren Magen gepresst, drauflos.

»Wo willst du denn jetzt hin?«, rief Smilla ihr hinterher.

»Weg von euch zwei Versagern!«, schmetterte Nadja zurück, ohne sich umzudrehen.

»Nadja, wir können uns doch jetzt nicht trennen. Das ist zu gefährlich. Auch für dich.«

»Wir brauchen neue Ausrüstung.«

Sie konnte Nadjas Umrisse bereits nicht mehr ausmachen, nur ihre Stimme drang durch den nächtlichen Wald zu Smilla.

»Die können wir doch auch gemeinsam besorgen. Wir müssen zusammenbleiben!«, hielt Smilla dagegen und machte ein paar unwillkürliche Schritte Nadja hinterher.

Erst antwortete Nadja ihr nicht, und Smilla glaubte schon, sie sei endgültig fort. Doch dann erklang ihre Stimme von irgendwo weiter weg: »Wir werden uns spätestens in Monschau wieder über den Weg laufen. Das heißt, wenn ihr es ohne mich bis dorthin schafft.«

»Nadja, komm zurück!«, rief Smilla ihr hinterher.

Doch diesmal blieb es im Wald um sie herum still. Nadja war schon in die Nacht verschwunden.

Als die Morgendämmerung anbrach, war Nadja immer noch nicht zurückgekehrt. Die Vögel setzten zu einem zarten Gesang an, der wie die Stimmen glücklicher Geister durch den Wald hallte. Was Smilla, Giorgio und Nadja vor wenigen Stunden widerfahren war, berührte den Rest der Welt nicht.

Noch in der Nacht hatten sie eine Bestandsaufnahme gemacht und geprüft, was die Diebe übrig gelassen hatten. Das Ergebnis war ernüchternd. Bis auf ihre Wechselkleidung, Smillas Küchenmesser, ein paar leere Plastikbehälter und Einmachgläser sowie eine ausgeblichene rote Tüte mit Nadjas getrockneten Pilzen darin besaßen sie nichts mehr.

»Wir sollten uns auf den Weg machen«, meinte Giorgio, der einige Meter von Smilla entfernt an einen Baum gelehnt saß und ins Nichts starrte. Zum ersten Mal, seit sie einander wiedergefunden hatten, wirkte er ausgelaugt und entmutigt. Und das gab auch Smilla das Gefühl, dem Ende ihrer Kräfte nahe zu sein.

»Und was ist mit Nadja? Wir können nicht einfach ohne sie losziehen«, wandte Smilla ein.

»Du hast sie doch gehört. Wir treffen sie in Monschau wieder. Und außerdem kommen wir auch ohne sie klar.«

Irritiert von Giorgios Gleichgültigkeit schüttelte Smilla den Kopf. »Aber kommt sie auch ohne uns klar?«

Giorgio wandte ihr seinen Blick zu und zog vielsagend die Augenbrauen hoch. »Nadja ist ein Endzeit-Alpha«, sagte er dann und rappelte sich auf. »Wahrscheinlich kommt sie allein besser zurecht als mit uns. Dass wir nicht schon längst tot sind, grenzt an ein Wunder.«

»Danke für deine ermutigenden Worte«, meinte Smilla und stand ebenfalls auf. »Du willst also wirklich ohne sie aufbrechen?«

»Ja. Dass sie hierhin zurückkommt, um nach uns zu suchen, halte ich sowieso für unwahrscheinlich. Sie weiß ja, dass wir nicht länger als unbedingt nötig an einem Ort bleiben. Wenn sie wieder zu uns stoßen will, wird sie uns in Monschau oder in Wollseifen abfangen.«

Smilla glaubte nicht, dass man sich da so sicher sein konnte. Aber in einem Punkt gab sie Giorgio im Stillen recht: Sie hatten keine Zeit, abzuwarten. Jede Minute, die sie nicht nutzten, um Jera zu finden und den Rückweg nach Brüssel anzutreten, war eine verschwendete Minute.

Also verstauten sie ihre letzten Habseligkeiten in Giorgios Rucksack und machten sich im Licht des anbrechenden Tages auf den Weg.

Nur mit Giorgio an ihrer Seite fiel es Smilla leichter, ab und an für ein paar erholsame Minuten ihren Kopf auszuschalten. Stur setzte sie einen Fuß vor den anderen und dachte nicht daran, warum sie eigentlich hier in der Eifel waren, wie sehr sie ohne ihre Decken in den kommenden Nächten frieren würden und wie groß der Hunger war, der in ihrem Bauch rumorte. Doch spätestens dann, wenn ihr Nadja in den Sinn kam, wurde sie zurück in die Realität katapultiert. Dann wurde ihr wieder bewusst, dass sie nicht mehr lange ohne vernünftige Ausrüstung und Proviant überleben würden, und zu den Sorgen um Jera gesellten sich Fragen danach, wo Nadja wohl mitten in der Nacht hingehumpelt sein konnte und was sie nun vorhatte.

Sie hielten nur an, um aus Bächen und Flüssen zu trinken oder sich im Dickicht zu erleichtern. Ihre Gliedmaßen schmerzten, ihre Füße waren wund gelaufen. Als der Hunger unerträglich wurde, beschlossen sie, ihr Lager etwas früher als sonst aufzuschlagen und das verbleibende Tageslicht zu nutzen, um wenigstens noch ein paar essbare Pflanzen aufzuspüren. Giorgio machte sich auf die Suche nach einem Abendessen, während Smilla nach halbwegs trockenen Ästen suchte, mit denen sie ein Feuer entfachen konnten. Immer, wenn es im Wald um sie herum raschelte oder in der Ferne ein Ast knackte, hob Smilla den Kopf. Halb hoffte, halb fürchtete sie, Nadja zu erblicken. Aber ihre Weggefährtin blieb verschwunden.

Das Laub war nass und glitschig, genau wie alle Äste, die Smilla fand. Dennoch kauerte sie sich über die Stelle, die sie freigescharrt hatte, und aktivierte ihre letzten Kraftreserven, um ein Feuer zu entfachen. Den Feuerbogen hatten die Diebe ebenfalls mitgenommen, und so blieb Smilla nichts anderes übrig, als zu versuchen, mit bloßen Händen genug Reibung zu erzeugen.

Der Geruch von Erde und Moder stieg in ihre Nase, während sie dort kauerte, und ohne es zu wollen, musste Smilla an das Grab denken, das sie für ihre Mutter ausgehoben hatte. Und das Grab, das sie für Anna ausgehoben hatten. All die Gräber, die andere Überlebende gegraben hatten, um ihre Freunde oder ihre Feinde zu verscharren und nicht mitansehen zu müssen, wie die Natur sie sich zurückholte.

Als es dunkel wurde und Smilla es noch immer nicht geschafft hatte, auch nur einen Hauch von Glut zu erzeugen, gab sie auf. Klamm von Schweiß ließ sie sich ins Laub sinken und lauschte ihrem rasenden Herz.

Irgendwann kehrte Giorgio von seiner Suche zurück. Er hatte ein paar Pilze gefunden, die sie roh aßen. Danach bauten sie aus Ästen und Laub eine schmale Koje. Darin drängten sie sich eng aneinander, um sich gegenseitig zu wärmen. Und wie auch schon vor einigen Nächten bemerkte Smilla ein Unbehagen tief in sich, das mit jeder Sekunde, in der sie Giorgio so nahe war, anschwoll. Der Drang, sich von ihm zu entfernen, seine Nähe abzuschütteln und die Arme eng um den eigenen Oberkörper zu schlingen, überkam sie. Smilla atmete tief durch und versuchte, das Unbehagen zu ersticken. Ohne Feuer und ohne Schlafsäcke waren sie auf die Körperwärme des anderen angewiesen. Und außerdem hatte Giorgio ihr noch nie etwas getan, war ihr nie zu nahe getreten. Dennoch blieb dieses Gefühl. Es verfolgte sie bis in den Schlaf, wo sie von Händen träumte, die nach ihr griffen und sie festhalten wollten.

Am nächsten Tag erreichten sie kurz vor Einbruch der Dämmerung die Dreiborner Hochfläche. Die letzten Schritte durch den Fichtenwald, der an die Hochfläche grenzte, erfüllten Smilla mit einer zähen Mixtur aus Angst und Aufregung. Ihr war, als könnte *alles* passieren, sobald sie wieder Fuß auf die Hochfläche setzte. Vielleicht würde sie in wenigen Minuten Jera in den Armen halten. Vielleicht liefen sie aber auch geradewegs in die Fänge altbekannter Feinde.

»Das ist so verrückt«, flüsterte Giorgio, während sie leicht geduckt durch das Unterholz strichen. Er schien die gleiche Anspannung zu verspüren wie Smilla. »Vor zwei Wochen war das hier noch unser Zuhause.«

Smilla nickte. »Es fühlt sich kein Stück mehr danach an, oder?«

»Überhaupt nicht.«

Sie gelangten auf den Pfad, der quer über die Hochfläche führte, und hielten inne. Von hier aus konnte man bis zur Ordensburg Vogelsang schauen. Smillas Augen streiften das Refugium der *Verlorenen Jungs*, in dem sich ihr Leben von innen nach außen gekehrt hatte, und wanderten dann weiter zu Giorgio. Seine Nase war von dem Schlag, den ihm einer der Diebe verpasst hatte, angeschwollen, und die Haut um seine Augen hatte sich violett verfärbt.

»Was glaubst du, was auf der Ordensburg gerade vor sich geht?«, wollte Smilla wissen.

»Darüber denke ich lieber nicht nach«, sagte Giorgio bloß. Damit wandte er sich ab und ging weiter den Pfad entlang. Smilla folgte ihm.

Schweigend bogen sie auf die breiten Betonplatten ab, die zwischen den leerstehenden Häusern Wollseifens entlangführten. Mit jedem Schritt, der sie näher an den Eingang des Bunkers brachte, fühlte Smilla die Beklemmung in sich wachsen. Jera musste einfach dort auf sie warten. Sie wollte nicht länger als nötig hierbleiben müssen. Nicht im Bunker, nicht auf der Hochfläche und auch nirgendwo sonst in der Nordeifel.

Endlich gelangten sie in die Senke, in der sich versteckt unter Ginsterbüschen und Moos der Bunker befand. Vor dem schwarzen Türausschnitt, der den Eingang zum Bunker bildete, blieben sie stehen. Beim Anblick der Finsternis erschien es Smilla plötzlich beinahe unmöglich, dass Jera hier auf sie warten würde. Der Bunker hatte schon immer die Angewohnheit gehabt, ihre Hoffnung aufzusaugen und zu zermalmen wie ein schwarzes Loch.

Nacheinander tauchten sie in die Dunkelheit ein und stiegen die Treppenstufen hinunter. Unten angekommen, tastete Smilla sich weiter bis zu dem Haufen aus Schutt, in dem der Eingang zu ihrem Quartier verborgen lag. Bedacht darauf, so wenig Geräusche wie möglich zu erzeugen, zwängte sie sich durch den Eingang.

Auf der anderen Seite des Schuttwalls war es genauso finster wie davor. Kein Kaminfeuer oder Kerzenschein, der auf Jeras Anwesenheit hindeutete.

»Jera?«, flüsterte Smilla, als sie in den Wohnraum trat, in dem sie mit ihrer Gruppe gekocht, Karten gespielt, Kleidung geflickt und sich am Kaminfeuer gewärmt hatte.

»Jera, ich bin es, Smilla. Du bist in Sicherheit, du kannst rauskommen.«

Nichts regte sich.

»Sie ist nicht hier«, sagte Giorgio. Er klang resigniert, aber nicht überrascht.

Doch so schnell wie er wollte Smilla nicht aufgeben. Sie tastete sich weiter und suchte jeden Raum ab. Ihr und Jeras Zimmer, die Vorratskammer, Lars‘ und Karens Zimmer. Immer wieder beschwor sie ihre Schwester in leisen, sanften Worten, sich endlich zu zeigen, als wäre sie ein verstörtes Tier, das niemandem mehr traute. Doch es half nichts. Jera war nicht dort.

»Haben wir irgendetwas, mit dem wir Licht machen können?«, fragte Smilla.

»Ich fürchte nicht«, meinte Giorgio.

Smilla schloss die Augen und dachte nach. Wenn sie nicht hier war – wo war sie dann? »Wir durchsuchen Wollseifen«, beschloss Smilla und schlug die Augen wieder auf. »Vielleicht wollte sie hier bloß nicht allein im Dunkeln sitzen und wartet woanders auf uns.«

Gemeinsam durchsuchten sie jedes der leerstehenden Häuser Wollseifens. Immer wieder hallte Jeras Name durch die heraufziehende Nacht. Doch Smillas kleine Schwester zeigte sich nicht.

Möglicherweise ist sie auf direktem Wege nach Monschau gegangen, zusammen mit dieser Hexe«, meinte Giorgio irgendwann.

»Ja, vielleicht«, murmelte Smilla und überlegte, wo Jera sich noch versteckt oder eine Botschaft für sie hinterlassen haben könnte. Doch sie hatten jedes begehbare Gebäude in Wollseifen mindestens einmal durchsucht und nichts gefunden. Weder im Hühnerstall, noch bei den einstigen Tomatenbeeten und auch nicht in der Kirche.

»Smilla«, sagte Giorgio sanft. »Sie ist nicht hier, und wenn wir morgen fit sein wollen, um weiterzusuchen, sollten wir uns jetzt um etwas zu essen kümmern.«

Sie wusste, dass er recht hatte. Trotzdem war es schwer, das hinzunehmen. Es war ein bisschen wie aufzugeben.

»Vielleicht sind noch ein paar Beeren an unseren Schlehdornbüschen«, sagte Smilla matt und wandte der Kirche, die sie als Letztes durchsucht hatten, den Rücken zu.

Sie liefen los, zurück Richtung Waldrand, während der letzte Silberstreifen Licht am Horizont verblasste.

»Hoffentlich, sonst weiß ich nämlich wirklich nicht, wo wir auf die Schnelle etwas Essbares herbekommen«, brummte Giorgio.

Smilla wollte ihn daran erinnern, dass es in der Nähe einen Waldhang gab, an dem zu dieser Jahreszeit Steinpilze sprossen. Doch ihre Kehle war ganz eng geworden, und heraus kam nur ein erstickter Laut.

Giorgio drehte sich zu ihr. »Hey«, sagte er, als er den Ausdruck auf Smillas Gesicht sah. Sie hielt inne, und Giorgio blieb neben ihr stehen. »Dass Jera nicht hier ist, heißt überhaupt nichts«, sagte er, trat einen Schritt näher und zog sie in eine feste Umarmung, als wollte er verhindern, dass Smilla in viele kleine Teile zerfiel.

Es sollte tröstlich sein, doch kaum hatte er die Arme um sie geschlossen, überfiel sie eine Beklemmung, die das Atmen geradezu unmöglich machte. Unsanft drückte sie Giorgio von sich und brachte etwas Abstand zwischen sich und ihn.

Giorgio bedachte sie mit einem mitleidigen Blick. »Wir haben noch jede Menge Optionen, Smilla«, sagte er dann sanft. Er schien nicht begriffen zu haben, dass Smillas Reaktion ihm galt und nicht der Tatsache, dass sie Jera nicht gefunden hatten. »Morgen gehen wir nach Monschau und suchen weiter«, fuhr er fort und nickte in Richtung Waldrand.

»Ja.« Mit dem Ärmel ihrer Jacke wischte Smilla sich die Tränen aus den Augenwinkeln und setzte sich wieder in Bewegung. Giorgio folgte ihr.

Schweigend legten sie die letzten Meter bis zu dem Schlehdorndickicht zurück, das ihnen schon in den Vorjahren den nasskalten Herbst ein wenig hatte versüßen können. Und tatsächlich trugen die Schlehen reichlich tiefviolette, von einem weißen Reif überzogene Beeren.

Die ersten Früchte, die sie von den Zweigen rupften, wanderten sofort in ihre Münder. Die fruchtige Säure schmeckte so intensiv, dass Smilla beinahe schmerzhaft das Wasser im Munde zusammenlief. Kurz konnte sie an nichts anderes denken als an den Geschmack der Schlehen.

Giorgio neben ihr gab ein genüssliches Grunzen von sich, während er eine Handvoll Beeren über seine Lippen und in seinen Mund kullern ließ. Trotz der Enttäuschung, Jera nicht im Bunker angetroffen zu haben, musste Smilla schmunzeln. »Du grunzt wie ein Wildschwein«, sagte sie mit vollem Mund.

»Und du schmatzt wie eines«, gab Giorgio zurück.

Sie aßen, bis der schlimmste Hunger gestillt war und der Fruchtzucker ein wenig Glück in ihren Adern fließen ließ. Dann füllten sie die leeren Plastikbehälter und Einmachgläser mit dunklen Beeren und liefen weiter, um nach Pilzen zu suchen. An der Stelle, an der sie auch in den vergangenen Jahren schon häufiger fündig geworden waren, entdeckten sie ein halbes Dutzend Steinpilze. Doch Schnecken und Tausendfüßler waren ihnen zuvorgekommen und hatten die meisten der stolzen Pilze bereits zerfressen. Das, was noch übrig geblieben war, aßen Smilla und Giorgio auch an diesem Abend roh.

Die Nacht war dicht wie dunkler Samt, als sie zurück nach Wollseifen kamen. Smilla wollte um keinen Preis im Bunker übernachten, auch wenn sie dort auf ihren alten Matratzen hätten schlafen können. Also entschieden sie sich für den Stall, in dem sie früher Hühner gehalten hatten. Der Raum wirkte tot ohne die Tiere darin, auch wenn alles so aussah wie beim letzten Mal. Das Stroh auf dem Boden, die Brutkästen an der langen Seite des Raumes, vereinzelte Federn im Hasendraht, die bei jedem Lufthauch erzitterten.

Aber bevor Smilla versuchte zu schlafen, wollte sie noch eine Botschaft für Jera hinterlassen. Vielleicht waren sie ja vor ihr hier angekommen.

Sie legten ihre Rucksäcke im Hühnerstall ab und machten sich auf den Weg zurück zum Bunker. Drinnen fischte Smilla ein Stück verkohltes Holz aus dem Kamin. Dann stieg sie zurück an die Erdoberfläche. Mit der Kohle schrieb sie eine Nachricht über den Eingang des Bunkers.

J, geh nach Monschau. S. Dann schickte sie ein Stoßgebet gen Himmel, dass der Regen die Botschaft nicht schon in den nächsten Tagen wieder fortwaschen würde und dass Jera, die immer nur widerwillig lesen und schreiben geübt hatte, sie überhaupt entziffern konnte. Ob irgendwer sie erhören würde – Götter, Geister oder Teufel – war fraglich. Doch nichts sollte unversucht bleiben, es waren verzweifelte Zeiten.

KAPITEL

9

DER ENGEL

Am nächsten Morgen erwachten Giorgio und Smilla mit dem ersten Tageslicht. Sie klopften sich das Stroh von der Kleidung, schulterten ihre Rucksäcke und verließen Wollseifen, ohne noch einmal zurückzublicken. Sie legten noch einen Stopp beim Schlehdornbusch ein und frühstückten die letzten Beeren, die noch an den Ästen hingen. Dann machten sie sich auf den Weg nach Monschau.

»Ob Nadja wohl zur Festung gegangen ist?«, fragte Smilla. Ihr Blick haftete am Turm der Ordensburg Vogelsang, der durch den Nieselregen und die tiefhängenden Wolken nur zu erahnen war.

Giorgio gab ein Brummen von sich. »Ich bin mir nicht sicher. Sie hat den Club ja auch irgendwie verraten, als sie sich aus dem Staub gemacht hat. Ich würde mir an ihrer Stelle Sorgen machen, dass die mich killen, wenn ich noch mal bei denen auftauche.«

Der Weg senkte sich ab, und der schemenhafte Turm

verschwand hinter den Baumwipfeln. »Aber sie schien mir ziemlich bewegt, als wir über Falk gesprochen haben. Und er ist schließlich der Grund, warum sie überhaupt mit uns zurück in die Eifel gekommen ist«, gab Smilla zu bedenken.

»Ich weiß nicht«, meinte Giorgio. »Auf mich wirkt sie wie eine ziemliche Psychopathin. Vielleicht war ihr sentimentaler Moment auch nur eine kleine Vorstellung für uns, damit wir nicht merken, wie groß ihr Dachschaden wirklich ist.«

Smilla gefiel nicht, wie Giorgio über Nadja sprach. Nein, Nadja war kein ewig währender Sonnenschein. Sie war ruppig, überheblich und provozierte gern. Trotzdem hatte Smilla sie während ihrer Reise auch von einer anderen Seite kennengelernt.

»Sie ist keine Psychopathin. Sie hat einfach viel mitgemacht«, erwiderte sie.

Giorgio seufzte. »Du musst aufhören, Entschuldigungen für das Verhalten von Leuten wie Falk und Nadja zu suchen«, sagte er dann ernst. Aus dem Augenwinkel sah sie, dass er sie anblickte. »Manche Menschen sind einfach Arschlöcher, find dich damit ab.«

Die üblichen vier, fünf Stunden, die man von Wollseifen bis nach Monschau benötigte, zogen sich an diesem Tag unerträglich in die Länge. Jedes Mal, wenn Smilla in den Himmel blickte, war sie überrascht, dass die Herbstsonne noch hoch hinter den Wolken schimmerte, anstatt am Horizont zu verschwinden. Doch nach einer gefühlten Ewigkeit gelangten sie schließlich auf die Anhöhe, von der aus man über Monschau blicken konnte, und sie blieben stehen. Die Fachwerkhäuser des Städtchens drängten sich eng aneinander, und auf dem Marktplatz wimmelte es von Überlebenden. Irgendwo dort unten musste Jera sich aufhalten. Es musste einfach so sein.

Giorgio knetete nervös seine Finger. Dann setzte er die Kapuze des Pullovers auf, den er unter seiner Lammfelljacke trug, und zog sie tief ins Gesicht, sodass seine Züge im Schatten lagen. »Das solltest du auch tun. Du stehst jetzt wahrscheinlich ebenfalls auf der roten Liste des Clubs«, raunte er.

»Ja, wenn sie nach dem Konflikt mit der Sekte noch am Leben sind«, ergänzte Smilla und zog sich die eigene Kapuze über den Kopf.

Giorgio wandte sich vom Anblick Monschaus ab und machte sich an den Abstieg. »Davon gehe ich aus. So einfach lassen die sich nicht unterkriegen, auch nicht von der Sekte.«

Im Tal angekommen, gelangten sie über eine steinerne Brücke auf den Monschauer Markt. Eng drängten sich die Stände aneinander. Mit erhobenen Stimmen versuchten die Verkäufer, sich gegenseitig zu übertönen, während sie ihre Ware bewarben. Bettelnde Kinder zupften an der Kleidung der Marktbesucher, in der Hoffnung, auf ein weiches Herz zu treffen und etwas Essbares oder wenigstens einen Tauschgegenstand zu erhalten. Alles war genau so wie bei ihrem letzten Marktbesuch.

»Ob wir das bald auch so machen müssen?«, fragte Smilla mit einem Blick auf einen Jungen in Jeras Alter, der einer dunkelhaarigen Frau mit einer geklebten Brille etwas von dem Dörrfleisch abzuschwatzen versuchte, das sie soeben erstanden hatte.

Giorgio folgte Smillas Blick und schüttelte dann den

Kopf. »Wir finden Jera, und dann suchen wir uns Arbeit, egal wie schlecht bezahlt, und in ein paar Tagen sind wir dann mit neuer Ausrüstung und Proviant auf dem Weg nach Brüssel.«

»Ich hoffe, du hast recht.«

Während sie sich durch das Getümmel auf dem Marktplatz schlugen, wanderte Smillas Blick rastlos hin und her. Sie suchte nach Jera, aber gezwungenermaßen auch nach Falk oder einem der anderen *Verlorenen Jungs*. Hoffnung vermengte sich mit Angst.

»Teilen wir uns auf?«, fragte Giorgio, und Smilla richtete ihre Aufmerksamkeit wieder auf ihn. Die Schatten seiner Kapuze zeichneten seine Wangen noch hohler und die Blutergüsse unter seinen Augen noch dunkler. Ohne es zu wollen, dachte Smilla daran, wie schwer es werden würde, den bevorstehenden Winter zu überleben. Zum ersten Mal seit dem Ausbruch der Plage konnte sie sich nicht selbst davon überzeugen, dass sie die kommenden Monate schon irgendwie durchstehen würden. Der nächste Frühling schien mit einem Mal immer weiter in die Ferne zu rücken. Eine Fata Morgana am Horizont.

»Mir wäre es lieber, wenn wir zusammenblieben«, antwortete Smilla.

Giorgio nickte knapp. »In Ordnung.«

Gemeinsam durchkämmten sie den Marktplatz, jede Gasse und alle Gebäude, in die man ohne Weiteres eintreten konnte. Am liebsten hätte Smilla laut nach Jera gerufen. Doch ihre Angst, dadurch die Aufmerksamkeit der falschen Leute auf sich zu ziehen, war zu groß. Sie wusste nicht, was sie tun würde, sollte sie einem der *Verlorenen Jungs* begegnen. Genauso wenig, wie sie wusste, was sie nun von ihnen zu erwarten hätte.

Ihre Suche nach Jera zermürbte Smilla. Ihren Namen nicht laut rufen zu können, gab ihr das Gefühl, in einer Zwangsjacke zu stecken, und nach einer Weile fingen ihre Sinne an, ihr Streiche zu spielen. Mal glaubte sie, Jeras Gesicht zwischen den Menschen auf dem Marktplatz erblickt zu haben. Dann meinte sie, die Stimme ihrer kleinen Schwester zu hören, die ihren Namen rief.

Irgendwann – sie mussten mehr als zwei Stunden erfolglos gesucht haben – änderten sie ihre Taktik und fingen an, Leute zu befragen. Doch niemand gab ihnen hilfreiche Informationen. Entweder wollten sie nicht zu lange von Giorgio und Smilla aufgehalten werden, oder sie konnten sich nicht an ein Mädchen namens Jera erinnern, das auf Smillas Beschreibung passte.

Am Abend, nachdem sie jedes Gasthaus und jeden Laden abgeklappert hatten und die Marktbesucher einer nach dem anderen aus Monschau verschwanden, wollte Smilla sich nur noch hinlegen und niemals wieder aufstehen.

»Morgen probieren wir es noch mal. Vielleicht kommt sie erst noch nach Monschau«, sagte Giorgio. Er war noch blasser als zu Beginn des Tages. Seiner tonlosen Stimme entnahm Smilla, dass er nicht wirklich daran glaubte, dass morgen etwas anders sein würde als heute. Trotzdem nickte sie und versuchte, den Kloß in ihrem Hals herunterzuschlucken. Wenn sie aufhörte, daran zu glauben, dass sie Jera wiederfinden konnten, dann würde sie aufhören zu funktionieren.

»Komm, wir schauen, wo wir etwas zu essen herbekommen«, sagte Giorgio und zog die Kapuze noch tiefer ins Gesicht.

Die letzten Schlehenfrüchte hatten sie während ihrer Suche verspeist, also boten sie den Händlern auf dem Marktplatz an, ihnen im Tausch gegen Lebensmittel beim Verladen ihrer Ware zu helfen. Dabei mussten sie sich gegen eine Gruppe Kinder durchsetzen, die anscheinend die gleiche Idee gehabt hatte und den Händlern wohlbekannt war. Doch schließlich verließen sie den Marktplatz mit einem geschmacklosen Fladen aus Eichelmehl und Kartoffeln und zwei angeschlagenen Äpfeln.

In einem verlassenen Gässchen hockten sie sich in einen Hauseingang und aßen ihr kärgliches Mahl. Die Straßen leerten sich, und es wurde still im Dorf. Bis auf entferntes Stimmengewirr aus einem der Monschauer Gasthöfe war kein Geräusch zu vernehmen. Die Abwesenheit der Marktbesucher und der vielen Händler brachte neben der Stille auch ein Gefühl von Erschöpfung mit sich, das sich wie ein Dunst in die Gassen legte und an Smillas Gliedmaßen nagte. Die Stimmung war friedlich, aber nur insofern, als dass sich nirgendwo etwas Schlimmes oder Lautes ereignete.

Bei Einbruch der Dunkelheit fing es zu regnen an. Der Regen trug eine Kälte mit sich, die mit dünnen Nadeln durch ihre Kleidung stach. Giorgio und Smilla drängten sich tiefer in den Hauseingang und zogen ihre Jacken enger.

»Vielleicht gehen wir es morgen anders an«, sagte Smilla nach einer Weile, die sie damit verbracht hatten, einer schmutzigen Pfütze vor ihren Füßen beim Größerwerden zuzusehen. »Vielleicht fragen wir nach der Hexe und nicht nach Jera. Ihrer Beschreibung nach könnte sie den Leuten besser im Gedächtnis geblieben sein als irgendein kleines Mädchen.«

»Gute Idee«, sagte Giorgio, und diesmal klang es, als meinte er es so. »Das machen wir.«

Im Morgengrauen begaben Smilla und Giorgio sich auf den Markt, um den eintrudelnden Händlern im Tausch gegen ein Frühstück ihre Hilfe anzubieten. Die Nacht auf dem kalten Treppenabsatz hatte ihre Muskeln noch härter und unbeweglicher gemacht, und ihnen wollte nicht warm werden, egal wie kräftig sie sich die eigenen Arme rieben und wie hastig sie die schläfrigen Gassen entlangschritten.

Zum Glück gerieten sie an diesem Morgen an spendablere Händler als am Vortag: Eine untersetzte Frau mit hohen Wangenknochen bezahlte sie mit zwei rohen Eiern; ein ergrauter Mann mit knotigen Fingern gab ihnen ein paar Streifen gepökeltes Reh und eine Karotte.

Mit ihrer Ausbeute zogen sie sich in den Hauseingang einer verlassenen Gasse zurück und frühstückten schweigend.

Etwas in Smilla wollte den Moment, in dem sie ihre Suche begannen, so lange wie möglich hinauszögern. Solange sie noch suchten, gab es noch Hoffnung.

»Die Hoffnung stirbt zuletzt«, murmelte sie. »Kennst du das, wenn du Sprichwörter oder Weisheiten mit einem Mal anders oder besser verstehst als früher?«, fragte sie dann an Giorgio gerichtet.

»Ich weiß nicht. Wie meinst du das?«

»*Die Hoffnung stirbt zuletzt*, zum Beispiel.« Smilla schob sich den letzten Rest ihres Möhrenstücks in den Mund. »Wenn man das wortwörtlich nimmt, heißt es, dass jemand, der stirbt, mit Hoffnung stirbt. Denn die Hoffnung stirbt schließlich zuletzt. Und das würde heißen, dass wir immer Hoffnung haben, solange wir leben. Wir glauben immer daran, dass es irgendwie weitergeht. Dass irgendwann alles besser wird. Bis wir sterben.«

Giorgio schürzte die Lippen. »Hm«, machte er. »Ich kann mich nicht daran erinnern, dass ein Sprichwort für mich plötzlich etwas anderes bedeutet hat als zuvor.« Er stand auf, wischte sich mit dem Handrücken die Lippen sauber und fing an, vom einen Bein aufs andere zu treten. »Wie kommst du darauf?«, fragte er dann.

Smilla erhob sich ebenfalls. »Ich habe nur gedacht, dass es etwas Tröstliches hat, dass die Suche nach Jera noch vor uns liegt. Denn so kann ich weiter hoffen, dass wir sie heute finden werden.«

Giorgio bedachte Smilla mit einem nachdenklichen Blick. »Wenn wir heute keine neuen Hinweise bekommen, ist morgen auch noch ein Tag«, sagte er. Noch eine Floskel, an die sie sich klammern konnten.

Sie verließen ihre Gasse und traten auf die Straße. Das Morgenlicht hatte sich noch nicht ganz in das enge Tal, in dem Monschau lag, vorgewagt, und die Kälte der vergangenen Nacht biss immer noch in ihre Finger und ihre Gesichter.

»Ja«, stimmte Smilla Giorgio zu. »Das ist ja genau, was ich meine. Ich werde nicht einfach aufhören, zu hoffen, dass wir sie finden. Selbst, wenn wir heute wieder erfolglos sind.« Sie ließ den Blick einmal die Gasse hinunterwandern, bevor sie sich nach vorn wandte und in Richtung Marktplatz loslief. »Und wenn wir sie finden, höre ich auch nicht auf zu hoffen. Dann hoffe ich darauf, dass wir den Winter überstehen. Ich hoffe immer weiter. Als wäre zu hoffen der einzige Grund, warum ich auf der Welt bin.«

»Hm«, machte Giorgio wieder nur, als sie gerade auf den Marktplatz bogen, der sich in der letzten halben Stunde sichtlich gefüllt hatte. »Da könnte was dran sein. Vielleicht bist du hier, um zu hoffen. Zumindest finde ich es zusammen mit dir sehr viel leichter, die Hoffnung nicht aufzugeben, als mit sonst irgendwem.«

Smilla lächelte. »Danke, gleichfalls.«

Giorgio erwiderte das Lächeln.

»Na, dann mal los«, sagte er, während er sich dem Treiben auf dem Marktplatz zuwandte. »Auf die Hoffnung.«

»Auf die Hoffnung.«

Wie am Tag zuvor durchkämmten sie die Straßen, die Plätze und Gassen, suchten nach Jera und fragten nach der hochgewachsenen Frau mit dem glatten, grauen Haar und dem milchigen Auge. Und nach einer gefühlten Ewigkeit, in der Smilla schon zu glauben anfing, ihre persönliche Höllenqual sei es, für immer nach ihrer Schwester zu suchen, sagte eine junge Frau, die Quitten verkaufte: »Ja, die hab ich hier schon ein paar Mal gesehen.«

Es dauerte einige Sekunden, bis Smilla begriff, dass sie gerade womöglich auf eine Spur gestoßen waren. Sie hatte sich so oft abwenden und weitersuchen müssen, dass ihr Körper schon im Begriff war, es wieder zu tun. Die Worte »Schade, aber danke für deine Hilfsbereitschaft« lagen bereits auf ihrer Zunge und wollten ausgesprochen werden. Aus diesem Grund kam als Antwort nur ein heiserer Laut der Ungläubigkeit über ihre Lippen.

Giorgio schaltete schneller. »Wann war das in etwa? Wissen Sie das noch?«, fragte er.

Die Frau zog die Mundwinkel nach unten und schien

zu überlegen. Sie hatte Locken wie ein Botticelli-Engel, und in diesem Moment war sie für Smilla genau das: ein Engel mit der Botschaft der Hoffnung.

»Das letzte Mal, als sie bei mir eingekauft hat, war es noch warm«, sagte sie dann. »Und unsere Quitten waren schon verblüht, aber noch längst nicht reif. Es wird so im Juli oder August gewesen sein, schätze ich.«

Smilla sank in sich zusammen. Das war zu lange her, um ihnen jetzt in diesem Augenblick zu helfen.

Aber Giorgio ließ sich von dieser Information nicht aus dem Konzept bringen. »Was wissen Sie über diese Frau? Kennen Sie ihren Namen, oder wissen Sie, wo sie sich aufhält?«

Der Engel runzelte die Stirn und sah von Giorgio zu Smilla. »Ich weiß nicht viel über sie. Sie kauft unsere Schafsmilch, wenn wir welche haben. Sie sagt, niemand hat so viel Fett in der Milch wie wir.« Sie klang unverkennbar stolz. Aber mit den nächsten Worten veränderte sich der Klang ihrer Stimme. »Warum wollt ihr das wissen?«

»Ich suche meine kleine Schwester. Wir wurden getrennt, und ich glaube, dass sie mit dieser Frau unterwegs ist.«

Der Blick der Blonden glitt nun etwas aufmerksamer über Smillas Gesicht, als wollte sie sich vorstellen, wie es war, an ihrer Stelle zu sein. »Das klingt ja furchtbar. Tut mir leid. Sie hat sie doch wohl nicht gegen ihren Willen bei sich? Man hört ja immer wieder schlimme Geschichten. Aber ich kann mir nie vorstellen, dass irgendeiner der Menschen, denen ich hier täglich meine Waren verkaufe, zu so etwas in der Lage sein soll.«

»Das wissen wir nicht mit Sicherheit«, gab Smilla zurück.

»Möchtet ihr, dass ich ihr etwas ausrichte, wenn ich sie das nächste Mal sehe?«

Das war wohl das Beste, was sie aus dieser Situation noch machen konnten.

»Sag ihr, Smilla sucht nach ihrer Schwester Jera. Ich werde jeden Tag zum Roten Haus kommen und dort auf sie warten.«

Aus dem Augenwinkel sah sie, wie Giorgio sie verwundert anschaute.

Die Frau wiederholte die Nachricht und nickte. »Viel Glück bei eurer Suche«, sagte sie dann.

»Danke für deine Hilfe«, gab Smilla zurück. Damit wandte sie sich ab und ging los.

Ganz kurz hatte sie geglaubt, sie wären Jera ein Stück näher gekommen. Doch jetzt wirkte die Lage auf Smilla noch aussichtsloser als vor dem Gespräch mit dem Engel. Es gab keine frische Spur von ihrer Schwester. Und mit jedem Tag, der verstrich, rückte die Aussicht darauf, sie bald zu finden, weiter in die Ferne. Smillas Schritte wurden schneller, ohne dass sie genau wusste, wohin sie eigentlich lief.

Giorgio hatte Mühe, mit ihr mitzuhalten. »*Jeden Tag am Roten Haus* – Smilla, ist dir klar, was das bedeutet?«, hörte sie ihn irgendwo hinter sich fragen.

»Es bedeutet, dass ich fürs Erste hier in Monschau bleibe. Wenn Jera nicht hier ist, dann könnte sie überall sein, und es hat keinen Sinn, auf gut Glück die Wälder zu durchsuchen.«

Giorgio hielt sie am Arm fest und brachte sie dazu, stehen zu bleiben und sich zu ihm umzudrehen. »Und was ist mit mir? Was ist mit Sarah? Was ist mit Brüssel?«

»Du kannst ohne mich dorthin aufbrechen. Sobald ich

Jera gefunden habe, kommen wir nach.« Smillas Stimme klang kalt und abgeklärt, als die Worte ihren Mund verließen. Doch sie konnte nicht anders, denn es gab nur eine Alternative, und die lautete: Verzweifeln. Und Smilla wollte nicht verzweifeln. Sie wollte ihren Verstand und ihre Hoffnung beisammenhalten, auch wenn sie dafür hart und kalt werden musste.

Giorgio blickte sie aus seinen ernsten, dunklen Augen an. »Das ist Irrsinn, und das weißt du auch. Wir können uns nicht trennen. So kurz vor dem Wintereinbruch und ohne Proviant und Ausrüstung würde das für mindestens einen von uns den sicheren Tod bedeuten.«

»Was erwartest du von mir? Dass ich einfach wieder gehe? Ohne sie?«

Giorgio rieb sich erschöpft über die Stirn. »Nein, natürlich nicht. Aber könntest du mich das nächste Mal fragen, bevor du eine Entscheidung triffst, die uns beide etwas angeht?«

»Für mich gibt es aber nur die eine Möglichkeit. Ich bleibe hier, bis diese Hexe das nächste Mal auftaucht. Ich erwarte nicht, dass du bei mir bleibst«, gab Smilla zurück und wandte sich zum Gehen.

»Ja, aber wir sind doch ein Team. Ich möchte einfach, dass du mich einweihst, bevor du solche Entscheidungen fällst. Deine letzten heimlichen Entschlüsse haben uns –«

Smilla fuhr herum und unterbrach ihn, bevor er die Worte aussprechen konnte. »Ich weiß selbst, dass ich Mist gebaut habe. Das hier ist mein Versuch, wenigstens etwas davon wieder gut zu machen. Okay?«

Giorgio hob die Hände. Doch als er gerade etwas entgegnen wollte, ertönte eine Stimme, die ihn erstarren ließ.

»Na, ihr zwei Süßen? Seid ihr öfters hier?«

Smilla fuhr herum. Sie erkannte das süffisante Lächeln sofort. Es war Nadja, die durch das Gewühl des Marktplatzes auf sie zuschritt.

KAPITEL

10

DIE NACHRICHT

Kein Glück mit deiner Suche, wie ich sehe?«, fragte Nadja, als sie bei ihnen angekommen war.

»Nadja«, stieß Smilla ungläubig aus. »Was tust du hier?«

Nadja sah sie fragend an. »Na, was wohl. Ich habe doch gesagt, dass ich uns Ausrüstung besorge und dann nach Monschau komme.« Sie warf einen demonstrativen Blick über ihre Schulter, auf der der Träger einer abgewetzten, blauen Sporttasche baumelte. »Viel habe ich nicht gefunden, hatte ja nichts zum Tauschen. Aber eine Wolldecke und ein paar Schnüre konnte ich auftreiben. Besser als nichts.«

Einen kurzen Moment lang vergaß Smilla, an Jera und die Hexe und das Rote Haus zu denken, und war bloß froh, dass es Nadja gut ging. Und dass sie wieder zu ihnen gefunden hatte.

»Und? Habt ihr in der Zwischenzeit irgendetwas Nützliches herausfinden können?«, fragte Nadja ungeduldig, als Smilla kein weiteres Wort über die Lippen bekam.

»Wir haben herausgefunden, dass die Hexe schon mehrmals hier auf dem Markt war. Was heißen könnte, dass sie irgendwo in der Umgebung lebt und früher oder später wieder hier auftaucht«, antwortete Giorgio langsam. Auch er schien noch nicht vollständig verarbeitet zu haben, dass Nadja wieder da war.

Ein Grinsen breitete sich auf Nadjas Lippen aus. »Also seid ihr nicht besonders viel weitergekommen«, schloss sie und klang beinahe zufrieden.

Weder Giorgio noch Smilla entgegneten etwas. Vielleicht hatte Giorgio recht, und Nadja war tatsächlich eine Psychopathin.

»Dann komme ich ja gerade rechtzeitig, um euren Tag zu retten«, fügte sie dann hinzu. Ihre Pupillen hüpften von Giorgio zu Smilla. »Ich habe jemanden gefunden, der glaubt, zu wissen, wo sie lebt.«

»Was?«, fragten Smilla und Giorgio wie aus einem Mund.

Vergessen war ihr ungeklärter Streit. Da war nur noch Jera – und die Hoffnung darauf, sie wiederzufinden.

»Aber«, sagte Nadja gedehnt. Das Grinsen verblasste, während sie sich näher zu ihnen beugte. »Euch wird nicht gefallen, um wen es sich dabei handelt.«

Falk, schoss es Smilla durch den Kopf. Warum sonst würde Nadja tiefenentspannt und breit grinsend bei ihnen aufschlagen, wenn nicht deshalb, weil sie Falk gefunden hatte. Lebend.

Giorgio schien zu einem ähnlichen Schluss gekommen zu sein. Er zog sich von Nadja zurück, als hätte sie ihnen gerade unterbreitet, dass sie sich die Plage eingefangen hatte. Langsam schüttelte er den Kopf. »Ich spreche mit keinem vom Club.«

Nadja verdrehte die Augen. »Ach, nun seid doch nicht solche Weicheier. Ich steh auch nicht so hoch im Kurs bei denen. Aber die haben gerade Besseres zu tun, als Vergeltung an uns zu üben. Die Festung wurde zerstört und den Club – den gibt es nicht mehr. Sie haben sich endgültig gespalten.«

»Wer ist es?«, fragte Smilla. Ihre Stimme kratzte in ihrem Hals wie ein Tier mit Schuppen und Stacheln.

»Leon. Er wartet in der Kaffeerösterei auf uns.«

Smilla konnte nicht sagen, was sie in diesem Moment empfand. Sie fühlte alles auf einmal, und doch spürte sie nichts. Die widersprüchlichen Gefühle schienen sich gegenseitig aufzuheben: Erleichterung und Enttäuschung. Furcht und Freude. Aufregung und Ruhe.

»Ich werde mich ganz bestimmt nicht hinsetzen und mit Leon einen beschissenen Kaffee trinken«, betonte Giorgio.

»Aber ich«, sagte Smilla, bevor Giorgio und Nadja wieder anfingen zu streiten. »Wenn er etwas weiß, das uns helfen könnte … Wir müssen jede Chance nutzen, die wir bekommen.«

»Warum sagt *sie* uns nicht einfach, was Leon weiß?«, wollte Giorgio wissen und zeigte auf Nadja.

Diese verschränkte die Arme vor der Brust und machte eine Miene, als hätte sie schon wieder genug von Smilla und Giorgio. »Weil Leon darauf bestanden hat, mit euch persönlich zu sprechen«, knurrte sie.

»Mit … *mir* persönlich?«, fragte Giorgio leise.

Nadja nickte.

Giorgio legte die Stirn in Falten und blickte auf den Boden. Doch dann schüttelte er entschlossen den Kopf. »Ich will keinen von denen je wiedersehen.«

Smilla machte einen Schritt auf Nadja zu. »Dann gehe ich allein mit Nadja«, beschloss sie.

Aber Giorgio griff nach Smillas Ärmel und hielt sie zurück. »Was, wenn das eine Falle ist?« In seinen Augen glitzerte es. Er erinnerte sie an den verwundeten Rehbock, den sie gemeinsam erlegt hatten.

Nadja schnaubte. »Warum sollte ich euch in eine Falle locken. Hm?«

Zum ersten Mal, seit Nadja ihnen mitgeteilt hatte, dass jemand von den *Verlorenen Jungs* mit ihnen sprechen wolle, sah Giorgio sie direkt an. »Mir fallen da eine Menge Gründe ein«, sagte er in schneidendem Ton. »Für ein warmes Bett, ein Dach über dem Kopf, eine Mahlzeit, neue Ausrüstung –«

»Ach, nun hör aber mal auf«, unterbrach Nadja ihn. »Als ob ich zu denen zurückgehen würde, nachdem sie mich an die Sekte übergeben wollten.«

»Das klingt ja fast, als hättest du so etwas wie Integrität«, spottete Giorgio.

»Du brauchst dich gar nicht über mich zu erheben. Du bist doch selbst Clubmitglied. Sogar viel länger als ich, wie du letztens noch betont hast.«

»Ich *war* im Club.«

»Einmal im Club, immer im Club. Oder glaubst du, nur weil du nicht mehr bei ihnen wohnst, bist du plötzlich was Besseres?«

Giorgio machte ein Gesicht, als würde er am liebsten schon wieder auf Nadja losgehen.

Sie verschwendeten wertvolle Zeit. Kurzentschlossen trat Smilla einen Schritt nach vorn, sodass sie zwischen den beiden stand.

»Wenn Leon wirklich etwas über die Hexe weiß, dann muss ich mit ihm sprechen«, sagte sie zu Giorgio.

»Du vertraust ihr?«, fragte er ungläubig.

Kurz zögerte Smilla. Vertraute sie Nadja denn tatsächlich? Oder wollte sie nur wieder an etwas glauben, das im Grunde zu schön war, um wahr zu sein? Doch dann nickte sie. »Sie hat mir auf unserer Reise keinen Grund gegeben, ihr zu misstrauen.«

Verständnislos schüttelte Giorgio den Kopf. »Sie gehört zu *ihnen*.«

Nadja stöhnte auf. »Könnt ihr mal aufhören, über mich zu reden, als wäre ich nicht hier? Wenn ich euch in eine Falle locken wollte, dann wäre ich nicht so doof, sie mitten auf dem Monschauer Markt zu stellen und noch dazu Leon als Köder zu wählen.«

Giorgio bedachte sie mit einem abschätzigen Blick, erwiderte aber nichts.

»Warte am Roten Haus auf mich«, sagte Smilla zu ihm, bevor die Diskussion aufs Neue entbrennen konnte. Dann wandte sie sich zu Nadja. »Lass uns gehen.«

»Ja, das versuche ich ja die ganze Zeit«, gab Nadja zurück. Sie wandte sich um, und Smilla folgte ihr. Im Weggehen warf sie Giorgio einen letzten Blick zu. Er stand regungslos zwischen den anderen Marktbesuchern. Seine Lippen waren zu einem dünnen Strich aufeinandergepresst, und seine Augen waren voller Schatten.

»Pass auf dich auf.«

Sie las die Worte mehr von seinen Lippen, als dass sie sie über die Geräuschkulisse des Marktplatzes hinweg hörte.

»Du auch auf dich«, antwortete sie.

Dann sah sie nach vorn und konzentrierte sich darauf, Nadja im Getümmel nicht aus den Augen zu verlieren.

Eiligen Schrittes gelangten sie auf die Pflastersteinstraße, die quer durch Monschau führte. Hier war das Treiben weniger chaotisch, und Smilla konnte zu Nadja aufschließen.

»Was hast du sonst noch herausgefunden?«, fragte sie leicht außer Atem. »Abgesehen davon, dass die Festung zerstört wurde und der Club sich getrennt hat.«

Aufmerksam musterte Nadja die Menschen, die ihnen entgegenkamen, als suchte sie nach jemandem. »Nichts, was ich mir nicht schon gedacht hätte«, gab sie zurück, und einen Moment lang glaubte Smilla, mehr würde sie nicht mit ihr teilen. Doch dann holte sie Luft und sprach weiter: »Sie haben es nicht geschafft, die Forderung der Sekte zu erfüllen. Als ihnen das klar wurde, wollte Manni der Sekte den Kampf ansagen. Aber Leon, Cale und Hüseyin waren dagegen. Sie sind abgehauen, um sich zu verstecken. Als sie am nächsten Tag zurück zur Festung kamen, war der Zaun zerstört und alle Besitztümer des Clubs waren entweder im Hof verbrannt oder weggeschafft worden.«

»Von der Sekte?«

»Möglich. Aber Leon meint, es könnte auch Manni selbst gewesen sein, um die Sekte zu verwirren, woanders noch einmal neu anzufangen und gleichzeitig niemandem die Festung zu überlassen.«

»Wo war Leon überhaupt? Wie bist du ihm begegnet?«

Nadja richtete den Blick nach vorn und sprach weiter, ohne Smilla dabei in die Augen zu sehen. »Nachdem ich mich von euch getrennt habe, bin ich nach Vogelsang gegangen. Er war auch dort. Hat in den Trümmern nach brauchbaren Dingen gesucht. Aber wer auch immer die Festung auseinandergenommen hat, war gründlich. Wenn sich noch einmal jemand in der Ordensburg einnisten will, dann muss er oder sie bei null anfangen.«

Sie gingen auf eine Treppe zu, die zwischen den Fachwerkhäusern den Hang hinaufführte.

»Hm«, machte Smilla. »Ich kenne Manni ja nicht, aber das eigene Hab und Gut zu zerstören, um jemand anders eins auszuwischen, halte ich für eine schlechte Taktik.«

Nadja lachte trocken. »Ich bin mir auch nicht sicher, was ich von dieser Theorie halten soll. Fakt ist, dass Manni und die restlichen Clubmitglieder bis heute nicht wieder in Vogelsang aufgetaucht sind.«

»Und Falk?«, fragte Smilla sie nach einem kurzen Zögern. Hinter ihrem Brustbein vibrierte es, als könnte ihr Körper die Anspannung nicht länger ertragen.

Nadja antwortete nicht sofort. Am oberen Ende der Treppe hielt sie an und wandte sich zu Smilla um. »Hör zu. Ich verstehe, dass du und Falk so etwas wie eine Bindung zueinander hattet, weil ihr euch von vor der Plage kanntet«, sagte sie dann. »Aber wir können nicht ändern, was passiert ist. Also lass uns unsere Kräfte darauf konzentrieren, deine Schwester ausfindig zu machen.«

Smilla brauchte einen Moment, um Nadjas Worte zu verdauen. Was sollte das bedeuten? Dass er tot war? Dass sie nichts Neues über sein Schicksal hatte herausfinden können?

Sie holte Luft, um Nadja um eine Erklärung zu bitten. Doch in diesem Moment fiel ihr auf, dass Nadja recht hatte. Smilla ließ sich von Falk vom Wesentlichen ablenken. Schon wieder. »Ja, das sollten wir tun«, sagte sie also bloß. Ihre eigene Stimme drang wie durch Watte zu ihr.

Nadja setzte sich wieder in Bewegung, und Smilla folgte ihr benommen die Straße zur Rösterei entlang. Auf den letzten Metern bis zu ihrem Ziel versuchte sie, den Gedanken an Falk in einen Winkel ihres Gehirns zu verbannen, von wo aus er ihr nicht wehtun konnte. Aber es gelang ihr nicht. Als sie durch die Tür der Rösterei traten, wurde er schier unerträglich. Denn hier war sie zum ersten Mal mit *ihm* gewesen. Zu diesem Zeitpunkt hatte sie noch nicht gewusst, dass er der Anführer einer Bande von Räubern und Menschenhändlern war. Ganz kurz hatte es sich angefühlt wie der Anfang von etwas Schönem.

Nadja hielt inne und sah sich in dem Café um, in dem die Überlebenden in anstößiger Unbeschwertheit plauderten, lachten, aßen und warme Getränke tranken. Auch Smilla ließ ihren Blick über die Anwesenden gleiten. Ein Mann mit dunklen Locken und auffälligen, hellgrauen Augen lächelte sie an, als Smilla ihm im Vorbeigehen ins Gesicht sah. Eine Kleinigkeit, die aber in so krassem Widerspruch zu allem stand, was ihr Leben gerade ausmachte, dass sie Smilla wie ein Schlag traf. Schnell wandte sie den Blick wieder ab.

»Da hinten sitzt er«, informierte Nadja sie und führte Smilla in die hinterste Ecke des Raumes.

Leon saß an einem Holztisch, von dem der grüne Lack blätterte. Seine Hände ruhten an einer breiten, dampfenden Tasse. Er hatte sich die Dreadlocks abgeschnitten, und die blonden Haare standen ihm in zerrupften Strähnen vom Kopf ab. Als er Smilla erblickte, stand er ruckartig auf, sodass sein Stuhl laut gegen die Wand hinter ihm stieß. Kurz erhellte ein flüchtiges Lächeln sein Gesicht, das aber sofort wieder von einer kontrollierten Miene ersetzt wurde.

Smilla konnte sich nur zu gut vorstellen, was in ihm vorging. Er war es gewesen, der sie gefangen genommen und sie in die Festung der *Verlorenen Jungs* verschleppt hatte. Doch im Vergleich zu manch anderem aus dem Club war er während ihrer Gefangenschaft freundlich zu ihr gewesen. Ihn auf einen Kaffee wiederzutreffen, fühlte sich dennoch falsch an, geradezu pervers.

»Es geht dir gut!«, stellte Leon fest und setzte sich langsam wieder. »Willst du was trinken? Geht auch auf mich. Nadja, für dich natürlich auch. Was zu essen kann ich mir leider nicht leisten.«

Fast musste Smilla über dieses Angebot lachen. Seine Höflichkeit war geradezu absurd. Doch sie lachte nicht. Ihr Gesicht fühlte sich wie versteinert an. Alles in ihr schien mit einem Mal steinern. Aber nicht auf eine starke Art, sondern so, als würde sie zerbröseln, sobald auch nur die kleinste Erschütterung sie ereilte.

Sie nahm ihren Rucksack von den Schultern, zog den Stuhl gegenüber von Leon zu sich und setzte sich. Nadja tat es ihr gleich.

»Wo ist Giorgio?«, fragte Leon und gab jemandem hinter Smilla ein Handzeichen.

»Er wollte nicht kommen«, erklärte Smilla tonlos.

Leon gab ein enttäuschtes »Oh« von sich.

Eine junge Kellnerin kam an ihren Tisch, und Smilla bestellte einen Kräutertee. Nadja entschied sich für Schafsmilch.

»Nadja hat mir schon von eurer Reise nach Belgien erzählt«, sagte Leon, als die Kellnerin sich mit ihrer Bestellung entfernte. »Vielleicht sollten wir es auch mal in Brüssel versuchen.«

»Wo habt ihr euch denn niedergelassen?«, wollte Smilla wissen.

Leon verzog das Gesicht. »In so einer Bruchbude in Simmerath«, sagte er dann. »Ist allerdings nur übergangsweise, bis wir etwas Sichereres ausfindig gemacht haben. Aber für den Moment ist es besser als nichts.«

»Dann seid ihr wohl noch mal mit einem blauen Auge davongekommen«, sagte Smilla und wusste selbst nicht, ob sie es aus Bitterkeit sagte oder weil sie es wirklich so meinte.

Leon ließ seinen Blick durch die Gaststube streifen und setzte die Kapuze seines Pullovers auf. »Ja, kann schon sein.«

»Nadja sagt, du hättest möglicherweise Hinweise für mich, über Jera, beziehungsweise über die Frau, die sie begleitet?«, fragte Smilla nach einem Augenblick des Schweigens.

Leon nickte. Er rückte etwas näher zu ihnen und schob seine Tasse in die Mitte des Tisches. »Ich will dir nicht zu große Hoffnung machen, aber eine von der Sekte passt ganz gut auf eure Beschreibung.«

»Eine von der Sekte? *Die* Sekte?«, hakte Smilla ungläubig nach.

»Genau, ja.«

Smilla spürte, wie ihr Brustkorb sich verengte und ihre Knie zu zittern anfingen. Ihr Körper wollte fliehen. Weg von hier. Weg von diesem furchtbaren Wort, das sich nun mit dünnen, tintenschwarzen Fangarmen an Jeras Bild heftete.

»Du glaubst, Jera ist von der Sekte aufgegriffen worden?«, vergewisserte sie sich.

»Mit Sicherheit weiß ich das nicht«, sagte Leon. »Ich weiß nur, dass eine von denen, die bei uns aufgekreuzt sind, um uns das Ultimatum zu stellen, auf Nadjas Beschreibung dieser Hexe passt.«

»Kannst du … kannst du sie mir noch einmal beschreiben? Wie sah diese Frau genau aus?« Die Worte kamen nur mühselig über Smillas Lippen. Es fiel ihr schwer, sich zu konzentrieren, während die Angst in ihr hochstieg.

»Auffällig groß, graues Haar, ein milchig-weißes Auge.« Leon hob entschuldigend die Schultern. »Viel mehr als das kann ich dir gar nicht sagen. Sie waren vermummt. Aber das weiße Auge war schon ziemlich auffällig. Oft gesehen habe ich so etwas noch nicht. Es könnte also die gleiche Frau gewesen sein.«

Das Atmen fiel Smilla mit jeder Sekunde schwerer. Wenn Jera wirklich an die Sekte geraten war …

»Du hast gesagt, du wüsstest, wo sich die Sekte aufhält«, half Nadja dem Gespräch auf die Sprünge.

In diesem Moment trat die Kellnerin wieder an den Tisch und stellte Smilla einen dampfenden Becher hin. Ein Duft von Kamille und Fenchel stieg ihr in die Nase. Die erste warme Nahrung nach Tagen. Smilla wurde speiübel.

Sie sprang auf. »Ich komm gleich wieder«, presste sie hervor. Halb stolperte, halb lief sie zum Ausgang. Das Glöckchen über der Tür klingelte fröhlich, als Smilla sie aufstieß und ins Freie torkelte. Kalte, erdige Luft strömte in ihre Lungen, und kurz glaubte Smilla, die Übelkeit bekämpfen zu können. Doch dann zog abermals das Wort *Sekte* an ihrem inneren Auge vorbei wie ein kreisender Aasgeier. Ein Krampf in ihrem Magen zwang sie vornüber. Sie würgte und erbrach ihr kärgliches Frühstück in den Schmutz von Monschaus Straßen.

Als der Krampf nachließ, richtete Smilla sich wieder auf und stützte sich am Fensterbrett der Kaffeerösterei ab. Da berührte sie etwas an der Schulter, und sie fuhr herum. Sie sah gerade noch, wie der Mann mit dem lockigen Haar und den grauen Augen, der sie vor wenigen

Minuten in der Rösterei angelächelt hatte, seine Hand zurückzog.

»Kommst du zurecht?«, fragte er.

Bei dem Anblick des Fremden schoss ein weiteres ungutes Gefühl durch ihren Körper. Das Gefühl, in Gefahr zu schweben. Eine Hand auf ihren Magen gepresst, wich Smilla zurück.

Doch als Antwort auf ihren instinktiven Rückzug machte der Mann einen weiteren Schritt auf sie zu. »Brauchst du Hilfe?«

Hastig schüttelte Smilla den Kopf, bevor sich der Mann ihr noch weiter nähern würde. Hilfe – dafür war es jetzt ohnehin zu spät. Wer sollte ihr schon helfen, wenn ihr Gegner eine Gruppe Verrückter war, die sogar Angst und Verderben über die *Verlorenen Jungs* brachte?

Der Mann bedachte sie mit einem mitfühlenden Blick. Er musste in einem ähnlichen Alter sein wie Nadja, höchstens Ende zwanzig. Und doch ließ ihn die Besorgnis in seinem Blick älter wirken. Als hätte er sich in seinem Leben schon viel zu oft viel zu dunkle Gedanken gemacht.

»Möchtest du was von meinem Tee abhaben? Der beruhigt den Magen.« Er hielt ihr seinen Becher hin.

Smillas Hand zuckte hoch, als rechneten ihre Muskeln damit, jeden Moment einen Angriff abwehren zu müssen. Sie konnte nicht einmal genau sagen, woher diese Angst plötzlich gekommen war. Sie befand sich mitten in den belebten Gassen von Monschau. Und noch dazu wirkte der Mann nicht sonderlich bedrohlich. Er war höchstens einen halben Kopf größer als Smilla und lediglich mit einem Keramikbecher bewaffnet.

»Nein«, brachte Smilla hervor. »Danke.«

»Okay.« Mit zusammengezogenen Brauen musterte der

Mann sie. »Dann … gehe ich mal wieder rein«, sagte er schließlich. »Ich hoffe, es ist nichts Ernstes.« Er nickte vage in die Richtung von Smillas Erbrochenem und schenkte ihr noch ein flüchtiges Lächeln, das zwei Grübchen auf seinen blassen Wangen offenbarte. Dann wandte er sich ab und ging zurück in die Rösterei.

Als sie wieder allein war, schloss Smilla die Augen und atmete ein paar Mal tief ein und aus, bis das Zittern in ihren Knien und der Druck in ihrem Magen nachließen. Dann ging sie zurück in die Rösterei und setzte sich auf ihren Platz.

Leon sah sie betroffen an. Nadja starrte in ihre Milch.

Vorsichtig nahm Smilla ihren Becher und trank einen kleinen Schluck daraus. Es kam ihr wie ein Akt des Verrats vor, buchstäblich abzuwarten und Tee zu trinken, obwohl sie doch gerade erfahren hatte, dass Jera sich vermutlich in den Fängen der Sekte befand. Sie stellte den Becher wieder ab und sah zu Leon.

»Wo kann ich die Sekte finden?«

»Ich glaube, dass sie sich im Hohen Venn aufhalten.«

»Ist das dieses Hochmoor an der belgischen Grenze?«, warf Nadja zwischen zwei Schlucken Milch ein.

Leon nickte. »Nachdem wir die Ordensburg wegen der Sekte verlassen hatten, habe ich angefangen, mich umzuhören. Wir sind jetzt nur noch zu dritt, Cale, Hüseyin und ich. Da müssen wir genau wissen, vor wem wir uns in Acht nehmen sollten. Und es kann auch nicht schaden, sich nach Gruppen umzusehen, die uns eventuell aufnehmen.«

»Außerordentlich klug von dir. Und jetzt komm zum Punkt«, murmelte Nadja.

Leon nahm ihre Bemerkung wie eine lieb gemeinte Empfehlung auf: »Vor vier Tagen bin ich einem Hinweis gefolgt, demnach oben im Hohen Venn eine große Gruppe leben soll, die schräges Zeug treibt.«

»Schräges Zeug?«, hakte Smilla nach und klammerte sich an ihren Teebecher.

»Ja, sie sollen so was wie Kutten tragen und ihre Gesichter verhüllen. Genau wie die Leute von der Sekte, die bei uns aufgetaucht sind.«

Nachdenklich musterte Smilla Leon. Es fiel ihr schwer, sich zu konzentrieren. »Woher wusstet ihr eigentlich, dass diese Leute, die von euch eine Frau verlangt haben, von der Sekte waren? Die werden sich ja nicht selbst als Sekte vorgestellt haben«, fragte sie dann.

»Oh, doch«, sagte Nadja, und kippte den letzten Schluck ihrer Milch hinunter. »Wortwörtlich haben die gesagt: Wir sind die, die man *die Sekte* nennt.« Sie verdrehte die Augen. »Komplett theatralisch.«

Smilla wandte sich Nadja zu. »Das heißt, du warst da, als die Sekte die Forderung gestellt hat? Dann musst du die Hexe doch auch gesehen haben?«

Nadja schüttelte den Kopf. »Ich war dabei, ja, aber die standen ja vor unserem Tor. Falk, Leon und Manni haben durch die Luke mit denen gesprochen, ich habe also überhaupt nichts gesehen. Nur zugehört.«

Leon nickte zustimmend.

Smilla wandte sich ihm wieder zu. »Und? Warst du schon im Hohen Venn, um nach dieser Gruppe zu suchen?«

Sie nahm noch einen Schluck von ihrem Tee.

»Ja, war ich«, sagte Leon. »Und ich muss sagen, das sah für mich nicht nach dem idealen Ort zum Überleben aus. Es ist arschkalt da. Der Wind und der Regen kommen praktisch von der Seite. Das Wasser in den Bächen und Flüssen ist braun, und ich bin mir nicht sicher, ob man das einfach so trinken kann, aber –«

»Leon. Lebt die Sekte nun dort, oder nicht?«, unterbrach Smilla ihn.

Leon sah sie entschuldigend an. »Das weiß ich nicht«, gab er zerknirscht zu. »Als es angefangen hat zu dämmern, haben plötzlich irgendwo in der Nähe Wölfe oder wilde Hunde angefangen zu heulen. Da habe ich mich lieber aus dem Staub gemacht. Und seitdem war ich nicht noch einmal dort.«

Smilla seufzte und rieb sich erschöpft über die Augen.

Vage. Alle Informationen, die sie hatten, waren so furchtbar vage.

»Ich kann euch aber sagen, wie ihr von hier am besten ins Moor kommt«, sagte Leon hoffnungsvoll. Er rückte noch weiter nach vorn, als wollte er Nadja und Smilla in ein pikantes Geheimnis einweihen. »Folgt der Rur flussaufwärts, bis nach Küchelscheid. Das sind etwa zehn Kilometer.«

Nadja nickte knapp. »Rur flussaufwärts bis Küchelscheid«, wiederholte sie.

»Von da aus folgt ihr dem Schwarzbach Richtung Westen, bis ihr auf die ersten Moorflächen trefft. Die sind nicht zu verfehlen. Um diese Jahreszeit ist das Gras leuchtend gelb und orange, und der Boden fühlt sich an wie ein nasser Schwamm. Aber seid vorsichtig, wenn ihr den Wald verlasst und ins Moor hineingeht. Manchmal ist das, was nach festem Grasland aussieht, eigentlich nur ein Schlammloch, aus dem man nicht so leicht wieder herauskommt.«

Nadja wiederholte auch diesen Teil der Wegbeschreibung in Kurzform, und Smilla hoffte, dass sie sich das alles auch wirklich gut eingeprägt hatte. Sie selbst fühlte sich nämlich immer noch leer und substanzlos. Alles ging durch sie hindurch, und nichts blieb haften.

»Wisst ihr schon, wann ihr voraussichtlich dorthin aufbrecht?«, erkundigte Leon sich.

Aus dem Augenwinkel sah Smilla, wie Nadja ihr einen Blick zuwarf. Das hier war ihre Angelegenheit und damit auch ihre Entscheidung. Sie fühlte sich bloß nicht imstande, irgendetwas zu entscheiden. »Ähm … so bald wie möglich«, sagte sie schließlich. Es klang eher nach einer Frage als nach einem Plan. »Wenn sie Jera wirklich haben … wer weiß, wie lange sie sie am Leben lassen.«

Leon räusperte sich verlegen, als hätte Smilla etwas Unanständiges gesagt. »Vielleicht wollen sie ihr ja gar nichts antun. Wir wissen ja nicht, wozu sie diese ›unversehrten, jungen Frauen‹ überhaupt haben wollten«, murmelte er.

»Was auch immer dich nachts besser schlafen lässt, Leon«, sagte Nadja und sah sich im Café um. »Wir sollten uns bald aufmachen«, meinte sie dann. »Wenn wir morgen ins Hohe Venn wollen, müssen wir heute zumindest etwas Proviant auftreiben.«

Smilla sah von den zerfaserten, braunen Blättern am Boden ihres Bechers auf, die sie an nichts als den Tod denken ließen.

»Du kommst mit?«, fragte sie überrascht.

Nadja zuckte die Schultern. »Ja. Wäre ja witzlos, ausgerechnet jetzt abzuhauen, wo wir auf eine vielversprechende Fährte gestoßen sind. Oder willst du nicht, dass ich mitkomme?«

Smilla musterte Nadja, wie sie da neben ihr saß, den warmen Becher an ihre Wange geschmiegt, und zum ersten Mal konnte Smilla sie sich vor der Plage vorstellen – im Kreis ihrer Familie oder umringt von Freundinnen.

»Doch«, sagte Smilla dann. »Doch, ich wäre dir sehr dankbar, wenn du mit uns kommst.«

KAPITEL

11

DER WIDERSPRUCH

Leon bat sie darum, Giorgio zu grüßen und ihm selbst, sollten sie sich in Monschau noch einmal über den Weg laufen, zu berichten, was sie im Hohen Venn vorgefunden hatten.

In so harmlose Worte verpackt, klang es, als wollten sie Jera bloß aus dem Ferienlager abholen. Es war über vier Jahre her, dass die Plage die Welt für immer verändert hatte. Und doch konnte Smilla das Jetzt nicht als ihre neue Normalität akzeptieren. Alles, was die Menschen um sie herum sagten und taten, erschien ihr wie ein makabrer Abklatsch der Realität. Nur ein Albtraum, ein Horrortrip, der alles, was einmal normal und real gewesen war, verzerrte – aber nie bis zur Unkenntlichkeit.

Nadja und Smilla verabschiedeten sich von Leon und gingen zum Roten Haus, wo Giorgio schon an die Wand gelehnt, die Kapuze tief ins Gesicht gezogen, auf sie wartete.

Als er sie auf sich zukommen sah, stieß er sich von der

Wand ab und trat ihnen entgegen. »Und? Habt ihr etwas Nützliches herausgefunden?«, erkundigte er sich.

Nadja übernahm es, zu wiederholen, was Leon ihnen geschildert hatte. Smilla hörte nur mit halbem Ohr zu, denn was sie am Morgen noch zu Giorgio über Hoffnung gesagt hatte, hallte ihr nun höhnisch im Kopf wider. Es waren die Worte von jemandem, der keine Ahnung hatte, wovon er sprach. Jemand, dem die Welt noch genug gelassen hatte, an dem er festhalten wollte.

Giorgio reagierte ähnlich wie Smilla mit Schock auf die Nachricht, dass Jera wahrscheinlich bei der Sekte gelandet war. Doch anstatt ihn zu lähmen, schien dieses Wissen Giorgio mit Tatendrang zu füllen. Er wollte sofort aufbrechen, damit sie es noch vor Einbruch der Dunkelheit bis ins Hochmoor schafften.

Nadja hingegen wollte das letzte Tageslicht nutzen, um sich Proviant zu beschaffen. Sie war der Ansicht, dass sie mit leerem Magen weder klar denken noch kämpfen können würden.

Smilla glaubte nicht daran, dass Kämpfen überhaupt eine Option war. Es lag auf der Hand, dass sie zu dritt und ohne Waffen keine Chance gegen die Sekte hatten.

Nach einer kurzen Diskussion gab Nadja sich geschlagen. Sie würden sich sofort auf den Weg machen. Wie bisher auch würden sie essen, was sie auf ihrem Weg fanden. Und eine offene Konfrontation mit der Sekte würden sie tunlichst vermeiden.

Der Pfad, auf dem sie Richtung Hochmoor wanderten, schlängelte sich parallel zur Rur durch die Wälder. Das Gras auf den breiten Flächen links und rechts der Rur war hier noch saftig. Die Fichten dahinter wirkten im Herbstlicht wie von tiefgrünem Samt. Einmal sahen sie einen Feldhasen durch das hohe Gras davonspringen. Ein anderes Mal erblickten sie zwei Rehe, die ihnen aufmerksam von der anderen Seite des Flusses entgegensahen und schließlich in den Wald verschwanden.

Smilla ließ die malerische Umgebung auf sich wirken und hoffte, der Anblick würde ihre Gedanken besänftigen. Doch jeder Versuch, nicht daran zu denken, was Jera in diesem Moment bei der Sekte erlebte, scheiterte kläglich. Die Angst um ihre Schwester war so intensiv, dass sie sich krank davon fühlte. Sie schwitzte, immer wieder überkam Übelkeit sie, und ihr Mund war staubtrocken.

Die Abenddämmerung saugte bereits die Farbe aus der Welt, als Giorgio stehen blieb und auf ein gelbes Straßenschild zeigte. »Zwei Kilometer bis Küchelscheid«, sagte er und drehte sich zu Nadja und ihr um.

Das Gebiet der Sekte musste ganz in der Nähe beginnen. Seltsamerweise verspürte Smilla kaum Angst bei dieser Vorstellung. Das musste daran liegen, dass es für sie keine andere Option gab, als weiter voranzugehen, mitten in dieses Gebiet hinein.

Sie setzten sich in Bewegung und liefen die von Laub und Erde bedeckte Straße in die Richtung hinunter, die ihnen das Straßenschild wies.

Ob Nadja sich vor der Sekte fürchtete? Und Giorgio? Sicherlich gab es für die beiden reichlich Orte, an denen sie in diesem Moment lieber gewesen wären. Und doch begleiteten sie Smilla auf dem Weg ins Ungewisse.

»Wisst ihr«, setzte Smilla mit gedämpfter Stimme an. Links und rechts von ihnen wuchsen die ersten leerstehenden Gebäude aus dem Grund und erinnerten als unförmige Monumente an die Menschen, die hier einmal gelebt hatten. »Ihr müsst nicht mitkommen. Ob ich nun allein bin oder wir zu dritt dort aufkreuzen – viel gegen die ausrichten können wir im Zweifelsfall sowieso nicht.«

Aber Nadja lachte bloß. Es war das ehrliche Glöckchenlachen, das Smilla zuvor nur einmal von ihr gehört hatte. »Das fällt dir ein bisschen spät ein, oder?«

»Smilla«, setzte Giorgio an und klang wie ein genervter, aber liebevoller Bruder. »Ich bin nicht hier, weil ich denke, dass du das von mir erwartest, sondern weil ich mich dafür entschieden habe. Ich weiß, auf was ich mich eingelassen habe.«

»Was er gesagt hat«, meinte Nadja.

»Aber es ist meine Schuld, dass Jera bei der Sekte gelandet ist. Da müsst ihr euch nicht auch noch in Gefahr bringen.«

Nadja schnalzte. »Es ist nicht deine Schuld. Du hast höchstens einen gewissen Teil dazu beigetragen. Wenn du diese ungesunde Einstellung nicht loswirst, wirst du bald von Schuldgefühlen zerfressen sein.«

Smilla warf Nadja einen missmutigen Blick zu. »Danke für den Tipp, Königin der Verdrängung.«

»Ich verdränge nicht. Ich bilde Bereiche. Solltest du auch mal ausprobieren. Oh, guck mal, Wolfswurz!«

Nadja blieb stehen und beugte sich über einen morschen Zaun, der einen verwilderten Vorgarten umschloss.

Smilla trat neben sie und musterte die verwelkten blauen Blüten, auf die Nadja zeigte. »Was kann die so?«

»Töten«, sagte Nadja, stieg in einer eleganten Bewegung über den Zaun und kniete sich mit einem beinahe bewundernden Ausdruck vor die Blume. »Schon die bloße Berührung kann Vergiftungssymptome hervorrufen.

Ein Stückchen der Wurzel unter eine Mahlzeit gemischt, und es wird deine letzte gewesen sein.« Mit einem Stock legte sie die Wurzeln frei. Dann zog sie ihren Pullover über ihre Hand und löste die Pflanze behutsam aus dem Erdreich. Smilla half Nadja dabei, die Wolfswurz sicher in ihrer Sporttasche zu verstauen. Dann zogen sie weiter.

Eine halbe Stunde später durchquerten sie Küchelscheid. Gebannt hielten sie Ausschau nach einem Wegweiser oder einer Wanderkarte, die sie in die Richtung des Moors weisen würde.

»Da«, sagte Nadja nach einer Weile, und Smilla folgte mit den Augen ihrem ausgestreckten Arm. Sie deutete auf ein umgekipptes Straßenschild, das einmal den Weg in die Straße »Am Schwarzbach« gewiesen hatte. »Dem Schwarzbach sollten wir doch bis ins Moor folgen, oder?«

Smilla nickte. »Ja, ich meine auch.«

Giorgio drehte sich einmal um sich selbst. »Und wo ist bitte dieser Bach?« Er hob die Arme und ließ sie wieder sinken.

»Vielleicht verläuft er am Rande der Siedlung und nicht mittendurch«, meinte Smilla.

Also bogen sie in die Straße ein, in die das Straßenschild einmal gedeutet haben musste. Doch auch, als sie die Siedlung schon verlassen hatten und auf den Waldrand dahinter zusteuerten, war noch kein Bach in Sicht. Und auch keine Moorlandschaft.

»Vielleicht war es die falsche Straße«, gab Giorgio zu bedenken. Er lief ein paar Meter hinter ihnen und schaute sich aufmerksam um.

»Und wenn schon. Es ist die richtige Himmelsrichtung«, erwiderte Nadja.

Also liefen sie weiter, geradewegs in den angrenzenden Fichtenwald hinein.

»Sollten wir das Moor von hier aus nicht schon längst sehen können? Vielleicht hat Leon sich mit den Ortsnamen …«

Giorgios abruptes Verstummen ließ Nadja und Smilla innehalten und sich zu ihm umdrehen. Er war stehen geblieben und hatte den Blick in den Wald gerichtet.

»Was ist los?«, fragte Smilla und folgte seinem Blick mit zusammengekniffenen Augen. Aber außer den dunklen Baumstämmen und den Gelb- und Brauntönen verwelkter Farne konnte sie nichts erkennen.

»Oh, shit«, murmelte Nadja, machte zu Smillas Verwunderung aber einen Schritt genau in die Richtung, in die sie und Giorgio starrten.

»Was ist denn da?«, flüsterte Smilla und stellte sich direkt neben Giorgio, in der Hoffnung, von dort aus mehr zu erkennen.

»Sieht nach einem Toten aus«, sagte Giorgio.

Nadja war inzwischen an der Stelle angekommen, an der die mutmaßliche Leiche liegen musste. Jetzt, wo Smilla wusste, nach was sie Ausschau zu halten hatte, erkannte sie am Fuß eines Baumes ein unförmiges Bündel. Auf den ersten Blick hätte man es für einen Baumstumpf oder eine ungewöhnliche Wurzelformation halten können. Wusste man allerdings, dass es sich um einen Toten handelte, waren die Konturen eines menschlichen Körpers unverkennbar.

Smilla löste sich aus ihrer Starre und ging Nadja hinterher. Diese hatte einen langen Stock aufgehoben und untersuchte damit die Leiche. »Ein Mann«, erklärte sie mit gesenkter Stimme, als Smilla, dicht gefolgt von Giorgio, bei ihr ankam.

Der Mann war nicht so furchtbar anzusehen, wie die Frauenleiche, die Smilla vor wenigen Wochen gefunden hatte, kurz bevor sie den *Verlorenen Jungs* in die Arme gelaufen war. Das konnte daran liegen, dass sie durch Giorgios Vorwarnung darauf vorbereitet gewesen war, gleich einen Toten zu sehen. Wahrscheinlich hing es aber auch damit zusammen, dass der Mann kaum mehr wie ein Mann aussah, sondern eher wie ein *Ding.* Die Körperteile, die aus seiner Jacke herausragten, waren beinahe vollständig skelettiert. Das, was von Haut und Muskeln übrig war, spannte sich braun und ledrig über die Knochen. Aus leeren Augenhöhlen starrte der Tote ins Nichts. Die schmuddelige, einst senfgelbe Wollmütze auf seinem Kopf, an deren Stirnseite ein Carhartt-Logo prangte, verlieh dem Anblick etwas makaber Banales. Wie er da an den Baum gelehnt saß, hätte er fast friedlich wirken können. Als hätte er sich hingesetzt und wäre einfach nie wieder aufgestanden. Wäre da nicht das Seil gewesen, mit dem er an den Baum geschnürt worden war.

»Was glaubt ihr, hat das zu bedeuten?«, fragte Nadja leise und tippte mit dem Stock gegen die Fesseln des Mannes.

Giorgio stieß einen leisen Fluch aus. »Was wohl. Er wurde ermordet«, sagte er dann, während er seinen Blick durch die Umgebung gleiten ließ.

»Hm«, machte Nadja, ging in die Knie und begutachtete die Überreste des Mannes noch einmal mit gerunzelter Stirn. »Ich weiß nicht. Wenn ihn jemand ermordet hätte, gäbe es keinen Grund, das Seil zurückzulassen. So ein Seil kann man immer gut gebrauchen.«

»Du denkst, wer auch immer das gemacht hat, hat ihn

hier gefesselt und lebendig zurückgelassen?«, versuchte Smilla, Nadjas Gedankengang zu folgen.

»So sieht es für mich aus. Aber wozu? Wenn sie ihn tot sehen wollten, warum auf diese Weise? Warum haben sie ihm nicht einfach direkt die Kehle durchgeschnitten?«

Giorgio entfernte sich ein paar Schritte von ihnen und drehte sich einmal um sich selbst. Ob er nach möglichen Gefahren Ausschau hielt oder lediglich etwas anderes als den gefesselten Toten sehen wollte, konnte Smilla nicht sagen.

»Vielleicht war er so eine Art Opfergabe? Immerhin befinden wir uns möglicherweise im Gebiet der Sekte«, meinte Smilla.

Najda leckte sich über die Lippen, stand wieder auf und umrundete den Baum. »Möglich. Aber warum hier? Warum dieser Baum?«

Smillas Blick wanderte weg von dem Mann und den Baumstamm hinauf, an den man ihn festgebunden hatte. Augenscheinlich war es eine absolut durchschnittliche Fichte, die sich in nichts von den anderen Fichten um sie herum unterschied.

»Das ist irgendwie seltsam. Das Seil, dieser Platz ... Es ist, als wollte jemand, dass man ihn vom Pfad aus leicht entdeckt. Aber warum? Das ergibt keinen Sinn«, brummte Nadja.

Hinter ihnen lachte Giorgio verächtlich. »Wir reden hier über religiösen Fanatismus. Wenn da für euch etwas Sinn ergäbe, wäre in eurem Oberstübchen irgendwas nicht mehr in Ordnung.«

Nadja kam wieder bei Smilla an, stellte sich neben sie und betrachtete den Toten, die Arme in die Hüften gestützt.

»Können wir jetzt weiter?«, fragte Giorgio ungeduldig.

»Ja, bitte«, gab Smilla zurück und machte einen Schritt rückwärts von der Leiche weg.

»Moment noch«, sagte Nadja. Sie begab sich erneut auf die andere Seite des Baumes und machte sich an dem Seil zu schaffen. »Das nehmen wir mit. Und die Mütze behalte ich.« Sie schnappte sich die Mütze, schüttelte sie aus und stopfte sie in ihre Jackentasche. »Einmal auskochen, und sie ist so gut wie neu.«

Ungläubig sah Smilla Nadja an.

»Was? Er ist tot! Er braucht sie nicht mehr«, verteidigte Nadja sich, als sie Smillas Blick bemerkte. »Giorgio, welche Schuhgröße hast du? Vielleicht wären seine Schuhe was für dich«, fragte sie dann.

Aber Giorgio stapfte schon in Richtung des Weges davon.

Nadja schüttelte verständnislos den Kopf, während sie das Seil vom Baum wickelte und über ihre Elle aufrollte. »Manchmal frage ich mich echt, wie der sich im Club überhaupt halten konnte. Wenn es ihm schon zu viel ist, die Schuhe eines Toten zu tragen …«

Smilla nickte. »Ja, schon etwas widersprüchlich, dass er so lange bei etwas mitgemacht hat, das er eigentlich verurteilt.«

»Oh, das meinte ich nicht«, sagte Nadja. »Ich meinte eher, dass die nicht früher versucht haben, ihn loszuwerden. Der kann einem ja die Laune verderben … Dass Menschen problemlos in Widersprüchen leben können, wundert mich ganz und gar nicht. Tue ich ja auch. Und du übrigens auch.«

Smilla zog fragend die Augenbrauen hoch. »Was genau meinst du?«

Nadja lehnte sich etwas näher zu ihr und raunte: »Na, du vertraust mir und Leon, obwohl wir dich ohne mit der Wimper zu zucken an die Sekte übergeben hätten.« Sie grinste, als hätte sie etwas Anzügliches gesagt.

Smilla schüttelte den Kopf. »Das ist nicht widersprüchlich. Die Umstände haben sich schließlich geändert.«

»Und du bist mit Giorgio befreundet, den du eigentlich hassen müsstest, weil er zu denen gehört, die deine Freundin entführt haben, diese Anna. Auch wenn er jetzt wegen ihr einen auf tragischen Helden macht.«

»Er hat nie befürwortet, was der Club getan hat.«

»Warum ist er dann nicht früher ausgestiegen? Hat er dir das mal erklärt?«

Langsam machte Nadjas Gerede Smilla wütend. »Warum bist *du* nicht ausgestiegen?«, gab sie die Frage mit schneidender Stimme zurück.

Nadja zog in mildem Erstaunen die Augenbrauen hoch. »Worauf willst du hinaus?«, fragte sie dann, während sie das Seil in ihrer Tasche verstaute.

»Du tust so, als wärst du was Besseres als Giorgio und ich«, gab Smilla zurück.

Doch Nadja schüttelte den Kopf. »Nein, überhaupt nicht«, sagte sie. Dann setzte sie sich in Bewegung. »Ich bin genau wie du und Giorgio. Ich stecke bis zum Kinn in Widersprüchen.«

»Was macht ihr denn da so lange?«, meldete Giorgio sich, bevor Smilla sich überlegen konnte, was sie Nadja entgegnen sollte.

»Nachschminken, über Jungs reden, ganz viel kichern, was Mädchen halt so machen«, antwortete Nadja ihm und kämpfte sich die letzten Meter bis zum Pfad durch.

Smilla gab sich einen Ruck und eilte ihr hinterher.

»Könnt ihr das später machen?«, fragte Giorgio, dessen Blick unruhig hin- und herwanderte. »Ich will mich keinen Moment länger als nötig im Gebiet der Sekte aufhalten.«

»Sorry. Wir werden uns zusammenreißen«, meinte Nadja. Dann liefen sie weiter, tiefer in den Wald hinein.

Der Fund des Toten brachte Smilla nicht so sehr aus dem Konzept, wie sie zunächst befürchtet hatte. Vielleicht lag das daran, dass sie unterschwellig damit gerechnet hatte. Möglicherweise war es aber auch Nadjas Art, damit umzugehen: Sie machte das Beste daraus. Sie versuchte, wichtige Hinweise für ihr Vorhaben aus dem Fund abzuleiten. Sie nahm die Dinge mit, die sie selbst noch gut gebrauchen konnte.

Oder lag es schlicht an der Tatsache, dass Smilla mit jedem verstörenden Erlebnis ein Stück weiter abstumpfte?

»Hey, hört ihr das? Da plätschert Wasser«, meinte Nadja nach einer Weile. Sie verließ den Pfad und ging in die Richtung los, aus der das leise Gurgeln eines Baches zu vernehmen war.

Giorgio und Smilla blieben stehen und sahen ihr hinterher, wie sie zwischen den mannshohen Farnen verschwand.

»Da ist ein Bach«, hallte ihre Stimme nach wenigen Sekunden zu ihnen zurück. »Und das Wasser ist ganz braun. Könnte der Schwarzbach sein, oder?«

Giorgio stieß angespannt den Atem aus. »Dann müssten wir jetzt schon ganz nah am Hochmoor sein.«

»Ja, ich denke auch«, pflichtete Smilla ihm bei.

Sie trat vom Pfad und ging Nadja hinterher. Giorgio

folgte ihr. Sie bewegten sich nun langsamer fort, darauf bedacht, keine lauten Geräusche zu verursachen und ihre Umgebung genau im Blick zu behalten.

Wenige hundert Meter den Bachlauf hinunter lichtete sich der Wald schließlich. Die Farne und Fichten zogen sich zurück, und an ihre Stelle traten schlanke Birken. Am Boden wechselten sich dunkle Pfützen mit Hügeln aus verwelkendem Gras ab.

Eine Weile konnten sie ihren Weg fortsetzen, ohne dass etwas geschah. Weder machten sie weitere grausige Funde, noch sprangen vermummte Gestalten auf den Weg, um sie gefangen zu nehmen, auf der Stelle zu töten oder was man sonst mit Fremden anstellte, die in das Gebiet der eigenen Gruppe eindrangen.

Der Boden unter ihren Füßen wurde mit jedem Meter nasser und nachgiebiger. Wie ein Schwamm, hatte Leon gesagt, und jetzt verstand Smilla auch, warum. Bei jedem Schritt sackte ihr Fuß ein, und morastiges Wasser quoll aus dem Boden. Sobald sie den Fuß hob, federte der Untergrund zurück und saugte das Wasser wieder auf.

»Ich muss mal pinkeln«, sagte Nadja irgendwann und machte einen Schritt weg von dem Wildpfad, auf dem sie gingen. Doch anstatt mit geschmeidigen Bewegungen weiterzulaufen, sackte sie unvermittelt ab und stieß einen kehligen Schreckenslaut aus. Ihr Bein versank bis zum Knie im Grund.

Bevor Smilla oder Giorgio reagieren konnten, warf sie sich nach hinten und fiel der Länge nach hin. Von dem Ruck löste sich ihr Bein aus dem Morast und Nadja rappelte sich wieder auf. »Igitt«, spie sie aus und betrachtete ihre mit Schlamm überzogene Hose. »Und arschkalt ist es auch noch!«

Smilla atmete einmal tief ein und wieder aus, um sich von dem Schreck zu erholen. So schnell konnte es also gehen. Im einen Moment hatte man noch festen Grund unter den Füßen, und im nächsten versank man schon im Schlamm.

»Ich glaube, ich mag keine Moore«, brummte Nadja. Sie rupfte eine Handvoll nasses Gras aus und benutzte es, um die größten Schlammbrocken von ihrem Bein zu wischen.

Doch auch dieser Vorfall hielt sie nicht lange auf. Nadja schien ihr Bedürfnis, pinkeln zu gehen, fürs Erste aufgeschoben zu haben, und sie setzten ihren Weg fort.

Die Nacht zog auf, und mit jedem Schritt wurde es schwerer, zu erkennen, wo sie hintraten. Langsam, aber sicher veränderte sich der Wald um sie herum. Die Birken wurden spärlicher, und schließlich öffnete sich vor ihnen eine weite Graslandschaft, die sich bis zum Horizont erstreckte. Hie und da ragten tote Bäume wie knorrige Finger aus dem Grund. Der Himmel über der Ebene wirkte weiter und leerer als der Himmel, zu dem sie aus dem Wald aufgeblickt hatten.

»Ein Fernglas wäre jetzt super«, murmelte Giorgio. »Keine Ahnung, ob das da hinten Sektenmitglieder oder einfach nur ein paar tote Bäume sind.«

Smilla, die ohnehin nicht viel mehr erkannte als die Ebene und den Himmel darüber, sagte: »Glaubt ihr, dass die Sekte ihr Quartier wirklich mitten im Moor hat?«

Nadja schüttelte den Kopf. »Kann ich mir nicht vorstellen. Einmal wegen des nassen Untergrundes, aber auch wegen des Wetters. Da draußen wäre man komplett ungeschützt.«

Giorgio gab ein zustimmendes Geräusch von sich. »Ich

vermute eher, dass die ihr Lager irgendwo im Wald haben.«

»Dann lasst uns doch lieber am Waldrand weiterlaufen, anstatt weiter ins Moor hinauszugehen«, schlug Smilla vor.

Einen Moment lang schauten sie zwischen dem Pfad, der am Waldrand verlief und dem, der auf die Ebene hinausführte, hin und her.

»Ja, das ist wohl das Klügste«, stimmte Nadja ihr zu. Also zogen sie sich wieder in den Wald zurück und liefen weiter.

KAPITEL

12

DIE VERHÜLLTEN

Halb hoffte, halb fürchtete Smilla, auf ein Zeichen für die Anwesenheit der Sekte zu stoßen. Zäune, Fallen, Warnzeichen. Smilla wollte wissen, dass sie auf dem richtigen Weg waren. Und dennoch bangte ihr zusehends davor, zu erfahren, ob Jera tatsächlich von der Sekte aufgegriffen worden war. Doch noch größer war die Angst davor, dass es unmöglich sein würde, Jera zu befreien. Bis zu diesem Moment hatte Smilla sich hauptsächlich Gedanken darum gemacht, *ob* sie Jera je lebendig wiederfinden würden. Doch nun, da der Moment der Wahrheit näher rückte, musste sie sich auch fragen, was sie tun sollte, *wenn* sie sie lebend fanden. Die Sekte war kein Gegner, den man einfach so austrickste und erst recht keiner, gegen den sie im Kampf etwas würden ausrichten können.

»Seht ihr das?«, wisperte Nadja nach einer Weile und blieb stehen. Ihr Blick war in den nächtlichen Wald gerichtet.

Giorgio und Smilla traten neben sie. Ein orangefarbener Schimmer war zwischen den Bäumen zu erkennen.

»Feuer«, schloss Smilla und spürte, wie es in ihren Gliedmaßen vor Aufregung zu kribbeln begann. Wo Feuer war, da waren auch Menschen.

»Es bewegt sich«, murmelte Nadja da.

Smilla blinzelte angestrengt. Wenn sie recht hatte, dann hieß das, dass es sich nicht um ein Lagerfeuer handelte, sondern …

»Runter. Versteckt euch«, raunte Giorgio. Er machte einen Satz hinter den breiten Stamm einer Fichte und presste sich mit dem Rücken dagegen. Nadja drängte sich ebenfalls an den nächstgelegenen Baum und glitt an seinem Stamm zu Boden. Bevor Smilla vollends realisierte, was vor sich ging, packte Giorgio sie und zog sie zu sich.

Das Licht schien inzwischen herangewachsen zu sein. Jemand bewegte sich mit einer Fackel oder einer Laterne auf sie zu.

In einer langsamen, kontrollierten Bewegung ließ Smilla sich neben Giorgio auf die Knie sinken. »Haben die uns entdeckt?«, wisperte sie.

Giorgio lehnte sich hinter der Fichte hervor und starrte in den Wald. »Ich weiß nicht.«

Sie verfielen in Schweigen und verfolgten gebannt das Licht, das durch die Dunkelheit wankte. Doch wer auch immer es trug, schien nicht in Eile oder Aufregung zu sein. Gemächlich wanderte der warme Schein ein paar Meter in die eine und dann in die andere Richtung und wurde schließlich immer kleiner, bis er zwischen den weiter entfernten Baumstämmen verschwand.

Obwohl es nicht den Anschein erweckte, als ob die Sekte – oder wer immer sich dort hinten im Wald aufhielt –

die Eindringlinge in ihrem Gebiet bemerkt hatte, warteten sie in beunruhigtem Schweigen ab. Eine, vielleicht zwei Stunden verharrten sie in Finsternis, ohne zu wissen, wie es weitergehen sollte.

Wie eine Gottheit stieg Kälte aus dem Himmel über dem Moor herab. Sie kroch in den Wald und griff nach ihren Gliedmaßen. Wind kam auf und zerrte immer stärker an den Baumwipfeln über ihnen. Das gespenstische Ächzen sich biegender Bäume hallte durch den Wald. Sie würden bitterlich frieren in dieser Nacht.

»Sollen wir weitergehen?«, hauchte Smilla irgendwann.

Giorgio, der dicht neben ihr saß und die Arme um den Körper geschlungen hatte, wandte sich ihr zu. »Ja. Früher oder später müssen wir das wohl tun.«

Sie erhoben sich und schlichen tiefer in den Wald hinein. Der Wind schluckte das Rascheln ihrer Schritte.

Smilla versuchte, die Richtung zu halten, in die das Licht verschwunden war. Doch die Dunkelheit erschwerte die Orientierung, und schon bald war sie nicht einmal mehr sicher, aus welcher Richtung sie selbst gekommen waren.

»Habt ihr das gehört?« Nadjas Stimme war ungewohnt dünn.

»Nein. Was?«, fragte Smilla.

»Da sind Stimmen.« Nadja blieb stehen, und instinktiv taten Giorgio und Smilla es ihr gleich.

Angestrengt lauschten sie. Doch der Wind und das Rauschen des Blutes in ihren Ohren war alles, was Smilla vernahm.

»Da!«, zischte Nadja. »Da war es wieder.«

Smilla schloss die Augen, atmete langsam durch den Mund aus und lauschte noch einmal in die Nacht.

Ein feiner, hoher Klang. Wie die Stimme einer Frau oder eines Kindes. Doch kaum, dass Smilla diesen Ton aus dem Raunen der Bäume herausgehört hatte, verschwand er wieder zwischen den anderen Geräuschen. Mit jeder Sekunde, die verstrich, zweifelte Smilla stärker daran, ob sie tatsächlich eine Stimme gehört hatte oder ob es nur ihre Vorstellungskraft war, die mit der Realität kollidierte.

»Ich höre nichts«, flüsterte Giorgio.

Nadja ging weiter. »Ich bin mir sicher, dass ich etwas –«

Ihre Worte gingen in einem tosenden metallischen Scheppern unter. Das Geräusch schnitt durch den Wind und die Stille dahinter. Smilla fuhr zusammen, Adrenalin schoss in ihre Adern.

»Was war das?«, japste sie. »Ist jemand verletzt?«

Sie griff nach Nadja, die wie versteinert neben ihr stand.

»Da war ein Seil über dem Boden gespannt«, murmelte Nadja. »Ich bin darüber gestolpert.«

Smilla kniete sich hin und tastete durch die Dunkelheit vor ihr. Ihre Hand streifte etwas. Einen Draht oder eine sehr straffe Schnur, und erneut erklang ein Scheppern, wie leere Dosen, die gegeneinander schlugen.

»Leute«, sagte Smilla und spürte, wie ihr trotz der Kälte um sie herum heiß wurde. Sie rappelte sich auf und machte instinktiv einen Schritt rückwärts. »Ich glaube, das ist so etwas wie ein Warnsystem.«

Es bedurfte keiner weiteren Erklärung. In stummem Einvernehmen wichen sie einige Schritte zurück. Dann wandten sie sich um und liefen geduckt los. Am liebsten wäre Smilla gerannt, doch sie sah kaum, wo sie hintrat.

Wenigstens hatten sie die Nacht auf ihrer Seite. Die Dunkelheit würde sie vor suchenden Augen schützen. Und vielleicht hatte der Wind das Geräusch der scheppernden Dosen ja ungehört davongetragen.

Ein Ruf hallte durch die Nacht, die Stimme eines Mannes. Sie war weit entfernt, doch diesmal war Smilla sicher, dass es sich dabei nicht um eine Sinnestäuschung handelte. Sie warf einen Blick über die Schulter. Lichter tanzten durch die Dunkelheit, verschwanden kurz hinter den schwarzen Umrissen der Bäume und tauchten dann wieder auf. Näher und größer.

Neben ihr knackte es vernehmlich, und sie hörte Giorgio unterdrückt fluchen.

»Was machen wir jetzt?«, fragte Nadja schwer atmend.

Smillas Gedanken rasten, während sie in quälender Langsamkeit einen Fuß vor den anderen setzte. Fieberhaft durchforstete sie ihr Gedächtnis nach etwas, das ihnen helfen konnte. Hatten sie vielleicht ein Dickicht passiert, in dem sie sich verkriechen konnten? Oder waren sie in den letzten Minuten an Laubbäumen vorbeigekommen, in deren Kronen sie sich verstecken konnten? Aber sie erinnerte sich an nichts dergleichen.

Erneut erklang ein Ruf hinter ihnen, gefolgt von einem schrillen Pfiff. Diesmal waren die Geräusche um einiges näher als eben noch.

»Vielleicht sollten wir rennen«, keuchte Smilla.

Mehr brauchte es nicht. Ohne ein weiteres Wort stürmten sie los, in die Dunkelheit vor ihnen.

Äste brachen unter Smillas Füßen. Tiefhängende Zweige stachen ihr ins Gesicht. Ihr Atem und das Rascheln ihrer Kleidung erschienen ihr laut wie das Tosen von Wellen. Doch sie rannte weiter. Die Angst vor dem, was sich hinter ihnen im Wald in ihre Richtung bewegte, ließ nichts anderes zu.

Je weiter sie liefen, desto heller wurde es um sie herum. Erst glaubte Smilla, das liege daran, dass die Lichter ihrer Verfolger näherkamen. Doch dann erkannte sie, dass es der Nachthimmel war. Die Bäume vor ihnen lichteten sich. Hinter ihren Stämmen erkannte Smilla schemenhaft die weite Fläche des Hochmoors.

In ihren Gedanken kämpften zwei Stimmen. Die eine schrie, sie sollten ins Moor flüchten und sich dort zwischen Tümpeln und Schlammlöchern auf den Boden legen und abwarten. Doch die andere Stimme hielt panisch dagegen, dass das zu gefährlich war.

Der Waldrand sprang im Rhythmus ihrer ungestümen Schritte auf und ab, rückte rasend schnell näher. Sie musste sich entscheiden.

Smilla warf einen weiteren, gehetzten Blick nach hinten. Eine Reihe von mindestens fünf Lichtern durchzog die Dunkelheit hinter ihnen.

Sie musste sich *jetzt* entscheiden.

Smilla wandte sich nach vorn, und in dem Moment, in dem sie den anderen ein Zeichen geben wollte, bremste Nadja vor ihr hart ab und streckte die Arme zu beiden Seiten aus, als hätte sie Flügel und wollte davonfliegen. Smilla stieß gegen sie, und sie stolperten nach vorn.

Und dann erkannte sie, warum Nadja so abrupt angehalten hatte. Auf dem Pfad, der Moor und Wald voneinander trennte, standen vier Gestalten.

Smillas Hand krallte sich in Nadjas Jacke, während sie unkoordiniert zurückwichen.

Die Gestalten regten sich nicht. Einen Augenblick lang klammerte Smilla sich an die irrwitzige Hoffnung, dass man sie Dank der Dunkelheit nicht entdeckt hatte. Doch dann löste sich einer der dunklen Umrisse aus seiner Starre und kam auf sie zu. Im gleichen Moment stieß etwas von hinten zwischen ihre Beine und brachte sie zu Fall. In ihrer Panik klammerte Smilla sich an Nadja fest und riss sie mit sich zu Boden. Und noch bevor sie sich wieder aufrappeln konnte, bevor sie auch nur begreifen konnte, was geschehen war, wurde sie von hinten am Kragen gepackt und bäuchlings in den feuchten Waldboden gedrückt.

Neben sich hörte sie Rascheln, dumpfe Schläge und Nadjas wütenden Aufschrei. Smilla selbst blieb still liegen und duldete das feindliche Gewicht, das sie zu Boden drückte. Zu groß war ihre Überzeugung, dass es kein Entkommen aus diesem Moment gab. Zu stechend war ihre Angst davor, was geschehen würde, wenn sie sich dennoch wehrte.

Giorgio, schoss es ihr durch den Kopf. Wo war Giorgio? Wann hatten sie ihn verloren? Und wie?

»Was wollt ihr hier?«, knurrte eine Stimme in Smillas Rücken, die so rau klang, dass sie ihr beinahe unmenschlich erschien. Sie musste an Mayhem denken, Falks Hund, der sie bei ihrer ersten Begegnung angefallen hatte. Er hatte seine Pranken in genau die Stellen an ihrem Rücken gedrückt, an denen ihr Angreifer sie nun fixierte. Als wäre diese Partie ihres Körpers dafür gemacht, sie zu unterwerfen.

Panisch durchforstete Smilla ihren Kopf nach einer Antwort, die ihnen in dieser Situation zuträglich sein konnte. Etwas Unverfängliches, wenig Verdächtiges. Aber woher sollte sie wissen, wie diese Antwort lauten musste?

»Rede!«, fuhr die kratzige Stimme sie an.

»Ich suche meine Schwester!«

Einen Moment lang herrschte Schweigen, und Smilla war sich sicher, dass ihre Angreifer sich über ihre Köpfe hinweg Blicke zuwarfen. Was für Blicke das waren – skeptische, fragende, interessierte, wütende – entzog sich ihrer Vorstellungskraft.

»Warum glaubst du, dass sie hier ist?«

Die Antwort auf diese Frage war eine längere, und Smilla glaubte nicht, dass für lange Antworten Zeit war.

»Augenzeugenberichte«, stieß sie aus.

Smilla versuchte, den Kopf zu heben, um zu erkennen, mit wem und mit wie vielen sie es zu tun hatten. Doch sofort verstärkte sich der Druck in ihrem Rücken. Ihre Arme und Beine begannen zu kribbeln.

»Wie viele seid ihr?«, lautete die nächste Frage.

Sollte sie bluffen und versuchen, ihre Angreifer einzuschüchtern? Oder würde das bloß dazu führen, dass man sie an Ort und Stelle tötete, um immerhin schon mal zwei von ihnen aus dem Weg geräumt zu haben?

»Wie viele?«, wiederholte die Stimme ihre Frage.

»Nur wir zwei«, antwortete Nadja. »Nur sie und ich. Wir suchen Jera.«

Der Name ihrer Schwester schickte Blitze durch Smillas Körper, und kurz fühlte es sich an, als hätte Nadja soeben ihr größtes Geheimnis verraten.

»Wie ist dein Name?«, wollte die Stimme, die Smilla festhielt, wissen.

»Smilla«, antwortete sie wahrheitsgemäß. Ihr war, als würde der Druck in ihrem Rücken etwas nachlassen.

Sekunden verstrichen, in denen nichts geschah. Dann sagte die Stimme: »Wir nehmen sie mit.«

Im nächsten Moment wurde Smilla an den Armen gepackt und hochgezogen.

Man zerrte sie durch Gestrüpp und über Wurzeln, immer tiefer in den Wald hinein. Vor Smilla liefen zwei schwarz eingehüllte Gestalten. Die eine trug eine Fackel, die andere eine Art Laterne. Im Licht der Flammen tauchten Baumstämme und kahle, raue Äste auf. Wie riesenhafte nachtaktive Insekten schienen sie sich im Feuerschein nach ihnen auszustrecken, nur um sich dann in die Dunkelheit zurückzuziehen.

Smillas Atem ging hektisch. Er schmeckte nach Furcht – sauer und heiß. Hinter sich hörte sie Nadja, die immer wieder scharf die Luft einsog, als würde sie erschrecken oder als hätte sie Schmerzen. Smilla betete, dass sie unversehrt wäre.

Sie konnte nicht sagen, wie lange und wie weit man sie durch den Wald zerrte. Die Angst und das Unvermögen, weiter als bis zum Rand des Feuerscheins zu blicken, raubten ihr jegliches Gefühl für Zeit und Raum. Doch irgendwann gelangten sie an einen hohen, grün lackierten Metallzaun. Eine der Gestalten holte etwas Klimperndes – einen Schlüsselbund – aus der Tasche ihres Gewandes und sperrte ein Tor auf, das lautlos aufschwang.

Kurz streifte eine Vision Smillas Bewusstsein. Sie trat dem Verhüllten, der sie festhielt, mit voller Wucht auf die Füße. Vor Schreck lockerte er seinen Griff, und sie konnte sich losreißen. Dann rannte sie davon, in die Dunkelheit.

Doch bevor sie auch nur ernsthaft darüber nachdenken konnte, ob dieser Plan einen Versuch wert war, schob man sie durch das Tor und in den umzäunten Bereich. Keine fünf Sekunden später hörte sie, wie das Tor hinter ihnen wieder ins Schloss klickte und die klimpernden Schlüssel es absperrten.

Sie wurde weitergetrieben, und nach einer Weile veränderte sich der Boden unter ihren Füßen. Er wurde fester, und Smilla stieß seltener gegen Wurzeln. Und auch die Dunkelheit wandelte sich, wurde durchlässiger.

»Füße hoch«, blaffte eine der Gestalten vor ihr, während Smilla einen kleinen Satz über etwas vollführte, das sie zunächst nicht erkennen konnte. Im letzten Moment gewahrte sie eine dünne Schnur, die wenige Handbreit über dem Boden aufgespannt war. Genau so eine, wie die, über die Nadja außerhalb des Metallzaunes gestolpert war. Instinktiv sprang Smilla darüber hinweg, auch wenn es nun wohl keinen Unterschied mehr machte, ob sie Krach verursachten oder nicht.

Schließlich zogen sich die Bäume ganz zurück. Vor ihnen öffnete sich ein Platz, aus dem ein ausladendes Gebäude mit Steinfassade wuchs. Smilla musste an den Reiterhof denken, auf dem sie vor Ewigkeiten den Geburtstag einer Schulfreundin gefeiert hatten. Oder vielmehr an eine Albtraumversion davon: Finster, kalt und bewohnt von verhüllten Gestalten.

Die Vermummten hielten zügigen Schrittes auf die rechte Seite des u-förmigen Gebäudes zu. Von irgendwo wurde wütendes Gekläffe laut. Dann zog ein Verhüllter eine hölzerne Tür auf, und man zerrte sie ins Innere der Steinmauern. Smilla warf noch einen letzten Blick nach draußen, ohne zu wissen, was sie zu erblicken hoffte. Dann fiel die Tür hinter ihr ins Schloss, und sie und Nadja waren eingesperrt, zusammen mit fünf Verhüllten.

Jemand zerrte Smilla den Rucksack von den Schultern und drückte sie auf einen Stuhl. Neben sich hörte sie Nadja verärgert knurren, als man auch sie zwang, sich zu setzen.

Die dunkel gekleideten Gestalten stellten sich in einem Halbkreis um Smilla und Nadja herum. Sie alle trugen Kapuzen und eine Art Mundschutz. Eine der Gestalten hielt eine Laterne, die sie nun an einen Metallhaken an der Wand hängte. In ihrem schwachen Licht erkannte Smilla, dass sie sich in einem engen, quadratischen Raum mit niedriger Decke und Holzboden befanden. Unter dem einzigen Fenster stand ein Schreibtisch. Darauf lag ein Durcheinander aus Zetteln und Stiften. Von einem silbergerahmten Foto lächelten Smilla eine schlanke Frau mit hellem Haar und vier Jugendliche entgegen. Einer der Jugendlichen hielt ein Lamm auf dem Arm, das den Hals reckte und die Zunge entblößte, als riefe es nach seiner Mutter. Smillas Blick tastete sich weiter. Auf der gegenüberliegenden Seite des Zimmers türmten sich Bücher vom Boden bis unter die niedrige Decke. In der Ecke stand eine kaputte Standuhr, auf der eine gefleckte Katze lauerte und das Geschehen in ihrem Reich interessiert beobachtete.

Smilla konnte nichts Furchterregendes in diesem Raum entdecken, und doch fürchtete sie sich so sehr, dass ihr das Kinn zitterte. Wo war Giorgio abgeblieben? Wo war Jera? Was hatten diese Leute mit ihr gemacht? Und was für verdorbene Pläne führten sie für Nadja und Smilla im Schilde?

Ein hoch aufragender Verhüllter beugte sich zu einem deutlich kleineren neben sich und murmelte etwas. Daraufhin nickte dieser, drehte sich um, öffnete die Tür und verschwand in die windige Nacht. Mit einem Krachen fiel die Tür wieder zu, und die übrigen Gestalten fokussierten ihre Aufmerksamkeit auf Smilla und Nadja.

Die große Gestalt trat vor.

»Tragt ihr Waffen bei euch?«, fragte sie. An der Stimme erkannte Smilla, dass es die Person war, die auch im Wald schon das Wort ergriffen hatte. Hier, abgeschirmt von den

Geräuschen der Nacht, war Smilla sicher, dass es sich um eine weibliche Stimme handelte. Die Stimme einer Frau, die jahrelang stark geraucht haben musste: Kratzig und so tief, dass sie fast tonlos klang.

Der Blick der Frau weilte auf Nadja. Doch als diese eine Antwort verweigerte, wandte sie den Kopf und sah Smilla an. Das schwache Licht der Laterne kletterte in den Ausschnitt ihrer Kapuze.

Smilla stockte der Atem. Das linke Auge der Frau war milchig, als wäre die Pupille mit weißem Rauch gefüllt.

Vor ihnen stand die Hexe.

KAPITEL

13

DIE ABMACHUNG

Smilla war zu perplex, um zu reagieren. Sie hatten wenige, vage Anhaltspunkte gehabt, um die Hexe aufzuspüren. So viel war schiefgegangen auf ihrer Suche nach Jera. Und doch war da dieses eine Puzzleteil, das wider aller Erwartungen genau an den Platz gerückt war, an den es gehörte: Smilla hatte die Hexe gefunden.

Als auch Smilla der Hexe nicht schnell genug antwortete, seufzte diese schwer. »Durchsucht sie«, raunte sie und wich zurück.

Zwei Vermummte traten vor, und erst jetzt wurde Smilla vollends bewusst, dass man sie nicht gefesselt hatte. Weder ihre Füße noch ihre Hände. Entweder waren diese Vermummten äußerst fahrlässig, oder sie waren überzeugt davon, dass weder Smilla noch Nadja eine realistische Chance hatten, im Kampf die Oberhand zu gewinnen oder gar zu fliehen. Von diesem Gedanken wurde Smilla flau, und fast wünschte sie sich, man hätte sie gefesselt. Dann hätte sie wenigstens selbst daran glauben können, dass sie die Willensstärke und die Muskelkraft besaß, die es brauchte, um sich gegen diese Leute zur Wehr zu setzen.

Der eine Verhüllte ging vor Smilla in die Knie, der andere vor Nadja. Man klopfte ihre Beine ab und fuhr mit den Händen in ihre Jackentaschen und unter ihre Kleidung. Ein dritter Verhüllter nahm sich Smillas Rucksack und Nadjas Tasche vor. Er holte alles heraus und breitete es auf dem Schreibtisch aus, wo die Hexe es flüchtig in Augenschein nahm.

Ihre Durchsuchung geschah ganz ohne Gewalt oder andere Demütigungen. Sie lief fast sachlich ab, wie eine geschäftliche Transaktion, und Smilla empfand eine beschämende Dankbarkeit.

Als die Vermummten bis auf das Küchenmesser in Smillas Gürtelschlaufe keine Waffen an ihnen fanden, zogen sie sich zurück, und die Hexe trat wieder vor. Sie zog den Stuhl vom Schreibtisch heran und setzte sich vor sie.

»Woher kommt ihr?«, fragte sie, und ihre Augen wanderten zwischen Nadja und Smilla hin und her.

Was genau wollte sie wissen? Wo sie ursprünglich herstammten? Auf welchem Weg sie hierhergekommen waren? Ob jemand sie geschickt hatte?

»Aus Stadtkyll?«, antwortete Nadja in fragendem Ton. Sie schien ähnlich überfordert mit dieser eigentlich simplen Frage.

Der Blick der Hexe wanderte zu Nadja und blieb interessiert an ihr haften. »Ihr seid also von Stadtkyll aus hierhergekommen?«

»Nein«, antwortete Smilla. »Aus Monschau.«

»Dann lasst mich meine Frage umformulieren. Wo lebt ihr momentan?«

»Nirgendwo«, gab Nadja zurück.

»Das ist keine Antwort auf meine Frage. Wo ist eure Basis?« Die Stimme der Hexe wurde zunehmend strenger, schneidender.

»Was denn für eine Basis?«, fragte Smilla.

»Wo war euer letztes Lager?«

»In Monschau!«, antwortete Nadja mit Ungeduld in der Stimme.

Die Augen der Hexe verengten sich. Vielleicht lächelte sie hämisch, vielleicht blickte sie aber auch verärgert drein. Mit dem schwarzen Mundschutz, der den Großteil ihres Gesichts verbarg, war das eine schwer vom anderen zu unterscheiden.

»Hört zu«, sagte sie dann mit einer Ruhe in der Stimme, die gefährlich klang. »Dieses Gespräch kann auf zwei Weisen verlaufen. Entweder, ihr beantwortet meine Fragen ehrlich und ohne Umschweife, und wir sind hier in wenigen Minuten fertig. Oder ihr macht weiter mit eurem Eiertanz, und ich hole meinen Werkzeugkoffer. Mir ist beides recht, ich bekomme meine Antworten so oder so. Die Entscheidung liegt bei euch.«

Ihre Augen zuckten von Nadja zu Smilla und wieder zurück. Ihr rechtes Knie wippte ungeduldig auf und ab und verriet ihre Anspannung. »Also, noch mal«, sagte sie dann und legte die Handflächen aneinander. »Woher kommt ihr?«

Nadja gab einen frustrierten Laut von sich, aber bevor sie etwas sagen konnte, das die Hexe noch weiter reizen würde, ergriff Smilla das Wort. »Wir sind im Prinzip heimatlos«, sagte sie, leicht außer Atem vor Angst. »Deshalb gibt es keine richtige Antwort auf diese Frage. Bevor wir heimatlos wurden, haben wir in der Nordeifel gelebt, etwa einen halben Tagesmarsch von Monschau entfernt.«

Die Hexe reckte das Kinn nach vorn. Smilla wünschte, mehr als nur ihre Augen sehen zu können, um zu erkennen, ob diese Antwort sie zufriedenstellte. Denn wenn sie es hier tatsächlich mit den gleichen Leuten zu tun hatten, mit denen die *Verlorenen Jungs* in einen Konflikt geraten waren, dann durften sie nicht erfahren, dass Nadja eine von ihnen war. Wenn sie es nicht schon längst wussten.

»Und ihr sucht eure Schwester.«

»*Meine* Schwester«, korrigierte Smilla.

Die Augen der Hexe blieben auf ihr haften.

»Was veranlasst dich dazu, sie ausgerechnet hier zu suchen? Einen Augenzeugenbericht hast du es eben genannt. Was hast du damit gemeint?«

»Jemand glaubt, meine Schwester zusammen mit Ihnen gesehen zu haben«, sagte Smilla. Sie wusste nicht, ob die Wahrheit die richtige Strategie war, oder ob es überhaupt eine richtige Strategie gab. Aber seitdem sie das Wort Werkzeugkoffer aus dem Mund der Hexe gehört hatte, war ihr alles daran gelegen, kooperativ zu wirken.

Die Hexe gab einen Laut von sich, den Smilla nicht zu deuten wusste, irgendwo zwischen Knurren und Räuspern. »Und wer soll dieser Jemand gewesen sein?«, fragte sie dann barsch.

Smilla biss sich auf die Unterlippe. Konnte sie der Hexe ohne Bedenken ihre Quellen nennen? Henrike, die Quittenverkäuferin, Leon. Oder würde sie damit ebendiese Quellen in Gefahr bringen?

In einer ruhelosen Bewegung lehnte die Hexe sich weiter nach vorn. Smilla blieb nicht viel Zeit, um die perfekte Antwort auszuklügeln.

»Jemand … jemand, den wir auf dem Weg von Brüssel nach Monschau getroffen haben, konnte uns einen Hinweis geben. Und dann noch eine Händlerin vom Monschauer Markt.« Leon ließ sie aus. Immerhin war auch er einer derjenigen, denen die Hexe gedroht hatte, sie auszuweiden, wenn sie ihr keine Frau beschafften.

Die Hexe legte den Kopf schief, und Smilla spürte die Nervosität in sich auf ein nahezu unerträgliches Maß anwachsen.

»Wer bin ich für euch?«

Smilla sah die Frau verwirrt an. Für den Bruchteil einer Sekunde rollten die Augäpfel der Hexe nach oben, nur um sich dann wieder auf Smilla zu richten. Zu schnell und zu unwillkürlich, um bloß ein genervtes Augenverdrehen zu sein.

»Wer«, wiederholte die Hexe dann gedehnt, »bin ich für euch?«

Smilla spürte den unangenehmen Druck aufbegehrender Übelkeit unter ihrer Zunge. Es war schwer, die richtigen Antworten zu geben, wenn man nicht wusste, welches die falschen waren. »Ich verstehe nicht, was Sie –«

»Wie alt ist deine Schwester?«, wechselte die Hexe blitzartig das Thema.

»Neun.«

»Und wie hast du sie verloren?«

Endlich Fragen, auf die sie die richtigen Antworten kannte. Auch wenn sie nicht verstand, warum sich die Hexe dafür interessierte. »Ich wurde entführt, und sie hat daraufhin gemeinsam mit meiner Gruppe unser Quartier verlassen, weil sie es nicht mehr für sicher hielten.«

Die Augenbrauen der Hexe zuckten nach oben. »Entführt?«, fragte sie.

»Ja.«

»Das heißt, du hast deine Gruppe nicht freiwillig verlassen?«

Smilla ließ angestrengt die Luft aus ihren Lungen entweichen. Wozu diese ganzen Fragen? Worum ging es dieser Frau dabei? »Richtig. Das ist die Bedeutung von ›entführt‹.«

Die Hexe machte ein erstauntes Geräusch. Es klang, als wäre sie tatsächlich überrascht. Und nicht, als hätte Smillas schnippische Antwort sie verärgert.

Dann wandte sie sich wieder an Nadja.

»Wie ist dein Name?«

Einen Moment lang musterten die zwei sich, als würden sie im Stillen Kräfte messen.

»Nadja«, gab sie schließlich nach. Dann schob sie schnell hinterher: »Und ich bin wirklich gut mit Heilkräutern, ich weiß, wie man Medikamente herstellt. Ich könnte für euch –«

»Danach habe ich nicht gefragt«, unterbrach die Hexe sie. Wieder rollten ihre Augäpfel nach hinten, als wollten sie Nadjas und Smillas Anblick entkommen. Smilla musste an Reptilienaugen denken, vor die sich rosa Nickhäute schoben, und ihre Übelkeit verstärkte sich.

»Dann noch mal meine Frage von vorhin. Wer bin ich für euch?«

Smilla atmete zittrig aus. Die Frau, die wusste, was mit Jera geschehen war, saß nun seit mehreren Minuten direkt vor ihrer Nase. Und doch wusste sie immer noch nicht mehr darüber, wie es ihrer Schwester ging oder wo sie sich befand. Verzweiflung ballte sich in ihr zusammen. »Ich weiß nicht, was Sie von uns hören wollen.«

»Was ich wissen möchte, ist, was die Menschen über

mich gesagt haben, die ihr nach Hinweisen zum Verbleib deiner Schwester gefragt habt.«

Nun endlich verstand Smilla. Sie wollte wissen, wie man sie mit diesem Hof im Hohen Venn in Verbindung gebracht hatte. Denn angesichts der Mäntel und Mundschutze lag ihnen wohl einiges daran, nicht erkannt zu werden.

»Ihr Auge«, sagte Smilla also wahrheitsgemäß. »Die erste, die uns einen Hinweis gegeben hat, hat sich an Ihr erblindetes Auge erinnert. Danach haben wir auch auf dem Monschauer Markt gefragt.«

Die Hexe runzelte die Stirn. Überraschte diese Antwort sie etwa? Zu ihrem Entsetzen spürte Smilla bei diesem Gedanken ein Lachen in ihren Mundwinkeln kitzeln. War dieser Frau denn nicht klar, wie sehr sich ihr Äußeres von dem der meisten anderen Überlebenden unterschied? Immerhin blickte man einander zuallererst in die Augen. Smilla atmete tief durch. Sie durfte auf keinen Fall lachen. Nicht auf Kosten einer Verrückten aus der Sekte.

Der Blick der Hexe verweilte noch einen Moment auf Smilla. Dann lehnte sie sich zurück. Ihr Knie wippte unablässig auf und ab.

»Und mit dieser einen Information konntet ihr euch bis hierhin durchfragen?«

Smilla nickte.

Die Hexe schüttelte widerwillig den Kopf. Dann feuerte sie direkt die nächste Frage ab: »Wie viele seid ihr?«

»Wir sind zu zweit«, wiederholte Smilla das, was Nadja der Hexe schon einmal gesagt hatte.

»Kommt noch jemand? Sind noch mehr von euch auf dem Weg hierher?«

Smilla schüttelte den Kopf. »Nein. Es sind nur wir zwei.«

Der Blick der Hexe huschte für den Bruchteil einer Sekunde zu Nadja.

»Wird jemand nach euch suchen?«

Bei dieser Frage gefror Smilla das Blut in den Adern. Wenn sie sich Sorgen darum machte, dass man nach ihnen suchen würde, dann musste das heißen, dass sie nicht vorhatte, sie wieder gehen zu lassen.

Doch bevor Smilla sich eine Antwort überlegt hatte, wurde die Tür geöffnet. Die Aufmerksamkeit der Hexe galt nun nicht mehr Smilla oder Nadja, sondern richtete sich auf die Gestalt, die zusammen mit einem kalten Windstoß hereinkam. Sie drängte sich an den drei anderen Vermummten vorbei, beugte sich zur Hexe hinunter und flüsterte ihr etwas ins Ohr. Die Hexe nickte knapp.

»Ich bin gleich wieder da«, sagte die Hexe zu den anderen Vermummten, die das ganze Verhör über schweigend hinter ihr gestanden und abgewartet hatten. Dann stand sie auf, folgte der Gestalt nach draußen und ließ Nadja und Smilla allein mit den übrigen Verhüllten zurück.

Smilla wagte nicht, etwas zu Nadja zu sagen oder ihr auch nur einen Blick zuzuwerfen. Sie hatte Angst, die anderen Mitglieder der Sekte könnten etwas Aufrührerisches daraus lesen und sich dazu berufen fühlen, zu reagieren. Im schlimmsten Fall mit Gewalt. Also gab sie keinen Laut von sich und blieb wie erstarrt sitzen.

Die Stille wurde mit jeder Sekunde dichter. Einer der Vermummten räusperte sich und begann, auf den Zehenballen auf und ab zu wippen. Der neben ihm stieß ihn mit dem Ellenbogen an, und er ließ es wieder sein.

Nach Minuten, die Smilla wie Stunden erschienen, öffnete sich die Tür abermals, und die Hexe kam wieder herein. Sie trat hinter den Stuhl, auf dem sie zuvor gesessen hatte, und legte die Hände auf die Lehne. Smilla war erleichtert, zu sehen, dass sie nicht den Koffer bei sich trug, mit dem sie ihnen gedroht hatte.

»Es mag sich im Moment anders anfühlen, aber ich will euch nichts Böses«, sagte sie dann. »Ich versuche nur, meine Familie zu schützen. Und das kann ich nur, wenn ich genau weiß, wer ihr seid und warum ihr hier seid.«

Smilla holte Luft, um zu beteuern, dass sie wirklich nur nach ihrer Schwester suchte. Nicht mehr und nicht weniger. Aber die Hexe brachte sie mit einem strengen Blick dazu, die Worte sofort wieder herunterzuschlucken.

»Einer meiner Berater unterhält sich drüben mit Giorgio.« Als Giorgios Name über die Lippen der Hexe kam, zog es schmerzhaft in Smillas Eingeweiden. Er war also doch nicht entkommen. Hoffentlich hatten sie ihm nichts getan.

»Ich weiß daher, dass ihr in manchen Punkten gelogen habt. Zum Beispiel, als es darum ging, zu wie vielen ihr seid. Was ich noch nicht genau weiß, ist, warum ihr lügt und wie groß das Ausmaß eurer Lügen ist.«

Ihre Pupillen rollten nach hinten und richteten sich dann sofort wieder auf Smilla.

»Aber ich weiß noch eine andere Sache«, sagte sie dann. »Nämlich, dass das Leben ein Geben und Nehmen ist. Ich kann nicht erwarten, dass ihr mir gebt, was ich will, wenn ich euch nichts im Gegenzug anbiete. Deshalb möchte ich dir einen Deal vorschlagen.«

Ihre Augen waren immer noch auf Smilla gerichtet. Ein Deal mit der Sekte? Der, den die *Verlorenen Jungs* mit ihnen vereinbart hatten, hatte das Kidnappen einer Frau beinhaltet. Angesichts dessen fühlte sich dieser Vorschlag schon falsch an, bevor überhaupt die Bedingungen ausgesprochen worden waren.

Die Hexe holte Luft. »Ich bringe Jera zu dir, wenn ihr mir versprecht, ab jetzt einhundertprozentig ehrlich zu antworten, wenn ich euch etwas frage. Wir haben hier null Toleranz für Lügner.«

Smillas Herz machte einen Sprung. Jera war tatsächlich hier. Und sie war am Leben. Was die Hexe danach gesagt hatte, ging neben dieser Information unter.

»Haben wir einen Deal?«, fragte die Hexe.

Smilla schluckte. Sie wollte etwas sagen, aber ihr Hals war schlagartig trocken geworden und ihr Kopf seltsam leer. Sie nickte heftig.

Die Hexe seufzte und streifte sich mit einer erschöpften Bewegung die Kapuze vom Kopf. Zum Vorschein kam langes, silbriges Haar, das im Nacken zusammengebunden war. »Holt die Kleine«, sagte sie mit einem kurzen Blick zu den Vermummten hinter ihr. Einer von ihnen löste sich aus seiner Starre und verließ den Raum.

Smillas Herz schlug wie wild in ihrer Brust, und sie verspürte das dringende Bedürfnis, aufzuspringen und zu rennen. Ihr Körper war in Aufruhr.

Die Hexe hob eine Hand, griff nach dem schwarzen Mundschutz und zog ihn sich unters Kinn, sodass ihr ganzes Gesicht zum Vorschein kam. Es war ein erhabenes Gesicht. Ein breiter Mund mit sanft geschwungenen Lippen, hohe Wangenknochen, ein Muttermal über der Lippe. Niemals wäre Smilla auf die Idee gekommen, die Frau mit einer Hexe zu vergleichen. Aber unter einer Hexe stellte sich wohl jeder etwas anderes vor.

»Wir haben dich gesucht, Jera und ich«, sagte sie dann

und setzte sich zurück auf ihren Stuhl. Sie schlug die Beine über und wirkte wesentlich entspannter als noch vor wenigen Minuten. »Jera hat mich zu eurem Bunker geführt, aber du warst nicht dort. Und in Monschau haben wir dich auch nicht gefunden«, fuhr sie fort und sah Smilla aufmerksam an. »Wo warst du?«

Smilla musterte die Frau eingehend. Sie verstand immer noch nicht ganz, was gerade passierte. Nur so viel hatte sie begriffen: Jera lebte. Dank dieser Frau vor ihr. Ein Gefühl rauschte durch ihre Adern, für das sie keine Worte kannte. Sie fühlte sich schwebend leicht, und gleichzeitig zerrte eine urtümliche Angst an ihr. Vielleicht war es so, wenn man den Verstand verlor. Man fühlte sich frei und gefangen zugleich.

»Wir waren schon auf dem Weg nach Brüssel, weil ich dachte, dass Jera dorthin unterwegs ist«, antwortete Smilla zögerlich. »Wir sind erst kurz vor Brüssel auf Giorgio getroffen. Von ihm haben wir erfahren, dass Jera umgekehrt ist.« Noch fühlte sich jedes Wort gefährlich an. Als könnte sie, ohne es zu wollen, etwas sagen, das die Dynamik wiederherstellte, die noch vor wenigen Sekunden geherrscht hatte: Sie, die Gefangenen. Und die Sekte ihre unberechenbaren Feinde.

»Wie lange ist Jera schon bei euch?«, wagte Smilla schließlich zu fragen.

»Hier auf dem Hof? Oh, knapp eine Woche schon«, antwortete die Hexe. Ein Lächeln trat auf ihr Gesicht, und Smilla konnte nicht genau sagen, was für eine Art Lächeln es war. »Hat sich schnell eingelebt. So wie das halt bei Kindern ist.« Sie nickte, als wollte sie sich selbst zustimmen.

»Und wer bist du?«, fragte sie dann an Nadja gerichtet.

»Jera ist ja sehr gesprächig, aber von dir hat sie mir nichts erzählt.«

Smilla konnte dem plötzlich so freundlichen Plauderton der Hexe immer noch nicht ganz vertrauen. War das vielleicht nur eine Verhörtechnik? Guter Cop, böser Cop, nur eben beides in einer Person?

Sie hörte, dass Nadja antwortete. Aber was sie sagte, verstand Smilla nicht mehr. Denn in diesem Moment drückte eine kleine Hand die Tür auf, und eine Gestalt kam herein, die den anderen Anwesenden höchstens bis zur Brust reichte. Das Mädchen blinzelte, als hätte es eben noch geschlafen und fände das fahle Licht, das im Verhörraum herrschte, zu grell. Die kleine Nase, die blassen Sommersprossen, die grünen Katzenaugen. Smilla glaubte, ihr Herz müsste explodieren.

Sie sprang auf und stieß ihren Stuhl dabei um. Jera sagte etwas, doch auch das drang nicht durch die warme Taubheit, die Smilla umgab. Sie stolperte nach vorn, streckte ihre Arme nach Jera aus, und dann hielten sie sich. Sie spürte den knochigen, warmen Kinderkörper durch ihre Kleidung und wusste, dass es das Schönste war, was sie je gefühlt hatte und jemals fühlen würde.

Jera fing an zu weinen. Sacht drückte Smilla ihre Schwester von sich, um sie betrachten zu können. Ihr Gesicht färbte sich vom Weinen schon rot, aber sie strahlte zu ihr herauf. Sie war blasser und dünner, als Smilla sie in Erinnerung hatte, aber sie wirkte unversehrt.

Jera sagte etwas, aber Smilla war immer noch nicht imstande, irgendetwas anderes zu begreifen, als dass sie Jera wiederhatte. Gesund. Lebendig.

Wortlos nahm Smilla Jeras Hände und betrachtete sie. Sie waren ungewohnt sauber. Dann ging sie vor Jera in die Knie, schlang ihre Arme um die Taille ihrer Schwester und legte ihren Kopf an ihre Brust. Durch den schwarzen Mantel, den Jera trug, konnte sie ihr Herz wummern hören. Es war das Einzige, was sie hörte, und es war alles, was zählte.

Einige Augenblicke verstrichen. Dann hob Smilla den Kopf und sah zu der Hexe, die ihre Wiedervereinigung mit der Andeutung eines Lächelns auf den Lippen beobachtete. Eine überwältigende Dankbarkeit erfüllte Smilla.

»Wie wäre es, wenn wir es uns etwas gemütlicher machen, und dann erzählt ihr mir noch mal in allen Einzelheiten, unter welchen Bedingungen ihr getrennt wurdet und wie ihr uns gefunden habt?«, schlug die Hexe vor.

Smilla löste sich von Jera und richtete sich auf. Den Deal hatte sie über ihre Erleichterung darüber, Jera gefunden zu haben, schon ganz vergessen. Sie warf Nadja einen Blick zu. Diese nickte fast unmerklich. Eine andere Wahl, als auf das Angebot einzugehen, blieb ihnen wohl auch nicht. Zumal ihr dieser Tausch als sehr vorteilhaft erschien. Was waren schon ein paar Antworten auf die Fragen der Hexe, wenn sie im Gegenzug ihre Schwester zurückhatte?

Die Hexe erhob sich. »Gut, dann folgt mir«, sagte sie. Mit einer schwungvollen Bewegung wandte sie sich ab und rauschte aus dem Raum.

Jera schob ihre Finger zwischen Smillas. »Komm!«, sagte sie und zog an ihrem Arm. Bereitwillig ließ Smilla sich aus dem Verhörraum führen. Nadja und die drei Verhüllten folgten ihnen.

Mit großen Schritten eilte die Hexe voran, auf ein Feuer zu, das in der Mitte des Innenhofes brannte, den das u-förmige Gebäude schuf. Smilla versuchte, sich umzusehen, aber das Licht des Feuers reichte nicht aus, um mehr als den Schotter auf dem Boden und die unebenen Steine der Hauswände zu erkennen.

Jera hielt noch immer Smillas Hand und ging etwas vor ihr, als wüsste sie genau, wo sie hingehen mussten.

Sie passierten das Feuer und hielten auf eine unscheinbare Tür zu, die von bepflanzten Blumentöpfen flankiert wurde.

»Wo sind wir hier?«, fragte Smilla, mehr an Jera als an irgendjemanden sonst gerichtet, aber es war die Hexe, die ihr antwortete.

»Das ist der Vennhof. Einfallsreich, nicht wahr?« Sie warf Smilla einen kurzen Blick über ihre Schulter zu und lächelte. »Eine Art Therapie-Bauernhof. Für Klassenfahrten, Besinnungsreisen, Reit- und Tiertherapien und so weiter.« Wie sie es sagte, klang es beinahe, als wäre das noch immer so. Genug Therapiebedarf gab es unter den Überlebenden der Plage bestimmt.

»Ich bin übrigens Eva«, fuhr die Hexe fort. »Entschuldigt meine – sagen wir – grobe Vorgehensweise vorhin. Wenn ich nicht weiß, mit wem ich es zu tun habe, bin ich lieber zu ruppig als zu lasch.«

Sie waren vor der Tür angelangt. Mit der einen Hand öffnete Eva sie. Mit der anderen, in der sie auch die Laterne hielt, machte sie eine einladende Bewegung ins Innere des Hauses. »Bitte die Schuhe da vorn auf dem Lappen abstellen«, sagte sie und nickte in den dunklen Flur, den Smilla nun gefolgt von Nadja betrat. »Zedrik, hol du Giorgio. Ihr anderen seid für heute entlassen.«

Smilla drehte sich um und sah die drei Vermummten an, die noch draußen auf dem Hof standen. Zwei von ihnen wandten sich ab und verschwanden in die Nacht. Der dritte zog seinen Mundschutz herunter und offenbarte ein sommersprossiges, jungenhaftes Gesicht mit einem Anflug von Barthaaren auf der Oberlippe. Er trat über die Türschwelle und drängte sich an Smilla vorbei ins Innere des Hauses. Am Ende des Flurs stieg er eine Treppe hinab, die unter seinem Gewicht kläglich knarzte.

Smilla sah wieder zu Eva, die gerade die Tür schloss und sich dann daran machte, ihre Schuhe auszuziehen. Ordentlich stellte sie die Schuhe auf ein verdrecktes Handtuch. Jera tat es ihr gleich. Dann liefen die beiden den Flur hinunter, bogen in einen schwach beleuchteten Raum ab und ließen Smilla und Nadja allein beim Eingang zurück.

Sie sahen einander an. Das wenige Licht, das bis zu ihnen vordrang, legte ein Schimmern in Nadjas Rehaugen. Ob sie besorgt, verstört oder wütend dreinsah, konnte Smilla nicht erkennen.

»Was hältst du von alledem?«, flüsterte Smilla.

»Ich bin mir nicht sicher. Erst werden wir unter Androhung von Folter verhört, und jetzt sind wir plötzlich herzlich willkommen … und es ist und bleibt die Sekte. Vor ein paar Wochen haben die uns geschworen, uns alle zu töten, wenn wir ihnen keine unversehrte Frau übergeben.«

Smilla nickte. »Das passt alles nicht so richtig zusammen. Aber Jera scheint sich sicher zu fühlen. Dann kann sie hier noch nichts Seltsames erlebt haben.«

Nadja gab ein leises Schnauben von sich. »Jera ist nur ein Kind. Vielleicht hat sie auch einfach nicht gecheckt, wie durchgedreht die hier sind«, erwiderte sie.

»Kinder begreifen mehr, als du denkst. Das gilt besonders für Jera.« Smilla warf einen flüchtigen Blick zu der Tür, durch die ihre Schwester mit Eva verschwunden war. »Ich schätze, wir haben eh keine andere Wahl, als mitzuspielen und zu warten, bis sich eine gute Gelegenheit ergibt, abzuhauen«, fügte sie dann mit gedämpfter Stimme hinzu.

»Ich glaube auch nicht, dass wir jetzt gerade etwas zu befürchten haben. Wenn die uns töten wollten, hätten sie genug Gelegenheiten dazu gehabt. Aber zu viel Zeit sollten wir denen trotzdem nicht geben, um sich zu überlegen, ob sie uns nicht doch lieber abmurksen.«

Smilla schürzte die Lippen. »Oder bevor sie uns in einem aufwendigen Ritual einem Waldgott opfern.«

Nadja lachte trocken, auch wenn sie beide wussten, dass Smilla keinen Witz gemacht hatte.

»Kommt ihr?«, ertönte Evas Stimme weiter hinten aus dem Flur. Smilla wandte den Blick von Nadja ab und sah die Hexe in der Tür stehen, durch die sie eben mit Jera verschwunden war.

»Ja, wir kommen.«

Eva zog sich wieder in den schummrig beleuchteten Raum zurück.

»Also warten wir erst mal ab und machen uns dann gemeinsam aus dem Staub?«, hakte Smilla im Flüsterton nach.

»Ja, so machen wir es«, bestätigte Nadja.

Dann ging sie los und trat in den Raum, in dem Eva und Jera auf sie warteten.

KAPITEL

14

DIE LÜGE

Sie gelangten in eine Küche, die auf gemütliche Weise eng anmutete. Links von Smilla befand sich ein runder Holztisch, um den sich mehrere gepolsterte Stühle und eine Eckbank drängten. Auf der Bank lagen Tierfelle ausgebreitet. Auf der anderen Seite des Raumes verlief eine schmale Küchenzeile in Betonoptik, über der verglaste Wandschränke hingen.

Eva stand an einem Herd, aus dem eine kleine Flamme züngelte, und goss Wasser in einen schimmernden Metalltopf. Ihre Füße steckten in neuwertigen Filzpantoffeln. Jera lümmelte auf der Bank herum und verteilte Platzdeckchen auf dem Tisch. Es wirkte, als hätten dieser Raum und die Leute darin noch nichts davon mitbekommen, dass die Welt um sie herum untergegangen war.

»Gasherd«, erklärte Eva, als sie Smillas Blick auffing. »Man kommt zwar immer schwerer an die Gasflaschen ran, aber ich habe auch nicht mehr viel Konkurrenz.« Sie lächelte, wobei sich drei kleine Falten in jedem Augenwinkel bildeten. »Setzt euch doch!«, sagte sie dann.

Zögerlich ging Smilla weiter in den Raum hinein. Jera klopfte auf den Platz neben sich, und Smilla ließ sich auf die äußere Kante der Eckbank sinken. Nadja zog einen Stuhl zu sich heran und setzte sich ebenfalls, auffällig nah bei der Tür.

Jera nahm Smillas Arm und legte ihn sich um die Schultern. »Puh, du stinkst«, sagte sie dann und lachte.

Beim Klang ihres Lachens wurde Smilla warm. »Tut mir leid«, sagte sie und sah ihre Schwester an. Es war, als würde sie sie zum ersten Mal richtig ansehen, und ihr fielen all die kleinen Besonderheiten auf, die ihr zuvor vollkommen gewöhnlich erschienen waren. Die kleine Narbe in ihrer Augenbraue. Der dunkle Flaum ihres herzförmigen Haaransatzes. Die tiefgrünen Ringe um ihre Iriden.

»Und müde siehst du aus«, fügte Jera hinzu, die Smilla ebenso eindringlich gemustert hatte.

Smilla lächelte. »Ich bin auch ziemlich müde.«

»Eva, jetzt wo du Smilla gefunden hast, können wir da ein eigenes Zimmer bekommen? Nur Smilla und ich?«

»Na klar«, sagte Eva, ohne den Blick vom Herd zu wenden. »Zimmer sechs ist noch frei. Wo du Bettbezüge findest, weißt du ja.«

»Danke, Eva!«, stieß Jera aus und hibbelte auf ihrem Platz auf und ab. Dann wandte sie sich mit einem breiten Grinsen an Smilla. »Wir kriegen ein eigenes Zimmer, Smilla! Ist Eva nicht sooo cool?«

»Ja, das ist sehr nett von ihr«, sagte Smilla und warf Eva, die immer noch mit dem Rücken zu ihnen am Herd stand, einen kurzen Blick zu. Es kam ihr tatsächlich sehr freundlich vor, dass Eva drei Fremden einfach so Unterschlupf gewährte – vor allem, da sie sich der Gefahr, die sie damit einging, bewusst schien. Nicht umsonst hatte sie sie zuerst wie Feinde behandelt. Smilla fielen spontan drei mögliche Erklärungen für diesen Taktikwechsel ein: Entweder sie war schnell zu dem Schluss gekommen, dass Smilla, Nadja und Giorgio keine Gefahr für sie und ihre Gruppe darstellten. Oder sie wollte sich gut mit ihnen stellen. Und die dritte Möglichkeit: Sie wog sie in falscher Sicherheit, auf dass sie leichter angreifbar würden.

Eva kam zu ihnen herüber und stellte drei Tassen auf den Tisch. »Ich habe hier viele Mehrbettzimmer, in denen früher die Schulklassen übernachtet haben. Es ist also mehr als genug Platz für ein paar Gäste«, erklärte sie. Sie ging noch einmal zur Küchenzeile und kehrte mit drei weiteren Tassen zurück, die sie ebenfalls auf den Tisch stellte.

Da erklangen Schritte aus dem Flur hinter ihnen. Sie alle wandten sich um. Giorgio erschien im Türrahmen und hinter ihm der Sommersprossige namens Zedrik. Bei Giorgios Anblick erschrak Smilla. Seine Oberlippe war aufgeplatzt und blutete, das Weiße in seinem rechten Auge war tiefrot angelaufen. Die Augenlider begannen bereits, zuzuschwellen. Seine Festnahme war wohl brutaler abgelaufen als Nadjas und ihre. Abermals musste Smilla an den Werkzeugkoffer denken, und sie hoffte, dass man bei Giorgio keinen Gebrauch von ihm gemacht hatte.

»Giorgio!«, schrie Jera freudig und sprang auf. Sie hüpfte über Smilla hinweg und katapultierte sich mit einem überschwänglichen Hopser direkt vor ihn.

Giorgios Augen weiteten sich, und er bewegte sich keinen Millimeter, als könnte er nicht glauben, was er sah. Dann wanderte sein Blick zu Smilla. Sie nickte ihm knapp zu, und erst da schien er bereit, zu akzeptieren, dass Jera wirklich vor ihm stand. Seine Augen wurden glasig, und er schloss Jera in eine feste Umarmung.

»Mann, Jera!«, presste er hervor. »Was hast du dir nur dabei gedacht, einfach abzuhauen?« Er drückte sein Gesicht in ihr Haar. »Wir sind fast umgekommen vor Sorge.«

»Tut mir leid«, murmelte Jera, »aber ich konnte Smilla nicht einfach zurücklassen.«

Giorgio löste sich von ihr und rang sich für sie ein Lächeln ab.

Aber Jera erwiderte es nicht. Stattdessen trat ein besorgter Ausdruck auf ihre Züge. »Was ist mit deinem Gesicht passiert?«, wollte sie wissen.

Mit einer wegwischenden Handbewegung antwortete Giorgio: »Bin bloß gegen einen Ast gelaufen.«

Jera runzelte die Stirn. »Wie oft denn?«

Beruhigend tätschelte Giorgio ihr die Schulter. »Zu oft. Aber ab jetzt passe ich besser auf.«

Die Art und Weise, wie er es sagte, schien Jera dazu zu bringen, keine weiteren Fragen zu stellen. Auch wenn Smilla an den Fältchen auf ihrer Stirn erkannte, dass ihr diese Erklärung nicht reichte. Sie war, schon bevor sie Wollseifen verlassen hatte, nicht mehr so leichtgläubig gewesen wie früher. Die kurze Zeit, die sie voneinander getrennt verbracht hatten, schien diese Entwicklung weiter vorangetrieben zu haben.

»Setzt euch doch. Ich habe uns heiße Milch gemacht. Na ja, heiße Milch mit Wasser verdünnt«, sagte Eva und nahm am Tisch Platz. Sie gab ihrem jugendlichen Handlanger ein Zeichen, woraufhin er sich an Giorgio vorbei drängte und sich zu Smilla auf die Eckbank schob. Er trug noch immer den schwarzen Mantel, genau wie Eva.

Doch wirkte er ohne Kapuze und Mundschutz kaum noch bedrohlich.

Giorgio zögerte und blickte von Smilla zu Nadja. Doch schließlich setzte er sich in Bewegung. Smilla folgte ihm mit den Augen, während er in den Raum trat und sich auf einem der freien Stühle niederließ. Sie versuchte, in seiner Miene zu lesen, ob er etwas wusste, das sie noch nicht wussten. Ob er schon Fluchtpläne schmiedete. Aber seine Züge wirkten ausdruckslos.

Eva räusperte sich und schob jedem von ihnen eine der dampfenden Tassen zu. Nun saßen sie im Kerzenschein zu sechst um den runden Holztisch, jeder eine heiße Milch vor sich. Es hätte gemütlich sein können, wäre da nicht die Ungewissheit darüber gewesen, wo sie hier genau gelandet waren. Was Eva mit ihnen im Schilde führte. Und wer oder was sich in den vielen weiteren Zimmern dieses weitläufigen Gebäudes sonst noch verbarg.

»Ihr habt euch bestimmt furchtbar viel zu erzählen«, sagte Eva. Sie lächelte immer noch, als wäre dieses Lächeln auf ihre Züge getackert. »Aber bevor ihr euch gegenseitig von euren Abenteuern berichtet, interessiert mich, Smilla, was es mit dieser Entführung auf sich hatte.«

Langsam und ohne Smilla aus den Augen zu lassen, hob sie ihre Tasse an die Lippen und trank einen Schluck. Ihre Augäpfel zuckten nach hinten, richteten sich aber sofort wieder auf Smilla. Sie war also immer noch angespannt, auch wenn sie sich seit einigen Minuten als gastfreundliche Hausmutter inszenierte. Und mit einem Mal beschlich Smilla die Furcht, mit der Milch könnte etwas nicht stimmen. Instinktiv zog sie sich etwas zurück, sodass der Dampf, der aus ihrer Tasse aufstieg, sich nicht in ihrem Gesicht niederschlagen konnte. Aus dem Augenwinkel schaute sie zu Nadja und Giorgio, die ihre Tassen ebenfalls nicht angerührt hatten. Auf Jeras Oberlippe prangte jedoch bereits ein schmaler Streifen Milch.

»Du erinnerst dich an unseren Deal, Smilla?«, fragte Eva. Das Lächeln war breiter geworden. »Wer hat dich entführt?«

»Du wurdest entführt?«, warf Jera ein, bevor Smilla antworten konnte.

Smilla nickte, und zu ihrer Überraschung stahl sich ein triumphierendes Grinsen auf Jeras Lippen. »Ich wusste es!«, sagte sie und schlug mit der flachen Hand auf den Tisch. »Ich wusste, dass du nicht einfach mit irgendeinem Jungen abgehauen bist. Das hat Karen nämlich behauptet. Aber ich habe ihr gesagt, das würdest du niemals tun.«

Die Worte stachen wie Dornen in Smillas Herz. Ob die Schmieders sie für das hassten, was passiert war? Sie wollte nicht von ihnen gehasst werden. Sie wollte nicht, dass ihre stärkste Erinnerung an Smilla von Verrat handelte.

»Also«, ergriff Eva erneut das Wort, bevor Smilla Jera antworten konnte. »Wer waren deine Entführer?«

Smilla löste ihren Blick von Jera und sah wieder zu Eva. »Eine Gruppe, die in der Burg Vogelsang lebte«, antwortete sie.

»Das sind die *Verlorenen Jungs*, Eva! Von denen habe ich dir erzählt«, schob Jera ein.

Eva nickte wissend. »Weißt du, was sie mit dir vorhatten?« Sie nahm einen Schluck aus ihrer Tasse, die Augen fest auf Smilla geheftet.

Smilla schluckte. Konnte sie zugeben, dass sie wusste, wem sie hier gegenübersaß? Jemandem aus der Sekte, jemandem, der die *Verlorenen Jungs* zu erpressen versucht hatte? Oder würde es sie in Gefahr bringen, wenn sie dieses Wissen preisgab? Immerhin schien Eva schon alles andere als erfreut darüber gewesen zu sein, dass man sie bis ins Hohe Venn hatte zurückverfolgen können. Wenn sie nun auch noch erfuhr, dass Smilla nicht gut auf die Sekte zu sprechen war, könnte aus ihrer zivilisierten Unterhaltung nur allzu schnell wieder ein feindseliges Verhör werden.

Bevor ihr langes Schweigen Skepsis erregte, entschied Smilla sich für die Lüge und schüttelte hastig den Kopf. »Vielleicht wollten sie mich verkaufen, oder essen, keine Ahnung.«

»Ah«, machte Eva. »Und wie konntest du entkommen?«

Ohne es zu wollen, versteifte Smilla sich, als sie an die Tür ihrer Gefängniszelle dachte, die jemand mitten in der Nacht geöffnet hatte. Und an Falk, der vor dem Tor der Festung auf Cale losgegangen war, um Smilla einen Vorsprung zu verschaffen.

»Ich … ich hatte Glück im Unglück«, brachte sie hervor. »Einer der Jungs ist unerlaubterweise in meine Zelle eingedrungen und –«, und von da an fehlten ihr die Worte, um zu beschreiben, was geschehen war. Nein, das war nicht ganz richtig. Sie kannte die Worte. Sie kannte sie nur zu gut. Aber diese Worte zu kennen und sie auszusprechen waren zwei völlig unterschiedliche Dinge. Und Smilla brachte es nicht über sich. Nicht vor Jera, die nicht mit neun schon das volle Ausmaß dessen kennen sollte, was Menschen einander antun konnten. Nicht vor Giorgio, der einst zu der Gruppe gehört hatte, die Smilla auf diese Weise behandelt hatte. Nicht vor Zedrik, einem völlig Fremden, und auch nicht vor Eva, die – wenn sie wirklich eine derjenigen war, die die *Verlorenen Jungs* überhaupt erst dazu gebracht hatten, Smilla zu entführen –

eine Mitschuld an allem trug, was ihr widerfahren war. Also berichtete sie bloß das, was Eva unbedingt wissen musste, um nachvollziehen zu können, wie sie letztendlich hierhin gelangt war: dass einer der *Verlorenen Jungs* Mitleid mit ihr gehabt und ihr zur Flucht verholfen hatte. Dass sie zu ihrer Gruppe hatte zurückkehren wollen, aber den Bunker verlassen vorgefunden hatte. Dass sie sich auf den Weg nach Brüssel gemacht hatte, um ihre Gruppe – um Jera – zu suchen. Und dass sie schließlich Giorgio begegnet war, der ihr unterbreitet hatte, dass Jera gar nicht mehr mit ihrer Gruppe reise, sondern sich im Alleingang auf die Suche nach Smilla gemacht habe.

»Du hast einige sehr traumatische Erlebnisse hinter dir«, sagte Eva, als Smilla geendet hatte.

Auf seltsame Weise tat es gut, Eva diese Worte sagen zu hören. Es war, als sagte sie ihr, dass das, was Smilla beim Gedanken an diese Ereignisse fühlte, zähle.

»Und nach allem, was ich über diese Gruppe – die *Verlorenen Jungs*, wie ihr sie nennt – weiß, bist du bei Weitem nicht die Erste, die so etwas durchleben musste.«

Eva holte Luft, hielt dann aber inne. Das Lächeln war von ihrem Gesicht verschwunden, und mit mahlenden Kiefern sah sie in ihren Becher. »Die Festung auf Vogelsang«, sagte sie dann langsam, als wöge sie jede Silbe sorgsam ab, »wurde vor einigen Tagen komplett zerstört, und die *Verlorenen Jungs* sind verschwunden. Weißt du, wie es dazu kam, Smilla?«

War das eine Fangfrage? Ein Test? Hatten Eva und ihre Gruppe die Festung selbst zerstört, und Eva wollte nun in Erfahrung bringen, ob Smilla davon wusste? Oder konnte sie sich selbst nicht erklären, was auf der Ordensburg vorgefallen war?

Smilla hob die Schultern. »Soweit ich weiß, hatten sie einen Konflikt mit einer anderen Gruppe. Vielleicht hat es damit zu tun«, stellte sie sich ahnungslos.

»Hm«, machte Eva und starrte wieder in ihren Becher. »Und wie bist du Nadja begegnet?«, wollte sie dann wissen.

Instinktiv sah Smilla Nadja an, die ihren Blick mit versteinerter Miene erwiderte. Sie durfte nicht zu lange überlegen.

»Ich habe sie auf dem Weg nach Brüssel kennengelernt. Sie reiste in die gleiche Richtung, und wir haben uns zusammengetan«, sagte Smilla und sah Eva direkt an, ohne zu blinzeln. Das machte man doch so, wenn man die Wahrheit sagte, oder nicht?

»Was für ein Zufall. Und warum warst du genau wie Smilla allein auf dem Weg nach Brüssel, Nadja?«, fragte Eva, an Nadja gewandt.

»Meine Mutter ist gestorben«, sagte Nadja wie aus der Pistole geschossen. »Und unsere Gemeinde war nicht besonders gut auf mich zu sprechen.«

Eva stützte das Kinn auf ihre Hände. »Wisst ihr, was die wichtigste Zutat für ein gutes Miteinander ist?«, fragte sie dann. Ohne eine Antwort abzuwarten, sprach sie weiter: »Vertrauen. Ich muss darauf vertrauen können, dass ich zu jedem Zeitpunkt weiß, dass die Menschen um mich herum nichts tun werden, das mich in irgendeiner Weise schädigt. Nur so können wir belastbare Kollektive bilden. Und was braucht man, um jemandem vertrauen zu können?«

Sie blickte sie der Reihe nach an.

»Ehrlichkeit«, beantwortete Jera ihre Frage eifrig.

»Richtig«, sagte Eva und nickte Jera zu. »Radikale Ehrlichkeit. Und ihr drei habt heute Abend schon so oft gelogen wie meine ganze Familie im letzten Jahr nicht.« Sie machte eine Pause, um ein Lächeln aufzulegen wie Lippenstift. »Hört auf, mich anzulügen. Ich verspreche euch, dass eure Wahrheit euch nicht in Schwierigkeiten bringen wird. Das tun allein eure Lügen.«

Smilla war noch zu sehr damit beschäftigt, zu verstehen, wie Eva ihre Lüge hatte entlarven können. Statt ihrer ergriff Nadja das Wort.

»Wer sagt, dass wir Teil von eurem Kollektiv sein wollen?« Sie verschränkte die Arme vor der Brust. »Vor allem, nachdem ihr uns gewaltsam hierher verschleppt, uns Folter angedroht und Giorgio verprügelt habt. Wir schulden euch nichts. Weder Vertrauen noch radikale Ehrlichkeit.«

Eva bedachte Nadja mit einem interessierten Blick. »Das sehe ich anders. Wir hatten immerhin einen Deal.«

»Was ist das für ein Deal, wenn wir überhaupt keine andere Wahl hatten, als darauf einzugehen?«, beschwerte Nadja sich.

»Das ist der Kern eines jeden Deals. Oder Kompromiss, wie man auf Deutsch so schön sagt«, wandte Eva ein. »Keine der Parteien ist absolut glücklich mit der Lösung, aber es ist die bestmögliche Lösung, sofern niemand leer ausgehen möchte. Und wenn ihr euch nicht an unsere Abmachung haltet, dann kann ich euch versichern, dass *ihr* die Partei sein werdet, die leer ausgeht.«

Nadja verzog das Gesicht. »Na schön«, sagte sie dann, als sie sich daran zu erinnern schien, dass sie tatsächlich in der schlechteren Position für Verhandlungen waren. Nach ihrer Zeit bei den *Verlorenen Jungs* vergaß sie das wohl allzu leicht. »Ich und Smilla sind uns nicht einfach so begegnet. Ich bin auch aus der Ordensburg Vogelsang abgehauen. Genau genommen, war ich bis vor Kurzem noch Teil der Gruppe, die dort gelebt hat.«

Eva nickte. »Ich weiß«, sagte sie und nahm einen Schluck aus ihrer Tasse.

Smilla war irritiert davon, dass Eva so bereitwillig auf die unvermeidbare Wahrheit hinsteuerte. Nämlich, dass ihre eigene Gruppe die der *Verlorenen Jungs* bedroht hatte. Dass sie selbst eine junge Frau von ihnen gefordert hatte. Dass Smilla diese Frau gewesen war.

Doch bevor irgendwer etwas zu diesem Sachverhalt sagen konnte, machte Jera ein Geräusch, als hätte jemand sie mit kaltem Wasser bespritzt. »Ich kenne dich!«, sagte sie mit hoher Stimme und zeigte auf Nadja. »Du hast versucht, mich und meine Schwester zu fangen!«

»Und du hast mir im Gegenzug eine blutige Nase verpasst«, gab Nadja zurück.

Kurz wunderte es Smilla, dass Jera Nadja erst jetzt erkannte. Aber wenn sie sich Nadjas Gesicht an jenem Tag in Erinnerung rief, war da kaum noch Ähnlichkeit mit der Nadja, die jetzt an diesem Tisch saß. Verlust, Hunger, Kälte und die mangelnde Hygiene hatten sie verändert. Ob Smilla sich genauso verändert hatte?

Jera reckte das Kinn. »Das hattest du auch verdient.«

Eva lachte, und auch von Giorgio meinte Smilla ein Geräusch der Belustigung zu vernehmen.

Dann wandte Eva sich wieder Nadja zu. »Wieso hast du die Ordensburg verlassen?«, fragte sie.

Jera, die schon Luft geholt hatte, um noch etwas zu sagen, sackte leicht zusammen und schluckte die Worte wieder herunter. Sie schien sich ganz und gar nach Eva zu richten, und etwas daran missfiel Smilla.

»Na ja«, setzte Nadja an. »Ihr habt uns schließlich gedroht, uns zu töten, wenn wir euch keine Frau liefern.« Jetzt redeten sie also ehrlich über alles, was sie übereinander wussten. Keine Pokerfaces mehr. Offene Karten.

Eva nickte langsam, als würde sich ihr nun etwas erschließen, das lange keinen Sinn ergeben hatte. »Also hast du deine Gruppe verlassen, um dich mit Smilla zusammenzutun«, schloss sie. »Interessant. Das war nicht der Plan.«

Nadja lehnte sich nach vorn. »Der *Plan?*«, fragte sie angespannt. »Was für ein Plan?«

Eva musterte Nadja. »Eure Gruppe wurde zum Problem für meine Familie und mich«, sagte sie dann. »Zur Gefahr sogar, wenn wir die Dinge mal beim Namen nennen. Ich wollte euch – sagen wir – entschärfen.«

»Entschärfen? Ihr habt uns angedroht, uns alle zu töten!«, brauste Nadja auf.

Smilla sah, wie Jeras Augen sich erschrocken weiteten. Ihr Blick huschte von Nadja zu Eva, als könnte sie nicht glauben, was sie da hörte.

»Und? Bist du tot?«

»Nein, aber –«

»Dann gibt es doch keinen Grund, so wütend zu werden.« Evas Lächeln wurde breiter.

An Nadjas Gesichtsausdruck sah Smilla, dass es in ihr brodelte. Doch sie verkniff sich eine weitere Erwiderung.

»Also, Nadja. Wie kam es, dass du dich von deiner Gruppe getrennt hast und mit Smilla geflohen bist?«

»Wir sind nicht zusammen geflohen«, sagte Smilla, bevor Nadja eine weitere gehässige Antwort geben konnte. »Nicht direkt, zumindest. Nachdem ich entkommen war, wollte ein Teil der *Verlorenen Jungs* Nadja an die Se-«, im letzten Moment schluckte sie die zweite Silbe des Wortes wieder herunter, »an *euch* übergeben. Daraufhin ist sie ebenfalls abgehauen und hat sich mit mir zusammengetan.«

»Oh, also haben sie sich am Ende doch für dich entschieden«, sagte Eva zu Nadja und nickte, als wäre sie sehr zufrieden mit diesem Ergebnis.

Nadjas Nasenflügel bebten.

»Ein furchtbares Gefühl, oder?« Eva lächelte immer noch, aber ihre Mundwinkel deuteten leicht nach unten, sodass es wie eine Grimasse wirkte. »Von den Menschen, denen man sein Leben anvertraut hat, auf diese Weise verraten zu werden.«

»Sie haben sich nicht alle gegen mich gestellt«, erwiderte Nadja, aber ihre Stimme war schwächer als zuvor.

»Aber sie haben sich auch nicht für dich eingesetzt.«

»Das weißt du doch überhaupt nicht.« Nadja blinzelte verräterisch häufig, ihre Finger schlossen sich fester um die Tasse vor ihr.

»Oh, ich weiß es nur zu gut«, sagte Eva. Sie beugte sich vor und legte eine Hand auf Nadjas Unterarm. »Ich und jeder andere hier in meiner Familie weiß, wie es ist, ausrangiert zu werden. Als überflüssig empfunden zu werden.«

Mit dem Daumen strich sie über Nadjas Ärmel. Diese blickte mit einem furchterfüllten Glitzern in den Augen auf Evas Hand hinunter, als handelte es sich dabei um den mit Giftzähnen bestückten Kopf einer Natter.

»Wir alle hier sind Verstoßene.«

»Ich wurde nicht verstoßen, ich bin abgehauen.«

Eva nickte sanft, strich noch einmal über Nadjas Arm und zog sich dann wieder von ihr zurück.

»Ich habe noch so viele Fragen an euch«, sagte sie und

ließ ihren Blick durch die Runde schweifen. »Und ihr habt mit Sicherheit genauso viele Fragen an mich und an euch untereinander.« Ihre Augäpfel zuckten abermals nach hinten, was nicht zu ihrer ruhigen und besonnenen Stimme passen wollte. »Aber es ist schon spät, und ich habe noch einiges zu tun vor dem Schlafengehen. Wie wäre es, wenn wir uns morgen weiter unterhalten?«

Smilla, Giorgio und Nadja warfen sich Blicke zu. Gab es eine andere Möglichkeit, als dieses Angebot anzunehmen?

»Wir können zusammen in einem Bett schlafen, Smilla«, sagte Jera und schlang ihre Arme um sie. »Oder, Eva?«

Eva lächelte Jera an. »Aber natürlich. Und für die anderen beiden haben wir auch noch Betten frei.« Sie sah erst zu Nadja, dann zu Giorgio. »Ihr schlaft euch aus, und morgen sehen wir weiter. Wie klingt das?«

Als Smilla weder von Nadja noch von Giorgio ein klares Zeichen erhielt, dass sie diesen Vorschlag ablehnten, nickte sie. »In Ordnung.«

Eva lächelte feierlich. »Wunderbar«, sagte sie. Sie schob ihren Stuhl zurück und erhob sich. »Jera, zeig du Smilla euer Zimmer.« Dann wandte sie sich an Zedrik, der die ganze Zeit über stumm dagesessen und zugehört hatte. »Giorgio kann in das Zimmer von Ahmad, Stefan und Jean-Luc. Bring Nadja ins Zimmer von Elli und Melissa.«

Zedrik erhob sich ebenfalls. Mit einer Armbewegung bedeutete er Nadja und Giorgio, ihm zu folgen. Aber keiner von beiden rührte sich.

»Ich würde lieber bei Smilla und Nadja bleiben«, sagte Giorgio.

»Das verstehe ich«, meinte Eva, während sie anfing, die Tassen abzuräumen. »Aber wenn wir euch unter die anderen mischen, gewöhnt ihr euch viel schneller ein.« Sie schenkte ihnen ein kurzes Lächeln. Dann drehte sie ihnen den Rücken zu und trug die Tassen zur Küchenzeile.

Giorgio warf Smilla einen unbehaglichen Blick zu, aber sie wusste nicht, was sie tun sollte.

Jera stand auf und stieg über sie hinweg. »Komm!«, sagte sie und machte eine ungeduldige Bewegung mit dem Arm. »Ich zeig dir unser Zimmer!«

Jeras freudige Aufregung war es, die Smilla dazu brachte, Giorgio unmerklich zuzunicken. Sie wussten nicht, was es mit der Sekte genau auf sich hatte. Sie wussten nicht, was Eva im Schilde führte. Aber vielleicht waren sie am besten damit beraten, gute Miene zum bösen Spiel zu machen und sich zu fügen. Fürs Erste.

KAPITEL

15

DIE MALE

Smilla, Giorgio und Nadja folgten Jera und Zedrik nach draußen. Das Feuer in der Mitte des Hofes war inzwischen heruntergebrannt. Nur ein roter Schimmer von Glut schwelte noch in der Feuerstelle.

Zedrik führte sie diagonal über den Hof. Der nasse, mit Schlamm vermischte Kies knirschte unter ihren Füßen. Von den umliegenden Steinwänden wurde das Geräusch zu ihnen zurückgeworfen. Smilla ließ ihre Augen einmal über den Hof wandern, aber in der Dunkelheit konnte sie nichts Auffälliges ausmachen. Und außerdem wusste sie nicht einmal genau, nach was sie eigentlich Ausschau hielt.

Vor einer schlichten Glastür, die nicht so richtig in die altertümliche Ästhetik des Hofes passen wollte, sondern eher an ein Bürogebäude erinnerte, hielt Zedrik an. Er holte einen Schlüsselbund aus seinem Mantel hervor, schloss die Glastür auf und bedeutete ihnen, einzutreten.

Jera lief, ohne zu zögern, in den dunklen Flur hinein,

und kurz dachte Smilla an den Eingang zum Bunker. Aber als sie die ersten bedächtigen Schritte in das Gebäude machte, um Jera zu folgen, schlugen ihr weder nasse Kälte noch modriger Geruch entgegen. Die Luft war kühl, aber trocken. Es roch unaufdringlich nach Stoff und Holz, als hätten sie einen riesigen Kleiderschrank betreten. Dieser Geruch war so bar jeder negativen Assoziation, dass Smilla nicht anders konnte, als sich etwas zu entspannen.

Jera, die stehen geblieben war und auf sie wartete, griff ungeduldig nach Smillas Hand und zog sie weiter. Vor ihnen gabelte sich der Flur t-förmig, und Jera führte sie nach links, einen schmalen, ebenfalls unbeleuchteten Gang entlang. »Hier geht's zu unserem Zimmer«, flüsterte sie. Dann wandte sie sich um und sagte etwas lauter in die Finsternis hinter ihnen: »Gute Nacht, Zedrik. Gute Nacht, Giorgio!«

Smilla wandte sich um und sah, dass Zedrik Nadja und Giorgio in die entgegengesetzte Richtung fortführte. Mehr als ihre Umrisse konnte sie jedoch nicht mehr ausmachen. Sie vernahm ein Flüstern, das den Gute-Nacht-Gruß erwiderte. Ob es von Giorgio oder von Zedrik gekommen war, konnte sie nicht sagen. Dann verschwanden die Schemen der drei um eine Ecke, und plötzlich waren sie allein. Die Schwärze der Nacht hatte Giorgio und Nadja verschluckt.

Etwas in Smilla wollte Jeras Hand loslassen und den beiden hinterherlaufen. Doch ein größerer, mächtigerer Teil von ihr wollte nie wieder auch nur einen Zentimeter von Jeras Seite weichen. Also ließ sie sich von ihr mitziehen.

Blind liefen sie durch die Dunkelheit, bis Jera anhielt und sich nach links wandte. Smilla hörte, wie ihre Hand über Holz strich. Ein Knarzen erklang, als sie eine Tür öffnete. »Zimmer sechs«, flüsterte sie und schlüpfte dann durch die Tür. Smilla folgte ihr.

Durch das einzige Fenster im Raum sickerte gerade so viel fahles Mondlicht, dass Smilla ihre Umgebung ausmachen konnte. Zwei Hochbetten standen links und rechts vom Fenster an der Längsseite des Raumes. Ein drittes Hochbett drängte sich an die kurze Wand zu ihrer Linken. Rechts von ihnen befanden sich ein hoher Schrank mit Kleiderhaken an der Seite und daneben eine Kommode.

Jera zog die Tür zu und drehte mit einem Klicken den Schlüssel im Schloss um. Dann lief sie zu dem Bett, das an der kurzen Wand direkt neben ihnen stand.

»Wenn man in den Betten da schläft, könnte man rausgucken«, sagte sie und deutete auf die beiden Betten am Fenster. »Aber das finde ich irgendwie gruselig.«

Smilla lächelte. In dem Moment, in dem Jera den Schlüssel umgedreht hatte, war eine ungewohnte Ruhe über sie gekommen. *Jera geht es gut*, hallte eine Stimme durch ihren Kopf, immer und immer wieder.

»Such dir ein Bett aus, ich beziehe schon mal meins!«, sagte Jera, die gerade dabei war, ihre Schuhe auszuziehen. »Du kannst aber auch bei mir im Bett schlafen«, erklärte sie und zog auch ihren Mantel aus. Dann huschte sie zu dem hölzernen Kleiderschrank, ließ den Mantel darin verschwinden und holte einen Stapel weißer Laken und Bezüge heraus. Geschäftig eilte sie zurück zu ihrem Bett, schlug die Decke beiseite und fing an, das Laken über die Matratze zu spannen.

Smilla trat in die Mitte des Raumes und ließ ihren Blick noch einmal eingehender umherwandern. Richtige Betten. Intakte Fenster. Von innen verschließbare Türen. Hoffentlich war das hier nicht nur ein Traum. »Haben alle hier so ein Zimmer?«

»Ja. Außer Eva, die hat ihre eigene Küche und ein eigenes Wohnzimmer, hast du ja eben gesehen. Und meine Freunde Juli und Ben leben in einem Wohnwagen. Das ist wie eine Wohnung, aber auf Rädern, damit man nicht immer am gleichen Ort wohnen muss.«

Jera zog den Reißverschluss am unteren Ende des Deckenbezugs zu. Dann entledigte sie sich ihrer Hose und schlüpfte unter die Decke. Nur ihr Kopf und ihr langes, dunkles Haar schauten noch hervor. Es sah sehr gemütlich aus. Ungewohnt normal und ungefährlich.

»Komm ins Bett«, forderte Jera sie auf. »Du bist doch so müde, oder? Ich war auch todmüde, als Eva und ich hier angekommen sind.«

Smillas Brustkorb hatte zu beben begonnen und dann – sie wusste nicht, wieso – musste sie lachen.

»Was ist so lustig?«, wollte Jera wissen.

Angesichts Jeras Verwirrung musste Smilla noch heftiger lachen. »Ich weiß auch nicht«, brachte sie hervor.

Jera kicherte und rutschte tiefer unter ihre Decke.

Nach ein paar Augenblicken verwandelte sich Smillas Lachen in ein schmerzhaftes Ziehen in ihrem Brustkorb, und mit jedem weiteren Atemzug fühlte sie sich schwächer, als wäre es das Atmen selbst, das ihr mehr und mehr Kraft nahm.

Mit zittrigen Fingern öffnete sie ihre Jacke, streifte sie sich ab und ließ sie auf den Boden fallen. Ihr Brustkorb bebte immer noch, aber nicht mehr von dem Bedürfnis zu lachen, sondern weil sie sich mit einem Mal elend fühlte, unendlich traurig und erschöpft. Ihre Augen füllten sich mit Tränen. Was war nur los mit ihr?

Sie schlüpfte aus ihren Schuhen und knöpfte sich die Hose auf. Mit einer müden Bewegung, bei der ihr ganzer Körper schmerzte, schob sie die Hose bis zu ihren Knöcheln hinunter und stieg heraus. Es war das erste Mal seit Langem, dass sie sich ganz und gar auszog. Vorsichtig berührte sie die Haut ihrer Oberschenkel. Sie fühlte sich hart an unter ihren Fingern, und sie konnte die ausgezehrten Stränge ihrer Muskeln fühlen. Und doch war sie ganz warm und voller Leben.

Smilla nahm die Hände von ihren Beinen und streifte sich ihren Pullover und das Top darunter vom Leib. Sie konnte sich nicht daran erinnern, wie ihr nackter Körper aussah. Und selbst wenn sie es gekonnt hätte, hätte sie ihn wahrscheinlich spätestens nach der Reise, die hinter ihr lag, nicht mehr wiedererkannt.

»Alles in Ordnung? Geht es dir nicht gut?«, flüsterte Jera, die sich im Bett hochgestützt hatte und sie beobachtete.

»Doch, doch«, sagte Smilla, schlang die Arme um ihren Oberkörper und huschte zu Jera hinüber. »Ich habe nur ein paar anstrengende Tage hinter mir.«

»Mhm«, machte Jera wissend und lüftete die Decke, sodass Smilla darunterschlüpfen konnte. Das Bett war warm und die Matratze weich wie der Körper ihrer Mutter. Smilla schloss die Augen und wollte darin versinken.

Sie spürte Jeras kalte Hände an ihrer Hüfte, als diese die Arme um sie legte und näher zu ihr rückte. Smilla erwiderte ihre Umarmung und küsste den Kopf ihrer Schwester. »Wir haben dich so lange gesucht«, murmelte Jera und drückte ihre Wange gegen Smillas Schlüsselbein.

Smilla gab einen glucksenden Laut von sich, halb Schluchzen, halb Kichern. »Und wir dich erst.«

Sie war so müde und so unendlich erleichtert, dass ihr

Körper nicht zu wissen schien, wie er die Gefühle kanalisieren sollte. Sie wollte jauchzen und weinen gleichzeitig, doch weder das eine noch das andere brachte sie zustande. Nur eine Sache musste sie noch von Jera wissen, bevor sie sich der Erschöpfung hingab.

»Jera, sind wir hier sicher?«

Sie spürte, wie ihre Schwester entschieden nickte. »Wir haben schon fast alles, was wir brauchen, um durch den Winter zu kommen.«

Wir, hallte es in Smilla nach. »Und Eva. Wie ist Eva so?«

»Sie ist wie Karen. Nur netter und mutiger.«

Smilla sah die Verhüllten vor sich, die sie am Waldrand abgefangen hatten, und schlug die Augen wieder auf.

»Ist Eva hier die Anführerin?«

»Ja. Aber sie ist mehr wie eine Mutter, sagt sie.«

Smilla nickte. Ihre Lider waren schwer. Und alles um sie herum war so warm und weich und sauber. »Wie viele sind in Evas Gruppe?«

»So dreißig? Ich weiß nicht genau. Ich habe nicht gezählt. Aber es sind viele, und ich habe schon –«, sie hielt kurz inne, als überlegte sie, »mindestens drei Freunde gefunden.«

»Oh, echt?« Smillas Augen fielen zu.

»Ja, ich stelle sie dir morgen vor. Ich habe ihnen schon so viel über dich erzählt!«

Smilla lächelte schwach. »Ja?«

»Ja, zumindest alles, was ich weiß. Aber ich glaube, so viel weiß ich gar nicht über dich.«

»Natürlich weißt du viel über mich.«

Sie meinte zu spüren, wie Jera sich etwas von ihr zurückzog. Der Raum, der zwischen ihnen entstand, kühlte sofort ab, und Smilla bekam eine Gänsehaut.

»Nein, ich glaube nicht«, sagte Jera.

»Hm«, brachte Smilla hervor. Für mehr war sie zu müde.

»Smilla, wie hat Eva dich eigentlich gefunden? Wir hatten nämlich schon im Bunker und in Monschau gesucht, aber da warst du nicht. Wo warst du denn?«

»Ich habe Eva gefunden, nicht umgekehrt«, murmelte Smilla.

Einen Augenblick sagte Jera nichts. Dann holte sie hörbar Luft. »Das kann ich mir ehrlich gesagt nicht vorstellen.«

Smilla versuchte, ihre Augen noch einmal zu öffnen, aber ihre Lider waren zu schwer. Ihr ganzer Körper war zu schwer, als dass sie ihn jemals wieder aus diesem Bett würde bewegen können.

Sie wollte Jera noch fragen, wie sie das meinte. Sie wollte fragen, wo Eva *sie* gefunden hatte. Doch da legte sich schon der Schlaf über sie wie ein sternenloser Nachthimmel.

»Smilla?« Jeras Stimme holte sie zurück aus dem tiefsten Schlaf, in dem sie je versunken war. »Smillaaah!« Ungeduldig rüttelte sie an ihrer Schulter.

Mit Mühe öffnete Smilla die Augen und blinzelte ein paar Mal, bis sie unscharf das Gesicht ihrer Schwester erkannte. »Was ist los?« Eine jähe Angst ließ sie hochfahren. »Ist etwas passiert? Müssen wir von hier weg?«

Jera sah sie verdutzt an. »Nein«, sagte sie dann. »Ich will dir bloß was zeigen. Aber dafür musst du endlich aufstehen!«

Smilla wandte den Kopf. Draußen vor dem Fenster sickerte bereits das erste schwache Tageslicht durch das nachtblaue Firmament.

Am liebsten hätte Smilla Jera gesagt, dass sie noch ein, zwei Stunden dösen wolle. Aber bei dem Gedanken daran, zurück in den Schlaf zu entgleiten, während Jera sich auf eigene Faust von ihr entfernte, überlegte sie es sich sofort anders.

»Okay.«

Sie streckte sich, schlug die Decke zurück und schwang die Beine über die Bettkante. Der Boden des Zimmers war terrakottafarben gefliest und strahlte Kälte aus, als sie ihre Füße darauf abstellte.

Jera war zu der Kommode geeilt und wandte sich nun mit einem Stapel schwarzer Kleidung wieder zu ihr um. Als ihr Blick auf Smilla fiel, hielt sie mitten in ihrer Bewegung inne, und ihr Mund öffnete sich langsam. »Oha.«

Trotz ihrer Müdigkeit und der Kälte, die nach ihrem nackten Körper griff, konnte Smilla sich ein Grinsen nicht verkneifen.

»*Oha?* Von wem hast du das denn?«

Jera brauchte einen Moment, um ihr zu antworten. »Von meiner Freundin Tessa. Woher hast du die blauen Flecken?«

Smilla sah an sich herunter. Gestern, in der nächtlichen Finsternis, hatte man es nicht erkennen können, aber ihre Schultern und ihre Hüftknochen waren wundgerieben von den Gurten des Rucksacks, und unterhalb ihres Schlüsselbeins prangten zwei violette Flecken. Dort hatte der Schatten sie gestoßen. Ihre Hände waren zerkratzt. Auf ihren Oberschenkeln konnte man in hellen Gelb- und Grüntönen noch vage die Stellen erkennen, an denen einer der *Verlorenen Jungs* sie gepackt hatte, kurz bevor sie hatte fliehen können. Ihre Schienbeine waren gesprenkelt mit zig großen und kleinen Blutergüssen in unterschiedlichen Stadien der Heilung. Bei den meisten davon wusste Smilla nicht einmal, wie sie sich diese zugezogen hatte. Ihr Blick glitt weiter zu ihren Füßen, die von aufgeriebenen, roten Stellen übersät waren. Beide Nägel ihrer großen Zehen waren blutunterlaufen. Vielleicht würden sie abfallen. Und das waren nur die Male, die man auf ihrem Körper ablesen konnte.

»Hat dir jemand weh getan?«, fragte Jera, als Smilla nicht antwortete, abgelenkt von den Spuren, die die letzten Tage und Wochen auf ihrer Haut hinterlassen hatten.

»Unter anderem«, sagte Smilla. Als sie den betroffenen Ausdruck sah, der sich bei diesen Worten auf Jeras Zügen entfaltete, setzte sie ein Lächeln auf. »Aber ich lebe ja noch.«

Jera kaute an ihrer Unterlippe. Dann streckte sie die Arme aus und hielt ihr den Stapel Kleider hin. »Deine anderen Sachen können wir später waschen.«

Smilla nahm die Kleidung entgegen und zog sich an. Knielange Leggins, eine abgewetzte, schwarze Jeans, ein dunkelroter Strickpullover und ein ungleiches Paar Socken. Dann noch ein schwarzer Mantel mit Kapuze, wie der, den Eva, Zedrik und die anderen Verhüllten getragen hatten, und ein schwarzer Mundschutz.

Sektengarderobe.

Mit einem Mal fühlte sich die Kleidung seltsam schwer und eng an. Als könnte sie sich zusammenziehen wie die Muskeln einer Python und Smilla zerdrücken.

»Weißt du, warum die hier alle in so komischen Mänteln herumlaufen?«, fragte sie und strich über den Stoff.

»Jap«, sagte Jera und trat neben sie. »Das ist gegen den arschkalten Wind im Hochmoor.«

Smilla konnte sich ein Grinsen angesichts Jeras Wortwahl nicht verkneifen. »Wir gehen ins Hochmoor?«

»Ja. Und da ist es wirklich kalt, besonders so früh morgens. Aber die schwarze Farbe absorbiert das Sonnenlicht, sagt Eva. Und dann wird uns schneller warm.«

»Und das ist wirklich nur gegen die Kälte?«, fragte Smilla und hielt sich den Mundschutz vors Gesicht. Sie musste daran denken, dass die Sekte komplett verhüllt bei den *Verlorenen Jungs* aufgetaucht war. Zu diesem Zeitpunkt war es noch warm, geradezu sommerlich gewesen.

Jera zuckte die Schultern. »Und damit man uns nicht zählen kann. Aber ich weiß nicht so richtig, was das heißt. Ich weiß nur, dass wir den Mantel und das Mundtuch immer tragen sollen, wenn wir draußen sind. Außer auf dem Monschauer Markt. Da ziehen wir uns vorher im Wald um.«

»Na, dann«, sagte Smilla und ließ den Mundschutz in ihrer Manteltasche verschwinden. Das nahm Jera zum Anlass, zu dem schmalen Schrank hinüberzulaufen. Sie zog die Schranktür auf, stellte sich auf die Zehenspitzen und holte auch ihren Mantel hervor.

»Und wohin gehen wir jetzt?«

»Ist eine Überraschung.«

Jera zog sich den Mantel über und stieg in ihre Schuhe. Es waren die mit dem Gummizug anstelle von Schnürsenkeln und dem schwarzen Kunstfell, das über die Krempe herausragte. Smilla hatte sie vergangenen Herbst auf dem Monschauer Markt erstanden, da waren sie Jera noch zu groß gewesen.

»Kommt Eva auch?«

»Nein, ich denke nicht.«

»Wie hast du Eva eigentlich kennengelernt?«

Jera zog beide Schuhe gleichzeitig zu und ließ den Gummizug dann mit gespreizten Fingern zurückschnappen. Sie liebte es, dass sie sich auf diese Weise schnüren ließen. Schleifen dauerten ihr einfach zu lange, hatte sie Smilla einmal erklärt.

»Auf dem Weg zurück in die Eifel, als ich mich auf die Suche nach dir gemacht habe«, erklärte Jera. »Am dritten Abend bin ich an so einem Schuppen vorbeigekommen und wollte darin übernachten. Und da saß Eva drinnen, die wollte da auch übernachten. Und dann haben wir da zusammen übernachtet, und Eva hat mir einen halben Apfel geschenkt und mir ihre Machete geliehen.«

Diese Antwort beruhigte Smilla. Die Vorstellung, dass Jera verfolgt und aufgegriffen worden war, hatte sich tief in ihr Bewusstsein gebrannt. Selbst in dem Moment, da sie erkannt hatte, dass es Jera gut ging, war sie in ihrem Unterbewusstsein noch davon ausgegangen, dass ihre Schwester gegen ihren Willen mit Eva hierhergekommen war. Doch nun verstand sie, dass das nicht zutraf. Im Gegenteil. Es schien eher, als hätte Eva Zeit und Ressourcen geopfert, um sicherzustellen, dass Jera wohlbehalten in die Eifel zurückgelangte. Ganz ohne daraus selbst einen Nutzen zu ziehen. Doch wie passte diese selbstlose Fürsorglichkeit zu einer Gruppe, die Frauen als Tauschware forderte?

»Komm, sonst verpassen wir es!«, unterbrach Jera Smillas Gedanken. Sie wollte schon zur Tür hasten, doch Smilla hielt sie am Arm fest.

»Jera«, sagte sie und senkte unwillkürlich die Stimme. »Gibt es … gibt es hier viele Frauen und Mädchen?«

Sichtlich irritiert runzelte Jera die Stirn. »Ich weiß nicht. Ja, schon. Auf jeden Fall mehr Mädchen als Jungs. Wieso?«

»Und weißt du, warum es hier so viele Frauen gibt?«, fragte Smilla und beugte sich weiter zu Jera hinab, ohne ihren Arm loszulassen.

Jeras Verwirrung wurde größer, nachdenkliche Falten erschienen auf ihrer Stirn. »Einfach so, denke ich.«

Sie machte sich aus Smillas Griff los und ging zur Tür. »Wir müssen jetzt los. Wir sind schon spät dran.«

Sie drehte den Schlüssel um und öffnete die Tür. Dann formte sie ein stummes ›Komm‹ mit den Lippen. Im nächsten Moment huschte sie durch den Türspalt und in den Flur.

Mit einem leisen Seufzen setzte Smilla sich in Bewegung und folgte ihr.

KAPITEL

16

DER RISS

Jera lief neben ihr den Flur entlang. Auch hier pflasterten Terrakottafliesen den Boden, und die Wände waren in einem Strandgelb gestrichen. Sie passierten mehrere helle Holztüren links und rechts. Neben den Türen hingen Schilder aus gebranntem Ton mit Zimmernummern darauf. Das Ambiente, das sich daraus ergab, lag irgendwo zwischen Schullandheim und Ski-Hotel.

Sie bogen nach rechts ab und liefen auf die Glastür zu, durch die sie das Gebäude gestern betreten hatten. Jera zog die Tür auf und hielt dann inne, um einen kleinen, metallenen Riegel im Türschloss umzulegen. »So kommt man von draußen auch rein. Nachts schließen wir aber ab«, erläuterte sie. Es war seltsam, dass Jera ihr erklärte, wie die Dinge hier liefen, war es doch vorher ausnahmslos umgekehrt gewesen.

Jera hielt ihr die Tür auf, und Smilla trat auf den Hof. Endlich konnte sie ihre Umgebung genauer in Augenschein nehmen. Der Vennhof schien gut in Schuss zu sein. Der Innenhof war von Unkraut und Blättern befreit worden, Schotter verteilte sich ebenmäßig über die große Fläche. Allerlei Geräte – Schubkarren, Schippen, Heugabeln und Eimer – reihten sich an den Wänden auf. In den Blumenkästen vor Evas Wohnung wuchsen Thymian und Rosmarin. Um die Feuerstelle in der Mitte des Hofes waren verschiedene Sitzmöglichkeiten installiert: Holzbänke, Plastikstühle, Baumstämme, Sonnenliegen und dreibeinige Schemel. Wenn auf jeden freien Platz eine Person kam, dann hatte Jera mit ihrer Schätzung, dass hier um die dreißig Personen lebten, vielleicht sogar recht.

Schnellen Schrittes führte Jera Smilla an Evas Wohnung und dann an der Feuerstelle vorbei, hin zu der Öffnung des u-förmigen Gebäudes. Zunächst glaubte Smilla, Jera wollte sie in den angrenzenden Wald bringen, doch dann bogen sie nach rechts ab und liefen um das Gebäude herum. Eine taunasse Grasfläche kam in Sicht, auf der drei Wohnwagen standen. Wie Miniatur-Reihenhäuser drängten sie sich aneinander, jeder mit einer Art kleinem Vorgarten, bestehend aus Blumentöpfen, einer Feuerstelle und Sitzgelegenheiten. Auf den Trittbrettern vor dem linken Wohnwagen saß eine schwarz verhüllte Gestalt. Die Tür hinter ihr stand offen.

Jera hob die Hand und winkte.

Die Gestalt winkte zurück. Dann warf sie einen Blick über die Schulter ins Innere des Wohnwagens und erhob sich anschließend von den Treppenstufen.

»Ich dachte schon, du kommst nicht«, raunte sie, als Smilla und Jera nähergekommen waren.

Die Gestalt sprach mit der Stimme eines Mannes. Als Smilla das realisierte, blieb sie reflexartig stehen.

»Jera«, zischte sie, aber ihre Schwester lief geradewegs auf den Verhüllten zu und umarmte ihn kurz.

»Jera!«, sagte Smilla noch einmal, diesmal strenger.

Endlich reagierte sie und wandte sich zu ihr um. »Das ist Julius«, sagte sie und streckte ihre Hand aus, als würde sie Smilla die Tageskarte präsentieren.

Die Männergestalt hob die Hand zum Gruß. Dann zog sie sich den Mundschutz unters Kinn und die Kapuze vom Kopf. Es sollte wohl eine vertrauensvolle Geste sein, doch auf die Entfernung blieb sein Gesicht für Smilla unscharf. Sie rührte sich nicht.

»Du bist unhöflich«, stellte Jera fest. »Das ist meine Schwester Smilla«, erklärte sie dann an den Fremden gewandt.

Smillas Blick wanderte von dem Mann zurück zu Jera. Alles in ihr wehrte sich dagegen, mit diesem Fremden mitzugehen. Dass Jera sich absolut keine Sorgen zu machen schien, beruhigte sie in diesem Fall keineswegs. »Jera, was hast du vor?«, fragte sie.

»Es ist eine Überraschung.«

»Jetzt ist nicht der Zeitpunkt für Überraschungen. Komm zurück.«

Jera warf dem Mann einen entschuldigenden Blick zu, dann kam sie auf Smilla zugelaufen. Kaum war sie in Reichweite, griff Smilla nach Jeras Arm und zog sie einige Meter mit sich, weiter weg von dem Verhüllten. Dann hielt sie inne und wandte sich zu ihr um, ohne sie loszulassen.

»Bist du verrückt geworden?«, flüsterte sie. »Wir gehen doch nicht einfach mit irgendeinem Fremden mit. Nicht vor der Plage und jetzt erst recht nicht.«

Jera befreite sich mit einem Ruck aus Smillas Griff.

»Julius ist kein Fremder«, protestierte sie. »Und wir gehen immer zusammen.«

Immer. Jera war erst seit wenigen Tagen hier, und schon war das Leben hier zu ihrer neuen Ewigkeit geworden.

Smilla bedachte den Mann im schwarzen Mantel mit einem schnellen Seitenblick. Er stand noch immer vor dem Wohnwagen und schien abzuwarten.

»Wir gehen nirgendwo mit dem hin«, entschied sie. Jera sollte nicht die gleichen Fehler begehen wie sie und den falschen Menschen ihr Vertrauen schenken. Sie nahm die Hand ihrer Schwester und wandte sich zum Gehen. Doch Jera machte sich abermals los.

»Ich will aber mitgehen«, entgegnete sie. Sie klang nicht einmal trotzig, sondern lediglich entschlossen.

»Ja, ich weiß. Aber das ist unvernünftig, Jera«, flüsterte Smilla. »Wir gehen jetzt zurück in unser Zimmer und warten, bis die anderen wach werden. Und dann kannst du mir hier alles zeigen, okay?«

Aber Jera bewegte sich nicht vom Fleck.

»Du bist selber unvernünftig.« Auch das war nur eine Feststellung.

Smilla blinzelte irritiert. Mit Jeras Trotz hatte sie umzugehen gelernt. Doch das hier war anders. Es erforderte mehr als reines Dagegenhalten.

»Ja, manchmal«, gestand Smilla ihr zu. »Aber das heißt noch lange nicht, dass ich jetzt automatisch immer unrecht habe und du nicht mehr auf mich zu hören brauchst.«

Smilla schaute ein weiteres Mal zu der Gestalt hinüber. Nein, zu den Gestalten. Im Türrahmen stand ein weiterer Verhüllter und hantierte mit einem winzigen Schuh. Er war so klein, dass der andere – Julius – ihn noch überragte, obwohl er selbst am unteren Ende der Treppe stand. Ein

Kind. Julius beugte sich zu ihm hinunter und streckte seine Hand nach dem Schuh aus. In diesem Moment sah er alles andere als bedrohlich aus. Aber das musste nichts heißen.

»Komm jetzt, Jera, wir gehen zurück in unser Zimmer.«

»Nein! Das ist nicht fair!«, wandte Jera ein und machte keine Anstalten, sich zu rühren. »Du hast dir auch neue Freunde gesucht, aber ich darf nicht.«

Die Aussage machte Smilla stutzig. »Meinst du Nadja?«

Natürlich. Wie sollte Jera es auch gutheißen können, dass Smilla ausgerechnet zusammen mit der Frau aufkreuzte, die Jera durch den Wald gejagt hatte?

»Sie ist nicht meine Freundin«, erklärte Smilla. »Aber sie hat mir geholfen, dich zu finden, also können wir ihr vertrauen.«

»Die meine ich nicht«, gab Jera zurück und klang nun wütend. »Ich meine deinen Freund, mit dem du weggelaufen bist.«

»Ich bin nicht weggelaufen, Jera. Ich wurde entführt, das habe ich dir doch erklärt.«

Jera schaute mit aufeinandergepressten Lippen zu ihr auf. »Ich meine *davor.*«

»Davor?«

»Ja. Als wir nach Brüssel mussten, hat Giorgio es mir verraten: Immer, wenn du so lange weg warst, ohne es uns zu sagen, warst du bei deinem neuen Freund. Und du hast uns angelogen, wenn du zurückkamst, damit wir es nicht herausfinden.«

Unwillig schüttelte Smilla den Kopf. Was fiel Giorgio ein, Jera in dieser Weise gegen sie aufzubringen?

»Ganz so einfach war das nicht«, sagte sie, aber ihre Stimme hatte an Kraft verloren. Denn es gab nichts, was sie dem entgegensetzen konnte. Was tatsächlich geschehen war, unterschied sich, wenn überhaupt, nur in Nuancen von Jeras verknappter Version.

»Ist mir egal! Wahrscheinlich lügst du sowieso wieder nur«, entgegnete Jera. »Ich gehe jetzt. Wenn du nicht mitwillst, dann bleib halt hier.« Ohne sie eines weiteren Blickes zu würdigen, wirbelte Jera herum und stapfte davon.

Smilla sah ihr nach. Mit einem Mal fühlte sie ein Ziehen in ihrer Brust, als würde etwas zu weit gedehnt. Das Gefühl wurde mit jedem Meter, den Jera sich von ihr entfernte, intensiver, und beinahe fürchtete Smilla, etwas in ihr würde reißen.

Als Jera bei Julius und dem Kind ankam, erfolgte ein gedämpfter Wortwechsel, von dem Smilla aus der Entfernung nichts verstand. Dann sah Julius zu Smilla hinüber.

»Willst du wirklich nicht mitkommen?«, wollte er mit leicht erhobener Stimme wissen.

Jetzt, wo er lauter sprach, war Smilla, als würde sie seine Stimme kennen. Vielleicht war er unter denjenigen gewesen, die sie und Nadja am Tag zuvor eingefangen hatten?

»Es ist wirklich atemberaubend. Vor allem für jemanden, der jahrelang in einem Bunker gelebt hat, würde ich behaupten«, setzte er hinterher, als Smilla nicht sofort reagierte.

Jera schien auch ihm eine Menge über sich und ihre Gruppe erzählt zu haben. Gutgläubig wie Smilla. Vielleicht war diese Eigenschaft genetisch bedingt.

Smilla biss sich von innen auf die Wange. Was sollte sie tun? Entweder sie hielt Jera mit Gewalt davon ab, mit diesem Julius mitzugehen – und lief Gefahr, den Riss, der sich zwischen ihnen beiden gebildet hatte, zu vergrößern.

Oder sie ging mit, damit sie wenigstens zu zweit waren, wenn sie sich gegen den Fremden zur Wehr setzen mussten.

Ihr Herz pochte heftig, als sie sich für die zweite Option entschied. Zögerlich machte sie einen Schritt auf Jera und die zwei Fremden zu.

Leon, der sie durch den Wald jagte. Sie zwang sich zu einem weiteren Schritt. Es bereitete ihr beinahe körperliche Schmerzen, sich auf sie zuzubewegen.

Er kniete auf ihr – ›tut mir leid‹ – und ließ den Stiel seiner Spitzhacke auf ihren Kopf niederfahren. Noch ein Schritt. Unter ihrem Mantel fing Smilla zu schwitzen an. Etwas in ihr wölbte sich, wurde größer. Etwas, das nicht zu ihr gehörte.

Sie war nun fast bei Jera und den zwei Fremden angekommen. Nur wenige Meter trennten sie noch voneinander.

Die Zellentür, die sich hinter ihr schloss. Das Etwas in ihr machte ihr das Atmen schwer. Alles in ihr schrie danach, die Flucht zu ergreifen. Aber nicht ohne Jera. Diesmal nicht ohne Jera.

Das Geräusch des Riegels, der vorgeschoben wurde. Sie war nun nah genug an die zwei Fremden herangekommen, um die enthüllten Züge des Mannes erkennen zu können. Dunkle, gelockte Haare. Eisgraue Augen. Eine markante Kinnpartie.

Verdutzt hielt Smilla inne, und die unerwünschten Erinnerungen an ihre Gefangenschaft verblassten. Vor ihr stand der Mann aus der Rösterei. Der, der ihr seinen Tee angeboten hatte, als Smilla übel geworden war. Er blickte verwundert drein, als glaubte auch er nicht, wen er da vor sich sah.

»Bist du das? Aus der Kaffeerösterei?«

Smilla nickte.

Ein Lächeln erhellte sein Gesicht. Grübchen erschienen auf seinen Wangen. »Deshalb kamst du mir so bekannt vor. Du bist Jera ja wie aus dem Gesicht geschnitten.«

»Ihr kennt euch?«, fragte Jera erstaunt.

»Ja«, antwortete Julius. »Na ja, *kennen* ist übertrieben. Wir sind uns gestern auf dem Monschauer Markt begegnet.«

Smilla merkte, wie ihre Angst abebbte. Sie setzte sich wieder in Bewegung, und diesmal trugen ihre Füße sie zielstrebiger auf die drei zu.

»Jetzt aber noch mal richtig«, sagte Julius und streckte ihr die Hand entgegen. »Julius Lohwasser. Du kannst Herr Lohwasser zu mir sagen.«

Smilla musterte die ausgestreckte Hand. Der Handrücken und die Finger waren dicht tätowiert. Etwas in ihr sträubte sich gegen die Vorstellung, diese Hand zu berühren. Aber als wäre Höflichkeit wichtiger als ihr eigenes Wohlergehen, ergriff Smilla sie. Doch kaum traf seine Haut auf ihre, spürte sie es wieder. Dieses Gefühl, mit einem Mal von innen heraus eingeengt zu werden. Die Kontrolle über sich und ihren Körper zu verlieren. Zu viele Stellen, die geschützt werden mussten. Und zu wenige, zu schwache Hände, um sie zu schützen. Als hätten Julius' Finger sich in Skorpione verwandelt, riss Smilla ihre Hand zurück und wich drei hastige Schritte nach hinten.

Julius und Jera sahen sie verwundert an.

Smilla räusperte sich und strich sich eine Haarsträhne hinters Ohr. Ihre Finger zitterten. »Smilla«, stellte sie sich dann mit dünner Stimme vor.

Julius sah sie noch einen Moment lang nachdenklich an.

Dann schob er die Hände in die Taschen seines Mantels und sagte verlegen: »Also, das mit dem Herrn Lohwasser sollte eigentlich witzig sein. Nenn mich einfach Juli.«

Sie standen sich wortlos gegenüber. Niemand schien zu wissen, wie es jetzt weitergehen sollte.

»Ähm … geht es dir denn jetzt besser?«, fragte Julius schließlich und fuhr sich mit der Hand in den Nacken.

»Was?«

»Na ja, weil du dich übergeben hast, gestern, vor der Rösterei.«

»Oh. Ja, danke.«

Das Bedürfnis, umzudrehen und davonzustürmen, kam zu Smilla zurück. Doch sie wollte Jera nicht mit Julius alleinlassen. Sie zwang sich, stehen zu bleiben, und wartete darauf, dass ihr Körper begriff, dass niemand versuchte, ihr etwas anzutun. Zumindest nicht in diesem Augenblick.

Julius schürzte die Lippen, als überlegte er, noch etwas zu Smilla zu sagen. Doch dann lächelte er nur und wandte sich zu dem Kind um, dessen Gesicht noch immer unter einem Mundschutz und einer Kapuze verborgen war. »Wir sollten jetzt wirklich sehen, dass wir loskommen. Alle bereit?«, fragte Julius.

Jera und das Kind nickten. Mit einem unterdrückten Ächzen beugte Julius sich zu dem Kind herunter und griff unter seine Arme. »Na komm, Kröte«, sagte er, hob es hoch und setzte es sich auf die Schultern.

Gut, dachte Smilla. Mit einem Kind auf dem Rücken konnte er zumindest keinen Überraschungsangriff auf sie starten.

Julius und Jera gingen voran. Es fühlte sich falsch an, jemandem zu folgen, dessen Absichten sie nicht kannte und der zu allem Überfluss zur Sekte gehörte. Trotzdem lief Smilla weiter. Um die Reihe der Wohnwagen herum und über die angrenzende Wiese.

Schon nach wenigen Metern waren Smillas Schuhe, ihre Jeans und der Saum ihres Mantels vom kühlen Morgentau nass und schwer.

Während sie sich weiter und weiter vom Hof entfernten, warf sie immer wieder Blicke über die Schulter. Aber niemand folgte ihnen. Weder jemand, den sie für eine Gefahr hielt, noch Giorgio oder Nadja, die ihr ein besseres Gefühl in dieser Situation gegeben hätten.

»Hat Jera dir schon eine Hoftour gegeben?«, fragte Julius irgendwann.

»Nein«, sagte Smilla dumpf.

»Das hier ist unsere Heuwiese«, sagte Julius, vielleicht, um die Stille zu füllen. »Du hast Glück, dass du jetzt erst zu uns gekommen bist, sonst hättest du bei der Heuernte helfen müssen.« Julius wandte sich zu ihr, um ihr ein schiefes Lächeln zu zeigen. Die Hände des Kindes ruhten auf seinen Wangen.

Als Smilla nichts entgegnete, ließ er eines der Beine des Kindes los und deutete ans andere Ende der Wiese. »Siehst du diese weißen Planen da?«

Smilla folgte seinem ausgestreckten Arm mit den Augen. Sie hatte zwar eigentlich keinen Nerv für eine »Tour« durch das Quartier der Sekte, aber es konnte sicher nicht schaden, zu wissen, wo sich hier was befand.

»Das ist Evas ganzer Stolz. Beheizte Gewächshäuser, damit wir auch im Winter möglichst viel frisches Gemüse haben.«

Smilla kniff die Augen zusammen, um mehr erkennen zu können. »Beheizt?«

»Ja. Mit Torföfen.«

»Cool, oder?«, fragte Jera über ihre Schulter und nickte energisch, als wollte sie Smilla die richtige Antwort auf diese Frage vorgeben.

»Ja, cool.« Sie löste den Blick von den gewölbten Dächern der Gewächshäuser und sah noch einmal hinter sich. Keine verhüllten Gestalten, die ihnen hinterherschlichen. Keine Hunde, die sie jagten.

Sie drehte sich wieder nach vorn. Inzwischen hatten sie das Ende der Heuwiese fast erreicht. Hier verjüngte sich die Wiese und verlief als gerade Schneise weiter durch den angrenzenden Wald. Am anderen Ende der Schneise, etwa dreihundert Meter entfernt, breitete sich die flache Landschaft des Moors aus. Im fahlen Licht der Dämmerung wirkte es farblos und trist.

Der Wind, der die Schneise hinauf und direkt in ihre Gesichter wehte, biss mit eiskalten Zähnen in ihre Haut. Julius hielt an, ließ abermals die Beine des Kindes los und zog sich dann den Mundschutz über die Nase. »Habt ihr eure Masken?«, fragte er.

Jera nickte und legte ihre Maske an. Smilla tat es ihr gleich und zog auch ihre Kapuze über den Kopf. Augenblicklich wurden der Wind und die Kälte, die er mit sich brachte, erträglicher.

Sie liefen die Schneise hinab. Der frostige Atem des Hochmoors wehte um ihre Beine und bauschte ihre Mäntel auf. Das Kind gab ein klägliches Wimmern von sich, woraufhin Julius es von seinen Schultern auf seinen Rücken verfrachtete. Wohlig schmiegte es seinen Kopf zwischen Julius' Schulterblätter. In welcher Beziehung die beiden wohl zueinander standen?

Nach gut hundert Metern gelangten sie an den hohen,

grünen Metallzaun, der das Gelände der Sekte umgab. Smilla sah, dass die oberen Enden der Metallstreben spitz zuliefen und mit Stacheldraht umwickelt worden waren. Hinaus- oder hineinzuklettern war nicht unmöglich, barg aber die Gefahr, sich zu verletzen.

Julius zog einen Schlüsselbund aus seinem Mantel hervor und sperrte das Tor auf. Es musste ein anderes sein als das, durch das Smilla und Nadja gestern auf das Gelände der Sekte gezerrt worden waren. Zumindest konnte Smilla sich nicht daran erinnern, diese Anhöhe hinaufgelaufen zu sein.

Mit einem lauten metallischen Quietschen fiel das Tor hinter ihnen wieder zu, aber Julius sperrte nicht wieder ab. Also wurden die Tore wohl nicht penibel verschlossen gehalten und bewacht. Gut zu wissen.

Sie liefen die Schneise hinab, bis dahin, wo der Wald endete. Auf einem felsigen Vorsprung hielten sie an. Drei, vier Meter ging es vor ihnen in die Tiefe, bis zu einem Flussbett, das dunkles, schäumendes Wasser trug. Dahinter breitete sich karg und wunderschön zugleich das Hochmoor aus. Vereinzelte knorrige Baumgerippe ragten aus der gelben Graslandschaft, die sich bis zum Horizont zog. In Pfützen und Tümpeln spiegelte sich der Himmel, der langsam einen zarten Rosaton annahm.

»Schau dahin«, sagte Jera und deutete nach rechts.

Am Horizont erschien der glühende Schopf der Sonne. Sie schimmerte und waberte, und zum ersten Mal in ihrem Leben glaubte Smilla, die Sonne wirklich brennen zu sehen.

Jedes Mal, wenn sie blinzelte, schien die Sonne ein Stück höher geklettert zu sein, und bald schon lag sie wie eine überreife halbe Frucht auf dem Horizont und tauchte den Himmel in ein blutiges Rot.

Für einen Moment ließ dieser Anblick Smilla vergessen, dass sie bei der Sekte war. Dass sie ausgehungert und ausgezehrt war. Dass sie kaum noch etwas besaß, außer die schmutzigen, abgenutzten Kleider auf ihrem Zimmerboden. Und dass Jera und sie kein Zuhause mehr hatten.

KAPITEL

17

DIE VERSTOẞENEN

Abends ist es fast noch schöner, aber leider kommen wir nicht so regelmäßig dazu wie morgens«, flüsterte Julius neben ihr. Er hatte das Kind von seinen Schultern gehoben und es vor sich abgesetzt.

»Dann macht Juli, dass die Wölfe heulen«, erklärte Jera, ebenfalls im Flüsterton. Sie stand auf Julius' anderer Seite, und Smilla fragte sich, ob sie absichtlich Abstand von ihr genommen hatte. Oder war das ein alberner Gedanke?

»Wölfe?«, hauchte Smilla, ohne ihren Blick von der blutroten Sonne über dem Hochmoor zu wenden.

»Irgendwo hier lebt ein kleines Rudel. Manchmal antworten sie, wenn man laut genug heult.«

»Ich habe noch nie einen echten Wolf gesehen«, sagte Smilla und fragte sich, ob sie den Anblick eines solchen Raubtiers schön oder angsteinflößend finden würde. Womöglich beides, denn seit die Plage die Menschheit beinahe ausgelöscht hatte, schien alles Schöne auch mit Gefahren verbunden zu sein.

»Eva hat zwei«, sagte Julius, und Smilla spürte, dass er sie von der Seite ansah. »In einem Zwinger. Kann ich dir gern zeigen, wenn wir zurück sind. Vor dem Frühstück am besten, denn danach habe ich einen ziemlich straffen Zeitplan.«

Smilla löste ihre Augen von der aufsteigenden Sonne, die den Himmel in immer breiteren Bögen mit ihren Farben tränkte, und sah Julius direkt an. Er schien davon auszugehen, dass sie sich freiwillig bei der Sekte aufhielt. Und in gewisser Weise tat sie das ja auch. Niemand hatte ihr verboten, ihre Sachen zu packen und zu gehen. Niemand hatte einen Riegel vor die Tür des Zimmers geschoben, in dem sie übernachtet hatte. Und doch hatte man sie mit Gewalt auf den Vennhof gebracht und hinter ihr das Zauntor abgesperrt. Frei fühlte sie sich hier nicht. Und sicher erst recht nicht, solange sie nicht wusste, was es genau mit der Sekte auf sich hatte. Aber vielleicht konnte sie sich Julius' naive Annahme, sie sei aus freien Stücken hier, zunutze machen. Nur, wie fragte man ein Sektenmitglied, wie schlimm seine Sekte war?

»Haben wir … haben wir Gottesdienste oder so was?«

»Gottesdienste?«, hakte Julius mit erstaunter Miene nach. Dann schüttelte er den Kopf. »Nein, das wäre mir neu.« Er bedachte sie mit der Andeutung eines Lächelns, während er mit einer Hand über den Kopf des Kindes vor ihm strich. Noch immer wirkte er nicht besonders verrückt, skrupellos oder fanatisch.

Smilla musste daran denken, wie sie vor wenigen Wochen noch versucht hatte, Falk über seine Gruppe auszuhorchen. Diesmal würde sie nicht die erstbeste Antwort, die man ihr gab, für bare Münze nehmen.

»Wieso? Bist du religiös?«, wollte Julius wissen.

Smilla schluckte und überlegte, ob es eine Antwort gab, die in den Augen der Sekte falsch sein würde. Aber sie wusste ja nicht einmal, an was die Sekte eigentlich glaubte. Sie hatte lediglich Gerüchte gehört.

»Ich bin mir nicht sicher«, sagte sie vorsichtig. Als Julius sie unverwandt ansah, fuhr sie fort. »Ich bin keine überzeugte Atheistin, aber mit den Religionen, die mir bisher begegnet sind, bin ich nicht so wirklich warm geworden.«

»Wie kommt's?«

Das Kind hatte sich den Mundschutz vom Gesicht gezogen und Julius' Hand genommen. Gedankenverloren knabberte es daran herum, während es die Sonne betrachtete, als wäre sie seine liebste Kindersendung.

Smilla wandte sich wieder dem Moor und dem farbigen Himmel darüber zu. »Weil sie immer wieder als Deckmantel für Machtausübung und Ausbeutung missbraucht werden. Vielleicht sind einige sogar von Anfang an darauf ausgelegt gewesen. Das ist nicht so vertrauenerweckend.«

Aus dem Augenwinkel sah sie, dass Julius nickte. Ob, um ihr zu signalisieren, dass er verstanden hatte, oder weil er ihr zustimmte, konnte Smilla nicht sagen.

Sie schob ihre Hände, die im Wind zunehmend auskühlten, in die Manteltaschen.

»Und du?«, fragte Smilla. »Bist du religiös?«

Zu ihrer Überraschung schüttelte Julius den Kopf. »Als Jugendlicher fand ich Buddhismus interessant. Finde ich auch immer noch, aber ich weiß zu wenig darüber, um mich als religiös zu bezeichnen.«

Buddhismus und blutige Sektenrituale – das passte auf den ersten Blick nicht so gut zusammen. Aber er hatte ja auch nicht behauptet, praktizierender Buddhist zu sein. Und ob die Rituale dieser Sekte tatsächlich blutrünstiger

Natur waren, wusste sie schließlich auch nicht mit Sicherheit.

»Und außerdem habe ich schon etwas, das mein Leben mit Sinn erfüllt. Ben hier lässt mir gar keine Zeit, zu hinterfragen, was ich eigentlich auf dieser Erde mache und wo es danach hingeht«, fuhr Julius fort.

Er kniff dem Kind – Ben – zärtlich in die Wange. Ben kicherte und schlug spielerisch nach Julius' Hand.

»Aber das ist es, glaube ich, was Eva zu einer so guten Anführerin macht: Sie gibt ihrer Familie das Gefühl, dass ihre Existenz sinnerfüllt ist.«

Eine sogenannte *Familie. Sinnerfüllung.* Das klang doch schon eher nach Sekte.

»Wie meinst du das?«

»Na ja, sie gibt uns das Gefühl, etwas zu bedeuten. Dass wir gebraucht und geschätzt werden. Ich weiß nicht, wie ich es besser erklären kann … hast du schon mit anderen von uns gesprochen?«

Smilla schüttelte den Kopf.

Julius zog einen Mundwinkel hoch, als würde er sich konzentrieren. Dann sagte er: »Wir sind alle in gewisser Weise Aussätzige. Einzelkämpfer. Menschen, die zurückgelassen wurden oder von vornherein auf sich allein gestellt waren. Aber Eva hat uns trotzdem aufgenommen. Sie fragt nicht, wer welche Fähigkeiten oder Schwächen mitbringt. Für sie sind wir alle etwas wert. So, wie wir sind.«

Die Sonne verlor langsam an Farbe. Wie eine Mutter hatte sie dem Tag Leben eingehaucht und sich damit selbst geschwächt.

»Klingt ganz in Ordnung, diese Eva«, sagte Smilla.

»Ich glaube, das ist sie auch. Ich bin ihr auf jeden Fall zu

Dank verpflichtet. Wenn sie Ben und mich nicht gefunden hätte … Ich weiß nicht, ob wir überlebt hätten.«

Er schaute liebevoll auf das Kind herab.

»Ist Ben dein Bruder?«

»Nein, mein Sohn.«

»Dein Sohn?«, vergewisserte Smilla sich.

Julius nickte. »Im September ist er drei geworden. Ein Postapokalypsenkind.«

Smilla wurde heiß. Sie brauchte einen Moment, um zu verstehen, dass es Schock war, was sie fühlte. Die Vorstellung, in dieser Welt ein Kind zu bekommen, ließ Angst wie einen dunklen Schleier über sie fallen. Hoffentlich hatte Julius wenigstens jemanden, der diese Angst mit ihm teilte.

»Ist Bens Mutter … ist sie auch hier?«

Julius wandte den Blick ab. »Nein«, sagte er dann tonlos.

»Oh. Das tut mir leid.« Aus irgendeinem Grund war es Smilla plötzlich seltsam wichtig, nicht unsensibel zu wirken.

Julius schüttelte den Kopf. »Das braucht es nicht.« Dann beugte er sich leicht über Ben. »Wollen wir mal langsam zurückgehen?«, fragte er.

Ben nickte.

»Ja. Sonst verpassen wir noch das Frühstück«, pflichtete Jera bei.

Julius nahm Bens Hand und wandte sich zum Gehen. Jera tat es ihm gleich. Noch ein letztes Mal blickte Smilla über das Moor, dessen sterbende Gräser im Morgenlicht golden leuchteten. Und obwohl sie nicht wusste, wer oder was sie oben auf dem Vennhof erwarten würde, war sie froh, dass sie diesen Morgen im Hochmoor hatte erleben dürfen.

Als sie zurück auf die Heuwiese gelangten, hallten Stimmen zu ihnen herüber. Smillas Inneres zog sich zu einem nervösen Ball zusammen. Die anderen Sektenmitglieder waren wach und auf den Beinen. Sie dachte an Giorgio und Nadja. Hoffentlich hatten sie die Nacht genauso unversehrt überstanden wie sie selbst.

Sie erreichten die Reihe von Wohnwagen und umrundeten sie. Vor dem mittleren Wagen standen zwei Jungs, beide nicht älter als fünfzehn. Sie wuschen sich mit Wasser aus einer Metallwanne, und ihre bleichen Oberkörper waren von Gänsehaut überzogen.

Julius zog seine Kapuze und den Mundschutz ab. Jera und Smilla folgten seinem Beispiel.

»Morgen«, grüßte Julius die beiden Jungs.

»Hi, Juli«, antwortete der Größere, während er in der Kälte auf der Stelle tänzelte und darauf wartete, dass er wieder an die Wanne konnte.

Der andere, der sich gerade Wasser ins Gesicht gespritzt hatte, sah auf. »Hi, Juli. Und hallo, …?« Mit hochgezogenen Augenbrauen sah er Smilla an. Sein braunes, feuchtes Haar stand in alle Richtungen von seinem Kopf ab.

»Smilla«, antwortete sie.

»Oh, Smilla«, sagte er wissend. »Jeras Schwester!« Er trat von der Wanne zurück und rubbelte sich mit einem ausgewaschenen, blau geblümten Handtuch über die Haare.

Offensichtlich hatte man hier schon von ihr gehört. Irgendwie fühlte sich das nicht gut an. Als gäbe es etwas an ihr, das sie nicht verbergen konnte. Etwas, das ihr vorauseilte und sich nicht kontrollieren ließ.

»Genau *die*«, bestätigte Smilla und zwang sich zu einem höflichen Lächeln.

»Cool, dass du hier bist. Wo hat Eva dich aufgegriffen?«, fragte er. »Ach, kannst du ja auch später in der großen Runde erzählen«, sagte er mit einem Schulterzucken, bevor Smilla ihm antworten konnte. »Ich bin übrigens Sebastian. Das da ist Marius, mein Bruder.« Er deutete zu dem etwas Größeren von beiden, der sich gerade in ein zu enges T-Shirt presste.

»So sieht's aus«, brachte Marius angestrengt hervor. Sein Kopf hatte es noch nicht durch den Kragen des Shirts geschafft.

Bei ihrem Anblick musste Smilla unwillkürlich an die *Verlorenen Jungs* denken. Die meisten von ihnen waren etwa so alt wie diese beiden gewesen, als die Plage ausgebrochen war. Und nur wenig älter, als sie zum ersten Mal gemordet hatten. Ob diese Jungen vor ihr schon Ähnliches getan hatten?

»Also dann, bis gleich!«, sagte Julius und lief weiter. Ben und Jera folgten ihm, und auch Smilla setzte sich wieder in Bewegung.

»Willst du die Wölfe sehen? Ein paar Minuten haben wir noch bis zum Frühstück«, fragte Julius an Smilla gewandt.

»Au ja!«, quiekte Jera im gleichen Moment, in dem Smilla instinktiv den Kopf schüttelte. Die Vorstellung, sich mit einem Fremden in die Nähe von Raubtieren zu begeben, erschwerte ihr das Atmen. Dabei hätte sie eigentlich jede Gelegenheit nutzen sollen, um mehr über die Sekte zu erfahren.

Julius zuckte die Schultern. »Okay, sag einfach Bescheid, falls du es dir anders überlegst«, meinte er und steuerte auf eine doppelflüglige Holztür im linken Arm des Vennhofs zu. Sie war rot gestrichen und der Rahmen mit Schnitzereien von Blumenranken versehen. »Das heißt … früher oder später wirst du sie so oder so sehen, irgendwann hat jeder mal Wolfsdienst.«

Eine Bewegung auf der anderen Seite des Hofes lenkte Smillas Aufmerksamkeit weg von Julius und den Wölfen. Die Glastür zu dem Gebäudeteil, in dem Jera und Smilla übernachtet hatten, öffnete sich. Heraus kamen sechs in schwarze Mäntel gehüllte Gestalten und hielten direkt auf sie zu. Sie alle hatten ihre Kapuzen aufgesetzt, manche auch einen Mundschutz, und sie unterhielten sich angeregt. An den Stimmen erkannte Smilla, dass es hauptsächlich Frauen oder Mädchen sein mussten. Eine von ihnen lachte laut und schubste die neben ihr spielerisch.

»Hi, Juli«, rief die, die geschubst worden war, als sie sich wieder gefangen hatte.

»Hi, Sonja«, antwortete Julius leise. Fast so, als wäre er verlegen.

Eines der Mädchen flüsterte Sonja etwas zu, und beide lachten hinter vorgehaltenen Händen. Smilla spürte, dass sich bei dem Anblick der kindlich anmutenden Heiterkeit ein Lächeln auf ihren Lippen ausbreitete.

Hinter den verhüllten Frauen traten sie durch die mit Schnitzereien geschmückte Holztür. Wärme und Lärm schlugen ihnen entgegen, und unwillkürlich hielt Smilla inne, um den Anblick, der sich ihr bot, aufnehmen zu können. Sie befanden sich in einem großen, hohen Saal mit Holzbalken im Deckengewölbe. Eine breite Fensterfront gab den Blick auf die Heuwiese und den dahinterliegenden Wald frei. Zwei Reihen heller Holztische verliefen durch die Länge des Raumes. In Schwarz gekleidete Personen liefen hin und her, grüßten sich, riefen sich Sachen quer durch den Saal zu und rückten quietschend Bänke von den Tischen ab. Bei dem herrschenden Durcheinander und den einheitlichen, schwarzen Gewändern war es unmöglich, einzuschätzen, wie viele Personen sich genau im Saal aufhielten und ob sie jung oder alt, männlich oder weiblich waren.

»Komm mit«, sagte Julius dicht bei Smilla.

Und weil sie nicht wusste, was sie sonst hätte tun sollen, gab sie sich einen Ruck und folgte ihm zum hinteren Ende der Tischreihen. Dort hob Julius Ben auf eine der Bänke und setzte sich neben ihn. Jera nahm gegenüber von ihnen Platz, mit dem Rücken zur Glasfront und mit Blick über die gesamte Halle. Ein guter Platz, um das Geschehen im Auge zu behalten. Smilla ließ sich neben ihr auf die Bank sinken. Aufmerksam beobachtete sie das rege Treiben und hielt nach Nadja und Giorgio Ausschau. Aber wenn auch sie diese Mäntel trugen, würde es schwer werden, sie ausfindig zu machen.

Nach und nach setzten sich die Gestalten an die Tische, und das unübersichtliche Gewimmel wurde weniger. Smilla fing an, die Personen zu zählen. Sie war bei neunzehn angekommen, da schwang die Tür auf, und herein kamen drei weitere Personen. Eine von ihnen trug keinen Mantel, sondern eine mit Lammfell gefütterte Jeansjacke.

Giorgio!

Erleichterung und Freude strömten durch Smilla. Sie hörte auf zu zählen, sprang auf und eilte den Gang zwischen den Tischreihen entlang und auf Giorgio zu.

Als er sie erkannte, löste er sich von seinen Begleitern. Seine Unterlippe war auf der einen Seite angeschwollen und verkrustet. Die Blutergüsse unter seinen Augen schienen sich noch dunkler gefärbt zu haben. Er sah furchtbar aus, und eigentlich hätte Smilla ihn am liebsten in eine

Umarmung geschlossen. Doch etwas in ihr hielt sie davon ab.

Dicht voreinander kamen sie zum Stehen.

»Alles okay?«, flüsterte Smilla.

»Ja, und bei dir?«, raunte er zurück, während er sich mit sichtlichem Unbehagen umsah.

Die lauten, unbedarften Gespräche der Sektenmitglieder waren Stück für Stück leiser und heimlicher geworden, und als Smilla ihren Blick umherschweifen ließ, waren unzählige Augenpaare auf sie gerichtet. Die Tatsache, dass Giorgio seine gewöhnliche Kleidung und keinen schwarzen Mantel trug, machte es noch offensichtlicher, dass sie nicht von hier waren.

»Auch. Hast du Nadja gesehen?«, fragte Smilla, während sie versuchte, die Gesichter zu erkennen, die auf sie gerichtet waren. Aber es war zwecklos.

Giorgio schüttelte den Kopf.

In diesem Moment schwang die Holztür zum Saal abermals auf. Herein kam Eva, das erkannte Smilla auch ohne Brille. Sie trug weder Kapuze noch Mundschutz, ihr langes Haar schimmerte silbern im Morgenlicht, und schwere Ohrringe schwangen im Takt ihrer ausholenden Schritte vor und zurück. Zwei verhüllte Gestalten, die Smilla größer und finsterer schienen als der Rest, folgten ihr.

Die Aufmerksamkeit, die eben noch an Smilla und Giorgio gehaftet hatte, schwappte von der einen auf die andere Sekunde zu Eva. Ein ohrenbetäubendes Jubeln erhob sich. Es wurde geklatscht und mit den Füßen auf den Boden gestampft. Eva lächelte und sagte etwas, das im Getöse unterging.

Smilla und Giorgio sahen sich irritiert um, und Smillas Blick streifte Jera. Sie wippte auf ihrem Platz auf und ab und klatschte enthusiastisch. Ein bitterer Geschmack breitete sich auf Smillas Zunge aus.

»Hey«, erklang eine gedämpfte Stimme hinter ihr, und Smilla zuckte herum. Es war Nadja, in einen schwarzen Mantel gehüllt und mit einem grimmigen Ausdruck auf dem Gesicht.

»Gott sei Dank«, entfuhr es Smilla. »Ich habe mir schon Sorgen gemacht.«

»Geht es dir gut?«, fragte Giorgio.

Nadja nickte. »Die haben mich in ein Zimmer mit so zwei Gackerliesen gesteckt. Deren Neugier war kaum zu ertragen. Aber immer noch besser als … na ja, draußen im Wald an einem Baum aufgeknüpft oder auf einen Altar gefesselt zu werden. Wenn auch nicht viel besser.«

»Habt ihr irgendetwas heraus–«

Doch in diesem Moment tönte Evas Stimme durch den Raum und schnitt durch Smillas Frage.

»Guten Morgen, liebe Familie!«

Augenblicklich erstarb das Geklopfe und Getrampel, und Smilla erkannte, dass sie nun – abgesehen von Eva – die Einzigen waren, die noch nicht Platz genommen hatten.

Eva stand am Ende der zwei Tischreihen, die Hände gefaltet, ihr unerschütterliches Lächeln auf den Lippen.

»Guten Morgen«, sagte sie noch einmal in die gespannte Stille hinein. »Habt ihr euch gut erholt?«

Alle antworteten mit »Ja«.

Nadja drängte sich noch etwas näher an Smilla heran.

»Das hier soll die Sekte sein?«, wisperte sie. Fast klang sie enttäuscht.

Eva stellte noch eine Frage, die erneut alle laut bejahten.

»Wie meinst du das?«, flüsterte Smilla zurück, ohne Eva aus den Augen zu lassen.

Nadja gab ein leises Schnauben von sich. Dann wisperte sie: »Wenn das hier die Sekte ist, besteht sie zu neunzig Prozent aus Kindern und Teenies. Die beiden auf meinem Zimmer waren fünfzehn und siebzehn, und wenn ich mich hier so umsehe, waren sie damit keine Ausnahme.«

»Ich war mit drei erwachsenen Männern auf einem Zimmer«, murmelte Giorgio. »Aber einem von denen fehlt ein Bein, und ein anderer wirkte irgendwie krank und schwach.«

»Eine Armee Schwächlinge ist das hier. Die hätten dem Club keine Minute standhalten können«, schloss Nadja.

Doch bevor Smilla etwas darauf sagen konnte, riss Evas Stimme sie aus ihrer Unterhaltung. Sie schritt durch die Tischreihen auf sie zu, und abermals richteten sich alle Augen auf die Neuankömmlinge.

»Solange ihr hier noch herumsteht, können wir nicht frühstücken«, sagte Eva liebenswürdig. »Setzt euch zu euren Gruppen. Na los!«

Nadja warf Smilla einen kurzen Blick zu, bei dem ihre Nasenflügel sich genervt blähten. Dann wandte sie sich ab und stolzierte an Eva vorbei und auf zwei Mantelgestalten zu, die sie energisch zu sich winkten.

Smilla wich zwei Schritte zurück, als umgäbe Eva ein Kraftfeld, das sie abstieß. Dann drehte sie sich um und hastete zu Jera und Julius. Evas Blick kribbelte in ihrem Rücken.

»Giorgio, deine Gruppe sitzt da vorn«, sagte Eva da. Smilla hielt inne und wandte sich um. Giorgio, der ihr gefolgt war, sah ebenfalls zu Eva.

Sie deutete ans andere Ende des Raumes. Ihr Lächeln wurde mit jeder Sekunde, die verstrich, breiter.

Giorgio rührte sich nicht.

»Und wie ich sehe, hast du auch den Mantel abgelehnt, den ich dir geschenkt habe. Man könnte meinen, du wüsstest meine Gastfreundschaft nicht zu schätzen.«

Es wurde still zwischen den Tischreihen. Nicht einmal das Rascheln von Stoff war noch zu hören, als wären alle Anwesenden eingefroren. Smilla hielt den Atem an, während ihr Blick zwischen Giorgios finsterer Miene und Evas steinernem Lächeln hin- und herpendelte.

Schließlich löste Giorgio sich aus seiner Starre und lief los, in die Richtung, die Eva ihm wies. Sie und die anderen Sektenmitglieder beobachteten ihn, bis er sich auf seinem Platz niedergelassen hatte und widerwillig eine geflüsterte Frage beantwortete, die sein Sitznachbar ihm stellte.

Bevor man auch sie zurechtweisen konnte, setzte Smilla sich wieder in Bewegung und huschte auf ihren Platz neben Jera.

Eva schwebte zurück zum Fuß der Tischreihe und wandte sich um, sodass sie ihre *Familie* ansehen konnte.

»Wie ihr nun zweifelsfrei alle mitbekommen habt, haben wir seit gestern Abend drei Gäste. Jeras Schwester Smilla und ihre Freunde Nadja und Giorgio.«

Langsam wagten die Sektenmitglieder es, sich wieder zu bewegen, und die beklemmende Stille lüftete sich. Das Mädchen, das an Jeras anderer Seite saß, wandte sich Smilla zu. Sie hatte glattes, schwarzes Haar und große, dunkle Augen. Sie musste etwa zwölf Jahre alt sein. Sie lächelte verhalten und winkte Smilla flüchtig zu. Smilla erwiderte das Lächeln, und das Mädchen wandte sich wieder nach vorn.

»Ich möchte, dass sie sich hier willkommen fühlen«, fuhr Eva fort. Ihre Stimme hallte klar und fest durch den

Saal, wie die eines Predigers. »Also, wenn ich von irgendwelchen Streichen oder Dummheiten erfahre – und ja, das gilt auch für euch, Sebastian und Marius – dann gibt's Ärger.« Die anderen Sektenmitglieder lachten und sahen in die Richtung, in der die beiden Jungs sitzen mussten.

»Elli, du übernimmst die Patenschaft für Nadja«, sagte sie dann. Smilla blickte zu Nadja hinüber, die von einer Gestalt im schwarzen Mantel begeistert geschüttelt wurde. »Jean-Luc, du kümmerst dich um Giorgio. Und Juli, da du ja schon die Patenschaft für Jera hast, kannst du Smilla gleich mitübernehmen.«

Julius nickte knapp und wandte sich dann mit einem verschwörerischen Lächeln Jera zu. Sie antwortete ihm mit einem breiten Grinsen. Dann hob sie den Blick und sah Smilla an. »Da haben wir Glück gehabt. Juli lässt einen nicht allein die Drecksarbeit machen.«

»Dann ist ja gut«, sagte Smilla und versuchte, aufrichtig zu klingen. Doch tatsächlich gefiel ihr die Vorstellung nicht, weiterhin von Giorgio und Nadja getrennt zu sein. Sie mussten sich doch besprechen. Sie mussten hier wieder weg, bevor die Temperaturen nachts unter null fielen und bevor sie am eigenen Leib herausfanden, womit genau die Sekte sich ihren zweifelhaften Titel verdient hatte.

Eva beendete ihre Ansprache, und immer mehr private Unterhaltungen blühten auf. Bald war die Halle wieder erfüllt von entspannten Stimmen, genau wie vor Evas Erscheinen.

»Wir können alles zusammen machen, den ganzen Tag über, Smilla. Das wird cool!«, sagte Jera.

Smilla wurde augenblicklich wohler zumute. Es schien, als hätte Jera ihre Auseinandersetzung vom Morgen schon wieder vergessen.

»Was sollen wir denn eigentlich genau machen?«, wollte Smilla wissen.

»Na, den Hof am Laufen halten. Heute haben wir zuerst Wasserdienst, ne, Juli?«

Julius nickte.

»Und Juli zeigt uns alles. Wo alles ist, welche Sachen erledigt werden müssen und so weiter«, erklärte Jera. »Und du kannst ihm alle Fragen stellen. Zum Hof, zu Eva, zu ihren Kindern – einfach zu allem.«

»Ihre *Kinder?*«

»Ja. Alle hier.« Sie machte eine Handbewegung, die den ganzen Raum einschloss. »Wir sind eine Familie, und Eva ist die Mutter.«

Das wohlige Gefühl, das sich angesichts von Jeras Vorfreude in Smilla ausgebreitet hatte, erkaltete. Das hier war nicht ihre Familie. Sie waren ihre Feinde, genau wie die *Verlorenen Jungs*. Auch wenn sie auf den ersten Blick nicht so gefährlich wirken mochten. Doch Smilla wagte es nicht, Jera etwas zu entgegnen. Nicht hier, vor den anderen Sektenmitgliedern. Nicht, nachdem sie vor kaum einer Stunde noch gestritten hatten.

»Oh, da kommt das Essen«, sagte Jera und klatschte begeistert in die Hände. Sie wandte sich von Smilla ab und schaute den Tisch entlang.

Smilla beugte sich vor und folgte ihrem Blick. Vom anderen Ende der Halle wurden dampfende Schüsseln heraufgereicht. Schüssel um Schüssel wanderte von der einen, aus einem schwarzen Mantelärmel ragenden Hand in die nächste. Ein dunkles Echsenwesen mit tausend Armen.

»Wie viele seid ihr hier?«, fragte Smilla, ohne die Schüsseln aus den Augen zu lassen, die ihnen immer näher kamen.

»Mit Jera, dir und den anderen beiden Neuen sind wir zweiundvierzig«, antwortete ihr Julius.

Zweiundvierzig Überlebende. Das war eine verdammt große Gruppe.

Ein süßlicher Duft nach Getreide und Obstkuchen erreichte Smilla, und kurz darauf reichte man ihr eine Holzschale. Darin dampfte ein bräunlicher Brei mit Birnenspalten. Bei diesem Anblick zog sich Smillas Magen schmerzlich zusammen, und sie war froh, dass sie am äußersten Rand der Tischreihe saß und die Schüssel nicht weiterreichen musste.

»Wie ich sehe, haben alle etwas zu essen«, ertönte Evas Stimme vom anderen Ende des Saals, und die Gespräche verstummten wieder. »Dann lasst uns Danke sagen.«

Bewegung kam in die Sektenmitglieder, als sie ihre Arme nach links und rechts ausstreckten, um sich einander die Hände zu halten.

Jera schob ihre Finger zwischen Smillas und lächelte sie an. Julius lehnte sich über den Tisch und hielt ihr seine offene Hand hin. Doch etwas in Smilla sträubte sich bei dem Gedanken, ihn anzufassen. Es fühlte sich an, als würde etwas Schlimmes passieren, wenn sie es täte.

»Du musst seine Hand nehmen«, zischte Jera und stieß Smilla leicht mit dem Ellenbogen in die Seite.

»Wir fangen nicht an, bevor nicht alle sich an den Händen halten«, hörte sie Eva sagen. Smilla löste den Blick von Julius' ausgestreckter Hand und schaute nach vorn. Sie war sich nicht sicher, ob sie richtig sah, aber es schien, als würde Eva zu ihr blicken.

Was hätte wohl die schlimmeren Konsequenzen? Einen Augenblick lang die Hand dieses Fremden zu halten oder Evas Unmut auf sich zu ziehen? Letzteres vermutlich. Doch Smillas gesamter Körper glaubte etwas anderes. Sie biss sich auf die Zunge, im Versuch, den Aufruhr in sich zu beruhigen. Dann streckte sie ihre Hand aus und legte sie in Julius'.

Augenblicklich schüttete ihr Körper Adrenalin aus, und jeder Muskel fing unruhig zu kribbeln an. Angst machte sich in Smilla breit.

Von Ferne hörte sie Eva etwas über Dankbarkeit sagen. Über die Erde und die Wiesen und die Wälder und die Tiere, die darin lebten. Smilla verstand es nicht genau. Das Blut rauschte ihr in den Ohren, und ihr Herz klopfte mit der Kraft eines Presslufthammers gegen ihr Brustbein. Ihr Blick war auf Julius' Finger geheftet, die sacht ihre Hand umschlossen.

Genau in dem Moment, als sie meinte, die Berührung nicht mehr aushalten zu können, zog er seine Hand fort und ließ sie einige Zentimeter über ihrer schweben. So sah es aus, als ob sie sich an den Händen hielten, ohne dass sie sich tatsächlich berührten.

Kurz traf ihr Blick den von Julius. Er schaute ernster drein als noch vor wenigen Minuten, und es wirkte, als hätte etwas die Farbe aus ihm gesaugt. Dann wandte er sich Eva zu.

Die aufbegehrende Panik klang ab, und nach ein paar zittrigen Atemzügen war es Smilla wieder möglich, an etwas anderes als sofortige Flucht zu denken. Sie schluckte schwer, dann widmete sie ihre Aufmerksamkeit ebenfalls Eva.

»Wir halten zusammen«, sagte diese gerade.

»Denn nur zusammen sind wir stark«, antworteten die Sektenmitglieder im Chor. Dann ließen alle die Hände ihrer Sitznachbarn los, schnappten sich ihre Löffel und fingen an zu essen.

Smilla fühlte sich noch immer benommen. Ihre Finger bebten, als sie den Löffel aufnahm und sich über ihre Schüssel beugte. Waren das ihre Instinkte, die sie vor der Sekte warnen wollten? Oder lag diese Art von Angst, die sie seit Neuestem heimsuchte, in etwas anderem begründet?

»Was ist das?«, fragte sie heiser und tunkte den Löffel in den zähen Brei.

»Haferkleie«, erklärte Julius.

Jera lud sich einen Löffel mit Brei und Birnenstückchen voll. »Das ist so lecker!«, rief sie aus.

Julius lächelte. »Das sagst du jetzt noch. Warte drei Wochen, und deine Einstellung zu Haferkleie wird sich um hundertachtzig Grad gedreht haben.«

Smilla schob sich einen Löffel Brei in den Mund. Durch das zittrige Gefühl in ihrem gesamten Körper und den Nebel in ihrem Kopf nahm sie wahr, dass der Brei gut schmeckte. Himmlisch sogar, so dass es unter ihrer Zunge sehnsüchtig zog. Sie schluckte und nahm schnell noch einen Löffel. Diese Mahlzeit würde ihr etwas von der Energie zurückgeben, die ihr die Reise geraubt hatte. Und vielleicht würde sich dann auch ihre plötzliche Empfindlichkeit wieder legen.

»Du beschwerst dich? Über dieses Festmahl?«, fragte Jera an Julius gewandt.

»Na ja, wenn man monatelang jeden Tag die drei ewig gleichen Mahlzeiten gegessen hat, kann man das ganze Zeug irgendwann nicht mehr sehen.«

Smilla sah auf. »Ihr bekommt jeden Tag drei Mahlzeiten?«, hakte sie nach. Eva schien gut für ihre Familie zu sorgen – trotz der großen Anzahl an Bäuchen, die gefüllt werden wollten.

Julius erwiderte ihren Blick und nickte. Dann wandte er sich schnell wieder seiner Schüssel zu. Vielleicht war es ihm unangenehm, was eben zwischen ihnen vorgefallen war. Vielleicht glaubte er, es läge an ihm, dass Smilla die Berührung nicht ausgehalten hatte. Einen Moment lang tat ihr das fast leid. Aber dann erinnerte sie sich selbst daran, dass er ein Sektenmitglied war und es vermutlich mehr als genug Gründe gab, ihm nicht zu nahe kommen zu wollen.

»Wie kommt es, dass ihr so gut versorgt seid? Baut ihr den Hafer selbst an?«, fragte Smilla zwischen zwei Löffeln warmen Breies. Sie erinnerte sich noch, wie sie darüber sinniert hatte, wie Falk wohl zu seinem Wohlstand gekommen war, der ihm intakte Kleidung und Luxusgüter wie Honig, Seife und Antibiotika bescherte. Damals waren ihr noch mehr harmlose Erklärungen eingefallen als verheerende. Jetzt war es umgekehrt.

»Eva ist einfach eine sehr fähige Anführerin. Sie weiß eine Menge übers Gärtnern und über Landwirtschaft. Sie hat Handelsbeziehungen überall ins Umland aufgebaut, ohne dabei preiszugeben, wo wir uns genau aufhalten. Und außerdem ist sie ziemlich gut darin, Kräfte zu vereinen.«

Das war eine sehr lange Antwort, dafür, wie schwammig sie war. »Was bietet ihr denn an, in diesen Handelsbeziehungen?«, fragte Smilla weiter. Sie sah sich um. Viele Kinder und Teenager, hatte Nadja gesagt. Und anscheinend einige Erwachsene, die aber körperlich beeinträchtigt schienen. Was konnte so eine Gruppe in einer Welt wie dieser schon bieten, was andere Gruppen sich nicht viel besser selbst beschaffen konnten?

»Torpf!«, antwortete Jera mit vollem Mund, und Julius nickte zustimmend.

»Hauptsächlich Torf und Produkte, zu denen wir den Torf weiterverarbeiten.«

Beiläufig fing er den Löffel auf, den Ben über die Kante des Tisches katapultiert hatte, und drückte ihm den Löffel wieder in die Hand. »Gefütterte Kleidung, Decken und Matratzen. Und mit einem Schmied aus Belgien haben wir seit Kurzem einen Deal für neue Schippen und Werkzeuge, im Tausch gegen Torfkohle.«

»Torf? Wie baut man denn Torf ab, ohne Benzin, Strom und Maschinen und alles?«, fragte Smilla.

»Es ist ein längerer Prozess mit einigen Zwischenschritten. Du ziehst Gräben im Moor und wartest, bis das Wasser abgelaufen ist. Dann buddelst du vier, fünf Meter tief, bis du an den Schwarztorf kommst. Das ist der, der am besten brennt. Alles darüber ist besser als Füllmaterial für Matratzen oder als Einstreu für die Tiere geeignet. Den Schwarztorf stichst du in Platten heraus. Die Platten lässt du den Sommer über trocknen. Und dann karrst du alles hier hoch oder nach Monschau oder direkt zu Evas Handelspartnern und vertickst ihn.«

Julius lachte leise, als er in Smillas verblüfftes Gesicht sah. »Das ist die Kurzversion. Wenn du es genauer wissen willst – ich bin ja dein Pate, du kannst mich noch den ganzen Tag lang mit Fragen löchern. Und morgen auch noch. Und übermorgen.«

»Und überübermorgen«, sagte Jera.

»Und überüberübermorgen«, pflichtete Julius ihr bei.

»Und überüberüberübermorgen!«

Julius hob die Augenbrauen. »Jetzt bin ich raus. So weit kann ich nicht zählen.«

»Echt nicht?«, fragte Jera.

Julius schüttelte betroffen den Kopf.

»Oha!«

Die beiden grinsten sich über den Tisch hinweg an. Dann wandte Jera sich mit einem Glucksen wieder ihrem Brei zu.

Smilla beobachtete sie nachdenklich von der Seite. Wie es schien, erwog Jera überhaupt nicht die Möglichkeit, den Vennhof bald wieder zu verlassen.

KAPITEL

18

DIE HEILIGE

Nach dem Essen räumten sie ihre Schüsseln in große Plastikwannen, die neben dem Ausgang aufgestellt worden waren. Smilla hielt nach Nadja und Giorgio Ausschau, doch sie schienen den Saal schon mit ihren Paten verlassen zu haben. Ein ausführliches Gespräch mit ihnen musste wohl bis zum Abend warten. Aber ein Tag mehr oder weniger bei der Sekte würde schon keinen Unterschied machen, sagte Smilla sich. Ohnehin bereitete ihr die Sekte nun etwas weniger Sorgen als noch vor dem Frühstück. Vielleicht lag das lediglich an der Mahlzeit in ihrem Bauch und an den Glücksbotenstoffen, die diese ihr bereitete. Möglicherweise war der Grund aber auch, dass es nicht so wirkte, als hätte irgendwer hier ein dringliches Interesse daran, ihnen zu schaden. Ihre Arbeitskraft schien Eva im Moment mehr zu interessieren als ihr Blut oder ihre Herzen oder wofür auch immer sie die unversehrte junge Frau von den *Verlorenen Jungs* gefordert hatte.

Smilla folgte Julius und Jera quer über den Hof. Um sie

herum hasteten andere Sektenmitglieder hin und her, alle auf dem Weg, ihre täglichen Aufgaben zu verrichten, wie Julius ihr erklärte. Und davon gab es viele, wenn man eine Gruppe von über vierzig Leuten am Leben halten wollte.

Sie hielten auf die Tür des Gebäudeteils zu, in dem sich auch Jeras und Smillas Zimmer befand. Jera öffnete ihnen die Tür, aber bevor sie eintraten, mussten sie noch einem Mann Platz machen, der gerade im Begriff war, nach draußen zu humpeln. »Na, Ahmed, wie geht's dir?«, wollte Julius wissen.

Ahmed schüttelte bedauernd den Kopf. Er hatte dunkles, krauses Haar, das sich an den Schläfen grau färbte und einen beeindruckenden Bart, der ihm bis auf die Brust fiel. »Da krieg ich schon ein neues Bein, und mein altes tut mir immer noch weh.«

»Ah, wieder Phantomschmerzen?«

»Ja, ja«, antwortete Ahmed und machte eine Handbewegung, als wollte er die Schmerzen verscheuchen wie lästige Insekten.

»Dann gute Besserung.«

»Ach«, machte Ahmed nur, wiederholte die Handbewegung und humpelte an ihnen vorbei auf den Innenhof.

Julius lief weiter in den Flur hinein, und Smilla und Jera folgten ihm.

»Ahmed hat eine Prothese gekriegt«, sagte Jera und sprach das Wort Prothese aus, als verberge sich etwas Vorzügliches dahinter. »Die hat Eva besorgt, und ich habe geholfen, sie den ganzen Weg aus Belgien bis hierhin zu tragen«, verkündete sie stolz.

Sie waren bei einer Treppe angekommen, die in den ersten Stock führte. Vor der untersten Stufe hielt Julius inne und nahm Ben auf den Arm, der inzwischen angefangen hatte, sich leise, aber deutlich über etwas zu beschweren, das Smilla nicht verstand.

»So habe ich Eva überhaupt erst kennengelernt«, fuhr Jera fort. »Hätte sie auf dem Monschauer Markt eine Prothese bekommen, dann wäre sie gar nicht bis zu dem Händler in Belgien weitergegangen, und ich wäre ihr nie begegnet.«

Sie kamen am oberen Ende der Treppe an.

»Ja, Jera hat wirklich Glück gehabt«, brachte Julius sich ein. Seine Stimme klang angestrengt, denn er war ganz damit beschäftigt, Ben nicht fallen zu lassen, der angefangen hatte zu weinen und sich auf Julius' Arm hin- und herschmiss. »Eigentlich hatte Eva nämlich mit ganz anderen Problemen zu kämpfen, aber da es Ahmed, nachdem er sein Bein verloren hatte, auch psychisch immer schlechter ging, hat sie sich trotzdem darum gekümmert.«

Diese Eva schien ja großen Einsatz für ihre Familie zu zeigen. »Was ist denn mit Ahmeds –«

Doch bevor Smilla ihre Frage aussprechen konnte, wurde sie von Ben unterbrochen, der laut aufjaulte und wild mit Armen und Beinen strampelte.

»Benni, ich komm dich in ein paar Stunden wieder abholen, okay? Versprochen!«

Aber Ben ließ sich nicht beruhigen. Blut schoss ihm ins Gesicht, und aus dem quängeligen Weinen wurde ein Gebrüll, das Smilla durch Mark und Bein ging.

Julius warf Smilla einen entschuldigenden Blick zu. »Er hasst den Kindergarten. Neuerdings. Bis vor Kurzem fand er es ganz toll dort.« Mit dem wehrhaften Kind auf dem Arm führte er sie den Flur entlang, wobei er unter Bens Wutanfall sichtlich mit seinem Gleichgewicht zu kämpfen hatte.

»Ihr habt einen Kindergarten?«, fragte Smilla erstaunt.

»Kindergarten ist vielleicht etwas übertrieben. Die Ältesten hüten die kleinsten Kinder, während alle ab zehn Jahren auf dem Hof mit anpacken.«

»Ich muss nicht mehr in den Kindergarten, wenn ich nicht will, hat Eva gesagt«, erklärte Jera. »Weil ich bald schon zehn werde.«

Sie passierten weitere Zimmer, die im Gegensatz zu den Mehrbettzimmern im Erdgeschoss aus mehreren Räumen zu bestehen schienen und damit eher an Ferienwohnungen erinnerten. Bei einigen standen die Türen offen, und Smilla konnte einen Blick auf Kinder und Jugendliche werfen, die plauderten, während sie Rucksäcke und Taschen packten oder sich mit Schals und Handschuhen gegen die Kälte wappneten. Sie alle schienen zu wissen, was sie zu tun hatten, und wirkten unbesorgt. Was hätte Smilla für nur einen Tag ohne Sorgen gegeben. Einen Tag, an dem sie sich nicht fragte, ob sie das Richtige tat, sondern spürte, dass es so war.

Sie folgten dem Flur bis zu einer Biegung nach links. Die Tür zum ersten Zimmer hinter der Abbiegung stand offen. Durch den Türspalt konnte Smilla zwei Jungen im Grundschulalter sehen, die Puzzleteile auf dem Boden ausbreiteten.

Julius betrat den Raum mit dem weinenden Ben auf dem Arm, und Smilla und Jera blieben im Flur zurück. Smilla spähte durch den Türspalt und nahm den Kindergarten genauer in Augenschein. Der Raum war mit einem flauschigen, bunt karierten Teppich ausgelegt, und an den Wänden reihten sich Regale voller Bücher und Spiele. Knallige Kindermöbel standen kreuz und quer, und achtlos fallen gelassene Kuscheltiere und Spielzeuge schmückten die Zwischenräume. »Und du bist sicher, dass du nicht lieber in den Kindergarten willst?«, fragte Smilla Jera.

»Ich mache mich lieber nützlich«, antwortete Jera geradeheraus. »Davon hat die Familie mehr, als wenn ich den ganzen Tag spiele.«

»Da hast du wahrscheinlich recht«, murmelte Smilla und beobachtete Julius, der gerade versuchte, Ben auf dem Schoß eines steinalten Mannes mit zitternden Händen abzusetzen.

»Alle hier sind eine Familie, obwohl sie gar nicht die gleichen Eltern haben. Cool, oder? Ich wusste gar nicht, dass das geht.«

Smilla wandte sich ab und sah ihre Schwester nachdenklich an. Sie wünschte sich genauso sehr wie sie, wieder irgendwohin zu gehören. Doch man durfte über diesen Wunsch nicht blind dafür werden, wen man eigentlich vor sich hatte.

»Das geht auch nicht, Jera. Familie sucht man sich nicht einfach aus. Was man sich selbst aussucht, sind Freunde«, sagte sie. Und leiser fügte sie hinzu: »Und diese Leute hier sind für uns weder das eine noch das andere.«

Jeras Blick verfinsterte sich. Widerworte gab sie jedoch nicht. Smilla wandte sich wieder dem Türspalt zu. Julius hatte es geschafft, sich aus Bens Klammergriff zu lösen und kam nun auf die Tür zu. Er warf seinem Sohn noch ein Lächeln zu und winkte ihm unbeschwert. Ben weinte und streckte die Hände nach seinem Vater aus. Aber der alte Mann, auf dessen Schoß er nun saß, hatte einen Arm um Bens Bauch geschlungen, sodass er Julius nicht hinterherlaufen konnte.

Julius schloss die Tür hinter sich und seufzte leise. Dann

drehte er sich zu Jera und Smilla. »So«, sagte er. »Dann lasst uns mal loslegen. Wir haben noch ein bisschen was zu tun.«

Ihre erste Aufgabe bestand darin, den gesamten Hof mit frischem Wasser zu versorgen. Wie sich herausstellte, benötigte ein Haushalt mit über vierzig Personen und zahlreichen Nutztieren sehr viel davon. Das Regenwasser, das an verschiedenen Stellen am Hof aufgefangen wurde, reichte gerade mal für die morgendliche Wäsche und die Bewässerung der Beete aus. Daher mussten sie zu dem Fluss laufen, der Wald und Moor voneinander trennte, und sein Wasser in eisernen Milchkannen und Plastikkanistern zurück zum Hof karren. Und plötzlich tat es Smilla um jeden Tropfen Wasser leid, den sie vor der Plage verschwendet hatte. Trinkwasser, das sie weggekippt hatte, langes Duschen, der aufgedrehte Wasserhahn während des Zähneputzens. Das hier, so schien ihr, war ihre Strafe dafür.

Nachdem sie das Wasser bis zum Hof geschafft hatten, musste es in großen Kesseln abgekocht werden.

»Dünnpfiff kostet Menschenleben«, meinte Jera mit ernstem Blick, während sie das braune Moorwasser in den Kessel schüttete, aus dem es schon dampfte und brodelte.

Der Qualm des Feuers roch beißend, wie etwas Altes, Modriges, das verbrannte.

»Das kommt vom Torf«, erklärte Julius ihr und deutete in das Feuer unter dem Kessel. »Wenn man ihn zu Torfkohle weiterverarbeitet, stinkt es weniger und brennt etwas besser. Aber das mit dem Köhlern ist aufwendig und gar nicht so leicht, deshalb muss es leider meistens der Torf sein.«

Das abgekochte Wasser schöpften sie zurück in Eimer und Behälter, die sie anschließend zu ihren Einsatzorten überall auf dem Hof schafften.

Einer davon waren die Stallungen, in denen die Wassertröge der Tiere aufgefüllt werden mussten. Die Sekte war im Besitz von acht Schweinen, sechs Kühen, zwei Wölfen, zwei Hunden, zwanzig Hühnern, ungezählten Katzen und einem alten Pferd. Unweigerlich kam Smilla die Frage, wie sie diesen Wohlstand wohl vor anderen schützten. Die Hunde, die tagsüber auf dem Hof herumstromerten, waren schon alt und lahm. Und die Wölfe, von denen Smilla durch die Holzlatten ihres Verschlags nicht mehr als schmutzig braunes Fell und rastlose Bewegungen ausmachen konnte, wirkten ebenfalls kaum, als könnten oder wollten sie den Hof vor Fremden verteidigen. Umso wundersamer erschien es Smilla, dass Eva einen Konflikt mit den *Verlorenen Jungs* herausgefordert hatte.

Nachdem sie die Tiere versorgt hatten, brachten sie Trinkwasser in die Küche und anschließend ins Krankenzimmer. Das Krankenzimmer war abgedunkelt und roch nach Schweiß und Schmerz. Zwei der acht Krankenbetten waren belegt, aber im Zwielicht erkannte Smilla auf den Pritschen nicht mehr als unförmige Gebirge aus Körpern und Decken. Sie stellte das frische Wasser ab und schlüpfte dann schnell wieder aus dem Raum und in den hellen, gut gelüfteten Flur.

»Was ist mit denen da drinnen?«, fragte sie Julius, der zusammen mit Jera vor der Tür auf sie gewartet hatte.

»Die eine ist Alessandra. Sie ist über achtzig, und es geht

ihr schon länger nicht gut. Eva glaubt, dass sie Darmkrebs hat, aber keiner weiß es ganz genau.«

Er setzte sich in Bewegung, und Smilla und Jera folgten ihm den Flur entlang. »Und der andere ist Tim. Er ist andauernd krank, kriegt gefühlt einmal im Monat Fieber oder einen Schwächeanfall. Hätte Eva ihn nicht aufgenommen, wäre er inzwischen vermutlich tot.«

Sie schlugen den Weg zu der nächsten Station ein, die sie mit Wasser versorgen mussten, Evas Wohnung.

»Warum macht sie das? Diese ganzen Leute aufnehmen ... Alte, Kranke, Kinder ... Ist das eine Glaubenssache?«, fragte Smilla, als sie hinaus auf den Hof traten. Dass einen mal das Mitleid überkam, wenn man im Schlamm der Monschauer Gassen über jemanden stolperte, der ohne Hilfe vermutlich bald sterben würde, verstand sie nur zu gut. Aber diesen Menschen in dem Ausmaß zu helfen, wie Eva es tat, ihnen Unterschlupf und Nahrung zu bieten, das konnten sich die meisten Überlebenden gar nicht leisten. Was wohl für Eva dabei heraussprang?

»Eine Glaubenssache?«, fragte Julius. Dann schüttelte er den Kopf. »Nein, ich denke, so ist sie einfach. Sie hilft gern. Das hat sie vor der Plage getan und tut es halt auch jetzt noch. Sie kommt selbst nicht aus den besten Verhältnissen, musst du wissen. Als sie klein war, hat ihre Mutter sie manchmal mehrere Tage in der Wohnung eingesperrt und dort allein gelassen. Mit vierzehn ist sie von zu Hause abgehauen und hat drei Jahre lang auf der Straße gelebt. Sie weiß, was es heißt, niemanden zu haben, der für einen da ist.«

Die Tür zu Evas Wohnung war nicht verschlossen, und sie konnten ungehindert eintreten.

»Darf jeder hier einfach so rein?«, fragte Smilla, während Jera mit ihrem Wassereimer in kleinen, angestrengten Schritten an ihnen vorbei und in Richtung Küche lief.

»Nein«, sagte Julius. Er bedeutete Smilla mit einer Handbewegung, ihm weiter den Flur entlang zu folgen. »Nur, wenn wir hier eine Aufgabe zu erledigen haben.«

Am Ende des Flures führte eine schiefe, abgetretene Holztreppe in die Tiefe. Bei jeder Stufe, die Julius nahm, knarzte es bedenklich.

»Was ist da unten?«, wollte Smilla wissen. Zögerlich setzte sie einen Fuß auf die Treppe. Der randvolle Plastikkanister in ihrer Hand erschwerte es ihr, das Gleichgewicht zu halten. Aber noch viel intensiver hemmte sie der Unwille, in einen Keller hinabzusteigen, ohne zu wissen, was dort auf sie wartete.

»Hauptsächlich Vorräte«, antwortete Julius leicht außer Atem. Er war schon fast am unteren Ende der Treppe angekommen und verschwand zusehends in der Dunkelheit.

Smilla machte noch einen Schritt. »Und wozu braucht sie da unten Wasser?«

Sie hörte schlurfende Schritte und ein metallenes *Klonk*, als Julius seinen Eimer abstellte. Im nächsten Augenblick tauchte sein Gesicht am Fuß der Treppe wieder auf. »Ich glaube, zum Putzen. Giorgio hat dort gestern irgendwas umgetreten, soweit ich weiß.«

Dann war Giorgio wohl im Keller verhört worden.

»Komm, gib mir den Kanister«, sagte Julius und kam Smilla ein paar Stufen entgegen. »Ich kann das Wasser auch eben allein wegbringen.«

Mit einem kurzen Lächeln nahm er ihr den Kanister ab und machte sich wieder an den Abstieg. Smilla wartete, während Julius im Kellergewölbe verschwand. Ob er ihr den Kanister abgenommen hatte, weil er ihr Unbehagen gespürt hatte, wie heute früh bei der Dank-Zeremonie? Oder hatte es vielleicht einen anderen Grund?

Nach kaum einer Minute kehrte Julius zurück. »So, das war's mit dem Wasserdienst. Das Anstrengendste haben wir für heute hinter uns«, sagte er und lächelte Smilla breit an. Er lächelte oft, und an der Art, wie sich dabei sein ganzes Gesicht aufhellte, meinte Smilla zu erkennen, dass es ein ehrliches Lächeln war. Keine Maske, kein Schauspiel.

Smilla beneidete ihn darum, dass er sich genug Leichtigkeit bewahrt hatte, um so oft und für so nichtige Anlässe ein Lächeln aufzusetzen.

»Als Nächstes müssen wir beim Mittagessen helfen«, fügte er hinzu und lief weiter, Richtung Wohnungstür, durch die herbstliches Sonnenlicht hineinfiel, strahlend wie Gold, aber genauso hart und kühl. Smilla folgte ihm.

Draußen wartete Jera schon auf sie. Julius führte sie in den Speisesaal und von da aus durch eine Schwingtür in die geräumige, weiß geflieste Küche. Zusammen mit drei jugendlichen Mädchen, denen Smilla keine Namen zuordnen konnte, wuschen sie Äpfel und Karotten und schnitten sie in Spalten. Dazu gab es einen Tee aus diversen Kräutern, der aufgrund des Moorwassers die Farbe von dunklem Bernstein hatte.

Das Mittagessen wurde, wie auch das Frühstück, von allen gemeinsam im Speisesaal eingenommen. Jeder saß auf genau dem Platz, auf dem er auch am Morgen gesessen hatte. So konnte Smilla Giorgio und Nadja nur im Vorbeigehen fragen, ob es ihnen gut gehe. Giorgio schien etwas gelassener als noch am Morgen und unterhielt sich während des Essens mit den Männern aus seiner Gruppe. Nadja hingegen wirkte immer noch so, als könnte sie ihre gesprächigen Zimmergenossinnen eigentlich nur mit Ohrstöpseln ertragen.

»Ich bin sicher, dass ihr euch schnell hier eingewöhnen werdet«, sagte Julius, der bemerkt hatte, dass Smillas Blick immer wieder zu Giorgio und Nadja hinüberwanderte. »Es ist schwieriger, sich auf alles hier einzulassen, wenn man mit einer Gruppe kommt, als wenn man allein ist. Und die meisten hier waren allein, bevor Eva sie gefunden hat.«

Smilla zwang sich, Giorgio und Nadja nicht länger zu beobachten und stattdessen Julius ihre Aufmerksamkeit zu widmen. »Was meinst du damit: *Eva hat sie gefunden?* Warum sagen das alle immer so?«

Mittlerweile überlegte sie gar nicht mehr, bevor sie Julius eine Frage stellte, denn er beantwortete sie alle so bereitwillig.

»Weil es so normalerweise läuft. Eva guckt sich jemanden aus, dem sie helfen will, und dann holt sie denjenigen in die Gruppe.«

»Sie guckt sich die Leute aus?«, fragte Smilla und schob sich die letzte Apfelspalte von ihrem Teller in den Mund.

»Sie möchte den Schwächsten der Überlebenden helfen. Am liebsten würde sie natürlich allen helfen, aber das geht nun mal nicht. Deshalb dauert es manchmal eine Weile, bis sie sicher ist, ob sie jemanden auch wirklich in die Gruppe holen möchte.«

»Noch Tee?« Hinter Julius war eines der Mädchen, die mit ihnen das Mittagessen vorbereitet hatten, an den Tisch getreten. Sie trug nun keinen Mundschutz mehr und hatte ihre Kapuze abgesetzt, sodass eine nussbraune Haarpracht zum Vorschein kam, die sie zu zwei dicken Zöpfen geflochten hatte. Eine wulstige Narbe zog sich von ihrem rechten Mundwinkel bis zu ihrem Ohr.

»Ja, bitte«, sagte Julius und hielt ihr seinen Becher hin. Sie goss erst ihm, dann Jera und schließlich auch Smilla das dunkle Gebräu ein, das nach Kamille duftete.

Sie bedankten sich, und das Mädchen lächelte.

Als sie sich entfernte, lehnte Julius sich näher zu Smilla hinüber. »Melissa zum Beispiel – Eva hat sie Menschenhändlern abgekauft.«

Smillas Augen zuckten zurück zu dem Mädchen mit dem dicken Haar und der Narbe, das nun am anderen Tisch Tee ausschenkte.

»Und dann ist sie mit ihr zurück zu Melissas Lager, das von den Menschenhändlern zerstört worden war, und gemeinsam haben sie ihren Vater aus den Trümmern geborgen. Ahmed, wir sind ihm heute Morgen am Eingang zum Wohntrakt begegnet.« Julius wies unbestimmt ans Kopfende der Halle. »Er war ausgehungert und dehydriert, und Eva musste ihm später das Bein vom Knie abwärts amputieren, aber er hat es überlebt.«

Julius' eisgraue Augen wanderten weiter den Tisch hinunter.

»Und siehst du den Jungen da, dem Melissa jetzt Tee einschenkt?«

Smilla folgte seinem Blick und nickte.

»Das ist Gerôme, ein Franzose. Er hat auf dem Monschauer Markt gebettelt, und da er kein Wort Deutsch sprach, stand er wohl ganz unten in der Nahrungskette der Monschauer Bettler. Ein Fremder, sozusagen. Ein Außenseiter. Und jedes Mal, wenn Eva auf dem Markt war, sah er ausgehungerter und kränker aus. Also hat sie ihn irgendwann mitgebracht. Mittlerweile würde er sich wahrscheinlich gut allein durchschlagen können, aber wenn man einmal eine Gruppe wie diese hier gefunden hat, will man hier nicht mehr weg.«

Jera nickte eifrig. »Ja, das wäre komplett verrückt.«

Nachdem sie gegessen hatten, ging es weiter mit Wäschewaschen. Dazu führte Julius sie in einen Raum, der an den Stall angrenzte und von der Körperwärme der Tiere erfüllt war. Zwei große, runde Holzkübel standen in der Mitte des Raumes, die Smilla bis zur Brust reichten. In dem einen schwammen nass glänzende Mäntel in gräulichem, undurchsichtigem Wasser. Der andere war leer.

Sie füllten den leeren Kübel bis zur Hälfte mit sauberem Wasser. Dann fischten sie die Mäntel aus dem anderen Kübel, kurbelten sie durch eine Wäschemangel und warfen sie anschließend in das klare Wasser. Mit langen Holzstäben rührten sie die Wäsche um, sodass der Schmutz gründlich aus ihr herausgespült wurde.

Julius erklärte Smilla, dass sie die Asche aus den Öfen zum Waschen und Putzen verwendeten. Von diesem einfachen Kniff war Smilla fast so beeindruckt wie davon, dass die Sekte wusste, wie man sich den Torf aus dem Moor vielfältig zunutze machte.

»Wisst ihr das alles von Eva?«, fragte Smilla, während sie gemeinsam mit Jera die klargespülten Mäntel ein letztes Mal durch die Mangel kurbelte.

Julius nickte, nahm einen ausgewrungenen Mantel entgegen und hängte ihn über eine der vielen Leinen, die den Raum durchspannten. »Das war Teil des Therapiekonzepts vom Vennhof: Körperliche Arbeit, alle müssen mit anpacken, jeder trägt etwas zum Tagewerk bei. Die Jugendlichen, mit denen Eva gearbeitet hat, sollten hier ihren eigenen Wert erkennen und sich selbstwirksam fühlen. Glück für uns.« Julius lächelte, und Jera nickte.

»Wow, diese Eva ist ja geradezu eine Heilige, was?«, erwiderte Smilla und versuchte, nicht sarkastisch zu klingen.

Was Julius und Jera ihr bisher über Eva berichtet hatten, klang wie der wahrgewordene Traum eines jeden Überlebenden. Und auch wenn Smilla gerne geglaubt hätte, dass Eva aus der Güte ihres Herzens diejenigen aufnahm, die die Plage am härtesten getroffen hatte, so fügte sich all dies doch nicht zu einem stimmigen Bild zusammen. Denn da war immer noch der Konflikt mit den *Verlorenen Jungs*, den Eva ihnen bisher nur halbherzig erläutert hatte. Und noch eine andere Sache ließ Smilla nicht los: Der Tote im Wald, den sie kurz hinter Küchelscheid entdeckt hatten. Es erschien ihr naiv, anzunehmen, dass er und die Sekte in keinerlei Verbindung standen, wenn man bedachte, dass es hier draußen außer der Sekte niemanden gab.

»Sie versucht ihr Bestes«, sagte Julius und nahm den nächsten Mantel an. »Aber sie ist auch sehr streng. Fangt am besten keine Diskussionen mit ihr an, vor allem nicht vor den anderen. Und sagt lieber einmal zu viel Danke als einmal zu wenig.«

Smilla fischte den letzten Mantel aus dem Bottich mit dem sauberen Wasser. »Sonst was?«, fragte sie.

Julius wandte sich von der Wäscheleine zu ihnen um und hob die Schultern. »Sonst könntet ihr bei ihr in Ungnade fallen«, sagte er dann nonchalant. »Und bei Eva will man nicht in Ungnade fallen.«

KAPITEL

19

DIE DANKBAREN

Die Sonne berührte beinahe den Horizont. Viel Zeit blieb ihnen nicht mehr, um ihrer letzten Aufgabe noch bei Tageslicht nachzugehen: der Fütterung der Tiere.

Julius führte sie über eine steile Treppe an der Außenwand der Stallungen in den Dachstuhl darüber. Dort stapelten sich Heuballen bis unter die Decke. Über Luken im Boden warfen sie dem Pferd und den Kühen Heu in ihre Ställe. Das aufgeregte Scharren und Schnauben der Tiere erfüllte Smilla mit Freude, während sie Bündel um Bündel getrockneten Grases durch die Luke fallen ließ. Es war schön, zur Abwechslung mal einem anderen Lebewesen einen Grund zur Freude geben zu können.

Im Anschluss daran holten sie Koch- und Schlachtabfälle aus der Küche ab und verteilten sie unter den Schweinen, Hunden und Wölfen. Smilla konnte die Überreste eines Huhns und mehrerer Kaninchen in den Abfällen ausmachen. Hoffentlich würde es etwas davon zum Abendessen geben.

Nach der Fütterung trennten sich ihre Wege. Julius ging Ben abholen, und Smilla und Jera zogen sich in ihr Zimmer zurück. An einer Schüssel mit Wasser wuschen sie sich Hände, Nacken und Gesicht. Jemand hatte den Rucksack, den man Smilla am Abend zuvor abgenommen hatte, in ihr Zimmer gebracht. Die Tupperdosen, Einmachgläser und das Küchenmesser waren ordentlich darin verstaut worden.

Smilla stopfte den Rucksack in den Kleiderschrank und ließ sich dann erschöpft, aber erfüllt neben Jera aufs Bett fallen. Sie hielt ihre Hände vors Gesicht und betrachtete die wunden Stellen daran. Einige der Blasen, die sie sich beim Schleppen der Wassereimer zugezogen hatte, waren aufgeplatzt und brannten heiß. Jera hielt ihre Hände zum Vergleich daneben. Auch sie waren geschunden, doch einige der Blessuren heilten bereits wieder ab.

»Juli sagt, irgendwann habe ich so viel Hornhaut, dass es nicht mehr weh tut. Hoffentlich dauert das nicht so lange.«

»Es wird schneller gehen, als du denkst.«

Smilla ließ die Hände wieder sinken und atmete tief ein und wieder aus. Diese Art von Erschöpfung fühlte sich gut an. Besser als die, die sie auf der Reise hierher geplagt hatte. In der Kraftlosigkeit, die sie jetzt verspürte, lag Zufriedenheit und die Gewissheit, etwas geschafft zu haben. In der von der Reise hatte bloß die Angst gelauert, nicht genug Kraft zu haben, um es bis zu ihrem Ziel zu schaffen.

»Juli ist süß, oder?«, fragte Jera da in verschwörerischem Ton.

Smilla lächelte. Seit wann fand ihre Schwester denn

Jungs süß? Bestimmt hatte sie den Ausdruck bei den Älteren aufgeschnappt.

»Ja, er macht einen ganz netten Eindruck«, stimmte sie ihr unverfänglich zu.

Jera rückte etwas näher und bettete ihren Kopf auf ihre Hände. »Wie ist dein Freund so?«, flüsterte sie dann, obwohl es keinen Grund gab zu flüstern.

Bei Jeras Worten veränderte sich etwas in Smilla. Obwohl sie erleichtert darüber war, dass Jera trotz ihrer Enttäuschung über Smillas Verhalten in den letzten Wochen neugierig auf diese Details war, legte sich eine harte Hand um ihr Herz.

»Er ist eigentlich nicht mehr mein Freund«, gab sie zurück. »Im Prinzip war er das nie. Er hat mich belogen. Und er hat anderen Menschen schlimme Dinge angetan.«

»Warum war er dann überhaupt dein Freund?«

Smilla fuhr sich mit der Zunge über die Lippen. Nun, da Jera diese Fragen stellte, mit einem verständnislosen Singsang in der Stimme, kam sie sich bloßgestellt vor. »Zuerst wusste ich das alles nicht. Und als langsam ersichtlich wurde, dass er nicht so nett ist, wie er tut, da wollte ich es nicht wahrhaben.«

»Warum nicht?«

»Das ist eine gute Frage«, murmelte Smilla und überlegte. »Weil er mir für kurze Zeit ein gutes Gefühl gegeben hat«, sagte sie dann. »Und das wollte ich nicht so schnell wieder verlieren.«

»Das verstehe ich«, sagte Jera.

»Tust du?«

Jera nickte wissend. »Als ich mit Eva zurück in die Eifel gegangen bin, hatte ich Angst, dass wir dich nie wieder finden und du vielleicht tot bist. Aber Eva hat immer gesagt: Wir finden deine Schwester schon. Und ich habe ihr geglaubt, auch wenn sie das eigentlich gar nicht wissen konnte. Weil das besser war, als zu glauben, dass du nicht mehr lebst.«

Smilla streckte ihre Hand nach Jera aus und strich ihr das Haar aus der Stirn.

»Ja, manchmal glaubt man lieber das, was angenehmer zu glauben ist.«

»Suchst du dir jetzt einen neuen Freund?«, wollte Jera dann wissen.

Smilla schüttelte den Kopf. »Fürs Erste konzentriere ich mich lieber auf dich und auf mich.«

Mit einem knappen Nicken gab Jera diesem Vorhaben ihren Segen. »Und wenn du noch mal jemanden findest, den du als deinen Freund willst, dann zeig ihn mir und der Familie erst, bevor du wieder irgendwas Doofes machst, okay?«

Jera bedachte Smilla mit einem gewichtigen Blick, und Smilla musste lachen.

»Okay«, sagte sie schließlich, als Jera sie unverwandt ernst ansah. »So machen wir es.«

Sie sahen einander in die Augen, und Smilla wurde das Herz schwer. Jera war glücklich hier, und Smilla war glücklich, wenn Jera es war. Aber sie konnten nicht auf dem Vennhof bleiben. Dafür umgaben Eva und ihre *Familie* zu viele Ungewissheiten.

»Jera«, setzte Smilla vorsichtig an. »Wir können nicht hierbleiben. Das weißt du, oder?«

Einige Sekunden lang herrschte eine knisternde Stille zwischen ihnen.

»Nein, weiß ich nicht«, sagte Jera dann.

Smilla fuhr sich mit der Zunge über die Lippen. »Ich

verstehe, dass das alles hier toll auf dich wirkt. So viele Menschen, ein eigenes Zimmer und Kinder in deinem Alter. Aber wir müssen nach Brüssel, bevor der Winter Einzug hält.«

Mit einem genervten Seufzer rollte Jera sich auf den Rücken und wandte den Blick ab. »Aber wir haben hier doch alles, was wir brauchen. Eva zeigt nicht jedem den Hof. Wir sollten dankbar sein, dass wir hier sein dürfen.«

Smilla seufzte. Sie überlegte, was sie sagen konnte, um Jera zu überzeugen. Doch das war nicht so einfach, wie es einmal gewesen war. Jera gehörte nicht mehr zu ihr wie eine Erweiterung ihres eigenen Körpers. Stattdessen war sie zu jemandem geworden, der eigene Entscheidungen traf, unabhängig von Smilla. Dabei erinnerte sie sich doch noch genau daran, wie hilflos Jera gewesen war, als sie sie zum ersten Mal gesehen hatte. Mit erstauntem Blick und leicht geöffnetem Mund hatte sie im Krankenhausbett auf der Brust ihrer Mutter gelegen und unkoordiniert mit Armen und Beinen gerudert. Smilla war zwölf gewesen, zu alt, um so etwas wie eine Rivalin um die Gunst ihrer Eltern in diesem kleinen Menschlein zu sehen. Vielmehr hatte sie in diesem Moment geglaubt, in gewisser Weise auch Mutter geworden zu sein.

Das Gesicht ihrer Mutter hatte sich trotz der dunklen Ringe unter ihren Augen erhellt, als sie Smilla im Türrahmen des Krankenhauszimmers erblickt hatte. Eine Hand schützend um Jeras Kopf gelegt, hatte sie sich im Bett aufgesetzt und Smilla zu sich gewunken. Winzig und rot und zerknautscht hatte Jera aus der Nähe ausgesehen. Gar nicht wie ein Mensch, sondern eher wie etwas, das sich zu einem richtigen Menschen aufpusten ließ. Der Anblick hatte sie überrascht, obwohl sie schon viele Babys gesehen hatte – in Filmen, in der Stadt, in Bilderbüchern. Aber Jera hatte anders ausgesehen als diese Babys. Noch kleiner. Noch weicher. Smilla hatte gewusst, dass sie Jera beschützen, sich um sie kümmern musste, genau wie ihre Eltern sich um sie gekümmert hatten. Diese Erkenntnis hatte sich tief in Smillas Gedächtnis eingebrannt und hallte immer noch in ihr nach, als sie Jera jetzt ansah.

»Aber in Brüssel warten doch die Schmieders auf uns«, sagte Smilla sanft. »Karen und Lars vermissen dich bestimmt schon wie verrückt. Und Marie erst!« Sie drehte sich auf die Seite, um Jera besser ansehen zu können.

Jera starrte an den Lattenrost des Bettes über ihnen. Jemand hatte zwei der fahlgrünen Sterne daran geklebt, die im Dunkeln leuchteten. »Das sagst du nur, um mir ein schlechtes Gewissen zu machen und deinen Willen zu kriegen.«

Erschöpft schloss Smilla die Augen und erinnerte sich daran, dass sie geduldig bleiben musste. Jeras Widerworten einfach einen Riegel vorzuschieben, funktionierte nicht mehr. Dann öffnete sie die Augen wieder.

»Jera«, sagte sie eindringlich. »Ich weiß, dass ich mich dir gegenüber nicht richtig verhalten habe. Dass ich dir nichts von meinem Freund erzählt habe und mehrmals einfach abgehauen bin, ohne dir Bescheid zu sagen, war rücksichtslos von mir, und das tut mir leid.«

Sie rückte etwas näher zu ihrer Schwester, streckte ihre Hand aus und legte sie auf Jeras Arm.

»Ich möchte aber, dass du weißt, dass ich das nicht getan habe, weil du mir nichts bedeutest oder weil es mir egal war, was du darüber denkst.«

Mit einem Mal brannten Smillas Augen, und sie versuchte, den plötzlichen Schmerz in ihrer Kehle herunterzuschlucken.

»Ich habe es getan, weil ich … weil es mir nicht gut ging. Ich habe mich einsam gefühlt, und ich hatte Angst vor der Zukunft. Ich musste mich um *mich* kümmern und habe nicht erkannt, dass ich dir damit wehgetan habe.«

Einen Moment lang schwieg Jera. Sie schien über das, was Smilla gesagt hatte, nachzudenken. Ein paar Mal holte sie scharf Luft, sagte dann aber doch nichts. Smillas Herz pochte mit jeder Sekunde des Schweigens lauter.

»Und wenn es dir das nächste Mal nicht gut geht?«, fragte Jera schließlich. Ihr Kopf fiel zur Seite, sodass sie Smilla in die Augen sehen konnte. »Halten wir nur zusammen, solange es dir gut geht?«

Smilla schüttelte den Kopf. »Nein, natürlich nicht, das wollte ich –«

»Eine Familie muss zusammenhalten. Immer!«, unterbrach Jera sie. »Und weil Evas Familie zusammenhält, funktioniert hier auch alles so gut.«

Eva, Eva, Eva. Langsam konnte Smilla es nicht mehr hören. »Aber genau das haben wir letztendlich doch auch getan. Du hast nach mir gesucht, ich habe nach dir gesucht. Am Ende haben wir zusammengehalten, obwohl ich davor einige dumme Entscheidungen getroffen hatte.«

Nachdenklich legte Jera die Stirn in Falten und fixierte einen Punkt hinter Smilla. »Ja, schon.«

Smilla hob fragend die Augenbrauen.

»Aber jetzt ist doch alles gut, und du willst trotzdem von hier weg. Das ist bestimmt auch wieder nur eine dumme Entscheidung von dir.«

Jeras Vertrauen in sie hatte Schaden genommen. Das war nachvollziehbar. Dennoch tat es weh, dieser Tatsache ins Gesicht zu blicken. Wieder spürte sie Tränen in ihre Augen schießen, doch sie blinzelte sie eilig fort. Jera sollte ihr nicht nur aus Mitgefühl zuhören.

»Ich habe dir doch erzählt, dass ich von den *Verlorenen Jungs* entführt wurde«, sagte sie und versuchte, ruhig und gesammelt zu klingen. Doch die Erinnerung, die sie mit diesen Worten heraufbeschwor, gepaart mit dem Gefühl, einen Teil von Jeras Zuneigung auf immer verloren zu haben, ließen ihre Stimme dünn und zerbrechlich klingen.

Jera schlug die Augen nieder und nickte.

»Nun, sie haben mich entführt, weil Eva es ihnen befohlen hat. Sie hat ihnen gesagt, sie müssten eine Frau für sie fangen, sonst würde sie die *Verlorenen Jungs* töten.«

Die nachdenkliche Falte auf Jeras Stirn wurde tiefer, aber sie setzte nicht zur Widerrede an. Immerhin war sie selbst dabei gewesen, als Eva mit Smilla, Nadja und Giorgio über den Konflikt mit den *Verlorenen Jungs* gesprochen hatte. Verstanden hatte sie das Ganze wahrscheinlich nicht. Umso aufmerksamer wurde sie nun.

»Deshalb hast du mich gestern nach den Frauen hier gefragt?«

Smilla nickte.

»Hm«, machte Jera, als wäre das nicht mehr als ein erstaunlicher Zufall. »Ich weiß nichts davon, dass Eva irgendwelche komischen Sachen mit Frauen macht. Aber …« Sie zögerte, als würden die nächsten Worte sie Überwindung kosten. »Ich könnte mal Juli fragen, ob er irgendetwas dazu weiß.«

Smilla schüttelte den Kopf. »Nein, lass das lieber. Am Ende werden Juli oder Eva noch wütend, wenn wir so eine Frage stellen.«

Sie durften sich in Julius' Nähe nicht zu sicher fühlen.

Er wirkte harmlos, ja. Aber er gehörte zur Sekte, und im Zweifelsfall würde seine Treue der Frau gelten, die ihn und seinen Sohn aufgenommen hatte, und nicht zwei Schwestern, die er kaum kannte.

»Also, ich glaube nicht, dass Eva bei dieser Sache mit den *Verlorenen Jungs* etwas Böses im Sinn hatte«, sagte Jera und stand vom Bett auf. »Sie ist nicht so wie die«, fügte sie dann entschieden hinzu.

Sie zog sich ihre Stiefel wieder an und holte ihren Mantel aus dem Schrank.

»Was hast du vor?«, fragte Smilla und richtete sich auf.

»Ich will noch kurz zu meiner Freundin Tessa, bevor es Abendessen gibt. Du kannst hierbleiben«, sagte Jera barsch.

Und bevor Smilla noch etwas erwidern konnte, war sie auch schon in den Flur verschwunden und hatte die Tür mit einem Krachen hinter sich geschlossen.

Nach einer Weile – vor dem Fenster war es bereits dunkel – erklang eine Glocke im Hof, und Smilla schrak hoch. Sie musste weggenickt sein. Sie stand auf, zog sich Schuhe und Mantel an und verließ das Zimmer.

Im Flur schloss sie sich ein paar Mädchen an, die in diesem Moment unbeschwert plappernd an ihrer Tür vorbeirauschten. Eine von ihnen stellte sich Smilla als Sonja vor. Sie hatte kurze, blonde Haare und eine niedliche Zahnlücke zwischen den oberen Schneidezähnen. Sie lachte und redete einen Deut lauter als die anderen, und ihre Ohrringe aus bunten Holzperlen tanzten wild, wenn sie sich vom einen zum anderen wandte, um auf etwas, das gesagt worden war, zu reagieren. Sie beglückwünschte Smilla dazu, dass sie den ersten Tag harter Arbeit überstanden hatte.

»Warte nur ab, bis du Latrinendienst hast. Dann wirst du dir wünschen, wieder Wasser schleppen zu dürfen«, sagte sie, und die anderen lachten.

»Weißt du schon, was du morgen für Aufgaben hast?«

Sie verließen den Wohntrakt und hielten im Eilschritt auf die Tür zum Speisesaal zu. Der Wind, der sie tagsüber verschont hatte, strich nun pfeifend um die Mauern des Vennhofs.

Smilla schüttelte den Kopf. »Nein, keine Ahnung.« Interessant, dass jeder, mit dem sie sprach, davon ausging, dass sie bleiben würde. Als käme etwas anderes überhaupt nicht in Frage.

Im Speisesaal waren Kerzen auf den Tischen aufgestellt worden. Ihr Licht reichte gerade aus, um seinen Platz zu finden und seinem Nebenmann ins Gesicht sehen zu können. Um Nadja oder Giorgio auszumachen, war es zu schwach.

Julius und Jera warteten bereits auf ihren Plätzen am hinteren Ende der Halle. Neben Julius saß Ben und spielte mit einem hellen Stück Holz, das jemand so zurechtgeschnitzt hatte, dass es entfernt an einen Hund erinnerte. Kaum hatte Smilla sich neben Jera auf die Bank geschoben, ertönte Klatschen und Johlen. Eva hatte den Saal betreten.

»Meine Lieben«, sagte sie, als der Beifall langsam abebbte. »Danke. Danke euch, für die harte Arbeit, die ihr heute verrichtet habt. Jeder einzelne von euch trägt jeden Tag dazu bei, dass wir ein Leben ohne Frostbeulen und Magenknurren führen können. Ihr habt meine endlose Dankbarkeit dafür.«

Erneuter Applaus.

»Bevor wir essen – und glaubt mir, unsere Köche und Köchinnen haben heute wieder etwas Wunderbares für uns alle zubereitet – würde ich gern von euch wissen, wem ihr heute dankbar seid. Wer hat euer Leben heute ein kleines bisschen schöner gemacht?«

Ein paar Plätze von Smilla entfernt schoss ein Arm in die Höhe, und Eva zeigte auf die Person, die sich gemeldet hatte. »Ich bin Elli dankbar«, sagte eine junge Stimme. »Sie hat meine Schubkarre durch den Schlamm geschoben, als ich es nicht geschafft habe.«

Eva nickte. »Ein Applaus für Elli.«

Sofort erfüllte tosender Beifall die Halle. Erst, als Eva eine Hand hochhielt, hörten ihre Anhänger auf zu applaudieren.

Irgendwo weiter vorn in der Halle meldete sich noch jemand. »Ich bin dankbar für Melissa, weil sie mir das Mittagessen aufgehoben hat, das ich verpasst habe«, berichtete Ahmed.

Und noch eine Runde Applaus.

»Ich bin Marius dankbar, weil er mich zum Lachen gebracht hat, als ich schlechte Laune hatte«, sagte eine junge Frau, deren Namen Smilla noch nicht kannte.

Wieder folgte Beifall. Und diesmal klatschte Smilla, ohne weiter darüber nachzudenken, mit.

Da meldete Jera sich. Eva nickte auch ihr ermutigend zu. »Ich bin Juli dankbar, weil er mir und Smilla alle Fragen beantwortet hat, die wir heute hatten.«

Erneut klatschten und jubelten die anderen Sektenmitglieder, und Julius schien nicht so recht zu wissen, wo er hinsehen und was er währenddessen mit seinen Händen machen sollte.

Und so ging es weiter, bis alle etwas gesagt hatten, wofür sie an diesem Abend jemandem dankbar waren. Als nur noch Smilla, Giorgio und Nadja übrig waren, fühlte Smilla sich mit jeder Sekunde unwohler. Fast, als wäre sie undankbar und gleichgültig. Als ihre Wangen bereits heiß brannten, hob sie schließlich den Arm. Eva gab ihr das Wort, und alle Augen richteten sich auf sie. Noch mehr Blut schoss ihr in die Wangen, sodass ihr unvermittelt heiß wurde.

»Ich möchte mich bei meiner Schwester Jera bedanken«, brachte sie nach einem unbehaglichen Räuspern hervor. »Weil sie sich bemüht, meine Gefühle und Gedanken nachzuvollziehen, obwohl ich mich ihr gegenüber nicht so gut verhalten habe.«

Jera strahlte sie an, und Beifall brandete auf. Lauter als zuvor. Aber vielleicht bildete Smilla sich das nur ein. Mit einem Mal fühlte sie sich leicht.

Als wieder Stille einkehrte, hob auch Nadja ihren Arm und sagte, dass sie dankbar für die Mahlzeiten sei, die sie an diesem Tag bekommen habe. Es schien ein Ausweichmanöver zu sein, um niemandem in der Sekte danken zu müssen, aber Eva gab sich damit zufrieden, und die Sekte klatschte und johlte. Giorgio sagte nichts. Und er trug noch immer seine Lammfelljacke.

Nach dem Essen versammelte sich die Gruppe im Hof, wo bereits ein knisterndes Holzfeuer loderte. Alle redeten, lachten und ließen sich nach und nach auf den kreisförmig angeordneten Bänken und Stühlen nieder.

In diesem Durcheinander schaffte Smilla es, sich endlich Nadja und Giorgio zu nähern. Die beiden hatten sich dicht zueinandergestellt und beobachteten das Geschehen um sie herum.

»Und?«, fragte Smilla. Mehr brauchte sie nicht zu sagen.

»Alles unkritisch bisher«, flüsterte Nadja. »Ich musste Holz hacken, nähen und putzen und diesen Tratschtanten aus meiner Gruppe tausend private Fragen beantworten. Aber ich habe nichts Ungewöhnliches bemerkt. Keine Sekten-Vibes.«

»*Keine Sekten-Vibes?*«, wisperte Giorgio. Er sah sich gehetzt um, aber niemand schien ihnen besondere Aufmerksamkeit zu schenken. »Wir sollen alle das Gleiche anziehen und einer Verrückten applaudieren, die eine Bande Außenseiter und verwaiste Kinder ihre *Familie* nennt. Das ist Sekte pur.«

»Ja, klar«, gab Nadja zurück. »Aber ich habe nichts Besorgniserregendes mitbekommen. Keine Gespräche über das anstehende Opferfest oder irgendwelche gruseligen Gottheiten und so weiter.«

»Ich auch nicht«, pflichtete Smilla ihr bei. »Ich finde es sowieso schwer vorstellbar, dass das hier die gleichen Leute sein sollen, die dem Club mit Vergeltung gedroht haben. Die hätten ihre Drohungen doch niemals in die Tat umsetzen können.«

Nadja lachte freudlos. »Das wäre wirklich bitter, wenn der Club sich tatsächlich wegen *denen* gespalten hätte.«

Noch einmal sah Giorgio sich um. »Also, wann hauen wir ab?«, zischte er.

»Smilla!«

Sie fuhren zusammen. Aus den Schatten hinter dem Lagerfeuer tauchte Eva auf. Ihr dichtes Haar wallte aus ihrer Kapuze hervor, und ein steinernes Lächeln lag auf ihren Lippen.

»Ich sehe, du hast deinen ersten Tag bei uns lebendig überstanden.« Das Lächeln wurde breiter.

Smilla räusperte sich. »Ähm. Ja.«

»Schön.« Sie blickte Giorgio und dann Nadja kurz in die Augen. Dann verweilten ihre Pupillen auf Smilla. »Komm mit. Ich möchte mich mit dir unterhalten.«

Im flackernden Wechsel von Schatten und Licht sah sie mit einem Mal angsteinflößend aus, ihr erblindetes Auge wie ein übernatürliches Werkzeug, das bis in Smillas Seele vordrang.

»Okay«, sagte Smilla. Eine andere Antwort auf Evas Aufforderung schien es ohnehin nicht zu geben. Sie tat einen Schritt auf Eva zu und ließ Giorgios und Nadjas schützende Nähe hinter sich.

KAPITEL

20

DIE SOLLBRUCHSTELLE

Eva hakte sich bei ihr unter wie eine alte Freundin. Mit sanftem Druck auf ihrem Arm führte sie Smilla weg vom Lagerfeuer und den anderen und in Richtung des nächtlichen Waldes, der wie eine schwarze Wand vor ihnen aufragte.

»Ich muss sagen, ich bin sehr beeindruckt von dir.«

Smilla spürte Evas Blick auf sich, wusste jedoch nicht, was sie darauf sagen sollte, geschweige denn, worauf Eva hinauswollte.

»Du bist dieser furchtbaren Gruppe aus Vogelsang entkommen und hast es mit einem Minimum an Ausstattung fast bis nach Brüssel und wieder zurück geschafft. Normalerweise würde ich sagen, jemand wie du braucht überhaupt keine Gruppe. Du könntest es ganz allein schaffen.«

Sie setzten die Füße zwischen die Bäume, die sich im

kalten Moorwind schläfrig hin- und herwiegten, und verließen die Sicherheit des Hofes.

Smilla schüttelte den Kopf. »Da ist nichts Beeindruckendes dran. Ich hatte Glück und jede Menge Hilfe. Vor allem von Nadja.«

Eva ging nicht sofort darauf ein, aber Smilla war sich sicher, dass sie lächelte, während sie immer weiter in die Dunkelheit vordrangen.

»Hilfe von Nadja, sagst du? Das überrascht mich.«

Als Eva nicht weitersprach, fühlte Smilla sich dazu genötigt, etwas zu ergänzen. »Sie kennt sich wirklich gut aus mit essbaren Pflanzen und Heilkräutern und Jagdtechniken und so weiter. Und außerdem behält sie in Gefahrensituationen einen klaren Kopf.«

»Das sind wichtige Fertigkeiten in dieser Welt«, sagte Eva nach einer Weile. »Dennoch wirkt sie auf mich schwach. Labil, sogar. Sie braucht den Rückhalt einer Familie viel dringender als du oder Giorgio.«

Wieder kehrte Stille ein. Nur das Knacken toter Äste, die unter ihren Füßen nachgaben, und das Heulen des Windes in den Baumwipfeln ließen Smilla wissen, dass sie sich nicht durch schwarze Leere bewegten.

»Aber über Nadja wollte ich überhaupt nicht mit dir reden«, sagte Eva schließlich. »Ich möchte wissen, wie es dir bei uns gefällt.«

»Gut«, sagte Smilla schnell. Das war nicht einmal gelogen. Es ließ nur außen vor, dass sie daran zweifelte, dass hier alles so in Ordnung war, wie es an der Oberfläche schien. »Ihr habt hier wirklich alles, was man zum Leben braucht.«

»Ja, das haben wir«, sagte Eva, und Smilla meinte, einen stolzen Unterton aus ihrer Stimme herauszuhören.

»Und wie ist das bei deinen beiden Freunden? Sie wirken, als würden sie sich unwohl fühlen. Giorgio will seinen Mantel nicht anziehen, und man hat mir berichtet, dass Nadja kaum ein Wort mit ihrer Patin gewechselt hat.«

»Na ja, wir sind ja erst einen Tag hier«, wich Smilla der Frage aus.

»Aber bin ich denn in euren Augen nicht mehr als gastfreundlich gewesen? Wir hätten euch töten können, gleich draußen im Wald, wo wir euch aufgegriffen haben.«

Smilla stutzte. Sollte sie jetzt etwa dankbar dafür sein, dass man ihr Leben nicht antastete?

»Die *Verlorenen Jungs* hätten uns auch nicht sofort getötet, sondern erst mal überlegt, welchen Nutzen sie aus uns schlagen könnten«, gab sie schließlich zurück.

»Oh, vergleich mich nicht mit diesen Barbaren. Die sind weit über das Verlorensein hinaus«, presste Eva hervor, und Smilla war sicher, dass sie in diesem Moment einmal nicht lächelte.

Und obwohl Julius sie davor gewarnt hatte, Eva zu verärgern, nahm Smilla all ihren Mut zusammen und ergriff die Chance, die sich vor ihr auftat. »Also, ich finde die Ähnlichkeiten zwischen euch und den *Verlorenen Jungs* verblüffend. Ihr habt euch an einen abgelegenen Ort zurückgezogen, an dem es euch besser geht als den meisten anderen Überlebenden hier in der Eifel. Ihr greift andere Gruppen an, um in der Hierarchie der Überlebenden noch höher zu klettern, und verbreitet Angst und Schrecken. Jeder hat von euch gehört, aber niemand weiß genau, wer ihr seid oder wo ihr euch aufhaltet.«

»Das alles macht uns aber nicht zu Räubern oder Menschenhändlern«, knurrte Eva. Ihr Arm, der immer noch in

Smillas eingehakt war, hatte sich versteift, und ihr Schritt war schneller geworden. Hoffentlich ging Smilla mit dem, was sie als Nächstes sagen würde, nicht zu weit.

»Dazu habe ich eine Frage, wenn ich darf.«

Die Sektenführerin gab einen unzufriedenen Laut von sich. »Natürlich, frag nur«, sagte sie dann, und es klang ganz so, als würde sie durch zusammengebissene Zähne sprechen.

»Wenn ihr nicht mit Menschen handelt, dann wundert es mich doch sehr, dass du eine Frau von den *Verlorenen Jungs* gefordert hast.«

»Und wie lautet die Frage?«, entgegnete Eva kühl.

»Die war impliziert.«

»Du hältst dich wohl für besonders schlau.«

»Ich halte mich zumindest für schlau genug, um nicht blind einer Gruppe zu vertrauen, die über die Grenzen der Eifel hinaus als Sekte bekannt ist.«

Erst erwiderte Eva nichts. Aber daran, wie sich ihre Finger in Smillas Arm krallten, erkannte sie, dass ihre Worte sie aufgebracht hatten. »Du solltest vorsichtig sein. Wenn eines meiner Kinder so respektlos mit mir reden würde, käme es nicht ungestraft davon. Aber du weißt es ja anscheinend noch nicht besser.«

Smilla biss sich auf die Zunge, um nicht noch etwas Bissiges zu erwidern. Wenn man damit einmal angefangen hatte, war es schwierig, wieder aufzuhören.

»Das einzige Interesse, das ich an jungen Frauen habe, ist, ihnen hier einen sicheren Hafen zu bieten. Das sollte dir aufgefallen sein«, fuhr Eva fort.

Smilla runzelte die Stirn. Das ergab keinen Sinn. Natürlich, viele der Sektenmitglieder waren Mädchen und junge Frauen. Aber wenn Eva deren Sicherheit so am Herzen lag, wieso erpresste sie dann die *Verlorenen Jungs*, eine Frau zu entführen?

»Mein Ziel warst nicht du, Smilla. Es war Nadja«, fuhr Eva fort, als hätte sie Smillas Verwirrung gespürt.

Smilla warf ihr einen stutzigen Seitenblick zu. Was sollte das nun wieder heißen?

Sie gelangten zum Zaun, der das Gelände des Vennhofs umschloss, und Eva hielt an.

»Die *Verlorenen Jungs*, wie ihr sie nennt, wurden zur Gefahr für mich und meine Familie«, sagte sie, während sie einen Schlüsselbund aus ihrer Manteltasche hervorholte. »Und spätestens, nachdem sie einen wichtigen Handelspartner von uns ausgemerzt hatten, wusste ich, dass ich etwas gegen sie unternehmen musste, bevor sie *uns* ausmerzen würden.«

Sie hielt das Tor auf, sodass Smilla hindurchgehen konnte. Dann hakte sie sich wieder bei Smilla ein. »Im offenen Kampf hätten unsere Chancen nicht gut gestanden. Meine Kinder wissen zwar, wie man sich zur Wehr setzt, und wir haben auch einige Verbündete im Umland, aber um eine Bande wie diese auszulöschen, reicht das nicht. Und die Festung war zu sicher abgeriegelt, als dass wir sie im Schutz der Nacht hätten in Brand setzen oder ihre Vorräte vergiften können.«

Smilla schüttelte langsam den Kopf, weil sie immer noch nicht verstand, was Eva ihr zu erklären versuchte. Für sie kam es nach wie vor auf das Gleiche heraus. »Also wolltest du sie zu deinen Handelspartnern machen?«

»Nein!«, stieß Eva ungeduldig aus. Insgeheim wunderte Smilla sich, dass sie Eva so leicht dazu hatte bringen können, sich ihr zu erklären. Entfernt erinnerte diese Eigenheit sie an Falk: So darauf bedacht, stärker und schlauer als der Rest zu wirken. Und doch so leicht aus der Ruhe zu bringen, wenn er glaubte, man zweifele ihn an.

»Ich wollte sie nicht zu meinen Handelspartnern machen, ich bin keine Menschenhändlerin«, sagte sie mit erhobener Stimme. »Ich wollte einen Keil zwischen sie treiben, sie dazu bringen, sich selbst zu zerstören. Also habe ich sie dort angegriffen, wo sie am verletzlichsten waren. An ihrer Sollbruchstelle: Nadja.«

Vor ihnen lichtete sich der Wald und gab den Blick aufs Moor frei. Hier reichte das Licht von Mond und Sternen aus, um zu erkennen, wohin sie ihre Füße setzten.

»Das … verstehe ich nicht«, gab Smilla zu.

Mit etwas ruhigerer Stimme setzte Eva zu einer Erklärung an: »Nadja war die einzige Frau in einer Gruppe, die keinerlei Respekt vor Frauen hat. Aber als Geliebte des ohnehin schon in der Kritik stehenden Anführers genoss sie dennoch einige Privilegien. Die Gruppe, in der so etwas nicht für Unstimmigkeiten sorgt, möchte ich erst noch kennenlernen. Also habe ich von den *Verlorenen Jungs* die Übergabe einer jungen Frau gefordert. Noch ein enges Zeitfenster für die Erfüllung dieser Anforderung obendrauf, und fertig war die tickende Zeitbombe.« Nun klang sie schon fast wieder stolz. Sie hörte sich wohl gerne reden. Noch eine Parallele zu Falk.

»Woher wusstest du das denn alles?«, fragte Smilla verwundert.

»Aus der Gruppe unserer Handelspartner, die von den *Verlorenen Jungs* attackiert wurden, konnten zwei entkommen. Da sie zuvor mit den *Verlorenen Jungs* Geschäfte gemacht hatten, wussten sie einige hilfreiche Dinge über sie zu berichten. Und ist dir zufällig diese Werkbank auf der Burg Vogelsang aufgefallen, die draußen direkt am Holzzaun steht?«

»Ja, an die erinnere ich mich«, sagte Smilla. Sie selbst hatte während ihrer Gefangenschaft auf der Ordensburg an eben dieser Werkbank arbeiten müssen.

»Die Gespräche, die man sich anhören kann, wenn man sich ein, zwei Stunden in der Abenddämmerung hinter den Zaun kauert …« Eva lachte leise, als freute sie sich über ihre eigene Gerissenheit. »Ich weiß jetzt viel mehr über diese Bande, als mir lieb ist.«

An der Baumgrenze blieben sie stehen. Zu ihren Füßen rauschte der Fluss, und dahinter peitschte der Wind durch die toten Gräser des Moors.

»Zugegeben, ich hatte gehofft, dass sie gar nicht erst eine andere Frau suchen, sondern sich direkt für Nadja entscheiden würden. Aber am Ende ist der Plan dennoch aufgegangen«, sagte Eva.

Smilla sah zu ihr auf. Sie hatte ihr Lächeln wiedergefunden und blickte fast verträumt über das nächtliche Moor. Bei ihrem Anblick spürte Smilla eine saure Hitze in sich aufsteigen.

»Und was, wenn die *Verlorenen Jungs* nicht nach deinen Regeln gespielt hätten? Was, wenn sie hierher gekommen wären und deine Kinder, wie du sie nennst, abgeschlachtet oder mitgenommen und verkauft hätten?«

Eva schüttelte den Kopf. »Das hätten sie nicht gewagt. Mich als jemand von der Sekte auszugeben, hat bisher noch jedes Mal funktioniert«, gab sie gelassen zurück und legte den Kopf in den Nacken, um zu den Sternen zu blicken. »Siehst du die Milchstraße?«, fragte sie und deutete zum Himmel. »Nach der Plage habe ich sie zum ersten Mal mit bloßem Auge gesehen.«

Aber Smilla wollte nicht über das Panorama plaudern. »Moment – seid ihr nun die Sekte oder nicht?« Sie kam nicht mehr mit.

»Nur, wenn wir es sein müssen. Im Tierreich würde man das als Mimikry bezeichnen. Wir imitieren die Sekte, um von ihrer abschreckenden Wirkung zu profitieren. Abgesehen davon, dass ich nicht einmal weiß, ob die Sekte überhaupt über die Gerüchte hinaus existiert.«

Smilla begann zu verstehen. Sie machten sich also die Angst, die sich vor der sagenumwobenen Sekte verbreitet hatte, zunutze, um andere Gruppen einzuschüchtern. Und wenn die *Verlorenen Jungs* darauf hereingefallen waren, schien es eine erfolgreiche Strategie zu sein.

»Ist das der Grund, warum Nadja und Giorgio sich nicht in die Gruppe fügen möchten? Weil sie uns für die Sekte halten?«, fragte Eva.

Smilla schluckte. »Ich kann nicht für die beiden sprechen, aber ich denke, es hat eher damit zu tun, was ihr im Namen der Sekte getan habt.«

Eva sah zu ihr herab. »Was haben wir denn getan?«

Angesichts dieser Frage fühlte Smilla sich vorgeführt. Als unterzöge Eva sie einer Prüfung, die man nicht bestehen konnte. »Na ja«, setzte sie an, »ihr habt Nadjas Gruppe zerschlagen. Ihr habt dafür gesorgt, dass Nadja verstoßen und ihr Freund – der Anführer der *Verlorenen Jungs* – gestürzt und getötet wurde.«

Eva schnaubte. »Ich hab keinem von ihnen auch nur ein Haar gekrümmt. Das haben sie sich alles selbst angetan.«

Smilla gefiel es nicht, Eva widersprechen zu müssen. Sie fürchtete ihre Wut, die gerade schon unter der Maske des besonnenen Lächelns aufgeblitzt war. Aber etwas in ihr wollte es dennoch tun. Vielleicht, weil Evas Selbstbetrug sie an sich selbst erinnerte.

»Du hast in Kauf genommen, dass die *Verlorenen Jungs* völlig unbeteiligte Menschen entführen und an euch ausliefern. Menschen wie mich.«

»Wir hätten dich wieder laufen lassen.«

»Was ich bei den *Verlorenen Jungs* erlebt habe, ist nicht vorbei, nur weil ich nicht mehr ihre Gefangene bin. Und es ist auch nicht vorbei, nur weil es die *Verlorenen Jungs* nun nicht mehr gibt. Ich erinnere mich noch genau an die Angst, die ich hatte. Das Gefühl, hilflos und ausgeliefert zu sein und nicht einmal mehr über den eigenen Körper verfügen zu können. Und ich weiß, dass ich dieses Gefühl nie vergessen werde.«

Eva gab ein Geräusch von sich, das ihre Gleichgültigkeit zum Ausdruck brachte. »Ein kleines Opfer in Anbetracht dessen, dass es nun eine brandschatzende und mordende Gruppe weniger gibt, oder? Oder hältst du *dein* psychisches Befinden für wichtiger als all die anderen Leben, die die *Verlorenen Jungs* noch zerstört hätten?«

»Nein, aber –«

»Es gab keine schöne Art und Weise, die *Verlorenen Jungs* zu entschärfen. Manchmal muss der Einzelne Opfer bringen, damit es den Vielen besser gehen kann. Du hast Opfer gebracht. Nadja hat Opfer gebracht. Aber ohne eure Opfer hätten wir hier vielleicht nicht mehr lang genug existiert, um euch nun Schutz und Nahrung bieten zu können.«

Smilla atmete langsam aus. Was Eva sagte, fühlte sich nicht richtig an. Doch alles, was sie dagegen setzen wollte, klang schon in ihrem Kopf egoistisch.

Einige Augenblicke verstrichen, in denen sie nur auf das

windgepeitschte Moor und den Sternenhimmel darüber blickten. Sie war atemberaubend schön, die Milchstraße. Es war schwer, sich vorzustellen, dass sie schon die ganze Zeit über da gewesen war. Vor der Plage. Vor der Menschheit sogar.

»Ich würde euch gerne aufnehmen, Smilla, als Teil unserer Familie«, sagte Eva dann. Ihre Stimme war wieder tief und weich, und abermals fragte Smilla sich, warum Eva ihr das alles überhaupt erzählte. Warum sie ihr so bereitwillig einen Platz in ihrer Gruppe anbot. »Aber dafür erwarte ich, dass ihr eure persönlichen Befindlichkeiten immer dem Wohl der Gruppe unterordnet. Ich akzeptiere keine Egoisten und Aufrührer in meiner Familie.«

Der Tote mit der senfgelben Mütze erschien vor Smillas innerem Auge. »Was passiert mit Egoisten und Aufrührern?«, fragte sie, ohne den Blick vom Moor zu wenden. »Werden sie an einen Baum gefesselt und getötet?«

Zu Smillas Erstaunen gab Eva ein kratziges Lachen von sich. »Ihr seid also Aron begegnet.« Sie legte eine kurze Pause ein. Dann sagte sie: »Ich kann euch beruhigen. Aron ist vor einigen Monaten an einem Fieber gestorben. Sein letzter Wunsch war es, auch nach seinem Tod für die Gruppe da sein zu können. Also haben wir ihn nach draußen in den Wald geschafft und ihn da als Vogelscheuche inszeniert. Nur eben nicht für Vögel, sondern für andere Überlebende.«

Smilla zog die Schultern höher, um ihren Hals gegen den kalten Wind zu schützen. Sie konnte sich nicht vorstellen, dass jemand den Wunsch hegte, nach seinem Tod im Wald abgelegt zu werden, um dort von Maden und Käfern gefressen zu werden.

Eva schien ihren Argwohn zu spüren. »Vor dem Virus

war der Tod etwas anderes, als er es heute ist. Er war nicht Teil des Lebens, sondern dessen gefürchtetes Gegenteil«, sagte sie. »Doch jetzt müssen wir uns viel häufiger mit Tod und Elend auseinandersetzen. Wenn man daran nicht zerbrechen will, hilft nur ein Perspektivwechsel. Meine Familie hat das verstanden, und deshalb hat jeder hier bereits einen Wunsch geäußert, was nach dem Tod mit seinem Körper geschehen soll.«

Sie sah Smilla von der Seite an, aber Smilla vermied es, ihren Blick zu erwidern.

»Wenn ich den Tod als alltäglich akzeptiere, dann heißt das doch bloß, dass ich den Respekt vor dem Leben verliere«, gab Smilla zurück.

Eva ließ ein nachdenkliches *Hmmm* hören, das beinahe wie ein Schnurren klang. »Interessante Schlussfolgerung«, sagte sie dann. »Aber etwas schwarz-weiß gedacht. Ich denke dabei eher daran, seine Angst abzulegen. Wer weniger Angst davor hat, zu sterben, kann freier leben.«

Diesmal erwiderte Smilla nichts. Der gefütterte lange Mantel und Evas Windschatten machten die Kälte etwas erträglicher. Langsam fing Smilla an, sich zu entspannen.

»Es gibt noch etwas, das ich dich fragen muss«, sagte Eva schließlich.

Smilla sah zu ihr auf.

»Wenn ihr uns verlassen würdet – wohin würdet ihr, Jera und du, gehen?«

»Nach Brüssel«, antwortete Smilla, ohne überlegen zu müssen.

Eva lachte ihr kratziges Raubtierlachen. »Ja, Brüssel.« Ein elektrisierendes Gefühl rollte durch Smillas Glieder, als Eva das sagte. Aber bevor Smilla sie fragen konnte, was sie damit meinte, holte Eva tief Luft und sagte: »Versprich mir, dass ihr niemandem von uns erzählen werdet, falls ihr uns verlasst.«

Eva wandte den Kopf, und ihre Blicke begegneten sich. »Versprochen«, sagte Smilla und meinte es auch so.

»Kein Wort. Nicht über den Hof, nicht über das Moor, nicht über meine Familie – gar nichts. Das alles hier funktioniert nur, solange niemand weiß, dass wir nicht *die* Sekte sind und dass jeder Zweite hier noch nicht einmal ausgewachsen ist.«

»Ich werde niemandem irgendetwas erzählen, versprochen«, beteuerte Smilla. Auch wenn sie Evas Taktiken fragwürdig fand, sah sie keinen Grund, den Hof und alle, die dort einen sicheren Hafen gefunden hatten, in Gefahr zu bringen.

Eva seufzte schwer. »Weißt du, bei meinen anderen Kindern muss ich mir keine Sorgen darüber machen, ob sie mich verlassen und den falschen Leuten vom Vennhof erzählen könnten. Denn wohin sollten sie schon gehen? Sie haben ja nichts und niemanden mehr. Aber ihr …«

Sie sprach nicht weiter, aber sie brauchte diesen Satz auch gar nicht zu Ende zu führen. Smilla verstand. Eva hatte sie, Giorgio und Nadja nicht sorgfältig ausgesucht. Sie waren einfach aufgetaucht und brauchten Eva nicht, um zu überleben. Sie schuldeten ihr nichts.

»Du hast Jera aufgenommen«, sagte Smilla langsam. »Damit hast du Giorgios und meine endlose Dankbarkeit. Wir werden niemandem etwas von deinem Hof erzählen.«

»Was ist mit Nadja?«, fragte Eva dann. Sie übte einen leichten Druck auf Smillas Arm aus, und sie kehrten dem Moor den Rücken zu. »Sie hätte allen Grund, Rache an meiner Familie und mir zu nehmen. Fällt dir ein Weg ein, wie ich ihre Loyalität gewinnen könnte?«

Smilla dachte nach. Sie wurden erneut von der Finsternis des Waldes eingehüllt, und prompt schien Smilla Evas Anwesenheit wieder bedrohlicher. War alles, was sie je gefühlt hatte, schon immer so stark vom Kontext eingefärbt gewesen? Nicht einmal ihren eigenen Gefühlen konnte sie trauen.

»Nicht wirklich, nein«, gab sie zu. »Aber ich denke, solange sie es hier gut hat und sich sicher fühlt, wird es keinen Grund für sie geben, von hier fortzugehen oder euch an irgendwen zu verraten.«

Eva gab ein nachdenkliches Geräusch von sich, teilte aber nicht mit Smilla, was sie dachte.

Sie passierten das Tor, und nach einigen Minuten kamen zwischen den Bäumen das Lagerfeuer und die steinernen Mauern des Hofes in Sicht. Evas Kinder tollten um das Feuer herum. Erst sah es aus, als ob sie ausgelassen tanzten. Doch als sie näher kamen, erkannte Smilla, dass sie ein Spiel spielten. Sie hatten sich bunte Tücher in die Manteltaschen gehängt, und anscheinend bestand ihr Spiel darin, den anderen die Tücher zu entreißen und auf diese Weise so viele Tücher wie möglich zu sammeln. Bis auf wenige Jugendliche und die älteren Erwachsenen schienen alle mitzuspielen. Sogar Nadja spielte und ließ sich gerade von einem Mädchen in Jeras Alter ihr Tuch abknöpfen. Giorgio hingegen saß allein auf einem weißen Gartenstuhl, starrte ins Feuer und beachtete die anderen gar nicht.

»Danke für das offene Gespräch«, sagte Eva an Smilla gewandt. Dann löste sie sich von ihrer Seite und ging geradewegs auf Nadja zu. Smilla beobachtete, wie Nadjas Miene sich bei Evas Anblick verhärtete. Dennoch nickte sie knapp, als Eva etwas zu ihr sagte, und folgte ihr in

Richtung Heuwiese. Mit einem unguten Gefühl im Bauch sah Smilla den beiden nach.

»Smilla!«, riss Julius' Stimme sie aus ihren Gedanken.

Er wandte sich gerade von Sonja ab, die ihm eines der bunten Tücher um den Nacken geschlungen hatte, und kam mit einem Strahlen auf Smilla zu. Sein dunkles Haar war zerzaust und seine Wangen gerötet.

»Willst du mitspielen? Komm, ich besorg dir ein Tuch!«

Ein Spiel zu spielen, bei dem laut geschrien wurde und bei dem man seine wertvollen Kraftreserven strapazierte, erschien Smilla unangebracht. Aber Julius' Lächeln und das freudige Kreischen der anderen Spielenden weckten in Smilla den Wunsch, sich auch so sorglos zu fühlen. Und wenn es nur für einige, wenige Minuten wäre.

Vielleicht konnte sie die schönen Momente schätzen, ohne all die furchtbaren Dinge, die passiert waren, leugnen zu müssen. Vielleicht konnte sie in einem Widerspruch fortleben, in all den Grauschattierungen, die zwischen Schwarz und Weiß existierten.

KAPITEL

21

DIE VERLASSENEN

Zuerst fühlte Smilla sich unwohl bei dem Gedanken, sich jagen zu lassen. Es war, als würde man während eines Krieges Krieg spielen. Doch sie wollte sich nicht von ihrer Angst diktieren lassen, was sie tun konnte und was nicht. Also ließ sie sich von Julius helfen, das Tuch an ihrem Mantel zu befestigen. Dann tauchte sie in die Menge ein.

Und obwohl sie sich die ersten paar Male, als ihr jemand im Spiel nahe kam und nach ihrem Tuch schnappte, siedend heiß erschrak, ließ die Angst mit der Zeit nach. Mit jedem Haken, den Smilla schlug, mit jedem Tuch, das sie dazugewann und wieder verlor, löste sich ihre Furcht weiter auf. Für sie galten die gleichen Regeln wie für alle anderen auch. In diesem Spiel waren sie alle ebenbürtig, und Smilla wurde zu einer von ihnen.

Bis sie – den Blick nach hinten gerichtet – in Ben hineinlief. Er hatte mit dem Rücken zu ihr gestanden, und die Wucht des Aufpralls warf ihn vornüber. Auf Händen und Knien landete er auf dem Schotter, war kurz ganz still und setzte dann zu einem Heulen an, das immer lauter wurde. Langsam richtete er sich wieder auf, die Hände von sich gestreckt, die ersten Tränen auf den Wangen.

Bevor Smilla reagieren konnte, war Julius schon neben ihr. »Zeig mal her«, sagte er zu Ben und kniete sich vor ihn. Laut heulend streckte Ben ihm seine Hände entgegen.

»Tut mir leid«, sagte Smilla und ging ebenfalls vor Ben in die Knie. Sein rechter Handteller war an zwei Stellen aufgeschürft, und Perlen aus dunklem Blut sammelten sich in den Wunden. »Tut mir leid, ich habe ihn nicht gesehen«, sagte sie noch einmal.

Julius pustete auf die Hand seines Sohnes. »Das wird schon wieder«, sagte er zu Ben und pustete gleich noch einmal. »Halb so wild.«

»Laster?«, fragte Ben verzweifelt.

»Ja, ich kann dir ein Pflaster draufmachen.« Julius stand auf und hob Ben schwungvoll hoch.

»Es tut mir wirklich leid, ich habe ihn einfach zu spät gesehen«, beteuerte Smilla noch einmal.

Julius warf Ben, der immer noch laut weinte, einen kurzen Blick zu. »Willst du mitkommen und ihm sein Pflaster draufmachen? Dann vergibt er dir bestimmt«, schlug er vor.

Kurzentschlossen nickte Smilla. Mit Ben auf dem Arm bahnte Julius sich einen Weg durch die laute, lachende Menge, und Smilla folgte ihm. Als sie den hellen Kreis des Feuerscheins verließen, kam ihr der Gedanke, dass sie am Morgen noch keinen Schritt mit diesem Unbekannten hatte gehen wollen. Aber sie vertrieb diesen Gedanken, denn immerhin hatte sie den ganzen Tag an Julius' Seite verbracht, ohne von ihm angegriffen oder auch nur angefeindet zu werden. Und außerdem wusste sie ja jetzt, dass diese Gruppe gar nicht die echte Sekte war.

Sie erreichten den Wohnwagen, und Julius verschwand mit Ben durch die schmale Eingangstür, während Smilla auf der untersten Trittstufe zurückblieb. Im Innern des Wohnwagens flackerte ein ungewohnt grelles, gelbes Licht auf. Smilla lehnte sich vor, sodass sie in den Wagen hineinblicken konnte. Alles stand voll mit Kinderspielzeug, Kleidungsstücke hingen an jedem nur halbwegs dafür geeigneten Ort, und auf den Ablageflächen drängten sich Schalen und Flaschen aneinander. Vermutlich blieb nicht viel Zeit für den Haushalt, wenn man tagsüber den Hof am Laufen halten und danach noch Schürfwunden versorgen und Gute-Nacht-Geschichten erzählen musste.

Julius hatte Ben auf einem zerwühlten, durchhängenden Bett im hinteren Teil des Wohnwagens abgesetzt und schwenkte einen Lampion über die vollgestellte Küchenzeile. »Heute bin ich dankbar für Solarlampen«, sagte er und ahmte dabei so präzise Evas salbungsvollen Ton nach, dass Smilla schmunzeln musste. »Ach, da«, murmelte er dann und griff nach einer Tupperdose, die unter einem zerknüllten Geschirrtuch hervorlugte. Die Dose war voll mit Pappschachteln und braunen Fläschchen.

Smilla erinnerte sich daran, wie oft Jera in Bens Alter hingefallen war, wie oft sie sich gestoßen oder anderweitig verletzt hatte. In dieser Zeit hatte Smilla kaum etwas anderes getan, als ihre Tränen fortzuwischen, auf Kratzer und Beulen zu pusten und »Heile, heile Gänschen« zu singen. Doch in der Welt vor der Plage hatte sie sich deswegen kaum Sorgen gemacht. Immerhin waren da ihre Eltern gewesen, die immer genau gewusst zu haben schienen, wann eine Verletzung besorgniserregend war und wann nicht. Und es hatte Ärzte und Krankenwagen gegeben, für den Fall, dass Jera sich doch einmal schlimmer verletzte. Julius kam mit Ben nicht mehr in den Genuss dieses tröstlichen Wissens. Ihm musste bei jedem Sturz, bei jedem erschrockenen Aufschrei von Ben für einen Moment das Herz stehen bleiben.

Mit einem Kopfnicken bedeutete Julius Smilla, ihm in den hinteren Teil des Wagens zu folgen. Einen Augenblick lang zögerte sie. Ohne es zu wollen, stellte sie sich vor, wie die Tür hinter ihr zufiel. Der Wohnwagen bot kaum mehr Raum als ihre Zelle bei den *Verlorenen Jungs*, und schon meinte sie, das Ratschen des Riegels zu hören, der ihre Zellentür von außen versperrte.

Aber an der Tür zum Wohnwagen gab es außen keinen Riegel. Und hinter ihr wartete auch niemand darauf, sie einzusperren. Sie holte tief Luft. Dann setzte sie ihren Fuß über die Schwelle und ging zum Bett hinüber.

Julius hängte den Lampion an einen Haken über dem Bett, setzte sich neben seinen Sohn und drehte dessen verletzte Hand so, dass die aufgeschabten Stellen nach oben zeigten. Bei dem Anblick des Blutes verzog sich Bens Gesicht abermals, und Tränen schossen ihm in die Augen. Aber er presste die Lippen aufeinander und gab keinen Laut von sich.

Smilla kniete sich vor Ben auf den Boden. »Du bist aber tapfer«, sagte sie und lächelte ihm zu. Er verzog den Mund und wirkte nicht besonders angetan von diesem Kompliment.

Julius tupfte mit einem Tuch die Blutstropfen fort und entfernte vorsichtig die Steinchen und den Schmutz von Bens Handballen.

»Und jetzt das Pflaster«, sagte er dann. »Welches willst

du haben?« Er hielt Ben den Plastikbehälter unter die Nase, und das Gesicht des kleinen Jungen hellte sich auf.

»Ich habe vor ein paar Wochen auf dem Monschauer Markt einen Kinderrucksack für ihn gekauft. Und in einem der Fächer war ein ganzes Sortiment an Pflastern«, erklärte Julius an Smilla gewandt, während Ben mit der unversehrten Hand in der Dose kramte. »Jetzt will er für jede Kleinigkeit ein Pflaster haben«, fügte er hinzu, und auf seinen Wangen zeigten sich die Grübchen.

Smilla erwiderte sein Lächeln.

Ben zog ein zitronengelbes Pflaster mit glücklichen Dinos darauf aus der Schale. »Das«, sagte er.

»Gib es Smilla, sie macht es dir drauf.«

Ben warf Smilla einen skeptischen Blick zu.

Smilla streckte ihre Hand aus. »Keiner macht so gut Pflaster drauf wie ich«, versprach sie.

Ben zog die Nase hoch. Dann legte er ihr mit einer bedachten Bewegung das Pflaster in die Hand.

Smilla entfernte den Schutzstreifen von der ersten Klebefläche.

»Du musst ihr schon die Hand hinhalten, Benni«, sagte Julius und tätschelte seinem Sohn den Rücken.

Ohne Smilla aus den Augen zu lassen, streckte Ben ihr die Hand entgegen. Smilla platzierte das Pflaster auf der aufgeschürften Stelle, zog die zweite Folie ab und strich die Klebeseite glatt. »Fertig!«

Der Junge hielt sich die Hand vors Gesicht und begutachtete ihr Werk.

»Gut so?«, fragte Julius ihn.

Ben nickte.

»Prima. Dann geht's jetzt auch direkt ins Bett.«

Wieder nickte Ben.

»Oh, keine Widerrede? Na, das ist ja mal was Neues.«

»Ja«, pflichtete Ben ihm bei, und Smilla musste lächeln.

Julius stand auf und fing an, Bens Schuhe aufzuschnüren.

»Wie alt war Jera, als das Virus ausgebrochen ist?«, wollte er wissen.

»Fünf«, antwortete Smilla und ließ ihren Blick noch einmal etwas gemächlicher durch den Wohnwagen wandern. Unter der Unordnung wirkte alles auf gemütliche Weise alt. Die Blumenmuster an der Wand und die blau-weiß gestreiften Gardinen vor den zerkratzten Fenstern verliehen dem Wohnwagen etwas Heimeliges. Anders als in Jeras und Smillas schmucklosem Zimmer fühlte sie sich hier, als stünde sie tatsächlich mitten in jemandes Zuhause.

»Jera hat mir erzählt, dass ihr quasi von Anfang an nur zu zweit wart?«, fragte Julius weiter. Smilla wandte sich ihm wieder zu. Er half Ben gerade in einen roten Strampler.

»Ja. Unsere Mutter ist an der Plage gestorben, und unser Vater ist verschollen.«

»Das muss hart gewesen sein. Nicht nur, dass du in so einer Situation deine Eltern verloren hast. Dann musstest du für Jera auch noch beide Eltern auf einmal ersetzen.«

»Ja, schon«, sagte Smilla. »Aber ich hatte ja keine Wahl. Von daher habe ich nicht darüber nachgedacht, dass es anders leichter wäre.«

Julius streifte sich die Schuhe von den Füßen und rückte ans Kopfende des Bettes. Ben rollte sich neben ihm ein, den Daumen im Mund, und blinzelte träge.

»Setz dich ruhig«, sagte Julius und wies auf das andere Ende des Bettes.

Smilla trat ans Fußende und ließ sich auf der Kante

nieder. Einen Moment lang beobachtete sie Ben, der sich anstrengte, die Augen offen zu halten.

»Wie lange seid ihr schon hier?«, fragte sie mit gedämpfter Stimme, um Ben nicht am Einschlafen zu hindern.

»Noch nicht so lang. Ungefähr ein halbes Jahr.«

Sie löste ihren Blick von dem wegschlummernden Kind und sah Julius an. »Also wurde Ben nicht hier geboren?«

»Nein«, sagte Julius mit einem Seufzen. Einen Moment lang schwieg er, dann schüttelte er den Kopf, als müsste er sich von einem unerwünschten Gedanken befreien.

»Wie ist es so?«, fragte Smilla weiter, damit es nicht zu lange still zwischen ihnen wurde. »Vater zu sein, in einer Welt nach der Plage, meine ich.«

Julius blies die Wangen auf. »Schön«, sagte er. Dann lachte er leise. »Nein, es ist wirklich schön«, fuhr er etwas ernster fort. »Aber es ist auch hart, in dieser Welt für jemand anderes als sich selbst verantwortlich zu sein. Das weißt du ja wahrscheinlich aus eigener Erfahrung. Ich bin durch Ben schon so oft an meine Grenzen gestoßen. Aber gleichzeitig ist er auch mein wichtigster Grund, über meine Grenzen hinaus zu gehen.«

»War Ben geplant, wenn ich fragen darf?«, fragte Smilla weiter. Noch leiser diesmal, denn Ben war inzwischen weggenickt.

Julius schüttelte den Kopf. »Wir wollten zwar irgendwann Kinder haben, aber nicht mehr, nachdem die Plage ausgebrochen war. Larissa – meine Freundin – war völlig am Ende, als wir gemerkt haben, dass sie schwanger ist.«

Er sah aus dem Fenster an der Rückwand des Wagens, das den Blick auf die Baumwipfel am Rande der Heuwiese freigab. Seine flache Nase, die hellen Augen und das markante Kinn bildeten ein harmonisches Profil. Ein hübsches Profil sogar. Smilla wandte den Blick ab und betrachtete ihre wund gescheuerten Finger.

»Erst hatte Larissa Angst, dass sie stirbt. Dass ihr das Kind die letzten Fettreserven nimmt oder sie bei der Geburt verblutet«, erzählte Julius, den Blick weiterhin aus dem Fenster gerichtet. »Und dann, als ihr Bauch größer wurde und wir Ben zum ersten Mal treten spürten, bekam sie Angst, dass *er* sterben würde. Dass er schon in ihrem Leib verhungern oder die Nabelschnur ihn ersticken würde. Und wenn das nicht passierte, dann war sie sicher, dass sie keine Milch geben könnte, oder er nach der Geburt krank würde. Wir hatten niemanden, der uns hätte helfen können. Es war …« Er seufzte. »Es war nicht leicht«, hüllte er das, was die beiden gefühlt haben mussten, in unscheinbare Worte.

Smilla schluckte. Bei der Vorstellung, wie es Julius und Larissa ergangen sein musste, wurde ihr der Brustkorb eng. »Hattet ihr denn keine Gruppe?«

Julius schüttelte den Kopf. »Wir waren kurz vor der Plage erst von Hamburg nach Herzogenrath gezogen. Larissa hatte dort in der Nähe eine Stelle als Lehrerin bekommen. Wir kannten noch nicht einmal unsere Nachbarn beim Vornamen, als die Plage ausbrach. Und als sie schwanger wurde, waren wir schon die letzten Überlebenden in unserer Siedlung.«

Geistesabwesend strich er Ben das blonde Kindshaar aus der Stirn, und Smilla fragte sich, ob Larissa auch blonde Haare gehabt hatte.

»Was ist mit ihr passiert?«, wisperte Smilla. So leise, dass Julius die Frage einfach überhören konnte, wenn er sie nicht beantworten wollte.

Mit einem tonlosen Seufzer schlug Julius den Blick nieder, und plötzlich bereute Smilla es, dass sie überhaupt gefragt hatte. Aber als sie sich gerade entschuldigen wollte, setzte Julius zu einer Antwort an: »Ein knappes Jahr, nachdem Ben auf die Welt gekommen war, ist sie abgehauen«, sagte er dann und lächelte freudlos, als könnte ihn diese Miene vor dem Schmerz der Erinnerung schützen.

»Sie ist abgehauen?«, wiederholte Smilla. Sie hatte mit vielem gerechnet. Mit Krankheit, Entführung, Mord, ja, vielleicht sogar mit Suizid. Aber nicht damit.

»Ja«, sagte Julius und nickte knapp. »Eines Morgens war sie weg. Und ihre Sachen mit ihr.«

Ohne es zu wollen, erinnerte Smilla sich an den Moment, in dem sie beschlossen hatte, ihre Gruppe für eine Weile zu verlassen, um Falk auf seine Insel am Rursee zu begleiten.

»Warum?«, wollte sie wissen. »Warum ist sie gegangen?«

Julius hob die Schultern. »Ich denke, sie hat nie aufgehört, Angst davor zu haben, dass etwas Furchtbares passieren könnte. Nicht, nachdem die Geburt ohne Komplikationen verlaufen war, nicht nachdem ihre Milch eingeschossen war und auch nicht, nachdem Ben sein erstes Fieber überstanden hatte. Sie hat einmal gesagt, dass sie mit jedem Tag mehr Angst habe anstatt weniger. Ich denke, davor ist sie weggelaufen.«

Smilla schluckte. Sie wusste noch, wie lange sie mit sich gerungen hatte, bevor sie beschlossen hatte, Köln zu verlassen. Egal, welches Szenario sie in ihrem Kopf durchgespielt hatte – in Köln auszuharren oder ins Ungewisse loszuziehen –, jeder Gedankengang hatte in all den Dingen gemündet, die Jera zustoßen konnten. Nachts hatte sie wachgelegen, ihre kleine Schwester schlafend neben sich, und hatte sich unzählige Versionen ihrer Zukunft ausgemalt. Hatte sie in einer dieser Versionen Jera zurückgelassen, um keine Angst mehr um sie haben zu müssen? Wenn dem so war, dann hatte sie es wieder verdrängt.

»Wie geht es dir inzwischen damit?«, fragte Smilla zaghaft.

Julius lächelte wieder. Es war ein trauriges Lächeln, nicht das sanfte, das er Ben schenkte, und auch nicht das belustigte, mit dem er Jera manchmal bedachte. »Anfangs war ich wütend auf sie. Und als das nicht mehr geholfen hat, war ich auf mich selbst wütend, weil ich ihr diese Angst nicht hatte nehmen können. Und danach –«. Er senkte seine Stimme. »Danach war ich wütend auf Ben. Aber wütend zu sein, hat es nicht leichter gemacht, damit zu leben. Also habe ich gelernt, Larissas Entscheidung zu akzeptieren, auch wenn ich sie bis heute nicht ganz verstehen kann.«

»Wow«, murmelte Smilla. »Ich glaube, dazu würde mir die Größe fehlen. Vielleicht ist der Buddhismus ja doch nicht spurlos an dir vorbeigegangen.«

Da lachte Julius. Ben bewegte sich und ächzte im Schlaf. Julius biss sich auf die Unterlippe und verstummte.

»Das hat nichts mit Größe zu tun«, sagte er dann. »Das war pure Selbsterhaltung. Hätte ich nicht gelernt, damit zu leben, hätte es mich zerfressen.«

Smilla lehnte sich an die Wand hinter ihr. »Wie seid ihr bei Eva gelandet?«

»Nachdem Larissa verschwunden war, wusste ich erst einmal nicht, was ich machen sollte«, antwortete Julius. »Ein paar Tage habe ich einfach auf sie gewartet. Dann habe ich angefangen, in der Umgebung nach ihr zu suchen. Ich habe kaum noch etwas anderes gemacht und mich nicht mehr richtig um mich und um Ben gekümmert. Irgendwann waren wir beide unterernährt, und schließlich bin ich krank geworden. Ben habe ich angesteckt.«

Julius machte eine Pause und knöpfte seinen Mantel auf. Aus dem Kragen des waldgrünen Pullovers, den er darunter trug, rankten mandala-ähnliche Tattoos seinen Hals hinauf.

»Tief in mir drinnen wusste ich, dass ich so nicht weitermachen konnte. Dass ich eine Gruppe würde suchen müssen«, fuhr er fort. »Aber jedes Mal, wenn ich den Gedanken zugelassen habe, Herzogenrath für immer zu verlassen, habe ich im nächsten Moment gedacht: Und was, wenn Larissa doch zurückkommt, und wir sind nicht mehr hier?«

Smillas Magen zog sich zusammen. »Das kenne ich nur zu gut«, sagte sie leise. »Ich frage mich bis heute, ob mein Vater in der Zwischenzeit nach Köln zurückgekehrt ist und ob wir nicht einfach auf ihn hätten warten sollen.«

Julius nickte. »Das klingt jetzt vermutlich total daneben, aber manchmal wäre es mir lieber, ich wüsste, dass sie tot ist. Ich will natürlich nicht, dass sie tot ist. Aber ich hätte so gern Gewissheit. Ich will mich nicht dauernd fragen müssen, ob sie zurückgekehrt ist oder vielleicht gerade nach uns sucht.«

»Das verstehe ich«, sagte Smilla. »Man könnte wenigstens damit abschließen.«

»Genau.« Julius warf mit einer ruckartigen Bewegung seines Kopfes die lockigen Haare aus der Stirn. »Irgendwann war Ben dann so krank, dass er gar nicht mehr aufgewacht ist. Da wusste ich, dass ich mich auf die Suche nach Hilfe machen musste. Ich bin also los und habe von irgendjemandem erfahren, dass es in Monschau einen

Apotheker gibt. Von wem genau, weiß ich nicht mehr, ich war selbst halb im Delirium. Irgendwie habe ich es bis nach Monschau geschafft. Und das nächste, an das ich mich erinnere, ist Eva, die mir Ben aus dem Arm nimmt. Das war im März, und seitdem bin ich hier. Und da ich einer der wenigen Erwachsenen hier bin, ist Eva, glaube ich, auch ganz froh, mich aufgenommen zu haben.« Er zuckte die Schultern, als wäre das, was er soeben erzählt hatte, nicht mehr als eine Anekdote.

»Und du?«, fragte er dann. »Wie ist es dazu gekommen, dass *du* jetzt hier sitzt?«

»Ich habe jemanden wiedergetroffen, den ich von früher kannte. Und weil ich so froh darüber war, habe ich die Augen davor verschlossen, dass er nicht zu der freundlichen Sorte gehörte. Eins führte zum anderen, und ich wurde von seiner Gruppe gefangen genommen. Ich konnte fliehen, aber da waren Jera und die anderen aus meiner Gruppe schon fort.« Smilla strich sich die Haare hinters Ohr. Sie war sich nicht sicher, ob sie Evas Verwicklung in diese Geschehnisse erwähnen sollte. Und bevor sie sich entscheiden konnte, gab Julius ein unterdrücktes Lachen von sich.

»Was?«, fragte Smilla verdutzt.

»Das ist der fürchterlichste Einsatz von ›eins führte zum anderen‹, der mir je untergekommen ist. Oder der beste, ich bin mir nicht sicher«, sagte er dann.

»Na ja, es ist halt eine etwas längere Geschichte«, sagte Smilla und musste ebenfalls lachen, auch wenn es um die düstersten Kapitel aus ihrem und Julius' Leben ging. Irgendwie schaffte Julius es, dass sich das Ganze beinahe wie eine bedeutungsvollere Version von Party-Smalltalk anfühlte. Vielleicht lag es daran, dass keinerlei Urteil in seinen Worten mitschwang. Weder, wenn er über seine Vergangenheit sprach, noch wenn er nach ihrer fragte.

»Dachte ich mir«, sagte Julius und nickte mit einem belustigten Zug um die Lippen. »Und wie hast du es geschafft, Jera hier ausfindig zu machen?« Nun war er wieder ernster.

Smilla holte Luft, um zu einer Antwort anzusetzen. Doch in diesem Moment klopfte es an der Tür.

Darauf bedacht, Ben nicht zu wecken, stand Julius auf und war mit zwei großen Schritten bei der Tür. Vorsichtig öffnete er sie und streckte den Kopf nach draußen. Kurz darauf lehnte er sich etwas zurück und sagte zu Smilla: »Ich hab Rundgang. Hatte ich ganz vergessen.«

»Rundgang?«, fragte Smilla und stand vom Bett auf.

»Ja, so eine Art Wachdienst, bei dem wir vor dem Schlafengehen noch einmal den umliegenden Wald durchkämmen und kontrollieren, ob alle Büchsenseile noch gespannt sind, und so weiter.« Er fing schon an, seinen Mantel zuzuknöpfen.

»Soll ich mitkommen?«, bot Smilla an. Warum, wusste sie selbst nicht genau. Eigentlich war ihr nicht danach, durch den nächtlichen Wald zu stolpern. Aber sie wollte auch nicht, dass der kurze Moment der Ruhe endete.

»Nein, schon gut«, sagte Julius und machte einen Schritt zur Seite. Eine Frau betrat den Wagen, die Smilla zuvor noch nicht wahrgenommen hatte. Sie war groß, ging aber gebeugt, als lastete ein unsichtbares Gewicht auf ihren Schultern. Ihr Haar wirkte dünn und farblos, und unter ihren Augen lagen tiefe Schatten. Es war schwer, ihr Alter einzuschätzen. Vielleicht war sie erst Mitte dreißig, vielleicht aber auch schon Anfang fünfzig.

Als sie Smilla neben dem Bett erblickte, rang sie sich

ein müdes Lächeln ab und kam auf sie zu. »Smilla, nicht wahr?«, fragte sie. »Jeras Schwester?«

Smilla erwiderte das Lächeln und schüttelte die ausgestreckte Hand. »Genau.«

»Freut mich. Ich bin –«. Sie ächzte leise, als schmerzten die Worte sie. »Regina.«

»Freut mich auch.«

Regina war gekommen, um auf Ben aufzupassen, während Julius seine Runde durch den Wald drehte. Mit einem zerfledderten Buch setzte sie sich ans Fußende des Bettes, in dem Ben mit weit geöffnetem Mund schlief und leise Schnarchgeräusche von sich gab. Julius schenkte Regina noch ein Glas Wasser ein, dann verließ er mit Smilla den Wohnwagen.

Eine kleine Gruppe Verhüllter wartete am Feuer. Die restlichen von Evas Kindern schienen schon in ihre Zimmer verschwunden zu sein. Auch Nadja und Giorgio waren nirgends zu entdecken. Dabei hatte Smilla doch noch mit den beiden ihren Aufbruch besprechen wollen.

Aufbruch. Das Wort hallte in ihrem Kopf nach. Jetzt, wo Smilla wusste, dass es sich bei Evas Gruppe nicht wirklich um die Sekte handelte, war die Vorstellung, von hier fortzugehen, mit Zweifeln behaftet. Immerhin hatten sie hier alles, was sie zum Überleben brauchten. Nahrung, Wasser, ein Dach über dem Kopf und andere Menschen.

Julius begleitete sie noch bis zum Eingang des Wohntraktes. »Es war schön, mit dir zu reden«, sagte er. Bevor Smilla etwas erwidern konnte, schob er hinterher: »Ich meine, es war schön, mich mal in Ruhe länger mit jemandem zu unterhalten. Auch wenn es nicht gerade schöne Themen waren. Meistens unterhalte ich mich nur mit Ben, und du kannst dir vorstellen, dass das Themenspektrum eines Dreijährigen begrenzt ist.«

Smilla musste lachen. »Freut mich, dass ich eine bessere Gesprächspartnerin sein konnte als ein Kleinkind.«

Julius grinste. »Kommt ihr morgen wieder mit zum Sonnenaufgang? Vielleicht haben wir Glück, und es gibt Nebel.«

Smilla nickte. »Gern.«

»Gut«, sagte Julius, und entfernte sich rückwärts. »Ich freue mich!« Dann wandte er sich um, setzte sich die Kapuze auf und ging auf die Gruppe zu, die beim Feuer wartete.

Gekicher drang aus ihrem Zimmer, als Smilla durch den dunklen Flur darauf zulief. Jera hatte Gesellschaft von einem Mädchen, das nicht viel älter als sie sein konnte. Die beiden saßen auf einer Bettdecke, die sie auf dem Boden ausgebreitet hatten. Im Licht einer Kerze legten sie Formen aus bunten Holzplättchen.

»Oh, hallo, Smilla. Das ist meine Freundin Tessa«, erklärte Jera, als sie Smilla im Türrahmen bemerkte.

Tessa grinste breit und entblößte dabei einen fehlenden Schneidezahn.

»Hi, Tessa«, sagte Smilla und lächelte.

»Guck mal, das bist du!«, sagte Tessa, reckte ihr Kinn und deutete auf eine von drei Figürchen, die sie mit den Holzplättchen gelegt hatten.

»Zum Verwechseln ähnlich«, lobte Smilla und knüpfte ihren Mantel auf. Sie hängte ihn an die Garderobe, zog sich die Schuhe und die Hose aus und ließ sich mit einem Ächzen auf ihr Bett fallen. Alles in ihrem Körper fühlte sich mit einem Mal schwer an und verlangte nach Schlaf. Sie zog die Decke bis zum Kinn und schob die Hände unter ihr Kopfkissen. Dann sah sie den zwei Kindern dabei zu, wie sie die Formen aus Holzplättchen wieder auflösten, um neue zu erschaffen.

»Wie alt bist du, Tessa?«, wollte Smilla nach einer Weile wissen.

»Ich glaube, acht. Aber ich weiß nicht genau. Und du?«

»Einundzwanzig.«

»Das ist ganz schön alt. Hast du schon Falten?«

Smilla lächelte schwach.

»Ne, hat sie nicht«, antwortete Jera für sie.

»Hättest du gern welche?«

Smilla gähnte. »Sagen wir so: Ich würde gern alt genug werden, um Falten haben zu können.«

Jera und Tessa nickten verständnisvoll.

»Eva sagt, jede ihrer Falten steht für eine wichtige Lektion, die sie gelernt hat«, meinte Jera dann. Sie legte gerade eine Blume aus blauen und gelben Steinchen. »Und wir haben noch keine Falten, weil wir unsere Lektionen noch lernen müssen.«

Noch einmal gähnte Smilla. Ihre Lider schoben sich mit jedem Blinzeln träger über ihre Pupillen, und sie wollte nicht länger über Falten und Lektionen und Eva nachdenken. Sie wollte schlafen, jetzt, da dies endlich möglich war, ohne zu frieren oder sich vor Angreifern fürchten zu müssen. »Geht ihr auch bald ins Bett?«, fragte sie.

»Ja«, sagte Jera. »Kann Tessa hier übernachten?«

Smilla rieb sich die Augen. Ihr erster Instinkt war, Nein zu sagen. Aber dann fiel ihr kein guter Grund dagegen ein, und den würde Jera mit Sicherheit verlangen. Außerdem war es doch schön, dass Jera endlich jemanden in ihrem

Alter zum Spielen hatte. »Was sagen denn Tessas Eltern dazu?«

»Ich hab keine Eltern. Das hier ist meine Familie«, antwortete Tessa, während sie einen blauen Stein aus Jeras Blume entfernte und ihn durch einen roten ersetzte.

»Okay, warum nicht«, murmelte Smilla träge. Dann fielen ihre Augen zu, und sie schaffte es nicht, sie noch einmal zu öffnen.

In dieser Nacht fand Smilla sich – wie schon in so vielen Nächten zuvor – im Nebel wieder, der undurchsichtig um ihre Taille waberte. Doch anders als in den vergangenen Nächten verspürte sie diesmal keine Angst. Denn trotz des Nebels wusste sie, wo sie war: Sie stand mitten im Hochmoor, umgeben von nassem Gras und toten Bäumen, und lauschte dem fernen Heulen der Wölfe.

Und sie war nicht allein. Juli stand vor ihr. So nah, dass sie nur ihre Hand hätte heben müssen, um ihn zu berühren.

Evas Stimme ließ sie herumfahren. »Fürchtest du dich nicht?«

Smilla verengte die Augen zu Schlitzen und suchte das Hochmoor nach Evas hochgewachsener Gestalt ab. Aber sie konnte sie nirgends entdecken.

»Nein, wieso sollte ich mich fürchten?«, antwortete sie laut. Es gab nichts, wovor sie Angst haben musste. Nicht hier.

Warme Finger strichen über ihre Wange, verweilten kurz auf ihren Lippen und wanderten dann weiter zu ihrem Kinn.

Ein wohliges Kribbeln breitete sich in Smillas Bauch aus.

Mit sanftem Druck forderten die Finger Smilla dazu auf, ihren Blick wieder nach vorn zu wenden, und sie folgte der Forderung.

Nur, dass es nicht Julis Augen waren, in die sie blickte, sondern Falks. Ein Blutstropfen kroch unter seinem Haar hervor und über seine Stirn.

»Vermisst du mich?«

Immer mehr rote Tropfen rannen sein Gesicht hinab. Smillas Augen folgten ihnen auf ihrem Weg bis zu seinem Schlüsselbein, wo sie sich sammelten und schließlich in den Kragen seines schweißnassen, verdreckten Shirts sickerten.

Das wohlige Kribbeln in Smillas Bauch wurde von beißender Übelkeit erstickt.

Ein leises Wolfsknurren direkt hinter ihr verriet ihr, dass es ein Fehler gewesen war, keine Angst zu haben.

Bis zum Morgengrauen tat Smilla kein Auge mehr zu. Als Jera und Tessa erwachten und sich für den Sonnenaufgang bereit machten, war Smilla drauf und dran, zu sagen, dass sie nicht mitkommen werde. Das flaue Gefühl, das im Traum über sie gekommen war, als sie erkannt hatte, dass sie leichtsinnig gewesen war, saß noch immer in ihren Eingeweiden. Doch dann rief sie sich in Erinnerung, wie glücklich sie der Anblick des gestrigen Sonnenaufgangs gemacht hatte. Sie wollte die Angst nicht gewinnen lassen. Also zwang sie sich aus dem Bett, wusch sich, kleidete sich ein und begleitete die anderen zum Aussichtspunkt. Als die Sonne ihr feuriges Gesicht über den Horizont schob, wusste Smilla, dass es die richtige Entscheidung gewesen war.

KAPITEL

22

DER AUFRÜHRER

Sie liefen über die nasse Heuwiese zurück Richtung Hof. Jera und Tessa gingen einige Meter vor Julius und Smilla. Sie hatten Ben in ihre Mitte genommen und hielten ihn an den Händen. Als sie die Reihe der Wohnwagen erreichten, erblickte Smilla Marius und Sebastian, die sich – wie am Tag zuvor – an dem eisernen Bottich vor ihrem Wohnwagen wuschen. Die Sonne schickte ihre ersten flachen Strahlen auf die Erde, und der Tau auf den Gräsern funkelte. Im Stall muhten die Kühe in freudiger Erwartung ihres Frühstücks.

»Kommt schon, ihr lahmen Schnecken!«, rief Jera, die zusammen mit Ben und Tessa vorgelaufen war und die Tür zum Speisesaal offen hielt.

»Der Herr«, sagte Jera, als Julius bei ihr angekommen war, und machte eine einladende Handbewegung ins Innere des Gebäudes.

Julius hob seinen Mantel an, knickste und antwortete: »Die Dame!«

Jera lachte vergnügt. Dann ließ sie die Tür los und stürmte Tessa hinterher in den Speisesaal. Smilla musste ruckartig die Hände hochziehen, um zu verhindern, dass die schwere Tür ihr vor der Nase zufiel. Hatte Jera das absichtlich gemacht? Schnell verwarf sie den Gedanken wieder. Jera war übermütig und hatte zum ersten Mal seit Langem jemanden in ihrem Alter zum Spielen. Sie hatte sicherlich anderes im Kopf, als Smilla auf passiv aggressive Art zu verstehen zu geben, dass zwischen ihnen noch lange nicht alles wieder beim Alten war.

Smilla lief zwischen den Tischreihen entlang bis zum hinteren Ende des Speisesaals und nahm neben Jera Platz. Ihren Blick ließ sie über die anderen Familienmitglieder streifen. Dabei lenkte eine Unregelmäßigkeit zwischen all den dunklen Mänteln ihre Aufmerksamkeit auf sich: Giorgio saß in seinem rostroten Strickpullover etwas abseits der anderen.

Im nächsten Moment fingen Evas Kinder an, zu trommeln und zu klatschen, und Smilla löste ihren Blick von Giorgio, um zu Eva zu sehen, die soeben aufgetreten war. Mit ihrem steinernen Lächeln ließ sie den Applaus über sich hinwegrollen. Auch Smilla klatschte. Was blieb ihr auch übrig, wenn alle um sie herum es taten?

Eva hob die Hände, und es wurde leise im Saal. Sie öffnete gerade den Mund, um etwas zu sagen, da erhob sich Giorgio von seinem Platz. »Guten Morgen, zusammen«, sagte er und drehte sich um, sodass er genau wie Eva über die Köpfe der anderen hinwegschaute. »Einige von euch kennen mich schon persönlich, andere noch nicht. Ich bin Giorgio«, sagte er. Er musste die Stimme merklich heben, um gegen das aufsteigende Gemurmel und Getuschel anzukommen. »Wie auch immer, ich scheine meine Jacke verlegt zu haben. Jeans mit Lammfell gefüttert. Wenn ihr sie findet, freue ich mich, wenn ihr sie mir zurückgebt. Danke.« Damit setzte er sich wieder.

Nun wanderten alle Blicke gebannt zu Eva.

»Tut mir leid, das zu hören«, sagte sie. Auch sie musste nun lauter sprechen, weil immer noch getuschelt wurde. »Jean-Luc oder Stefan können dir gleich einen unserer Mäntel geben. Hier bei mir soll niemand –«

»Ich möchte keinen von deinen Mänteln«, fuhr Giorgio ihr über den Mund.

Mit einem Schlag erstarb das Getuschel. Nun war es so still, dass man jedes Rascheln und jedes Scharren vernehmen konnte.

Smilla warf Julius einen flüchtigen Blick zu. Er starrte mit leicht geöffnetem Mund in Evas Richtung. Ein ungutes Gefühl wuchs in Smilla heran.

»Sind meine Mäntel etwa nicht gut genug für dich?« Evas raue Stimme sank eine Tonlage tiefer, und Smilla musste an die Nacht draußen im Wald denken, als sie ihr zum ersten Mal begegnet war.

»Ich bin mir sicher, deine Mäntel sind hervorragend. Ich hänge allerdings an meiner Jacke und hätte sie gern wieder«, gab Giorgio zurück.

»Giorgio, die Mäntel dienen dem Schutz der Familie, denn wenn wir alle den gleichen Mantel tragen, sind wir schwerer auseinanderzuhalten, schwerer zu zählen und damit auch schwerer einzuschätzen«, sagte Eva gezwungen ruhig. »Wenn du dich weigerst, einen Mantel zu tragen, dann bringst du damit meine Kinder in Gefahr. Ist dir eine Jacke wirklich wichtiger als die Sicherheit deiner Mitmenschen?«

In der bleiernen Stille, die sich über die Anwesenden gelegt hatte, vernahm Smilla Giorgios abfälliges Schnauben nur zu gut. Was auch hieß, dass Eva es ebenfalls gehört haben musste.

»Die Mäntel werden deinen *Kindern* auch nicht helfen, wenn du mit so riskanten Manövern wie –«

Diesmal war es Eva, die ihm über den Mund fuhr. »Undankbar«, spuckte sie aus. »So etwas Undankbares!«

Smilla biss sich vor Anspannung auf die Zunge. Hoffentlich erkannte Giorgio inzwischen selbst, dass sein Akt der Rebellion niemandem half. Zumal Smilla nicht einmal verstand, wogegen er überhaupt rebellierte. Es war doch nur ein Kleidungsstück.

»Findet ihr das in Ordnung?«, rief Eva, und ihr Blick streifte über die Köpfe der anderen Anwesenden.

Smilla hörte Julius resigniert etwas murmeln, das klang wie: »Und los geht's«. Aber bevor sie nachfragen konnte, was er damit meinte, polterte Eva weiter: »Behandelt man so jemanden, der einem nichts als Güte entgegengebracht hat?«

Vereinzelt wurde ›Nein‹ gerufen und ein Kopf geschüttelt.

»Ich habe dich aufgenommen, dir Unterschlupf gewährt und lasse dich drei Mahlzeiten am Tag essen. Und das ist der Dank dafür?«, rief Eva. Ihre Stimme war lauter und fester geworden. »Behandelt man so seine Familie?«

Diesmal waren die Nein-Rufe, mit denen ihre Kinder ihr antworteten, lauter, und Smilla meinte, auch Jera neben sich rufen zu hören.

Eva löste sich von ihrem Platz am Kopf der Halle und ging mit großen Schritten auf Giorgio zu. Einen grausamen Augenblick lang fürchtete Smilla, sie würde ihm wehtun wollen. Aber stattdessen beugte sie sich neben ihm über den Tisch und schnappte sich sein Besteck.

»Wer sich für unsere Mäntel zu gut ist, dem will ich auch unser Essen nicht zumuten«, sagte sie laut. »Jean-Luc«, wies sie den jungen Mann an, der mit etwas Abstand neben Giorgio saß, »du achtest darauf, dass er niemandem hier etwas von seinem Frühstück klaut.«

Jean-Luc nickte.

»Und du als sein Pate« sagte sie dann und schnappte sich auch Jean-Lucs Besteck, »hättest ihn längst dazu bringen müssen, einen unserer Mäntel anzuziehen. Kein Frühstück. Für euch beide!«

Damit wirbelte Eva herum, eilte zurück zur Front des Saals und warf das Besteck in den Bottich für das schmutzige Geschirr. Mit etwas gemäßigteren Schritten begab sie sich zurück an die Stelle vorn zwischen den Tischen, von wo aus sie ihre Ansprache begonnen hatte.

»Und jetzt lasst uns Dank sagen«, donnerte ihre Stimme durch den Saal. Sie triefte immer noch vor unterdrückter Wut.

Hastig nahmen Evas Kinder sich bei den Händen und murmelten die einstudierten Worte wie ein Gebet. Wie auch am Tag zuvor tat Julius dabei nur so, als würde er Smillas Hand halten.

»Wir halten zusammen«, schloss Eva die Danksagung.

»Denn nur zusammen sind wir stark«, antwortete die Menge ihr im Chor. Dann wurde das Essen ausgeteilt, und Eva verließ mit großen Schritten den Speisesaal. Ihre zwei Handlanger, die sie auch gestern schon begleitet hatten, eilten ihr hinterher.

Smilla sah zu Giorgio hinüber, der reglos auf seinem Platz saß und auf die Tischplatte starrte.

»Warum ist Giorgio so gemein zu Eva?«, fragte Jera.

»Ich weiß auch nicht«, murmelte Smilla, ohne die Augen von Giorgio zu lösen.

»So etwas sollte er nicht noch mal tun«, wisperte Julius.

Smilla wandte sich von Giorgio ab und musterte Julius nachdenklich. Ob er diese Warnung Giorgio zuliebe oder in Evas Sinne aussprach?

»Ich werde es ihn wissen lassen«, gab Smilla zurück und vermied es, Julius länger als nötig anzusehen.

Mit einem Mal war das Gefühl zurück, ihm zu schnell zu viel Vertrauen geschenkt zu haben. Ihm und dem Schein von Frieden auf Evas Hof.

Nach dem Frühstück brannte das Bedürfnis, endlich in Ruhe mit Giorgio und Nadja zu sprechen, noch greller in Smilla. Doch auch an diesem Tag ließen die straffen Zeitabläufe und klaren Gruppeneinteilungen dies nicht zu. Smilla konnte Giorgio bloß im Vorbeigehen eine mickrige Portion Obststückchen in die Hand drücken, die sie in einem unbeobachteten Moment für ihn aus ihrem Haferbrei gefischt hatte. Giorgio blieb gerade genug Zeit, sich mit einem schiefen und gleichermaßen müden Lächeln zu bedanken. Dann legte Jean-Luc auch schon eine Hand auf seine Schulter und schob ihn vor sich her aus dem Saal.

An diesem Tag waren Smilla, Jera und Julius zusammen mit einer anderen Kleingruppe zum Putzen eingeteilt. Zuerst war der Speisesaal dran. Gemeinsam mit Ingo, einem hünenhaften Mann mittleren Alters, der seltsam grau aussah, wie ein Foto mit niedriger Sättigung, stellte Smilla die Bänke auf die Tische. Dabei erzählte Ingo ihr wie selbstverständlich aus seiner Vergangenheit. Bereits vor der Plage hatte er auf dem Vennhof gearbeitet. Seine Aufgaben hatten damals wie heute aus der Versorgung der Tiere, dem Bestellen der Felder und der Instandhaltung der Weiden bestanden. Er und seine Frau Regina hatten einen Sohn gehabt, der jedoch im Alter von siebzehn Jahren an einer Überdosis Heroin gestorben war. Nach seinem Tod hatten Regina und er das gemeinsame Haus verkauft, das zu viele schmerzhafte Erinnerungen in sich getragen hatte, und hatten Evas Angebot angenommen, in eine der Ferienwohnungen des Vennhofs zu ziehen. Und dann war die Plage ausgebrochen, und sie hatten die Stellung gehalten, zusammen mit Eva. Ingo war der Ansicht, dass er Eva in gewisser Weise sein Leben verdankte. Ohne sie hätte er den Verlust seines Sohnes vielleicht nicht verwunden.

»Was erzähle ich dir da eigentlich über Verlust«, sagte er dann und schüttelte, sich selbst tadelnd, den Kopf. »Wenn du hier gelandet bist, dann hat dir das Leben bestimmt auch mehr genommen, als es dir gegeben hat.«

Der Höflichkeit halber erzählte Smilla ihm also auch die Kurzfassung ihrer Verluste. Es war seltsam. Vor der Plage hatte man in so einer Situation erzählt, was man so beruflich machte oder mal machen wollte, wohin man in den letzten Jahren gereist war und wie es in der Stadt war, aus der man stammte. Jetzt waren diese Themen wie selbstverständlich ersetzt worden durch die Geschichte des eigenen Verlusts. Was wolltest du früher mal werden? Wo wärst du jetzt, wenn die Plage nicht wäre? Wen hat dir die Plage genommen? Fast war es, als glaubte niemand mehr daran, dass es eine Zukunft gab, über die es sich zu sprechen lohnte.

Nachdem sie alle Bänke und Stühle hochgestellt hatten,

begannen Sonja und Smilla damit, am oberen Ende des Saals zu putzen, während Ingo und Sebastian vom Eingang her anfingen. Julius und Jera waren in die Küche gegangen, um dort mit dem Abwasch zu beginnen.

Auch Sonja wollte von Smilla wissen, wie ihr Leben nach der Plage verlaufen war. Im Gegenzug berichtete sie ihr davon, wie sie bei Eva gelandet war. Sonjas Familie war bereits wenige Tage nach Ausbruch der Plage von der Krankheit getötet worden. Sonja war erst elf Jahre alt gewesen, hatte es aber geschafft, sich im ersten Jahr allein durchzuschlagen. Sie hatte ihre Heimatstadt verlassen und war von Siedlung zu Siedlung gezogen, stets auf der Suche nach vergessenen Vorräten und leeren Betten. Irgendwann war sie bei einem ihrer Streifzüge auf einen gleichaltrigen Jungen getroffen. Er hatte sich auf sie gestürzt und versucht, ihren Rucksack mit ihren wenigen Habseligkeiten zu entwenden, doch sie hatte ihn überwältigt. Da hatte er ihr angeboten, sich ihm und seiner Gruppe anzuschließen. Einer Gruppe, die sich ihren Lebensunterhalt wie so viele andere mit Diebstahl, Bettelei und Überfällen auf Reisende verdiente. Doch bei einem ihrer Einbrüche waren sie ertappt worden. Auf der Flucht hatte Sonja sich mit ihren langen Haaren in einem kaputten Stacheldrahtzaun verfangen. Die anderen waren nicht umgekehrt, um ihr zu helfen. Bei ihren panischen Versuchen, sich aus dem Stacheldraht zu befreien, hatte Sonja sich immer aussichtsloser darin verstrickt.

»Ich wäre dort vielleicht verhungert und verdurstet«, sagte sie und wischte sich einen Spritzer Putzwasser vom Unterarm. »Deshalb habe ich, als ich einen Tag später Stimmen gehört habe, einfach laut drauflosgeschrien. Mir war egal, wen ich damit auf mich aufmerksam machte. Alles erschien mir besser, als in einem Zaun zu verenden wie ein ausgesetzter Hund. Zu meinem Glück war es Eva, die zusammen mit Ingo auf dem Weg war, eine Fuhre Torf zu einem ihrer Handelspartner zu bringen. Sie haben mich losgeschnitten und mitgenommen. Und seitdem –«, sie machte eine Bewegung, als würde sie ihr nicht vorhandenes Haar zurückwerfen, »trage ich lieber einen Kurzhaarschnitt.«

»Wie lang ist das her?«, wollte Smilla wissen.

Sonja tunkte ihren Putzlappen in den Wassereimer und sah zu Smilla auf. »Zweieinhalb Jahre ungefähr.«

»Und … du bist glücklich hier?«

Sonja wandte sich wieder dem gräulichen Wasser zu. »Ja. Ja, natürlich.«

Aufmerksam beobachtete Smilla, wie sie ihren Putzlappen auswrang und mit mehr Sorgfalt als notwendig um den Schrubber wickelte, mit dem sie ihre Arbeit verrichtete.

»Hast du irgendwann mal darüber nachgedacht, wieder von hier wegzugehen?«, fragte Smilla und wusch ihren Wischmopp ebenfalls im Putzeimer aus.

Sonjas Augen wanderten erst zu Ingo, der wenige Meter von ihnen entfernt die Fliesen schrubbte und unbekümmert vor sich hin pfiff. Dann sprangen sie weiter zu Sebastian, der eine kurze Pause eingelegt hatte und seine Fäuste gegen sein Kreuz drückte.

»Vielleicht ein Mal, oder so«, sagte sie dann leise.

Smilla strich sich mit dem Ärmel ihres Mantels den Schweiß von der Stirn. »Weswegen?«, fragte sie ebenso leise zurück.

Einen Moment lang wischte Sonja konzentriert weiter,

sodass Smilla erst glaubte, sie wolle ihr nicht antworten. Doch dann sagte sie: »Das war letzten Winter. Da hat Eva jemanden, der mir sehr wichtig war, für etwas bestraft und …«

Mitten im Satz versiegten die Worte, und Sonjas Miene versteinerte. Smilla folgte ihrem Blick und sah, dass Ingo zu ihnen herüberschaute. Er hatte aufgehört zu pfeifen.

Schnell sah Sonja wieder weg und putzte weiter. »Evas Strafen können sehr hart sein«, sagte sie dann. Sie klang verbissen, während sie energisch den Boden schrubbte. »Aber natürlich sind sie immer gerecht.«

Smilla wusste, dass das nicht das war, was Sonja ihr eigentlich hatte sagen wollen. Aber sie fragte nicht weiter nach. Stattdessen konzentrierte sie sich ebenfalls wieder auf ihre Arbeit.

Nach einer Weile setzte Ingos Pfeifen wieder ein, aber Smilla meinte, aus dem Augenwinkel zu erkennen, dass er noch immer zu ihnen herübersah.

Nach dem Mittagessen trennten sich ihre Wege. Sonja, Ingo und Sebastian begaben sich in die angrenzenden Wälder, um Kaninchenfallen aufzustellen. Julius, Jera und Smilla zogen weiter zu den Gewächshäusern, die wie riesenhafte, schneeweiße Raupen anmuteten. Als sie das erste der drei Gewächshäuser betraten, machte Smillas Herz einen Satz. Denn am hinteren Ende kniete Giorgio und kehrte einen steinernen Ofen aus.

Am Eingang des Zeltes drückte Julius ihr zwei Gießkannen in die Hände, und mit einem Blick in Giorgios Richtung sagte er: »Fang du doch hinten beim Grünkohl an zu gießen.«

Smilla nahm die Kannen entgegen und sah Julius forschend in die Augen. Wollte er ihr Zeit mit Giorgio verschaffen, oder fing sie an, Hinweise und Zeichen zu sehen, wo es keine gab?

Aber Julius sagte nichts weiter und erwiderte ihren Blick auch nicht mit bedeutungsvoller Miene. Also nickte Smilla nur knapp. Dann tauchte sie die Gießkannen in die Regentonne neben dem Zelteingang und lief zwischen den Reihen von dichtem, dunkelgrünem Wintergemüse entlang auf Giorgio zu.

Als sie schon fast bei ihm angekommen war, sah er von seiner Arbeit auf. Seine Nase war inzwischen etwas abgeschwollen, und so wurde sichtbar, dass das Nasenbein nun einen deutlichen Knick nach links aufwies. Die Blutergüsse unter seinen Augen hatten sich beinahe schwarz verfärbt. Er blickte ihr grimmig entgegen, doch als er sie erkannte, wurde der harte Ausdruck um seinen Mund etwas weicher.

»Hey«, sagte er leise und sah sich unauffällig um.

Julius und Jera hatten am anderen Ende des Zeltes angefangen, die Pflanzen zu gießen. Jean-Luc kauerte einige Meter entfernt von ihnen vor einem weiteren Ofen und schichtete Torfbriketts darin auf.

»Wie geht's dir?«, fragte Smilla ebenso leise. Sie stellte sich neben Giorgio und fing an, die zähen dunklen Pflanzen am Boden zu wässern.

»Es ging mir schon besser«, brummte er. »Aber auch schon schlechter. Und dir?«

»Gut soweit.«

»Na, immerhin. Eva ist wohl leicht zu kränken, was?« Aus dem Augenwinkel sah Smilla, dass er gequält grinste.

»Kann man so sagen. Warum ziehst du nicht einfach

den Mantel an?«, fragte Smilla und bewegte sich ein paar Schritte die Reihe bauschiger Grünkohlköpfe entlang.

»Aus Prinzip«, gab Giorgio zurück. »Ich hab lange genug im Club gelebt, um zu wissen, wie sich eine gefährliche Gruppendynamik anfühlt.«

»Es sind nur Mäntel«, entgegnete Smilla beschwichtigend. Sie konnte verstehen, dass Giorgio Eva noch skeptisch gegenüberstand. Aber das hier waren nicht die *Verlorenen Jungs*. Sie waren das genaue Gegenteil von ihnen.

»Es sind nicht nur Mäntel, Smilla«, gab Giorgio leise, aber bestimmt zurück. »Sie stehen für etwas.«

Smilla neigte die Gießkanne leicht, sodass sich das Wasser daraus langsamer auf die Pflanzen ergoss und mehr Zeit blieb, bis sie Nachschub holen musste.

»Dann stehen sie von mir aus halt für etwas. Es wird dich trotzdem nicht umbringen, einen zu tragen. Im Gegenteil – wahrscheinlich würde es dir das Leben leichter machen.«

Sie sah Giorgio erwartungsvoll an. Doch er starrte finster vor sich hin und wischte etwas zu kraftvoll den Innenraum des Ofens aus, sodass die Asche über die Kehrschaufel, die er davorhielt, hinweg flog.

»Das Erste, was diese Eva gemacht hat, war, uns voneinander zu trennen«, sagte er dann mit gesenkter Stimme. »Alle hier reden von ihr, als wäre sie Mutter Teresa. Und weißt du, was sie mir gestern angeboten hat?« Er wartete Smillas Antwort nicht ab. »Mich am Club zu rächen. Das würde meinen Geist reinigen, hat sie gesagt. Dass ich nicht lache. Die wäre doch bloß froh, wenn sie noch jemanden auf dem Hof hat, der sich gern für sie die Finger schmutzig macht. Die hat sich ja auch schön aus dem

Staub gemacht, als die Deadline für den Deal mit dem Club anstand.«

»Giorgio, stopp«, unterbrach Smilla ihn, als sie nicht mehr mitkam. Die durchtränkte Erde zu ihren Füßen konnte nicht mehr Wasser aufnehmen, und eine schmutzige Pfütze bildete sich um ihre Schuhe. »Du dich am Club rächen? Was hat sie damit gemeint?«

Giorgio hielt in seiner Arbeit inne und atmete durch. Dann sagte er: »Nachdem sie mit Nadja gesprochen hatte, wollte sie auch noch mit mir reden. Anscheinend hatte Jera ihr schon von der Sache mit Anna und dem Club erzählt, und sie hat mich gefragt, wie ich es finden würde, wenn sie mir eine Möglichkeit verschafft, mich an den Drahtziehern im Club zu rächen.«

Prüfend sah Smilla sich um, aber weder Jean-Luc noch Julius schienen sonderlich an dem Gespräch interessiert, das sie führten. Also wandte sie sich wieder Giorgio zu. »Aber wie hat sie das gemeint? Wie sollte sich überhaupt die Gelegenheit dazu ergeben?«, fragte Smilla atemlos.

Giorgio atmete angestrengt aus. »Keine Ahnung. Aber ich habe ihr gesagt, dass sie schon selbst ran muss, wenn sie noch ein Hühnchen mit dem Club zu rupfen hat. Dass sie nicht immer andere vorschicken kann.«

»Andere vorschicken? Was meinst du damit?«

»Hast du mal nachgerechnet?«, raunte Giorgio. »Wenn Eva und Jera sich in Belgien begegnet sind und schon seit über einer Woche wieder hier sind, dann kann Eva nicht am Tag der Deadline auf der Ordensburg Vogelsang aufgetaucht sein. Da muss sie schon auf dem Weg nach Belgien gewesen sein, damit das zeitlich überhaupt hinhaut.«

Smilla bewegte sich noch ein paar Schritte weiter die

Pflanzenreihe entlang. Ihre Gießkanne war mittlerweile so gut wie leer. »Und was hat Eva dazu gesagt?«

Giorgio ließ ein abfälliges Schnauben hören. »Dass es dreist sei, sie in dieser Weise in Frage zu stellen, und dass sie sich nicht vor mir rechtfertigen müsse.« Das klang ganz so, als wäre sein Gespräch mit Eva nicht halb so harmlos verlaufen wie Smillas. Kein Wunder, dass ihrer beider Gemüter an diesem Morgen noch so erhitzt gewesen waren.

»Hat sie dir auch erklärt, dass das hier nicht die Sekte ist?«, flüsterte Smilla. »Und dass der Tote, den wir draußen im Wald gefunden haben, nicht von ihr getötet wurde, sondern an einem Fieber gestorben ist?« Wenn sie Giorgio etwas milder gegenüber Eva stimmen konnte, würde er vielleicht einem weiteren Konflikt aus dem Weg gehen. Julius und Sonja hatten immerhin durchscheinen lassen, dass mit einer verärgerten Eva nicht gut Kirschen essen war.

»Ja, die ganz unangenehmen Themen hat sie direkt als Erstes aus dem Weg geräumt«, sagte Giorgio sarkastisch und leerte die Schaufel voller Asche in einen krustigen Metalleimer. »Aber für mich macht es keinen Unterschied, ob sie sich nun eine Sekte oder eine Familie nennen. Eva ist verrückt genug, einer Gruppe wie dem Club die Pistole auf die Brust zu setzen. Und selbstsüchtig genug, um sich vor der bevorstehenden Konfrontation aus dem Staub zu machen. Und trotzdem folgen ihre *Kinder* ihr wie treudoofe Hunde. Mehr muss ich gar nicht wissen, um hier nicht dazugehören zu wollen.«

Smilla ließ den Blick durch das Gewächshaus streifen. Jera plapperte am anderen Ende der Beete munter auf Julius ein, und Jean-Luc war aufgestanden und trug einen Eimer voller Asche davon.

»Na ja, aber sie hat immerhin, ohne zu zögern, Jera

aufgenommen und uns gleich noch hinterher«, sagte sie dann und drehte sich wieder zu Giorgio.

»Was willst du damit sagen?« Er stand auf und klopfte sich die Asche von den Hosenbeinen.

»Ich will sagen, dass ich auch nicht weiß, was ich von Eva halten soll. Aber Streit mit ihr und den anderen anzuzetteln, ist ganz sicher keine gute Idee.«

Giorgio wandte sich zu ihr um und sah ihr zum ersten Mal in dieser Unterhaltung direkt ins Gesicht. »Warum sind wir überhaupt noch hier?«, fragte er. »Wir haben Jera doch gefunden. Wann hauen wir endlich von hier ab?«

Smilla seufzte und stellte die Gießkannen ab. »Jera will nicht.«

»Aber *du* willst doch, oder nicht?«

»Ja, aber was ich will, zählt bei Jera gerade nicht allzu viel. Sie hält es automatisch für egoistisch.«

»Dann sag ihr, dass auch *ich* gehen will. Ich möchte nicht den ganzen Winter über hier feststecken. Ich will Sarah finden und nie wieder Angst haben müssen, einem vom Club zu begegnen.« Er sprach nicht lauter als zuvor, doch unverkennbare Verzweiflung ließ seine Worte dennoch dringlicher klingen.

Smilla nickte. »Ich versuch's. Aber bitte versprich mir, bis dahin kein weiteres Kräftemessen mit Eva anzuzetteln.«

Giorgio fuhr sich mit der Hand übers Gesicht, als könnte er seine Verzweiflung so fortwischen. Dann nickte er.

»Hast du mal mit Nadja sprechen können?«, wollte er als Nächstes wissen. Endlich klang seine Stimme wieder weicher. Es gefiel Smilla nicht, Giorgio wütend und verbittert zu sehen. Dann fühlte es sich an, als wäre die Welt noch ein Stückchen weiter im Chaos versunken.

Smilla schüttelte den Kopf. »Nein. Du?«

»Ja, zuletzt gestern, direkt nachdem sie mit Eva geredet hatte. Aber sie war irgendwie abweisend und wollte schon mal auf ihr Zimmer gehen. Ich schätze, Eva hat irgendetwas gesagt, was sie aufgeregt hat.« Ratlos hob er die Schultern.

In diesem Moment tauchte Jean-Luc am anderen Ende des Zeltes auf. Entschlossenen Schrittes kam er durch die Reihen aus Pflanzen auf sie zu.

Smilla hob die Gießkannen auf. »Ich werde heute Abend mal versuchen, mit ihr zu sprechen.« Mehr schaffte sie nicht mehr zu sagen, denn da erhob Jean-Luc schon die Stimme.

»Giorgio!« Er klang verärgert. »Wo sind die Torfbriketts? Ich brauche sie *jetzt.*«

»Bin schon unterwegs«, brummte Giorgio. Er drängte sich an Smilla vorbei und deutete dabei ein Nicken an, wie um das Gespräch zu besiegeln. Dann eilte er davon.

Am Abend versammelten sie sich alle im Speisesaal und bedankten sich für die Dinge, die an diesem Tag gut gewesen waren. Smilla bedankte sich für das nahrhafte Essen. Jera bedankte sich bei Tessa, die ihr die bunten Holzbausteine geschenkt hatte. Nadja sagte Danke dafür, dass Elli mit ihrer unbeschwerten Art ihre Laune gehoben habe. Und Giorgio bedankte sich – ohne allzu sarkastisch zu klingen – für den Mantel, den Jean-Luc ihm gegeben hatte.

Nach dem Essen fanden sie sich wie auch am Abend zuvor beim Feuer zusammen, und Regina las eine Passage aus einem Roman vor, der von einem Erdbeben handelte, von einem geheimen Liebespaar und von Menschen, die glaubten, die verbotene Liebe habe das Erdbeben herbeigeführt.

Während Regina mit ihrer erschöpften Stimme vorlas, beobachtete Smilla die Familie, die den Worten gebannt lauschte. Das Feuer erhellte ihre Züge, die aus den dunklen Kapuzen hervorschauten, sodass es aussah, als schwebten unzählige körperlose Gesichter durch die Nacht.

Nur Nadjas konnte sie nicht unter ihnen entdecken. Smilla drehte sich um und suchte den Innenhof nach ihr ab, so gut es die Finsternis und ihre Sehschwäche zuließen. Doch es blieb dabei: Nadja war die Einzige, die an diesem Abend fehlte.

KAPITEL

23

DIE UNDANKBARE

Ein weiterer Tag verstrich, und noch einer. Und plötzlich war eine ganze Woche vergangen, seit Giorgio mit Eva aneinandergeraten war. Smilla kannte mittlerweile die wichtigsten Arbeitsabläufe, die es zu dieser Jahreszeit auf dem Vennhof zu erledigen gab. Sie hatte jeden Namen schon einmal gehört und sich mit jedem von Evas Kindern schon einmal unterhalten.

Fast hatte sie vergessen, wie es sich anfühlte, andauernd hungrig und leicht unterkühlt zu sein. Wenn sie jetzt in den Spiegel an der Innenseite ihres Kleiderschranks schaute, dann sah sie ein rosiges Gesicht mit vollen Wangen, und ihr Schlüsselbein, ihre Hüftknochen und ihre Kniegelenke stachen mit jedem Tag weniger deutlich hervor. Dieser Anblick erfüllte sie mit einer tiefen Zufriedenheit, ja, vielleicht sogar mit Glück.

Aber die fast gänzliche Abwesenheit von Hunger war nicht das Einzige, das die Tage wie Stunden dahinfliegen ließ. Denn zum ersten Mal seit Langem fühlte Smilla sich, als hätte sie ein Recht darauf, genau dort zu sein, wo sie sich befand. Sie wurde nicht bloß geduldet. Sie war nicht bloß jemandes Geheimnis. Und sie musste sich auch nicht vor den anderen beweisen. Denn sie alle waren entwurzelt. Sie alle waren wehrlos im Angesicht des Endes der Menschheit. Alles, was Smilla tun musste, um dazuzugehören, war, ihre Aufgaben zu erledigen. Jeder Handgriff, den sie tat, kam der ganzen Gruppe zugute, und dafür dankten sie einander jeden Abend.

Mit jedem weiteren Tag, der verstrich, machte Smilla sich weniger Sorgen. Manchmal, ganz kurz, dachte sie sogar nicht mehr an Falk und was auf der Ordensburg Vogelsang vorgefallen war. Dann kam es vor, dass sie abends am Feuer laut über Marius' und Sebastians Späße lachte, mit Jera und Tessa Grimassenwettbewerbe veranstaltete oder mit Julius beim »Hühnchenrupfen« um ein buntes Tuch rangelte.

Dass Smilla sich zusehends wohler auf dem Vennhof fühlte und immer besser mit Evas Kindern auskam, führte auch dazu, dass Jera seltener Smillas Autorität in Frage stellte. Es war ein zerbrechlicher Frieden, der auf diese Weise zwischen ihnen eingekehrt war, das wusste Smilla. Sie musste vorsichtig sein und durfte die neugefundene Balance nicht zu stark erschüttern. Aus diesem Grund hatte Smilla es auch noch nicht gewagt, ihr Versprechen gegenüber Giorgio einzulösen und bei Jera erneut die Abreise vom Vennhof anzusprechen.

Doch ihr schlechtes Gewissen darüber hielt sich auch aus dem Grund in Grenzen, da Giorgio sich besser mit der Situation arrangiert zu haben schien, als Smilla es für möglich gehalten hätte. Jeden Tag trug er seinen Mantel, klopfte auf den Tisch, wenn Eva den Speisesaal betrat, und zählte wie alle anderen am Abend auf, wofür er dankbar war. Abends beim Feuer unterhielt er sich mit Jean-Luc, der seine Patenschaft seit der Auseinandersetzung mit Eva doppelt so gewissenhaft ausführte und gar nicht mehr von Giorgios Seite wich. Wie tief Giorgios neue Gefügigkeit in sein Innerstes reichte, wusste Smilla nicht. Für den Moment schien sie Eva jedoch zu genügen.

Allerdings hatte Smilla den Eindruck, dass Giorgio sich von ihr fernhielt. Ein paar Mal hatte sie ihn gefragt, ob er den Abend mit ihr, Jera, Ben und Julius verbringen wolle, doch er hatte jedes Mal abgelehnt. Vielleicht wollte er sich gar nicht erst einleben. Aber vielleicht erinnerten ihn Evas Kinder auch zu sehr an den Club: Ein Haufen heimatloser Halbstarker, innerlich zerrissen und von anderen leicht zu beeinflussen.

Nadja hatte sich ebenfalls immer stärker von Smilla zurückgezogen. Nach dem Abendessen verschwand sie meist schon nach wenigen Minuten, und gemeinsame Arbeitsschichten hatten sie auch noch nicht gehabt, sodass sich keine Möglichkeit zum Gespräch ergab. Einmal war Smilla ihr abends gefolgt und hatte zaghaft an ihre Zimmertür geklopft. Nadja hatte sie einen Spaltbreit geöffnet, einen feuchten Lappen in der Hand, mit dem sie sich den Nacken rieb. »Was ist?«, hatte sie bloß gefragt, als gäbe es nichts Absurderes, als dass Smilla mit ihr reden wollte.

»Ich wollte nur wissen, wie es dir geht«, hatte Smilla durch den Türspalt geflüstert.

»Wie soll's mir schon gehen?« Ohne zu blinzeln, hatte sie Smilla angestarrt, wie eine Feindin, die man nicht einmal für einen Wimpernschlag aus den Augen lassen durfte.

Smilla hatte die Stimme noch weiter gesenkt. »Wenn du

sauer bist, weil wir uns noch immer nicht auf den Weg nach Brüssel gemacht haben – das tun wir bald, versprochen. Ich muss nur Jera davon überzeugen, dass –«

»Was soll ich in Brüssel?« Sie hatte die Tür herangezogen, sodass nur noch eines ihrer Augen und ein paar Strähnen seidig gekämmten Haares zu sehen gewesen waren.

»Ich dachte nur –«

»Wenn ich nach Brüssel wollte, wäre ich schon längst gegangen. Deinen Segen brauche ich dafür nicht.«

»Aber –«

»War das alles? Ich bin wirklich müde.«

»Wenn du … wenn du mal jemanden zum Reden brauchst, kannst du jederzeit zu mir kommen«, hatte Smilla gestottert, in der Hoffnung, dieses misslungene Gespräch noch irgendwie auf einer positiven Note enden lassen zu können.

Aber Nadja hatte nur den Mund verzogen, als kostete es sie Anstrengung, nicht spöttisch zu lachen. »Ja, danke.« Damit hatte sie die Tür ins Schloss gedrückt.

Ohne es zu wollen, fühlte Smilla sich von Nadjas Verhalten gekränkt. Dass sie nie beste Freundinnen werden würden, war ihr von Anfang an klar gewesen. Sie unterschieden sich auf eine Weise voneinander, die nicht einmal durch das Prinzip der sich anziehenden Gegensätze überwunden werden konnte. Aber dennoch hatten sie gemeinsam ums Überleben gekämpft. Smilla hatte geglaubt, dabei trotz ihrer Unterschiede eine Verbindung zu Nadja aufgebaut zu haben, und diese Verbindung war tröstlich gewesen. Doch wie es schien, hatte Smilla sich getäuscht. Denn was auch immer Nadja tat, wenn sie sich als Erste aus dem allabendlichen

Beisammensein zurückzog, was auch immer sie dachte, wenn sich im Speisesaal ihre Blicke begegneten und sie dann sofort wegsah – sie ließ Smilla nicht daran teilhaben.

So kam es, dass Smilla den Großteil ihrer freien Zeit mit Julius, Ben, Jera und Tessa verbrachte. Etwas an der Art, wie Julius mit Ben umging, und die Neckereien zwischen ihm und Jera trugen dazu bei, dass sich Smilla in seiner Nähe wohler fühlte als bei Evas anderen Kindern. Und wenn sie Tessas und Jeras Gesprächen lauschte und ihnen beim Spielen zusah, erlangten die Begriffe Normalität und Alltag wieder einen harmlosen Klang, den sie zuletzt vor der Plage besessen hatten.

Auch an diesem Abend war es so. Weil es draußen kälter und windiger war als an den Tagen zuvor, hatten sie sich nach dem Essen in Julius' Wohnwagen zurückgezogen. Julius und Smilla saßen auf zwei Küchenstühlen mitten im Chaos des winzigen Wohnraumes und unterhielten sich. Tessa, Jera und Ben spielten auf dem Bett Memory mit zerfledderten Tierbildchen.

»Du, Smilla«, sagte Julius mit gesenkter Stimme, als ihre Diskussion darüber, ob Ananas einen akzeptablen Pizzabelag darstelle, versiegte. »Gehört der hier dir?« Er stellte die Teetasse, die er aus dem Speisesaal hatte mitgehen lassen, auf dem Tischchen zwischen ihnen ab. Dann zog er etwas aus der Tasche seines Mantels, der über der Stuhllehne hing, und hielt es ihr hin.

Smilla betrachtete das wollige grüne Etwas in seinen Händen. Es war ein schmuddeliger Handschuh. »Nein, der gehört mir nicht.«

»Und deinen Freunden? Gehört er vielleicht ihnen?«

Smilla schüttelte den Kopf und beobachtete, wie Jera

Tessa etwas ins Ohr flüsterte, woraufhin diese gezielt eine Karte aufdeckte. »Ich denke nicht.«

Julius betrachtete den Handschuh mit ernster Miene. Dann ließ er ihn wieder in seiner Manteltasche verschwinden.

Seine Besorgnis angesichts dieses Stücks Stoff weckte Smillas Neugier. Sie hörte auf, Tessa und Jera dabei zu beobachten, wie sie schamlos beim Memory gegen einen Dreijährigen mogelten, und sah Julius an. »Was ist denn mit dem Handschuh?«

Er nahm seine Tasse wieder auf, trank einen Schluck und beugte sich dann etwas näher zu ihr. Im Flüsterton antwortete er: »Ich habe ihn vor ein paar Tagen auf meinem Rundgang gefunden. Keine fünf Meter vom Zaun entfernt.«

Smilla zuckte die Schultern. »Dann hat ihn wohl einer der anderen dort verloren«, meinte Smilla.

Julius gab ein unruhiges Brummen von sich. »Ich habe schon so oft die Wäsche gemacht. Diesen Handschuh habe ich dabei noch nie gesehen.«

Langsam begriff Smilla. Julius sorgte sich, dass jemand Fremdes draußen durch die Wälder strich. Und dass dieser Jemand den Hof entdeckt haben könnte.

»Könnte ihn nicht irgendwer aus der Familie erst vor Kurzem auf dem Markt gekauft haben? Das würde erklären, warum du ihn noch nie gesehen hast.«

Julius schaute in seine Tasse und schwenkte den Tee darin wie einen Whisky. »Möglich. Ich frag mal herum.«

»Wenn du dir Sorgen machst, warum erzählst du es nicht Eva?«, schlug Smilla vor.

Aber Julius gab bloß ein freudloses, kurzes Lachen von sich. »Wenn es um ihren Hof geht, wird Eva schnell mal überängstlich. Und *das* Fass möchtest du nicht aufmachen, glaub mir.«

»Ich bin mir sicher, dass es nichts weiter ist«, sagte Smilla und lächelte ihm ermutigend zu. Warum sie das sagte, war ihr selbst nicht ganz klar. Vielleicht, weil es ihr nicht gefiel, Sorgenfalten auf Julius' Stirn zu sehen. Oder aber, weil sie selbst sich nicht sorgen wollte.

»Hm«, machte Julius. Er holte gerade Luft, um noch etwas zu sagen, als jemand die Türklinke herunterdrückte. Doch da Julius abgeschlossen hatte, passierte nichts, und im nächsten Moment wurde laut an die Tür geklopft. Die Kinder auf dem Bett ließen sich davon nicht beirren und spielten unbesorgt weiter.

Mit einem lauten *Klonk* stellte Julius die Teetasse ab, stand auf, umrundete den schmalen Klapptisch, an dem sie saßen, und öffnete die Tür. An seinem Gesichtsausdruck erkannte Smilla, dass er nicht mit der Person gerechnet hatte, die vor ihm stand. Ohne ein Wort wich er einen Schritt zurück, und Eva kam herein, gefolgt von Zedrik und Ingo. Sie hatten zwar Kapuzen und Mundschutze auf, aber Smilla erkannte sie mittlerweile allein an dem schmalen Ausschnitt der Augen, ihrer Statur und der Art, wie sie sich bewegten. Sofort wirkte der Wohnwagen noch viel enger und niedriger, als er ohnehin schon war.

»Smilla«, sagte Eva und zog sich die Kapuze vom Kopf. »Ich habe dich gesucht. Komm mit, ich muss dir ein paar Fragen stellen.«

Instinktiv erhob Smilla sich. Ungute Gedanken stiegen an die Oberfläche ihres Bewusstseins, wie Wasserblasen vom Grund eines Sees. Gab es wieder Ärger mit Giorgio? Oder hatte Smilla Eva mit irgendetwas wütend gemacht, ohne es zu merken? Noch bevor sie einen Schritt auf Eva zugemacht hatte, drehte sich ihr schon der Kopf.

»Ich auch?«, fragte Jera vom Bett her.

Eva schüttelte den Kopf. »Bleib du hier.« Dann wandte sie sich auch schon ab und verließ den Wohnwagen.

Zedrik und Ingo blieben unbewegt stehen und starrten Smilla über ihre Mundschutze hinweg an. Wenn man nicht in ihre Gesichter blicken konnte, wirkten sie mit einem Mal viel kühler und unnahbarer als sonst.

Smilla schluckte, nahm ihren Mantel von der Stuhllehne und machte einen zögerlichen Schritt Richtung Ausgang. Irgendwann hatte sie mal in einem Wissenschaftsmagazin ihrer Mutter gelesen, dass so viele Menschen sich vor Insekten fürchteten, weil diese nicht die Mimik der Säugetiere besaßen. Ein Pferd legte die Ohren an, um einen davor zu warnen, näher zu kommen. Hunde fletschten die Zähne, bevor sie angriffen. Spinnen oder Kakerlaken oder Gottesanbeterinnen hingegen konnte man nicht ansehen, was sie als Nächstes tun würden. Bei Zedrik und Ingo mit ihren Mänteln und Mundschutzen ging das auch nicht.

Mit einem Blick in Julius' Richtung ging Smilla weiter. Er schien die Unsicherheit in ihren Augen zu lesen, schüttelte aber kaum merklich den Kopf. Er wusste also auch nicht, was das zu bedeuten hatte.

Die Nackenhaare stellten sich Smilla auf, als sie an Zedrik und Ingo vorbei aus dem Wohnwagen stieg und dessen zerbrechliche Sicherheit hinter sich ließ. Evas Handlanger folgten ihr.

Draußen heulte der Wind um die Ecken und Giebel des Vennhofs und ließ die Bäume schmerzlich ächzen. Eva war einige Meter entfernt stehen geblieben, wie um sicherzustellen, dass Smilla ihr auch wirklich folgte. Ihr

Mantel blähte sich im Wind, während sie unbewegt Smilla entgegen sah.

»Ist etwas passiert?«, fragte Smilla und schlang sich ihren Mantel eng um die Schultern.

»Noch nicht«, hallten Evas Worte durch den Wind. Um ihren Gesichtsausdruck deuten zu können, war es trotz einer sternenklaren Nacht zu düster.

Sie setzte sich in Bewegung, und Smilla ging ihr hinterher. Kurz fürchtete sie, dass sie in den Verhörraum gebracht werden sollte, doch Eva führte sie links am Feuer entlang, vorbei am Speisesaal und auf ihre Wohnungstür zu. Hinter Eva betrat Smilla den Flur, gefolgt von Zedrik und Ingo. Diesmal bat Eva sie nicht, die Schuhe auszuziehen. Aus irgendeinem Grund beunruhigte Smilla das noch mehr.

Eva geleitete sie in ihre Küche und bedeutete Smilla mit einem vagen Nicken, sich an den Esstisch zu setzen. Als Smilla sich auf die Bank zubewegte, erschrak sie. Dort, im Halbschatten der flackernden Kerzen, saß jemand auf der Eckbank. Die Ellenbogen auf die Tischplatte gestützt, den strubbeligen blonden Kopf in den Handflächen vergraben. Es war Sonja.

Ohne Sonja aus den Augen zu lassen, ließ Smilla sich auf der anderen Seite der Eckbank nieder. Zedrik und Ingo waren irgendwo in der Dunkelheit des Flures zurückgeblieben.

»Willst du eine heiße Milch, Smilla?«, fragte Eva und schwebte zum Herd hinüber.

»Ja, danke«, antwortete sie dumpf, obwohl ihr vor Nervosität schlecht war. Doch Nein zu sagen erschien ihr gefährlich, als würde sie damit vor sich selbst zugeben, dass es einen Grund gab, sich Sorgen zu machen. In diesem Moment fiel Smilla auf, dass es seit der Nacht, in der sie zum ersten Mal mit Eva zusammen in dieser Küche gesessen hatte, kein einziges Mal Milch für alle gegeben hatte. Auch nicht verdünnt. Es gaben zwar auch nur zwei der Kühe Milch. Dennoch musste Smilla an Karen denken und daran, dass sie die wenige Milch gerecht unter allen aufgeteilt hätte. Vielleicht hätte sie sogar ihren eigenen Anteil hergegeben, damit die anderen mehr hatten.

Es klapperte metallisch, als Eva einen Topf auf den Gasherd stellte. Smilla sah zur Tür, die in den Flur führte. Aber wenn Zedrik und Ingo dort noch standen, war es zu dunkel, um sie auszumachen. Ihr Blick wanderte weiter zu Sonja. Sie saß noch immer genauso dort: den Kopf in die Hände gestützt, das Gesicht zur Tischplatte gewandt, sodass Smilla nicht darin lesen konnte.

Sie räusperte sich. »Eva, wenn ich … wenn ich irgendetwas gemacht habe, dann –«

»Was hast du gemacht?«, unterbrach Eva ihr Gestammel, ohne sich zu ihr umzudrehen.

Smilla schluckte. »Ich habe nichts gemacht, aber ich frage mich, warum du –«

»Ich werde dir schon noch erklären, warum du hier bist«, unterbrach Eva sie abermals.

Smilla schluckte die letzten Worte wieder hinunter und schaute ein weiteres Mal zu Sonja. Ihre Gedanken kreisten immer schneller. Was gab es, das Sonja und sie gleichermaßen betraf und sonst kein anderes von Evas Kindern? Ihr fiel nichts ein. Es verband sie auch nichts weiter mit Sonja. Sie mochte das Mädchen, das immer eine Spur lauter als die anderen redete, viel lachte und sich vor niemandem zu scheuen schien. Und seit sie ihre Geschichte kannte und wusste, wie sie bei Eva gelandet war, bewunderte sie sie noch mehr für ihre fröhliche, unbeschwerte Art, von der nun allerdings kaum noch etwas nach außen drang. Doch darüber hinaus hatte sie nichts mit ihr zu tun gehabt.

Eva wandte sich vom Herd ab und kam mit einer dampfenden Tasse in der einen und einem blauen Tontöpfchen in der anderen Hand zu ihr herüber. Sie stellte beides vor Smilla und schob es ihr direkt unter die Nase. »Nimm dir gern auch etwas Honig«, sagte sie. Dann setzte sie sich auf einen der Stühle auf der anderen Seite des Tisches.

Sonja bekam keine Milch.

Mit zittrigen Fingern griff Smilla nach dem Löffel, der aus dem Honigtopf ragte, und träufelte etwas Honig in ihre Tasse. Der süßliche Geruch verstärkte ihre Übelkeit. Smilla rührte die dampfende Milch um.

»Was hat Sonja über mich gesagt?«, fragte Eva dann unvermittelt, und Smilla ließ vor Schreck den Löffel los, der klirrend in der Tasse landete.

»Was?«, krächzte sie. Ihre Gedanken wirbelten zu wild durcheinander, als dass sie darüber hätte nachdenken können, was Eva überhaupt meinte.

»Mir ist zu Ohren gekommen, dass Sonja schlecht über mich redet. Und das«, sie seufzte schwer, »kränkt mich. Gerade, wenn sie ihre Lästereien auch mit dir, einem meiner neuesten Kinder, teilt. Du könntest noch denken, dass sie recht hat. Du kennst mich ja kaum.«

»Ich weiß nicht, was du meinst«, brachte Smilla hervor. Mit einem Mal kam ihr jedes Wort wie ein Schritt ins Moor vor. Eine falsche Bewegung, und sie würde ohne Vorwarnung versinken.

Eva lächelte verständnisvoll. Doch das Zucken ihrer Augäpfel verriet, dass sie keineswegs so gelassen war, wie sie sich gab.

»Du brauchst sie nicht in Schutz zu nehmen. Ich weiß schon, *dass* sie etwas gesagt hat. Ich muss nur noch wissen, *was.*«

Sonja gab ein kaum hörbares Wimmern von sich. Vielleicht war es auch nur der Wind, der um den Vennhof strich.

Smilla schaute Eva gebannt an. Fieberhaft überlegte sie, was Eva meinte.

»Willst du deine Milch etwa nicht?«, fragte Eva, und selbst diese Worte klangen wie eine Drohung. Vielleicht waren sie das auch.

Hastig griff Smilla nach der Tasse und nahm einen Schluck. Aber weil ihre Finger so zitterten und ihre Lippen sich taub anfühlten, tropfte etwas Milch auf den Tisch. Schnell wischte sie den Fleck mit ihrem Ärmel fort. In diesem Moment fiel es ihr ein. Sonja hatte ihr von Evas harten Strafen berichtet, während sie den Boden des Speisesaals geschrubbt hatten. Ingo hatte ihre Unterhaltung mitbekommen.

Erleichtert atmete Smilla auf. Wenn es nur das war, dann konnte sie Eva beruhigen. »Du meinst beim Putzdienst letzte Woche?«, fragte sie.

Ruckartig lehnte Eva sich nach vorn, wie eine Spinne, die zuschlug. »Was hat sie gesagt?«

»Sie hat mir bloß erzählt, wie sie zu euch gekommen ist.«

Erneut rollten Evas Augäpfel für einen Sekundenbruchteil nach oben und richteten sich dann wieder auf Smilla. »Und weiter?«

Smilla hob die Schultern. »Nichts weiter.«

»Wenn es nur das wäre, was sie gesagt hat, dann wäre dir diese Situation ja wohl nicht eingefallen, als ich danach gefragt habe, was sie Schlechtes über mich verbreitet hat.«

Smilla spürte, wie ihr unter dem schweren Mantel warm wurde. Viel zu warm. Hoffentlich färbte sich ihr Gesicht in diesem Moment nicht verräterisch rot. Um sich Zeit zu verschaffen, nahm sie noch einen Schluck von der Milch. »Sie hat noch gesagt, dass … dass deine Strafen hart, aber gerecht sind«, erinnerte sie sich dann und schaffte es kaum, Eva in die Augen zu sehen.

Eva lehnte sich wieder zurück. »Warum habt ihr über meine Strafen geredet?«

Smilla schluckte. »Weiß ich nicht mehr«, sagte sie heiser.

»Du erinnerst dich nicht?«

»Das ist schon eine Weile her«, verteidigte Smilla sich, auch wenn sie sich noch genau daran erinnerte, was Sonja gesagt hatte.

Das Mädchen neben ihr schniefte, bewegte sich aber keinen Millimeter aus ihrer zusammengekauerten Haltung.

Eva sah auf ihre Finger und schüttelte dann den Kopf. »Ich muss schon sagen, ich bin sehr enttäuscht, dass du mir nicht die Wahrheit sagst. Und dass du mir nicht sofort erzählt hast, dass Sonja schlecht über mich gesprochen hat. Man könnte meinen, du seist ganz ihrer Meinung.«

Smilla schloss die Hände enger um den Becher. »Ich wusste nicht, dass es etwas Berichtenswertes war.«

Eva hob die Augenbrauen. »Nicht? Reden denn alle schlecht über mich, sodass dir das wie ganz normaler Small Talk vorgekommen ist?«

Energisch schüttelte Smilla den Kopf. »Nein, sonst hat niemand etwas Schlechtes über dich gesagt.«

Eva reckte das Kinn. »*Sonst* hat niemand etwas gesagt, hm? Das heißt, Sonja hat doch etwas Schlechtes über mich erzählt?«

Smilla riss die Augen auf. »Nein, so habe ich das nicht gemeint! Sonja hat nur –«

»Du musst sie nicht verteidigen, Smilla«, fuhr Eva ihr über den Mund. »Es ist nicht das erste Mal, dass sie sich so undankbar und arrogant verhält.«

Ein Geräusch, das einem Winseln ähnelte, erklang aus Sonjas Richtung, und diesmal war Smilla überzeugt, dass es nicht der Wind gewesen war.

»Du bist noch nicht lange bei uns, du weißt offensichtlich nicht, wie die Dinge hier laufen. Deshalb will ich es in deinem Fall bei einer Verwarnung belassen«, fuhr Eva fort. Ihr Blick wanderte zu Sonja, langsam, lauernd. Nur das Zucken ihrer Pupillen verriet, dass sie das hier nicht genoss, sondern unter Stress zu stehen schien. »Aber für Sonja werde ich mir diesmal etwas Wirksameres überlegen müssen als einen Monat Latrinendienst.« Sie presste die Lippen zu einem dünnen, blassen Strich aufeinander und schüttelte bedauernd den Kopf. »Sonja«, sagte sie dann und klang beinahe sanft. »Erinnerst du dich noch, wo ich dich gefunden habe?«

Smilla sah zu Sonja, die heftig nickte, aber immer noch nicht aufsah.

»Wo habe ich dich gefunden, Sonja?«

»In einem Stacheldrahtzaun auf einer Wiese, nördlich von Gerolstein«, antwortete Sonja ohne Stimme.

»Und bist du nicht dankbar dafür, dass ich dich aus diesem Stacheldrahtzaun befreit habe?«

»Doch«, wisperte Sonja und nickte abermals energisch.

Eva seufzte. »Das sagst du *jetzt*. Ich glaube, ich muss

deine Erinnerung daran, wovor ich dich bewahrt habe, etwas auffrischen.«

Jetzt sah Sonja auf. Ihre Augen waren rotgeweint und verquollen. »Nein«, hauchte sie.

»Es ist nicht so, als ob ich das gern täte«, sagte Eva.

»Nein. Nein, bitte nicht, Eva«, sagte Sonja, nun etwas lauter.

»Ingo, ist noch etwas von dem Stacheldraht übrig, mit dem wir den Zaun gesichert haben?«, fragte sie mit erhobener Stimme.

Eine schwarz verhüllte Gestalt erschien im Türrahmen. »Ja, ein paar Meter sind noch da.«

Sonja wimmerte erneut. Tränen sammelten sich in ihren Augen. »Bitte, Eva, bitte nicht. Es tut mir so leid. Ich habe es nicht so gemeint«, flehte Sonja.

Doch Eva ignorierte sie. »Du weißt, was du zu tun hast, Ingo«, sagte sie bloß. Damit erhob sie sich.

Ingo nickte knapp. »Im Innenhof?«

Eva schien zu überlegen. »Nein, besser im Keller. Ich möchte meine anderen Kinder nicht beunruhigen.« Mit zwei großen Schritten war sie neben Ingo.

»Und nimm Smilla mit«, sagte sie dann, eine Hand vertraulich auf seiner Schulter gebettet. »Sie soll sehen, wie wir mit Undankbaren verfahren.«

KAPITEL

24

DER KELLER

Alles, was dann passierte, nahm Smilla nur noch am Rande wahr. Es fühlte sich an, als hätte sich ihr Geist zurückgezogen in eine Art Schneckenhaus, von dem sie bis dahin nichts gewusst hatte. Ihr Körper führte wie eine Maschine das Nötigste aus, damit sie Evas Befehl Folge leisten und mit Ingo, Zedrik und der weinenden Sonja in den Keller gehen konnte. Es war ein bisschen wie in einem Videospiel, bei dem man zwar die Hände der Figur sah, die man spielte, aber nicht fühlte, was sie fühlte. Es konnte einem nichts geschehen. Nicht in Wirklichkeit.

Evas Handlanger geleiteten sie den Flur entlang und die Treppe in den Keller hinunter. Ingo, der voranging, hielt einen Kerzenständer vor sich ausgestreckt, und das flackernde Licht wies ihnen den Weg.

Am Fuß der Treppe angekommen, wirbelte Sonja unvermittelt herum und versuchte, die Treppe wieder hinaufzuhechten. Aber Zedrik bekam im letzten Moment die

Kapuze ihres Mantels zu fassen und zerrte an ihr, sodass sie rücklings in den Staub fiel.

Ingo drückte Smilla den Kerzenständer in die Hand und kam Zedrik zu Hilfe. Als die beiden Sonja hochhieven wollten, schlug und trat sie um sich und ließ sich immer wieder auf den Boden fallen. Einer ihrer Tritte traf Smilla am Oberschenkel und schickte einen dumpfen, pochenden Schmerz durch ihre Muskeln. Und seltsamerweise war Smilla froh darum. Ihr war, als verdiente sie Sonjas Tritte und Schläge. Genau, wie Ingo, Zedrik und Eva sie verdienten.

Lange kam Sonja jedoch nicht gegen Evas Handlanger an. Nach einigen Augenblicken des Ringens packten sie Sonja links und rechts an den Armen, rissen sie vom Boden hoch und schleiften sie weiter den Gang entlang. Sonja gab auf.

Sie bahnten sich ihren Weg durch vollgestellte Kellergänge mit gewölbten Decken. Das einzige Licht rührte von dem Kerzenständer in Smillas Hand.

Nach ein paar Abzweigungen gelangten sie in einen länglichen Raum, der sich in einen Flur und viele einzelne hölzerne Abteile gliederte. Der Raum erinnerte Smilla an die Keller in Mehrparteienhäusern, wo jeder eine Abstellkammer für seinen Kram hatte. Kurz glaubte sie, man würde sie in eines dieser Abteile sperren, und sie registrierte, dass das etwas war, das selbst ihr zurückgezogener Geist nicht aushalten würde. Nicht, nachdem sie in einer Zelle der *Verlorenen Jungs* um ihr Leben gebangt hatte. Doch Ingo führte sie weiter den Flur entlang bis dahin, wo die Abteile endeten und sich der Raum zu seiner vollen Größe öffnete.

Zedrik wies Smilla an, sich auf einen der Säcke zu setzen, die an der Wand aufeinandergestapelt lagen. Smilla gehorchte. Was hätte sie auch stattdessen tun sollen? Wegrennen? Wohin, ohne Jera? Kämpfen? Gegen zwei Männer, die eine knapp vierzigköpfige Gruppe auf ihrer Seite hatten? Zu dem Gefühl, mit ihrem eigenen Körper nur von Ferne etwas zu tun zu haben, gesellte sich nun der Eindruck, wieder ein Kind zu sein. Jemand, dem sie mehr Autorität zugestand als sich selbst, sagte ihr, was sie tun sollte. Und sie tat es. Jemand, der mehr Macht hatte als sie, sagte ihr, das, was als Nächstes komme, sei notwendig, ja, gerechtfertigt, und sie focht diese Entscheidung nicht an.

Zedrik, der zwischenzeitlich in den Kellergängen verschwunden war, tauchte wieder auf, die Hände mit Handschuhen vor dem aufgerollten Stacheldraht geschützt, den er mit sich brachte.

Sonja protestierte und weinte, aber Zedrik und Ingo schienen überzeugt von dem, was sie taten. Mit fast einfühlsamen Stimmen brachten sie Sonja dazu, sich mit dem Rücken an die Außenseite des letzten Kellerabteils zu setzen. Dann führten sie den Stacheldraht abwechselnd durch die Holzlatten des Kellerabteils und um Sonjas Körper, bis ihr Kopf und ihre Arme damit an den Holzbalken fixiert waren.

Sie traten einen Schritt zurück und begutachteten das Ergebnis ihrer Arbeit. »Wenn du still hältst, hast du morgen früh nicht mehr als ein paar Kratzer«, sagte Zedrik in ermutigendem Tonfall.

Sonja antwortete nicht. Ihr Atem ging flach und schnell, und es wirkte, als kostete es sie all ihre Willenskraft, sich nicht gegen den Stacheldraht aufzubäumen.

Ingo drehte sich zu Smilla um und rieb die Hände gegeneinander. »Wir lassen euch den Kerzenständer da«, sagte er und nickte zu der kleinen Flamme, die auf dem Kerzenständer in Smillas Hand zitterte. »Wenn sie ausgeht, bevor Eva euch holen lässt – dort sind noch ein paar Kerzen.« Er wies auf eine Kiste, an deren rauem Holz sich der Staub mehrerer Jahre gefangen hatte.

Smilla nickte bloß.

Ingo und Zedrik wandten sich ab und verschwanden in den unbeleuchteten Kellergängen. Ihre Schritte hallten gespenstisch von den Wänden wider. Erst, als Smilla eine Tür ins Schloss fallen hörte und Stille eintrat, löste sich der Nebel in ihrem Bewusstsein. Sie kehrte in ihren Körper zurück und sprang von den Säcken. Mit zwei großen Sätzen war sie bei Sonja, die regungslos wie eine vergessene Stoffpuppe dasaß.

»Diese Arschlöcher«, fluchte Smilla, ging neben Sonja in die Knie und stellte den Kerzenständer auf den Boden. Ihre Augen huschten über den Draht und suchten nach der Stelle, an der die losen Enden verbunden worden waren. »Es tut mir so leid, dass ich überhaupt irgendeine von Evas Fragen ehrlich beantwortet habe. Hätte ich gewusst, dass sie *das* hier tut, hätte ich von vornherein gelogen.«

»Ist schon gut«, sagte Sonja schwach. Ihre Augen schwammen noch immer in Tränen, aber sie weinte nicht mehr.

»Nein, nichts ist gut! Wir leben doch nicht im dreizehnten Jahrhundert!«

Sonja gab ein kleines, fast belustigtes Seufzen von sich. Dann schniefte sie. »Tun wir nicht?«

Smilla entdeckte die Stelle. Zedrik hatte die beiden Enden bloß umeinander gebogen. Es würde ein Leichtes werden, Sonja zu befreien. Aber als Smilla sich mit spitzen Fingern an dem Stacheldraht zu schaffen machte, stieß Sonja mit unerwarteter Heftigkeit ein »Nein« aus.

Smilla hielt inne und sah Sonja im schwachen Licht der Kerze in die Augen.

»Wenn Eva das mitkriegt, bestraft sie mich nur härter, und dich noch dazu.«

»Aber das ist ... das ist Folter«, protestierte Smilla und wies auf die Spitzen des Drahtes, die Sonjas Haut auf ihrer Stirn, ihrem Hals und ihren entblößten Unterarmen tief eindrückten. Sie schien nirgends tatsächlich verletzt, aber eine Bewegung, und an irgendeiner Stelle würde ihre Haut unter dem Druck nachgeben.

»Das ist bloß Eva. Sie hat sich schon Schlimmeres ausgedacht für Leute, die ihr gegen den Strich gegangen sind«, erwiderte Sonja, ohne Smilla anzusehen.

Smilla biss sich auf die Unterlippe. Irgendetwas musste sie doch für Sonja tun. »Ich könnte versuchen, den Draht wenigstens etwas zu lockern«, sagte sie und klang beinahe flehentlich.

»Setz dich wieder hin«, sagte Sonja bloß. Sie klang müde. »Wenn jemand reinkommt und dich hier bei mir sieht, wird die Situation für keinen von uns angenehmer.«

Smilla atmete angespannt aus. »Okay«, sagte sie dann. »Aber wenn ich irgendetwas für dich tun kann, sagst du es mir sofort, ja?«

»Ja.«

Noch einen Moment lang musterte Smilla sie, wie sie dort saß und versuchte, nicht einmal mit der Wimper zu zucken. Dann ging sie zurück zu den Säcken an der gegenüberliegenden Wand und ließ sich darauf nieder. Einige Minuten verstrichen, in denen sie nicht sprachen. Smilla schaffte es weder, Sonja für mehr als ein paar

Sekunden anzusehen, noch ihren Blick für längere Zeit abzuwenden. Beides kam ihr gleichermaßen ignorant vor.

Sonja war inzwischen ganz ruhig geworden, fast so, als hätte sie das Schlimmste schon überstanden. Und vielleicht hatte sie das auch. Sie musste sich nicht mehr davor fürchten, was kommen und wie schlimm es werden würde. Sie musste nur noch durchhalten.

»Ich schätze, du wirst nie wieder den Namen Eva in den Mund nehmen, außer, um eine Lobeshymne auf sie zu singen, was?«, fragte Sonja irgendwann. Nur ihre Lippen und ihre Pupillen bewegten sich. Der Rest ihres Körpers war wie eingefroren.

»Mal sehen«, knurrte Smilla. »Im Moment kann ich mir nicht vorstellen, jemals wieder etwas Gutes über sie zu sagen.«

»Dann übst du das besser mal.«

Wieder wurde es kurz still zwischen ihnen, und Smilla fragte sich, wie lange Eva sie hier ausharren lassen würde.

»Ist sie immer so hart?«, fragte Smilla nach einer Weile. Sie konnte sich nicht erklären, warum die anderen so loyal und dankbar Eva gegenüber waren, wenn sie gleichzeitig wussten, dass sie dazu bereit war, ihnen Dinge wie diese anzutun.

»Meistens nicht. Zumindest nicht beim ersten Vergehen. Aber ich habe sie schon zu oft verärgert. Und außerdem glaube ich, dass sie mich nicht besonders mag.«

»Das ist aber kein Grund für so was«, sagte Smilla und deutete in Sonjas Richtung.

»Für dich vielleicht nicht«, entgegnete Sonja bloß.

Einen Moment lang verfielen sie wieder in Schweigen. »Beim Putzdienst hast du mir erzählt, dass sie jemanden, der dir wichtig war, zu hart bestraft hat«, sagte Smilla dann. Sie lauschte in die Stille zwischen ihren Worten, um sicherzugehen, dass niemand anderes im Keller war, der mithören konnte. »Was hat sie mit demjenigen gemacht?«, fragte sie dann im Flüsterton.

»Sie hat ihn nackt ausziehen und die Nacht im Wald verbringen lassen. Weil sie ihn genau so gefunden hatte und geglaubt hat, ihn daran erinnern zu müssen, wovor sie ihn bewahrt hatte. Genau wie bei mir auch.« Sie legte eine Pause ein und schien sich zu sammeln.

»Nur waren es kaum über null Grad«, fuhr sie dann verzagt fort. »Es hat geregnet, und der Wind … du weißt ja, wie das Wetter hier ist. Er hat die Nacht zwar überlebt, aber sich eine Grippe zugezogen. Er ist an seinem Fieber gestorben.« Ihre Stimme echote von der gewölbten, von Spinnweben überzogenen Decke wider.

Aron. Es musste Aron sein, von dem sie sprach. Der Tote im Wald. Dann hatte Eva bei seinem Ableben also doch die Finger im Spiel gehabt.

»O Sonja, das tut mir so leid«, sagte Smilla und musste dem Drang widerstehen, sich wieder zu ihr zu knien und sie in die Arme zu nehmen.

»Ja, mir auch«, murmelte Sonja.

»Was hatte er denn getan?«

»Wir waren mit Wasserholen dran, Aron und ich«, sagte Sonja und bestätigte damit Smillas Verdacht. »Aber wir haben uns etwas mehr Zeit gelassen, weil …«, sie verstummte für einen Moment. »Na ja, weil wir zusammen waren und wir hier auf dem Hof nicht so viel Privatsphäre hatten, du weißt schon.«

»Ja, verstehe«, sagte Smilla.

»Auf jeden Fall ist es Eva oder sonst wem aufgefallen,

dass wir mit unseren Aufgaben etwas länger brauchten als sonst, und irgendwer muss uns verpetzt haben.«

»*Deswegen* wurde Aron so hart bestraft?«

Sonja atmete tief ein. »Eva hat es so gedreht, als würden wir uns auf der harten Arbeit der anderen ausruhen und damit zeigen, dass wir im Zweifelsfall auf das Gemeinwohl pfeifen würden. Sie hat gesagt, sie wolle uns das austreiben, bevor es zu größeren Problemen führe.«

»Aha. Da hat sie wohl überkompensiert.«

Sonja gab einen verächtlichen Zischlaut von sich. »Das wäre der Titel ihrer Biographie. Eva Maria Wollweber – eine Geschichte der Überkompensation.«

Im nächsten Moment sog sie scharf die Luft ein und schaffte es dennoch nicht, ein Husten zu unterdrücken. »Oh, verflucht«, ächzte sie, und als Smilla genau hinsah, erkannte sie, dass die Haut an einigen Stellen unter dem Draht nachgegeben hatte und zu bluten anfing. Noch einmal hustete Sonja, noch einmal fluchte sie, diesmal mit dünnerer Stimme.

Das Bedürfnis, Sonja aus diesem Draht zu befreien, wurde so groß, dass es in Smillas Fingern pulsierte. Gab es denn wenigstens irgendetwas anderes, das sie für das Mädchen tun konnte?

Sonja räusperte sich und unterdrückte ein erneutes Husten. Da fiel Smilla ein, dass sie an ihrem ersten Tag auf dem Vennhof mit Julius Wasser in den Keller hatte bringen sollen. Vielleicht stand irgendwo noch ein Rest davon herum, den sie Sonja zum Trinken geben konnte, damit sie aufhörte zu husten.

Sie erhob sich von den Säcken. »Ich schau mal, ob ich hier unten Wasser für dich finde.«

»Danke«, krächzte Sonja.

Smilla nahm den Kerzenständer vom Boden und lief den Gang zwischen den Abteilen entlang. Die Kerze flackerte durch die Bewegung und warf zuckende Schatten an die unebenen Wände. Es sah aus, als wären die Gänge lebendig. Innereien eines riesigen Tieres, in das sie versehentlich geraten war.

Smilla gelangte zurück in den verwinkelten Flur und entschied, es zunächst in der Richtung zu versuchen, aus der sie gekommen waren. Die erste Tür, die sie probierte, war abgeschlossen. Die zweite ließ sich zwar öffnen, der Raum dahinter beinhaltete aber lediglich staubige Kisten voller Kram – Spielzeug, Bücher, Weihnachtsdeko. Vom nächsten Raum zweigten sich mehrere Kabinen ab, wie in dem Raum, in dem Sonja gefesselt worden war. Smilla drückte testweise gegen die Tür des ersten Abteils. Sie schwang nach innen auf, und Smilla hielt die Kerze in den kleinen Raum.

Eine tarnfarbene Pritsche, ein Eimer.

Alles in Smilla krampfte sich zusammen. Sie zog ihren Arm zurück und stolperte nach hinten, bis sie mit dem Rücken an die Wand stieß. Das da war niemandes Zimmer. Es war auch kein Notlager, das erkannte Smilla sofort. Es war eine Gefängniszelle.

Sie brauchte einen Moment, bis sich die aufbegehrende Panik in ihrem Brustkorb soweit gelegt hatte, dass sie sich selbst gut zureden konnte.

Niemand hier hatte vor, sie in diese Zelle zu werfen. Und außerdem waren sie und Sonja in diesem Moment die einzigen hier im Keller.

Smilla atmete noch ein paar Mal tief ein und aus, dann ging sie weiter, zum nächsten Abteil. Auch dieses war eine Art Zelle. Und auch die dahinterliegenden Abteile.

Eva hatte Gefängniszellen auf ihrem Hof. Genau wie die *Verlorenen Jungs*.

Polternde Schritte aus der Wohnung über ihr ließen sie zusammenfahren. Jemand sprach, eine wohlbekannte Frauenstimme. Nadja. Was tat Nadja so spät noch in Evas Wohnung? Smilla versuchte noch zu verstehen, wie sich all die seltsamen neuen Wissensschnipsel zu einem Bild zusammensetzten, da erklang das Knarzen der Kellertreppe.

Sie konnte hier nicht bleiben. Sie wirbelte auf dem Absatz herum, hastete die Reihe aus Gefängniszellen entlang und zurück in den Flur.

Das Knarren der Treppenstufen war der Kellertür gefährlich nahe gekommen. Hastig eilte Smilla weiter. Sie sah kaum, wo sie hintrat, da der Schwung ihrer Bewegung die Kerze fast ausblies. Doch sie erreichte die rettende Abzweigung gerade noch rechtzeitig. In dem Moment, als die Kellertür geöffnet wurde, huschte sie um die Ecke.

»… den dreifachen Preis verlangen«, erklang Evas Stimme.

Smilla hastete weiter. »Dann brauche ich mehr …«, hörte sie die andere Frauenstimme sagen – und diesmal war sie sich absolut sicher, dass es Nadjas war. Doch was sie benötigte, verstand Smilla nicht mehr.

Endlich erreichte sie den Raum, in dem Sonja gefesselt worden war. Sie stellte den Kerzenständer so schwungvoll auf ein Regalbrett, dass das Wachs spritzte, und schmiss sich auf die an der Wand aufgereihten Säcke. Smillas Herz raste, ihr Atem ging flach.

Aber niemand kam. Weder Eva noch Nadja.

»Was ist?«, fragte Sonja nach ein paar Sekunden, die Smilla nur damit verbracht hatte, mit weit geöffneten Augen in die Dunkelheit am Ende des Ganges zu starren.

»Eva und Nadja sind im Keller«, flüsterte sie.

»Haben sie dich erwischt?«

Smilla sah Sonja an. Im Vergleich zu ihr wirkte Sonja seltsam gefasst, obwohl sie sich eindeutig in der ernsteren Lage befand. Aber vielleicht rührte dieser Eindruck auch nur daher, dass sie alles daransetzte, sich so wenig wie möglich zu bewegen. Eine dünne Blutspur verlief von dem Stacheldraht an ihrem Haaransatz über ihre Stirn und bis in ihren inneren Augenwinkel.

»Ich glaube nicht«, wisperte Smilla. Sie starrte den dunklen Korridor hinunter. Das Licht der Kerze reichte nur wenige Meter weit. Ob die Abteile hier ebenfalls Zellen waren?

Als sie sicher war, dass weder Eva noch Nadja auf direktem Wege zu ihr und Sonja waren, stand sie auf und ging zu dem Abteil, an das Sonja gefesselt worden war. Sie öffnete die Tür. Ihr Blick fand Schlitten, alte Schaufeln und rostige Sackkarren. Auf leisen Sohlen bewegte sie sich weiter zur nächsten Kammer. Blau gepolsterte Stühle, wie die im Seminarraum des Vennhofs. Erleichtert atmete Smilla aus.

»Was machst du?«, flüsterte Sonja.

Smilla schloss die Tür und ging zurück zu ihr.

»Ich habe nur geschaut, was in den Räumen ist.«

»Da ist nur nutzloses Zeug drin. Die Hälfte davon könnte man wegschmeißen und würde es nie vermissen.«

Smilla setzte sich wieder auf ihren Platz. Ihr stand noch der Angstschweiß auf der Oberlippe, aber ihr Herz hatte sich wieder beruhigt. Sie überlegte, ob sie Sonja erzählen sollte, was sie in dem Raum neben der Treppe entdeckt hatte. Vielleicht gab es eine wenigstens halbwegs harmlose Erklärung für die Pritschen, die Eimer und die von außen verschließbaren Türen. Aber was, wenn Sonja Eva erzählte, dass Smilla herumgeschnüffelt hatte? Ob Eva darin einen Affront sehen würde? Ob sie das für bestrafenswert hielte?

Smilla biss sich auf die Zunge und beschloss, nichts zu sagen. Zumindest jetzt noch nicht. Vielleicht würde sie Juli darauf ansprechen. Vielleicht wusste ja sogar Nadja etwas über diese Zellen und ihren Zweck. Die sollte ihr sowieso mal erklären, was sie spät abends bei Eva in der Wohnung trieb, geschweige denn hier im Keller.

Smilla lehnte sich zurück und schloss für einen Moment die Augen.

»Du hast kein Wasser gefunden, oder?«, fragte Sonja irgendwann.

Smilla schlug die Augen wieder auf und schüttelte den Kopf. »Nein, tut mir leid«, sagte sie dann. »Und jetzt, wo ich nicht weiß, wer sich da vorn alles herumtreibt, will ich es auch ehrlich gesagt nicht riskieren, noch mal loszugehen.«

»Nein, das solltest du besser lassen«, pflichtete Sonja ihr mit gedämpfter Stimme bei.

»Die lassen uns hier schon nicht verdursten.« Sie fuhr sich mit der Zunge über die Lippen. »Hoffentlich«, fügte sie dann hinzu.

KAPITEL

25

DER HUNGRIGE

Jera?«

»Ja?«

»Wir müssen reden.«

Sie lagen nebeneinander in der durchscheinenden Dunkelheit einer sternenklaren Nacht, und Smilla fand keine Ruhe. Wie jeden Abend teilten sie sich ein Bett, obwohl sie sechs zur Auswahl hatten. Solange das noch so war, wusste Smilla, dass sie immer noch Zugang zu Jera hatte. Sie hatten sich voneinander entfernt, doch sie waren immer noch eng miteinander verbunden. So eng, dass es Jera auch jetzt nicht einfiel, allein zu schlafen.

»Worüber?«, hauchte sie mit einem Seufzen und rollte sich auf den Rücken.

Im Morgengrauen hatte Zedrik Sonja und Smilla aus dem Keller entlassen. Zu ihrer großen Erleichterung hatten sie nur die Nacht dort verbringen müssen, kaum sieben Stunden.

Eva hatte sie ermahnt, bloß nicht mit den anderen über

das Vorgefallene zu sprechen. Sie würden sicher nicht direkt wieder erwischt werden wollen, wie sie schlecht über Eva redeten. Aber mit wem, außer vielleicht mit Giorgio, hätte sie auch über das sprechen sollen, was passiert war? Jera wollte sie damit nicht belasten, und Julius … Bei ihm war sie sich immer noch nicht sicher, wie sehr er sich Eva verbunden fühlte. Im einen Moment ahmte er sie mit einem heimlichen Augenrollen nach. Im nächsten berichtete er Smilla mit verklärtem Blick, was Eva alles für ihre Kinder getan hatte.

»Ist es wegen letzter Nacht?«, hakte Jera nach, als Smilla nicht sofort antwortete. »Willst du mir endlich erzählen, was Eva wollte?«

Jera war nicht in ihrem Zimmer gewesen, als Smilla müde und taub dorthin zurückgekehrt war. Also war Smilla durch den nebligen Morgen zu Julis Wohnwagen geschlichen. Die Tür war nicht abgeschlossen gewesen. Behutsam hatte Smilla sie geöffnet und war in den Wohnwagen gestiegen. Julius, Tessa, Ben und Jera hatten in einem Wust aus Decken und Gliedmaßen auf dem durchhängenden Bett gelegen und geschlafen. Es war ein so friedliches Bild gewesen, dass Smilla nicht glauben konnte, dass es real war. Nicht, nachdem sie eine Nacht in einem kalten, staubigen Kellergewölbe verbracht hatte, zusammen mit einem Mädchen, das man mit Stacheldraht gefesselt hatte, und neben Kammern, in denen vermutlich jemand gefangen gehalten worden war.

Ein paar Minuten hatte sie nur dagestanden und das Bild in sich aufgesogen, wie etwas, das sie zum Leben brauchte. Dann war Julis Kopf hochgezuckt, und er hatte sie direkt angesehen. Als er sie erkannt hatte, war er sofort auf den Beinen gewesen. Mit besorgter Miene war er über Schuhe und Becher und Spielzeuge auf sie zugestolpert.

»Was ist passiert?«, hatte er atemlos gefragt. »Geht es dir gut?« Smilla hatte gespürt, dass er sich zurückhalten musste, um sie nicht anzufassen.

»Ja, mir geht's gut.« Ihre Stimme hatte seltsam schwach geklungen. Viel schwächer, als sie sich fühlte.

»Wir haben uns Sorgen gemacht«, hatte Julius gesagt, fast vorwurfsvoll. »Was wollte sie denn von dir?«

Hinter ihm hatten Jera, Ben und Tessa angefangen zu blinzeln, sich zu strecken und zu gähnen.

»Nicht so wichtig«, hatte Smilla bloß geantwortet und müde gelächelt.

Julius hatte sie einen Moment lang betroffen angesehen, aber dann genickt. »Okay. Wenn du darüber reden willst …«

»Eigentlich möchte ich gerade bloß den Sonnenaufgang sehen«, hatte Smilla ihn unterbrochen.

Also hatten die anderen sich angezogen, und zusammen waren sie losgegangen. Und während sie gemeinsam beobachteten, wie die Sonne den Himmel erklomm und ihr Rot und Orange in den Nebel über dem Moor blutete, hatte sich Wärme in Smilla ausgebreitet. Eine Wärme, die sie in der kühlen Dunkelheit des Kellers fast vergessen hatte.

Smilla strich Jera, die sie erwartungsvoll anblickte, mit dem Daumen über die Wange. »Nein, ich kann dir nicht verraten, was Eva von mir wollte.«

Jera nickte. »Ja, ja, ich weiß schon.«

Smilla hatte ihr gesagt, dass Eva nicht wollte, dass sie jemandem davon erzählte, was sich in Evas Wohnung zugetragen hatte. Das hatte Jera mit Stolz erfüllt, und sie hatte aufgehört nachzufragen, um was es dabei gegangen war. Doch jetzt wurde Jeras Neugier wohl doch stärker als die Genugtuung darüber, dass ihre große Schwester Geheimnisse mit der heiligen Eva teilte.

»Es geht um was anderes, und zwar …« Smilla zögerte. Als sie das letzte Mal versucht hatte, Jera davon zu überzeugen, den Vennhof zu verlassen, hatte sich der Riss zwischen ihnen vergrößert. Und sie wollte ihn nicht noch weiter einreißen. Doch was blieb ihr anderes übrig, als es nochmal zu versuchen? Spätestens jetzt war ganz und gar klar, dass sie hier nicht sicher waren. Nicht auf lange Sicht. Also fasste sie sich ein Herz. »Ich weiß, dass du gerne hierbleiben möchtest. Ich verstehe sogar sehr gut, warum. Du hast Freunde gefunden, wir müssen uns nicht mehr verstecken, wir haben genug zu essen. Es ist toll hier, das sehe ich auch.«

Jeras Miene verhärtete sich. »Aber?«

Ja, was *aber?* Etwas Schlechtes über Eva zu sagen, wagte sie nicht. Nicht mehr. Und wenn es einfach nur darum ging, was Smilla gerne wollte, würde Jera wieder bloß blocken und dichtmachen.

»Bitte sag es niemandem, okay? Aber ich glaube, wir sind hier nicht sicher.«

Jera wandte ihren Blick ab und sah an den Lattenrost des Bettes über ihnen. »Und warum nicht?«, forderte sie eine Erklärung.

Smilla sah Jera an. Doch ihre Schwester hielt den Blick stur nach oben gerichtet. Wenn sie Eva selbst schon nicht als Argument nutzen konnte, was blieb ihr dann? Womit würde sie Jera den Ernst ihrer Lage verständlich machen können? Bis vor wenigen Stunden hatte sie ja selbst noch daran glauben wollen, dass hier vielleicht doch alles so gut war, wie es schien. Dass sie einen sicheren Hafen gefunden hatten, und wenn es nur für den Winter wäre.

Smilla schluckte. »Was, wenn Eva noch mehr Konflikte mit anderen Gruppen hat, wie mit den *Verlorenen Jungs*? Ich habe Angst, sie könnte den Hof und die Sicherheit, die wir hier haben, riskieren.«

Doch Jera schüttelte den Kopf. »Das glaube ich nicht. Dafür ist Eva viel zu nett.«

Smilla biss sich von innen auf die Wange, um nichts Unbedachtes zu erwidern. »Ich sage ja auch gar nicht, dass Eva eine schlechte Person ist. Aber ich glaube einfach nicht, dass wir hier sicher sind, und bevor wir das am eigenen Leib erfahren müssen, will ich lieber von hier fort.«

Jera drehte sich energisch weg, sodass das Bettgestell knarzte, und wandte Smilla den Rücken zu. »Du bist gemein«, wisperte sie in ihr Kissen. »Es zählt immer nur, was *du* willst.«

Smilla stützte den Kopf auf und betrachtete das zerwuschelte Haar ihrer Schwester. Etwas stach in ihrer Brust, wenn sie so etwas sagte. »Das stimmt nicht. Ich würde auch gerne bei Julius und Ben bleiben und von den ganzen leckeren Sachen essen, die Eva und ihre Familie hier anbauen. Ich würde am liebsten jeden Abend am Feuer sitzen und mir von Regina vorlesen lassen oder Hühnchenrupfen spielen. Aber das ginge eben nur, wenn wir hier sicher wären. Und das sind wir mit großer Wahrscheinlichkeit nicht.«

»Und in Brüssel? Dort willst du doch hin, oder? Woher weißt du, dass wir da sicher sein werden? Vielleicht gibt es den Ort überhaupt nicht, den du suchst. Weil es die Welt nicht mehr gibt, aus der du kommst.«

Smilla atmete tief ein. »Ich weiß nicht mit absoluter

Gewissheit, dass wir es dort besser haben werden als hier, da hast du recht. Aber ich glaube trotzdem, dass ich diese Welt und die Leute in dieser Welt besser einschätzen kann als du. Du bist nur ein Kind und –«

Jera fuhr im Bett hoch, als hätten ihr die Worte einen Stromschlag versetzt. »Ich bin nicht *nur* ein Kind«, stieß sie aus. »Eva hat gesagt, Kinder sind die besseren Menschen. Also tu nicht so, als wärst du besser als ich, nur weil du kein Kind mehr bist!«

Die Heftigkeit von Jeras Reaktion stieß Smilla vor den Kopf. Fast genauso sehr, wie die Tatsache, dass ausgerechnet Evas Worte gegen sie eingesetzt wurden. »Ich meine auch nicht, dass ich besser bin als du, sondern dass ich bestimmte Dinge einfach besser einschätzen kann«, versuchte Smilla wieder auf eine Ebene mit ihrer Schwester zu gelangen.

»Du kannst mir nicht sagen, was ich tun soll«, donnerte Jera. »Du bist nicht meine Mutter. Wenn du unbedingt gehen willst, dann geh doch! Aber ich bleibe hier!«

»Ich will aber nicht ohne dich –«

»Es ist mir egal, was du willst. Dir ist ja auch egal, was ich will!«

Mit einem Ruck zog sie die Decke hoch und ließ sich in die Kissen fallen. So weit wie nur möglich rückte sie von Smilla weg.

Smilla betrachtete den schmächtigen Umriss ihrer Schwester und versuchte, nicht wütend zu werden und nicht verletzt zu sein. Sie wollte Jeras Worte und Gefühle gelten lassen. Genau, wie sie sich von Karens Gruppe gewünscht hatte, dass ihre eigenen Worte und Gefühle stärker ins Gewicht gefallen wären. Vielleicht wäre sie nie so anfällig für Falks Annäherungsversuche gewesen, wenn sie sich in Karens Familie nicht wie ein Fremdkörper vorgekommen wäre. Und sie wollte nicht, dass Jera sich fühlte wie sie damals.

Während sie so dalag, den Kopf auf die Hand gestützt, die Augen noch immer auf Jera gerichtet, erkannte sie, dass sie so nicht weiterkommen würde. Jera wollte hierbleiben. Und solange sie das wollte, würde sie mit Argumenten wie ›Was ich will, zählt auch‹ und ›Du bist nicht meine Mutter‹ immer einen Weg finden, Smilla zu untergraben. Also mussten sich entweder die Umstände oder Jeras Meinung von Eva und dem Vennhof ändern. Aber um zu erzählen, was Eva mit Sonja und Aron gemacht hatte, fehlte Smilla der Mut. Nicht, dass Eva davon erfuhr und am Ende noch Jera wegen vermeintlicher Lästereien bestrafte.

Smilla ließ den Kopf aufs Kissen sinken und drehte sich auf den Rücken. Sie presste die Handballen auf die Augen, um dem Hier und Jetzt für einen Augenblick zu entkommen. Sie nahm sich vor, dieses Gespräch morgen noch einmal mit einem ausgeruhten Kopf zu beginnen.

Eine Weile lag sie nur da und versuchte, ruhig zu werden, um einschlafen zu können. Doch so erschöpft sie auch war, an Schlaf war nicht zu denken.

Irgendwann schlug Smilla mit einem ergebenen Seufzer die Decke beiseite. Dann stand sie auf und zog sich an.

»Wohin gehst du?«, fragte Jera, ohne sich zu ihr umzudrehen.

»Nur kurz an die frische Luft«, gab Smilla zurück.

Den Mantel eng um den Körper geschlungen und die Maske gegen die eisige Nachtluft über das Gesicht gespannt, verließ Smilla den Wohntrakt.

Am Firmament funkelte und blitzte es. In der Kälte

schien das Leuchten der Sterne noch heller als sonst. Smilla schritt über den Hof und verweilte kurz bei den glühenden Resten des Feuers, unsicher, wohin sie gehen sollte. Sie beschloss, ihre Beine diese Entscheidung treffen zu lassen, und lief los.

Ihr Weg führte sie am Waldrand entlang über die Heuwiese. Sie lauschte auf die Geräusche des Waldes, aber im Grunde fürchtete Smilla nicht, dass etwas oder jemand dort auf sie lauerte. Evas Familie schlief, und Eindringlinge gelangten nicht ohne Weiteres auf das Gelände des Vennhofs.

Smilla lief bis zum Zaun und folgte ihm in den Wald hinein. Im Gehen wandte sie den Kopf und blickte durch die grün lackierten Metallstreben. Zwischen den Baumstämmen dahinter konnte sie das Moor ausmachen. Farblos und friedlich breitete es sich bis zum Horizont aus. Die toten Bäume, die aus dem sumpfigen Boden ragten, erinnerten Smilla an verlorene Seelen. Schwarz, verkümmert und einsam.

Gedankenverloren streckte sie die Finger aus und ließ sie über die Streben des Zaunes rattern, während sie weiter voran lief. Das hatte sie als Kind schon immer getan.

Mach das lieber nicht, das ist voller Keime, hörte sie die Stimme ihrer Mutter.

Was ihre Mutter ihr wohl jetzt, in diesem Moment geraten hätte?

Rede noch mal mit Jera. Sag ihr, dass Eva hinterhältig und gemein ist.

Nein, das klang nicht so sehr nach ihrer Mutter.

Undankbar, dieses Kind! Der musst du mal eine gehörige Lektion erteilen, dann wird sie schon wieder gehorchen.

Nein, das war mehr Eva.

Aber was hätte ihre Mutter denn gesagt? Sie war noch nicht lange genug fort, um schon so tief unter anderen Erinnerungen begraben zu sein. Sie war doch ihre Mutter, ihre Herkunft, ihre Wurzel. Ohne den geringsten Zweifel hätte Smilla wissen müssen, was in dieser Situation ihr Ratschlag gewesen wäre.

Smilla blieb stehen und schloss die Augen. Vielleicht würde die Stimme ihrer Mutter zu ihr zurückkommen, wenn sie sich ihr Gesicht wieder in Erinnerung rief?

Aber das Bild, das sich vor ihrem inneren Auge manifestierte, war unscharf. Und je stärker Smilla sich auf die Augen, den Mund, die Nase oder die Haare ihrer Mutter konzentrierte, desto undeutlicher schien alles zu werden.

Smilla spürte einen Kloß in ihrer Kehle. Das durfte nicht sein. Noch nicht jetzt. Sie war noch nicht alt, noch nicht weise genug, um ganz ohne den Rat ihrer Mutter auszukommen.

»Jera«, sagte sie leise in die Nacht und versuchte, den Tonfall ihrer Mutter zu finden. »Jera, hör auf deine große Schwester.«

Nein, zu altmodisch und eine viel zu simple Lösung. Das passte nicht. Sie war komplex gewesen und kompliziert. Auf keine Frage hatte es eine einfache Antwort gegeben. Manchmal hatte Smilla das in den Wahnsinn getrieben. Für ihre Mutter war alles offen, fließend, hatte mehr als zwei Seiten, war unbeständig. Bei ihr gab es kein Richtig, kein Falsch, nur Facetten und Sichtweisen und Perspektiven, die sich obendrein jeden Moment verändern konnten. Vielleicht war es das, was Smilla dazu veranlasst hatte, die Welt lieber genau gegenteilig zu betrachten, so, dass alles ganz klar und einfach erschien.

»Smilla, versuch doch mal, dich in Jera hineinzuversetzen«, versuchte sie es noch einmal und lief langsam weiter. Ja, das klang schon eher nach ihrer Mutter.

Aber wie Jera sich fühlte, wusste sie im Grunde schon. Was sie herausfinden musste, war, wie sie sie davon überzeugen konnte, mit ihr den Vennhof zu verlassen. Und das lieber früher als später.

»Jera, ich weiß, dass du wütend bist auf Smilla. Und das kann ich sehr gut verstehen«, fing der nächste Versuch an. Smilla versuchte, die gutmütige, feste Stimme ihrer Mutter nachzuahmen, in der Hoffnung, sich so davon überzeugen zu können, dass nicht sie selbst, sondern ihre Mutter sprach. Es war windstill in dieser Nacht, und ihre Stimme war das einzige vernehmbare Geräusch im Wald. Hoffentlich war niemand mehr wach, der sie belauschen konnte.

»Aber Smilla will wirklich nur das Beste für dich und –« Mit einem Seufzen brach sie ab. Nein, auch das klang viel zu floskelhaft, um aus dem Mund ihrer Mutter zu stammen.

Smilla blieb wieder stehen, eine Hand an den Zaunstreben, und schloss erneut die Augen. Das Gesicht ihrer Mutter konnte sie nicht mehr erkennen, aber vielleicht ja ihr Haus, ihre Zimmer, die Einrichtung. Vielleicht würde das helfen, sich aus ihrem eigenen Kopf heraus und in den ihrer Mutter zu denken. Mühsam beschwor sie das Reihenhaus in Köln-Zollstock vor ihrem geistigen Auge herauf. Sie ging auf die weiße Tür mit den vier quadratischen Glasscheiben darin zu und öffnete sie. So gelangte sie in den weinrot gestrichenen Flur mit den Familienfotos an der Wand. Nach rechts in das lindgrüne Wohnzimmer mit dem Klavier, dem gewebten Teppich, der Gitarre ihres Vaters, vorbei an dem alten Apothekerschrank, der ihrer Mutter als Schreibtisch gedient hatte. Immer sauber und ordentlich, ganz im Gegensatz zum Rest des Hauses. Die Treppe hinauf und ins Elternschlafzimmer, das immer so wunderbar nach ihrer Mutter roch. Ein Geruch, den sie nicht beschreiben und auch nicht auf ein Parfüm oder ein Waschmittel zurückführen konnte. Es war, als wäre ihre Mutter die einzige existierende Quelle für diesen Geruch. Nachdem die Plage sie ihnen genommen hatte, hatten Smilla und Jera die Nächte in ihrem Kleiderschrank verbracht, eingehüllt in den Duft ihrer Mutter.

Das Knacken eines Astes ließ das Bild erzittern. Die Zimmer ihres Zuhauses zerstoben zu Nichts, und Smilla schlug die Augen auf. Und noch bevor sie überhaupt an Flucht oder Kampf denken konnte, schälte sich eine Gestalt aus der Dunkelheit und trat in das fahle Licht, das vom Sternenhimmel bis auf den Waldboden fiel.

Die Gestalt lachte auf, als ihr Blick auf Smillas Gesicht traf. Ein Lachen, das schrill, beinahe panisch klang.

»Du bist es ja wirklich«, sagte die Gestalt und schob die Finger von außen durch die Zaunstreben.

»Du … du bist es doch, oder? Du siehst – mein Gott, siehst du echt aus!«

Smilla war zu perplex, um etwas zu antworten. Leon – hier. Was hatte das zu bedeuten?

Seine Finger krallten sich um die grünen Metallstreben, und er schaute ihr mit fiebrigem Blick ins Gesicht. Er war bleich, seine Lippen blutleer und seine Wangen eingefallen.

»Ich habe gedacht, ich halluziniere wieder, als ich jemanden deinen Namen habe sagen hören. Wusstest du, dass man von Fieber halluzinieren kann? Vielleicht ist es auch der Hunger, ich bin mir nicht sicher … Du bist doch echt, oder?«

»Was machst du hier?«, stieß Smilla hervor und warf einen gehetzten Blick Richtung Vennhof.

»Scheiß-Manni hat uns abgezogen«, sagte Leon und lachte wieder, ohne dass es auch nur annähernd belustigt klang. »Der hat uns gefunden und uns alles, was wir aus der Festung gerettet hatten, abgenommen. Wir haben gar nichts mehr, gar nichts!«

Er ließ die Hände sinken und sah sich um, als wunderte er sich plötzlich, wo er war. Dann wandte er sich wieder Smilla zu und trat noch näher. Trotz des Zaunes, der sie trennte, spürte Smilla, dass sich die Angst in ihr regte. Bei ihrem letzten Treffen im Monschauer Café hatte sie seine Nähe ertragen, aber nun – bei Nacht im Wald – beschwor Leons Präsenz unsägliche Erinnerungen herauf. Smilla wollte weg von hier, obwohl sie überzeugt davon war, dass Leon nicht gekommen war, um sie zu entführen oder ihr weh zu tun. Sie musste all ihre Kraft zusammennehmen, um sich selbst an der Flucht zu hindern. Dass Leon in der Nähe des Vennhofs herumlief, war kein gutes Zeichen, und sie musste verstehen, was er hier zu suchen hatte.

»Hast du – hast du vielleicht was zu essen für mich? Ich bin so hungrig. Ich kann überhaupt nicht mehr denken.«

Er streckte ihr seine Hände durch den Zaun entgegen und schaute erwartungsvoll, als hoffte er, dass sie gleich ein Happy Meal aus ihrer Manteltasche zaubern würde.

Smillas Blick fiel auf den grünen Wollhandschuh, der seine linke Hand vor der Kälte schützte. Seine Rechte war nackt, rissig und an den Fingerspitzen dunkel verfärbt.

Der Handschuh, den Julius im Wald gefunden hatte. Er gehörte Leon.

Smilla hob den Blick und sah ihm in die Augen. »Leon. Was machst du hier?«, fragte sie noch einmal. Wenn er hier war, waren dann auch weitere *Verlorene Jungs* in der Nähe?

»Ich wollte nur wissen, ob hier wirklich die Sekte lebt.« Er sah sich prüfend um, richtete seine Aufmerksamkeit dann wieder auf Smilla. »Und ob die vielleicht noch Mitglieder brauchen … Smilla, ich bin so hungrig. Kannst du mir irgendetwas zu essen besorgen? Irgendetwas. Ich werde noch wahnsinnig vor Hunger.«

Smilla zwang sich, regelmäßig ein- und auszuatmen. Leons Anwesenheit hatte sie unvermittelt getroffen. Auf Unvorhergesehenes schien ihre beklemmende Angst besonders stark zu reagieren.

»Ist außer dir noch jemand hier?«, fragte sie nach einem tiefen Atemzug. Vor nicht allzu langer Zeit war *sie* es gewesen, der man hier im Wald diese Fragen gestellt hatte. Damals hatten sie in Smillas Ohren nur feindselig geklungen. Jetzt wusste sie wieder, warum die Antworten auf diese Fragen so wichtig waren.

»Nein«, sagte Leon. »Cale und Hüseyin haben sich wieder mit Manni und den anderen zusammengetan. Cale hat gesagt, sonst überstehen wir den Winter nicht. Scheiß Wuss.«

Smilla ließ ihre Augen über sein ausgemergeltes Gesicht wandern. Ohne Gruppe und ohne Tauschgüter standen Leons Überlebenschancen tatsächlich alles andere als gut.

»Hast du hier irgendwo ein neues Quartier gefunden, oder …?«, fragte Smilla weiter. Langsam ließ der Schreck von ihr ab und machte Platz für Mitleid. Ähnlich wie Giorgio hatte Leon es nie geschafft, die Untaten, die er zusammen mit den *Verlorenen Jungs* begangen hatte, vor sich selbst zu rechtfertigen. Und genau wie Giorgio hatte er sich zum denkbar schlechtesten Zeitpunkt entschlossen, sich von seiner Gruppe zu lösen.

»Ich habe mich in einer Tankstelle da hinten eingerichtet«, sagte Leon und deutete unbestimmt über seine Schulter.

»Aber, sag mal, Smilla, hast du nicht vielleicht irgendetwas zu essen für mich? Ich glaube, mein Magen verdaut sich schon selbst. Gestern habe ich Blut gehustet. Hab erst gedacht, die Plage hätte mich doch noch erwischt.«

Smilla sah zu Boden. Auf dem Hof gab es mehr als genug zu essen. Niemand würde darunter leiden, wenn Smilla etwas davon Leon gab. Doch gleichzeitig überkam sie Furcht bei dem Gedanken an die Konsequenzen, wenn man sie erwischte.

»Leon«, sagte sie sanft. »Das geht nicht. Ich bekomme Ärger, wenn sie mich beim Klauen erwischen.«

Etwas in Leons Blick wurde dunkel, als hätte jemand ein Licht in seinem Innern ausgeblasen.

Smillas Brustkorb zog sich zusammen. Aber diesmal nicht aus Angst, sondern weil sie es hasste, diejenige zu sein, die ihm die Hoffnung auf etwas so Simples wie eine Mahlzeit nahm. Wann hatte sie sich so verändert? Hatte sie die Welt nach der Plage nicht erträglicher anstatt unausstehlicher machen wollen? Bisher war ihr das nicht besonders gut gelungen. »Na gut, ich besorg dir was zu essen«, sagte sie leise, als hoffte ein Teil von ihr, dass Leon sie nicht hören und wieder gehen würde.

»Im Ernst? Oh, danke, Smilla! Danke, danke, danke!« Mit leuchtenden Augen sah er sie durch die Gitterstäbe hindurch an. Obwohl er sich außerhalb des Zaunes befand, wirkte er wie ein Gefangener.

»Nicht der Rede wert«, brummte Smilla. Hoffentlich würde sie das hier nicht den Kopf kosten.

Sie sah sich nachdenklich um. Sollte sie ihn hier warten lassen? Nein, wahrscheinlich wäre es besser, ihn an den Punkt des Zaunes zu bringen, der am nächsten am Hof lag. Dann würde sie nicht so weit hin- und herlaufen müssen, und das hier wäre schnell erledigt. »Komm mit«, sagte sie und lief los, am Zaun entlang. Leon folgte ihr.

»Danke, Smilla, echt. Ich wusste, dass du cool drauf bist. Ich wusste es schon immer«, murmelte er hinter ihr, während er unkoordiniert über den Waldboden schwankte. Er stolperte, geriet ins Straucheln, fing sich dann aber missmutig murmelnd wieder.

Smilla erinnerte sich nur zu gut daran, wie schwer der Hunger einem die Gliedmaßen werden lassen konnte.

»Kein Wunder, dass Falk für dich alles hingeschmissen hat.«

In Smilla wurde mit einem Mal alles kalt und hart. »Er hat überhaupt gar nichts für mich hingeschmissen«, erwiderte sie. »Er hatte sich nur so tief in die Scheiße geritten, dass es keinen angenehmen Weg mehr da raus gab.«

Leon erwiderte nichts und sie liefen weiter. Der Hang stieg nun stärker an, und Leon begann zu keuchen. Smilla drosselte ihr Tempo. In quälend langsamen Schritten bewegten sie sich auf den Hof zu, der irgendwo dort hinter den Bäumen auf sie wartete.

»Smilla?«, fragte Leon außer Atem.

»Was denn?«

»Ist die Sekte wirklich so abgedreht, wie man sich erzählt?«

»Ja, absolut«, gab sie kurzerhand zurück. Dass man sich dort draußen vor Eva und ihrer Familie fürchtete, war ein wichtiger Schutzschild, und sie wollte ihn nicht einreißen.

»Weiß jemand vom Club, dass du die Sekte gefunden hast?«, wollte sie im Gegenzug wissen.

»Nein. Ich habe mit denen nichts mehr zu tun, und das soll auch so bleiben.«

Smilla knetete nervös die Hände in den Taschen. »Versprichst du mir, es auch in Zukunft niemandem zu verraten?«

»Ja, versprochen«, willigte Leon ein.

»Gut.« Sie wandte sich ihm zu. Er wirkte kleiner, als sie ihn in Erinnerung hatte. Wahrscheinlich lag das an dem Gewicht, das er verloren hatte. Es war wortwörtlich weniger von ihm übrig als noch vor wenigen Wochen. »Wenn du dein Versprechen brichst«, sagte sie dann mit fester Stimme, »dann komme ich persönlich bei dir vorbei und … und …«

Leon lachte schwach. Aus dem Lachen wurde ein Husten. »Und was? Du kannst dir ja noch nicht einmal eine vernünftige Drohung überlegen«, sagte er, als sich sein Atem wieder beruhigt hatte.

Smilla wusste, dass seine Worte nicht überheblich oder herausfordernd gemeint waren. Trotzdem hinterließen sie ein ungutes Gefühl.

»Mir würde schon was einfallen«, erwiderte sie.

»Da bin ich mir sicher.«

Kurz, bevor sie die Stelle erreichten, von wo aus es nur wenige hundert Meter vom Zaun bis zum Hof waren, hielt Smilla im Schutz des Waldes an. Sie trat näher an den Zaun, und Leon tat es ihr gleich, wie ein heruntergekommenes Spiegelbild.

»Hör mir gut zu«, sagte Smilla mit gesenkter Stimme.

»Fremde sind hier nicht willkommen. Wenn die mitkriegen, dass ich dir helfe, bekomme ich einen Riesenärger. Also, bitte, mach keinen Mucks, bis ich wieder zurück bin.«

»Okay«, sagte Leon außer Atem. Vermutlich hätte er in der Verfassung, in der er sich befand, zu allem Ja und Amen gesagt. »Ich meine es ernst«, betonte sie. »Wenn unsere Anführerin mitbekommt, dass ich das hier hinter ihrem Rücken veranstalte, dann …« Sie wusste nicht, was dann wäre. Aber wenn Eva schon wütend wurde, weil jemand sich weigerte, einen ihrer Mäntel zu tragen oder sich über ihre Strafen beklagte, dann wollte sie gar nicht erst herausfinden, was passierte, wenn man Vorräte für ihre Feinde klaute.

Leon nickte und schlang die Arme um den Oberkörper. Der Anorak, den er trug, schützte ihn kaum vor der Kälte, die hier oben herrschte. Vielleicht sollte sie ihm auch noch einen von Evas Mänteln mitgeben. Davon gab es genug, einer mehr oder weniger würde so schnell nicht auffallen.

»Okay. Dann bis gleich.«

Smilla wandte sich ab und rannte los. Als die Bäume sich lichteten, wurde sie langsamer. Dann trat sie auf die offene Fläche, in deren Zentrum sich der Vennhof erhob. Sie eilte über den Schotterboden im Innenhof, der verräterisch knirschte, und auf den Eingang zum Wohntrakt zu. Doch als sie die Tür aufziehen wollte, geschah nichts.

»Mist«, fluchte sie unterdrückt. Nachts wurden die Türen ja von außen verriegelt, sodass man das Gebäude zwar verlassen, aber nicht wieder hineingelangen konnte. Dann musste sie Leon halt ohne Mantel wieder fortschicken.

Sie drehte um und huschte in Richtung der Eingangstür des Speisesaals. Aber auch diese Tür war verschlossen.

Natürlich war sie verschlossen. Warum in aller Welt hätten Eva und ihre Familie so fahrlässig sein sollen, den Zugang zu einem Großteil der Vorräte nachts offen zu lassen?

»Mist, Mist, Mist«, zischte Smilla, fuhr herum und hastete zurück zum Zaun, wo Leon zitternd stand und auf sie wartete.

»Ich komm nicht an die Vorräte«, flüsterte sie ihm durch den Zaun zu.

Seine Mundwinkel sanken nach unten.

»Wir müssen bis zum Morgengrauen warten, wenn die Türen wieder aufgeschlossen werden.«

Stumm nickte Leon.

»Warte du hier, okay? Aber vielleicht nicht direkt beim Zaun. Versteck dich hier irgendwo.«

»Mache ich.«

»Und wenn du aus irgendeinem Grund von hier weg musst, gib auf die Schnüre acht, die zwischen den Bäumen gespannt sind. Wenn du darüber stolperst, scheppert es laut.«

»Ich weiß, die habe ich schon entdeckt«, sagte Leon.

Natürlich hatte er das. Sonst hätte er sich ja auch nicht lautlos bis an den Zaun schleichen können.

Leons Kiefer bebte, seine Zähne schlugen gegeneinander. Er musste wirklich verzweifelt sein, dass er sich in so einer Verfassung nachts ins Hochmoor wagte, ohne zu wissen, was es mit der Sekte eigentlich auf sich hatte.

»Hier«, sagte Smilla kurzentschlossen und knöpfte ihren Mantel auf. »Morgen früh bringe ich dir einen in deiner Größe.«

Sie wickelte den Mantel zu einem möglichst kompakten Ball. Dann machte sie einen Schritt rückwärts und schleuderte den Ball mit aller Kraft nach oben. Gerade so schaffte der Mantel es über die Zacken, in denen die Zaunstreben endeten. Auf der anderen Seite des Zaunes fiel der Mantel lautlos zu Boden.

Mit einer müden Bewegung hob Leon ihn auf und steckte seine Hände in die Ärmel. »Der ist ja warm«, sagte er leise. Er klang verwundert, als hätte er vergessen, dass genau das der Zweck von Mänteln war.

»Bis später«, wisperte Smilla ihm zu. Dann machte sie kehrt und lief zurück zum Hof. Kurz überlegte sie, ob sie an Jeras Fenster klopfen und sie bitten sollte, sie einzulassen. Aber sie fürchtete, damit vielleicht noch andere aus der Familie aufzuwecken und unerwünschte Aufmerksamkeit auf die Tatsache zu lenken, dass sie nachts auf dem Gelände umherwanderte. Also kletterte sie auf den Heuboden, grub sich in das lose, getrocknete Gras ein und versuchte nicht daran zu denken, wie sehr dieser Geruch Falks ähnelte.

Stattdessen überlegte sie, wie sie im Morgengrauen am besten vorgehen würde, um unbemerkt Vorräte und einen Mantel für Leon zu ergattern. Sie würde auf keinen Fall mit Jera, Julius und Ben den Sonnenaufgang ansehen können, so viel war klar. Sobald Zedrik die Türen aufsperrte, musste sie sich im Wohntrakt einen möglichst großen Mantel zulegen, sich anschließend in eine der Vorratskammern schleichen und etwas für Leon klauen. Dann musste sie sich zurück zum Zaun stehlen, und das alles am besten, bevor die anderen aus ihren Zimmern kamen, um sich zu waschen, die Sickergrube aufzusuchen und zu frühstücken.

Aber was, wenn man sie beim Klauen erwischte oder Leon entdeckte?

Der Weg des geringsten Widerstandes wäre es wohl gewesen, Leon wieder davonzuschicken. Doch Smilla wusste, dass sie bereits zu weit gegangen war. Wenn sie ihn wegschickte und er im Wald erfror oder verhungerte – das würde sie sich nie verzeihen. Es gab kein Zurück mehr.

KAPITEL

26

DIE DIEBIN

Als das Tintenblau des Himmels langsam blasser wurde, rappelte Smilla sich auf. Sie krabbelte durchs Heu zu der Luke, durch die sie auf den Heuboden gelangt war, und beobachtete den Innenhof.

Es dauerte nicht lange, da erschien Jera in der Tür zum Wohntrakt. Sie hielt inne und sah sich um. Smilla erhob sich und stieg die steile Treppe zum Hof hinab. Dann hastete sie auf Jera zu.

»Wo warst du denn?«, fragte ihre kleine Schwester mit gedämpfter, aber dringlicher Stimme, als sie Smilla erkannte.

»Ich habe mich ausgesperrt«, wisperte Smilla.

Jera musterte sie. »Ist denn alles okay?«, fragte sie dann.

Smilla nickte. »Ja, aber ich schaff es heute nicht, mit euch zum Sonnenaufgang zu kommen. Ich habe auf dem Heuboden übernachtet, und jetzt ist meine ganze Kleidung voll mit Heu. Das pikst vielleicht. Ich muss mich erst mal umziehen und alles gründlich ausschlagen.« Das war nicht einmal gelogen. Es zwickte und kratzte wie verrückt auf ihrer Haut.

»Wo ist dein Mantel?«

»Schon in der Wäschekammer.«

Jera bedachte sie mit einem fast mitleidigen Blick. »In Ordnung«, sagte sie dann und trat aus der Tür.

Schnell griff Smilla nach der Klinke, damit die Tür nicht ins Schloss fiel. »Grüß Juli und Ben von mir«, bat sie mit einem Lächeln. Dann schlüpfte sie nach drinnen.

Die Kleidung wurde im Zimmer neben ihrem gelagert. Sie blickte sich prüfend um, bevor sie die Zimmertür aufzog, obwohl sie bezweifelte, dass es jemanden interessiert hätte, was sie im Ankleidezimmer zu schaffen hatte. Wahllos öffnete sie Schränke, bis sie einen fand, der schwarze Mäntel enthielt. Sie zerrte einen der längeren Mäntel vom Kleiderbügel und schlüpfte hinein. Dann lief sie zurück in den Hof und überquerte ihn in Richtung Speisesaal. Sie betete, dass Zedrik schon seine Schlüsselrunde gemacht hatte.

»Morgen, Smilla!« Sebastians Stimme, die von den Wohnwagen zu ihr herüberhallte, ließ sie zusammenfahren. Sie hob die Hand und winkte, lief aber schnellen Schrittes weiter. Ob Sebastian sich wunderte, warum sie nicht mit Juli und den anderen zum Sonnenaufgang gegangen war? Ob er sich fragte, was sie so früh im Speisesaal zu suchen hatte?

Vielleicht wäre es doch besser gewesen, zu warten, bis auf dem Hof mehr los sein würde und sie in der Menge schwarzer Mäntel unsichtbar werden könnte. Aber nun war es zu spät, um zurückzurudern. Sie hatte nur diesen einen Versuch.

Smilla erreichte die Tür zum Speisesaal, drückte die

Klinke herunter und zog daran. Ihre Gebete wurden erhört, die Tür ließ sich öffnen. Smilla trat in den Saal und bog nach rechts, durch die Schwingtür, auf der das Schild mit der Aufschrift ›Zutritt nur für Personal‹ schillerte.

Unwillkürlich fragte sie sich, was sie in ihrem Leben anders machen würde, wenn sie noch einen zweiten Versuch geschenkt bekäme. Wäre die Realität, die sie damit erschaffen würde, eine bessere als die jetzige? Besser für wen überhaupt?

Smilla durchquerte die weiß geflieste Küche. Als sie an den Metallregalen vorbeirauschte, in denen Schüsseln und Behälter aufbewahrt wurden, schnappte sie sich im Vorbeigehen eine blickdichte Tupperdose. Dann betrat sie die Speisekammer, die an die Küche anknüpfte. In dem düsteren, länglichen Raum lagerten hauptsächlich getrocknete Kräuter, Hafer, Äpfel, Karotten und ein Tagesbedarf an Torfbriketts. Tierische Lebensmittel, das bereits geerntete Wintergemüse und die Kartoffeln bewahrten sie in den kühlen Kellern unter dem Wohntrakt auf. Ob sie es riskieren sollte, auch von dort etwas zu stehlen? Nein, beschloss sie. Das hier musste genügen.

Sie öffnete die grüne Plastiktonne, in der die Haferkleie aufbewahrt wurde, und tauchte die Tupperdose in den braunen Schrot. Dann stopfte sie Äpfel und Karotten hinein, verschloss die Dose und steckte noch zwei weitere Äpfel in ihre Manteltaschen.

Sie wollte sich gerade abwenden und die Kammer verlassen, da fiel ihr Blick auf den Holzkasten, in dem sich die Torfbriketts stapelten. Ihre Gliedmaßen kribbelten und verlangten, dass sie endlich die Küche verließ und sich aus ihrer verräterischen Situation begab. Doch die Erinnerung an Leons erfrorene Fingerspitzen machte es ihr unmöglich, einfach zu gehen. Wenn sie ihm noch Torfbriketts mitgab, dann standen die Chancen besser, dass er sein Fieber auskurieren und sich auf eigene Faust um mehr Lebensmittel kümmern konnte. Also stellte sie die Tupperdose ab, öffnete ihren Mantel und schob einige Torfbriketts in den Bund ihrer Hose. Mit bebenden Fingern knüpfte sie den zu großen Mantel darüber zu, hob die Tupperdose auf und stürmte aus der Vorratskammer.

Als sie aus dem Gang mit den Regalen in die Küche trat, stieß sie beinahe mit jemandem zusammen. Eine Metallschüssel fiel zu Boden, und das Scheppern bohrte sich in Smillas Trommelfell.

Es war Sonja, die so erschrocken dreinblickte, wie Smilla sich fühlte.

»Oh! Sorry, Smilla«, sagte Sonja und griff sich in einer Geste des Schrecks ans Herz. »Ich habe dich zu spät gesehen.«

Bunte Flecken aus Panik waberten in Smillas Blickfeld. »Nein, mir tut's leid«, sagte sie.

Sonjas Blick fiel auf die Dose. »Ich wusste gar nicht, dass du heute Küchendienst hast«, sagte sie und sah dann mit einem breiten Lächeln wieder auf. Unter ihrem hellen Haaransatz prangten noch die verkrusteten Male des Stacheldrahts.

»Hab ich auch nicht«, presste Smilla hervor. »Ich habe mich im Tag vertan.« Dass das nicht einmal im Ansatz erklärte, warum sie mit einer großen Tupperdose aus der Vorratskammer gerannt kam, war Smilla bewusst. Hoffentlich würde Sonja sich keine Gedanken deswegen machen.

»Wie geht's dir?«, fragte Sonja dann mit gesenkter Stimme und ernstem Blick. Als wäre Smilla es gewesen, die bestraft worden war, und nicht sie selbst.

»Äh, gut. Gut. Und dir?«

Sonja hob die Brauen. »Ich bin immer noch ziemlich wütend auf Eva. Und auf Ingo und Zedrik auch«, zischte sie.

Das schien Smilla eine gefährliche Aussage zu sein. Und außerdem hatte sie keine Zeit, dieses Gespräch zu vertiefen. »Verstehe ich. Lass uns später nochmal reden, ja?«, sagte sie und legte eine Hand auf Sonjas Unterarm. Die Berührung kostete sie weniger Überwindung als gedacht. Dann drängte sie sich an Sonja vorbei. Sie stieß die Schwingtür zum Speisesaal etwas zu energisch auf, sodass diese gegen die Wand krachte. Dann stürmte sie auf den Hof.

Verhüllte Gestalten traten aus der Tür zum Wohntrakt, irgendwer grüßte sie, und Smillas Panik wurde greller und lauter. Dennoch zwang sie sich zu lächeln und eine Hand zum Gruß zu heben. Es fühlte sich an, als wäre für jeden ersichtlich, was sie getan hatte oder was sie noch tun würde. Als trüge sie ein karmesinrotes *D* auf ihrem Mantel. *D* für Diebin.

Sie verließ den Innenhof und steuerte auf den Waldrand zu. Keine zweihundert Meter von ihr entfernt wartete Leon. Wenn sie sich jetzt zusammenriss, dann würde es gleich geschafft sein. Und dann könnte sie sich in Ruhe überlegen, was sie sagen würde, wenn jemand sie nach der Tupperdose fragte oder danach, was sie im Wald gemacht hatte.

»Smilla!«

Sie zuckte zusammen. Die eine Stimme, die sie nicht ignorieren konnte. Smilla blieb stehen und sah sich um.

Jera tauchte zwischen den Wohnwagen auf und kam auf sie zugelaufen. Was machte sie denn schon wieder hier?

»Es ziehen zu viele Wolken auf, man sieht überhaupt nichts«, rief sie ihr zu. Ihre Stimme bebte unter ihren hastigen Schritten.

Julius, der Ben auf dem Arm hatte und noch etwas weiter entfernt war, hob die Hand zum Gruß.

»Ja? Das ist ja blöd«, hörte Smilla sich sagen und richtete ihren Blick wieder auf Jera, die nun bei ihr angekommen war.

»Pikst es dich noch?«, fragte sie, streckte die Hand in Smillas Richtung aus und hob den Mantel etwas an.

»Nein, alles wieder glatt und geschmeidig«, sagte Smilla und lächelte. Auch diesmal, ohne dass sie wirklich darüber nachdachte. Es war, als hätte eine andere Smilla das Kommando übernommen. Eine, die zwar ebenso nervös war wie sie, aber im Gegensatz zu ihr wusste, wie wichtig es war, dass man ihr das nicht ansah.

»Was machst du mit der Dose?«, wollte ihre kleine Schwester als Nächstes wissen.

Smilla schluckte. Die Panikfarben vor ihren Augen gewannen an Intensität. Die ganze Welt schien schrill und grell und giftig.

»Nichts Besonderes … ich habe Pilze gefunden, die will ich holen.« Das war gar keine so dumme Ausrede. Sie dankte der Smilla mit dem klaren Kopf und hoffte, dass sie sie nicht im Stich lassen würde.

»Was denn für Pilze?«

»Champignons.«

War das plausibel?

»Oha! Tessa liebt Champignons.«

Smilla zwang sich zu einem weiteren Lächeln. »Dann reserviere ich ihr welche. Geh doch schon mal mit Julius und Ben zum Frühstück, ich komme in fünf Minuten nach.«

»Okay!«

Jera wirbelte herum und hopste zu Julius, der schon weiter Richtung Speisesaal gegangen war.

Vor Erleichterung wurden Smilla die Knie weich. Am liebsten hätte sie sich genau dort, wo sie stand, auf den Boden sinken lassen und abgewartet, bis ihr Herz wieder seinen gewohnten Rhythmus schlug und die Panikflecken ihr nicht mehr die Sicht vernebelten. Aber um sich zu erholen, blieb keine Zeit. Sie drückte die Dose fest an ihren Körper und brachte die letzten Meter bis zum Waldrand hinter sich.

Als sie die ersten Bäume passiert hatte und vom Hof aus nicht mehr auszumachen war, fing sie an zu rennen. Dann, endlich, kam der Zaun in Sicht, und Smilla erkannte den dunklen Stoff von Leons Mantel, der hinter einer Tanne hervorlugte. Erleichtert stieß sie den Atem aus. Sie hatte es, ohne aufzufliegen, bis hierhin geschafft.

»Leon«, wisperte sie. Sie war ganz außer Atem, und das Adrenalin erfüllte sie nun mit einer zweifelhaften Euphorie. »Leon, ich hab's geschafft!«

Zögerlich kam Leon hinter dem Baum hervor. »O Mann, ich dachte schon, dir wäre was passiert. Das Warten kam mir ewig vor!«

Smilla trat vor den Zaun, holte aus und beförderte die Tupperdose darüber. Der von braunen Fichtennadeln übersäte Boden schluckte das Geräusch des Aufschlags.

Leon machte einen Satz nach vorn und schnappte sich die Dose. Mit zittrigen Fingern öffnete er den Deckel.

»Das ist Haferkleie, und es sind noch Äpfel und Karotten darin vergraben. Ach ja, und ich habe Torfbriketts zum Feuer machen.« Smilla knöpfte ihren Mantel auf, zog die Torfbriketts hervor und schob sie durch die Spalten im Zaun.

Leon hatte eine Karotte aus der Haferkleie gefischt und hielt sie sich vors Gesicht, als suchte er nach einem Zeichen, dass es sich tatsächlich um eine echte Karotte handelte. Der selige Ausdruck, der auf seine Züge trat, machte etwas mit Smilla. Mit einem Mal wusste sie mit absoluter Sicherheit, dass es das Richtige gewesen war, ihm zu helfen. Auch wenn sie sich dabei selbst in große Gefahr gebracht hatte. Auch wenn Leon ein *Verlorener Junge* war.

Leon legte die Möhre und die Tupperdose ab und nahm die Torfbriketts entgegen. »Krass, danke«, sagte er und musterte die braunen Quader. »Und die sind brennbar, ja?«

»Ja«, sagte Smilla und spürte, dass sie breit lächelte.

Leon sah ihr durch den Zaun hindurch in die Augen. »Danke, Smilla«, sagte er dann noch einmal. »Aus tiefstem Herzen Danke. Wenn ich das nächste Mal die Möglichkeit habe, jemand anderem zu helfen, werde ich es tun. Dann kann ich das hier weitergeben.«

Smilla lächelte schief und wusste nicht so richtig, was sie dazu sagen sollte.

Leon erwiderte das Lächeln mit blassen Lippen.

»Smilla! Julius sagt, mit Champignons muss man vorsichtig sein, die sehen so ähnlich aus wie …«

Vor Schreck ließ Leon die Dose mit dem Vorrat fallen, und Smilla fuhr herum. Keine zehn Meter von ihnen entfernt stand Jera. Ihr Atem ging schwer, und ihre Wangen waren gerötet. Vermutlich war sie gerannt, um Smilla einzuholen. Doch nun stand sie wie angewurzelt und schaute mit großen Augen Leon an. »Wer ist das?«

»Was machst du hier?«, war alles, was Smilla hervorbrachte. Und noch bevor das letzte Wort ihren Mund verlassen hatte, erkannte sie, dass das die falsche Reaktion gewesen war.

Der verwunderte Ausdruck auf Jeras Zügen wurde hart und verschlossen. »Ist das dein Freund?«, fragte sie, ohne den Blick von Leon zu nehmen.

»Nein«, sagte Smilla sofort. Auf keinen Fall durfte Jera Leon für Falk halten. Für denjenigen, für den Smilla das Leben ihrer ganzen Gruppe auf den Kopf gestellt hatte.

Doch im selben Moment, in dem Smilla Nein gesagt hatte, hauchte Leon atemlos »Ja«, als wäre das Wort *Freund* ein sicherer Ausweg aus ihrer misslichen Lage.

Jeras Blick huschte von Leon zu Smilla und wieder zurück und wurde dann noch finsterer. »Das sage ich Eva«, sagte sie. Dann drehte sie sich um und rannte davon.

Smilla blieb keine Zeit, um nachzudenken. Sie wusste nur, dass Eva auf keinen Fall erfahren durfte, was sie getan hatte. Sie lief los, Jera hinterher, so schnell sie konnte.

»Jera!«, rief sie. »Jera, mach das nicht!«

Aber ihre kleine Schwester rannte unbeirrt weiter. Smilla legte alle Kraft in ihre Beine, wollte noch schneller laufen. Sie *musste* noch schneller laufen. Jera war flink und wendig, doch noch war Smilla die bessere Läuferin. Meter für Meter holte sie auf.

»Jera, bleib stehen!«

Doch Jera reagierte nicht. Der Waldrand und der Vennhof dahinter rückten mit jedem Schritt näher.

Dieser verdammte Mantel. Er war zu groß und zu schwer und schränkte ihre Bewegungen ein. Ohne anzuhalten, streifte Smilla ihn sich ab. Das war der Vorteil, den sie gebraucht hatte. Sie überwand die letzten Meter, die sie noch von Jera trennten, streckte die Hand nach ihr aus, schloss die Finger um ihre Kapuze und zog.

Der Ruck brachte Jera aus dem Gleichgewicht. Sie kam ins Straucheln, knickte um und riss Smilla mit sich. Gemeinsam prallten sie auf den Waldboden.

»Lass mich los«, fuhr Jera sie an und schlug nach der Hand, die sich in ihrem Mantel verkrallt hatte.

Doch Smilla dachte nicht daran. Stattdessen zog sie Jera noch ein Stück näher zu sich und schloss ihre Arme von hinten um ihren Oberkörper. Ihre Schwester wand sich in ihrer lieblosen Umarmung.

»Lass mich los, du blöde Kuh!«, rief Jera noch einmal.

»Nur, wenn du mir versprichst, Eva nichts zu sagen«, brachte Smilla mit Mühe hervor. Jera war um einiges stärker, als sie erwartet hatte, und es fiel ihr schwer, ihre Arme um sie geschlungen zu halten.

»Nein!«, protestierte Jera laut. So laut, dass jeder, der sich gerade auf dem Weg zum Speisesaal befand, es hören würde.

»Du machst schon wieder alles kaputt!«, schrie Jera und trat mit voller Wucht hinter sich, wobei sie Smilla schmerzhaft am Schienbein traf. »Immer machst du bloß, was du willst!«

»Es ist nicht das, wonach –« Doch sie kam nicht dazu, zu Ende zu sprechen, denn in diesem Moment legte Jera mit einem Ellenbogen nach, der sich Smilla so tief in den Magen grub, dass ihr der Atem stockte.

Ganz kurz nur lockerte sich ihr Griff um Jera. Doch dieser Moment reichte aus. Ihre Schwester rollte sich zur Seite und kam auf beide Beine. Sie warf ihr noch einen

Blick zu, so voller Hass und Verachtung, dass Smilla wusste, dass etwas zwischen ihnen auf ewig zerbrochen war. Dann drehte Jera sich um und rannte los.

Smilla ließ den Kopf auf den Waldboden sinken. Sie wusste, dass sie verloren hatte. Ihre einzige Hoffnung war, dass Jera sich auf dem Weg vom Wald bis zu Eva eines Besseren besann. Aber warum hätte sie das tun sollen? Smilla konnte sich bestens vorstellen, wie Jera das, was sie gesehen hatte, deutete. Für sie musste es wirken, als hätte Smilla schon wieder gelogen, schon wieder ihre Gruppe und damit auch Jera in Gefahr gebracht – für einen ihrer schlimmsten Feinde. Immerhin hatte sie es noch geschafft, Leon die Vorräte und die Torfbriketts zu übergeben. So würde die Strafe, die Smilla nun erwartete, wenigstens nicht umsonst gewesen sein.

Ihr Blick glitt zum Himmel, der zwischen den Wipfeln der Fichten hindurchschimmerte. Ihr Puls donnerte so heftig, dass sie es in ihren Zehen und Fingerspitzen fühlte.

Irgendwann früher hatte man Dieben die Hand abgehackt, mit der sie gestohlen hatten. Doch eine Verstümmelte konnte auch weniger Arbeit auf dem Hof verrichten, und das konnte nicht in Evas Sinne sein. Vielleicht würde es also nur ein Finger sein, von dem sie sich verabschieden musste.

Smilla schloss die Augen und öffnete sie wieder. Kurz testete sie den Gedanken aus, dem Hof den Rücken zu kehren und abzuhauen. Bei Leon in der Tankstelle auszuharren oder auf eigene Faust den Weg nach Brüssel einzuschlagen. Doch der Gedanke war durchlässig wie ein Sieb und zerfiel schon nach Millisekunden zu nichts. Nie wieder würde sie Jera alleinlassen. Niemals. Wieder.

Sie stand auf, holte ihren Mantel und klopfte die Fichtennadeln vom Stoff. Dann schlüpfte sie hinein, strich sich die Haare aus dem Gesicht und lief los. Auf die hellen Stellen zwischen den Bäumen zu. Dorthin, wo Eva vermutlich gerade erfuhr, was sie getan hatte.

KAPITEL

27

DIE GEKRÄNKTE

In dem Moment, in dem Smilla aus dem Wald trat, flog die Tür des Speisesaals auf. Wie schwarzer Rauch stoben erst Eva und dann ihre Handlanger Zedrik und Ingo heraus.

»Was hast du getan?« Evas tiefe, kratzige Stimme traf auf Smilla wie eine dunkle Vorahnung, und die Angst vor ihrer Strafe verstärkte sich.

Sie blieb stehen. »Jera hat das alles falsch verstanden«, setzte sie zu einer Erklärung an. Ihre Stimme klang dünn, und sie war nicht sicher, ob man sie überhaupt gehört hatte.

»Hast du dich mit einem Fremden im Wald getroffen?«

Smilla wich zurück, als Eva unangenehm nah an sie herantrat und sich vor ihr aufbaute. War sie schon immer so groß gewesen?

»Ja, aber –«

»Und gehört dieser Fremde zu den Menschenhändlern von der Ordensburg Vogelsang?«

Ingo und Zedrik kamen links und rechts von Eva zum Stehen und blickten mit starren, kalten Mienen auf sie herab. Sogar Zedrik mit seinem runden, sommersprossigen Gesicht wirkte nun furchteinflößend auf Smilla.

»Hat er, aber jetzt –«

»Und stimmt es, dass du ihm von unseren Vorräten gegeben hast?«

Smilla bemerkte, dass immer mehr von Evas Kindern aus dem Speisesaal strömten und in sicherer Entfernung einen Halbkreis der Schaulust bildeten. Ohne genau zu wissen, wieso, suchte sie in der Menge nach Julius. Doch sie erkannte nur schwarze Schemen, und keiner von ihnen unternahm einen Versuch, ihr zur Seite zu stehen.

»Ja«, sagte Smilla heiser, und diesmal versuchte sie gar nicht erst, eine Erklärung nachzuschieben.

Evas Hand traf Smilla mit einer Härte ins Gesicht, die die Welt um sie herum aus der gewohnten Ordnung brachte. Die Dinge verdoppelten und verdreifachten sich, und wo eben noch oben gewesen war, war nun unten. Smilla musste ein paar Mal heftig blinzeln, bis alles wieder an seinem Platz war. Doch in dem Moment, da sie gerade glaubte, die Welt hätte sich wieder beruhigt, traf sie noch ein Schlag, und Smilla stürzte. Kurz setzte ihre Sehkraft aus, und die Geräusche um sie herum schienen sich zu entfernen.

Ohne recht zu wissen, was sie tat, versuchte Smilla, auf allen vieren von Eva wegzukriechen. Da landete ein ungebremster Tritt in ihrer Seite. Sie wusste nicht, ob es Eva, Ingo oder Zedrik gewesen war, und es spielte auch keine Rolle. Denn in diesem Moment raste Schmerz durch ihre Seite, in ihren Bauch und in ihren Rücken und machte sie unfähig zu denken. Smillas Arme gaben unter ihr nach, und sie sank bäuchlings in den Dreck.

»Du undankbare Göre«, dröhnte Evas Stimme wie durch dicke Lagen Stoff zu ihr.

Noch ein Tritt.

Smilla blieb die Luft weg, und der Schmerz, der von ihren Rippen in ihren gesamten Oberkörper ausstrahlte, verdoppelte sich.

Irgendjemand buhte, aber Smilla konnte nicht sagen, wer.

»Sie macht gemeinsame Sache mit einem unserer größten Feinde!«

Noch ein Tritt, diesmal gegen ihren Kopf. Eine helle Frauenstimme rief etwas, und eine weitere Stimme fiel zustimmend mit ein.

»Sie klaut für ihn unsere Vorräte. Eure Vorräte!«

Und noch ein Tritt.

»Das Leben eines dieser Mörder ist ihr mehr wert als all unsere Leben zusammen!« Diesmal waren die Rufe, die ertönten, vielzählig und lauter.

»So etwas tut man nicht, wenn man Familie ist!« Und wieder zustimmendes Grölen.

Smilla schlang die Arme eng um den Kopf, wie sie es in der Surfschule im Frankreichurlaub gelernt hatte. Damit die Wellen einem nicht den Schädel an den Felsen aufschlugen.

Der nächste Tritt traf ihren Rücken, und mit einem Mal konnte sie nicht mehr atmen. Da war Wasser in ihren Lungen, die kalten Atlantikwellen wirbelten sie herum wie ein Stück Treibholz.

»Ihr wisst, was zu tun ist«, forderte ihre Surflehrerin die anderen Urlauber in nüchternem Ton auf.

Hände packten sie, zogen sie aus dem Wasser. Ihre Füße schleiften über den Boden des Innenhofs. Wütende Stimmen verfingen sich in ihren Gehörgängen wie grobe Sandkörner.

Man zog sie eine knarrende Treppe hinunter und in einen dunklen Gang, der nur von einem schwachen orangenen Schein erhellt wurde. Dieser Gang kam ihr bekannt vor. Hier hatte sie Angst gehabt.

Man ließ sie los, und sie sackte auf den staubigen, kalten Boden. Eine Tür fiel ins Schloss. Jemand schob den Riegel zu ihrer Zelle vor. Sie konnte das Heu riechen, mit dem die *Verlorenen Jungs* ihre Matratzen füllten, und dessen Duft an Falks Haut und seinen Haaren haftete.

Panik stieg in ihr auf. Sie war wieder gefangen. Ihr Körper gehörte nicht mehr ihr. Nur ihre Gedanken waren noch die ihren. Doch anstatt, dass die Panik ihr Kraft gab, nahm sie ihr das letzte bisschen davon. Die Welt um sie herum wurde leiser und dunkler. Und schließlich war alles ganz und gar still und undurchdringlich schwarz.

Es waren die Schmerzen, die Smilla weckten. Die Schmerzen in ihrem Kopf und die links an ihrem Brustkorb. Bei jedem Atemzug war es, als würden Messer in ihre Seite stechen. Und jedes Mal, wenn sie sich durch diesen Schmerz verkrampfte, verstärkte sich das Dröhnen, das ihren Schädel erfüllte.

Sie schlug die Augen auf. Es war finster um sie herum, aber von irgendwoher drang spärliches Licht durch die Dunkelheit. Eine Kerze oder ein Feuer, das in der Nähe brannte.

Smilla hob den Kopf und blickte auf Maschendraht,

sprödes, dunkles Holz, einen Betonboden, eine Pritsche und einen Eimer. Sie befand sich nicht in der Zelle bei den *Verlorenen Jungs*, und auch nicht am Atlantikstrand. Sie lag zusammengerollt in einem der Abteile in Evas Keller. Plötzliche Angst flößte ihr neues Leben ein.

Trotz des Stechens in ihrer Seite und des Schwindels, der sie bei jeder zu gewagten Bewegung ergriff, schaffte Smilla es, sich an den unebenen Holzlatten, aus denen die Zelle gezimmert worden war, in eine aufrechte Position zu bringen. Sie zog sich auf beide Beine, schleppte sich zu der Tür, die das Abteil verschloss, und rüttelte daran.

Sie war nicht überrascht, als das Holz stöhnte und ächzte, aber nicht nachgab. Sie war eingesperrt. In Sekundenschnelle wuchs die altbekannte kopflose Panik in ihrer Magengrube heran.

Mit zusammengebissenen Zähnen ließ sie sich wieder auf den kalten Betonboden sinken und beschwor sich selbst, nicht den Kopf zu verlieren. Doch mit jedem weiteren Blick auf die Wände, die sie umschlossen, wuchs das Angstgeschwür in ihrem Innern und verdrängte mehr und mehr von Smilla. Der Raum begann sich zu drehen, und ihr Atem ging schneller.

Alles wird gut, sagte sie sich, während ihre Augen hin- und herflitzten und nach irgendetwas suchten, das die Angst stillen konnte.

Ich bin weder bei den Verlorenen Jungs noch bei der Sekte. Niemand will mir etwas Böses.

Das Wachstum des Geschwürs verlangsamte sich.

In ein paar Stunden werde ich meine Strafe erhalten haben und muss sie nur noch durchstehen. Morgen früh ist alles wieder vorbei.

Smillas Atem wurde ruhiger.

Wie viel Zeit wohl vergangen war, seit man sie hierher gebracht hatte? Was die anderen wohl gerade machten? Und wo war Jera in diesem Moment?

Zwei gegensätzliche Gefühle schossen durch Smilla, als sie an ihre kleine Schwester dachte: Eine blinde Wut, die machte, dass sie Jera schütteln wollte, auf dass ihre Loyalität zu Eva von ihr abfiel. Und eine tiefe Sorge voller Zärtlichkeit und Liebe. Hoffentlich ging es ihr gut.

Die Minuten verstrichen. Während das Gefühl des Entsetzens abebbte, wurden Hunger, Durst und die Schmerzen zusehends schwerer zu ertragen.

Irgendwann erklang das Knarren der Kellertreppe, und Smilla hielt die Luft an. Die Kellertür wurde geöffnet, und Schritte kamen den Flur entlang. Durch die Spalten zwischen den Holzlatten sah Smilla eine Gestalt hereinkommen und auf ihre Zelle zutreten. Angsterfüllt rückte sie von der Tür weg, doch das Abteil war eng wie ein Käfig, und es gab keine Möglichkeit, Schutz zu suchen.

Ein Schlüsselbund rasselte, und dann wurde die Tür zum Verschlag aufgezogen. Im schwachen Licht der fernen Flammen erkannte Smilla bloß eine in einen Mantel gehüllte, gesichtslose Gestalt. Mit zwei Schritten war sie bei Smilla und blickte zu ihr herab. Es war Julius.

Im ersten Augenblick war Smilla erleichtert, ihn zu sehen. Doch dann bemerkte sie, dass der Ausdruck auf seinem Gesicht ungewohnt hart und kalt war.

»Hast du mit denen irgendeine Abmachung?«

»Was?«

»Mit den Menschenhändlern. Hast du mit denen eine Abmachung?«

»Nein. Es ging nur um etwas zu essen. Mehr nicht.«

»Also doch eine Abmachung. Wie viel hast du denen schon nach draußen geschmuggelt?«

Seine Unterstellungen mischten Wut unter Smillas Angst. Von Eva hätte sie nichts anderes erwartet, aber von Julius?

»Nur eine Dose mit Essen und ein paar Torfbriketts«, antwortete sie durch zusammengebissene Zähne.

»Warum verhandelst du hinter Evas Rücken mit dem Feind, nachdem du hier mit offenen Armen aufgenommen wurdest?«

»Ich habe nicht verhandelt. Und es gibt auch keine Abmachung«, hielt Smilla mit fester Stimme gegen seine Anschuldigungen. »Du schätzt mich doch nicht wirklich so ein, oder?« Sie sah ihm direkt in die eisgrauen Augen.

Er hielt ihrem Blick stand. Es lag keinerlei Entgegenkommen darin. »Wenn ich eines gelernt habe, dann, dass man niemals davon ausgehen sollte, jemanden wirklich zu kennen. Weder nach zehn Jahren, noch nach zehn Tagen.«

Smilla biss sich auf die Zunge. Warum glaubte sie auch, jemanden, der von seiner engsten Verbündeten verlassen worden war, um bedingungsloses Vertrauen bitten zu können?

»Es war nur eine Notration Essen, nur dieses eine Mal. Und zu den Menschenhändlern gehört er auch nicht mehr«, sagte sie dann und hoffte, dass er ihr glauben würde.

Aber diese Antwort schien Julius nicht im Geringsten zu beruhigen. Seine Nasenflügel bebten, und seine Hände ballten sich kurz zu Fäusten, als hätte auch er das Bedürfnis, zuzuschlagen.

»Woher weiß der, dass du hier bist – dass *wir* hier sind? Hast du ihm unseren Standort verraten?«

Smilla schluckte. Als Eva sie bei ihrer Ankunft auf dem Hof verhört hatte, hatte sie die Tatsache ausgespart, dass es Leon gewesen war, der ihr den Hinweis auf Evas Aufenthaltsort gegeben hatte. Das hatte sie getan, um nicht für eine mögliche Komplizin der *Verlorenen Jungs* gehalten zu werden. Um Leon nicht in Gefahr zu bringen. Und doch war nun beides eingetreten.

»Ich habe ihm überhaupt nichts verraten«, sagte Smilla leise. »Er war es, der mir den Hinweis gegeben hat, dass ihr euch hier im Hohen Venn aufhaltet.«

Einen Augenblick lang reagierte Julius nicht. Dann schüttelte er beinahe unmerklich den Kopf. »Also wusstest du die ganze Zeit über, dass die Menschenhändler wissen, wo wir uns aufhalten, und uns ausspähen?«

Die Kälte in seinen Augen wurde so dicht, dass Smilla sie auf ihrem Gesicht zu spüren meinte. »Nein«, sagte sie atemlos. »Nein, so war das nicht. Das war nur Leon, er ist nicht so wie die anderen. Er gehört überhaupt nicht mehr zu ihnen.«

»Warum, Smilla?« Sein Blick durchbohrte sie. »Warum solltest du Leuten wie denen helfen, wenn nicht irgendetwas für dich dabei rausspringt? Wollten sie dich und Jera verschonen, wenn sie den Hof überfallen? Oder solltest du einen Teil der Beute bekommen?«

»Julius, du musst mir glauben, es gibt keinen derartigen Plan.« Ihre eigene Stimme schmerzte in ihrem Schädel. Ihr wurde schlecht davon.

Widerwillig schüttelte Julius den Kopf. »Und warum sollte ich dir das glauben? Du bist doch mit zwei von denen hier aufgekreuzt. Nadja und Giorgio – Eva hat mir erzählt, dass sie auch eine Vergangenheit bei den Menschenhändlern haben. Warum sollten die sich geändert haben? Und warum solltest ausgerechnet du besser sein als die?«

Bei Julius' Worten entfaltete sich ein furchtbares Bild vor Smillas innerem Auge. Was, wenn Eva Giorgio und Nadja für Komplizen in diesem vermeintlichen Komplott hielt? Würde sie sie ebenfalls einsperren? Würde sie ihnen wehtun?

Ohne darüber nachzudenken, lehnte sie sich nach vorn und packte Julius' Ärmel. »Nadja und Giorgio haben damit nichts zu tun!«, beschwor sie ihn. »Ich wusste selbst bis heute Nacht nicht, dass Leon sich hier oben herumtreibt. Bitte, du musst mir glauben. Er ist ausgehungert und allein, und ich hatte Mitleid mit ihm. Mehr ist da nicht gewesen. Kein Komplott, keine Abmachungen. Ich schwöre es bei … bei Jeras Leben!«

Julius' Augen hatten sich von Smillas gelöst und waren zu ihrer Hand weitergewandert, die sich durch den Mantel um seinen Unterarm gelegt hatte.

Erst da spürte Smilla die Berührung wirklich als das, was sie war. Sofort zog sie ihre Hand zurück, als hätte sie etwas Verbotenes getan. Doch zu ihrer Verwunderung blieb die Angst aus. Vielleicht, weil es keinen Platz dafür gab, neben all den anderen Sorgen, die sich in diesem Moment in ihr sammelten. Vielleicht aber auch, weil sie selbst es gewesen war, die die Berührung initiiert hatte, und nicht umgekehrt.

Julius sah zu Boden und atmete hörbar ein und aus. »Entschuldigung«, sagte er dann, ohne sie anzusehen. »Ich habe dich nicht einmal nach deiner Version der Geschichte gefragt. Das war nicht fair.«

»Also glaubst du mir?«, fragte Smilla hoffnungsvoll.

Julius hob den Blick wieder, sah Smilla aber nicht direkt

an. »Ich würde gern. Aber wenn ich den falschen Menschen vertraue, bedeutet das im schlimmsten Fall meinen und Bens Tod. Und Ben ist mein Ein und Alles. Verstehst du das?«

Smilla nickte.

»Ich werde immer das tun, von dem ich denke, dass es das Beste für Ben ist.«

Wieder nickte sie, auch wenn sie sich insgeheim fragte, warum er das gerade jetzt so betonte.

Julius fuhr sich mit der Zunge über die Lippen. »Der einzige Grund, warum ich hier bin und dich befrage, und nicht Eva, ist, weil ich dich von allen ihren Kindern am besten kenne«, sagte er dann. Er wirkte nun weniger kalt, aber immer noch erschreckend abgeklärt. »Sie hat mich geschickt, weil sie denkt, dass du mir bereitwilliger die ganze Wahrheit über den Fremden im Wald sagst als ihr. Aber wenn ich von dir keine Antworten bekomme, die Eva zufriedenstellen, dann wird sie mit ihrem Werkzeugkoffer kommen. Und ich als dein Pate hätte in ihren Augen versagt.«

Das Wort *Werkzeugkoffer* traf Smilla wie ein Pfeil. Man würde sie foltern. Der Schreck über diese Erkenntnis lähmte sie und verdrängte alles, was sie fühlte. Auch den Schmerz in ihrem Kopf und in ihrer Seite.

»Warum sagst du mir das?«, fragte sie. Ihre Unterlippe bebte.

»So sehr ich Jera und dich auch mag. Ich werde nicht meine und Bens Sicherheit aufs Spiel setzen, um dich zu beschützen, falls du nicht kooperierst.« Er sah sie eindringlich an, als wollte er die Nähe, die sonst nur Berührungen erschaffen konnten, mit Blicken heraufbeschwören. »Hast du mich verstanden?«

Smilla nickte heftig, als könnte ein besonders energisches Nicken das Bild des Werkzeugkoffers verscheuchen, das wie ein giftiges Insekt zwischen ihnen schwirrte.

»Wenn du verhindern willst, dass Eva dir etwas tut, musst du mir etwas geben. Du musst mir – du musst Eva – Informationen geben, die uns dabei helfen, diesen Leuten einen Schritt voraus zu sein.«

»Aber ich sage die Wahrheit, Julius. Ich schwöre es. Da draußen ist nur Leon, sonst niemand. Er hat sich von seiner Gruppe getrennt, und er hat mir im Gegenzug für das Essen versprochen, vor niemandem ein Wort über den Vennhof zu verlieren.«

»Wie viel weiß er?«

»Was meinst du?«

»Wie viel weiß er über uns? Wie viele wir sind, dass wir hauptsächlich aus Kindern und Jugendlichen bestehen, wo unsere Vorräte lagern und so weiter.«

Smilla kramte in ihrem Gedächtnis nach einer hilfreichen Antwort auf diese Frage. Der Handschuh kam ihr in den Sinn. »Der Handschuh, den du gefunden hast. Er gehört ihm. Das heißt, er muss schon etwas länger hier in der Gegend sein«, sagte sie. »Es ist also gut möglich, dass er eine ganze Menge über unser Leben hier weiß. Aber was genau, das kann ich dir nicht sagen.«

Julius schüttelte den Kopf. Das reichte ihm nicht. Dann würde es Eva erst recht nicht reichen.

»Bist du dir sicher, dass er allein hier ist?«

»Nicht hundertprozentig. Aber es schien ihm sehr schlecht zu gehen, deshalb gehe ich davon aus, dass er niemanden hat, der ihn unterstützt. Er hat sogar gefragt, ob Eva noch Mitglieder sucht.«

Sie verstummte, als ihre eigenen Worte eine Idee entzündeten. Mit neuer Zuversicht lehnte sie sich etwas nach vorn, weiter zu Julius hin.

»Julius, wir könnten ihn hierherholen. Wir nehmen ihn auf. Dann kann Eva ihn im Auge behalten, genau, wie sie es auch mit Giorgio, Nadja und mir gemacht hat.«

Julius runzelte die Stirn, lehnte die Idee aber nicht sofort ab. Hoffnung keimte in Smilla auf. Vielleicht konnte sie das Chaos, das sie erzeugt hatte, doch noch in etwas Gutes wandeln.

»Weißt du denn, wo er sich aufhält?«, wollte Julius wissen.

»In einer Tankstelle hier in der Nähe. Wo genau, weiß ich allerdings nicht.«

Julius nickte langsam. »So viele Tankstellen gibt es in der Umgebung nicht.« Er wandte den Blick ab und sah konzentriert in die Ferne. »Das könnte reichen«, sagte er dann.

Die Anspannung in Smillas Körper ließ nach und wurde erträglicher. Aber eine Sache musste sie noch wissen, bevor sie es sich erlaubte, an einen glimpflichen Ausgang dieser Situation zu glauben. »Julius, hat Eva Nadja und Giorgio etwas getan?«

Er schüttelte den Kopf. »Noch nicht.«

»Und Jera?«

»Nein. Jera hat Loyalität gegenüber Eva bewiesen. Dafür wird sie, wenn überhaupt, belohnt und nicht bestraft.« Er klang bitter. Ob Eva irgendwann auch einmal zwischen ihm und Ben stehen würde, so wie sie jetzt zwischen Smilla und Jera stand?

Julius sah ihr noch einmal fest in die Augen. Dann erhob er sich und wich einen Schritt zurück. »Ich erstatte Eva jetzt Bericht«, sagte er. »Und, Smilla, wenn sie zu dir kommt – spiel keine Spielchen, stell dich nicht dumm, und schluck deinen Stolz herunter. Du kannst sie nicht täuschen und auch nicht mit Willensstärke beeindrucken. Das Einzige, was du jetzt noch tun kannst, ist, ihr zu geben, was sie will.«

»Ich habe dir schon alles gesagt, was ich weiß. Und es tut mir leid, dass euch das mit Leon einen Schrecken eingejagt hat, aber –«

»Einen Schrecken eingejagt«, stieß Julius ungläubig aus. »Smilla, du hast Eva zutiefst gekränkt. In ihren Augen hast du ihre Gutmütigkeit ausgenutzt, sie vor den anderen bloßgestellt und das, was sie dir hier bietet, vor allen abgewertet.«

»Das wollte ich überhaupt nicht«, entgegnete Smilla. »Es ging mir nicht darum, Eva zu untergraben.«

»Ich weiß«, sagte Julius. »Aber in ihren Augen ist genau das geschehen.«

Damit wandte er sich ab und verschwand aus der Zelle. Smilla versuchte, das Geräusch des Schlüssels auszublenden, als er die Tür von außen verschloss.

Sie wollte nicht, dass er ging. Sie wollte nicht allein im Ungewissen sein, allein in einem abgeschlossenen Raum. Wieder bloß eine Gefangene, die mit dem Klicken des Schlosses von der Freiheit abgeschnitten wurde, die ihr zustand. Doch ihr blieb nichts anderes übrig, als es hinzunehmen.

Julius' Schritte entfernten sich in Richtung Treppe, und dann hörte Smilla die Kellertür zufallen. Ihre Verbindung zu allem, was außerhalb ihres Gefängnisses vor sich ging, riss ab.

KAPITEL

28

DIE VERSÖHNUNG

Als sich die Kellertür das nächste Mal öffnete, waren nach Smillas Empfinden etliche Stunden vergangen. Vielleicht war es Nacht, vielleicht aber auch schon der nächste Morgen. Smilla hatte sich auf der Pritsche zusammengerollt, in der Hoffnung, dort nicht so schnell auszukühlen wie auf dem Boden. Durst brannte in ihrer Kehle, und ihr Magen vermisste bereits schmerzlich die regelmäßigen Mahlzeiten.

Das Geräusch mehrerer Paar Schuhe, die sich nun durch den Flur näherten, ließ sie hochfahren. Ein Schlüsselbund klimperte. Dann wurde die Tür zum Verschlag aufgezogen, und vor ihr standen Eva und ihre zwei Handlanger.

Smillas Augen huschten über die drei und suchten nach einem Hinweis darauf, was sie vorhatten. Bekam sie eine Mahlzeit? Oder würde sie Bekanntschaft mit dem Werkzeugkoffer machen?

»Es scheint, als hättest du uns die Wahrheit gesagt. Wir haben keine Anzeichen dafür gefunden, dass außer diesem Fremden jemand den Hof ausgespäht hat. Und es fehlt tatsächlich nicht viel von den Vorräten«, sagte Eva dann. »Als Dank dafür darfst du die Nacht in deinem Bett verbringen.«

Smilla öffnete verwundert den Mund, doch keine Worte kamen heraus. Was hatte das zu bedeuten? War das etwa genug für Eva, um Smilla vergeben zu können? Sie konnte es sich beim besten Willen nicht vorstellen.

Evas gesundes Auge fixierte sie, und Smilla fühlte sich unter ihrem Blick noch schwächer, noch geschundener. Sie traute sich kaum, Evas Blick zu erwidern.

»Aber glaub nicht, dass damit das Vertrauen zwischen uns wiederhergestellt ist. Du hast meine Gutmütigkeit ausgenutzt und die Sicherheit meiner Kinder mit Füßen getreten. Obwohl du es besser hättest wissen müssen, nachdem, was zwischen deiner alten Gruppe und dir vorgefallen ist.«

Smilla nickte nur, aus Angst, Evas Wut erneut anzufachen, wenn sie sich nicht demütig zeigte.

Eva seufzte. Dann machte sie einen Schritt zur Seite und gab den Weg aus dem Gefängnis frei. »Geh auf dein Zimmer«, sagte sie erdrückend langsam. »Und dort bleibst du, bis ich dir etwas anderes befehle. Ich habe Jera beauftragt, mir sofort zu melden, solltest du dich mir widersetzen.«

Jera beauftragt. Smilla schmeckte bitteren Ärger auf ihrer Zunge, doch sie erwiderte nichts. Eine überhebliche Bemerkung der scheinheiligen Eva zu erdulden, war ein geringer Preis für ihre Freiheit. Das letzte Mal, als sie aus einem Gefängnis entkommen war, hatte mindestens ein Mensch dafür mit dem Leben bezahlt.

Mit einem unterdrückten Stöhnen rappelte Smilla sich auf und machte einen Schritt auf Eva zu. Die Bewegung schmerzte scharf in ihrer Seite und sie fragte sich, ob vielleicht eine ihrer Rippen gebrochen war.

Fast rechnete sie damit, dass Eva ihr die Tür vor der Nase zuschlagen oder zu einem weiteren Angriff gegen sie ansetzen würde. Aber sie ließ Smilla passieren. Mit eingezogenem Kopf huschte sie an Eva vorbei, in den Flur und auf die offene Tür zur Treppe zu. Hinter sich hörte sie das Scharren von Schritten und die Tür des Verschlags, die krachend zufiel.

Smilla kämpfte sich die Treppe hinauf. Ihre Beine waren schwer, ihr war immer noch schwindelig, und egal, wie sie sich hielt, irgendein Körperteil schmerzte immer. Manchmal so heftig, dass es ihr die Luft raubte.

Ein Schauer durchlief sie, als sie das obere Ende der Treppe erreichte und die dunklen Kellergänge damit hinter sich ließ. Eiligen Schrittes hastete sie zur Eingangstür, zog sie auf und trat in die Nacht.

Draußen war niemand mehr unterwegs, doch das Feuer brannte noch in der Mitte des Hofes. Es konnte also nicht später als zwölf Uhr nachts sein. Die Arme eng um den Körper geschlungen, kämpfte Smilla sich durch den Wind bis zum Wohntrakt. Als die geschützten, ruhigen Gänge sie in Empfang nahmen, atmete Smilla erleichtert aus. Ohne dass sie es wollte, überkam sie Dankbarkeit gegenüber Eva. Dafür, dass sie sie so schnell wieder aus dem Verschlag entlassen hatte. Dafür, dass sie Smilla nicht gefoltert hatte. Dass sie es mit ihrer Strafe bei ein paar Schlägen und Tritten belassen hatte. Dinge, die vor nicht allzu langer Zeit noch Selbstverständlichkeiten gewesen waren.

Dort, wo der Flur sich gabelte, hielt Smilla inne. Kurz überlegte sie, ob sie nach Giorgio und Nadja sehen sollte.

Doch Evas Anweisung war klar und deutlich gewesen. Wenn man sie dabei erwischte, wie sie diese Anweisung kaum fünf Minuten später schon missachtete, würde man ihr das kleine bisschen Freiheit, das sie soeben zurückerlangt hatte, sofort wieder nehmen. Also ging sie geradewegs zu ihrem Zimmer und öffnete behutsam die Tür.

Eine Talgkerze brannte auf der Kommode unter dem Fenster. Jera saß in ihre Decke gewickelt auf dem Bett. Im schummrig warmen Licht der Flamme konnte Smilla sehen, dass ihr Gesicht rot und verquollen war. Eine beschämende Erleichterung kam über Smilla. Es tröstete sie, dass das Ganze nicht spurlos an Jera vorübergegangen war. Doch gleichzeitig wollte sie ihre Schwester nicht weinen sehen.

Behutsam schloss Smilla die Tür hinter sich und lehnte sich dann mit dem Rücken dagegen. »So ein Scheißtag, hm?«, fragte sie leise und lächelte ihre Schwester an.

Jera blickte verunsichert vom Bett zu ihr auf. Dann schniefte sie laut und nickte. »Hat Eva dir doll weh getan?«

Smilla zuckte die Schultern, wobei Blitze aus Schmerz in ihrer Seite einschlugen. »Hätte schlimmer sein können.«

Jeras Augen verengten sich, und ihre Mundwinkel bewegten sich nach unten. »Ich wollte nicht, dass sie dir wehtut«, sagte sie, und mit jedem Wort wurde ihre Stimme dünner.

Smilla stieß sich von der Tür ab und lief zu Jera hinüber. Vor dem Bett ging sie in die Knie und nahm die Hände ihrer kleinen Schwester in ihre. »Das weiß ich doch.«

Jera streckte ihre Arme unter der Decke hervor und schlang sie fest um Smillas Nacken. »Es tut mir leid.« Sie schluchzte so ungehalten los, dass es Smilla ebenfalls die

Tränen in die Augen trieb. Sie erwiderte die Umarmung, das unerbittliche Stechen in ihrer Seite ignorierend.

Eine Weile hielten sie sich bloß und sagten nichts, bis Jeras Schluchzer leiser wurden. Dann stemmte Smilla sich an der Bettkante hoch und setzte sich neben sie. Mit dem Daumen streichelte sie über den Handrücken ihrer Schwester.

»Jera«, setzte sie dann an. Sie wusste noch nicht genau, was sie sagen würde und wie sie es sagen würde. Doch die Barriere, die sie voneinander trennte, musste verschwinden. Nichts und niemand durfte zwischen ihnen stehen. Sie gehörten zusammen, sie konnten dem anderen ein Zuhause sein. Und das war etwas, das man in der Welt nach der Plage noch viel dringender brauchte als in der davor.

»Mir tut es auch leid. Es tut mir leid, dass du Angst hast, dass ich dir das, was du hier gefunden hast, wieder nehmen möchte. Es tut mir leid, dass du glaubst, dich entscheiden zu müssen, zwischen mir und Eva. Das wollte ich nicht.«

Jera sah sie aufmerksam an und wischte sich mit der freien Hand die Tränen von den Wangen.

»Und am meisten tut mir leid, dass du geglaubt hast, jemand anderes bedeute mir mehr als du. Du bist das Wichtigste auf der Welt für mich.«

»Du bist auch das Wichtigste für mich«, flüsterte Jera und drückte ihre Hand noch etwas fester.

Smilla strich ihr eine nasse Haarsträhne hinters Ohr. Sie sahen sich wirklich unglaublich ähnlich.

»Aber wer war das da im Wald? Und was wollte er hier?«

Smilla schürzte die Lippen. »Das war Leon. Er hat sich

von den *Verlorenen Jungs* getrennt, genau wie Giorgio, und ist nun allein und fast am Verhungern.«

»Also hast du uns gar nicht an die *Verlorenen Jungs* verraten?«

»Natürlich nicht.«

»Oh.«

Eine Weile schwiegen sie. »Du musst aufhören, fremden Leuten Essen zu geben«, sagte Jera dann. »Das macht nur Probleme.«

Smilla musste lachen. Ein heftiges Stechen in ihrer Seite bestrafte sie augenblicklich dafür. Dann sagte sie: »Aber was, wenn *wir* es wären, die Essen bräuchten? Wärst du nicht froh, wenn dir jemand in so einer Situation helfen würde?«

»Hm«, machte Jera und tippte sich nachdenklich ans Kinn. »Ja, schon. Dann solltest du vielleicht lieber damit aufhören, Geheimnisse zu haben.«

Smilla nickte. »Das glaube ich auch.«

Es stimmte. Jera anzulügen, war oft die einfachste Lösung gewesen. So einfach, dass sie zu glauben angefangen hatte, sie könnte alles Unbequeme, alles, was schwer zu erklären war, hinter einer Lüge verbergen. Doch die Rechnung ging nicht auf. Es war höchste Zeit, von den Lügen Abschied zu nehmen.

»Ich verspreche dir, dass ich dich nie wieder anlügen werde und nie wieder etwas Wichtiges vor dir verheimliche«, sagte sie dann langsam, geradezu feierlich.

Jera nickte. »Das verspreche ich dir auch, und dass ich dich das nächste Mal, wenn du was Blödes gemacht hast, ausreden lasse, bevor ich es jemandem sage.«

Smilla lächelte Jera an. »Das klingt doch nach ein paar sehr guten Vorsätzen.«

Jera erwiderte das Lächeln und zog ein letztes Mal laut die Nase hoch. »Ja. Abgemacht!«

Vielleicht war das ein Versprechen, das sie würde halten können. Wenn sie ihrer Schwester schon nicht garantieren konnte, dass sie nie wieder etwas Unbedachtes oder Egoistisches tun würde, dann konnte sie ihr wenigstens versprechen, offen und ehrlich damit umzugehen.

Smilla stand vom Bett auf und entledigte sich mit bedachten Bewegungen des verschmutzten Mantels und der Schuhe, in denen ihre Füße den ganzen Tag über gesteckt hatten. Dann ging sie zu der Waschschüssel auf der Kommode und schöpfte mit der Hand Wasser in ihren Mund.

»Hast du zufällig etwas zu essen für mich?«, fragte sie Jera, die auf dem Bett sitzen geblieben war und die Decke enger um ihren Körper wickelte.

»Nein, tut mir leid.«

»Das braucht es nicht.«

Sie trank noch ein paar Schlucke und wusch sich Hände, Gesicht und Nacken. Sie schälte sich aus ihren Jeans, ging zurück zum Bett und schlüpfte unter ihre Decke.

Jera drehte sich zu ihr.

»Was ist passiert, nachdem sie mich weggesperrt haben?«, wollte Smilla wissen.

»Eva hat uns alle in den Speisesaal geschickt, zum Frühstück«, sagte sie. »Dann ist sie mit den Erwachsenen in ihr Büro gegangen und hat mit ihnen besprochen, was sie jetzt tun wollen.« Sie seufzte und legte eine Hand auf Smillas Bein. »Dann sollten wir in Gruppen den Wald durchsuchen, aber wir haben niemanden gefunden. Und nachdem Julius mit dir gesprochen hatte, sind ein paar von den Erwachsenen noch einmal losgezogen. Aber ob sie was Verdächtiges gefunden haben, weiß ich nicht. Das sagen sie uns aber bestimmt morgen beim Frühstück.«

Wenn sich die Erwachsenen nach ihrem Gespräch mit Julius noch einmal auf die Suche gemacht hatten und Eva nun überzeugt war, dass sich außer Leon niemand Fremdes im Hohen Venn herumtrieb – hieß das, dass sie Leon gefunden hatten?

Smillas Magen zog sich zusammen. Hoffentlich hielten sie es nicht für nötig, ihm Schaden zuzufügen. Schließlich war er ein Verstoßener. Genau wie alle hier.

Jera schlief irgendwann ein, doch Smilla lag bis spät in die Nacht wach. Ihr Körper und ihr Geist waren müde und sehnten sich nach Erholung. Aber bei jedem Geräusch, das es durch den Wind bis in ihr Zimmer schaffte, fuhr sie hoch und trat ans Fenster. Doch nie sah sie etwas Auffälliges. Nach draußen zu gehen und nachzusehen, traute sie sich nicht. Evas Anweisung hallte klar und deutlich durch ihre Gedanken. Und die Schmerzen in ihrem Kopf und ihrer Seite und der Nachklang der Angst, die ihre Gefangenschaft in ihr heraufbeschworen hatte, erinnerten sie daran, was auf dem Spiel stand.

Als endlich der nächste Tag anbrach, sehnte Smilla sich mehr als sonst nach dem tröstlichen Anblick der aufgehenden Sonne. Doch sie durfte ihr Zimmer nicht verlassen, genauso wenig wie Jera, die Smilla im Auge behalten sollte.

Der Gedanke, dass Eva ihre kleine Schwester auf diese Weise gegen sie richtete, entfachte erneut Smillas Wut.

Doch sie versuchte, sich nichts anmerken zu lassen. Sie wollte Jera nicht schon wieder in die Situation bringen, sich entweder für ihr neues »Familienoberhaupt« oder für ihre große Schwester entscheiden zu müssen. Also blieb sie gewaschen und eingekleidet auf ihrem Bett sitzen und wartete still ab.

»Meinst du, Karen, Marie und den anderen Schmieders geht es gut?«, fragte Jera irgendwann.

Draußen wurde es zusehends heller, und in den Fluren des Wohntraktes wurden die ersten Türen geöffnet.

Smilla wandte den Blick vom Fenster ab, um Jera anzusehen. »Da bin ich mir sogar ganz sicher«, sagte sie. Immerhin waren die Schmieders nicht mehr weit von Brüssel entfernt gewesen, als Jera beschlossen hatte, heimlich umzukehren.

»Ich vermisse Marie«, sagte Jera leise. »Und Karen und Lars. Und Sarah.« Mit jedem Namen wurde ihre Stimme leiser, während ein neuer Schmerz in Smillas Brust größer wurde.

»Ja, ich vermisse sie auch.«

Eine Weile schwiegen sie. Im Innenhof herrschte inzwischen reges Treiben. Evas Kinder fanden sich auf dem Weg zum Frühstück in Grüppchen zusammen und unterhielten sich angeregt.

»Marie war auch ein bisschen meine Schwester.«

»Ja, das stimmt.«

»Und Karen und Lars sind dann ein bisschen meine Eltern, oder?«

Nachdenklich sah Smilla Jera an. Noch vor wenigen Wochen hätte sie darauf beharrt, dass nur ihre leiblichen Eltern ihre Eltern sein konnten und niemand sonst. Sie hätte Jera gesagt, dass – wenn überhaupt – sie selbst auch ein bisschen Jeras Mutter war. Mutter und Schwester zugleich. Doch nach allem, was geschehen war, erkannte sie, dass es egoistisch wäre, von Jera zu verlangen, nur sie, ihre verstorbene Mutter und ihren verschollenen Vater als ihre Familie anzusehen. Wenn sie den Gedanken, eine nicht leibliche, aber dafür vollständige Familie zu haben, tröstlich fand, dann wollte Smilla ihr das nicht verwehren.

»Ich denke schon«, sagte sie und lächelte.

»Karen hätte dich nicht geschlagen und getreten, oder?«

»Nein, ganz bestimmt nicht.« Eine Ohrfeige im Affekt traute sie Karen gerade noch zu. Aber die Entschlossenheit, mit der Eva sie attackiert hatte, war aus einem Ungleichgewicht entsprungen, das Karens Charakter nicht kannte.

Wieder schwiegen sie und warteten. Der Innenhof hatte sich inzwischen geleert, und die anderen saßen sicher schon beim Frühstück. Dass Eva Smilla die Mahlzeiten strich, damit hatte sie fast gerechnet. Aber dass sie die Strafe auch auf Jera ausweitete, hatte ihre Schwester nicht verdient.

Doch bevor Smillas Unmut gegenüber Eva erneut in Wut umschlagen konnte, klopfte es, und Jera rief: »Herein!« Es war Zedrik. Nach einem Blick in Smillas Gesicht lief er rot an und sah zu Boden. Ob *er* gestern auch Tritte und Schläge gegen sie ausgeteilt hatte?

»Ihr dürft zum Frühstück kommen«, murmelte er den Fliesen zu.

Sie erhoben sich und verließen das Zimmer und dann das Gebäude. Sie durchquerten den Innenhof und betraten hinter Zedrik den Speisesaal. Die anderen saßen schon auf ihren Plätzen, und hitzige Gespräche erfüllten die Luft. Fast so, als wäre alles wie immer. Doch als Smilla und Jera in Sicht kamen, verstummten Evas Kinder schlagartig. Smilla nahm wahr, wie Jera den Kopf einzog und eiliger als sonst die Tischreihen entlang zu ihrem Platz lief. Die Blicke der anderen folgten ihnen. Elli zischte etwas, als Smilla an ihr vorbeikam, und obwohl sie es nicht genau verstand, war sie überzeugt, dass es etwas Feindseliges gewesen war.

Smilla beschleunigte ihre Schritte. Sie war fast bei Jera angekommen, die sich schon auf ihren Platz geschoben und den Blick starr auf ihren Schoß gerichtet hatte, als jemand einen Fuß auf den Gang schob und sie zum Stolpern brachte. Schmerz rollte durch Smillas Körper, als ihre Muskeln sich reflexartig verhärteten. Sie fing sich wieder, vermied es aber, sich umzudrehen und zu schauen, wer sie zu Fall hatte bringen wollen.

Ärger kochte in Smillas Blut. Doch er galt nicht den anderen, er galt allein Eva. Das hatte sie sich schön überlegt. Ein Gang der Schande, ein designierter Moment am Pranger. Und jeder, der sich neutral oder gar solidarisch für Smilla zeigte, würde unweigerlich mit am Pranger stehen.

Sie umrundete das hintere Ende der Tischreihe, um zu ihrem Platz zu gelangen. Dann setzte sie sich, blickte genau wie Jera auf ihren Schoß und wartete ab, was als Nächstes geschehen würde. Nach einigen angespannten Sekunden nahmen die anderen langsam wieder ihre Gespräche auf.

Schließlich wagte Smilla es, den Blick zu heben. Sie war sich sicher, dass der ein oder andere sie noch beobachtete. Aber es lastete nicht mehr die geballte Aufmerksamkeit auf ihr.

»Bist du okay?«, fragte Julius mit gesenkter Stimme. Er

war blass, und tiefe Ringe zeichneten sich unter seinen Augen ab.

»Alles gut«, wisperte Smilla.

Julius lehnte sich etwas näher zu ihr. »Und das da? Tut das noch sehr weh?«, fragte er und tippte sich erst gegen das Jochbein und dann an die Unterlippe.

Smillas Finger fuhren zu ihrer Wange. Sie hatte sich nicht im Spiegel angeschaut, aber dem Gefühl nach zu urteilen, musste Julius ein blaues Auge und eine aufgeplatzte Lippe meinen.

Sie schüttelte den Kopf. »Nicht, solange ich es nicht anfasse. Die Rippen sind schlimmer.«

Er blickte sie betroffen an und schob seine Hand über den Tisch ein Stück in ihre Richtung. Ein getarntes Signal der Anteilnahme. Ob es ihm leidtat, wie grob er in der Gefängniszelle mit ihr umgesprungen war?

Inzwischen wurde wieder laut geredet, während alle auf Eva und den Beginn des Frühstücks warteten.

»Und du? Du siehst auch nicht gerade aus wie der frische Morgen«, sagte Smilla.

Julius grinste gequält. »Ich habe nicht besonders viel Schlaf bekommen.«

»Verstehe.« Am liebsten hätte sie gefragt, warum, und ob das etwas mit Evas Suchaktion oder Leon zu tun hatte. Aber nur einen Platz von ihnen entfernt saßen schon Evas andere Kinder. Und obwohl sie ihnen demonstrativ den Rücken zeigten, war Smilla sicher, dass sie ein Ohr in Richtung ihrer Unterhaltung spitzten.

Im nächsten Moment breitete sich vom Eingang her Stille aus, und Smilla sah auf. Eva war hereingekommen. Gebannt folgte Smillas Blick der Anführerin, bis sie in der Mitte des Saals angelangte. Die Handflächen nach oben gedreht und die Arme leicht vom Körper abgespreizt, blieb sie stehen.

»Meine Familie, meine Kinder«, rief sie, und Smilla musste dem Drang widerstehen, mit den Augen zu rollen.

»Wie ihr sicher schon ahnt, da wir alle zusammen beim Frühstück sitzen wie jeden Morgen, habe ich gute Neuigkeiten für euch.« Sie legte eine gewichtige Pause ein, in der sie ihren Blick über die Köpfe ihrer Kinder schweifen ließ. Ihre Worte versetzen Smilla einen Stich der Aufregung.

»Nachdem wir gestern schon mit eurer Hilfe die Umgebung durchkämmt haben, haben wir heute früh auch die Zäune und Lautfallen eingehend kontrolliert. Wir konnten nichts Auffälliges feststellen, und alles ist intakt. Es gibt aktuell keinen Grund zu der Annahme, dass unser Hof in unmittelbarer Gefahr schwebt.«

Sie hielt in ihrer Ansprache inne, lächelte und sah sich um. Applaus brandete auf, und Evas Kinder stampften mit den Füßen auf den Boden. Unwillig stimmte auch Smilla mit ein, der Evas selbstgefälliges Lächeln an diesem Morgen besonders übel aufstieß.

Eva nickte zufrieden. »Ich werde heute weitere Nachforschungen anstellen, was es mit dem Mann, für den Smilla von unseren Vorräten gestohlen hat, auf sich hat.«

Smilla spürte die vorwurfsvollen Blicke der anderen auf sich und wusste nicht, wie sie sich verhalten sollte: Beschämt den Blick niederschlagen oder so tun, als wäre sie sich keiner Schuld bewusst?

Doch dann fuhr Eva mit ihrer Ansprache fort und lenkte die Aufmerksamkeit wieder auf sich. »Julius, Ingo, Zedrik und Sonja werden mir dabei helfen. Ihr anderen könnt wie gewohnt euren Aufgaben nachgehen.«

Julius gab ein unterdrücktes Stöhnen von sich, und Smilla hörte ihn »O Gott, bitte nicht« flüstern. Doch als sie ihn fragend ansah, hatte er den Blick starr auf die Tischplatte zwischen ihnen gerichtet. Er schien blasser als eben noch, und seine Kiefer mahlten.

»Smilla, du arbeitest heute mit Marius und Sebastian zusammen. Jera, du begleitest Elli, Nadja und Melissa.«

Jera zuckte zu Smilla herum. Ihr Schreck darüber, dass sie an diesem Tag getrennt werden sollten, sorgte dafür, dass sich auch in Smilla alles zusammenzog. Doch sie versuchte, sich nichts anmerken zu lassen. Sie wollte Jera den Halt bieten, den sie brauchte und den sie sich bis gestern lieber bei Eva als bei ihrer eigenen Schwester gesucht hatte.

»Ist schon okay«, sagte sie und lächelte Jera zu. »Morgen sind wir bestimmt wieder in einer Gruppe mit Juli.«

Jera sah unverändert bedrückt drein, erwiderte aber nichts.

Das Frühstück wurde ausgeteilt, und Smilla lief trotz all der üblen Gefühle, die dieser Morgen mit sich gebracht hatte, das Wasser im Mund zusammen, als der Duft von Haferkleie zu ihnen hinüberwehte. Sie konnte die Danksagung vor Hunger kaum abwarten, und als sie endlich essen durfte, schlang sie ihre Portion in wenigen Minuten hinunter. Wie hatte sie es bloß Tage und Wochen ohne Mahlzeiten wie diese ausgehalten?

»Was machst du denn? Pass doch auf!«, durchschnitt Julius' wütende Stimme den kurzen friedlichen Moment, den das Essen Smilla bescherte.

Sie sah auf. Ben hatte seinen Löffel fallen gelassen und schaute erstaunt auf die Kleckerei auf seinem Mantel herab. Zielsicher stieß er den Finger in den Schleim und verteilte ihn so noch weiter auf dem schwarzen Stoff.

»Nicht, lass das«, knurrte Julius und packte Bens Arm. Erschrocken sah Ben zu ihm auf, und auch Smilla verstand nicht, warum Julius mit einem Mal so ungewohnt grob war.

Julius murmelte wütend vor sich hin, während er den Brei mit seinem Löffel von Bens Mantel kratzte. Ben entschied sich in diesem Moment dazu, mit den Fingern weiter zu essen. Er patschte mit der Hand in die Schüssel, schloss sie zu einer Faust und schob sich die klebrigen Finger dann in den Mund, wobei ihm der Großteil des Breis in den Ärmel und in den Kragen tropfte.

»Mann, Ben!«, fuhr Julius ihn an, knallte den Löffel auf den Tisch und packte auch Bens andere Hand.

»Fühstück«, wandte Ben mit weinerlicher Stimme ein.

Kurzentschlossen erhob Smilla sich und umrundete den Tisch. Sie streckte gerade die Hand aus, um Bens Ärmel hochzukrempeln, da stand Julius ruckartig auf.

»Misch dich nicht ein!«, blaffte er, während er Ben, der verwirrt dreinblickte, unsanft von der Bank zog.

»Wegen dir –«, setzte er an und starrte aus eisigen Augen auf Smilla herab. Doch er beendete den Satz nicht. Stattdessen schüttelte er bloß den Kopf, wandte sich ab und stürmte mit Ben auf dem Arm Richtung Ausgang.

Verdutzt sah Smilla ihm hinterher, bis er aus dem Speisesaal verschwunden war. »Welche Maus ist dem denn über die Leber gelaufen?«, fragte Jera.

Smilla ließ sich auf dem Platz nieder, auf dem eben noch Julius gesessen hatte. »Keine Ahnung«, sagte sie, den Blick immer noch in die Richtung gerichtet, in die der sonst so besonnene Julius verschwunden war. »Und es heißt *Laus.*«

»Hä?«

»Welche *Laus* ist dem über die Leber gelaufen.«

»Was ist eine Laus?«

Endlich schaffte Smilla es, sich wieder Jera zuzuwenden. »Ein Parasit, der dein Blut trinkt.«

Jera ließ den Löffel sinken und sah sie schockiert an.

»Keine Sorge, Läuse sind winzig klein. Du hattest sogar mal welche, im Kindergarten. Weißt du nicht mehr?«

Jera schüttelte benommen den Kopf. Sie erinnerte sich an nur wenige Momente aus ihrem Leben davor. Und mit den Jahren, die neue, gewichtige Erinnerungen herantrugen, würden auch diese letzten Gedankenfragmente blasser werden. Diese Vorstellung machte Smilla traurig. Aber vielleicht war es für Jera besser so. Warum sollte sie wie Smilla dazu verdammt sein, immer zurück in eine Vergangenheit katapultiert zu werden, die niemals mehr ihre Gegenwart werden konnte?

Smilla zwang sich, trotz all der bedrückenden Gefühle und Gedanken, die diesen Morgen schwängerten, zu einem Lächeln. »Ist ja auch nicht so wichtig.«

KAPITEL

29

DER FEIND

Smilla hatte sich an die naive Hoffnung geklammert, dass Eva und ihre Kinder sie wieder normal behandeln würden, nachdem sie sie mit Prügeln und einer kurzen, aber wirkungsvollen Isolation im Keller gestraft hatten. Doch mit Marius und Sebastian zusammenzuarbeiten, entpuppte sich schon nach wenigen Minuten als eine weitere Strafe. Die beiden hatten in dieser Woche Küchendienst mit Sonja, deren Aufgaben Smilla an diesem Tag übernehmen sollte. Sie hatte noch nie Küchendienst gehabt und fiel somit gleich doppelt in Ungnade: Weder war sie eine besonders große Hilfe bei der Arbeit, noch schienen die Brüder damit einverstanden, dass Smilla mit ihrem Verrat quasi ungeschoren davongekommen war. Smillas Fragen beantworteten sie nur zähneknirschend, und auf ihre Fehler reagierten sie mit unnötiger Heftigkeit.

Doch Smilla setzte sich nicht dagegen zur Wehr. Sie konnte verstehen, dass die beiden – wie anscheinend auch

Julius – einen Groll gegen sie hegten. Ja, sie hatte Leon nur helfen wollen. Aber sie hatte es hinter dem Rücken der anderen getan, in dem Wissen, dass es nicht jeder hier gutgeheißen hätte. Stattdessen hätte sie Eva darum bitten können, Leon aufzunehmen. Sie hätte ihr in Ruhe alles erklären können. Vermutlich hätte diese Frau sich sogar darin gefallen, großmütig einem weiteren Verstoßenen Unterschlupf zu gewähren.

Smilla sah von den Schüsseln auf, die sie spülte. Marius stand neben ihr und trocknete mit verbissener Miene das Geschirr ab, das Smilla ihm anreichte. Sonja hatte ihr erzählt, dass er bei der Arbeit oft sang und damit die Laune der anderen hob. Doch heute blieb er still.

Vielleicht war der Grund, warum Smilla immer wieder mit anderen Überlebenden aneinanderprallte, nicht, dass alle anderen hartherziger geworden waren als sie. Sondern viel eher, dass Smilla ihre Entscheidungen über die Köpfe der anderen hinweg traf, obwohl sie mehr denn je auf ein ebenbürtiges Miteinander angewiesen waren.

Nach dem Mittagessen machte Smillas Arbeitsgruppe eine kurze Pause. Smilla nahm ein paar übrig gebliebene Apfelspalten und eine Scheibe dunkles, körniges Brot, das Sebastian ihr wortlos anbot, und trat in den Hof. Sie hatte gehofft, dass die Sonne scheinen und sie nach einer Nacht im Keller ihre Strahlen würde einfangen können. Doch während sie das Mittagessen vorbereitet hatten, hatte sich der Himmel zugezogen. Es regnete. Ein unerbittlicher Wind jagte die Tropfen von links nach rechts und verwandelte sie in Geschosse aus Eis und Kälte. Anstatt sich einen kurzen Moment der Ruhe zu gönnen, beschloss Smilla, nach Jera zu sehen. Sie hatte Putzdienst im Wohntrakt, zusammen mit Elli, Melissa und Nadja. Smilla zog sich die Kapuze über den Kopf und eilte dann quer über den Hof.

Als sie den Wohntrakt betrat, hallte ihr schon Ellis Stimme aus dem oberen Stockwerk entgegen. Mit mühsamen Schritten schleppte Smilla sich die Treppe hinauf. Ihre Seite tat etwas weniger weh als in der Nacht, aber trotzdem war jede Bewegung mit Schmerzen gespickt.

Nadja, Elli und Melissa verstummten, als Smilla auf sie zuging, und keine von ihnen erwiderte ihren Gruß. Jera war nicht bei ihnen. Nadjas Lippen deuteten für eine Sekunde ein Lächeln an, als sie auf sie zu kam. Ob es eine kameradschaftliche Geste oder eine süffisante war, konnte Smilla nicht mit Gewissheit sagen.

Sie lief an den dreien vorbei und weiter den Flur entlang. Dort, wo sich der Flur gabelte, blickte sie suchend nach links und rechts. Jera stand vor dem Seminarraum, ganz allein, und putzte mit einer Inbrunst, die an Wut grenzte, ein Fensterbrett.

»Jera«, sagte Smilla mit gedämpfter Stimme.

Ihre Schwester sah auf. Der verbissene Ausdruck auf ihrem Gesicht löste sich auf und verwandelte sich in ein überraschtes Lächeln. Sie ließ den Putzlappen sinken.

»Was machst du denn hier so ganz allein?«, fragte Smilla und stellte sich neben sie ans Fenster. Von hier aus hatte man einen guten Blick auf den Innenhof.

»Die anderen sind blöd.«

Smilla hob die Augenbrauen und hielt Jera eine Apfelspalte hin.

»Wieso? Was haben sie gemacht?«

Jera zuckte missmutig die Schultern und nahm das

Stück entgegen. »Elli hat doofe Sachen über dich gesagt, und Melissa und Nadja haben drüber gelacht.«

»Ach, lass sie reden«, murmelte Smilla und ließ ihren Blick durch den Innenhof wandern. Es überraschte sie nicht, dass über sie geredet wurde. Nur tat es ihr leid, dass Jera darunter zu leiden hatte. »Aber ansonsten sind sie nett zu dir, ja?«, wollte sie wissen und schob sich ein Stück Schwarzbrot in den Mund.

Jera winkte ab. »Ja, ja. Nadja hat mir gezeigt, wie man einen Arm auskugelt. Und sie meinte, dass ich eine gute Trittkraft für mein Alter habe. Sie hat gesagt, ich hätte ihr beinahe die Nase gebrochen, als sie uns beim See überfallen haben.« Jera grinste stolz.

Smilla lächelte, auch wenn ihr die Erinnerung an ihre erste Begegnung mit Nadja einen Schauer über den Rücken jagte. »Wie nett von ihr.«

»Ja, sie ist schon okay. Komisch, dass sie zu den *Verlorenen Jungs* gehört hat, oder?«, fragte Jera und streckte eine Hand nach dem Schwarzbrot aus. Smilla zerteilte es und legte die eine Hälfte in Jeras Hand.

»Na ja, Giorgio hat auch mal zu ihnen gehört, und den mögen wir ja auch.«

Jera knabberte an ihrem Stück Schwarzbrot und sah grüblerisch in den Hof hinunter. »Und die anderen *Verlorenen Jungs*?«

»Wie meinst du das?«

»Waren die vielleicht auch manchmal nett, und wir wissen es nur nicht?«

Smilla hob die Schultern. »Ja, bestimmt. Ich glaube nicht, dass es irgendwen gibt, der ausschließlich Schlimmes tut. Jeder Mensch hat auch freundliche, liebenswerte Seiten. Oder zumindest freundliche Momente.«

Jera löste ihre Augen vom Innenhof und sah zu Smilla auf. »Wie weiß man dann, wem man vertrauen kann, wenn jeder schlechte *und* gute Seiten hat?«

Smilla erwiderte Jeras Blick nachdenklich. »Das ist ja das Problem. Das weiß man oft nicht genau. Und selbst wenn man die guten *und* schlechten Seiten von jemandem kennt, ist es nicht immer einfach, zu erkennen, welche von beiden überwiegt.«

Jera nickte langsam. Dann holte sie tief Luft und sah Smilla ernst an. »Das ist auch dein Problem mit Eva, oder? Bei ihr bist du dir nicht sicher, ob ihre freundliche Seite oder ihre unfreundliche Seite stärker ist.«

Smilla warf einen prüfenden Blick über die Schulter. »Genau«, sagte sie, nachdem sie sich versichert hatte, dass der Flur menschenleer war.

Jera schob sich das letzte Stückchen Schwarzbrot in den Mund und griff nach dem Putzlappen. »Ja, da bin ich mir irgendwie auch nicht mehr so sicher«, sagte sie. Dann nahm sie ihre Arbeit wieder auf.

Zum Abendessen gab es Gemüsesuppe und die Reste des Schwarzbrots. Smilla stand hinter der Theke der Essensausgabe und reichte randvolle Schüsseln an Tessa und einen dürren Jungen, welche die Teller an die Tische brachten. Eva würde etwas später kommen als gewöhnlich, und sie sollten schon mal mit dem Essen anfangen. Diese Ansage hatte Smilla beunruhigt, und umso dringender wollte sie wissen, wobei Julius, Sonja und die anderen Eva an diesem Tag genau halfen. Ob sie ausgerückt waren, um Leon gefangen zu nehmen? Oder kundschafteten sie womöglich die *Verlorenen Jungs* aus? Smilla konnte nicht sagen, welche der beiden Optionen ihr mehr Sorgen bereitete. Für wenige erholsame Tage hatte sie geglaubt, auf Evas Hof vor dem gewalttätigen Alltag anderer Überlebender abgeschirmt zu sein. Doch jetzt folgte ihr die Angst vor dem, was Menschen einander antaten, wieder auf Schritt und Tritt.

Als alle mit einer Schüssel Suppe und einer Scheibe Brot versorgt waren, nahm Smilla ihre Ration, verließ die Küche und lief durch die Länge des Speisesaals zu Jera. Sie saß mit etwas Abstand zu den anderen auf ihrem gewohnten Platz. Julius' und Bens Plätze waren leer.

Smilla ließ sich gegenüber von Jera nieder und fing an, ihre Suppe zu löffeln. »Siehst du Julius und Ben irgendwo?«, fragte sie mit gesenkter Stimme. Vielleicht hatten sie sich umgesetzt, um nichts von Smillas schlechtem Karma einzufangen.

»Ben sitzt da vorne bei Hermann. Aber Julius sehe ich nicht. Er ist bestimmt noch mit Eva unterwegs.«

Das ungute Gefühl in Smilla verfestigte sich. Sie schmeckte die Suppe kaum noch, die sie wie mechanisch in sich hineinlöffelte.

Wenige Minuten später ging die Tür zum Speisesaal auf, und Eva kam hereingeweht, gefolgt von zwei hochgewachsenen, verhüllten Gestalten. Smilla ließ ihren Löffel sinken und versuchte zu erkennen, ob einer von ihnen Julius war. Doch Julius war nicht auffällig groß. Es mussten Zedrik und Ingo sein, die Eva begleiteten. Langsam wurde das bedrückende Gefühl in ihr zu unbestimmter Angst.

Eva nahm ihren üblichen Platz vorn zwischen den Tischreihen ein und sah sich um, bis alle Gespräche erstorben und das Geklimper des Bestecks verklungen war.

»Meine Familie«, begann sie ihre abendliche Ansprache und machte ein paar Schritte in den Raum hinein.

Smilla setzte sich aufrecht hin. Sie wollte keine Silbe verpassen, keine Regung übersehen.

»Ihr gebt mir jeden Tag so vieles, für das ich dankbar bin. Eure Liebe, euer Vertrauen, eure harte Arbeit, eure Loyalität.« Ihr Blick wanderte über die vielen, ihr zugewandten Köpfe. »Heute bin ich besonders dankbar für Zedrik, Ingo, Sonja und Julius. Sie haben mir vergangene Nacht geholfen, unseren Feind gefangen zu nehmen, und haben mir heute in einem sehr anstrengenden Verhör assistiert.«

Smillas Eingeweide wurden zu Blei. Dann war Leon schon den ganzen Tag über auf dem Vennhof. Und sie hatten ihn verhört. Wie hatte sie davon nichts mitbekommen können?

»Unser Feind war widerstandsfähig. Doch am Ende habe ich alle Informationen von ihm bekommen, die ich benötige, um weiterhin eure Sicherheit zu garantieren.«

Feind. Leon war kein Feind. Er stellte keinerlei Gefahr dar. Er war allein, geschwächt und auf der Suche nach Anschluss.

Eva setzte ein Lächeln auf und wartete auf ihren Applaus. Und er kam. Schallend und donnernd. Smilla war, als würde sie zerbersten müssen wie Glas, das den Schwingungen nicht standhalten konnte.

»Ich werde morgen unsere Verbündeten in Monschau aufsuchen, die uns auch bei unserem ersten Schlag gegen die Menschenhändler aus der Ordensburg schon zur Seite gestanden haben. Denn wir werden uns diesem Feind noch einmal stellen müssen.«

Sie legte eine gewichtige Pause ein und ließ ihren Blick

ernst umherschweifen. Dann fuhr sie mit erhobener Stimme fort: »Und anders als letztes Mal werden wir offensiver vorgehen müssen. Wir werden zeigen, dass wir Krallen haben. Und wir werden die Menschenhändler mit diesen Krallen verwunden. Wir müssen sie ausmerzen, bevor sie uns ausmerzen können!«

Applaus. Getrampel. Gejohle.

Schwindel ergriff Smilla. Wollte Eva die *Verlorenen Jungs* tatsächlich angreifen? Wie viele Verbündete hatte sie denn? Waren es genug, um den *Verlorenen Jungs* den Krieg erklären zu können? Denkbar war es, denn immerhin hatten sich Falk und seine Gruppe lange Zeit unbesiegbar gefühlt, wie die Könige der Eifel. Und wie Könige hatten sie getan und gelassen, was ihnen gefiel. Aber auch Herrscher konnten dies nur so lange tun, bis die Wut auf sie größer wurde als die Angst vor ihnen. Und Eva schien zu wissen, wie man sich diese Wut zunutze machte.

Smilla schaffte es erst, ihren Blick von Eva zu wenden, die mit nach vorn gerecktem Kinn dastand und ihren Applaus aufsog, als Jera sich auf den Platz neben sie schob und eng zu ihr heranrückte. »Smilla, was soll das heißen?«, raunte sie, während sie mit den anderen mitklatschte. »Will sie die *Verlorenen Jungs* töten?«

Benommen sah Smilla zu ihrer Schwester. »Ich glaube schon«, murmelte sie.

Jeras Augen weiteten sich. »Müssen wir da mitmachen? Müssen wir gegen die kämpfen?« Ihre Stimme schaffte es kaum durch den Applaus.

Smilla zögerte. Ihr Gesicht war vom Schock ganz taub. »Nein«, sagte sie dann. Sie war nicht sicher, wie weit Eva gehen würde, um den Hof zu verteidigen. Was sie allerdings mit absoluter Gewissheit sagen konnte, war, dass *sie* nicht zulassen würde, dass Jera auch nur in die Nähe der *Verlorenen Jungs* kam.

»Und Julius? Muss Julius Eva helfen?«

Smilla fiel es schwer, einen klaren Gedanken zu fassen und Jera mit der Selbstsicherheit zu antworten, nach der sie verlangte. Die Wahrheit war: Sie wusste es nicht. Wenn sie daran dachte, dass Eva, ohne zu zögern, diejenigen aufnahm, die die Plage am härtesten getroffen hatte, dann konnte sie sich beim besten Willen nicht vorstellen, dass sie die Leben, die sie gerettet hatte, zu opfern bereit war. Und doch waren da Risse in der Fassade der hingebungsvollen Mutter, durch die etwas ganz anderes schimmerte. Das Risiko, das sie eingegangen war, um die *Verlorenen Jungs* zu spalten. Die Strafen, die diejenigen ereilten, die Eva auf irgendeine Art und Weise kränkten. Und nicht zuletzt die Milch, die sie für sich behielt, anstatt sie mit ihren Kindern zu teilen. An ebendiesen Rissen setzte sich Smillas Zweifel fest.

»Sie wird uns bestimmt nicht in Gefahr bringen«, zwang sie sich dennoch zu sagen. Und wenn es nur war, um Jera für den Moment zu beruhigen.

Mit jedem Gedanken ging Smillas Atem schwerer. Eva wusste nicht, worauf sie sich einließ. Was auch immer für Informationen sie von Leon bekommen hatte – sie würden nicht ausreichen, um sie vor der Gewaltbereitschaft und Skrupellosigkeit der *Verlorenen Jungs* zu schützen. Sie musste etwas tun. Sie musste Eva von dieser Idee abbringen.

Ihr Name aus Evas Mund ließ den Fluss angsterfüllter Gedanken versiegen. Smilla sah von ihren Fingern auf, die sie krampfhaft um ihre Knie geschlossen hatte. Die anderen hatten sich ihr mit erwartungsvollen Mienen zugewandt.

Smilla räusperte sich. »Wie bitte?«, brachte sie hervor. Das Blut rauschte ihr in den Ohren.

Eva war näher gekommen, stand nun keine fünf Meter von ihr entfernt. »Ich sagte«, setzte sie mit ihrer tiefen, rauchigen Stimme an, »dass ich am Ende auch dir dankbar bin.«

Smilla schluckte, während das Gewicht der Blicke sie immer weiter in sich zusammensinken ließ. Was sollte das jetzt schon wieder heißen?

»Du hast uns zwar mit deinen Handlungen in Gefahr gebracht. Aber am Ende hast du dich eines Besseren besonnen und uns mit deinen Hinweisen geholfen, den Menschenhändler zu fassen. Ohne dich hätten wir nicht rechtzeitig erfahren, dass er uns ausspäht und auch nicht, wo er sich aufhält.«

Eva frischte ihr Lächeln auf und hob die Augenbrauen. Smilla war an der Reihe, etwas zu sagen.

»Ähm, ja. Ich habe nicht geglaubt, dass Leon uns gefährlich werden könnte, sonst hätte ich … hätte ich alles anders gemacht.«

Hätte sie gewusst, was Eva aus Leons Anwesenheit im Hochmoor spinnen würde, hätte sie ihn sofort wieder weggeschickt. Ohne Essen, ohne Torfbriketts. Denn ganz sicher waren Hunger und Frost ihm noch freundlicher gesonnen als Eva. Und der Gedanke, ihm nicht geholfen zu haben, wäre erträglicher gewesen als das Wissen, dass sie Eva eine Vorlage geboten hatte, um den *Verlorenen Jungs* den Krieg anzusagen.

Eva nickte verständnisvoll. »Ich denke, Smilla hat eine

zweite Chance verdient. Familie vergibt schließlich. Das macht Familie aus. Meinst du nicht auch, Smilla?«

Dass in diesen Worten keine echte Vergebung lag, wusste Smilla mit absoluter Sicherheit. Nicht, wenn sie von jemandem kamen, der einen jungen Mann als Strafe für vergeudete Arbeitszeit nackt in den Wald schickte und eine Jugendliche für eine unbedachte Äußerung mit Stacheldraht fesselte.

Dennoch nickte Smilla. »Ja«, setzte sie hinterher. Ihre Stimme war brüchig. Doch im Speisesaal war es so still, dass man sie trotzdem laut und deutlich vernahm.

»Gut«, sagte Eva. »Du wirst unser Vertrauen allerdings nur mit großen Opfern zurückgewinnen können«, sagte sie dann mit einem durchscheinenden Bedauern in der Stimme. »Aber das ist es dir sicherlich wert.« Das Lächeln auf ihren Lippen wurde breiter, und doch war Smilla, als würde Evas Miene damit nur drohender anstatt freundlicher.

Wieder nickte sie. Es blieb ihr nichts anderes übrig, als Evas Spiel mitzuspielen. Das hatte sie in den vergangenen Stunden nur zu deutlich zu spüren bekommen.

»Du hast Küchendienst. Nicht wahr?«, fragte Eva dann.

Der Themenwechsel brachte Smilla aus dem Gleichgewicht. War das eine Fangfrage, die sie nicht verstand?

»Genau.« Ihre Stimme war nun kaum mehr als ein Piepsen.

»Dann bring mir, Zedrik und Ingo das Abendessen in meine Wohnung.« Sie machte ein paar Schritte rückwärts. »Esst auf!«, sagte sie dann mit erhobener Stimme. »Die nächsten Tage werden uns allen einiges abverlangen.«

Sie wirbelte herum und verließ den Speisesaal.

Hatte Eva jemals mit ihnen gemeinsam gegessen? Smilla konnte sich an kein einziges Mal erinnern.

Sie erhob sich. Während sie die Tischreihen entlanglief, blickte sie in die Gesichter der anderen. In jedem einzelnen standen Fragen und Besorgnis, es wurde gemurmelt und getuschelt. Doch Eva hatte die Antworten auf alle Fragen mit sich genommen.

In der Küche lud Smilla drei Teller mit Suppe voll, füllte Gläser mit Tee und stellte alles auf ein Tablett. Ihre Hände zitterten, und das Geschirr schepperte, als sie das Tablett hochhob und die Küche verließ, um das Essen in Evas Wohnung zu balancieren.

Eva saß zusammen mit Ingo und Zedrik an ihrem Küchentisch. Niemand sprach ein Wort, während Smilla die Teller und Gläser vor ihnen abstellte. Sie hätten Wachsfiguren sein können, wären da nicht Evas Augäpfel gewesen, die nervös zuckten.

Nein, entschied Smilla im Stillen, Eva war keine Mutter. Eva war ein Parasit.

Nach dem Essen war Smilla zusammen mit Sebastian und Marius dafür verantwortlich, die Küche wieder auf Vordermann zu bringen. Dabei sehnte sich jede ihrer Zellen danach, etwas gegen Evas Vorhaben zu unternehmen. Eva durfte die *Verlorenen Jungs* nicht noch einmal herausfordern. Und dann war da auch noch Leon, der irgendwo hier auf dem Hof gefangen gehalten wurde. Doch Smilla konnte in der Küche nicht alles stehen und liegen lassen. Das hätte die anderen nur noch wütender gemacht. Und außerdem – was sollte sie schon tun? Smilla wusste es nicht.

Diesmal war es Marius, der abspülte, während Smilla die Schüsseln trocknete und stapelte. Sebastian wischte nebenan im Speisesaal die Tische ab. Smilla war sich nicht sicher, ob sie es sich einbildete, aber ihr schien, als sei Marius ihr gegenüber nicht mehr ganz so feindselig eingestellt. Er hielt Smillas Blick länger stand, wenn sie etwas sagte, und seine Antworten auf ihre Fragen fielen nicht mehr einsilbig aus. Ob Evas Ansage, Smilla eine zweite Chance zu geben, so schnell ihre Wirkung zeigte? Einerseits war Smilla darüber erleichtert, denn sie wollte nicht die Geächtete sein. Andererseits erschien ihr diese Hörigkeit besorgniserregend. An einem Strang zu ziehen war eine Sache, aber zu diesem Zweck auf Knopfdruck Meinungen zu ändern, eine ganz andere.

»Kennst du ihn gut, diesen Menschenhändler?«, fragte Marius irgendwann. Die Direktheit seiner Frage traf Smilla so unvorbereitet, dass ihr die Schüssel, die sie gerade abrieb, aus der Hand glitt und auf das Abtropfgitter fiel.

Sie warf Marius einen Seitenblick zu. Er sah sie aufmerksam an, und sie konnte nicht sagen, ob er sie provozieren wollte oder seine Neugier nicht im Griff hatte.

»Leon? Nein«, sagte sie schließlich, ohne den Blickkontakt zu unterbrechen. Doch auch Marius wandte den Blick nicht ab. Also sprach Smilla weiter. »Ich kenne ihn nicht wirklich. Aber er hat mir ein paar Mal geholfen, obwohl er es nicht hätte tun müssen. Deshalb wollte ich mich bei ihm erkenntlich zeigen.«

Marius legte die Stirn in Falten und sah nachdenklich ins Spülwasser. »Er sah irgendwie so harmlos aus«, sagte er schließlich, als Smilla schon glaubte, das Thema sei damit beendet.

Mitten in der Bewegung fror sie ein.

»Komisch, oder? Dass wir denken, wir wüssten, wie jemand ist, nur weil er irgendwie aussieht«, sinnierte Marius.

»Du … du hast ihn gesehen?«

Marius schaute ihr kurz ins Gesicht, wandte sich dann aber schnell wieder den Löffeln zu, die er gerade sauber schrubbte.

»Wo ist er jetzt?«, wollte Smilla wissen.

»Weiß ich nicht«, antwortete Marius knapp.

»Ist er bei Eva im Keller eingesperrt?« Das war der einzige Ort, der ihr einfiel, wo Eva jemanden den ganzen Tag über unbemerkt verhören konnte.

»Weiß nicht«, sagte Marius nur wieder. Warum hätte er auch ausgerechnet ihr irgendwelche Informationen darüber geben sollen, wo Leon festgehalten wurde?

»Geht es ihm denn gut?«

»Keine Ahnung. Ich habe ihn nur kurz gesehen, als sie ihn heute Nacht reingebracht haben.« Marius hob die Schultern, wohl um zum Ausdruck zu bringen, dass er an dieser ganzen Sache nicht beteiligt war.

Ein nervöses Kribbeln breitete sich in Smillas Gliedmaßen aus. Hoffentlich hatte Eva Leon keinen Schaden zugefügt.

Nachdem sie abgespült und alles Geschirr in den Schränken verstaut hatten, hielt Marius Smilla noch dazu an, die Küche zu fegen und die Abfälle an die Schweine zu verfüttern. Erst, als sie das erledigt hatte, konnte Smilla endlich zurück in den Hof eilen, wo die anderen bereits Hühnchenrupfen spielten.

Eine Flut tobte in ihr, die kein Flussbett fand. Das Wissen, dass Leon hier irgendwo gefangen war, krank, geschwächt und Eva und ihren Handlangern ausgeliefert, zehrte an ihr. Die Erkenntnis, dass Eva erneut die *Verlorenen Jungs* herausfordern wollte und damit auch ihres und Jeras Leben in Gefahr brachte, versetzte sie in Angst.

Smilla eilte in die Mitte der Spielenden, drehte sich um sich selbst und suchte nach einem Gesicht, das das Tosen in ihr zur Ruhe bringen würde.

Sie sah Jera, die mit Tessa um ein gelbes Tuch zankte. Sie lachte und hatte es anscheinend bereits geschafft, die Sorgen wieder zu verdrängen, wie Kinder es so gut konnten.

Dort beim Feuer saß Sonja und sah gedankenverloren in die Flammen.

Und da, etwas abseits von den anderen, stand Nadja und sprach hinter vorgehaltener Hand mit Elli, die breit grinste.

Zwar war Nadja in den letzten Tagen abweisend zu Smilla gewesen. Doch sicherlich würde sie angesichts der Tatsache, dass Leon in der Klemme saß und ein Konflikt mit den *Verlorenen Jungs* bevorstand, wieder mit ihr sprechen. Und außerdem schien sie ja irgendeine geheime Abmachung mit Eva zu haben, wenn sie nachts in deren Keller gelassen wurde. Möglicherweise war sie also besser mit Eva gestellt als Smilla oder Giorgio, und Eva würde auf sie hören.

Smilla lief los, auf die beiden zu. Als Elli sie erblickte, erlosch das Grinsen auf ihrem Gesicht, und sie stieß Nadja in die Seite. Diese nahm die Hand von Ellis Ohr und wandte sich um.

»Was ist?«, fragte sie, als Smilla aus dem Kreis der Spielenden auf sie zutrat. Sie war sich nicht sicher, ob ihre

Stimme abweisend oder besorgt klang. Bei Nadja wusste sie das nie so genau.

»Können wir reden?«, raunte Smilla ihr zu.

Nadja zögerte. Doch dann zuckte sie die Schultern und sagte »Okay.« An Elli gewandt fügte sie hinzu: »Ich komme gleich wieder.«

Smilla führte Nadja aus dem Feuerschein hinaus und in die Schatten des Stalltors. »Eva hat Leon«, murmelte sie, nachdem sie sich versichert hatte, dass niemand in der Nähe war, um sie zu belauschen.

»Ja, Sherlock, so viel habe ich mir auch schon zusammengereimt.« Ihre Stimme klang ungerührt. Aber Smilla wusste, dass Nadja im Innern alles andere als kalt war. Also ließ sie sich nicht einschüchtern. Sie trat einen Schritt näher an Nadja heran.

»Wir müssen irgendetwas unternehmen«, sagte sie. »Wer weiß, was sie ihm antut, wenn niemand sie aufhält.«

Nadja schnaubte spöttisch. »Nichts könnte mir egaler sein als Leon«, sagte sie dann und machte einen Schritt von Smilla weg. »Und du tätest auch gut daran, deine Feinde einfach Feinde sein zu lassen.«

»Aber er ist nicht unser Feind.«

»Er hat dich entführt. Und mich hätte er an die Sekte übergeben, wenn ich nicht geflohen wäre.«

Smilla fuhr sich mit der Zunge über die Lippen. »Und was ist mit diesem Angriff, den Eva anscheinend plant? Wenigstens da müssen wir ihr doch ins Gewissen reden. Sie sollte froh sein, dass ihr erster Versuch, den Club auseinanderzubringen, sie und ihre Familie nicht das Leben gekostet hat. Ich möchte nicht hier sein, wenn sie es ein zweites Mal versucht und scheitert. Und du sicherlich auch nicht.«

Diesmal wehrte Nadja ihre Worte nicht sofort ab und zog nachdenklich die Nase kraus. Dann sagte sie: »Sie weiß schon, was sie tut. Sie hätte das alles hier nicht aufbauen können, wenn sie jemand wäre, der unüberlegt handelt.«

Entschieden schüttelte Smilla den Kopf. »Was, wenn der Club neue Mitglieder gefunden hat? Was, wenn sie alte Bündnisse mit anderen gewaltbereiten Gruppen aufgefrischt haben? Wir hätten keine Chance gegen sie.«

Doch Nadja verdrehte die Augen. »Hast du Eva nicht gehört? Sie hat auch Verbündete. Und auf lange Sicht müssten wir den Hof so oder so gegen feindliche Gruppen verteidigen. Je früher wir welche von ihnen ausschalten, umso besser.«

Nadja wollte sich abwenden und gehen, doch Smilla hielt sie am Arm fest. »Na schön, du hast also keine Angst vor einem Konflikt mit den *Verlorenen Jungs*. Aber was ist mit mir? Und mit Jera? Was ist mit Giorgio?«

Doch Nadja schnaubte bloß. Diesmal nicht spöttisch, sondern verärgert. »Was soll mit dir sein, hm? Und mit Jera und Giorgio? Glaubst du, ich schulde euch etwas?«

»Ich rede nicht von Schuld.«

Mit einem Ruck machte Nadja sich von Smilla los. »Und wovon redest du dann, bitte? Ich sehe nämlich wirklich keinen anderen Grund, warum ich dir überhaupt noch mal dabei helfen sollte, deine Sauereien zu beseitigen.«

»Meine Sauereien?«, fragte Smilla verständnislos.

Genervt stöhnte Nadja auf. »Und hier kommen die unschuldigen Kulleraugen. Was Falk in dir gesehen hat, ist mir ein Rätsel.« Sie schüttelte ungläubig den Kopf. »Du bezirzt Falk, dich gehen zu lassen, und ich soll an deiner Stelle an die Sekte gegeben werden. Du lässt Leon laufen, obwohl du weißt, dass er uns beim Club verpfeifen könnte, und Eva muss ihn unschädlich machen. Du verursachst Chaos, wo du gehst und stehst, und hältst dich trotzdem noch für was Besseres.«

Nadjas Worte trafen Smilla wie Schüsse in die Brust, und einen Moment lang fehlten ihr die Worte, sich dagegen zur Wehr zu setzen. Sie hatten schon einmal einen ganz ähnlichen Streit gehabt. Aber das war gewesen, nachdem man ihnen den Großteil ihrer Ausrüstung geklaut hatte. Smilla hatte geglaubt, es sei bloß Nadjas Frust gewesen, den sie an ihr ausgelassen hatte. Doch da hatte sie sich anscheinend geirrt.

Smilla wurde heiß, und sie spürte die Demütigung in ihrem Brustkorb vibrieren. Aber es ging hier nicht nur um sie, und deshalb schluckte sie das Bedürfnis, zurückzuschlagen, hinunter. Doch bevor sie ein Argument fand, das Nadja davon überzeugen würde, ihr zu helfen, sprach diese schon weiter: »Wenn du Eva unbedingt umstimmen willst, musst du das auf dich selbst gestellt schaffen. Dass du ihr Vertrauen verloren hast, ist allein deine Schuld. Also halt mich da raus. Verstanden?«

Sie wartete Smillas Antwort nicht ab. Stattdessen drehte sie sich um, schob die Hände in ihre Manteltaschen und ging zurück zu Elli.

KAPITEL

30

DIE RATLOSE

Smilla blieb allein im Schatten der kalten Steinmauern zurück. Die Gefühle, die sich in ihr zusammenbrauten, waren nun viel schwerer auszuhalten als noch vor dem Wortwechsel mit Nadja. Ihre Augen wanderten über Evas Kinder und suchten nach jemandem, dessen Anblick die Unruhe in ihr lindern würde.

Giorgio. Vielleicht würde *er* ihr dabei helfen, Eva umzustimmen. Seine Angst vor der Rache der *Verlorenen Jungs* war mit Sicherheit mindestens genauso groß wie ihre. Nur, dass Eva vermutlich nicht viel auf seine Meinung geben würde. Genauso wenig wie auf Smillas. Doch versuchen mussten sie es.

Smilla zog sich die Kapuze tiefer ins Gesicht und löste sich aus den Schatten. Sie umrundete das Feuer und suchte den Innenhof nach Giorgios vertrauten Zügen ab. Doch er war nirgends zu entdecken. Smilla blieb stehen und sah sich hilflos um. Da blieb ihr Blick an der Reihe der Wohnwagen hängen. Ein schwaches gelbes Licht brannte im mittleren. In Julius' und Bens Wagen.

Kurzentschlossen setzte Smilla sich in Bewegung und lief auf den Wagen zu. Vor der schmalen Eingangstür hielt sie inne. Sie legte das Ohr an die kalte Plastikverkleidung und lauschte, aber von drinnen kam kein Laut. Sie holte tief Luft und klopfte an.

Ein Rumpeln erklang, gefolgt von einem unterdrückten Fluch. Dann wurde die Tür geöffnet. Julius stand vor ihr, in karierter Schlafanzughose und einem ausgeleierten Unterhemd. Seine Augen waren gerötet, seine Lippen blutleer. Ein Dunst umhüllte ihn, dessen Geruch Smilla an den Partykeller einer ehemaligen Schulfreundin erinnerte.

»Was willst du?«, fragte er. Er klang nicht gerade erfreut, sie zu sehen.

»Hast du gekifft?«

»Ja.«

Smilla warf einen Blick hinter Julius in den Wohnwagen. »Ist Ben mit dir da drinnen?«

Julius neigte den Kopf und sah sie einen Augenblick lang ernst an. »Natürlich nicht. Hermann hütet ihn. Aber danke für dein Vertrauen in meine väterliche Fürsorge.« Er wandte sich ab und verschwand in den hinteren Teil des Wohnwagens. Die Tür ließ er offenstehen.

Smilla setzte einen Fuß auf die Metallstiege und trat ein. Der durchdringende Geruch von verbranntem Cannabis nahm sie in Empfang. Hinter sich zog sie die Tür wieder zu und drehte den kleinen Plastikknauf um, der sie verschloss.

Julius hatte sich auf sein Bett geschmissen. Sein Unterhemd war leicht verrutscht, und er schirmte sich die Augen mit dem Arm ab. Ob er das tat, weil er müde und bekifft war, oder keine Lust hatte, sie zu sehen, konnte Smilla nicht sagen. Auf der Ablage neben ihm kokelte der letzte Rest eines Joints auf einer Untertasse vor sich hin. Dünne Rauchfäden schlängelten sich Richtung Decke.

Smilla zog einen Stuhl vor das Bett und ließ sich darauf nieder. »Wir müssen reden«, sagte sie und versuchte, selbstbewusst zu klingen, obwohl sie mit allen Sinnen wahrnahm, dass Julius sie nicht hier haben wollte. Er widersprach nicht, also fuhr Smilla fort. »Hast du mitbekommen, dass Eva die *Verlorenen Jungs* angreifen will? Die Menschenhändler von der Ordensburg Vogelsang?«

Julius gab ein trockenes Lachen von sich. Er ließ den Arm von seinem Gesicht gleiten, hielt den Blick aber an die Decke gerichtet. »Ja, habe ich.«

Als hätte er ihr damit den Startschuss gegeben, lehnte Smilla sich nach vorn. »Das kann sie nicht machen. Das ist zu gefährlich«, sagte sie eindringlich. »Schon bei ihrem letzten Konflikt gab es einige unter den Menschenhändlern, die dafür waren, nicht auf Evas Deal einzugehen und euch den Kampf anzusagen. Und ihr neuer Anführer wird nicht vor einer gewalttätigen Auseinandersetzung zurückschrecken. Im Gegenteil. Der freut sich wahrscheinlich über die Gelegenheit, es euch heimzuzahlen.«

Julius gab ein leicht überfordertes Ächzen von sich und wandte Smilla dann sein Gesicht zu. Besonders schockiert wirkte er nicht. »Glaubst du, Eva wüsste das nicht?«, fragte er. »Sie kennt das Risiko. Wahrscheinlich sogar besser als du, nachdem sie diese arme Sau den ganzen Tag verhört hat.«

Augenblicklich wurde Smillas Mund staubtrocken. Sie hatte sich an die naive Hoffnung geklammert, Leon könnte so kooperativ gewesen sein, dass Eva ihren berüchtigten

Werkzeugkasten aus dem Spiel gelassen hatte. Doch wenn das Verhör den ganzen Tag über angedauert hatte …

»Was habt ihr mit ihm gemacht?«, fragte Smilla heiser.

»Dreimal darfst du raten«, antwortete Julius quälend langsam, als kostete ihn jede Silbe enorme Anstrengung.

»Ist er noch am Leben?«

»Halbwegs.«

Smilla sog ungläubig die Luft ein. »Und du hast da einfach mitgemacht?«

»Mitgemacht … ja«, sagte Julius und starrte angestrengt an die Decke. »Aber nicht ›einfach‹.«

Ein kalter Schauer stellte Smilla die Nackenhaare auf. »Was soll das jetzt schon wieder heißen?«

Julius schloss die Augen, als wäre der Anblick der geblümten Decke über ihm nicht zu ertragen. Ihre Frage beantwortete er nicht.

Ruckartig erhob Smilla sich von ihrem Stuhl und machte noch einen Schritt auf Julius zu. »Wie schlimm ist er verletzt? Wird er sich wieder erholen?«

Er vergrub das Gesicht wieder in seiner Armbeuge und schüttelte langsam den Kopf.

Smilla drehte sich der Magen um. War das die Antwort auf ihre Frage oder deren Verweigerung? »Julius! Was habt ihr mit ihm gemacht?«

»Das muss ich dir doch jetzt nicht wirklich im Einzelnen erklären, oder?«, sagte Julius tonlos. Smilla sah nur seine Lippen, die sich träge bewegten. Der Rest seines Gesichts wurde noch immer von seinem Arm verdeckt.

»Ich muss wissen, wie schlimm es ist!«, herrschte Smilla ihn an.

»Warum?«

»Ich muss es einfach wissen«, entgegnete sie.

Julius nahm den Arm wieder vom Gesicht und sah sie an. »Benutz deine Fantasie, Smilla.«

Sie spürte, wie ihr die Knie weich wurden, und ließ sich wieder auf den Stuhl sinken. Doch ihre Schwäche war nur eine äußerliche. In ihr gewannen Unruhe und Wut immer mehr Kraft.

»Ich verstehe das nicht. Warum machst du blind mit bei Evas krummen Dingern?«

Angestrengt stöhnte Julius und rieb sich übers Gesicht. »Bist du deswegen gekommen? Um mir Vorwürfe zu machen?«

Julius' Trägheit verstörte Smilla beinahe so sehr wie die Erkenntnis, dass Leon tatsächlich gefoltert worden war. Aber sie durften jetzt nicht streiten. Zu viel hing davon ab, dass sie jetzt einen klaren Kopf behielten. »Nein«, brachte sie mit Mühe hervor. »Eigentlich bin ich gekommen, um dich darum zu bitten, Eva ins Gewissen zu reden.«

»Aha. Dann mach mir vielleicht doch lieber Vorwürfe.«

»Willst du etwa mitmachen bei ihrem wahnwitzigen Plan, die Menschenhändler auszulöschen?«, fragte Smilla verständnislos.

Julius sah zu ihr und runzelte die Stirn. »Kannst du mal die Kapuze absetzen? Du siehst aus wie ein Sith-Lord, und es lenkt mich ab.«

Mit einer energischen Bewegung strich Smilla sich die Kapuze vom Kopf. Sie wusste nicht, was ein Sith-Lord war, und es war ihr auch egal. »Was immer es braucht, damit du dich besser auf einen drohenden Krieg mit Menschenhändlern konzentrieren kannst«, zischte sie.

Julius stöhnte abermals auf, als hätte er keine Lust, zu reagieren. Doch dann stützte er sich hoch und schwang die Beine über die Bettkante, sodass sie einander gegenübersaßen.

»Ich verschwöre mich nicht mit dir gegen Eva, wenn es das ist, was du willst«, sagte er dann.

»Ich will mich nicht gegen sie verschwören. Ich will sie von ihrem Vorhaben abbringen.«

Julius schüttelte erschöpft den Kopf. »Warum sollte sie ausgerechnet auf dich hören?«

Eindringlich blickte Smilla ihn an. »Das ist ja das Problem. Deshalb brauche ich dich. Dir vertraut sie.«

Julius sah sie mit ausdrucksloser Miene an. Smilla konnte nicht sagen, ob er einfach nur neben der Spur war oder konzentriert nachdachte. »In der Nacht, in der Eva dich aus meinem Wohnwagen geholt hat, hat sie dich für irgendetwas bestraft, oder?«, wollte er dann wissen.

Irritiert schüttelte Smilla den Kopf. »Was tut das zur Sache?«

»Was hat sie mit dir gemacht? Was war deine Strafe?«

»Es war nicht ich, die bestraft wurde. Ich sollte nur zusehen.«

Langsam nickte Julius, als ergäbe nun etwas Sinn, das lange Zeit keinen ergeben hatte. »War es Sonja?«

Smilla wusste nicht, ob es ihr zustand, das zu verraten. Immerhin hatte Eva diese Strafe geheim halten wollen, und es war Sonjas Geschichte, nicht ihre. »Was spielt das jetzt für eine Rolle?«, fragte sie ungeduldig.

»Und deine Strafe für die Sache mit dem Menschenhändler?«, antwortete Julius bloß mit einer weiteren Frage.

»Eine Tracht Prügel und eine Nacht in Evas Keller. Das weißt du doch.«

»Sonst nichts?«

»Nein.«

Wieder nickte er nachdenklich.

»Was ist, Juli? Redest du nun mit Eva oder nicht?«

Julius Blick flackerte. Dann sah er mit einem ungläubigen Schnaufen weg. Er brauchte einen Moment, bis er wieder etwas sagte. »Ich stelle mich nicht gegen Evas Willen. Okay? Ich bin auf sie angewiesen. Ben ist auf sie angewiesen. Ich kann es mir nicht leisten, bei ihr in Ungnade zu fallen.«

Smilla ballte die Fäuste in ihrem Schoß. War das sein Ernst? »Wenn Eva sagt: ›Spring!‹, dann springst du, ja?«

»Genau.« Julius nickte langsam, doch seine Augen blitzten verräterisch wütend.

»Und wie weit gehst du für Bens und deine Sicherheit? Wo ist die Grenze?« Smilla konnte den Ärger über seine Apathie nicht aus ihrer Stimme verbannen, und immer wieder drängte sich Leons Gesicht vor ihr inneres Auge, blutig und geschwollen.

Julius' Nackenmuskulatur wölbte sich, als er sich anspannte. »Du tust so, als würde ich wegschauen. Dabei habe ich schlicht und ergreifend keine Alternative! Entweder, ich mache, was Eva sagt, und wenn alles gut geht, komme ich ungeschoren davon. Oder ich zweifle sie an und bin zum Ausgleich einer der Ersten, die Eva für die Sache opfert.«

»Das ist nicht wahr!«, hielt Smilla energisch dagegen. »Angriff ist nicht die einzige Option. Die *Verlorenen Jungs* wissen doch nicht einmal, dass wir hier sind. Leon hat ihnen nichts erzählt. Und sie wissen auch nicht, dass sie es gar nicht mit der echten Sekte zu tun hatten. Anstatt anzugreifen, könnten wir unsere Energie also darauf verwenden, die Verteidigungsmechanismen des Hofs aufzurüsten. Dann riskiert niemand sein Leben, und wir sind hier sicherer als überall anders.«

Julius schüttelte den Kopf. »Das stimmt nicht«, sagte er leise, als wäre das etwas, wofür er sich schämte.

»Was meinst du?«

Mit aufeinandergepressten Lippen fixierte Julius einen Punkt irgendwo hinter Smilla. Nach einigen Augenblicken sah er ihr schließlich ins Gesicht. »Es stimmt nicht, dass Leon niemandem davon erzählt hat, dass er uns hier gefunden hat. Er hat es einem gewissen Cale erzählt, der sich inzwischen wieder den Menschenhändlern angeschlossen hat. Dem hat er übrigens auch erzählt, dass hier auffällig viele Kinder herumlaufen und dass die Sekte vielleicht gar nicht so hart drauf ist wie befürchtet.«

Verwirrt runzelte Smilla die Stirn. Cale und Leon hatten sich voneinander getrennt, weil Cale zurück zu Manni und den anderen hatte gehen wollen. So viel wusste Smilla bereits. Aber Leon hatte doch behauptet, er habe niemandem von ihrem Versteck im Moor berichtet. Er hatte ihr versprochen, auch in Zukunft kein Wort darüber zu verlieren, als Gegenleistung für das Essen, das sie ihm beschafft hatte.

»Mir hat er etwas anderes gesagt«, beharrte sie.

»Warum sollte ich dich anlügen?«

»Ich denke überhaupt nicht, dass du lügst. Aber ich glaube, dass Antworten, die jemand unter Folter gibt, nichts wert sind.«

Bei dem Wort ›Folter‹ erschauderte Julius und sah zu Boden. »Nicht, wenn man es richtig macht«, sagte er tonlos. Dann streckte er die Hand nach dem Joint aus. Er nahm einen Zug, hustete und drückte den qualmenden Stummel auf der Untertasse aus.

Betroffen sah Smilla ihm dabei zu. Was Julius sagte, änderte nichts daran, was sie über Folter dachte. Aber gleichzeitig war ihr der Gedanke gekommen, dass man auf die Aussagen von jemandem, der Hunger litt und Fieber hatte, vielleicht auch nicht allzu viel geben konnte. Wahrscheinlich hätte Leon ihr für eine Mahlzeit das Blaue vom Himmel versprochen, wenn sie ihn nur darum gebeten hätte.

»Also glaubst du, eine Auseinandersetzung mit den *Verlorenen Jungs* ist unausweichlich?«, fragte Smilla.

Mit geschlossenen Augen nickte Julius. »Und sie anzugreifen, bevor sie hier aufschlagen, ist vielleicht sogar noch die beste Option, die wir haben.«

Smilla atmete tief durch und versuchte, sich zu sammeln. »Aber was genau hat Eva vor? Wie will sie das anstellen?«

Julius öffnete die Augen und sah sie an. »Das kann ich dir nicht sagen.«

»Weil du es nicht weißt oder weil Eva verboten hat, es zu verraten?«

»Ersteres. Falls es dir noch nicht aufgefallen ist: Eva erklärt jedem nur so viel, wie er wissen muss, um für sie zu funktionieren. Die meisten von uns kennen nicht einmal unsere Handelspartner persönlich, von denen wir den Großteil unserer Lebensmittel bekommen.«

»Dann wärt ihr ohne Eva aufgeschmissen?«

»Richtig.«

Angespannt stieß Smilla den Atem aus und erhob sich von ihrem Stuhl. Unruhe kribbelte in ihren Beinen. »Es geht uns aber etwas an, was Eva vorhat, findest du nicht? Es geht alle hier was an.«

»Wenn sie mich nicht eingeweiht hat, wird sie es bei dir

auch nicht tun. Was, wenn du es diesen Menschenhändlern weitersagst?«

Smilla fuhr mit dem Arm durch die Luft, als könnte sie seine Unterstellung verscheuchen. »So ein Unsinn. Erstens weiß ich überhaupt nicht, wo die sind, und zweitens möchte ich denen nie wieder über den Weg laufen. Und abgesehen davon: Traust du mir das wirklich zu?«

Julius gab einen gequälten Laut von sich und ließ sich hintenüber auf die Matratze fallen. »Nein, das traue ich dir nicht zu«, antwortete er dann in Richtung Decke. »Aber das tut nichts zur Sache, denn Vertrauen ist nur ein Gefühl und keine Garantie.«

»Julius«, sagte Smilla eindringlich und trat ans Bett heran. »Ich muss wenigstens wissen, was sie vorhat. Gehst du bitte, bitte mit mir zu ihr?«

Julius sah zu ihr auf. »Wieso eigentlich? Nur mal angenommen, sie weiht dich in ihre Pläne ein. Was hättest du davon?«, fragte er und klang beinahe herausfordernd.

»Dann kann ich entscheiden, ob ich hierbleiben und mit euch den Hof verteidigen will oder ob ich lieber mache, dass ich hier wegkomme.«

Fast höhnisch lachte Julius auf. »Du glaubst allen Ernstes, Eva lässt dich einfach gehen?«

Smilla legte die Stirn in Falten. »Wie meinst du das?«

Mühevoll setzte Julius sich wieder auf und sah sich suchend um. Dann griff er nach einem Glas Wasser, das neben seinem Bett auf dem Boden stand und nahm einen Schluck. »Sie lässt dich nicht frei herumlaufen, solange wir nicht sicher sein können, dass du nicht doch mit den Menschenhändlern unter einer Decke steckst«, sagte er dann.

Smilla stieß einen wütenden Laut aus. Am liebsten hätte

sie Julius geschubst, wie er da auf seinem Bett hockte, antriebslos, geradezu gelangweilt, und ihr Stück für Stück das Ausmaß ihrer misslichen Lage enthüllte. »Ich stecke nicht – ach, egal! Was soll das heißen? Ich laufe schon seit heute Morgen wieder frei herum.«

»Ich kann nicht mehr dazu sagen. Versuch einfach nicht, wegzulaufen.«

»Wieso nicht? Was passiert dann?«

»Smilla, du bringst mich in Schwierigkeiten mit deinen ganzen Fragen.«

Sie starrte Julius mit offenem Mund an. »Ich bringe dich in Schwierigkeiten?«, brachte sie ungläubig hervor. »Wir stecken doch schon längst bis zum Hals in der Tinte. Ich versuche nur, den Schaden für Jera und mich zu begrenzen. Und wenn du nicht auch bloß eines von Evas Schoßhündchen wärst, würdest du das Gleiche für dich und Ben tun!«

»Bitte versuch nicht, abzuhauen«, sagte Julius bloß wieder und legte die Hände ineinander, als wollte er beten.

Sie starrten sich einige Sekunden lang an. In Julis geröteten Augen lag ein Ausdruck, der an Traurigkeit grenzte. Doch das machte Smilla nur noch aggressiver. Wie konnte er all das so derartig passiv hinnehmen?

Als Julius nichts weiter sagte, wirbelte Smilla herum und war mit zwei großen Schritten bei der Tür. Etwas zu energisch öffnete sie das Schloss, sodass der Plastikknauf verdächtig knackte. Julius sagte ihren Namen, doch sie ignorierte ihn und stürmte hinaus. Hinter sich schlug sie die Tür wieder zu, dass der Wohnwagen wackelte und der Schmerz in ihrer Seite aufloderte. Mit ausholenden Schritten lief Smilla Richtung Innenhof los.

Was meinte Julius damit, dass sie hier nicht frei herumlaufen könne? In kurzen Bildern ließ sie den Tag noch einmal Revue passieren. War etwas anders gewesen als sonst – abgesehen davon, dass man sie mit Geringschätzung behandelt und einer anderen Arbeitsgruppe zugewiesen hatte? Sie konnte sich an nichts Verdächtiges erinnern.

Wenn sie jetzt, in diesem Moment, beschloss, abzuhauen – nichts und niemand könnte sie davon abhalten, solange sie es heimlich tat. Die *Familie* besaß keine Spürhunde, und dass jemand von ihnen Fährten lesen konnte, bezweifelte Smilla ebenfalls. Sobald sie es unbemerkt bis hinter den Zaun geschafft hätte, wäre sie frei.

Inzwischen war sie bei den anderen angekommen. Sie hatten sich im Kreis um das Feuer gestellt und spielten *Stille Post.* Smilla erblickte Jera zwischen Tessa und Marius, die hibbelig darauf wartete, dass die stille Post bei ihr ankommen würde.

Smilla gab sich einen Ruck und lief weiter, am Feuer vorbei. Sie musste wenigstens versuchen, mit Eva eine bessere Lösung für das Problem mit den *Verlorenen Jungs* zu finden. Auch wenn Eva wahrscheinlich nicht viel auf ihre Meinung gab.

Mit jedem Meter, den sie ihrem Ziel näher kam, nahm ihre Nervosität zu und wurde größer als ihr im Feuerschein wachsender Schatten. Und als sie schließlich vor Evas Wohnung zum Stehen kam, benetzte ein dünner Schweißfilm ihre Stirn.

Sie hob die zur Faust geballte Hand. Was würde sie Eva überhaupt sagen? Mit ihr würde sie nicht diskutieren können wie mit Karen. Sie würde nicht auf ihre Empathie hoffen können wie bei Falk. Welche Argumente außer »Die *Verlorenen Jungs* sind gefährlich« hatte sie? Zumal es genau dieses Argument war, das Eva dazu bewog, sie anzugreifen.

Bevor die aufbegehrenden Zweifel sie von ihrem Vorhaben abbringen konnten, klopfte Smilla. Drei Mal, und so fest, dass es in ihren Knöcheln schmerzte. Doch nichts geschah. Noch einmal pochte sie gegen das Holz. Diesmal erklang aus dem Inneren der Wohnung das Krachen einer Tür. Schritte näherten sich, und die Wohnungstür wurde aufgerissen.

»Smilla«, stellte Eva fest. Sie klang überrascht. »Was möchtest du?«

Smilla holte tief Luft. Vor Aufregung war ihr heiß und flau. »Ich will mit dir über den Konflikt mit den Menschenhändlern reden«, brachte sie hervor und sah erwartungsvoll und ängstlich gleichermaßen zu Eva auf. Da sie auf dem oberen Ende der Treppe zu ihrer Wohnung stand, wirkte sie noch größer als sonst.

Eva schien zu überlegen. Schließlich nickte sie und trat einen Schritt zurück. »Komm rein.«

Smilla trat ein, zog die Schuhe aus, wie beim ersten Mal, als sie Evas Wohnung betreten hatte, und folgte Eva in die Küche. Mit heftig pumpendem Herzen setzte sie sich auf die Eckbank. Eva ließ sich auf dem Stuhl neben ihr nieder und faltete die Hände auf der Tischplatte.

Unruhig suchte Smilla ihr Äußeres nach einem Anzeichen dafür ab, was in diesem Moment in ihrem Inneren vorging. Evas saß unbewegt da. Ihr Haar wallte in silbrigen Wellen über ihre Brust, und ihr milchiges Auge verlieh ihr etwas Mystisches. Sie sah wie eine Anführerin aus, wie jemand, dem man vertrauen wollte. Aber wie groß war der Zorn auf Smilla, der sich hinter dieser Fassade verbarg? Wie tief reichten die Abgründe, auf die Smilla schon einen Blick erhascht hatte?

»Was möchtest du mir sagen?«, fragte Eva schließlich.

Smilla ballte vor Aufregung die Hände in ihrem Schoß zu Fäusten. »Ich mache mir Sorgen wegen des Angriffs auf die Menschenhändler von der Ordensburg«, sagte sie dann. Ihre Stimme klang erbärmlich leise und piepsig.

Eva lächelte steif. »Sorgen um wen?«

»Um … um uns alle.«

»Ist das so?«

Smilla nickte. »Die *Verlorenen Jungs* haben lange Zeit nichts anderes getan, als andere Gruppen auszurauben und anschließend auszulöschen. Ihr seid ihnen inzwischen vielleicht zahlenmäßig überlegen, aber das wird nicht reichen. Zumal du die Hälfte deiner *Kinder* ja noch nicht einmal in den Kampf schicken kannst, weil sie noch Kinder sind, buchstäblich.«

Eva lauschte ihr mit ausdrucksloser Miene.

»Du willst sie doch nicht alle in den Kampf schicken, oder?«

Evas Mundwinkel zuckten nach oben. »Ich tue, was notwendig ist, um unsere Gruppe zu erhalten«, sagte sie dann nur.

Smilla erinnerte sich an etwas, das Eva in einer ihrer ersten Nächte auf dem Vennhof zu ihr gesagt hatte: *Manchmal muss der Einzelne Opfer bringen, damit es den Vielen besser gehen kann.* Wie viele Einzelne würde sie opfern? Und ab wie vielen Einzelnen wären es zu viele, als dass man überhaupt noch von Einzelnen sprechen konnte?

Abwehrend schüttelte Smilla den Kopf. »Das geht nicht, Eva. Du glaubst doch nicht wirklich, dass wir gegen die eine Chance haben.« Ihre Stimme war nun lauter und fester, doch kaum waren die Worte aus ihrem Mund, wurde ihr klar, dass sie sich damit auf sehr dünnes Eis begab.

»Du vertraust mir nicht«, stellte Eva fest. Ihre Augäpfel zuckten.

»Das wollte ich damit nicht sagen«, lenkte Smilla ein und versuchte, ruhig zu klingen.

Einen Moment lang sah Eva sie bloß an. Dann sagte sie ungerührt: »Ich kann dir versprechen: Das beruht auf Gegenseitigkeit.«

Smilla biss sich auf die Zunge, um Ruhe zu bewahren. Sie würde sich in Acht nehmen müssen, nun noch mehr als ohnehin schon. »Ich will dich nur warnen. Ich war bei ihnen Gefangene, wie du weißt. Eine aus meiner Gruppe wurde von ihnen getötet, und ich bin mit zweien ihrer ehemaligen Mitglieder befreundet oder … oder zumindest eng verbunden. Ich glaube ganz einfach, dass ich mehr über sie weiß als du, und ich will nicht, dass deine Kinder sterben oder verletzt oder verkauft werden, weil ich dir nicht gesagt habe, dass du sie unterschätzt.«

Eva lehnte sich in ihrem Stuhl zurück. »Ich will, ich will, ich will«, sagte sie dann. »Geht es bei dir immer nur darum, was du willst?« Ihre Lippen formten ein spitzes Lächeln. »Antworte nicht. Rhetorische Frage«, schob sie hinterher.

Smilla presste vor Ärger die Kiefer aufeinander und musste sich zusammenreißen, um nichts zu entgegnen.

»Sag mir lieber, was du an meiner Stelle tun würdest. Nicht, dass ich deinen Rat benötige. Aber es interessiert mich schon, woher du den Mut nimmst, hier aufzutauchen und mir zu erklären, wie ich mich um meine Familie zu kümmern habe.«

»Wir gehen alle von hier weg«, sagte Smilla. »Nach Brüssel. Wir tauschen das Vieh auf dem Markt gegen die nötige Ausrüstung ein und ziehen los.«

Eva hob die Augenbrauen. »Nach Brüssel sollen wir deiner Meinung nach ziehen, ja?«

»Ja, oder auf einen anderen Hof in Belgien. Da gibt es Landstriche, da lebt überhaupt niemand mehr. Wir wären dort genauso sicher, wie ihr es lange Zeit hier gewesen seid.«

»Wir leben vom Torf, Smilla. Wir können nicht einfach das Venn verlassen.«

»Dann gehen wir halt nur für den Winter weg und kommen im Sommer wieder.«

Ungeduldig schüttelte Eva den Kopf. »Schluss jetzt. Du überschätzt dich, Smilla. Deine Einfälle sind nicht einmal halb so klug, wie du vielleicht meinst. Und wenn du glaubst, ich hätte nicht sämtliche Optionen für unsere Zukunft schon durchgespielt, dann liegst du falsch.«

Smilla schluckte. Es war genau, wie Julius und auch Nadja ihr prophezeit hatten: Eva würde sich nicht von Smilla von ihrem Plan abbringen lassen.

»Geh jetzt. Ich habe noch einiges zu tun.«

Benommen nickte Smilla. Dann erhob sie sich und ging Richtung Flur.

»Ach, Smilla?«

Sie hielt inne und wandte sich noch einmal zu Eva um, die sich über die Lehne des Stuhls in ihre Richtung gedreht hatte. »Weißt du, wo ich Jera finde?«

»Jera? Am Feuer. Wieso?«

Eva wandte sich wieder ab und betrachtete ihre langen Finger auf der rustikalen Tischplatte, als begutachtete sie eine frische Maniküre. Fast glaubte Smilla, sie würde ihr nicht antworten. Doch dann sagte sie, ohne den Blick noch einmal zu heben: »Ich will ihr erklären, was sie bei unserem Angriff auf die Menschenhändler zu tun haben wird.«

Wo eben noch Hitze gewesen war, breitete sich nun Kälte aus. Sie kroch von Smillas Scheitel bis in ihre Fußspitzen und lähmte jeden einzelnen ihrer Muskeln. »Jera … was?«, hörte sie sich selbst sagen.

Eva wandte den Kopf und sah über ihre Schulter zu Smilla. »Der Fremde, den wir dank dir gefangen haben, hat uns erzählt, dass es eine Katzenklappe in dem Haus gibt, in dem sich die Menschenhändler aufhalten. Jera ist mutig, klug und so dürr, dass sie ohne Probleme hindurchpassen wird. Sie wird uns von innen Türen und Fenster öffnen, damit sich die Menschenhändler nicht verschanzen können.«

Dass Eva ihr das erklärte, um sie zu quälen, war Smilla sofort klar. Genauso, wie sie verstand, dass dies ihre eigentliche Strafe darstellte. Eva führte ihr vor, wie Smillas Welt aussehen würde, hätte Eva Jera nicht gefunden. Es wäre eine Welt, in der Jera in Lebensgefahr schwebte. Oder eine, in der es Jera schon nicht mehr gab.

»Was denn?«, fragte Eva, und ihr Lächeln wurde grotesk breit. »Wäre es dir lieber, wenn ich diese Aufgabe einem anderen Kind übergebe?«

Ja, alle, nur nicht Jera, war die ehrliche Antwort darauf. Und gleichzeitig wusste Smilla, dass sie das niemals würde fordern können. Jera war ihr Fleisch und Blut. Ihr letztes Stück Heimat. Aber Evas Kinder waren auch jemandes Fleisch und Blut, jemandes Stück Heimat gewesen. Irgendwann einmal hatte es auch in ihren Leben jemanden gegeben, der alles für sie hatte tun wollen. Jetzt hatten sie nur noch Eva.

»Konkrete Vorschläge, vielleicht?«, hakte Eva nach, als Smilla nur wie versteinert im Türrahmen stand.

»Nein, keine«, zwang sie sich zu sagen. Dann wirbelte sie herum und hetzte durch den Flur auf die Ausgangstür zu.

KAPITEL

31

DIE EINGEBUNG

Sie mussten von hier verschwinden. Am besten heute noch. Unter keinen Umständen würde Smilla zulassen, dass Jera den Angriff auf die *Verlorenen Jungs* begleitete. Geschweige denn, dass sie eine tragende Rolle dabei spielte.

Smilla riss die Tür auf, stürzte ins Freie und ließ sie mit einem Krachen hinter sich zufallen. Ihr Atem ging flach. Angstgeschwüre pressten ihr die Luft aus den Lungen.

»Was hast du da drinnen gemacht?«, riss ein Flüstern sie aus dem Strudel der Furcht, in dem sie zu verschwinden drohte.

Smilla bremste ab und fuhr herum. Jemand kauerte zwischen den Blumenkübeln neben dem Eingang zu Evas Wohnung. Im Schatten einer schwarzen Kapuze erkannte sie schemenhaft Giorgios ausgemergelte Züge. Ihr Herz machte einen Satz.

»Giorgio!«, stieß sie aus und trat zu ihm heran. »Du glaubst nicht, wie froh ich bin, dich zu sehen.«

Giorgio rümpfte die Nase, bewegte sich aber nicht vom Fleck. »Stimmt, das glaube ich dir tatsächlich nicht.« Dann grinste er schief, und auch wenn es eher einer Grimasse glich, wusste Smilla, dass es eine versöhnliche Geste war. »Wie fühlst du dich? Eva hat ganz schön zugelangt, hm?«

Instinktiv warf Smilla einen Blick zu Evas Wohnungstür. »Ja, aber im Vergleich zu dem, was ich sonst über ihre Strafen gehört habe, bin ich wohl noch glimpflich davongekommen«, murmelte sie.

Giorgio erhob sich. »Gut. Wir haben nämlich was zu besprechen.« Und während Smilla ihn noch fragend anblickte, griff er nach ihrem Arm. Die plötzliche Berührung ließ sie zusammenzucken. »Komm mit«, murmelte er und zog sie im Schatten der Gemäuer in Richtung Wohntrakt.

»Aber wohin denn? Ich muss unbedingt zu Jera«, setzte Smilla sich mit Worten zur Wehr, ließ sich aber weiterziehen.

»Wir haben nicht viel Zeit«, wisperte Giorgio. »Ich habe Jean-Luc bei der Sickergrube abwimmeln können, aber sobald er spitzkriegt, dass ich nicht wirklich nur ein bisschen Privatsphäre wollte, weil ich mich für meinen Durchfall schäme, wird er nach mir suchen kommen.«

»Jean-Luc geht mit dir aufs Klo?«, fragte Smilla perplex.

Giorgio gab ein gehässiges Zischen von sich. »Jean-Luc geht mit mir überall hin. Seit ein paar Tagen lässt er mich keine Sekunde mehr aus den Augen. Was meinst du, warum ich dir nicht längst die Hölle heiß gemacht habe, weil wir hier immer noch festsitzen?«

In einer anderen Situation hätten Giorgios Worte ihr vermutlich ein schlechtes Gewissen bereitet. Aber in diesem Moment fühlte Smilla nur Angst. Angst und Hilflosigkeit. Als stünde sie auf einem Turm, der unter ihren

Füßen dahinbröckelte. Nicht mehr lange, und sie würde fallen.

Giorgio zog die Tür zum Wohntrakt gerade so weit auf, dass sie hindurchschlüpfen konnten. Dann führte er sie eiligen Schrittes in den ersten Stock und den Flur Richtung Kindergarten entlang.

»Wohin gehen wir?«, fragte Smilla mit gedämpfter Stimme. Wenn Giorgio unter Jean-Lucs Beobachtung stand – behielt dann auch jemand ein Auge auf sie?

»Irgendwohin, wo sie nicht als Erstes nach uns suchen werden«, flüsterte Giorgio gehetzt.

Ein Verdacht machte sich in ihrem Innern breit. Was, wenn Julius auf sie angesetzt worden war? Er war ihr Pate, und auch ihre freie Zeit hatten sie oft beieinander verbracht. Ideale Voraussetzungen.

Giorgio bog nach links ab und führte sie am Kindergarten und am Krankenzimmer vorbei bis zu dem ungenutzten Seminarraum. Eilig öffnete er die Tür und gab ihr mit einer ungeduldigen Bewegung seiner Hand zu verstehen, dass sie eintreten solle. Smilla huschte hinein.

Drei große Tische standen im Raum verteilt, darum herum reihten sich blau gepolsterte Stühle. An der kurzen Seite des Raumes standen eine Tafel und mehrere beschriebene Flipcharts. Die gegenüberliegende Seite war mit Postern über die Flora und Fauna des Hochmoors zugehängt. Es sah aus, als hätte hier noch gestern ein Kurs oder eine Besprechung stattgefunden.

Behutsam zog Giorgio die Tür hinter ihnen ins Schloss, und Smilla wandte sich zu ihm um. »Wir müssen schnellstens von hier abhauen«, wisperte er und machte einen Schritt auf sie zu. »Was Eva vorhat, ist verrückt. Nur mal angenommen, sie würde es schaffen, den Club vollständig auszumerzen, dann wird es damit nicht vorbei sein. So ein Angriff wird weitere Gruppen auf den Plan rufen.«

»Ich weiß«, sagte Smilla schnell. Überzeugungsarbeit brauchte er bei ihr nicht mehr zu leisten. »Sie hat mir gerade brühwarm serviert, dass sie plant, Jera an vorderster Front einzusetzen.«

Giorgio benötigte einen Moment, um zu schalten. »Jera? Gegen den Club kämpfen?«, hakte er dann nach.

Smilla nickte beklommen. Jetzt, wo sie allein mit Giorgio war und sie quasi schon ihre Flucht besprachen, fiel ein Teil der lähmenden Angst von ihr ab. Immerhin unternahmen sie nun etwas. »Ja. Ich bin mir sicher, das hat sie nur entschieden, um mich für die Sache mit Leon zu bestrafen.«

Giorgio gab ein unverständliches Grummeln von sich.

»Tut mir leid, dass ich nicht schon viel früher angestoßen habe, von hier abzuhauen. Ich dachte, wir wären hier vorerst sicher«, fügte Smilla hinzu.

Doch Giorgio schüttelte nur den Kopf. »Mach dir deswegen jetzt keine Gedanken. Wir haben nicht viel Zeit, und wir müssen besprechen, wie wir von hier abhauen können, ohne in noch größere Schwierigkeiten zu geraten.«

Im Gegensatz zu Smilla schien er sich schon längst darüber im Klaren zu sein, dass sie nicht einfach gehen konnten, wann es ihnen beliebte. Er war schon immer besser darin gewesen, Bedrohungen zu wittern.

»Wir sollten es nachts tun«, schlug Smilla im Wisperton vor. Immerhin hatte sie in der Nacht, als sie Leon begegnet war, niemand beschattet.

»Nachts wird am Zaun jetzt dauerhaft patrouilliert. Seit Eva Leon gefangen genommen hat, um genau zu sein«, wandte Giorgio ein.

»Oh.«

»Jap«, stimmte Giorgio mit verbitterter Miene zu. »Idealerweise müssten wir zu viert –«

»Ich glaube nicht, dass wir zu viert sein werden«, unterbrach Smilla ihn, bevor er anfing, komplizierte Pläne zu schmieden, die am Ende hinfällig sein würden. »Nadja scheint sich hier sehr viel besser eingelebt zu haben als du und ich.«

»Glaubst du?«

»Ja. Sie scheint irgendeine Abmachung mit Eva zu haben. Zumindest habe ich gehört, wie sie nachts zusammen in den Keller unter Evas Wohnung gegangen sind, und Nadja klang alles andere als unterwürfig oder verängstigt.«

»Du warst nachts in Evas Keller? Warum?«

»Das ist jetzt nicht so wichtig, erkläre ich dir ein anderes Mal.«

»Okay. Aber sollten wir Nadja nicht zumindest mit in Betracht ziehen?«

Smilla zuckte die Schultern. »Wie du meinst.« Es war nicht so, dass sie Nadja nicht gern dabei gehabt hätte. Sie konnte sich nur nicht vorstellen, dass Nadja das auch wollte. Nicht, wenn man nach den letzten Gesprächen ging, die sie geführt hatten.

Giorgio ließ ihr keine Zeit, weiter über Nadja nachzugrübeln. »Wir müssen alle etwa gleichzeitig verschwinden«, meinte er. »Denn sobald die anderen merken, dass einer von uns verschwunden ist, würden sie die übrigen nicht mehr aus den Augen lassen. Und am besten hauen wir tagsüber ab. Da sind die Tore nicht abgesperrt, weil eh dauernd jemand raus oder rein muss.«

Er warf einen prüfenden Blick zur Tür, aber nichts regte sich. Dennoch packte er Smilla an den Schultern und schob sie etwas weiter weg vom Eingang. Wenn jemand sie hier ertappte, würden sie absolut verdächtig aussehen. Konspirateure, wie sie im Buche standen.

»Und was ist mit Jean-Luc?«, fragte Smilla. »Du wirst doch wahrscheinlich nicht unbeaufsichtigt sein. Ich auch nicht, wie es scheint. Und ich weiß noch nicht mal, wen genau Eva auf mich angesetzt hat.«

Giorgio zog fragend die Augenbrauen hoch. »Na, diesen Julius«, sagte er dann. »Wen denn sonst?«

Instinktiv schlug Smilla den Blick nieder und suchte nach etwas, das sie entgegnen konnte. Es durfte nicht Julius sein. Doch dann wurde ihr klar, was sie da gerade tat. Sie versuchte schon wieder, sich etwas Offensichtliches schön zu reden. Aber diesmal würde sie nicht auf ihr trügerisches Bauchgefühl hören.

»Und? Wie werde ich Julius los?«, sagte sie also. Innerlich war sie ganz taub geworden, als hätte ihr Herz in dem Moment einen Schutzwall hochgezogen, in dem sie realisierte, dass sie schon wieder einen Freund verlor, den sie nie gehabt hatte.

Giorgio sah Smilla mit konzentrierter Miene an. Seine Stirn warf viele, dünne Falten, die ihn deutlich älter wirken ließen, als er war. »Ich nehme an, Julius hat keinen Grund zu der Annahme, dass du von der Bespitzelung wissen könntest?«

Beschämt schüttelte Smilla den Kopf. Warum war es ihr nicht schon früher verdächtig vorgekommen, dass der Vater eines Kleinkindes die Zeit fand, sich in jeder freien Minute mit ihr und Jera zu befassen?

»Dann dürfte es doch bei ihm ziemlich einfach werden. Sag nach dem Mittagessen, du müsstest mal, oder so was. Und Jera auch. Ihr geht Richtung Sickergrube weg, und dann haut ihr durch den nächstgelegenen Ausgang ab. Wir treffen uns dann alle in Monschau wieder.«

»Und was ist mit Ausrüstung und Gepäck? Können wir das irgendwo deponieren?«

Giorgio schüttelte entschieden den Kopf. »Zu riskant. Wir müssen uns das Nötigste unterwegs besorgen.«

Smilla würde den Rucksack ihres Vaters zurücklassen müssen. Ein Kloß bildete sich in ihrer Kehle, doch sie schluckte ihn hinunter. Es war nur ein altes Stück Stoff mit Reißverschlüssen. Die Gefühle und Erinnerungen, die sie damit verband, hafteten in ihrem Kopf, nicht in den vielen Fächern des Rucksacks.

»Und Jean-Luc? Wie werden wir ihn los?«, ließ sie das Thema Ausrüstung hinter sich.

Giorgio schürzte die Lippen. Dann hob er so ruckartig seine unversehrte Hand, dass Smilla zusammenzuckte. Sie brauchte einen Moment, um zu erkennen, was er ihr da zeigte: Aus dem Ärmel seines Mantels ragte ein Dreieck, das das spärliche Licht von Mond und Sternen reflektierte. Es war eine Spiegelscherbe. »Ich leg ihn um«, erklärte Giorgio mit gesenkter Stimme.

Smilla spürte das Blut aus ihrem Gesicht weichen. »Nein«, presste sie hervor. »Nein, das tust du ganz bestimmt nicht.«

»Es ist der einzige Weg, bei dem wir uns sicher sein können, dass nichts schief geht«, hielt er an seinem Plan fest.

Aber Smilla schüttelte energisch den Kopf. »Du wirst niemanden umbringen, klar?«

»Smilla, ich weiß, du willst das nicht hören, aber das

wäre nicht das erste Mal, dass ich jemanden kaltmache. Einmal mehr macht auch keinen Unterschied.«

Ungläubig stieß Smilla die Luft aus. »Für Jean-Luc macht es ganz sicher einen Unterschied!«, entgegnete sie schrill.

Giorgio schluckte hörbar. »Ich würde ihn ja k.o. schlagen oder ihn in den Schwitzkasten nehmen, bis er ohnmächtig wird, aber das kann ich mit meinem Arm nicht mehr. Ich muss ihn überraschen, und ich werde nur für diesen Überraschungsmoment im Vorteil sein. Deshalb muss es schnell und tonlos gehen. Und es muss endgültig sein.«

»Nein«, beharrte Smilla. »Wenn das dein Plan ist, dann mache ich nicht mit.«

Giorgio ließ die Spiegelscherbe wieder verschwinden und trat einen Schritt näher. »Sei jetzt bitte keine Heldin. Es ist notwendig, wenn wir hier lebend rauskommen wollen«, sagte er.

»Du klingst ja wie Falk.«

Ein Schatten lief über Giorgios Gesicht. Aus dunklen Augen blickte er sie ungewohnt verschlossen an. »Na gut«, knurrte er schließlich. »Dann mach mir doch einen besseren Vorschlag.«

Smillas Gedanken rasten. Es musste einen anderen Weg geben, einen besseren. Sie brauchten eine gute Ablenkung, so viel war klar. Aber welche? Konnten sie jemanden anstiften, irgendwo auf dem Gelände falschen Alarm zu schlagen? Nein, dazu hätten sie ja eines von Evas Kindern in ihren Plan einweihen müssen.

Was, wenn sie ein Feuer legten? Aber auch diesen Gedanken verwarf Smilla wieder. Wenn sie dabei den Hof niederbrannten oder den gesamten Torfvorrat vernichteten, würde Evas Familie noch viel schlechter dastehen, als wenn Giorgio heimlich einem von ihnen den Hals durchschnitt.

Und wenn sie die Tiere aus den Ställen ließen? Hühner, Schweine, Wölfe und Kühe würden wild durcheinander rennen, und die Familie wäre zu sehr damit beschäftigt, sie alle wieder einzufangen. Aber wenn man sie dabei erwischte, wie sie die Stallungen öffneten?

Wie im Zeitraffer spielte sich ein Szenario nach dem anderen vor Smillas Augen ab. Doch keines hielt auch nur dem geringsten Zweifel stand.

»Wir haben nicht viel Zeit«, beschwor Giorgio sie.

Smilla biss sich fest von innen auf die Wange, in der Hoffnung, sich so besser konzentrieren zu können. Sie sehnte sich nach der Smilla, die unter Stress klar denken konnte. Sie wusste, dass sie sie in sich trug.

Suchend wanderte ihr Blick durch den Seminarraum, streifte die gewischte Tafel und das Flipchart, auf dem in einem Kreis, von dem dünne Linien wegführten, *Selbsterkenntnis* stand. Weiter wanderten ihre Augen, über die ungenutzten Tische und Stühle und bis zu den Postern. Ihr Blick blieb an einem Plakat mit Abbildungen von heimischen Wald- und Wiesengewächsen haften.

»Vielleicht könnten wir …«

»Was?«, fragte Giorgio.

Smilla sah ihn mit geweiteten Augen an. »Ich glaube, ich hab's«, wisperte sie. Dann trat sie näher an Giorgio heran und weihte ihn mit schnellen, gedämpften Worten in ihre Idee ein.

Mit jedem Wort, das sie sprach, wurden die Furchen auf Giorgios Stirn tiefer. Und als Smilla geendet hatte und ihn erwartungsvoll ansah, schüttelte er erst zögerlich, dann entschiedener den Kopf.

»Sie werden in Panik geraten, wenn sie merken, was passiert.«

»Umso besser«, beharrte Smilla. »Dann werden sie abgelenkt sein, und wir können unbemerkt entkommen.«

»Hast du das denn schon mal probiert?«

»Nein, aber –«

»Das heißt, wir haben keine Ahnung, wie die anderen darauf reagieren werden? Das ist Irrsinn, Smilla.«

Dass Giorgio, der eben noch vorgeschlagen hatte, jemandem die Kehle durchzuschneiden, so starke Bedenken bei diesem Plan hatte, brachte auch Smilla langsam ins Wanken. Aber da schaltete sich die Smilla mit dem klaren Kopf ein.

»Was, wenn wir es nur bei Eva und ihren zwei Dackeln machen? Bei ihnen laufen alle Fäden zusammen. Wenn wir sie ausschalten, wird niemand mehr wissen, was zu tun ist.«

Aber Giorgio sah immer noch nicht überzeugt aus. »Nein«, sagte er und schüttelte erneut den Kopf. »Zu viele unbekannte Variablen. Wir wissen nicht, ob alles so funktioniert, wie du es dir vorstellst. Da mache ich nicht mit.«

Smilla spürte, wie sich ihre Züge verhärteten. »Und ich mache bei keinem Plan mit, der die Ermordung von irgendwem vorsieht«, entgegnete sie.

»Dann sieh es als Akt der Selbstverteidigung an, nicht als Mord«, erwiderte Giorgio in gereiztem Ton.

»Es ist aber keine Selbstverteidigung, es ist heimtückisch!«

Draußen im Flur wurde geräuschvoll eine Tür geschlossen. Giorgio und Smilla fuhren zusammen. Einen Augenblick lang starrten sie wie versteinert zur Tür, doch nichts geschah.

Smilla wandte ihre Aufmerksamkeit wieder Giorgio zu. »Wir versuchen es auf meine Art oder gar nicht«, flüsterte sie mit Bestimmtheit.

Giorgio blickte noch immer aus geweiteten Augen Richtung Tür und brauchte einen Moment, um auf sie zu reagieren. Mit düsterer Miene wandte er sich ihr wieder zu. »Na gut«, lenkte er ein. »Aber dann musst du dich um die Durchführung kümmern. Jean-Luc wird mich sicherlich nicht länger als dreißig Sekunden aus den Augen lassen.«

Smilla nickte knapp. »Okay, abgemacht. Ich gebe dir ein Zeichen, wenn ich es geschafft habe.«

»Alles klar.«

Noch eine Tür wurde quietschend geöffnet und wieder geschlossen. Diesmal war das Geräusch um einiges näher.

Giorgio lief zur Tür hinüber und legte die Hand auf die Klinke. Dann drehte er sich noch einmal zu Smilla um. »Lass dich nicht erwischen, Smilla.«

»Hab ich nicht vor.«

Damit öffnete Giorgio die Tür und huschte in den Flur hinaus. Smilla hörte, wie sich eine aufgebrachte Stimme erhob, die schwer nach Jean-Luc klang. Giorgio erwiderte etwas Besänftigendes. Dann entfernten sich die Schritte der beiden, und es wurde still.

Ein paar Mal atmete Smilla tief durch, bevor auch sie auf leisen Sohlen zur Tür eilte und den Seminarraum verließ. Der Flur lag leer und dunkel vor ihr. Niemand suchte nach ihr. Zumindest nicht hier.

Auf dem Weg ins Erdgeschoss überlegte Smilla fieberhaft, ob sie es wagen konnte, Nadja alles zu erzählen und sie um ihre Hilfe zu bitten. Sie gab Giorgio recht, dass sie Nadja zumindest die Option geben mussten, mit ihnen zu kommen. Das waren sie ihr schuldig. Und immerhin war Nadja auf gewisse Weise sogar von zentraler Bedeutung für den Plan. Aber was, wenn sie sich Eva und ihrer Familie bereits so verbunden fühlte, dass sie Smilla und Giorgio verraten würde?

Als sie im Erdgeschoss ankam und der Flur in beide Richtungen still und unbelebt schien, entschied sie sich kurzerhand dafür, auf Nummer Sicher zu gehen und sich eigenmächtig zu holen, was sie benötigte. Sie vertraute Nadja nach ihrem letzten Gespräch und ihrer Fast-Begegnung im Keller zu wenig, um sie um Hilfe zu bitten.

Anstatt den Wohntrakt wieder zu verlassen, schlich Smilla den Flur weiter entlang bis zu dem Zimmer, das Nadja, Elli und Melissa sich teilten. Zaghaft klopfte sie an. Drinnen blieb es still. Behutsam drückte sie die Klinke hinunter und öffnete die Tür.

Das Zimmer war dunkel und menschenleer, genau wie der Flur. Smilla schob sich in den Raum und schloss die Tür hinter sich. Dann stürzte sie auf die Kommode zu. Doch außer ein paar Mützen und Schals befand sich darin nichts. Sie hastete weiter zum Kleiderschrank, riss die Türen auf und durchwühlte die einzelnen Fächer. Aber auch dort wurde sie nicht fündig.

Leise schloss sie die Schranktüren wieder, trat einen Schritt zurück und sah sich prüfend im Raum um. Da! An einem Haken an der Tür baumelte die ausgeblichene Penny-Tüte, die sie gesucht hatte.

Fast hätte Smilla aufgelacht. Das sah Nadja ähnlich: Sie hatte sich kein ausgeklügeltes Versteck überlegt, sondern ihren Besitz im Offensichtlichen verborgen. Keiner käme auf die Idee, dass diese ranzige Tüte etwas Wertvolles beinhaltete.

Smilla durchquerte den Raum, zupfte die Tüte vom Haken und schob sie unter ihren Mantel. Mit vor Ungeduld ungestümen Bewegungen öffnete sie die Zimmertür und trat in den Flur hinaus. Als sie den Gang entlanghetzte, in Richtung ihres eigenen Zimmers, überkam sie die gleiche adrenalingeladene Panik, die auch Besitz von ihr ergriffen hatte, als sie die Vorräte für Leon gestohlen hatte. Erwischte man sie mit diesem Beutel, würde sie sich nicht dumm stellen oder herausreden können. Dann wäre klar, dass sie etwas im Schilde führte.

In ihrem Zimmer angekommen, verstaute sie den roten Plastikbeutel sofort tief in ihrem Kopfkissenbezug. Dann hastete sie zurück zum Ausgang. Sie stieß die Tür ins Freie auf und ging zielstrebig auf die anderen zu, die nun in losen Grüppchen um das Feuer verteilt standen oder saßen und sich unterhielten.

Die Spiele waren bereits beendet, doch Smilla wollte sich dennoch für eine Weile unter Evas Kinder mischen, damit ihre Abwesenheit niemanden skeptisch stimmte. Sie gesellte sich zu Jera, die bei Tessa, Sonja und Marius stand. Dieser erzählte gerade mit aufgeregter Stimme eine Geschichte von einem Marder, der vor einigen Monaten ein Huhn nach dem anderen geholt hatte und den er schließlich mit bloßen Händen gefangen und getötet haben wollte.

Smilla hörte nur gerade so genau hin, dass sie reagieren konnte, wenn man sie ansprach. Insgeheim hielt sie Ausschau nach jemandem, der sie beobachtete. Julius war nirgends zu entdecken, und mit einem prüfenden Blick über die Schulter stellte Smilla fest, dass das Licht in seinem

Wagen noch brannte. Wenn er derjenige war, den Eva auf sie angesetzt hatte, dann machte er seinen Job zumindest heute nicht besonders gewissenhaft. Diese Fahrlässigkeit traute sie ihm allerdings nicht zu. Gab es noch jemand anderen, der Smilla im Auge behalten sollte?

Sie ließ den Blick weiter schweifen. Doch die Nacht, ihre Sehschwäche und die Kapuzen, die sich die meisten über den Kopf gezogen hatten, machten es unmöglich, mit Sicherheit zu sagen, wer seinen Blick auf sie gerichtet hatte und wer nicht.

Sie wandte sich wieder dem kleinen Kreis zu, in dem sie stand. Marius demonstrierte gerade theatralisch, wie er mit dem Marder gekämpft hatte, wonach dieser Marder wohl mindestens so groß wie ein Kalb gewesen sein musste. Jera und Tessa lachten über Marius' Vorstellung. Sonja lächelte, doch ihre Augen wirkten seltsam stumpf und ausdruckslos. Die Bestrafung von vor drei Tagen machte ihr wohl noch zu schaffen. Oder war es das, was sie heute während des Verhörs in Evas Keller gesehen und getan hatte?

Smilla spürte, wie eine ermüdende Traurigkeit sich um sie legte. Der Vennhof hätte ihr Zuhause werden können, die Menschen hier vielleicht tatsächlich so etwas wie ihre Familie. Wäre Eva nicht gewesen. Die Decke aus Traurigkeit wurde schwerer und drückte auf Smillas Schultern herab.

Ob in Brüssel wirklich alles besser wäre?

KAPITEL

32

DER VERFOLGTE

Als Smilla am nächsten Morgen erwachte, fühlte sie sich noch erschöpfter als vor dem Zubettgehen. Wie erwartet war sie nur kurz in den Schlaf entglitten. Entsprechend schwer fühlte sich ihr Schädel an, und ihre Muskeln schmerzten bei dem Gedanken, dass sie einen ganzen weiteren Tag des Schuftens in der Küche vor sich hatte. Doch dann sprangen ihre Gedanken weiter zu der Tüte unter ihrem Kopfkissen.

Sie hatte nicht mit Giorgio besprochen, zu welchem Zeitpunkt sie versuchen würde, ihren Plan in die Tat umzusetzen. Rechnete er damit, dass sie es schon morgens tun würde? Aber sie hatte ja noch nicht einmal Jera in ihr Vorhaben eingeweiht, geschweige denn mit Nadja gesprochen. Vor dem Frühstück würde sie es nicht mehr schaffen, und danach würden sie alle zügig ihre Arbeit antreten müssen. Tagsüber würden sie einander voraussichtlich nicht über den Weg laufen. Blieb also eigentlich nur der Abend.

So würden sie immerhin im Schutz der Dunkelheit fliehen können. Aber wäre die Zaunpatrouille zu diesem Zeitpunkt schon unterwegs? Wären die Tore bereits abgesperrt? In diesem Fall müssten sie klettern … unmöglich war das nicht. Aber die Gefahr, erwischt zu werden oder sich dabei am Stacheldraht oder den spitzen Zaunstreben zu verletzen, war nicht gering. Schon jetzt begann ihr Plan, mit dunklen, zähen Zweifeln vollzulaufen.

Smilla drehte sich um und sah zu Jera, die sie verschlafen anblinzelte. »Wenn du Küchendienst hast, kannst du ja schon wieder nicht mit uns den Sonnenaufgang angucken«, sagte sie, noch ganz heiser vom Schlaf. Eva hatte ihr anscheinend noch nicht unterbreitet, welche Rolle sie bei dem Angriff auf die *Verlorenen Jungs* spielen sollte. Noch war Jeras Welt halbwegs intakt.

Smilla lächelte bedauernd. »Glaub mir, ich würde lieber mit euch mitkommen, anstatt das Frühstück vorzubereiten.«

Jera drehte den Kopf, sodass sie zum Fenster blicken konnte. »Hm, wahrscheinlich verpasst du sowieso nicht viel«, meinte sie, nachdem sie die dichte Wolkendecke am Himmel beäugt hatte.

Nachdenklich musterte Smilla ihre kleine Schwester. Was, wenn sie nach wie vor nicht von hier weg wollte? Was, wenn sie wieder zu Eva gehen würde? Doch Smilla schluckte die Bedenken hinunter. Sie hatte Jera versprochen, ehrlich mit ihr zu sein. Keine Entscheidungen mehr, in die sie nicht eingeweiht war.

»Jera«, setzte sie an. Ihre Schwester schien schon am Klang ihrer Stimme zu erkennen, dass es etwas Wichtiges war, was Smilla sagen würde. Sie wandte den Blick vom Fenster ab und sah sie, ohne zu blinzeln, an.

»Giorgio und ich wollen von hier fort. Heute noch.«

Kurz hielt sie inne, um Jeras Reaktion abzuwarten. Als sie nicht sofort in Protestgeschrei ausbrach, sprach Smilla weiter. Ihre Stimme war kaum mehr als ein Hauch. »Die *Verlorenen Jungs* scheinen über den Hof Bescheid zu wissen. Deshalb hat Eva auch vor, sie anzugreifen. Sie denkt, wenn sie zuerst angreift, hat sie den Vorteil der Überraschung auf ihrer Seite. Aber das Risiko, dass ihr Plan nicht aufgeht, ist zu groß. Wir müssen von hier weg, bevor das passieren kann. Verstehst du das?«

Noch immer fixierte Jera sie. Smilla hielt den Atem an, in der Erwartung ihrer Reaktion. Sollte sie ihr sagen, was Eva mit ihr vorhatte? Oder konnte sie Jera in dem Glauben lassen, dass Eva ihr niemals etwas zuleide getan hätte? Smilla wollte nicht den Ausdruck auf ihrem Gesicht sehen müssen, wenn sie erkannte, dass sie verraten worden war.

Nach einigen unendlich scheinenden Sekunden nickte Jera schließlich. »Ja. Das verstehe ich«, sagte sie.

Erleichtert ließ Smilla die Luft aus ihren Lungen entweichen.

Jera verzog den Mund. »Aber können wir Tessa mitnehmen? Und Julius? Und Ben?«

Smilla schüttelte langsam den Kopf. »Nein, das geht leider nicht.«

Jetzt setzte Jera sich aufrecht hin. Sie sah zerbrechlich aus in ihrem dünnen Nachthemd. So viel verletzlicher, als sie in ihrem formlosen Hochmoormantel wirkte. Was, wenn ihre Flucht misslang? Wie würde Eva Jera bestrafen?

»Aber wieso nicht? Wenn sie hierbleiben, sind sie doch auch in Gefahr.«

Smilla fuhr sich mit der Zunge über die Lippen. »Eva darf auf keinen Fall erfahren, was wir vorhaben. Sie würde uns nicht gehen lassen, denn sie hat Angst, dass wir den *Verlorenen Jungs* helfen könnten. Deshalb darfst du niemandem davon erzählen. Auch nicht Tessa oder Julius. Sie könnten es Eva weitersagen.«

Jeras Augen verengten sich zu Schlitzen. »Aber wir wollen den *Verlorenen Jungs* ja gar nicht helfen. Das kann ich Eva noch mal sagen, wenn du willst.«

Heftig schüttelte Smilla den Kopf. »Du darfst zu niemandem ein Wort darüber verlieren. Erst recht nicht vor Eva.«

Bedrückt wandte Jera den Blick ab. »Wir hatten doch gesagt, keine Geheimnisse mehr«, flüsterte sie. »Ich mag das nicht.«

»Ich weiß, und es tut mir auch leid, dass du jetzt vor deinen Freunden Geheimnisse haben musst. Aber wir können nicht darauf zählen, dass Eva verständnisvoll sein wird und uns einfach gehen lässt.«

Jera gab ein unglückliches Geräusch von sich. »Nein, wohl eher nicht«, gestand sie Smilla zu.

Eine bittere Genugtuung kam über sie. Wäre Eva ihr gegenüber nicht so aus der Haut gefahren, hätte Jera nun vielleicht für sie Partei ergriffen. Doch Eva hatte in ihrem gekränkten Stolz den Weg für Jeras Zweifel an ihr geebnet.

»Wo gehen wir denn hin? Und wann gehen wir? Und was soll ich einpacken?«

»Nach Brüssel. Und wann genau, weiß ich noch nicht. Heute irgendwann, aber es kommt darauf an, wann es sich gut anbietet. Einpacken musst du nichts. Zieh dich einfach warm an.« Sie versuchte, ruhig und bestimmt zu klingen, auch wenn der Gedanke, ganz und gar ohne Ausrüstung loszuziehen, ihr die Brust eng werden ließ.

»Okay«, sagte Jera. Jegliche Farbe war aus ihrem Gesicht

gewichen, und sie sah so besorgt drein, dass sie einen Moment lang wie eine winzige Erwachsene wirkte und nicht wie ein Kind.

Irgendwie brachte Smilla es fertig, ihr ermutigend zuzulächeln. »Wir schaffen das schon«, sagte sie. »Mach dir keine Sorgen.«

Jera schlug die Decke beiseite, krabbelte über Smilla hinweg und stand auf. »Darf ich denn trotzdem noch mit Juli und Ben den Sonnenaufgang anschauen?«, fragte sie, während sie in die Strumpfhose schlüpfte, die sie am Abend zuvor bereitgelegt hatte.

»Natürlich. Aber kein Wort über unseren Plan, klar?«

»Ja«, antwortete Jera bedrückt, bevor ihr Kopf in einem dünnen Sweatshirt mit Rollkragen verschwand.

Nachdem Smilla das Frühstück ausgeteilt und auch Eva, Ingo und Zedrik in Evas Wohnung bedient hatte, nahm sie sich selbst eine Schüssel Haferkleie und machte sich auf den Weg zu ihrem Platz. Mit flauer Aufregung im Bauch setzte sie sich zu Jera und Julius.

»Wie war der Sonnenaufgang?«, fragte Smilla an Jera gewandt, in dem Versuch, so unbefangen wie möglich zu wirken.

Jera zuckte die Schultern. »Die Wolken haben ein bisschen geleuchtet, aber so richtig toll war's nicht.«

»Stimmt«, pflichtete Julius ihr bei und sah von seiner Schüssel auf. »Ich kann heute leider nur zwei von fünf Sternen vergeben«, fügte er hinzu.

»Sterne?«, fragte Jera.

»Oh, das hat man früher so gemacht, um anderen mitzuteilen, wie gut oder schlecht man etwas findet. Restaurants zum Beispiel oder Filme, aber auch Sehenswürdigkeiten«, erklärte er.

»Ah«, machte Jera, schien aber nicht sicher, was sie davon halten sollte.

»Wie viele Sterne gibst du deiner neuen Arbeitsgruppe?«, fragte Julius sie dann. »Fünf ist die beste Wertung, eins die schlechteste.«

Jera zog eine Schnute.

»Nicht so viele, wie?«, schloss Julius.

Jera schüttelte den Kopf. »Mit dir hat es mir mehr Spaß gemacht.«

Julis müde Züge wurden von einem Lächeln erhellt. »Das Kompliment kann ich nur zurückgeben.« Für den Bruchteil einer Sekunde flatterte sein Blick zu Smilla. Doch bevor sie darin lesen konnte, was er wohl dachte, sah er schon wieder Jera an.

»Ich muss Eva heute nach Monschau begleiten. Soll ich euch was vom Markt mitbringen?«, fragte er dann.

»Au ja!«, sagte Jera und grinste breit. Entweder hatte sie erfolgreich verdrängt, dass sie Julius vielleicht zum letzten Mal gegenübersaßen, oder ihre Schauspielkünste waren ähnlich ausgeprägt wie seine.

Smilla pickte ein Stückchen Birne aus ihrem Brei. »Was macht ihr in Monschau? Euch mit diesen Verbündeten von Eva treffen?«, fragte sie betont gelassen. So als hätten sie nicht gestern gestritten und als hätte sie nicht erfahren, dass Julius vermutlich alles, was sie ihm jemals anvertraut hatte, an Eva weitergegeben hatte.

Julius taxierte sie einen Moment lang, bevor er antwortete. »Eva wird sich mit ihnen treffen. Dass ich oder einer der anderen die Ehre haben werden, dabei zu sein, bezweifle ich stark.« Er klang gewagt sarkastisch. »Was willst du vom Markt haben?«, fragte er dann in etwas wohlwollenderem Ton.

Ein trotziges ›Gar nichts‹ rollte schon auf ihre Zungenspitze, doch im letzten Moment überlegte sie es sich anders. Julius sollte schließlich nicht Verdacht schöpfen, dass sie inzwischen begriffen hatte, dass er sie bespitzelte. »Ach, überrasch mich einfach.«

Julius hob die Augenbrauen. »Puh, jetzt setzt du mich aber unter Druck.« Er lächelte sie zaghaft an. Als sie das Lächeln nicht erwiderte, wandte er sich wieder Jera zu. »Und du? Was kann ich dir mitbringen?«

Nachdenklich verdrehte Jera die Augen. »Mmmh … überrasch mich auch einfach!«

Julius grinste schief. »Ich werde mir Mühe geben.«

Smillas Blick haftete noch einen Moment lang an Julius, der sich wieder über seine Schüssel gebeugt hatte. Etwas schmerzte in ihrer Brust. Sie hatte angefangen, sich ihm verbunden zu fühlen. Ohne es zu merken, hatte sie begonnen, ihn zu mögen. Dabei war er nie wirklich ihr Freund gewesen. Genauso wenig wie Falk oder Nadja.

»Wer geht alles mit nach Monschau? Du, Eva und …?«, fragte sie und schob ihre Schüssel ein Stück von sich weg. Sie hatte nur die Hälfte ihrer Portion herunterbekommen. Dass sie eigentlich auf keine einzige Kalorie verzichten konnte, war ihr bewusst. Aber die Übelkeit, die ihr die Geschehnisse der letzten vierundzwanzig Stunden bereiteten, ließ nichts anderes zu.

Julius sah wieder auf. Er wirkte überrascht, dass Smilla ihm noch eine Frage stellte. »Ingo und Melissa kommen auch mit, soweit ich weiß.«

Smilla nickte langsam. Ein paar Augen weniger, die ihr heute folgen würden.

Prüfend sah sie zu Jera. Diese warf Tessa, die auf der anderen Seite des Speisesaals saß, gerade wild Zeichen zu und bekam schon nichts mehr von Julis und Smillas Unterhaltung mit.

»Was ist mit Leon?«, wollte Smilla dann an Juli gewandt wissen. Ob sie es irgendwie schaffen konnten, ihn zu befreien und mitzunehmen? Wäre er überhaupt in der Lage, mit ihnen zu fliehen?

»Was meinst du?«

Smilla lehnte sich etwas über den Tisch und senkte ihre Stimme. »Wie geht es ihm? Ist er noch am Leben?«

Julius sah wieder in seinen Brei. »Musst du Eva fragen«, brummte er, und Smilla versuchte gar nicht erst, mehr aus ihm herauszubekommen. Sie wusste ja, auf wessen Seite er stand.

Als die Ersten sich von ihren Plätzen erhoben, stand auch Smilla auf, um zurück in die Küche zu gehen und mit dem Abwasch zu beginnen. Sie hatte die Schwingtür dorthin schon fast erreicht, als jemand sich ihr von hinten näherte. Sie fühlte es mehr, als dass sie es sah oder hörte. Nach ihrer Gefangenschaft auf der Ordensburg schien sie einen zusätzlichen Sinn für so etwas entwickelt zu haben.

Sie fuhr herum. Vor ihr stand Julius.

»Können wir reden?«, raunte er.

Smilla spürte, wie das Angstgeschwür sich in ihr regte. Was wollte er von ihr? Am liebsten hätte sie verneint und wäre davongestürmt. Aber ihr war auch klar, dass sie damit vermutlich sein Misstrauen erregen würde. Er musste sich in Sicherheit wiegen, damit er auch Eva in Sicherheit wiegen konnte. Also nickte sie stumm.

Julius warf einen Blick über die Schulter. Dann wies er mit dem Kinn Richtung Ausgang und wandte sich zum

Gehen. Mit stärker werdendem Unbehagen folgte Smilla ihm aus dem Speisesaal und um den östlichen Flügel des Gebäudes.

Kaum waren sie um die Ecke, fuhr er zu ihr herum. Instinktiv wich sie zurück und stieß mit dem Rücken gegen die Hauswand.

»Hör zu«, wisperte er und trat ungewohnt nah an sie heran. Sein Blick wanderte nach links und dann nach rechts, bevor er weitersprach. »Evas Geduld hängt am seidenen Faden.« Seine Lippen bewegten sich dicht an Smillas Ohr, damit ja kein Wort an jemanden gelangen konnte, für den es nicht bestimmt war. Wie gerissen, dachte sie. Er mimte den Verfolgten, um ihr Vertrauen zu ihm zu verstärken.

»Sie ist noch paranoider als ohnehin schon und –«

Ein Lachen erklang, und Ellis und Melissas Stimmen tanzten zu ihnen herüber.

Augenblicklich verstummte Julius. Doch anstatt sich von Smilla zurückzuziehen, kam er noch etwas näher. Mit der einen Hand stützte er sich an der Wand neben ihrem Kopf ab. Mit der anderen griff er nach einer Strähne ihres Haars.

Ein Blitz zuckte durch Smillas Körper. Das trügerische Gefühl, in Julius' Nähe unbesorgt sein zu können, riss endgültig entzwei, und hervor kam die Angst. Aber noch war Smilla klar genug, um sich selbst daran zu hindern, Julius fortzustoßen oder davonzustürmen. Sie musste hören, was er zu sagen hatte. Möglicherweise war es für ihren Fluchtplan von Bedeutung.

Als Melissa und Elli um die Ecke bogen und sie erblickten, verstummten sie. Julius wandte den Kopf zur Seite, um die beiden anzusehen. Smilla konnte die Verwunderung in ihren Gesichtern aufblühen sehen, als sie ihn und Smilla so dicht beieinander sahen, scheinbar in einem zweisamen Moment ertappt. Erst da wich Julius von Smilla zurück und sah zu Boden, vermeintlich peinlich berührt.

Die beiden Mädchen huschten mit amüsierten Mienen an ihnen vorbei und liefen weiter Richtung Sickergrube. Als sie sich einige Meter von ihnen entfernt hatten, konnte Smilla sie loskichern hören.

Julius trat wieder näher und sprach weiter. Smillas Herz machte einen furchterfüllten Satz, aber solange er nicht noch einmal versuchte, sie anzufassen, konnte sie seine Nähe vielleicht lange genug aushalten.

»Evas Paranoia hat ein neues Level erreicht. Während wir in Monschau sind, sollen Regina, Jean-Luc und Zedrik hier das Sagen haben. Sie hat ihnen erlaubt, jeden, der sich auch nur geringfügig danebenbenimmt, nach eigenem Ermessen zu bestrafen.«

Smilla schloss die Augen, um wenigstens nicht sehen zu müssen, wie nah er war.

»Damit hat sie insbesondere für dich und Giorgio ein Minenfeld geschaffen. Denn niemand möchte am Ende derjenige sein, der euch nicht gut in Reih und Glied gehalten hat«, erklärte er gehetzt weiter. Sein Haar kitzelte über ihre Schläfe.

»Warum erzählst du mir das?«, flüsterte Smilla.

Doch er ging nicht darauf ein. »Ich weiß, du hältst mich für Evas Schoßhündchen«, zitierte er sie mit vernehmbarem Groll in der Stimme, »aber bitte, nimm es ernst, wenn ich dir sage: Heute ist nicht der Tag, um sich über Eva zu beschweren, sie in Frage zu stellen oder sich auf irgendeine andere Weise gegen sie aufzulehnen.«

Smilla spürte seinen gehetzten Atem an ihrem Hals, und die Härchen stellten sich ihr auf.

»Versprich mir, dass du keine Dummheiten machst, ja?« Er zog sich etwas von ihr zurück, und Smilla wagte es, die Augen wieder zu öffnen. Mit einer solchen Dringlichkeit sah er ihr ins Gesicht, dass sie für eine Sekunde vergaß, dass sie ihm nicht mehr trauen wollte.

Doch dann beschlich sie der Verdacht, dass er Wind von ihrem Fluchtplan bekommen haben könnte und das hier nur ein weiterer manipulativer Kniff war, um sie zu kontrollieren.

»Was für eine Dummheit zum Beispiel?«, fragte sie und klang fast herausfordernd.

Julius sah sie vielsagend an, als teilten sie ein geheimes Wissen. »Wie zum Beispiel, diesen Menschenhändler zu befreien«, sagte er dann langsam.

Er war ihr immer noch so nah, dass es Smilla schwerfiel, an irgendetwas anderes zu denken als daran, wie wenig Platz da zwischen ihnen war.

»Du hast keinen Grund zur Sorge«, gab sie kühl zurück und wandte den Kopf zur Seite, um ein bisschen mehr Raum für sich zu erlangen.

Julius wich einen Schritt nach hinten. »Gut«, sagte er dann und nickte. »Und noch etwas. Es tut mir leid, dass ich gestern so grob zu dir war.«

Aus dem Augenwinkel sah Smilla, wie er sich mit der Hand über den Hinterkopf fuhr. »Ich weiß, dass du diesem Menschenhändler nur helfen wolltest. Es ist nicht deine Schuld, was Eva daraus gemacht hat und dass ich …« Er schüttelte entmutigt den Kopf. »Ich wollte Leon nicht weh tun«, sagte er dann, und es war das erste Mal, dass er ihn nicht den ›Menschenhändler‹ nannte. »Und ich werde mir vermutlich nie vergeben können, dass ich es am Ende doch getan habe. Aber ich hatte Angst vor den Konsequenzen. Habe ich immer noch.«

Die Übelkeit in Smillas Magengrube verdichtete sich. Nun war sie froh, dass sie nur die Hälfte ihrer Frühstücksration heruntergewürgt hatte. Sie warf Julius einen flüchtigen Seitenblick zu. Er blickte sie hoffnungsvoll an.

»Ich weiß nicht, was du gerade von mir erwartest«, sagte sie leise.

»Versprich mir, dass du keine Dummheiten machst.«

Smilla nickte. »Okay, keine Dummheiten, versprochen.«

Er machte noch einen Schritt rückwärts und sah sie einen Moment lang ernst an. Dann wandte er sich ab und eilte ohne ein weiteres Wort zurück Richtung Innenhof.

Smilla brauchte einen Moment, um ihren Puls wieder in den Normalbereich zu bringen und Übelkeit und Angst zu bekämpfen. Was Julius ihr gerade gesagt hatte, machte es noch schwerer, sich selbst zu beruhigen.

Weil er sie dazu zwang, an Leon zu denken, der hier irgendwo festsaß. Weil es ihr Mitgefühl für Julius erregte. Weil es sie daran erinnerte, was *sie* getan hatte, um zu überleben. Sie hatte jemandem das Leben genommen. Sie hatte jemanden zurückgelassen, der ihr viel bedeutet hatte.

Vielleicht war der Grund dafür, dass Julius' Verhalten sie so aufbrachte, nicht, dass es ihn rückgratlos wirken ließ. Sondern dass er sie daran erinnerte, dass sie an seiner Stelle vielleicht das Gleiche getan hätte. Dass sie auch versucht hätte, selbst unbeschadet davonzukommen, anstatt heldenhaft für ihre Prinzipien einzustehen. Und dass sie im Begriff war, genau das erneut zu tun.

KAPITEL

33

DIE VERBÜNDETE

Nachdem Smilla sich etwas beruhigt hatte, stieß sie sich von der Steinmauer ab und lief los.

Sie bog gerade um die Ecke zum Innenhof, als sie um ein Haar mit Sebastian zusammengeprallt wäre.

»Wo bleibst du?«, fragte er barsch, und sofort fragte Smilla sich, ob er sie wohl ebenfalls im Auge behalten sollte.

»Bin schon auf dem Weg, ich hab nur kurz mit Julius gesprochen«, antwortete sie wahrheitsgemäß und mit der besten Unschuldsmiene, die sie zustande brachte.

Sebastian runzelte die pickelige, hohe Stirn. »Was gibt es denn mit dem Wichtiges zu besprechen, das nicht auch bis nach deinem Küchendienst warten könnte?«, fragte er.

Smilla würzte die Unschuldsmiene mit einem Lächeln, von dem sie hoffte, dass es verträumt wirkte. »Na ja, jetzt, da ich euch zugeteilt bin, können wir nicht mehr so viel Zeit zusammen verbringen wie vorher.«

Als Sebastian verstand, verdrehte er die Augen. »Diese

ganzen Techtelmechtel. Da kommt ja keiner mehr mit«, stöhnte er. Damit wandte er sich ab und lief zurück in Richtung Speisesaal. Smilla atmete erleichtert aus. Dann folgte sie ihm.

Zurück in der Küche stellte sie sich zu Marius, der schon einen Berg Schüsseln abgespült hatte und Smilla mit einem wütenden Blick bedachte.

»Sorry«, murmelte sie, schnappte sich ein Handtuch und fing an, abzutrocknen.

»Was hast du denn gemacht?«, fragte er angriffslustig. »Du weißt doch, dass wir nach dem Frühstück direkt abspülen müssen, um im Zeitplan zu bleiben.«

Sebastian kam ihr mit einer Antwort zuvor. Er lehnte sich über das breite Spülbecken, sodass er Marius ins Gesicht sehen konnte. »Rumgeturtelt hat sie. Mit Juli«, erklärte er mit einem anzüglichen Grinsen.

Mit ungläubiger Miene wandte Marius sich zu ihr um und sah Smilla an, als wäre ihr gerade eine zweite Nase gewachsen. »Mit Julius?«

Smilla drehte sich, ohne zu antworten, weg, aus Angst, dass Marius' prüfendem Blick nicht entgehen würde, dass das Ganze bloß erfunden war.

»Interessant. Hab schon angefangen zu glauben, der Typ hätte keinen Sexualtrieb«, meinte er nur und fischte die nächste Schüssel aus dem trüben Spülwasser.

Sebastian grinste noch immer breit und schien sich keine von Marius' Regungen entgehen lassen zu wollen. »Und? Bist du jetzt enttäuscht, oder schöpfst du gerade neue Zuversicht?«

Marius lachte. »Ich weiß nicht genau. Was denkst du denn, Sebi? Bin ich so hübsch wie Smilla? Oder vielleicht sogar hübscher? Hab ich bei Juli eine Chance gegen sie?«

Sebastians von der Akne gerötetes Gesicht wurde noch dunkler, und das anzügliche Grinsen verging ihm. »Ich … keine … kann ich nicht beurteilen«, stammelte er und hatte es plötzlich sehr eilig, wieder aus Marius' Komfortzone zu verschwinden. »Aussehen ist ja nicht alles, und außerdem …«, hörte Smilla ihn murmeln, während er sich in Richtung Speisekammer verzog. Den Rest verstand sie nicht mehr.

Am Rande ihres Sichtfelds nahm sie wahr, wie Marius ihr einen verschwörerischen Blick zuwarf. Sie erwiderte ihn mit einem verlegenen Lächeln.

»Was gibt es denn eigentlich heute Abend?«, nutzte sie die unverhofft gelöste Stimmung, um an Informationen zu gelangen, die ihnen bei ihrem Fluchtplan helfen konnten.

»Eintopf mit Blutwurst«, antwortete Marius bereitwillig. »Wir sollen auch was von den Steckrüben reintun, hat Eva gesagt, weil die langsam alt werden.« Er streckte angeekelt die Zunge heraus.

»Ich habe noch nie Steckrüben gegessen«, meinte Smilla.

»Da hast du absolut gar nichts verpasst!«

Smilla zuckte die Schultern. »Wir werden den Eintopf schon irgendwie schmackhaft bekommen.«

Ein Eintopf. Mit streng schmeckenden Zutaten noch dazu. Smilla lächelte, als sie sich dieser glücklichen Fügung bewusst wurde.

In der Pause nach dem Mittagessen begab Smilla sich auf direktem Weg zu ihrem Zimmer. Ihr Herz klopfte holprig vor Aufregung, und die Übelkeit, die sie seit dem Frühstück plagte, hatte nur noch zugenommen. Nicht einmal vor der Flucht aus der Festung der *Verlorenen Jungs* war sie so nervös gewesen wie in diesen Stunden. Vielleicht, weil es dabei nur um sie selbst und nicht auch noch um Jera und Giorgio und Nadja gegangen war. Oder vielleicht auch deswegen, weil der schwierigste Teil des Plans damals nicht an ihr gehangen hatte. Aber jetzt kam es auf *sie* an. Sie musste sicherstellen, dass alles wie geplant klappte. Sie war dafür verantwortlich, dass die Ablenkung groß genug und ihr Zeitfenster für die Flucht lang genug wären.

Bevor sie ihr Zimmer betrat, prüfte Smilla mit einem Blick über die Schulter, ob jemand sie beobachtete. Dann öffnete sie die Tür und schlüpfte hinein. Sie lief zu ihrem Bett, schnappte sich das Kissen und schob die Hand in den Bezug.

Nichts.

Sie tastete nach links und nach rechts, drehte das Kissen um, schüttelte es. Immer noch nichts. Nicht einmal das Knistern des Plastikbeutels.

»Suchst du das hier?«

Smilla wirbelte herum. Auf der anderen Seite des Zimmers saß Nadja auf einem der ungenutzten Betten und hielt die verblichene, zerbeulte Penny-Tüte hoch.

Einen Moment lang vergaß Smilla, wie man sprach. Tausende von Gedanken wirbelten durcheinander wie Schneeflocken im Sturm. Was hatte sie sich nur dabei gedacht, einfach die ganze Tüte mitzunehmen und nicht bloß ihren Inhalt? Natürlich war es Nadja sofort aufgefallen, dass die Tüte fehlte. War sie jetzt wütend? Hatte sie irgendwem von dem Diebstahl berichtet? Und was hatte sie jetzt vor?

Nadjas Mundwinkel zuckten belustigt, während sie

Smillas Miene studierte. »Was denn?«, fragte sie. »Verschlägt es dir die Sprache, dass ich dein grandioses Versteck entdeckt habe? Der Kissenbezug … also wirklich, Smilla.«

Smilla warf einen reflexartigen Blick zur Tür. Fast erwartete sie, einer von Evas Aufpassern könnte hereinkommen oder Nadja könnte beschließen, nach draußen zu stürmen und allen anderen zu erzählen, was Smilla vorgehabt hatte.

»Giorgio war so freundlich, mir von eurem Plan zu berichten«, fuhr sie genüsslich fort. »Ihr wollt also wirklich abhauen.«

Smilla nickte, in der Hoffnung, dass sich die Situation als harmlos entpuppen würde. Dass Nadja nicht im Begriff sein würde, ihren Plan zu durchkreuzen. »Und? Kommst du mit uns?«, fragte sie leise.

Nadja neigte in einer unentschlossenen Geste den Kopf. »Hier will mich keiner aufessen oder verkaufen, es gibt Vorräte und Handelsgüter en masse, und meine Existenz ist niemandem ein Dorn im Auge. Ich wäre verrückt, wenn ich diesen Ort wieder verlassen würde.«

»Aber hier ist es nicht sicher«, erwiderte Smilla und machte einen Schritt auf Nadja zu. »Oder glaubst du wirklich, dass Eva den Club vernichten könnte, ohne dass dabei die Hälfte ihrer Kinder das Leben lässt und ohne dass sie einen Krieg mit anderen Gruppen anzettelt?«

»Die Chancen, dass wir den Club besiegen, sind größer, wenn ich dabei helfe. Ich kenne ihre Strategien und Taktiken genauso gut wie ihre Schwächen und blinden Flecken.« Nadja schlug ein Bein über und wippte mit dem Fuß auf und ab, als langweilte dieses Gespräch sie im Grunde.

Smilla musterte sie. Es beschämte sie, dass ausgerechnet Nadja dazu bereit war, den Hof zu verteidigen, während Smilla sich aus dem Staub machte. Doch wenn sie blieben, dann würde Eva Jera als Erste gegen die *Verlorenen Jungs* vorschicken.

»Nur mal angenommen, ihr schafft es, den Club zu besiegen. Dann steht ihr hier immer noch unter Evas Herrschaft. Und Eva ist …«, Smilla senkte ihre Stimme, bis sie nur noch ein Flüstern war, »sie ist eine verdammte Narzisstin. Wenn du auch nur kurz ihre Zuneigung verlierst –«

»Ich habe schon Unangenehmeres getan, um zu überleben, als jemandem zwei Mal am Tag meine Dankbarkeit und Treue auszudrücken«, unterbrach Nadja sie. »Wenn du glaubst, du findest so schnell etwas Besseres als das hier, dann bist du immer noch genauso naiv wie damals, als du jemandem vertraut hast, der dir seinen Hund auf den Hals gehetzt hat.«

»Was willst du mir damit sagen? Dir habe ich doch auch vertraut, und du hast das nicht ausgenutzt.«

Nadja wandte den Blick ab, und Smilla war nicht sicher, ob es ein Zeichen der Einsicht oder der Abwehr war. »Würdest du denn wollen, dass ich mit euch komme?«, fragte sie dann, ohne Smilla anzusehen.

Perplex öffnete Smilla den Mund, ohne dass ein Laut herauskam. Dann antwortete sie: »Natürlich würde ich das wollen. Du weißt, wie man kämpft, du kennst dich mit Kräut–«

Ruckartig wandte Nadja sich ihr wieder zu und brachte Smilla zum Verstummen. »Und wenn ich das alles nicht könnte? Wenn ich genauso nutzlos wäre wie du?«

»Ähm … ich würde dich trotzdem dabei haben wollen.

Vielleicht würdest du dann ja sogar aufhören, andauernd so abfällig mit mir zu reden.«

Nadja schnalzte. »Wie oft habt ihr euch getroffen, Falk und du?«

Darauf war Smilla nicht vorbereitet gewesen. Sie spürte, wie ihr das Blut ins Gesicht stieg. »Ich weiß nicht genau. Vier, fünf Mal? Warum?«

»Und? Hattet ihr was miteinander?« Jetzt klang sie nicht mehr hart und überheblich. Ihre Stimme erinnerte Smilla an den Abend, an dem sie Giorgio und ihr erzählt hatte, was mit ihrer Mutter und ihrem Vater geschehen war. Aus geweiteten Augen sah sie zu Smilla auf.

Zu gern hätte Smilla Nadjas Frage verneint, einfach, um zu verhindern, dass dieses unangenehme Gespräch noch unangenehmer wurde. Und ganz abgesehen davon gab es gerade Wichtigeres als Falks Treulosigkeit. Aber Smilla wollte nicht mehr lügen und Dinge geheim halten, und Nadja verdiente die Wahrheit. »Ja, einmal«, beantwortete sie Nadjas Frage und spürte, wie ihr Nacken vor nervöser Hitze zu jucken anfing.

Nadja nickte. Dann sah sie zu Boden. »Hat er … hat er dir denn nicht von mir erzählt?«

Smilla schluckte. Warum musste Nadja denn ausgerechnet jetzt dieses Thema anschneiden? Und überhaupt: Was änderte es noch?

»Nicht, dass ihr zusammen seid. Das hat er mir erst später gesagt.« Es hatte sie kaum gestört, dass er Nadja mit ihr hintergangen hatte. Es hatte ihr, wenn überhaupt, für sie selbst leidgetan, dass es in Falks Leben anscheinend eine andere Frau gegeben hatte. Jetzt war das anders.

»Warum?«, fragte Nadja und hob die Schultern. Ihr

Blick war immer noch verständnislos auf den Boden gerichtet. »Warum hat er das gemacht?«

»Weil er nur an sich selbst gedacht hat. Andere waren ihm egal«, sagte Smilla.

Aber Nadja schüttelte heftig den Kopf. »Das stimmt nicht«, sagte sie leise. »Wenn das wahr wäre, dann hätte er nicht versucht, die Kontakte zu den Menschenhändlern abzubrechen und gute Handelsbeziehungen aufzubauen. Er wäre auch nicht auf dem Hof geblieben, nachdem die anderen versucht hatten, ihm im Schlaf die Kehle durchzuschneiden. Und er hätte dich nicht laufen lassen.« Geistesabwesend zupfte sie an ihren langen Wimpern. »Ich muss irgendetwas falsch gemacht haben. Sonst hätte er doch gar nicht …« Sie führte den Satz, der so gar nicht nach Nadja klingen wollte, nicht zu Ende und sah zu Boden.

Smilla fuhr sich mit der Zunge über die Lippen. Ihr war immer noch so furchtbar heiß. Sie fühlte sich bloßgestellt und gleichzeitig schuldig.

»Nadja, ich weiß nicht, warum Falk was getan hat. Wir kannten uns im Grunde nicht, und die paar Male, die wir uns getroffen haben, da hat er mich vermutlich häufiger angelogen, als er mir die Wahrheit gesagt hat.«

Sie hielt inne und überlegte.

»Ich glaube, ich war für ihn eine Möglichkeit, sich von den Problemen im Club und dem Konflikt mit der Sekte abzulenken. Genau, wie er mich davon abgelenkt hat, wie einsam und hoffnungslos ich mich bei meiner Gruppe gefühlt habe. Das ist nicht dein Fehler. Du bist nicht schuld daran, dass Falk unehrlich zu uns beiden war.«

Nadja sah vom Boden auf, ihre Züge wirkten ganz weich. Als könnte der kleinste Windhauch sie durcheinander wirbeln. Doch diese Verwundbarkeit spiegelte sich nur kurz in ihrer Miene. »Wie auch immer«, wechselte sie in ihren geschäftsmäßigen Ton, und ihr Ausdruck wurde wieder hart. »Ihr wollt also einen Haufen Halbwüchsiger vergiften, um unbemerkt abhauen zu können, hm?« Demonstrativ hielt sie den Beutel hoch.

»Nein, nur Eva und ihre Handlanger«, ging Smilla auf den Themenwechsel ein.

»Du hättest mich ruhig fragen können, ob ich dir die hier freiwillig gebe. Immerhin sind es meine.«

Smilla räusperte sich. Sie wusste nicht, was sie zu tun hatte. Musste sie Nadja davon abhalten, sie auffliegen zu lassen? Oder wollte sie bloß eine Entschuldigung von ihr?

»Tut mir leid«, entschied sie sich für Letzteres. »Aber nach dem, was du gestern zu mir gesagt hast, hätte ich nicht gedacht, dass du mir hilfst.«

»Also übergehst du mich und nimmst dir stattdessen einfach, was du willst?«

»Ich habe doch gesagt, dass es mir leid tut.«

Nadja machte ein abschätziges Geräusch. »Das glaube ich dir nicht. Aber das ist okay, ich verstehe das. Egoisten gehört schließlich die Welt, Dreistigkeit siegt und so weiter.« Sie lächelte und sah dabei fast herzlich aus.

»Ich bin nicht egoistisch. Ich fühle mich nur Jera und Giorgio stärker verpflichtet als Eva.«

»Offensichtlich«, stimmte Nadja ihr zu. »Falk hat mal gesagt, dass er dich damals dafür bewundert hat, dass du immer zu wissen schienst, was richtig und was falsch war. In Gedichtanalysen genauso wie im echten Leben. Aber irgendwie«, sie musterte Smilla von oben bis unten und schüttelte dann den Kopf, »irgendwie sehe ich das nicht. Entweder hat Falk dich nie gesehen, wie du bist, oder die Plage hat am Ende auch dich verändert.«

Gestresst rieb Smilla sich die Schläfe. »Nadja, was willst du dafür haben? Ich weiß, es war blöd von mir, sie zu stehlen, aber – bitte, Eva will Jera ins Lager des Clubs schicken, und das kann ich nicht zulassen. Wir brauchen eine Ablenkung, um abhauen zu können, und das ist die beste Möglichkeit.«

Nadja grinste. »Was ich dafür haben will? Träum weiter. Den Preis, den die wert sind, kannst du nicht bezahlen.«

Smilla ballte die Hände zu Fäusten und entspannte sie gleich darauf wieder. »Was willst du dann von mir? Bist du nur hier, um mir unter die Nase zu reiben, wie blöd ich mich mal wieder angestellt habe?«

»Nicht ausschließlich. Schau mal, was du da geklaut hast«, sagte Nadja und reichte ihr die Tüte.

Ohne sie aus den Augen zu lassen, nahm Smilla die Tüte entgegen. Sie öffnete den Knoten, der sie verschloss, und sah hinein. Ein würziger, sommerlicher Duft stieg ihr entgegen. Sie blickte auf gepresste Büschel aus Kräutern. Verständnislos hob sie den Blick.

Nadjas Grinsen war noch satter geworden. »Eva hat mir im Keller einen Raum zur Verfügung gestellt, wo ich allerlei Kräuterzeug für sie herstelle. Und auch meine Mitbringsel habe ich dort schon ein paar Tage nach unserer Ankunft fertig gedörrt und zu Pulver weiterverarbeitet. Was du da geklaut hast, ist wilder Majoran. Der ist nur deshalb noch in der Tüte gewesen, weil Eva mich im Moment nicht in den Keller lässt. Wegen Leon.«

Wie paralysiert starrte Smilla in die Tüte und auf das, was sie für die Lösung gehalten hatte. Sie war kurz davor gewesen, den Plan gegen die Wand zu fahren, weil sie noch nicht einmal auf die Idee gekommen war, einen Blick auf das zu werfen, was sie da gestohlen hatte.

Als sie wieder aufsah, hatte Nadja eine Hand über die Lippen gelegt. Wie es schien, um das Lachen zu unterdrücken, das ihre Schultern erbeben ließ.

»Du solltest dein Gesicht sehen«, sagte sie, und lachte nun doch laut los. Sie ließ die Hand sinken und biss sich auf die Lippe. »Gott, ich glaube, ich muss wirklich mit euch kommen. Diesen Blick würde ich einfach zu schmerzlich vermissen.«

Smilla starrte sie unbewegt an. Wenn Nadja noch ein Wort darüber verlieren würde, wie verdammt unfähig sie war, dann würde ihr der Kragen platzen. Das Leben ihrer Schwester hing an diesem Plan. Da gab es nichts zu lachen.

Nadja seufzte vergnügt. Dann griff sie in ihre Manteltasche und hielt Smilla ein Marmeladenglas entgegen, das zur Hälfte mit einem bräunlichen Pulver gefüllt war.

»Na, nun nimm es schon«, sagte sie und schüttelte das Glas leicht, als Smilla sich nicht rührte.

Benommen streckte Smilla die Hand aus und nahm das Glas entgegen. Kühl und schwer lag es in ihrer Hand.

»Es darf nicht gekocht werden, okay? Das zerstört das Psilocybin. Und falls euer meisterhafter Plan auffliegt, habe ich nichts damit zu tun gehabt. Klaro?«

»Klaro«, stimmte Smilla benommen zu, betrachtete noch einen Moment lang das Glas mit dem unscheinbaren braunen Pulver darin und ließ es dann in ihre Manteltasche gleiten. »Wie viel davon muss ich nehmen?«

»Ein, zwei Teelöffel pro Person sollten genügen.«

»Wie schnell wirkt das Zeug?«

Nadja neigte nachdenklich den Kopf. »Frühestens nach einer halben Stunde. Aber sind das nicht eigentlich alles

Dinge, die du hättest wissen müssen, bevor du diesen Plan gefasst hast?«

Smilla überging ihre süffisante Frage. Die Antwort darauf war ihnen ohnehin beiden bekannt.

»Nächstes Mal, wenn du etwas von mir brauchst, fragst du mich. Ganz gleich, ob wir gerade allerbeste Freundinnen für immer und ewig sind oder nicht. Klar?«, sagte Nadja dann.

»Glasklar«, gab Smilla zurück.

Nadja nickte zufrieden. Dann setzte sie sich in Bewegung, lief an Smilla vorbei zur Tür und verschwand in den Flur.

Smilla ließ sie mit aufgewühlten Gedanken und einem Glas voller Ungewissheit in den Händen zurück.

Smilla war gerade dabei, den Wirsing für den Eintopf zu waschen, als sie aufgeregte Rufe draußen im Innenhof vernahm. Sebastian ließ sein Schneidemesser fallen und stürmte nach draußen. Marius und Smilla starrten gebannt in die Richtung, in die er verschwunden war, und sofort wurde Smillas Herzschlag schneller.

Wenige Sekunden später flog die Tür auf, und Sebastian kam wieder herein. Mit leuchtenden Augen verkündete er: »Eva ist wieder da. Und sie hat uns allen was vom Markt mitgebracht!«

Marius legte hastig den Kartoffelschäler beiseite und griff nach seinem Mantel, um Sebastian nach draußen zu folgen. An der Tür hielt er inne und wandte sich mit erwartungsvollem Blick zu Smilla um. »Kommst du?«, fragte er.

»Äh, ja«, brachte Smilla hervor und fragte sich, ob vielleicht auch Marius damit beauftragt worden war, sie zu beobachten. Sie stieß sich von der Spüle ab und lief durch die Tür, die Marius ihr aufhielt.

In der Mitte des Hofes stand der Karren, auf dem Eva, Ingo, Melissa und Julius am Morgen nach Monschau aufgebrochen waren. Evas Kinder hatten sich darum versammelt. Hopsend und rufend streckten sie ihre Hände nach Ingo und Juli aus, die von der Ladefläche des Karrens aus die Mitbringsel vom Monschauer Markt verteilten.

Smilla wischte sich die feuchten Hände am Mantel ab und trat zwischen die anderen. Neben ihr zog sich gerade Tessa aus der Menge zurück, ein glasiertes Brötchen in der Hand. »Die mit Preiselbeerfüllung sind die besten!«, erklärte sie Smilla begeistert, bevor sie ihre Zähne so tief in den Teig grub, dass ihre Nase hochgedrückt wurde und an die eines Ferkels erinnerte. Smilla sah ihr hinterher, wie sie mit ihrem Preiselbeerbrötchen davonhüpfte. Wenn Smilla mit Jera abhaute – ob Tessa dann an ihrer Stelle durch die Katzenklappe ins Haus der *Verlorenen Jungs* würde klettern müssen?

Angespannt knetete Smilla ihre Hände. Jera hatte recht. Sie mussten Tessa mitnehmen. Eigentlich hätten sie alle Kinder von Eva dazu überreden müssen, von hier abzuhauen. Wenn sie die Vorräte und einen Großteil des Torfs mitnähmen, hätten sie alles, was sie brauchten, um es bis nach Brüssel zu schaffen. Sie könnten neu anfangen. Aber das ging nicht. Die Gefahr, von einem der Kinder an Eva verraten zu werden, war zu groß.

Smillas Blick wanderte weiter zu Eva, die vom Rücken ihres alten Kaltblutwallachs aus zusah, wie ihre Kinder sich die Münder mit Glasur und Fruchtkompott verschmierten. Sie lächelte, und es war ein echtes, liebevolles

Lächeln. Sie schien zu verdrängen, dass einigen, wenn nicht sogar allen von ihnen der Tod oder ein Leben in Sklaverei bevorstand, wenn sie ihren Kurs nicht änderte. Oder glaubte sie wirklich daran, dass es ein notwendiges Übel war, einen Teil ihrer Kinder zu opfern, damit die anderen überleben konnten?

»Hey, Smilla!«, drang Julis Stimme durch ihre Gedanken zu ihr.

Nur mit Mühe schaffte Smilla es, sich von Evas Anblick zu lösen. Julius beugte sich vom Wagen zu ihr hinunter. In der Hand hielt er eines der glasierten Brötchen. »Die sind echt gut. Willst du eines?«, fragte er. Er wirkte gelöster als noch heute früh, geradezu aufgekratzt. Das Treffen mit Evas Verbündeten musste gut gelaufen sein.

Smilla schüttelte den Kopf. Ihr war immer noch zu übel, als dass sie an Essen auch nur hätte denken können. Dann fiel ihr Blick auf die Ladefläche. Neben drei Holzfässern türmten sich faustgroße Gesteinsbrocken.

»Zur Verteidigung des Hofs«, erklärte Julius, der ihrem Blick mit seinem gefolgt war. »Die können wir von oben aus den Fenstern werfen, falls die Menschenhändler hier aufkreuzen.« Er sah sie mit einem triumphierenden Ausdruck an. »Das heißt, falls sie den Angriff überleben, den Eva zusammen mit den Monschauern ausgetüftelt hat.«

Ungläubig sah Smilla zu ihm auf. »Du glaubst doch nicht ernsthaft, dass ein paar Steine uns vor denen schützen«, stieß sie aus.

»Das ist ja nicht alles.« Julius strahlte sie an. Aber bevor er ihr erläutern konnte, was Eva noch in petto hatte, drängte sich Marius vor sie, der mit verschmiertem Mund behauptete, noch kein gefülltes Brötchen erhalten zu haben.

Smilla wandte sich ab, kämpfte sich aus dem Gedränge und sah sich suchend um, ohne zu wissen, was sie zu erblicken hoffte.

»Wie ihr euch denken könnt«, erhob Eva in diesem Moment ihre Stimme. Sie wartete kurz, bis das aufgeregte Geplapper ihrer Kinder verstummt war. »Wie ihr euch vielleicht schon denken könnt, war unsere Zusammenkunft mit den Monschauer Händlern fruchtbar. Mehr als fruchtbar, möchte ich behaupten.«

Sie lächelte, und wer die Hände frei hatte, fing an zu klatschen. Die anderen grölten mit vollem Zuckermund.

»Fünfzehn kampfbereite Frauen und Männer aus Monschau werden morgen Nacht mit fünfzehn von uns losziehen, um die Menschenhändler zu überraschen.«

Fünfzehn ihrer Kinder wollte sie also auf einen Streich opfern. Smillas Augen huschten über die Gesichter der anderen. Wen sie wohl – abgesehen von Jera – für diese Aufgabe auserkoren hatte?

»Da ich aus dem Verhör gestern einige wichtige Details über den derzeitigen Aufenthaltsort dieser Unmenschen erfahren habe, konnten wir einen Plan schmieden, bei dem wir uns nicht alle unmittelbarer Gefahr aussetzen müssen.«

Smilla konnte nicht anders, als verächtlich zu schnauben. Wer eine gewaltbereite Gruppe wie die *Verlorenen Jungs* attackierte, brachte sich in unmittelbare Gefahr. Da gab es nichts zu beschönigen. Kurz musste sie den Blick von Eva wenden, damit ihr kein wütender Zwischenruf entfuhr.

»Wir werden Brandflaschen haben, wir werden abgerichtete Hunde haben, wir werden sogar Gewehre haben!«

Diejenigen, die alt genug waren, um noch zu wissen,

was Gewehre überhaupt waren, klatschten noch begeisterter.

»Die von euch, die ich nicht für den Angriff einteile, werden mit mir zusammen hier am Hof die Stellung halten, für den unwahrscheinlichen Fall, dass die Menschenhändler zum Gegenangriff übergehen und hier auftauchen. Aber zu den Einzelheiten kommen wir morgen früh. Jetzt –«, setzte sie bedeutungsvoll an und ließ ihren Blick über die Köpfe ihrer Kinder gleiten. »Jetzt feiern wir!«

Damit schwang Eva sich vom Rücken des alten Pferdes. Sie bahnte sich einen Weg durch ihre Kinder, die sich für die Brötchen bedankten und ihr zu dem geglückten Bündnis gratulierten. Dann verschwand sie in ihrer Wohnung.

Smilla starrte noch einen Moment lang auf die Stelle, an der Eva verschwunden war. Als sie sich von dem Anblick der geschlossenen Wohnungstür abwandte, um nach Jera zu suchen, fing sie Julis Blick auf. Er verteilte noch immer gefüllte Brötchen unter seinen Gruppenmitgliedern und sah mit einem ermutigenden Lächeln auf den Lippen zu ihr herüber.

Glaubte er wirklich, dass sie eine realistische Chance gegen die *Verlorenen Jungs* hatten? Smilla schüttelte den Kopf. Dann drehte sie sich um und machte sich wieder an die Arbeit.

Während sie mit weichen Knien in der Küche hin- und hereilte, um das Abendessen vorzubereiten, konnte sie nicht aufhören, darüber nachzudenken, wen Eva wohl als Unterstützung für die Attacke vorgesehen hatte. Obwohl sie es keinem von Evas Kindern wünschte, hoffte sie, dass es nicht Julius, Tessa oder Sonja treffen würde.

KAPITEL

34

DAS GESETZ

Mit jeder Minute fiel es Smilla schwerer, sich auf ihre Aufgabe zu konzentrieren. Das Messer, mit dem sie die Kräuter für den Eintopf zerhackte, rutschte in ihrer schweißnassen Hand. Ihre Knie wollten nicht aufhören zu zittern, und immer wieder hielt sie, ohne es zu wollen, den Atem an, bis sie Sterne sah. Unentwegt dachte sie an die bevorstehende Flucht und an all das, was ungewiss war: Würde ihr Plan so aufgehen, wie sie es sich vorstellte? Gab es eine Möglichkeit, Leon zu befreien und mitzunehmen? Und würde sie Jera im richtigen Moment ausfindig machen und rechtzeitig zum Tor gelangen?

Aber es war nicht nur die steigende Nervosität, die ihr zusetzte. Es war auch das Wissen darum, zwischen Totgeweihten zu wandeln und nichts dagegen zu tun. Im Gegenteil. Wenn sie Eva, Ingo und Zedrik heute Abend ausschaltete, würde das die gesamte Gruppe schwächen. Würden sie sich rechtzeitig davon erholen?

Als sie die Kräuter endlich vollständig zerkleinert hatte, nahm Smilla das Schneidebrett und ging auf zittrigen Beinen zu Marius hinüber, der in den blubbernden Kochtöpfen rührte.

Sie wollte das Brett mit dem zerkleinerten Grün zur Topföffnung führen, doch bei dem Versuch glitt es aus ihren tauben Händen. Krachend landete es auf dem Boden, und die Kräuter verteilten sich auf den schmuddeligen Fliesen.

»Mann, Smilla«, sagte Marius und betrachtete das Chaos zwischen ihnen. »Pass doch auf!«

»Sorry«, presste Smilla hervor.

Marius hob den Blick, und als er ihr ins Gesicht sah, wich seine verärgerte Miene einem besorgten Ausdruck. »Alles okay bei dir? Du bist ganz blass«, sagte er.

Smilla nickte heftig. »Ja, ja. Ich bin nur unterzuckert.«

Marius musterte sie prüfend. »Schaffst du es denn, die Schüsseln zu füllen, oder brauchst du eine Pause? Wir können nämlich gleich mit der Essensausgabe starten.«

»Nein, ich brauche keine Pause«, beteuerte Smilla. Sie durfte sich nicht anmerken lassen, wie nervös sie war. Hoffentlich glaubte Marius ihr die Ausrede mit der Unterzuckerung.

»Gut, dann geh schon mal hinter die Theke. Ich fege hier kurz«, sagte er und nickte zur Essensausgabe.

Smilla setzte sich in Bewegung. Das Glas mit dem Pulver in ihrer Manteltasche schlug mit jedem Schritt schwer gegen ihren Oberschenkel. Bald war es so weit, und sie würde Evas, Ingos und Zedriks Portion Eintopf das Pulver untermischen müssen. Sie wusste nur nicht, wie und wann und wo. Ob sich eine gute Gelegenheit bieten würde, war eine der vielen Ungewissheiten in ihrem Plan.

Smilla trat hinter die Essensausgabe und nahm die Kelle

aus der Besteckschublade. Wenige Sekunden später kam Sebastian und stellte einen der dampfenden Töpfe neben die unzähligen aufeinandergetürmten Schüsseln, die darauf warteten, befüllt zu werden. Smilla wischte sich die schweißnassen Hände an ihrem Mantel ab. Dann tunkte sie die Kelle in den Topf und befüllte die erste Schüssel.

Die anderen hatten sich bereits im Speisesaal eingefunden. Ihre Stimmen schienen lauter als sonst, ihre Gespräche aufgeregter.

Schüssel um Schüssel füllte Smilla und reichte sie über die Theke an Elli und Gerôme weiter, die die Aufgabe hatten, sie an die Tische zu bringen. Die ersten fingen schon an zu essen. Das hieß wohl, dass Eva bereits ihre allabendliche Ansprache gehalten und Smilla in der Küche bloß nichts davon mitbekommen hatte. Und das wiederum bedeutete, dass auch Eva, Ingo und Zedrik sich vermutlich schon zum Essen zurückgezogen hatten.

Smilla trat von der Theke weg und lehnte sich durch die Tür zur Küche. Marius stand am Herd und nahm gerade den zweiten Kochtopf von der Platte. »Haben Eva, Ingo und Zedrik schon ihr Abendessen bekommen, oder soll ich ihnen was abfüllen?«, fragte sie.

»Brauchst du nicht, Sebastian bringt ihnen gerade schon was rüber«, sagte er.

Der Schock, den seine Worte Smilla verpassten, lähmte sie einen Augenblick lang. Sie hatte ihre Chance, Eva und ihre Handlanger außer Gefecht zu setzen, vertan. Es hätte nicht mehr gebraucht als ein, zwei Teelöffel des Pulvers in jeder Schüssel, doch sie hatte nicht gut genug aufgepasst. Sie hatte es vermasselt.

»Hey, Smilla, die Hälfte der Leute hat noch nichts zu essen«, holte Ellis Stimme sie aus ihrer Starre.

Wie mechanisch begab sie sich wieder zu dem halb geleerten Kochtopf hinter der Theke und befüllte die nächsten Schüsseln, während sich in ihr Chaos entfaltete.

Sie hatte es nicht geschafft, den Plan in die Tat umzusetzen. Was hieß das für ihre Flucht? Konnte sie es trotzdem wagen? Sie mussten ja, sie hatten keine andere Wahl, wenn sie nicht in den Krieg mit den *Verlorenen Jungs* verwickelt werden wollten. Aber wann? Und wie, so ganz ohne Ablenkungen und ohne die Möglichkeit, sich untereinander abzusprechen? Smilla spürte, wie ihr Herz immer schneller schlug, während Verzweiflung und Panik ihre Gedanken zusehends verlangsamten.

»Smilla?«, rief Marius vom Herd her.

Ohne ihre eigenen Bewegungen zu spüren, drehte sie sich zu ihm.

»Ich hatte noch keine Zeit, den Tee aufzugießen. Kannst du das gleich machen, wenn das Wasser kocht?« Er nickte in Richtung Herd.

Mit den Augen folgte Smilla der Geste und sah einen dampfenden Topf Wasser, eine Schüssel voller zerstoßener Kamillenblüten und vier Thermoskannen, die darauf warteten, befüllt zu werden.

»Hat … hat Eva schon ihren Tee?«

»Nein, den kannst du ihr dann auch gleich bringen.«

Am liebsten hätte Smilla vor Erleichterung aufgelacht. Sie bekam noch eine Chance. Das Universum hatte Mitleid mit ihr, dem Clown der Apokalypse.

»Okay, wird erledigt«, gab sie zurück. Mit einem Mal fühlte sie sich schwebend leicht. Eilig füllte sie die restlichen Schüsseln und reichte sie abwechselnd Elli und Gerôme an. Am liebsten hätte sie alles stehen und liegen lassen, um sofort mit der Zubereitung des Tees anfangen zu können. Nicht, dass ihr im letzten Moment doch noch jemand zuvorkam.

Als endlich alle mit Eintopf versorgt waren, eilte Smilla mit großen Schritten zurück zum Herd. Das Wasser kochte bereits. Also stopfte sie die getrockneten Blüten in die Thermoskannen und goss den Tee auf. Während die Kamille im heißen Wasser zog, holte Smilla drei Gläser aus dem Schrank und stellte sie auf ein rundes Silbertablett. Jetzt musste sie nur noch irgendwie das Pulver in eine der Kannen einrühren, ohne erwischt zu werden.

Unauffällig ließ sie den Blick umherschweifen. Sebastian war nirgends zu entdecken. Aber Marius hielt sich immer noch in der Küche auf und kramte in einem der Schränke hinter Smilla.

Mit klammen Fingern nahm sie eine der Kannen und stellte sie neben die Gläser auf das Tablett. »Der Tee ist fertig«, sagte sie dann und warf Marius einen kurzen Blick zu. »Bringst du ihn in den Speisesaal?«

»Ja, gleich«, antwortete Marius und kramte unbeirrt weiter.

Das Glas in Smillas Manteltasche schien zu glühen. Sie spürte die Hitze durch den Stoff ihrer Kleidung und bis auf ihre Haut. Aber solange Marius im selben Raum war wie sie, konnte sie das Glas nicht hervorholen, um Evas Tee damit zu vergiften.

»Äh, Marius? Haben wir noch Honig? Gestern war Eva sauer, dass ich ihr keinen in den Tee gerührt habe.«

Marius hielt in seiner Kramerei inne. Dann nickte er. »Ja, ich hol dir welchen. Bevor du bei dem Versuch wieder was hinschmeißt.« Er schlug die Schranktür zu und eilte Richtung Speisekammer davon.

Ohne noch einen Moment länger abzuwarten, zog Smilla das Glas aus ihrer Tasche, drehte den Schraubverschluss auf und schüttete das Pulver mit unkontrollierten Bewegungen in die Öffnung der Kanne. Dann warf sie das Glas samt seinem restlichen Inhalt ins Spülwasser und atmete zum ersten Mal an diesem Tag tief durch. Sie hatte es doch noch geschafft. Zwar mit mehr Glück als Verstand, aber sie hatte es geschafft.

Kaum war das Glas gluckernd auf den Boden des Spülbeckens gesunken, kehrte Marius auch schon zurück und reichte ihr einen Tontopf mit dunklem, flüssigem Honig.

Während Smilla mehrere Esslöffel davon in die Kanne gab, kam eine seltsame Ruhe über sie. Sämtliche Muskeln entspannten sich, und das Zittern in ihren Gliedmaßen ließ nach. Sie schnappte sich einen sauberen Kochlöffel, rührte den Tee gründlich um und schraubte den Deckel der Kanne fest. Dann nahm sie das Tablett, verließ die Küche und ging zu Evas Wohnung.

Die Tür wurde von einem Fußkeil offen gehalten, und Smilla drückte sie mit der Schulter ganz auf. Aus der Küche drang das Klappern der Löffel in den Suppentellern. Als Smilla ins Zimmer trat, hielten Eva, Ingo und Zedrik in ihren Bewegungen inne und sahen zu Smilla hoch.

»Hier ist euer Tee«, sagte sie. Noch immer fühlte sie sich seltsam ruhig.

Sie trat neben Eva und setzte das Tablett in der Mitte des Tisches ab. Dann stellte sie jedem ein Glas hin. Ihre Finger fühlten sich taub an, schwitzten aber nicht mehr. Es war wichtig, dass niemand ihr etwas anmerkte. Das wusste sie. Und obwohl ihr Körper sie schon so oft verraten hatte, schien er diesmal kooperieren zu wollen. Vielleicht hatte sie dafür der Smilla mit dem kühlen Kopf zu danken.

Als jeder sein Glas hatte, nahm Smilla die Kanne,

schwenkte sie ein paar Mal und schraubte dann den Deckel soweit auf, dass sie den dreien einschenken konnte. Die Flüssigkeit, die sich aus der Kanne in Evas Glas ergoss, sah alles andere als appetitlich aus. Anders als sonst, war das Wasser trüb, als käme es direkt aus einer aufgewühlten Pfütze. Der Geruch, der mit dem Dampf in Smillas Nase stieg, erinnerte an Erde und Moder.

»Was ist das für ein Tee?«, fragte Zedrik. Er hatte sich vorgebeugt und rümpfte die Nase.

»Kamille, gemahlene Beinwellwurzel und Honig«, erklärte die Smilla mit dem kühlen Kopf.

»Beinwell?«, hakte Eva nach.

Smilla hatte keine Ahnung, was Beinwell genau war. Nadja hatte ihr auf der Reise etwas darüber erzählt. Aber Smilla erinnerte sich kaum noch daran. Sie war zu hungrig und zu müde gewesen, um es sich einzuprägen. Trotzdem sagte sie: »Genau. Er beugt Entzündungen vor und wirkt entspannend.«

Sie schenkte auch Zedriks und Ingos Gläser voll. Dann stellte sie die Kanne in die Mitte des Tisches und schraubte den Deckel wieder zu. Sie war gerade im Begriff, sich umzudrehen und die Wohnung zu verlassen, da zuckte Evas Hand mit dem Teeglas darin hoch und versperrte ihr den Weg.

»Wer hat den gemacht?«, fragte sie und führte den Tee zur Nase. Sie roch daran, verzog aber keine Miene.

Smillas erster Impuls war es, Marius vorzuschieben. Doch wenn Eva erkennen würde, dass sie vergiftet werden sollte, würde sie am Ende ihn für den Schuldigen halten. »Ich«, sagte sie also. »Warum? Habe ich was falsch gemacht?«

»Hm«, machte Eva nur und schwenkte das Glas unter

ihrer Nase wie bei einer Weinverkostung. Sie war skeptisch. Und das schon, bevor sie überhaupt einen Schluck von dem Gebräu genommen hatte.

In einer langsamen, aber zielstrebigen Bewegung hielt sie Smilla das Glas hin. »Trink.«

Adrenalin schoss durch Smillas Blutbahnen. Sie konnte nicht Nein sagen, so viel war klar. Gab es eine andere Möglichkeit, Evas Befehl abzuwenden? Eine Allergie? Sie hatte noch nie von einer Kamillenallergie gehört, geschweige denn von einer Beinwell- oder Honigallergie. Was natürlich nicht hieß, dass es so etwas nicht gab. Aber würde man ihr diese Ausrede glauben?

Smilla schluckte. Viel Zeit blieb ihr nicht, bis ihr Zögern sie verdächtig wirken lassen würde. Sie hatte keine andere Wahl. Entschlossen streckte sie die Hand nach dem Glas aus und führte es zum Mund. Ein, zwei Schlucke würden schon keinen allzu großen Schaden anrichten. Hoffentlich.

Der Tee war noch viel zu heiß. Wie Feuer brannte er auf ihrer Zunge und in ihrer Kehle, aber sie trank. Ein Schluck, zwei Schlucke, drei Schlucke. Das musste Eva genügen.

Mit Tränen in den Augen setzte sie das Glas wieder ab. »Vorsichtig, ist noch sehr heiß«, sagte sie und wollte Eva das Glas zurückgeben.

Evas Mundwinkel zuckten nach oben, aber sie machte keine Anstalten, ihr das Glas abzunehmen. »Trink es ganz aus«, sagte sie dann lieblich.

Smilla sah sie aus glasigen Augen an. »Wieso denn überhaupt?«

Aber Eva schaute unverwandt zurück und gab ihr keine Antwort.

»Es ist noch zu heiß«, protestierte Smilla.

»Das ist mir egal.«

Smilla spürte Zedriks und Ingos gebannte Blicke auf sich. Also hob sie den Tee erneut an die Lippen. Die Hitze schmerzte in ihrer Kehle, aber Smilla trank, bis das Glas auf den letzten Tropfen geleert war. Nur eine dünne Pulverspur blieb darin zurück.

Smilla stellte das Glas auf den Tisch und fuhr sich mit dem Handrücken über die Lippen. Eva sah sie prüfend an.

Sekunden verstrichen, ohne dass irgendwer etwas sagte. Smilla schlug das Herz bis zur Kehle, und die Angst vor dem, was als Nächstes passieren würde, machten es ihr unmöglich, einen klaren Gedanken zu fassen.

Dann, nach einer gefühlten Ewigkeit, wandte Eva sich ab und griff nach der Kanne. Sie schenkte ihr Glas wieder mit Tee voll.

»Du kannst gehen«, sagte sie dann, ohne Smilla anzusehen.

Das ließ Smilla sich nicht zweimal sagen. Sie drehte sich um und verließ mit ruhigen, gleichmäßigen Schritten die Küche. Am liebsten wäre sie gerannt, aber sie widerstand dem Drang. Als sie endlich aus der Wohnung trat, öffnete sie den Mund und sog tief die kühlende Abendluft ein.

Ein ganzes Glas. Sie hatte ein ganzes, verdammtes Glas von dem Zeug getrunken. Wie es schien, hatte sie so immerhin Eva davon überzeugen können, dass mit dem Tee alles in Ordnung war. Aber was jetzt?

Ein überforderter Laut drängte sich durch Smillas verbrühte Kehle, und sie tat ein paar ziellose Schritte in den Hof hinein.

Sie hatte keine Ahnung, was genau sie von dem Trank

zu erwarten hatte. Aber dass dies ihrer Flucht nicht zuträglich sein konnte, stand außer Frage.

Erbrechen. Sie musste erbrechen.

Auf weichen Knien lief sie los in Richtung Sickergrube. Sie erreichte die drei hölzernen Kabinen, schloss sich in die mittlere ein und beugte sich über das stechend riechende Loch im Erdboden. So übel, wie ihr den ganzen Tag über gewesen war, würde es sicher ein Leichtes sein, sich zu übergeben, vor allem, wenn man den Kopf direkt über eine Grube voller Fäkalien hielt.

Smilla steckte sich den Finger in den Hals. Ein paar Mal brachte sie sich so zu einem trockenen Würgen, das schmerzhaft auf ihre verletzten Rippen drückte, aber der Tee blieb, wo er war. In ihrem Magen.

Smilla schnaubte wütend. Warum musste denn alles, was schief gehen konnte, auch tatsächlich schief gehen? Dafür gab es doch sogar einen Begriff. Ihr Vater hatte ihr davon erzählt.

Mit der Faust schlug Smilla sich in den Magen, in der Hoffnung, sich so zum Erbrechen bringen zu können. Der allgegenwärtige Schmerz in ihren Rippen explodierte. Aber sonst geschah nichts.

Millers Gesetz?

Ohne an Details zu sparen, stellte sie sich vor, was dort alles unter ihr in der Grube schwamm. Doch auch das half nicht.

Nein, Millers Gesetz war es nicht. Murrays vielleicht?

Sie schob den Finger noch tiefer in ihren Hals. Ein halbherziger Würgereflex, mehr nicht.

Murphys Gesetz. Genau, Murphys Gesetz war es gewesen.

Smilla nahm den Finger aus ihrem Mund und richtete sich auf. Es hatte keinen Zweck.

Mit einem wütenden Aufschrei fuhr sie herum. »Fick dich, Murphy!«, stieß sie aus und versetzte der Holzwand neben sich einen Schlag, dass die Kabine hin- und herwackelte und die Prellungen an ihrer Seite sie mit weiteren Stichen aus Schmerz bestraften.

Smillas Atem ging schwer, und am liebsten hätte sie die Kabine in ihre Einzelteile zerlegt. Sie zwang sich, tief Luft zu holen. Sie durfte jetzt nicht die Fassung verlieren.

»Okay«, flüsterte sie sich selbst zu. »Du packst das. Du schaffst das schon.«

Sie musste Nadja um Hilfe bitten. Vielleicht wusste sie, was man tun konnte, um die Wirkung des Tees abzumildern. Oder sollte sie lieber als erstes Giorgio Bescheid geben? Er musste schließlich wissen, dass sie bald vermutlich nicht mehr zurechnungsfähig sein würde.

Smilla strich sich die Haare hinter die Ohren, dann entsperrte sie die Kabine und trat nach draußen.

»Klingt, als hättest du es schwer gehabt, da drinnen«, erklang eine belustigte Stimme neben ihr in der Dunkelheit. Smilla fuhr zusammen. Es war Elli, die in diesem Moment die Tür zu der benachbarten Kabine aufzog. War sie vielleicht auch auf Smilla angesetzt?

»Ich mach doch nur Witze«, schob Elli hinterher, als Smilla sie nur perplex anstarrte. Dann verschwand sie in die Kabine und zog die Tür hinter sich zu.

Ratlos und mit Verzweiflung im Bauch machte Smilla sich auf den Weg zurück in den Speisesaal. Von der erholsamen Ruhe, die sie vor wenigen Minuten verspürt hatte, war nichts mehr übrig. So viel war schon jetzt schief gegangen, und sie hatten noch nicht einmal einen Fuß hinter den inneren Ring der Büchsenseile gesetzt. Und – was Smilla noch gravierender erschien – nichts von dem, was schiefgegangen war, hatte sie aus eigener Kraft wieder begradigen können. Immer hatte ihr das Glück gut zugespielt. Doch jetzt hatte sich auch ihr dummes Glück endgültig von ihr abgewendet.

Sie zog die Tür zum Speisesaal auf und begab sich mit pochendem Herzen zurück auf ihren Platz.

»Du bist blass«, stellte Juli fest, als sie sich ihm gegenüber niederließ. »Geht es dir nicht gut?«

Smilla schüttelte den Kopf. »Nein, alles gut«, gab sie zurück. Ihre Stimme klang brüchig und ungewohnt hoch.

»Gut«, sagte Juli und lächelte. »Eva hat nämlich Gewürzwein für alle gekauft. Wäre eine Schande, wenn du dir das entgehen lassen müsstest.«

»Mhm«, machte Smilla, ohne wirklich zu verstehen, was er gesagt hatte. Sie nahm ihren Löffel auf und begann zu essen, in der Hoffnung, dass das mildernd auf den Effekt des Tees wirken würde. Vielleicht würde es ja auch helfen, wenn sie viel trank?

Sie streckte die Hand nach ihrem Glas aus, aber es war leer. »Wo ist mein Tee?«, fragte sie benommen und sah sich überflüssigerweise um.

»Ups«, sagte Jera betroffen. »Hab vergessen, Sebastian zu sagen, dass er dir auch einschenken soll. Tschuldigung.«

»Schon gut«, murmelte Smilla. Sie sah auf Jeras Glas, aber das war auch schon so gut wie leer.

»Willst du was von meinem Tee abhaben?«, bot Julius an.

»Ja, das wäre nett.«

Er schob sein Glas in ihre Richtung. Smilla griff danach

und leerte es in einem Zug. Je mehr Flüssigkeit, desto besser.

»Danke«, sagte sie und stellte ihm das leere Glas wieder hin.

»Oh … okay. Bitte«, brummte Julius. Dann widmete er sich wieder seinem Eintopf.

Smilla horchte in sich hinein. Wann sie wohl mit den ersten Auswirkungen des Psilocybins rechnen musste? Hoffentlich erst, nachdem sie Giorgio Bescheid gegeben hatte, dass sie sich soeben selbst vergiftet hatte.

Smilla sammelte sich und drehte sich zu Jera, die sie erwartungsvoll ansah, als rechnete sie jede Sekunde mit einem geheimen Signal.

»Heute ist ein besonderer Tag, was?«, sagte sie und blickte Jera fest in die Augen. »Wir brechen in ein neues Kapitel auf«, fügte sie hinzu und hoffte, dass Jera ihre Botschaft verstand.

Jeras Augen schienen größer und glasiger als sonst, als sie ihren Blick erwiderte. Dann nickte sie knapp.

KAPITEL

35

DIE LIEBENDEN

Nach dem Abendessen versammelten sich Evas Kinder im Innenhof, wo Zedrik aus einem Kessel über der Feuerstelle Gewürzwein ausschenkte. Es wurde laut geredet und viel gelacht. Alle waren in bester Stimmung.

Smilla hielt Ausschau nach Nadja, um sie um ihre Hilfe zu bitten. Aber sie schien mal wieder abgetaucht zu sein. Als sie Nadja auch nach ihrer dritten Runde durch den Innenhof nicht ausfindig hatte machen können, beschloss Smilla, es aufzugeben und stattdessen mit Giorgio zu sprechen, solang sie noch dazu in der Lage war. Er stand am Feuer, bei Jean-Luc und Ahmed, und nippte dampfenden Gewürzwein aus einer zierlichen Kaffeetasse.

Smilla rang ihren Lippen ein Lächeln ab und ging auf die drei zu. »Und, wie schmeckt das?«, unterbrach sie das Gespräch.

»Nicht übel. Keine Ahnung, was für Gewürze da drin sein sollen, aber nach Wein schmeckt es allemal«, erklärte Jean-Luc.

»Hoffentlich besser als der Kamillentee?«, fragte Smilla und warf Giorgio einen fragenden Blick zu. »Der hat ja heute echt furchtbar geschmeckt.«

Verwirrt blinzelte er. »Findest du? Der war doch so zubereitet wie immer, oder?«, fragte er dann langsam.

»Ja, doch, eigentlich schon. Aber mit Evas Kanne war anscheinend etwas nicht okay. Eva hat mir ein Glas daraus zu trinken gegeben, und das schmeckte schon ein bisschen suspekt. Vielleicht war da noch irgendwas Ekliges drinnen, was da eigentlich nicht reingehört. Eine tote Schnecke, oder so.« Smilla zwang sich zu lachen, damit niemand auf die Idee kam, dass es bei diesem Gespräch um mehr ging als Kamillentee.

Giorgio sah sie mit konzentrierter Miene an, und Smilla konnte förmlich sehen, wie es in seinem Kopf ratterte.

»Möchtest du mal was von meinem Wein probieren?«, bot Jean-Luc ihr derweil an.

»Nein, danke«, winkte Smilla ab.

Kurz überlegte sie, ob sie noch etwas zu ihrem Teekonsum sagen sollte, damit Giorgio auch ohne den letzten Zweifel verstand, was sie ihm mitzuteilen versuchte. Aber ihre Angst war zu groß, dass Ahmed oder Jean-Luc sich an ihr seltsames Verhalten erinnern würden, wenn ersichtlich wurde, dass etwas mit Eva und ihren Handlangern nicht stimmte.

»Ich … ich seh mal nach Jera«, entschuldigte sie sich und verließ die drei.

Sie bahnte sich einen Weg zwischen den anderen entlang, die in kleinen Grüppchen beisammenstanden und genüsslich ihren warmen Wein schlürften. Ab und zu schnappte sie aufgeregte Gesprächsfetzen über den bevorstehenden Angriff auf. Irgendwer sagte, dass er unbedingt

Brandflaschen auf das Quartier der Menschenhändler werfen wolle. Ein anderer brachte seine Begeisterung darüber zum Ausdruck, dass er vielleicht mit einem Gewehr schießen dürfe. Und wieder jemand anderes freute sich, dass sie nun endlich Vergeltung dafür üben würden, dass Menschen wie Evas Kinder kein gutes Leben mehr führen konnten wegen Menschen wie den *Verlorenen Jungs*. Bald würde die Welt wieder ein Stück besser sein.

Smilla drehte sich um die eigene Achse und hielt Ausschau nach ihrer Schwester. Hoffentlich würde sie nicht auf die Idee kommen, sich zu weit von Smilla zu entfernen. Wann genau sie versuchen würden abzuhauen, stand schließlich nicht fest, aber es würde bald sein. Sie mussten die erste Chance ergreifen, die sich ihnen bot.

Wer wohl an diesem Abend die Zäune patrouillierte?

Noch einmal drehte Smilla sich um sich selbst. Oder war es vielleicht die Welt, die sich unter ihr drehte?

Sie kniff die Augen zusammen und versuchte, die Anwesenden zu zählen. Waren noch alle hier? Oder fehlte irgendwer außer Nadja und Eva? Sie konnte Ingo nirgendwo entdecken.

Sie brachte die Welt dazu, still stehen zu bleiben, und blickte zu Evas Wohnung hinüber. Im Fenster brannte eine Kerze. Sie waren also immer noch dort drinnen.

»Smilla?«

Smilla fuhr herum und sah in die Richtung, aus der die Stimme gekommen war, die sie von ihren dringlichen Gedanken wegzuziehen drohte. Es war Jera. Sie machte mit dem Zeigefinger eine Bewegung, mit der sie ihr zu verstehen gab, dass sie sich zu ihr herunterbeugen sollte.

Smilla lächelte. Jeras Zeigefinger war wirklich perfekt geraten. Hatte sie auch so einen perfekten Zeigefinger?

Sie hielt ihre Hand hoch und betrachtete ihre Finger. Ja, sie waren genauso perfekt wie Jeras.

»Hallo, Smilla!«, lenkte Jera ihre Aufmerksamkeit wieder auf sich. Sie griff nach der Hand, die Smilla hochhielt, und zog sie zu sich herunter. »Wann werden wir … wann machen wir diese Sache?«, flüsterte sie ihr ins Ohr.

Die Flucht. Richtig, sie mussten ja abhauen. Mit einem Mal hatte Smilla das Gefühl, als würde das Feuer nicht mehr ganz so hell brennen, und die fröhlichen Gespräche um sie herum schienen leiser zu werden. Ihre Freude über ihren perfekten Zeigefinger klang ab. Sie mussten fliehen. Und sie hatte diesen Trank zu sich genommen.

Smilla zwang sich, sich ganz und gar auf Jera zu konzentrieren. Es war wichtig. Überlebenswichtig. »Halte dich an Giorgio, okay? Behalte ihn im Auge. Wenn er geht, gehst du mit ihm«, flüsterte sie ihr zu.

Jeras Augen wurden größer. »Aber –«, setzte sie an, doch Smilla schüttelte energisch den Kopf.

»Kein *Aber.* Du musst jetzt tun, was ich sage. Okay?«

Jera presste die Lippen aufeinander, und einen Moment lang rechnete Smilla fest mit Widerrede. Doch dann nickte ihre Schwester.

Smilla spürte, wie ein Lächeln ihre Mundwinkel nach oben schob. Sie richtete sich auf und schloss Jera in die Arme. »Ich liebe dich«, flüsterte sie in ihr Haar.

Jera erwiderte die Umarmung. »Ich dich auch.«

Behutsam legte Smilla ihre Hände auf Jeras Schultern und drückte sie sanft von sich weg. Feuerfunken tanzten in ihren Augen. »Geh jetzt zu Giorgio, und bleib in seiner Nähe«, wies sie ihre Schwester an, solange ihre Gedanken noch klar genug waren.

Jera nickte. Dann drehte sie sich um und verschwand zwischen den vielen dunklen Mänteln, die den Innenhof bevölkerten.

Smilla ließ ihren Blick über die anderen streifen. Sie wusste immer noch nicht, wer sie beobachtete. Wie viele von Evas Kindern sie beobachteten. Ob Jera auch beobachtet wurde? Und es war alles noch so unerträglich ruhig! So würden die anderen nicht stark genug abgelenkt sein, wenn sie sich davonschlichen.

»Na, du Teediebin?«

Smilla sah zur Seite und erkannte Julius.

»Aber ich habe deinen Tee doch gar nicht getrunken«, erwiderte Smilla.

»Doch?«, hielt Julius dagegen und grinste sie an.

»Nein, ich habe ihn nicht angenommen, damit du mich nicht anfasst«, sagte Smilla. Sie wusste es noch ganz genau.

»Ich glaube, ich kann dir nicht folgen«, gestand Julius.

»In Monschau, vor der Kaffeerösterei. Ich habe deinen Tee nicht angenommen«, sagte sie. Damals, als sie Julius zum ersten Mal begegnet war, hatte sie noch nicht geahnt, wie er wirklich war. Sie hatte Angst gehabt vor dem, was passieren würde, wenn sie ihn zu nah an sich herankommen ließ. Aus einer simplen Berührung konnte so schnell ein Greifen werden, aus einem Greifen ein Festhalten, aus einem Festhalten ein Niederringen.

Aber jetzt wusste sie, dass er damals nur aus Gutmütigkeit gehandelt hatte. Es hatte noch keine Eva in ihrem Leben gegeben, die sie überwachen ließ. Sie hatten nicht einmal gewusst, dass sie sich nach dieser Begegnung wiedertreffen würden. Er hatte ihr helfen wollen, weil er gesehen hatte, dass es ihr nicht gut ging, und nicht, weil er von ihr, Eva oder sonst irgendwem etwas dafür hatte haben wollen.

Julius lachte auf. »Wie kommst du denn jetzt gerade auf Monschau? Ich rede doch von eben, beim Essen.«

»Oh«, sagte Smilla und musste dann selbst lachen. Sie war wirklich nicht ganz bei der Sache. »Ja, das tut mir leid, ich hatte nur … ich brauchte unbedingt was zu trinken.«

Julius zuckte die Schultern. »Ich komm schon drüber weg. Und, wie ist es so, mit Marius und Sebastian zusammenzuarbeiten?«, wollte er als Nächstes wissen.

»Ich …«, setzte sie an. Doch dann wusste sie nicht weiter. Sie fand die Worte nicht dort, wo sie für gewöhnlich waren, und über diese Erkenntnis vergaß sie, was Julius überhaupt hatte wissen wollen. »Was?«

Julius stutzte. »Wie es so mit Marius und Sebastian ist«, wiederholte er.

Smilla dachte nach. »Ich kann gerade nicht darüber reden«, resignierte sie dann.

Wieder lachte Juli, diesmal jedoch klang er verunsichert. Er machte einen Schritt vor sie, sodass sie ihm direkt ins Gesicht sehen konnte.

»Geht es dir gut? Ist alles in Ordnung?«, fragte er mit gesenkter Stimme.

Der Feuerschein glänzte auf seinen dunklen Locken und tauchte seine Haut in ein warmes Orange. Er hatte keinerlei Narben im Gesicht, und etwas daran beruhigte Smilla ungemein. Sie lächelte. Er war so schön. Unvorstellbar, dass diese Schönheit nur ein Mosaik aus Wasserstoff, Sauerstoff, Calcium, Eisen, Kohlenstoff und anderen derartigen Substanzen sein sollte. Es musste doch mehr dahinterstecken als bloße Chemie!

»Hey, Smilla, hast du mich gehört?«

Julis Hand zuckte hoch, als wollte er sie wachrütteln, aber im letzten Moment hielt er sich zurück.

»Du kannst mich ruhig berühren«, sagte sie.

Sie begriff es erst in dem Moment, in dem sie die Worte aussprach. Es war nicht die Berührung an sich, die sie fürchtete. Es ging darum, wie viel Kontrolle sie glaubte, über diese Nähe zu haben. Darum, dass sie jemandem, der ihr mit einer Berührung schaden wollte, nichts entgegenzusetzen hätte außer ihrem Unwillen. Julius hatte ihr nur ein einziges Mal das Gefühl gegeben, nicht mehr die Kontrolle zu haben, und zwar, als er sie an diesem Morgen davor gewarnt hatte, etwas Dummes zu tun. Und selbst dabei war es nicht darum gegangen, ihre Grenzen zu überschreiten. Sie brauchte keine Angst vor ihm zu haben.

»Ich wollte dich überhaupt nicht anfassen«, sagte Julius in diesem Moment mit gesenkter Stimme.

»Oh. Schade.«

Julius' Mundwinkel zuckten, und etwas in seinen Augen veränderte sich. Das Lagerfeuer fing an, das Eis darin zu schmelzen. »Na, wie viel von diesem Wein hast du schon getrunken?«, fragte er dann, noch immer schmunzelnd.

»Kein bisschen«, sagte Smilla.

Julius zog eine Augenbraue hoch. »Und das soll ich dir glauben, ja?«

Sie nickte energisch. Sie hatte wirklich nichts davon getrunken. Aber warum eigentlich nicht? So etwas Leckeres wie Gewürzwein gab es ja nicht alle Tage, und das letzte Mal, als sie Alkohol getrunken hatte, hatte sie es geschafft, zu lachen. Richtig zu lachen. Ohne sich Sorgen um die Lautstärke zu machen. Ohne im selben Moment an all die

Dinge in der Welt nach der Plage zu denken, die eigentlich nicht zum Lachen waren. Sie wollte wieder so lachen.

»Komm, wir holen uns Gewürzwein«, sagte sie und nickte in Richtung Feuerstelle.

Aber Julius schüttelte den Kopf. »Ich hab selbst schon mehr als genug davon gehabt«, sagte er und weitete vielsagend die Augen. Dann lachte er.

Smilla lachte mit und konnte den Blick nicht von Julius nehmen. Er war noch viel schöner, wenn er lachte. Wie hatte die Natur das nur hinbekommen?

Ihr Blick glitt von seinen tauenden Eisaugen zu seinen Lippen und von da aus auf die schwarzen Tintenornamente, die aus dem Kragen seines Mantels ragten.

Erschrocken sog Smilla die Luft ein. Die Linien bewegten sich! Sie wiegten sich hin und her wie Anemonen in einer Meeresströmung.

»Was …«, flüsterte sie und streckte ihre Finger danach aus. Vorsichtig fuhr sie mit den Fingerspitzen über die Linien, und Kreise aus schwarzer Tinte begannen sich dort zu entfalten, wo sie hinfasste.

»Was machst du da?«, fragte Julius, ohne sich jedoch zu entfernen.

»Deine Tattoos«, murmelte Smilla und folgte mit dem Finger einem schwarzen Fisch mit Schleierflossen, der gerade aus Julis Kragen aufgetaucht war. Der Fisch flüsterte etwas, das als Luftbläschen an die Oberfläche von Julis Haut stieg. Aber es war zu laut um sie herum, als dass sie hätte verstehen können, was er ihr zu sagen versuchte.

»Ist das an deinem ganzen Körper so?«, fragte sie und sah zu Julius auf, ohne ihre Finger von seinem Hals zu nehmen.

Er schüttelte verwirrt den Kopf. »Was meinst du?«, fragte er.

Smilla trat näher an ihn heran, schob den Zeigefinger in den Kragen seines Mantels und zog den Stoff ein Stück herunter, um einen Blick auf die darunterliegende Haut zu erhaschen.

Julius lachte. Dann schloss er die Hand um ihre und hinderte sie daran, den Kragen seines Mantels noch tiefer zu ziehen. »Sag mal, soll das etwa ein Flirtversuch sein?«, fragte er amüsiert.

»Hm?« Smilla löste ihren Blick von dem Fisch, der Kreise um Julis Kehle zog und Geheimnisse in die Nacht flüsterte, und sah ihm ins Gesicht.

Er lächelte Sonnenstrahlen auf sie herab. Das Eis in seinen Augen war fortgeschmolzen, und nun schillerten seine Iriden in den Farben der Morgenröte. Seine Hand umschloss noch immer ihre, aber sie fürchtete die Berührung nicht.

Einige, ewige Sekunden lang schauten sie sich in die Augen, und das warme Lächeln sickerte aus Julis Miene. Dann neigte er den Kopf, und Smilla spürte, wie ihr Körper auf diese Bewegung, die keiner Erklärung bedurfte, reagierte. Sie schloss die Augen, reckte ihr Kinn, und im nächsten Moment legten seine Lippen sich sanft auf ihre.

Ein Sternenschauer ging hinter Smillas Lidern nieder. Sie fühlte es in ihrem Körper bitzeln, als ihre Neuronen losfeuerten. Und als sie zwischen zwei Küssen kurz die Augen öffnete, sah sie, dass es auch unter Julis Haut leuchtete und blitzte von all den Farben, die auf einmal durch sie beide hindurchrauschten. Von ihm zu ihr, von ihr zu ihm.

Da sagte Juli: »Sorry.« Und plötzlich war ihr Kuss zu

Ende. »Ich bin ein bisschen blau, ich …« Er schüttelte sich leicht und machte einen Schritt rückwärts. Die Schatten seiner Kapuze fielen über den Sonnenaufgang in seinen Augen.

Und da erinnerte Smilla sich an ihren Plan. Sie mussten fliehen. Aber sie konnte Juli nicht zurücklassen. Ihm und Ben durfte nichts zustoßen. Wie sollte sie es denn aushalten, sich fragen zu müssen, was aus den beiden geworden war?

Sie folgte Julis ausweichendem Schritt und legte ihm ihre Arme um den Nacken.

»Smilla, vielleicht sollten wir …«, setzte er an, beendete den Satz aber nicht. Er wusste wohl selbst nicht, was sie sollten. Smilla wusste es auch nicht. Niemand wusste das so genau, das war ja das Problem. Im Prinzip war es sogar das einzige echte Problem, seit es Lebewesen gab, die sich Gedanken über etwas wie das Sollen machen konnten.

Smilla zog Juli enger an sich und schmiegte ihre Wange an seinen Hals, sodass sie das Flüstern der Tintenwesen unter seiner Haut vernehmen konnte. Jetzt, endlich, verstand sie, was sie ihr zu sagen versuchten.

Behutsam platzierte Juli eine Hand auf ihrem Kreuz. »Sicher, dass das so eine gute Idee ist?«, raunte er.

Smilla wandte den Kopf und hob das Kinn, bis ihre Lippen sein Ohrläppchen berührten. »Ich vertraue dir«, flossen die Worte, die ihr die Tintenwesen zugesäuselt hatten, aus ihrem Mund wie schillernde Muschelperlen. »Und du musst mir jetzt auch vertrauen.«

»Ich verstehe nicht –«, flüsterte Julius zurück, entzog sich aber nicht ihrer Umarmung.

»Wir hauen ab. Wir gehen nach Brüssel«, sprach sie die Worte aus, bevor sie all das wieder vergessen würde, was jetzt wirklich wichtig war. Oder bevor sie erkannte, was für einen riesengroßen Fehler sie gerade beging.

Juli drückte sie etwas fester an sich. Dann machte er einen Schritt nach hinten, aus dem Kreis der anderen heraus. Er zog sie mit sich, bis sie in den Schatten des Vordachs gelangten, das den Eingang der Stallungen überspannte. Hier konnte niemand zufällig mitbekommen, dass ihr Gespräch nicht nur aus zärtlichen Worten bestand.

»Was redest du denn da? Spinnst du?«, zischte er.

»Eva will Jera beim Angriff mit dabei haben. Das ist meine Strafe für Leon. Wir *müssen* abhauen.« Diese Worte waren nicht mehr so schön rund und glatt und glitzernd wie die vorigen. Sie hatten scharfe Kanten, die in Smillas Hals schmerzten.

Julius schüttelte energisch den Kopf. »Das kannst du nicht machen«, flüsterte er ihr dann zu. »Es ist zu gefährlich. Mindestens drei Personen haben in diesem Moment keine andere Aufgabe, als dich im Auge zu behalten. Ich bin einer von ihnen, aber wer die anderen sind, weiß ich nicht. So was überhaupt zu sagen … was ist denn nur los mit dir?«

»Nein«, wehrte Smilla sich gegen seine Widerworte und legte ihre Hände an seine Wangen, damit er sich nicht abwenden konnte. »Hier zu bleiben ist zu gefährlich. Für dich und für Ben auch. Kommt mit uns mit!«

Julius stieß angestrengt den Atem aus. »Nur mal angenommen, ihr schafft es hier unbemerkt heraus. Wie stellst du dir denn eine derartige Reise um diese Jahreszeit vor?«

Die Worte stampften wütend auf Smillas Trommelfelle.

»Wir haben es schon einmal fast bis nach Brüssel geschafft. Wir schaffen es auch noch einmal.«

»Unsere beste Chance auf Sicherheit besteht darin, die

Menschenhändler hochzunehmen, bevor sie uns hochnehmen«, beharrte Julius.

Smilla schüttelte den Kopf. »Bitte, Juli, du hörst mir nicht zu!«

Julius' Hände lösten sich von ihrem Rücken, und er versuchte, sich ihr zu entziehen. Das durfte er nicht tun. Wenn sie ihn jetzt losließe, dann wäre er für immer verloren. Sie schloss ihre Arme enger um seinen Nacken. »Du stirbst, wenn du hier bleibst, das kann ich spüren! Du musst mit uns kommen!«

Julius legte seine Finger um ihre Handgelenke und zwang sie dazu, ihn loszulassen. Im Schatten des Vordachs sah sie zu ihm auf, doch sie konnte seine Züge kaum noch erkennen. Er entfernte sich schon von ihr. Die Schatten nahmen ihn mit sich, zogen ihn ein Stück weiter ins Reich der Toten.

»Erzähl bloß niemandem sonst, was ihr vorhabt«, flüsterte er ihr zu, die Finger immer noch fest um ihre Unterarme geschlossen. Diese Berührung machte, dass Smilla die Angst am Rande ihres Bewusstseins pulsieren spürte. Aber sie schwoll nicht weiter an, vermehrte sich nicht.

»Und auch kein Wort mehr darüber zu *mir.* Klar? Du bringst mich in Schwierigkeiten.« Damit ließ er sie los, wandte sich ab und verschmolz mit den vielen dunklen Mänteln, die um das Feuer wogten wie schwarzes Wasser.

Smilla brauchte einige Sekunden, um sich zu sammeln. Oder vielleicht waren es auch Stunden? Sie wusste es nicht. Die Zeit schien sich zu dehnen, sich an den Enden zu spalten und aufzurollen wie Holzspäne. Bis Smilla nicht mehr wusste, wann alles angefangen hatte und wie alles aufhören musste. Lag die Flucht noch vor ihnen, oder hatten sie schon alles hinter sich?

Nein, nein, schalt die Smilla mit dem klaren Kopf sie. *Siehst du nicht, dass du noch auf dem Hof bist, Dummerchen? Du musst erst noch fliehen!*

Aber vielleicht ist sie schon längst geflohen und sieht den Hof nur von der nächsten Zeitebene, warf eine andere Gedankensmilla ein. Eine, die sie noch nicht kannte. Wann hatte sie sich von ihrem Ich abgelöst? Die Smilla mit dem klaren Kopf war von ihr abgesplittert, als sie den Mann niedergestochen hatte, der in ihre Gefängniszelle bei den *Verlorenen Jungs* eingedrungen war. Aber diese neue Smilla? Sie hatte keinen Schimmer, wann oder wie sie entstanden war.

Zeitebenen? Was für ein Unsinn!, schimpfte die mit dem klaren Kopf.

Noch mehr Smillas meldeten sich zu Wort.

Aber natürlich, die Zeit schraubt sich immer weiter fort, wie eine Wendeltreppe.

Genau, das weiß doch jeder!

Gelächter ertönte in ihrem Kopf.

Eine Wendeltreppe!, jauchzte eine der Stimmen.

Sie ist verrückt. Sie ist verrückt geworden!

»Seid still, ich muss nachdenken« brachte Smilla hervor.

Uppsie, kicherte eine der Stimmen, und dann wurde es tatsächlich still in ihrem Kopf.

Smilla setzte sich in Bewegung und lief auf die lachenden, plaudernden Grüppchen im Zentrum des Innenhofs zu. Alle sammelten sie sich dort um das Feuer herum, wie Wassertropfen, die auf einen Abfluss zukrochen.

Smillas Blick glitt über Evas Kinder. Sie waren alle so lebendig. Nie zuvor hatte sie wahrgenommen, mit welcher Kraft das Leben in ihnen strahlte. Wie Glut in Kohlen. Außen mochten sie schwarz sein und sich kalt anfühlen, aber innen waren sie alle warm und leuchtend.

Smilla hielt an und sah sich um. Was tat sie noch gleich hier? Was wollte sie zwischen den anderen? Hatte sie das nicht eben noch gewusst?

Abhauen, flüsterte ihr die Gedankensmilla mit dem kühlen Kopf zu.

»Still!«, befahl sie ihr.

»Smilla, hast du einen Moment?«

Das war keine der Gedankensmillas gewesen. Sie drehte sich um. Neben ihr stand Sonja. Aus ihrem blonden Haar flüsterte es, wie in den Baumwipfeln, die den Hof umgaben.

»Ja. Sogar ganz viele. Oder einen nie endenden. Ich weiß nicht genau«, antwortete Smilla ihr.

Sonja stutzte. Dann schüttelte sie irritiert den Kopf und sagte: »Hat sie dich für den Angriff eingeteilt?«

»Wer?«

»Eva. Weißt du schon, ob du beim Angriff dabei sein sollst?«

Smilla überlegte. Von so etwas hatte sie nichts gehört. »Nein.«

Sonja kam noch einen Schritt näher. Smilla konnte die verkrusteten Stellen an ihrem Haaransatz sehen.

Dornenkrone.

Quatsch, ›Gürtelrose!‹

So ein schönes Wort …

Du meinst wohl ›Stacheldraht?‹

»Ich soll mitgehen, weil ich weiß, wie man schießt. Ich will aber nicht mitgehen.« Sonjas Augen schimmerten feucht, während ihr Blick wachsam über die umstehenden Verhüllten glitt. Niemand durfte sie hören, aber Smilla wusste nicht mehr, wieso überhaupt.

Smilla lächelte. »Dann geh nicht«, sagte sie sanft.

Sonja zog die Brauen zusammen. »Wie meinst du das?«

»Du musst nicht immer tun, was andere von dir erwarten.« Sie erschrak, als sie merkte, dass sie mit Nadjas Stimme sprach. Hatte sie etwa neben den unzähligen Smillas auch noch eine Nadja in sich? »Vielleicht kann Nadja dir einen guten Rat geben«, murmelte sie gedankenverloren.

Sonjas Pupillen sprangen hin und her, als sie Smilla sichtlich irritiert musterte. »Nadja? Wie soll Nadja mir denn weiterhelfen können?«

Smilla runzelte die Stirn. Ja, wobei konnte Nadja Sonja helfen?

Abhauen, flüsterte die Stimme abermals.

Smilla löste die Augen von Sonja und sah sich um. Alle waren so fröhlich. Und die Nacht war wunderschön. Tiefblau und windig, durchzogen von fliegenden Funken, umrahmt von den steinernen Mauern des Hofes. Warum in aller Welt sollte sie von hier abhauen?

Da ertönte plötzlich ein Krachen, und ein tiefes Brüllen spaltete die Glückseligkeit, die Evas Kinder umgab. Smilla drehte sich um und versuchte zu erkennen, von wo das Brüllen gekommen war. Schweigen ergriff diejenigen, die Evas Wohnung am nächsten standen und breitete sich wie eine unsichtbare Welle bis zu Smilla aus. Von dort hinten musste es also gekommen sein. Gebannt schaute Smilla dorthin, wo die Glückseligkeit zu bröckeln begann.

Eva stand in der Tür zu ihrer Wohnung. Ihr Mund war wutverzerrt und ihr sonst so seidiges Haar zerzaust. »Wer hat das gesagt?«, schrie sie. »Wer von euch hat das über mich gesagt?«

Alle Gesichter waren Eva zugewandt, die schwer atmend dastand und voll glühenden Zorns auf ihre Kinder herabstarrte. Niemand sagte etwas.

Warum war sie nicht so glücklich wie die anderen? Smilla verstand es nicht, aber schon spürte sie, wie die Glückseligkeit auch unter ihren Füßen wegzubrechen begann.

»Niemand hat etwas über dich gesagt, Eva«, hörte Smilla jemanden sagen, und die anderen stimmten zu.

»Sie lügen. Sie lügen dich an!«, entfuhr es Eva. Mit abgehackten Schritten kam sie die Stufen vor ihrer Wohnungstür herab. Ihr Blick streifte ruhelos über ihre Kinder.

»Wer hat gesagt, dass alles besser wäre, wenn ich nie geboren worden wäre?«, grollte sie dann.

Das Schweigen von Evas Kindern wurde so dicht, dass es auf Smilla zu drücken begann, als befände sie sich auf dem Grund des Meeres.

»Wer?« Evas Stimme war ein fürchterlicher Sturm, der auch den letzten Rest der Glückseligkeit fortriss. Das Licht im Hof veränderte sich. Es verlor an Kraft und Farbe, und plötzlich hatte alles scharfe Kanten und spitze Ecken.

Mit großen Schritten kam Eva auf ihre Kinder zu. »Du warst es! Nicht wahr?«, fauchte sie, und deutete in Smillas Richtung.

»Ich?«, hauchte Smilla, während sich die Verhüllten nach links und rechts zurückzogen, um Eva den Weg frei zu machen.

»Nicht du«, knurrte Eva, und mit drei Sätzen war sie bei ihr. »Du!«

Ihre Hand schnellte an Smilla vorbei, und ein schriller Aufschrei erklang. Im nächsten Moment stolperte Sonja nach vorn. Eva hatte sie am Ohr gepackt.

»Ich habe überhaupt nichts gesagt!«, schrie Sonja schrill und tastete nach Evas Händen, die an ihrem Ohr rissen.

Smilla verstand nicht, was geschah. Sie verstand, dass

es furchtbar war und nicht sein durfte. Aber wie es dazu gekommen war und was sie dagegen tun konnte, erschloss sich ihr nicht. Es gab nur *jetzt,* und kein *gleich.* Und jetzt stand sie wie angewurzelt da und konnte sich nicht bewegen.

»Jedermanns Liebling«, spie Eva aus. »Hätte es gleich wissen sollen, dass du das Leben nicht zu schätzen weißt, das ich dir geschenkt habe!«

Sie versetzte Sonjas Kopf einen Ruck, sodass diese das Gleichgewicht verlor. Eva ließ sie los, und Sonja stürzte in den Dreck.

Im nächsten Moment erstarrte Eva, und ihr hasserfüllter Blick wanderte weg von Sonja und zu ihren anderen Kindern, die nur dastanden und aus unnatürlich großen Augen zurückschauten. Sie hatten alle keinen Mund mehr. Dort, wo Lippen, Zähne und Zunge hätten sein sollen, war nur Haut.

»Da lacht ihr? Ihr findet das witzig?«, flüsterte Eva.

Jemand löste sich aus der Menge und half Sonja auf die Beine. Es war Elli, aber sie sah gar nicht aus wie Elli, sondern eher wie eine bleiche, trostlose Version von ihr.

»Eva, niemand hat gelacht«, erhob sich eine Stimme. Womöglich Jean-Lucs, aber Smilla konnte es nicht genau sagen, weil die Luft zu wabern angefangen hatte und die Stimme verzerrte. Sie fragte sich, wie er es schaffte, ohne Mund zu sprechen.

»Lüg mich nicht an!«, schrie Eva und stürmte auf die Mantelgestalt zu, die ihr am nächsten stand. Sie versetzte ihr einen kräftigen Stoß, sodass sie rückwärts in die Menge taumelte.

Mit einem Aufschrei und zu Krallen gekrümmten Fingern setzte Eva ihr nach. Ein Heulen erhob sich, und Smilla wusste nicht, ob es von Evas mundlosen Kindern, den Wölfen oder dem Wind herrührte.

Sie spürte die Angst, die sich um jeden Einzelnen von ihnen legte wie eine Zwangsjacke. Einige versuchten, Eva aufzuhalten, als sie Schläge und Tritte gegen jeden austeilte, den sie in die Finger bekam. Andere versuchten, ihr zu entkommen und stolperten in unterschiedliche Richtungen davon. Zedrik tobte neben Eva und schleuderte jeden zur Seite, der ihr zu nahe kam. Aber auch er hatte eigentlich nur Angst vor ihr.

Angst war eine der wenigen verlässlichen Dinge auf dieser Welt. Liebe war mächtig, aber selten. Freundschaft war häufig, aber nicht beständig. Glück war flüchtig und zerbrechlich. Aber Angst war stark und überall. Smilla schmeckte sie in der Luft. Wie Blut und Erde schmeckte sie. Sie hörte sie böse Dinge wispern. Dass Falk tot sei. Qualvoll verendet. Dass die Schmieders umgekommen seien, bevor sie Brüssel erreicht hatten. Dass ihr Vater Köln nach ihr und Jera durchkämme. Dass Jera sie hasse. Dass die *Verlorenen Jungs* sie holen würden, bevor sie auch nur einen Fuß jenseits des Zauns gesetzt hätten. Alles war voll von diesen Stimmen der Angst, sie kamen von überallher. Aus den Gräsern, aus den Flammen und zwischen den Schottersteinen am Boden des Innenhofs traten sie hervor.

Hilfesuchend wandte Smilla sich um und sah in das Gesicht der Person neben ihr. Doch sie blickte in leere, schwarze Augenhöhlen. Wer auch immer dort neben ihr stand, er war schon tot. Er würde ihr nicht helfen können.

Sie stolperte zurück und konnte sich nur wieder fangen, indem sie nach einem der vielen Mäntel um sich herum griff. Die Person, an der sie sich festhielt, wandte sich zu ihr um. Es war Melissa. Doch als sie den Mund öffnete, um etwas zu sagen, quoll dunkles Blut über ihre Lippen. Auch sie war tot.

Verzweifelt sah Smilla sich nach jemandem um, der nicht tot war. Nach irgendwem, der nicht von den Stimmen der Angst heimgesucht wurde.

Ihre Augen blieben an einem lebendigen Pulk aus Menschenkörpern hängen, keine fünf Meter von ihr entfernt. Marius sprang von hinten auf Evas Rücken, die gerade auf den am Boden liegenden Sebastian eintrat. Unter dem Gewicht des Jugendlichen gaben Evas Beine nach, und sie versank zwischen den vielen schwarzen Mänteln.

Was als Nächstes passierte, sah Smilla nicht, denn in diesem Moment legte sich eine Hand um ihren Arm und zog sie mit sich. Die Mauer aus schwarzen Mänteln schloss sich vor ihr, und Marius, Sebastian und Eva verschwanden.

»Jetzt, Smilla«, raunte eine Stimme, die nicht der Angst gehörte, und auch nicht dem Tod.

Abhauen. Aber sie musste doch helfen. Sie konnte die anderen nicht mit Eva allein lassen.

Doch die Hand, die sie zog, wusste das nicht, oder es war ihr egal. Sie zog Smilla weiter und weiter. Weg von Eva und ihren Kindern. Weg von der Feuerstelle und der Angst, die um sie herum aus dem Boden blubberte. Aus dem Innenhof heraus und hinein in den aus riesenhaften Pilzen mit elegant geschwungenen Stielen bestehenden Wald, der seufzend und ächzend um Evas Kinder weinte.

KAPITEL

36

DER ABSCHIED

Spitzkegeliger Kahlkopf.«

»Was?«, fragte die Hand, die Smilla immer weiter zog.

Die Bäume, die eben noch Pilze gewesen waren, flogen als verwischte Schemen an ihr vorbei. Der Boden hob und senkte sich unter ihren Füßen, als keuchte der Wald angstvoll mit ihnen.

»Spitzkegeliger Kahlkopf. Er ist schuld daran, dass alles so anders –«

«Ich weiß«, unterbrach der Verhüllte sie gehetzt. »Vorsicht!«, warnte er dann, als sie an den inneren Kreis der Alarmanlage gelangten.

Wie dankbar sie ihm war! Ohne ihn wäre ihr nicht mehr eingefallen, dass sie fort musste.

Doch in der Sekunde, da ihr dieser Gedanke durch den Kopf schoss, fiel Smilla auf, dass etwas nicht stimmte. Jera war nicht bei ihnen. Sie waren ohne Jera abgehauen.

Sie bremste ab und riss sich mit einem Ruck von der Hand los, die sie führte.

Der Verhüllte drehte sich zu ihr. »Was?«, zischte er.

»Jera. Ich hab nicht an Jera gedacht«, stieß Smilla aus und drehte sich um. Sie musste umkehren. Sofort.

Doch die Hand des Verhüllten schloss sich wieder um ihren Arm und hielt sie zurück. »Jera ist durch das vordere Tor abgehauen. Wir treffen sie morgen früh bei Sonnenaufgang in Monschau.«

»Aber ich kann sie nicht alleinlassen!«, protestierte Smilla und spürte, wie ihre Kehle eng wurde. Diesen Fehler hatte sie doch schon einmal begangen und geglaubt, daraus gelernt zu haben. Wie um alles in der Welt hatte ihr das ein zweites Mal passieren können?

»Sie ist nicht allein. Du lässt sie nur im Stich, wenn du riskierst, dass Eva uns doch noch kriegt!«, gab der Verhüllte zurück. Er zog sie weiter.

»Und die anderen? Was ist mit den anderen?«

Die Gestalt antwortete ihr nicht.

»Was wird aus ihnen?«

Da blieb der Verhüllte doch noch einmal stehen und wandte sich zu ihr um. Im Dunkeln konnte sie den Ausdruck nicht sehen, der auf seinen Zügen lag. »Es tut mir leid, Smilla, aber wir können nicht umkehren. Wenn wir jetzt dorthin zurückgehen, dann bekommen wir so eine Chance vielleicht nicht noch einmal.«

»Aber –«

»Ich habe dir vertraut. Jetzt musst du mir vertrauen. Wir können nicht umkehren.«

Er hat recht, flüsterte eine der vielen Gedankensmillas ihr zu. Sie wusste nicht, welche es war. Aber sie erkannte, dass sie die Wahrheit sagte.

Smilla hörte auf, gegen den Verhüllten anzukämpfen und ließ sich von ihm fortziehen, immer weiter weg vom Vennhof.

Sie gelangten an den Zaun, und der Verhüllte wies sie an, Ben zu halten. Als er das Kind in ihre Hände sinken ließ, schlang es augenblicklich die Arme um Smillas Nacken. Ben klammerte sich fest, als hinge sein Leben davon ab. Und wahrscheinlich war das auch so.

Ein Klimpern verriet Smilla, dass Juli mit dem Schlüsselbund hantierte. Und das wiederum sagte ihr, dass das Tor bereits abgeschlossen worden war. Aber wenn Juli den Schlüsselbund bei sich trug …

»Jera – wie kommt sie durch den Zaun?« Sie schloss ihre Arme noch etwas fester um Ben und hielt sich genauso an ihm fest, wie er sich an ihr. Sein Gewicht wirkte beruhigend, obwohl ihr die Smilla mit dem klaren Kopf zuwisperte, dass er sie und Juli nur verletzlicher machte.

»Ich hab ihr den Schlüssel für das andere Tor gegeben«, antwortete Juli zwischen zusammengebissenen Zähnen.

Mit einem kläglichen Quietschen schwang das Tor auf. Juli ließ den Schlüsselbund in seinem Mantel verschwinden und nahm Ben aus Smillas Armen.

»Stehen bleiben.«

In Julis Gesicht las Smilla, dass etwas Schlimmes geschehen war. Sie fuhr herum. Dort, im fahlen Licht des Nachthimmels, stand eine breitschultrige, verhüllte Gestalt, die mit einem glänzenden Stock auf sie zeigte.

»Eine falsche Bewegung, und ich schieße. Und mir ist scheißegal, wen oder wohin ich treffe«, knurrte die Gestalt. Es war Ingo. Und der Stock war kein Stock, sondern ein Gewehr.

Instinktiv wich Smilla einen Schritt zurück. Was sollte sie tun? Was konnte sie tun? Wieder war sie gelähmt, saß im *Jetzt* fest und wusste nicht, was das *Gleich* für sie bereithielt.

»Willst abhauen, was? Hab ich Eva von Anfang an gesagt, dass ihr Ärger machen würdet«, brummte Ingo und zeigte mit dem Lauf des Gewehres auf Smilla.

»Wir wollen nicht abhauen«, ertönte Julis Stimme von irgendwo hinter ihr.

»Ach ja? Und was sollte dann das mit dem Tee? Hast was reingemischt, nicht wahr?«

Der Tee. Er hatte den Tee nicht getrunken. Er hatte sie durchschaut, von Anfang an. Was Ingo als Nächstes sagte, bekam Smilla nicht mit, denn eine andere Bewegung, weiter unten am Zaun, zog ihre Aufmerksamkeit auf sich.

Da war noch jemand. Ein weiterer Verhüllter. Und auch dieser hielt etwas Längliches in der Hand, vermutlich ein weiteres Gewehr. Es war vorbei. Die Flucht war gescheitert.

Smilla spürte, wie die Luft noch kälter wurde und die Nacht noch dunkler. Die Bäume jammerten und ächzten, als die Angst nun auch hier aus dem Boden zu sickern begann. Schwarz und zäh und klebrig nahm sie alles in Beschlag, was mit ihr in Berührung kam, und gab es nicht mehr frei.

Vage nahm sie wahr, dass Juli etwas sagte. Er klang gehetzt, flehentlich. Auch ihn hatte die Angst infiziert.

Ingo machte einen Schritt nach vorn und entgegnete etwas Ungehaltenes. Doch Smilla verstand nicht, was, denn in diesem Moment hob der zweite Verhüllte das längliche Etwas in seiner Hand, holte aus und ließ es auf Ingos Kopf niederfahren.

Ingo versiegten die wütenden Worte im Mund. Die

Waffe fiel ihm aus der Hand, und er griff an die Stelle, an der ihn der Schlag getroffen hatte.

Smilla brauchte einen Moment, um zu schalten. Aber dann verstand sie: Der zweite Verhüllte war gar nicht auf Ingos Seite. Er war auf ihrer.

In kleinen Schritten drehte Ingo sich um und starrte hinab auf den Verhüllten, der ihn hinterrücks angegriffen hatte. »Was tust du denn da?«, fragte er verwundert. Er zog die Hand aus seiner Kapuze und starrte auf seine Handfläche, auf der etwas Dunkles haftete. Erst glaubte Smilla, auch er hätte sich mit der Angst angesteckt, aber dann verstand sie, dass es Blut war.

Ein wütender Laut drang aus Ingos breiter Brust. Dann schlug er ohne Vorwarnung zu. Die andere Gestalt ging zu Boden. Ihre Kapuze rutschte nach hinten und offenbarte ein rundliches Gesicht und kurzes, helles Haar. Sonja.

»Das Gewehr«, zischte Julius hinter Smilla.

Mehr brauchte er nicht zu sagen. Das Wort hatte gereicht, um Smilla eine Vision davon zu geben, wie das *Gleich* aussehen konnte, wenn sie jetzt alles richtig machte. Während Ingo auf Sonja losging, hob Smilla das Gewehr vom Boden auf.

»Und jetzt komm«, wies Julius sie an. Er befand sich schon auf der anderen Seite des Tores, die Arme eng um Ben geschlungen, der sein Gesicht im Mantel seines Vaters vergrub.

Smilla stutzte. Sie sollte jetzt einfach gehen? Ohne Sonja? Das entsprach aber nicht dem, was sie vor ihrem inneren Auge gesehen hatte, als Julius sie auf das Gewehr hingewiesen hatte. Nein, sie hatte etwas gesehen, das ihr besser gefiel.

Sie hob das Gewehr und legte einen Finger auf den

Abzug. Mit einem Mal fühlte sie sich stark, unbesiegbar. Die Angst, die an ihr hochkletterte, verlor den Halt und tropfte zurück auf den Waldboden. Smilla war, als wüchse sie in Richtung Himmel empor.

»Ingo«, sagte sie.

Ingo, der Sonja am Kragen gepackt hatte und sich mit erhobener Faust über sie beugte, hielt in der Bewegung inne und sah über die Schulter zu ihr.

Da drückte Smilla auf den Abzug. Aber der bewegte sich nicht. Sie drückte noch einmal. Er ließ sich nicht durchziehen. Schock sprudelte durch Smillas Adern.

Das Gewehr musste gesichert sein. Konnte man Gewehre überhaupt sichern? Und wie entsicherte man sie dann wieder? Ungläubig schaute sie auf ihren Finger am Abzug.

»Smilla, pass auf!«, rief Julius. Und als sie wieder aufsah, packte Ingo schon den Lauf des Gewehrs und stieß ihr den Schaft der Waffe in den Bauch.

Smilla stolperte nach hinten und schlug rücklings auf dem Waldboden auf. Die Angst, die den Boden tränkte, schwappte über sie.

Smilla riss die Hände hoch, auch wenn sie wusste, dass ihre dünnen Schichten aus Haut, Muskeln, Sehnen und Knochen sie nicht vor der Waffe, ihrer Ladung oder ihrem Träger schützen konnten. Sie kniff die Augen zusammen und wandte den Kopf zur Seite. Sie wollte nicht, dass das Letzte, was sie sah, Ingos wütende Fratze wäre.

Und dann geschah nichts.

Smilla vernahm ein erschrockenes Luftholen, dann einen Aufprall und ein schmerzerfülltes Jaulen. Doch erst, als nur noch angestrengtes Keuchen zu hören war, wagte sie es, die Augen zu öffnen und durch ihre ausgestreckten Finger zu blinzeln.

Ingo lag bäuchlings auf dem Waldboden und blickte verständnislos in Smillas Richtung. Blut sickerte aus einer Wunde an seiner Stirn. Über ihm ragte Nadja auf, einen Fuß zwischen seinen Schulterblättern. Ihre Hände waren um Ingos Handgelenk geschlossen, und sie bog seinen Arm schmerzlich weit nach hinten.

»Arme auskugeln, Smilla«, sagte sie außer Atem und versetzte Ingos Schultergelenk einen Ruck, der ihn abermals aufjaulen ließ. »Du solltest wirklich lernen, Arme auszukugeln. Und jetzt lasst uns machen, dass wir hier wegkommen.«

Mit Julis und Sonjas Hilfe schleiften sie den benommenen Ingo an den Füßen nach draußen vor den Zaun. Dann schloss Nadja das Tor von außen ab und warf den Schlüssel zurück aufs Hofgelände. So würde Ingo, wenn er sich wieder berappelt hatte, nicht auf direktem Wege Eva und die anderen alarmieren können.

Und dann liefen sie.

Ein ums andere Mal vergaß Smilla, warum sie eigentlich rannten. Sie wusste, dass es die Pilze waren, die sie so verwirrten, doch das änderte nichts daran, dass ihr immer wieder der Sinn für die Realität und für die Dringlichkeit ihrer Flucht entglitt.

Als sie langsamer wurde und sich ausruhen wollte, packte Nadja ihre Hand und zog sie weiter. »Komm schon, nicht anhalten!«, keuchte sie.

Dann lichteten sich die Bäume, und das Moor entfaltete sich vor ihnen. Ihr angestrengter Atem und das Wehen der Moorwinde in den Baumwipfeln wurden eins. Dumpf trommelten ihre Füße auf der Holzbrücke, die über den schäumenden Fluss führte. Zwischen Farnen und Heidekraut hasteten sie weiter, geradewegs ins Hochmoor hinaus. Die Gerippe toter Bäume sahen ihnen sehnsüchtig nach, als sie an ihnen vorbeirauschten. Bei jedem Schritt trat dunkles Wasser aus dem Boden und sickerte in Smillas Schuhe. Das Wasser war von einer neuen Angst geschwängert, die durch Smillas Haut in ihre Blutbahnen gelangte: einen falschen Schritt zu machen, im Moor zu versinken und nie wieder aufzutauchen. Aber Juli schien zu wissen, wo sie hintreten durften und wo nicht. Entschlossen und ohne anzuhalten, führte er sie immer tiefer ins Moor hinein.

Das Hochmoor dehnte sich endlos vor ihnen aus. Zwar sah Smilla am Horizont die Umrisse des angrenzenden Waldes, aber er schien in immer weitere Ferne zu rücken. Doch dann, endlich, wuchs der Wald vor ihnen in den Nachthimmel hinauf und verschluckte sie. Auf einem von blassen Farnen gesäumten Pfad rannten sie weiter. Regentropfen hingen wie Perlen an den leblosen Farnblättern und kullerten über ihre Mäntel, wenn sie daran entlang streiften. Der Wald weinte, weil er im Begriff war, sie zu verlieren.

Sie schlitterten gerade von einem belaubten Berghang hinab und auf einen Wildpfad, da drosselte Juli endlich das Tempo. »Ich glaube … wir sind … außerhalb … ihrer Reichweite«, keuchte er. Auch Nadja, Sonja und Smilla verlangsamten ihre Schritte.

»Können die Hunde unsere Fährte aufnehmen?«, fragte Nadja.

Smilla drehte sich einmal um sich selbst und suchte den Wald mit hastigen Augen nach Verfolgern ab.

»Nein«, hörte sie Juli sagen. »Die können nur bellen, wenn jemand auf den Hof kommt.«

»Und Wölfe? Du hast gesagt, hier gebe es wilde Wölfe …«, fragte Smilla, die meinte, gefletschte Zähne in der Dunkelheit jenseits des Pfades aufblitzen zu sehen. Abermals überkam sie das Bedürfnis, sich umzusehen. Jedes Knacken in den vom Wind bewegten Wäldern ließ sie zusammenfahren.

»Die sind auf unserer Seite, nicht auf Evas«, murmelte Julius. Mit diesen Worten lösten sich die Zähne in der Dunkelheit auf.

Sie hatten es geschafft. Sie waren entkommen.

Smilla hielt noch immer Nadjas Hand, als sie die Rur überquerten und den verlassenen Marktplatz von Monschau kreuzten. Sie konnte nicht mit Bestimmtheit sagen, ob es erst Mitternacht oder schon früher Morgen war. Die Wirkung der Pilze ließ zwar stetig nach, doch ihr Empfinden für Raum und Zeit fand nur langsam wieder in seinen Normalzustand zurück.

Juli führte ihre erschöpfte Gruppe zwischen den eng beieinanderstehenden Fachwerkhäusern hindurch und in eine Gasse, in der bereits Obdachlose und Bettler Zuflucht suchten.

Smilla besah sich jeden einzelnen, so gut es die Nacht zuließ, aber keiner von ihnen war Jera oder Giorgio. Ob sie schon in Monschau angekommen waren?

Juli ließ sich vor einer Steinmauer am Ende der Gasse nieder und half Ben dabei, sich so in seinem Arm einzurollen, dass er halbwegs warm und bequem würde schlafen können. Smilla quetschte sich in die Ecke, in der Mauer und Hauswand aufeinandertrafen und einen windgeschützten Winkel bildeten. Ihre Muskeln zitterten von den Anstrengungen der letzten Stunden.

»Danke«, sagte sie leise und sah zu Nadja und Sonja hinüber, die sich auf der gegenüberliegenden Seite der Gasse hingekauert hatten. »Ich habe noch gar nicht Danke gesagt.«

»Gern geschehen«, murmelte Nadja, während sie versuchte, ihren Kopf in einer bequemen Position an die Wand hinter ihr zu lehnen. »Aber wenn du dir nicht endlich ein paar Kampfgriffe von mir beibringen lässt, war es das letzte Mal, dass ich dir aus der Klemme geholfen habe.«

Sie wusste, dass Nadja damit recht hatte. Sie hatte von Anfang an recht gehabt. »Einverstanden«, gab Smilla zurück. Ein paar Handgriffe und Ausweichmanöver würden sie schon nicht noch weiter verrohen lassen.

»Und Sonja? Danke, dass du Ingo abgelenkt hast.«

»Ja«, klinkte Juli sich ein. »Aber … was hast du eigentlich da zu suchen gehabt? Du warst doch gar nicht für die Patrouille eingeteilt?«

Das hatte Smilla sich auch schon gefragt. Aber nun darüber nachzudenken, war viel zu anstrengend. Sie konnte immer noch nicht länger als ein paar Sekunden an einem Gedanken festhalten. Und das Flüstern und Murmeln der Gedankensmillas hallte nach wie vor durch ihren Hinterkopf und erschwerte es ihr zusätzlich, sich zu konzentrieren. Sie schloss die Augen.

»Als Eva von mir abgelassen hat, bin ich, so schnell es ging, aus der Menge raus. Da habe ich Nadja gesehen, die sich gerade davonstehlen wollte. Und Smilla hatte kurz vorher etwas Seltsames über Nadja gesagt …«

Sonjas Stimme entfernte sich, und sie hörte nicht mehr, wie der Satz endete. Kurz überkam Smilla das Bedürfnis, die Augen zu öffnen, um sicherzugehen, dass die anderen nicht im Begriff waren, die Gasse zu verlassen. Aber ihre Lider waren zu schwer.

Als Smilla das nächste Mal die Kraft fand, die Augen aufzuschlagen, waren die Stimmen der anderen verstummt und nichts regte sich in der engen Gasse. Erschöpft rieb sie sich über die brennenden Augen.

Jera. War sie hier? Hatte sie es geschafft?

Smilla setzte sich aufrecht hin und ließ den Blick über die anderen gleiten, die in der Gasse Schutz gesucht hatten.

»Hey, Smilla, alles okay?«, fragte eine Stimme im Flüsterton, und Smilla zuckte herum. Es war Juli, der gesprochen hatte. Sie hatte geglaubt, er schlafe.

Zögerlich schüttelte Smilla den Kopf. »Ist Jera schon angekommen? Wenn sie es nicht geschafft hat, dann –«

»Sie hat es ganz sicher geschafft«, kam Juli ihr zuvor, bevor sie den Satz beenden musste. »Ingo und Ahmed hatten Patrouille. Und wenn Ingo auf unserer Seite des Zaunes war, dann war Ahmed auf der anderen. Wenn er Jera und Giorgio überhaupt bemerkt hat, dann hatten sie zusammen gute Chancen, ihn zu überwältigen.«

»Und wenn er auch ein Gewehr hatte?«

Juli schüttelte den Kopf. »Er ist nicht so wie Ingo. Er würde nicht einfach auf andere schießen. Erst recht nicht auf ein Kind.«

Langsam nickte Smilla und versuchte zu glauben, was Julius ihr versprach.

»Juli?«, sagte sie dann und zog die Knie enger an ihren auskühlenden Körper. »Ohne dich hätte ich es vielleicht nicht einmal vom Hof geschafft. Danke, dass du zu mir gehalten hast.«

»*Ich* habe zu danken, dass du mich in euren Plan eingeweiht hast. Auch wenn das wirklich ganz schön leichtsinnig von dir war.«

Smilla schüttelte entschieden den Kopf. »War es nicht. Ich wusste, dass du uns nicht verpfeifen würdest.«

Juli ließ ein trockenes, ganz und gar freudloses Lachen hören. »Ach, ja? Das wusste ja noch nicht einmal *ich* mit Sicherheit.«

»Und warum hast du es dann nicht getan?«, wollte Smilla wissen.

Juli seufzte und ließ seinen Kopf gegen die Mauer sinken. Ben schlummerte in seinem Schoß, scheinbar unbekümmert.

»Weil es damit nicht zu Ende gewesen wäre«, antwortete er dann.

»Wie meinst du das?«

»Als Eva von mir verlangt hat, ihr bei Leons Verhör zu helfen, habe ich gedacht: Wenn ich das jetzt hinter mich bringe, dann wird es vorbei sein. Eva bekommt ihre Antworten, ihr Vertrauen in mich wächst, und ich muss mich nie wieder auf diese Art vor ihr beweisen.«

Er schüttelte den Kopf, als verachtete er sich selbst für diesen Gedanken.

»Aber als wir mit Leon fertig waren, habe ich sehr schnell gemerkt, dass ich mich damit nur tiefer in alles hineingeritten hatte. Ich habe mich ihr mit meinem Gehorsam unterworfen. Und wenn sie das nächste Mal etwas Derartiges von mir gefordert hätte, hätte ich mich nicht mehr weigern können, ohne dabei die Rangordnung infrage zu stellen.«

»Weißt du, ob sie dich bei dem Angriff auf die *Verlorenen Jungs* mit dabei haben wollte?«, fragte Smilla.

»Ja, wollte sie, das war der Knackpunkt«, antwortete Juli tonlos. »Erst habe ich mir eingeredet, dass auch das vorbei geht. Wir würden dort auftauchen, alles niederbrennen und die Menschenhändler töten. Und dann wäre es erledigt. Dann wäre der Hof wieder sicher, und wir könnten alle weitermachen wie vorher. Ich dachte: Was soll schon schiefgehen, wenn wir den Überraschungseffekt haben und ihnen zahlenmäßig überlegen sind?«

»Aber ihr habt nicht die gleiche Gewaltbereitschaft«, widersprach Smilla. »Ihr seid nicht daran gewöhnt, zu töten. Das … das ist wie eine Hürde. Wie ein unsichtbarer Schild zwischen dir und demjenigen, den du töten sollst. Und wenn du diesen Schild einmal kaputt gemacht hast, dann gibt es kein Zurück mehr.«

»Um mich selbst ging es mir nicht einmal, als ich beschlossen habe, mit euch zu kommen«, entgegnete Juli. »Es ging mir um Ben. Irgendwann hätte Eva ihn genauso abgerichtet, wie sie es mit Zedrik, Ingo, mir und all den anderen auch gemacht hat. Und wenn ich versucht hätte, dagegen zu arbeiten, hätte ich am Ende doch wieder nur Evas Zorn geerntet, und Ben hätte wahrscheinlich darunter zu leiden gehabt.«

In Smillas Brust zog es bei diesen Worten schmerzhaft. Jera hatte auch jemanden verdient, der sie beschützte, wie Julius Ben beschützte. Stattdessen war sie auf Smilla angewiesen, die nicht einmal auf sich selbst achtgeben konnte. »Ich wünschte, ich wäre ein bisschen mehr wie du«, murmelte sie und betrachtete Ben.

Julius gab ein Schnauben von sich. »Was habe ich, was du nicht hast?«

»Die Bereitschaft, alles für Ben zu opfern. Das habe ich nicht in mir, glaube ich. Am Ende denke ich doch irgendwie auch immer an mich.«

»Und was ist daran verkehrt, auch an sich selbst zu denken?«

Smilla seufzte lautlos. »Frag das mal Jera.«

»Jera ist doch ganz wunderbar geraten«, flüsterte Juli. »Sie ist mutig und klug und liebevoll. Allzu viel kannst du also nicht falsch gemacht haben.«

»Na, *ich* habe bestimmt nicht viel dazu beigetragen, dass Jera gut geraten ist«, gab Smilla zurück.

»Aber klar«, beharrte Julius. »Du tust dein Bestes, das sehe ich, und das sieht auch Jera.«

»Es fühlt sich nicht danach an.«

»Na ja, *dein* Bestes ist vielleicht nicht immer automatisch auch *das* Beste«, sagte er dann in fast neckischem Tonfall.

Smilla konnte nicht anders, als zu schmunzeln. »So wird ein Schuh draus.«

Julius legte den Kopf schief und sah sie nachdenklich an. »Wenn Jera dich genauso liebt, wie du sie, wird dein Bestes mehr als genug für sie sein. Jemand, der auch Fehler macht, kann einem manchmal sogar mehr geben als jemand, der alles ohne Probleme hinbekommt.«

Smilla lächelte müde. »Das ist eine schöne Sichtweise«, sagte sie. »Für den, der die Fehler macht.«

Julius erwiderte das Lächeln. »Und die macht jeder früher oder später.«

Einen kurzen Moment lang fühlte Smilla sich richtig, sie fühlte sich zuversichtlich. Sie hatten es trotz allem unbeschadet vom Vennhof geschafft. Morgen früh würden sie Jera und Giorgio treffen. Und dann lag eine Zukunft vor ihnen, in der Smilla unendlich viele Möglichkeiten haben würde, ihr Bestes zu geben. Für Jera. Und für sich selbst.

Doch dann erinnerte sie sich daran, dass nur ihnen diese Möglichkeit offenstand. Evas restliche Kinder würden in weniger als vierundzwanzig Stunden einen Krieg beginnen, den zu gewinnen so gut wie unmöglich war. Auch dann, wenn sie alle *ihr* Bestes gaben.

Als hätte Julius ihre Gedanken gelesen, sagte er: »Versuch, dich auszuruhen. Das Einzige, das wir jetzt noch tun können, ist, sicherzustellen, dass unsere Flucht nicht umsonst war.« Und wie um das Gespräch zu beenden, schloss er die Augen und lehnte den Kopf gegen die Mauer.

Smilla musterte noch einige Augenblicke lang sein Profil. Dann glitt ihr Blick weiter zu Ben. Er schlief in Julis Armen, die Kapuze seines Mantels schräg über dem Gesicht liegend, den Daumen zwischen die rosa Lippen geschoben. Wie sehr Smilla sich wünschte, ebenfalls jemanden zu haben, der sie im Arm hielt, bis sie sich keine Sorgen mehr darum zu machen brauchte, was um sie herum geschah.

»Wo bleiben sie denn?« Jeras helle Stimme hallte genau in dem Moment von den Häuserwänden wider, als Smilla, Nadja und Sonja, gefolgt von Juli und Ben, vor die Treppe traten, die an der Apotheke vorbei einen der steilen Hänge Monschaus hinaufführte. Dort wollten sie die anderen treffen.

Der Klang ihrer Stimme drohte Smillas Herz aus dem Takt zu bringen. Sie kniff die Augen zusammen und starrte die Treppe hinauf, konnte aber ihre Schwester zwischen den wartenden Kunden des Apothekers nicht ausfindig machen.

Ohne dass sie es bewusst steuerte, wurden ihre Schritte schneller. Sie ließ die anderen hinter sich zurück und sprang zwei Stufen auf einmal nehmend die Treppe hinauf.

»Jera? Wo bist du?«, fragte sie mit gedämpfter Stimme und hielt nach schwarzen Mänteln Ausschau. Sie wagte nicht, laut nach ihr zu rufen, auch wenn sie bezweifelte, dass jemand hier nach ihnen suchte. Am Tag vor dem Angriff schickte Eva bestimmt keine größeren Gruppen mehr nach Monschau, wenn es nicht unbedingt sein musste.

»Smilla!«, schrie Jera, und im nächsten Moment schmiss sich eine schwarze Masse aus der Reihe der Wartenden auf sie. Jera schlang ihre Arme um Smilla, und sie taumelten gefährlich nahe an den Rand der Stufe, auf der sie sich befanden.

»Jera!«, stieß Smilla aus und drückte so viele Küsse wie nur möglich auf ihre Stirn.

»Geht es dir gut? Hat alles geklappt?«

Jera löste sich etwas von Smilla und sah zu ihr auf. »Ja, alles gut. Bei dir auch?«, fragte sie. Ein Lächeln erhellte ihr Gesicht, aber sie war blass, und ihre Augen waren gerötet, als hätte sie viel geweint und kaum geschlafen.

Smilla nickte. Dann hob sie den Blick. Giorgio war ebenfalls aus der Warteschlange getreten, in der sie sich vor unerwünschten Blicken verborgen hatten. Er sah ausgelaugt aus, genauso müde und bleich wie Jera, aber etwas in seinem Gesicht hatte sich dennoch zum Positiven verändert. Der verhärmte Zug um seinen Mund war verschwunden, und in seinen Augen lag wieder das warme Funkeln, das Smilla in den letzten Wochen vermisst hatte. Er lächelte. Ein Schauer der Erleichterung lief über Smillas Rücken.

In diesem Moment schob sich eine weitere Mantelgestalt aus der Schlange und drängte sich eng an Giorgio.

»Tessa?«, fragte Smilla ungläubig. Dann wanderte ihr Blick zu Jera, die aus großen Augen zu ihr aufsah.

»Ich konnte sie nicht einfach zurücklassen. Tut mir leid.«

Energisch schüttelte Smilla den Kopf und rieb ihrer Schwester mit der Hand über den Rücken. »Nein, entschuldige dich nicht. Nicht dafür. Du hast alles richtig gemacht.«

Jeras Augen funkelten, und ein Lächeln erhellte ihre müden Züge.

Sie hatte Jera zwar eingebläut, niemandem von der Flucht zu erzählen, aber jetzt, wo sie Tessa ansah, war sie froh, dass Jera sich genauso wenig an diese Vorgabe gehalten hatte wie sie selbst. Wenigstens ein paar ihrer Kinder waren Evas Wahnsinn nun nicht mehr ausgeliefert.

Smilla wandte ihren Blick wieder Tessa zu. »Geht's dir gut, Tessa?«

Tessa nickte hastig, drängte sich aber noch etwas enger an Giorgio.

»Ich kann nicht glauben, dass tatsächlich alles gut gegangen ist«, sagte dieser und schüttelte den Kopf.

»Mir geht's ganz genauso«, bestätigte Smilla und sah sich noch einmal prüfend um. Dann nahm sie Jeras Hand, setzte sich in Bewegung und lief die Treppe weiter hinauf. Die anderen folgten ihr.

»Freu dich nicht zu früh«, meinte Nadja. »Die Reise nach Brüssel wird auch nicht gerade ein Klacks.«

»Was meint ihr, wie lange brauchen wir wohl bis nach Brüssel?«, fragte Juli, als sie das obere Ende der Treppe erreichten.

»Zehn Tage, wenn wir gut vorankommen«, antwortete Nadja.

Sie bogen in eine steile Gasse, die sie an den Stadtrand Monschaus bringen würde.

»Zehn Tage«, wiederholte Juli. »Kann man das auch ohne Essen schaffen? Ich habe nur zwei Äpfel dabei …«

Weder Smilla noch Giorgio oder Nadja antworteten sofort. Als sich ein zunehmend verängstigter Ausdruck auf Julis Gesicht ausbreitete, sagte Smilla schließlich: »Ich kenne da einen Gasthof auf halber Strecke. Wenn wir es bis dahin schaffen, bekommen wir ganz sicher etwas zu essen. Und dann ist es auch schon nicht mehr weit bis nach Brüssel.«

So einfach war das alles zwar nicht, das wusste bestimmt auch Julius. Aber er nahm Smillas zuversichtliche Worte ohne Erwiderung an.

Als sie die Anhöhe über Monschau erreicht hatten, hielten sie in stummem Einverständnis inne und wandten sich noch einmal um. Der Ort lag malerisch wie immer und scheinbar friedlich zu ihren Füßen.

So oft war Smilla hierhergekommen, in das Herz der Nordeifel. Und jetzt blickte sie vielleicht zum letzten Mal auf die Fachwerkhäuser, die sich unschuldig aneinanderdrängten, als wüssten sie nichts von den Dingen, die sich in den Wäldern um sie herum abspielten. Ihr Leben hatte sich in diesen Wäldern verändert. *Sie* hatte sich verändert.

Smillas Blick streifte Nadja und dann Giorgio. Sie hatte Freunde gefunden und wieder verloren. Sie hatte gelernt, dass aus Verbündeten Feinde werden konnten und aus Feinden wiederum Verbündete. Ihr Blick wanderte weiter zu Juli und Ben. Sie hatte begriffen, welch zweischneidiges Schwert Vertrauen war. Sie hatte erkennen müssen, dass

Gutes und Schlechtes sich nicht gegenseitig ausschlossen. Manchmal konnte das eine Nährboden für das andere sein. Und manchmal war es auch nur die Perspektive, die den Unterschied machte.

Doch trotz der Bedeutung, die dieser Ort für Smillas Leben hatte, spürte sie keine Wehmut, als sie sich wegdrehte und den anderen voraus in Richtung Brüssel losging. Sie würde diese Stadt und diese Wälder keine Sekunde lang vermissen.

Wenn ihr Leben eine Zukunft hatte, dann wartete sie an einem anderen Ort auf sie.

EPILOG

Die Straßen Brüssels lagen verlassen vor ihnen.

Scheinbar verlassen.

Jera griff nach Smillas Hand, als sie daran dachte, wer oder was hinter den einst prächtigen Fassaden auf sie lauern mochte. Diese kahlen Straßen schienen ihr viel gefährlicher als der Wald oder das Hochmoor zu sein, und abermals fragte sie sich, warum ihre große Schwester glaubte, ein Ort wie dieser könnte ihnen ein besseres Leben bieten als die Wälder.

Daran, wie fest Smilla den Druck ihrer Hand erwiderte, spürte Jera, dass auch sie sich fürchtete. Sie tat zwar so, als wäre alles in bester Ordnung, aber Jera wusste, dass sie ihr nur etwas vormachte. Sie fuhr sich auffällig oft mit der Zunge über die Lippen, wenn sie angespannt war, und sie blinzelte seltener, als fürchtete sie, etwas Wichtiges zu verpassen, wenn sie auch nur einen Moment lang die Augen schloss.

Juli und Nadja gingen ihnen voraus und folgten ohne den geringsten erkennbaren Zweifel den mit roter Farbe eingezeichneten Hinweisen auf den Hauswänden.

»Was steht da?«, flüsterte Jera und deutete auf den Schriftzug, der aussah, als wäre er mit frischem Blut geschrieben worden. Sie konnte zwar die Buchstaben entziffern, aber sie ergaben keinen Sinn.

»Arrival new citizens«, gab Smilla gedämpft zurück, ohne den Blick von den Fassaden zu nehmen. »Das ist Englisch und heißt so viel wie *Empfang für Neuankömmlinge.*« Englisch. Deshalb wollten die Buchstaben keinen Sinn ergeben.

Sie gingen immer weiter die gerade, breite Straße entlang. Die Abzweige links und rechts von ihnen waren allesamt verbarrikadiert worden. Wenn sie umdrehen und davonlaufen müssten, gäbe es nur den quälend langen, schnurgerade verlaufenden Weg, den sie auch gekommen waren. Keine Möglichkeit, sich zu verstecken. Keine Chance, Verfolger in den verwinkelten Straßenschluchten abzuhängen. Obwohl der Himmel über der stummen Stadt weit und blau war, fühlte Jera sich mit einem Mal eingeengt.

Sie sprachen nur das Nötigste, immer nur geflüstert, während sie einen Fuß vor den anderen setzten und den Echos ihrer eigenen Schritte lauschten. Nicht, dass sie andernfalls besonders geschwätzig gewesen wären. Sie waren ausgehungert. Sie waren müde.

Sonja war zwei Tage nach ihrer Flucht einen Hang hinuntergestürzt und hatte sich das Fußgelenk überdehnt. Seitdem schmerzte sie jeder Schritt, und an besonders schlimmen Tagen war sie der Verzweiflung immer ein Stück näher als der Rest von ihnen. Giorgio hatte Fieber und war inzwischen erschreckend schwach. Ben hatte sich bei ihm angesteckt und musste permanent getragen werden. Sein prasselnder Husten bereitete Jera nur vom Hinhören Schmerzen in der Brust, und mit jeder Stunde, die verstrich, schaute Juli besorgter drein. Das machte Jera fast am meisten Angst, denn in der gesamten Zeit, die sie Julius nun kannte, hatte er nie so ernst und traurig ausgesehen. Dass er jetzt fast nur noch so guckte, hieß, dass ihre Lage kritisch war. Sie mussten bald einen Unterschlupf finden, sie *mussten* einfach.

»Seht ihr das?«

Juli deutete die Straße hinab. Er und Nadja waren stehen geblieben.

Jera suchte nach etwas anderem als leerstehenden Häusern, verstaubten Autos und über den Asphalt tanzendem Laub.

»Ich erkenne nichts«, murmelte Smilla neben ihr.

»Sieht aus wie zwei Pavillons«, sagte Giorgio.

Er hatte recht. In einiger Entfernung versperrten weiße Zelte den Weg, die Jera an Evas Gewächshäuser erinnerten.

»Und da bewegt sich etwas. Menschen, oder?«

»Ich glaube auch.« Julis Stimme war kaum mehr als ein Flüstern.

Sie setzten sich wieder in Bewegung und liefen geradewegs auf das Hindernis in ihrem Weg zu. Als sie näher kamen, erkannte Jera, dass Giorgio auch mit seiner zweiten Vermutung richtig lag: Vor den Eingängen der Zelte standen zwei in grau gekleidete Männer mit seltsam geformten schwarzen Stöcken.

»Die haben Gewehre«, hauchte Smilla.

Mit Gewehren konnte man schnell und ohne nah herankommen zu müssen töten. Das hatte Jera auf Evas Hof aufgeschnappt. Schweiß bildete sich auf ihrer Stirn.

»Keine plötzlichen Bewegungen, okay?«, wisperte Smilla ihr zu, ohne die Augen von den zwei Männern zu wenden.

Keine Sekunde später rief der linke Mann über seine Schulter etwas ins Zelt, aber Jera verstand ihn nicht. Dann wandte er sich wieder ihnen zu. Sein Haar war kurz geschoren, und das Gewehr, auf dem er die rechte Hand platziert hatte, wippte auf seinem Bauchansatz auf und ab, als er Luft holte und noch etwas sagte. Auch dieses Mal verstand Jera kein Wort. Er klang nicht bedrohlich, aber er klang auch nicht freundlich.

Sie klammerte sich fester an Smilla. »Was hat er gesagt?«, flüsterte Jera und versuchte, Smillas Schritte zu verlangsamen, indem sie an ihrem Arm zog.

»Wir müssen da rein«, erklärte Smilla und deutete auf das Zelt, in das der Mann eben etwas hineingerufen hatte.

Jera wandte den Kopf und sah, dass Giorgio, Juli und Ben auf das andere Zelt zuhielten. Kurz überkam sie das Bedürfnis, sich zu weigern, weiterzugehen. Sie wollte nicht von den anderen getrennt werden. Sie mussten zusammenhalten. Nur zusammen waren sie stark.

Aber Juli verschwand bereits mit dem bleichen Ben in seinen Armen im Zelt, und Smilla ging unbeirrt auf das andere zu, die Hand fest um Jeras geschlossen. Sonja, Tessa und Nadja folgten ihnen.

Ihr Herz raste, als sie den Mann mit dem Gewehr passierten und hinter die Plane traten, die den Eingang des Zeltes bildete. Doch drinnen erwarteten sie keine lauernden Menschenhändler oder hungrigen Kannibalen. Bloß ein langer Tisch links und einer rechts und dahinter zwei gelangweilt wirkende ältere Frauen.

Als sie eintraten, erhob die vordere sich. Sie hatte kinnlanges, silbriges Haar und trug eine Brille mit tiefrotem Gestell. Mit einer winkenden Handbewegung bedeutete sie Smilla und Jera, zu ihr zu kommen. Tessa, Nadja und Sonja blieben am Eingang zurück.

»Bags?«, fragte die Frau.

An dieses Wort erinnerte Jera sich aus dem Englischunterricht, den Smilla ihr erteilt hatte. Es hieß *Taschen*. Die Frau fragte, ob sie Taschen dabeihätten. Wozu? Wollten sie sie ausrauben?

»No. No bags«, antwortete Smilla.

Die Frau musterte sie mit einem interessierten Ausdruck. Dann streckte sie ihre Hände nach ihnen aus und sagte noch etwas, aber diesmal verstand Jera sie nicht. Sie wünschte, sie hätte sich mehr Mühe gegeben, Englisch zu lernen. Aber sie hatte geglaubt, Englisch nur in Amerika, England oder einem anderen Land ganz weit weg zu benötigen. Und dass sie dort irgendwann einmal hinkommen würde, war unwahrscheinlich, weil man dafür sehr weit laufen und sogar Meere überqueren musste.

Aus dem Nebenzelt hörte Jera ein lautes Aufheulen. Ben. Sie fuhr herum. Mit angehaltenem Atem starrte sie in die Richtung, aus der der unglückliche Laut gekommen war. Dann hörte sie Juli, der beruhigend auf seinen Sohn einredete. Kein Tumult brach aus. Keine Schreie erklangen. Mit wild pochendem Herzen wandte Jera sich wieder der Frau zu, die immer noch geduldig ihre Hände in ihre Richtung ausstreckte.

Smilla fing an, ihren Mantel aufzuknöpfen, und Jera tat es ihr gleich, auch wenn sie nicht verstand, wozu das nötig war. Ihre Finger zitterten vor Angst. Sie reichten der Frau ihre Mäntel, die sie an ihre dürre Freundin weitergab. Diese breitete die Mäntel vor sich auf dem Tisch aus und fing an, sie zu durchsuchen.

»Arms up«, wies die Frau mit der Brille sie indessen an.

Smilla breitete die Arme aus und ließ zu, dass man sie abtastete. Daran, wie ihr Kinn ganz leicht bebte und ihre Augen glasig wurden, erkannte Jera, dass sie diese spezielle Angst überkam, die sie erst in sich trug, seit sie von den *Verlorenen Jungs* entführt worden war. Es konnte bei fast jedem passieren, sogar vor Giorgio bekam sie manchmal Angst. Keiner sagte etwas dazu, aber sie alle hatten es gemerkt, das wusste Jera. Aber weil niemand etwas dazu sagte, sagte sie lieber auch nichts. Und wenigstens vor ihr schien Smilla nie Angst zu haben, egal, wie fest sie sie umarmte.

Nachdem sie Smilla abgetastet hatte, setzte die Frau ihre Arbeit bei Jera fort. Sie verspürte ebenfalls Angst, aber wenn Smilla es ausgehalten hatte, konnte sie es auch.

Die Frau schüttelte leicht den Kopf und grummelte etwas auf Englisch, während ihre Hände über Jeras Körper fuhren.

»Hm?«, machte Jera in Smillas Richtung und merkte, wie ihre Angst nun doch weiter anwuchs.

»Sie sagt, du brauchst unbedingt was zu essen«, erklärte Smilla und lächelte müde.

Die Frau richtete sich wieder auf und geleitete sie zu dem Tisch gegenüber von dem, auf dem ihre Mäntel ausgebreitet lagen. Hinter ihnen wurden nun auch Tessa, Nadja und Sonja zur Durchsuchung hereingewunken.

Geschäftig umrundete die Frau den Tisch und setzte sich auf einen grünen Klappstuhl. Dann nahm sie ein Blatt Papier und schnappte sich einen Stift aus einer schmalen Holzschatulle. Sie stellte Smilla einige kurze Fragen auf Englisch, und an Smillas Antworten erkannte Jera, dass sie mehr über Smilla wissen wollte: Ihren Namen, ihren Geburtstag, woher sie stammte und so weiter.

Nachdem sie Smilla all ihre Fragen gestellt hatte, riss sie den oberen Teil des Blattes, auf dem sie alles notiert hatte, ab, reichte ihn Smilla und erklärte etwas.

Smilla nahm das Stück Papier entgegen und nickte mit ernstem Blick. Jera reckte den Hals, um zu erkennen, was darauf stand.

ID: SJ-11459.

Dann wiederholte die Frau die gleiche Prozedur mit Jera, und Smilla übersetzte für sie. Als sie Jeras Geburtsdatum nannte, erhellte sich das Gesicht der Frau, und ein echtes Lächeln trat auf ihre Lippen. »Oh, happy birthday, then!«, sagte sie und strahlte sie an. Auch diese Worte kamen Jera bekannt vor.

»Jera«, sagte Smilla dann und wandte sich ihr zu. »Du hast Geburtstag. Heute!«

Geburtstag? Was hatte das zu bedeuten?

»Heute ist der fünfte November. Das ist der Tag, an dem du geboren wurdest.«

Jera wusste, dass sie an einem fünften November geboren worden war. Aber sie verstand nicht, warum die Frau und Smilla das so toll fanden.

Mit einem breiten Lächeln griff die Frau in eine Tasche, die auf dem Stuhl neben ihr lag. Wieder sagte sie etwas auf Englisch, und Jera ärgerte sich erneut, dass sie nichts verstand.

»Sie schenkt dir was«, erklärte Smilla und deutete auf das in dünnes Papier gewickelte Paket, das die Frau ihr nun über den Tisch zuschob. »Zum Geburtstag.«

Ein Geschenk? Jera spürte, dass sich ein Lächeln auf ihrem Gesicht ausbreitete. Sie bekam nicht oft Geschenke. Sie griff nach dem Päckchen und riss ungeduldig das Papier auf. Die Frau faltete die Hände auf dem Tisch und beobachtete sie dabei mit einem kleinen Schmunzeln.

»Was ist das?«, fragte Jera und hielt ein schrumpeliges, oranges Etwas in die Höhe, das süßlich duftete.

»Eine getrocknete Aprikose«, stellte Smilla fest. An dem unsicheren Blick, den Smilla der Frau zuwarf, erkannte Jera, dass sie dem Braten nicht traute. Aber so war Smilla halt. Sie suchte immer erst nach dem Schlechten, bevor sie sich über das Gute freute.

Jera versenkte ihre Zähne in die schrumpelige Frucht. Süße explodierte auf ihrer Zunge. »Oha! Sind die lecker!«, stieß sie aus. Sie griff in das Päckchen und reichte Smilla eine der Aprikosen. Dann wandte sie sich um. »Guck mal, Tessa, was ich bekommen habe! Getrocknete Apri– was?« Hilfesuchend sah sie zu ihrer großen Schwester.

Smilla lächelte. »Aprikosen.«

»Getrocknete Aprikosen! Zum Geburtstag!«

Tessa, die gerade durchsucht wurde, brachte nur ein schüchternes Nicken zustande.

Jera reckte das leuchtende Stück Obst in die Höhe. »Thank you!«, schmetterte sie der schmunzelnden Frau das kleine bisschen Englisch entgegen, das sie sich aus Smillas Unterricht gemerkt hatte. Hoffentlich bekam man in Brüssel jedes Jahr ein Geschenk zu seinem Geburtstag.

»Yes, thank you so much«, sagte auch Smilla.

Die Frau lächelte sie über die Ränder ihrer Brille hinweg an. Dann zog sie das Blatt Papier mit Jeras Namen und Geburtsdatum und anderen Angaben, die Jera nicht verstanden hatte, zu sich und löste auch für sie ein kleines Zettelchen davon ab.

»ID: JJ-11460«, las Jera mit einem Mund voller getrockneter Aprikosen vor.

Die Frau erhob sich von ihrem Stuhl und kam um den Tisch herum. Sie nahm die Mäntel auf und reichte sie ihnen. Dann deutete sie auf den Ausgang des Zeltes und sagte noch etwas zu Smilla.

»Okay, thank you«, gab Smilla zurück.

Die Frau verabschiedete sie mit einem letzten kurzen Lächeln, das viel wärmer schien als das erste, das sie ihnen geschenkt hatte. Dann zog sie die Plane zur Seite, die das Zelt verschlossen hielt, und Jera und Smilla traten ins Freie.

Sonne traf Jeras Gesicht und blendete sie. Ein kalter Wind wehte ihr das Haar aus der Stirn. Sie blinzelte ein paar Mal, und als ihre Augen sich an das grelle Licht gewöhnt hatten, sah sie, dass sie sich auf einem runden Platz mit einer Art Garten in der Mitte befanden. Die Straßen, die von dem Garten wegführten, waren verbarrikadiert, sodass nur der Weg durch das rote Backsteingebäude auf der anderen Seite des Platzes blieb. Juli und Giorgio warteten schon vor dem kleinen Garten und blickten in ihre Richtung. Jera musste ihnen unbedingt von den Aprikosen erzählen.

»Juli! Giorgio!«, rief sie ihnen zu. »Ich habe Geburtstag! Ich bin zehn Jahre alt!« Sie rannte vor und hielt das Päckchen mit den Aprikosen hoch. »Und ich habe ein Geschenk bekommen!«

»Das ist ja was! Herzlichen Glückwunsch, du Knallfrosch«, sagte Julius und lächelte. Es war das erste Mal, seit sie die Eifel verlassen hatten, dass er nicht nur so tat, als würde er sich über etwas freuen. Er freute sich *wirklich* darüber. Das war ein gutes Zeichen.

Vor Juli, Ben und Giorgio blieb Jera stehen und hielt ihnen das Päckchen mit dem Trockenobst hin. »Wollt ihr auch eine haben?«

In diesem Moment trat Smilla neben sie. »Alles in Ordnung bei euch?«, fragte sie, und Julius sah sie mit diesem Blick an, mit dem er nur Smilla und niemanden sonst ansah. Als wäre alles, was sie sagte, viel interessanter als das, was alle anderen sagten. Dabei fand Jera – so gern sie ihre Schwester auch hatte –, dass sie im Grunde ein bisschen langweilig war. Wenn es nach ihr gegangen wäre, hätte Smilla ruhig öfter Späße machen und rumalbern können, so wie sie das manchmal abends beim Feuer auf dem Vennhof gemacht hatte.

»Ja, alles gut«, antwortete Julius ihr. »Ben hat sich nur vor dem Mann erschrocken, der ihn abgetastet hat.«

Das schabende Geräusch der Plastikplane, die zur Seite geschlagen wurde, erklang hinter ihnen, und als Jera sich umwandte, sah sie Sonja, Nadja und Tessa auf sie zukommen. Nadja wedelte mit einem Zettelchen, wie auch sie und Smilla eines bekommen hatten, als wäre es noch toller als Aprikosen. Sonja wirkte den Tränen nahe, und Tessa klammerte sich an Sonjas Mantel. Die drei stellten sich zu ihnen, und Jera gab auch ihnen von ihren Aprikosen.

Nun standen sie alle im Kreis, und Jera sah sie nacheinander an. Das helle Sonnenlicht zeichnete die Strapazen der letzten Tage in scharfen Kanten auf ihre Gesichter. Jera sah die vielen schweren Gedanken, die Smilla sich während ihrer Reise gemacht hatte, in ihren müden Augen. Sie sah die Sorge um Ben in Julius' hohlen Wangen. Sie sah die Schatten der Angst davor, es nicht bis nach Brüssel zu schaffen, auf Giorgios Stirn. Und sie konnte die Trauer um die Freunde, die Tessa hatte zurücklassen müssen, hinter ihrem erleichterten Aprikosen-Grinsen erkennen.

Aber Jera sah nicht nur die Dinge, die sie alle gegeben hatten, um es bis hierhin zu schaffen. Sie sah auch die

Andeutung eines Lächelns auf Smillas Lippen. Sie sah, wie Julius die Schultern straffte, die in den letzten Tagen zusehends tiefer gesackt waren. Und Giorgio war eine Röte in die Wangen gestiegen, die nicht allein vom Fieber herrührte.

Jera spürte die Wärme der Sonne auf ihrer Haut und die kalte, klare Luft in ihren Lungen, und mit einem Mal fühlte sie sich, als könnte sie alles schaffen, solange sie ihre neue Familie um sich hatte.

Sie sah zu Smilla auf, die ihr Gesicht der Sonne entgegenstreckte, die Augen geschlossen und ein leichtes Lächeln auf den Lippen.

»Jetzt wird alles gut, oder?«, fragte Jera und nahm Smillas Hand.

Smilla öffnete die Augen, die feucht glänzten, und erwiderte Jeras Blick. Dann nickte sie. »Jetzt wird alles gut.«

ENDE

DANKSAGUNG

Ich danke meiner Familie, die mich mit unzähligen Ratschlägen und viel gutem Zuspruch durch den Entstehungsprozess von ›Wir Verstoßenen‹ begleitet hat.

Danke auch an Lukas: für die morgendlichen Plot-Spaziergänge und für jede einzelne Ermutigung.

Vielen, vielen Dank an Gesa und Ralf vom Kirschbuch Verlag, ohne die es weder ›Wir Verlorenen‹ noch ›Wir Verstoßenen‹ von meinem Schreibtisch in die Buchläden geschafft hätten.

Zu guter Letzt danke an alle, die meine Bücher gekauft, gelesen oder darüber berichtet haben, allen voran die Bloggerinnen und Blogger des Kirschbuch Verlags.

Ich hoffe, wir lesen uns wieder!

Der Kirschbuch Verlag

Der Kirschbuch Verlag ist ein frischer und unkonventioneller Verlag, der bereits für einiges Aufsehen gesorgt hat. Warum? Weil wir mittels unserer smarten Software LiSA jedes Manuskript prüfen, jedem Autor und jeder Autorin innerhalb von 48 Stunden ein Feedback geben und jedem Buch somit die Chance eröffnen, entdeckt und geliebt zu werden.

Dir hat dieses Buch gefallen und du willst exklusive Insights zu diesem Buch erhalten? Dann besuche uns auf

www.kirschbuecher.de/verstossenen

oder folge einfach diesem QR-Code:

Insights zu den smarten Analysen von LiSA gibt es hier:

www.qualifiction.de

Für alle, die selber schreiben und unsere Software LiSA am eigenen Text gerne einmal ausprobieren wollen:

lisa.qualifiction.de

Hast du Fragen, Wünsche oder möchtest du eine Rezension schreiben? Wir freuen uns über deine Nachricht und antworten auf jede Mail an:

verstossenen@kirschbuch.de

Außerdem im Kirschbuch Verlag erschienen

Jana Taysen
Wir Verlorenen
ISBN: 9783948736064

Die Vorgeschichte von ›Wir Verstoßenen‹ und der erste Band der ›Wir Verlorenen‹-Trilogie.

Dein Verstand weiß, dass du niemandem mehr trauen kannst – aber was tust du, wenn dein Herz etwas anderes verlangt?

Die Welt, wie wir sie kannten, existiert seit einer verheerenden Katastrophe nicht mehr. Die junge Smilla weiß, dass es keinen Platz für Liebe und Glück geben kann. Bis sie ihren einstigen Nachbarn Falk wiedertrifft ...

Doch dann überschlagen sich die Ereignisse und Smilla befindet sich mitten in einer Spirale aus Verrat und Lügen. Wem kann sie noch trauen? Und welche zwielichtige Rolle spielt Falk bei alledem?

»Spannungsgeladen, philosophisch, leidenschaftlich – und aktueller denn je.«

Clara Blais

Dort, wo die Sterne im Wasser leuchten

ISBN: 9783948736033

Was würdest du tun, wenn dein bester Freund ertrinkt und du Jahre später glaubst, ihm wiederzubegegnen?

Skyler ist noch ein Kind, als ihr bester Freund Matthew in einem See ertrinkt. Doch er hört nie auf, sie weiter zu begleiten. Halluziniert sie oder fängt sie sogar an, verrückt zu werden, wie ihre Mitschüler behaupten?

Als Skyler durch eine Verkettung von Unglücksfällen ihre Heimatstadt verlässt, trifft sie auf Damian. Einen Jungen, der dem toten Matthew erschreckend ähnlich sieht und sie stark an ihren besten Freund erinnert. Mit nur zwei Unterschieden: Damian ist am Leben. Und: Er ist leider ein Idiot. Aber dennoch gibt es etwas, das die beiden zu verbinden scheint …

»Romantisch, mystisch und doch lebensnah. Ein starkes Debüt!«

Barbara Lah

Regen von unten

ISBN: 9783948736163

»Wo auch immer du bist. Hinter welchen Türen versteckst du dich? Welche Mauern uns auch trennen. Warte, ich werde dich finden.«

Als Paulo in das abgelegene Dorf seines Großvaters gelangt, verliebt er sich – in ein Mädchen, das vor 57 Jahren spurlos verschwand. Ein Mädchen, dem er nicht hätte begegnen dürfen. Deren Geschichte niemals hätte anfangen oder enden dürfen.

Wie Regen, der von unten nach oben fließt, entfesselt sich tröpfchenweise ein furchteinflößendes Geschehen, das in einer Nacht 1961 seinen Anfang nahm und noch lange nicht vorbei ist …

Stefan Suchanka

Unser letzter Tag

ISBN: 9783948736149

Würdest du heute dein Leben ändern, wenn es kein Morgen mehr gäbe?

Sieben sehr verschiedene Menschen müssen sich dieser Frage stellen. Jeder für sich, und doch gemeinsam. Denn sie sind miteinander verbunden – ob sie es wollen, oder nicht.

Durch einen gemeinsamen Freund. Eine persönliche Entscheidung. Einen letzten Tag.

»Ein satirisch-philosophischer Roman, der mit Sprachwitz, melancholischem Humor und feinsinnigen Pointen die Leserinnen und Leser quer durch Köln und durch den Garten menschlicher Irrungen führt.«

Elisabeth Rettelbach
Die wunderbare Kälte
ISBN: 9783948736125

»Auch als es Nacht wurde, hing die dunkle Kai immer noch lauernd im Spiegel. Ihre leeren schwarzen Augenhöhlen schimmerten eiskalt, triumphierend. Da bekam ich irgendwie Angst, mein Herz raste, es fühlte sich an, als säße in mir etwas. Etwas Stummes und Großes.«

In einem fast märchenhaft schneereichen Winter wandelt die einzelgängerische Maskenbildnerin Kai durch die Straßen der Stadt und stalkt Fremde. Sie ist eine ferne Betrachterin des Lebens. Doch dann laufen ihr zwei Menschen über den Weg, die sie stärker faszinieren als alles andere und in deren Leben sie sich einmischt. Was zunächst als Spielerei beginnt, entwickelt sich mehr und mehr zu einem psychedelischen Albtraum, der seine Tribute fordert …

»Ein literarisch bitterböses und doch poetisches Werk, das seinesgleichen sucht. Wem Amelie Nothomb gefällt, wird ›Die wunderbare Kälte‹ lieben.«

„Du vertr…
Ich kann …
Das beruht auf Gegenseitigkeit."

momox
momox.com/sale
A-6xhnpd

Die junge Smilla ist auf der Flucht, als ihre kleine Schwester Jera verschwindet. Und es kommt noch schlimmer: Die Sekte, die seit dem Zusammenbruch der Zivilisation für Angst und Schrecken sorgt, soll in Jeras Verschwinden verwickelt sein …

Auf ihrem verzweifelten Weg durch die Eifel erhält Smilla Unterstützung ausgerechnet von denjenigen, denen sie am wenigsten vertraut - und sie ahnt, dass dies ein Spiel mit dem Feuer ist. Ein Feuer, das alles zu verschlingen droht, was Smilla am meisten liebt …

„Dieser Roman ist wie eine ganze Welt aus Mut, Angst und Menschlichkeit. Und unbedingter Liebe. Eine grandiose Fortführung von 'Wir Verlorenen'."

ISBN 9783948736187
€ 14,90 (D)
€ 15,40 (A)
9 783948 736187 >
www.kirschbuch.de